BASTEI
LÜBBE

JULIE GARWOOD

Auf Befehl des Königs

Geliebter Barbar

Ins Deutsche übertragen von
Eva Malsch und Kerstin Winter

Roman

BASTEI
LÜBBE

BASTEI LÜBBE TASCHENBUCH
18 678

1. Auflage: Juni 2004

Vollständige Taschenbuchausgabe

Bastei Lübbe Taschenbücher ist ein Imprint der
Verlagsgruppe Lübbe

Titel der amerikanischen Originalausgabe: *The Bride, The Secret*

Published by Arrangement with Julie Garwood
c/o Jane Rotrosen Agency L.L.C., 318 East 51st Street, New York,
NY 10022 USA

Dieses Werk wurde vermittelt durch die Literarische Agentur
Thomas Schlück GmbH, 30827 Garbsen,
im Auftrag von Jane Rotrosen Agency L.L.C.
Titelillustration: John Ennis/Agentur Thomas Schlück GmbH
Einbandgestaltung: Nele Schütz Design
Satz: Fanslau Communication/EDV, Düsseldorf
Druck und Verarbeitung: AIT Trondheim, Norwegen
Printed in Norway
ISBN 3-404-18678-8

JULIE GARWOOD

Auf Befehl des Königs

Ins Deutsche übertragen von
Eva Malsch

Roman

Prolog

Schottland, 1100

Die Totenwache war vorbei.

Endlich würde Alec Kincaids Frau ihre letzte Ruhe finden. Die Gesichter der wenigen Clanmitglieder, die sich um die Grabstätte auf dem kahlen Hügel versammelt hatten, wirkten so düster wie der graue Himmel.

Helena Louise Kincaid wurde in ungeweihtem Boden bestattet, denn die junge Frau des mächtigen Clanführers hatte sich das Leben genommen. Deshalb blieb ihr der christliche Friedhof verschlossen. Verstorbene, die eine so schwere Schuld auf sich geladen hatten, durften nicht in geweihter Erde liegen. So lautete ein Kirchengebot. Eine schwarze Seele gleiche einem faulen Apfel, behaupteten die Geistlichen, und der Gedanke, eine faulige Seele könnte all die vielen reinen in ihren Gräbern besudeln, war grauenvoll.

Strömender Regen fiel auf die Trauergäste herab. Die Leiche, in ein rot, schwarz und violett kariertes Kincaid-Tuch gewickelt, war triefnass und seltsam schwer, als sie in den Sarg aus Kiefernholz gebettet wurde. Diese Aufgabe übernahm Alec allein. Kein anderer sollte seine tote Frau berühren.

Vater Murdock, der alte Priester, stand in respektvoller Entfernung von den anderen und fühlte sich sehr unbehaglich angesichts der mangelhaften Zeremonie. An den Gräbern von Selbstmördern sprach man keine Gebete. Und welchen Trost sollte er den Hinterbliebenen spenden, wenn doch alle wussten, dass sich Helena bereits auf dem Weg zur Hölle befand?

Es war nicht leicht für mich. Ich stehe neben einem Priester, mit ebenso feierlicher Miene wie die anderen Clanmitglieder, und ich bete sogar – aber nicht für Helenas Seele. Nein, ich danke dem Allmächtigen, weil es endlich vorüber ist.

Helena brauchte sehr lange, um zu sterben. Drei ganze Tage voller Schmerz und Ungewissheit musste ich ertragen und verzweifelt hoffen, sie würde die Augen nicht mehr öffnen, die vernichtende Wahrheit niemals aussprechen.

Kincaids Frau bereitete mir Folterqualen, indem sie sich so lange Zeit ließ, ehe sie endlich ihren letzten Atemzug tat. Selbstverständlich peinigte sie mich mit voller Absicht. Doch dann fand ich eine Gelegenheit, das grausame Spiel zu beenden und die wollene Kincaid-Decke auf Helenas Gesicht zu drücken. Es dauerte nur wenige Minuten. Geschwächt, wie sie war, leistete sie kaum Widerstand.

O Gott, welch eine Genugtuung ich in jenem Augenblick empfand! Die Angst, ertappt zu werden, trieb mir den Schweiß aus allen Poren. Und gleichzeitig erschauerte ich vor Freude über meine Tat.

Niemand kann mir den Mord nachweisen. Oh, wie gern würde ich mich mit meiner Tücke brüsten! Aber natürlich darf ich kein Wort sagen. Und ich wage es auch nicht, mein Glück zu zeigen.

Jetzt richte ich mein Augenmerk auf Alec Kincaid. Helenas Witwer steht neben der Grube, die Hände geballt, den Kopf gesenkt. Ist er böse oder traurig über den sündigen Tod seiner Frau? Man kann nie wissen, was in ihm vorgeht, weil er seine Gefühle stets sorgsam verbirgt.

Was Kincaid jetzt verspürt, kümmert mich nicht. Mit der Zeit wird er über ihren Tod hinwegkommen. Auch ich brauche Zeit, ehe ich ihn auffordern werde, mir meinen rechtmäßigen Platz zuzubilligen.

Plötzlich hustet der Priester. Ein heiseres Krächzen lenkt meinen Blick wieder auf ihn. Er sieht aus, als wollte er weinen, und ich starre ihn an, bis er seine Fassung zurückgewinnt. Dann beginnt er den Kopf zu schütteln. Jetzt weiß ich, was er denkt. Deutlich verrät sein Gesicht den Gedanken, für alle sichtbar.

Kincaids Frau hat sie alle beschämt.

Gott helfe mir, ich darf nicht lachen.

Kapitel 1

England, 1102

Angeblich hatte er seine erste Frau getötet.

Papa meinte, vielleicht sei es nötig gewesen. Eine unglückseligere Bemerkung konnte ein Vater in Gegenwart seiner Töchter gar nicht machen, und Baron Jamison erkannte seinen Fehler, sobald er die Worte ausgesprochen hatte. Natürlich bereute er sie sofort.

Drei seiner vier Töchter hatten sich die üblen Klatschgeschichten über Alec Kincaid bereits zu Herzen genommen. Und was der Vater von dieser Ungeheuerlichkeit hielt, beeindruckte sie wenig. Agnes und Alice, die Zwillinge, schluchzten laut, noch dazu im Gleichklang, wie es ihre ärgerliche Gewohnheit war. Und die ansonsten so sanftmütige Mary eilte erregt um den langen Tisch in der großen Halle herum, wo ihr Vater zusammengesunken vor einem Becher Ale saß, in der Hoffnung, das Getränk würde seine Schuldgefühle lindern. Untermalt vom entrüsteten Geheul der Schwestern, wiederholte sie den Tratsch über die Sünden des Hochland-Kriegers, dessen Besuch in einer Woche erwartet wurde.

Damit spornte sie – vielleicht sogar mit Absicht – die Zwillinge zu noch schrillerem Gekreisch an. Und dieser Lärm konnte sogar die Geduld eines Heiligen auf eine harte Probe stellen.

Papa versuchte den Schotten zu verteidigen. Da er ihn nicht persönlich kannte und nur das Allerschlimmste über die schwarze Seele des Mannes gehört hatte, sah er sich gezwungen, vorteilhafte Charaktereigenschaften zu erfinden. Vergeblich. Aye, er verschwendete nur seine Mühe, denn seine Töchter beharrten auf ihrem Standpunkt. Das sollte mich nicht überraschen, dachte er und rülpste. Seine Engel nahmen niemals ernst, was er sagte.

Wenn sie sich so aufregten, schaffte er es einfach nicht, sie zu beruhigen. Bis jetzt hatte ihn das nicht sonderlich gestört. Doch nun erschien es ihm sehr wichtig, die Oberhand zu gewinnen. Er wollte nicht wie ein Narr vor seinen ungeladenen Gästen dastehen, mochten sie nun Schotten sein oder nicht. Und man würde ihn gewiss als Narren bezeichnen, wenn die Mädchen seine Anweisungen auch weiterhin missachteten.

Nach seinem dritten Schluck Ale beschloss er, andere Saiten aufzuziehen, und schlug mit der Faust auf den Tisch, um die allgemeine Aufmerksamkeit zu erringen. Und dann verkündete er, das ganze Gerede über die Mordtat des Schotten sei purer Unsinn. Als diese Behauptung auf taube Ohren stieß, wuchs sein Zorn. Also gut, wenn die Gerüchte zutrafen, hatte es Kincaids Frau vielleicht verdient, umgebracht zu werden. Vielleicht hatte er sie anfangs nur verprügeln wollen, und dann war die Situation außer Kontrolle geraten. Diese Erklärung fand der Baron einleuchtend. Seine Ausführungen sicherten ihm endlich das Interesse der Mädchen, aber ihre ungläubigen Mienen enttäuschten seine Hoffnungen. Entsetzt starrten ihn seine geliebten Engel an, als sähen sie eine riesige Rotzglocke aus seiner Nase hängen. Und plötzlich merkte er, dass sie an seinem Verstand zweifelten. Da riss ihm endgültig die Geduld, und er brüllte, die arme Frau habe ihren Herrn vermutlich zu oft herausgefordert, und seine respektlosen Töchter sollten sich gefälligst in Acht nehmen, wenn sie mal verheiratet sein würden.

Er hatte ihnen nur Ehrfurcht vor dem Allmächtigen, ihrem Vater und den künftigen Ehemännern einflößen wollen, musste aber erkennen, dass er kläglich versagt hatte. Die Zwillinge begannen wieder zu schreien, und davon bekam er grässliche Kopfschmerzen. Um sich vor dem gellenden Gekreisch zu schützen, hielt er seine Ohren zu. Dann schloss er die Augen, um Marys durchdringendem Blick zu entrinnen. Immer tiefer sank er in seinem Stuhl hinab, bis seine knorrigen Knie den Boden berührten. Er senkte den Kopf, und aller Mut verließ ihn. Verzweifelt wandte er sich zu seinem treuen Diener Herman und befahl ihm, seine jüngste Tochter zu holen.

Der Auftrag schien den grauhaarigen Mann maßlos zu erleichtern. Er nickte mehrmals, ehe er aus der Halle schlurfte. Der Baron hätte schwören können, er habe den Diener murmeln hören, es sei höchste Zeit für diesen Entschluss.

Knapp zehn Minuten verstrichen, ehe das Kind, das nach Baron Jamison benannt worden war, am Schauplatz des Durcheinanders erschien. Vernichtend starrte er Herman an, um ihn wissen zu lassen, er habe die geflüsterte Kritik wohl vernommen, dann wandte er sich aufatmend seiner jüngsten Tochter zu. Nun würde Jamie das Heft in die Hand nehmen.

Jetzt lächelte er sogar, und er gestand sich ein, dass es unmöglich war, angesichts seiner Jamie mürrisch dreinzuschauen. Bei ihrem erfreulichen, bezaubernden Anblick konnte ein Mann alle seine Sorgen vergessen. Jamie hatte die Schönheit ihrer Mutter geerbt, das rabenschwarze Haar, die violetten Augen, die ihren Papa stets an den Frühling erinnerten. Und ihre Haut war so makellos und rein wie ihr Herz.

Der Baron behauptete zwar, alle seine Töchter gleichermaßen zu lieben, aber insgeheim bevorzugte er Jamie, seinen ganzen Stolz. Das fand er selbst erstaunlich, da sie nicht sein eigenes Fleisch und Blut war. Ihre Mutter, seine zweite Frau, hatte ihn in hochschwangerem Zustand geheiratet. Jamies Vater war einen knappen Monat nach der Hochzeitsnacht auf dem Schlachtfeld gefallen. Baron Jamison hatte das Kind als sein eigenes angenommen und allen Leuten verboten, es seine Stieftochter zu nennen. Seit er die Kleine zum ersten Mal im Arm gehalten hatte, betrachtete er sich als ihr Vater.

Auch die Zwillinge und Mary waren hübsch, aber auf eher zurückhaltende Art. Ein Mann nahm ihre Schönheit erst wahr, wenn er ihnen öfter begegnete. Aber Jamie brauchte man nur ein einziges Mal anzusehen, und schon verschlug es einem die Sprache. Ihr Lächeln hatte einmal einen Ritter vom Pferd geworfen. Zumindest pflegte ihr Papa diese übertriebene Geschichte seinen Freunden zu erzählen.

Trotzdem gab es keine Eifersüchteleien zwischen den Mädchen. Instinktiv wandten sich Agnes, Alice und Mary an die kleine Schwester, um sich in dringenden Angelegenheiten beraten zu lassen. Und sie vertrauten genauso auf Jamies Klugheit wie der Papa. Seit dem Begräbnis ihrer Mutter galt sie als Hausherrin. Schon in früher Jugend hatte sie ihre Fähigkeiten beweisen müssen. Und der Baron, der zwar gern Befehle erteilte, aber nicht die Gabe besaß, seine Wünsche in allen Situationen durchzusetzen, übertrug ihr bereitwillig die Verantwortung.

Niemals enttäuschte sie ihn. Sie war ein vernünftiges Mädchen, das ihm niemals Kummer bereitete. Seit dem Tod ihrer Mama hatte sie kein einziges Mal geweint. Alice und Agnes würde es gut anstehen, sich die Disziplin ihrer jüngeren Schwester anzueignen, dachte der Baron oftmals. Wegen jeder Kleinigkeit brachen sie in Tränen aus. Nach seiner Meinung bewahrte sie allein ihr Aussehen vor einem völlig wertlosen Dasein. Aber er bemitleidete schon jetzt die Herren, die seine gefühlsseligen Töchter eines Tages am Hals haben würden.

Um seine Mary sorgte er sich am meisten. Er warf es ihr niemals vor, wusste jedoch, dass sie viel selbstsüchtiger war, als es sich für ein Mädchen schickte. Stets stellte sie ihre eigenen Bedürfnisse über die ihrer Schwestern – schlimmer noch, sogar über die ihres Papas.

Aye, Mary war ein Ärgernis, nicht zuletzt, weil sie immer wieder aus reiner Bosheit Unruhe stiftete. Der Baron hegte den Verdacht, dass Mary in ihren undamenhaften Ideen von Jamie bestärkt wurde. Doch das wagte er nicht auszusprechen, aus Angst, sein Argwohn wäre unbegründet und er würde bei seiner jüngsten Tochter in Ungnade fallen.

Obwohl Jamie sein Liebling war, erkannte er ihre Fehler. Ihr Temperament, das allerdings nur selten mit ihr durchging, konnte einen Waldbrand entfachen. Außerdem neigte sie zum Eigensinn. Von ihrer Mutter hatte sie eine besondere Begabung für die Heilkunst geerbt und nutzte sie bei jeder Gelegenheit, trotz seines ausdrücklichen Verbots. Es gefiel ihm ganz und gar nicht, dass die Leibeigenen und Hausdiener ihre ärztlichen Kenntnisse ständig beanspruchten und sie von ihrer wichtigsten Pflicht ablenkten – nämlich, für die Bequemlichkeit ihres Vaters zu sorgen. Oft wurde sie mitten in der Nacht aus dem Bett geholt, weil sie eine Stichwunde flicken oder neues Leben ans Licht der Welt befördern musste. Diese nächtlichen Störungen ärgerten den Baron weniger, weil er um diese Zeit schlief und deshalb nicht in Mitleidenschaft gezogen wurde. Um so unangenehmer fand er die Belästigungen, die tagsüber stattfanden – besonders wenn er auf sein Essen warten musste, weil Jamie gerade einen Kranken oder Verletzten betreute.

Bei diesem Gedanken seufzte er auf, jetzt voller Bedauern. Dann merkte er, dass das Geschrei der Zwillinge verstummt war. Offenbar hatte Jamie die Wogen bereits geglättet. Baron Jamison bedeutete seinem Diener, den Kelch nachzufüllen, dann lehnte er sich zurück und beobachtete das Wunder, das seine jüngste Tochter bewirkte.

Sobald sie den Raum betreten hatte, waren Agnes, Alice und Mary auf sie zugelaufen. Jede versuchte eine andere Version von der Geschichte zu erzählen. Sie verstand überhaupt nichts. »Kommt, setzen wir uns zu Papa an den Tisch«, schlug sie mit ihrer etwas rauen Stimme vor. »Dann werden wir das Problem gemeinsam lösen, wie eine vernünftige Familie«, fügte sie mit einem gewinnenden Lächeln hinzu.

»So einfach wird sich keine Lösung finden«, jammerte Alice und wischte sich die Augenwinkel aus.

»Diesmal ist Papa wirklich zu weit gegangen«, fauchte Agnes, die jüngere Zwillingsschwester. Sie zog einen der Schemel unter dem Tisch hervor, nahm Platz und starrte den Vater erbost an. »Alles ist seine Schuld, so wie immer.«

»Ich kann gewiss nichts dafür«, verteidigte sich der Baron, »also schau mich nicht so an, als wolltest du mich auffressen. Ich befolge nur den Befehl meines Königs, das ist alles.«

»Bitte, reg dich nicht auf, Papa«, mahnte Jamie, neigte sich zu ihm und tätschelte seine Hand. Dann wandte sie sich zu Mary. »Du scheinst noch am ehesten die Fassung zu wahren, Agnes, hör zu wimmern auf, damit ich endlich erfahren kann, worum es eigentlich geht. Würdest du es mir erklären, Mary?«

»Papa bekam eine Nachricht von König Henry.« Seufzend fegte Mary eine braune Haarsträhne von ihrer Schulter. »Seine Majestät will an unserem Vater ein Exempel statuieren.«

Sofort begannen die Zwillinge wie aus einem Mund zu

schluchzen, und Jamie verdrehte gequält die Augen. »Bitte, sprich weiter, Mary. Ich möchte alles wissen.«

»Nun, nachdem der König diese schottische Prinzessin geheiratet hat ... Wie heißt sie doch gleich, Alice?«

»Matilda.«

»Natürlich, Matilda. Großer Gott, wie konnte ich den Namen der Königin vergessen?«

»Das verstehe ich nur zu gut«, erwiderte Agnes. »Papa nimmt uns nie an den Hof mit, und wir bekommen auch keinen Besuch von bedeutenden Persönlichkeiten. Wir leben mitten im Nirgendwo, so abgeschieden wie Aussätzige.«

»Agnes, du schweifst vom Thema ab«, bemerkte Jamie. Ihre Stimme nahm einen ungeduldigen Klang an. »Nun, Mary?«

»Also, der König scheint zu glauben, wir alle müssten Schotten heiraten.«

Alice schüttelte den Kopf. »Nicht wir alle – nur eine von uns. Und der Barbar soll sich eine aussuchen. O Gott, welch eine Demütigung!«

»Nur eine Demütigung?«, rief Mary. »Die Braut, die er wählen wird, blickt dem sicheren Tod ins Auge. Wenn er seine erste Ehefrau getötet hat, wird er auch die zweite nicht verschonen.«

Erschrocken hielt Jamie den Atem an. »Was?«

Alice beachtete die Frage nicht. »Wie mir zu Ohren kam, hat seine erste Frau Selbstmord begangen.«

»O Papa, wie konntest du nur?«, jammerte Agnes und ballte die Hände. »Du wusstest doch, wie böse der König sein würde, weil du deine Steuern nicht zahltest. Hast du nicht bedacht, dass Seine Majestät sich rächen würde?«

»Agnes, würdest du die Stimme senken?«, bat Jamie. »Dieses Geschrei wird nichts an der Situation ändern. Papa leidet nun mal unter einem schwachen Gedächtnis. Wahrscheinlich hat er einfach nur vergessen, dem König das Steuergeld zu schicken. Ist es nicht so, Papa?«

»Mag sein, mein Engel«, entgegnete der Baron unbehaglich.

»Oh, mein Gott!«, stöhnte Alice. »Er hat das Geld für was anderes ausgegeben!«

Gebieterisch hob Jamie eine Hand. »Mary, würdest du deine Erklärung beenden, ehe *ich* zu schreien anfange?«

»Du musst doch verstehen, wie schwer es uns fällt, angesichts dieses ungeheuerlichen Beschlusses vernünftig zu bleiben. Aber ich will versuchen, dir alles in Ruhe zu erläutern, denn ich sehe, dass du ziemlich verwirrt bist.« Mary nahm sich Zeit, um die Schultern zu straffen, und Jamie hätte sie vor Ungeduld am liebsten geschüttelt. Doch das hätte nichts genützt, denn ihre Schwester neigte zur Weitschweifigkeit und ließ sich nie zur Eile drängen.

»Also, nächste Woche kommt ein Barbar aus dem Hochland zu uns. Eine von uns dreien – Alice, Agnes oder mich – wird er heimführen. Seine erste Gemahlin hat er ermordet. Du wirst im Brief des Königs nicht erwähnt, Jamie.«

»Er hat seine erste Frau ganz sicher nicht umgebracht«, warf Alice ein. »Die Köchin sagt, die arme Seele habe sich das Leben genommen.«

»Nein«, widersprach Agnes. »Sie wurde ermordet. Keine Frau würde freiwillig in den Tod gehen und die ewige Verdammnis auf sich nehmen – gleichgültig wie grausam sie von ihrem Mann behandelt wird.«

»Könnte sie nicht durch einen Unfall umgekommen sein?«, gab Alice zu bedenken.

Mary zuckte die Achseln. »Nun ja, die Schotten sind bekannt für ihre Ungeschicklichkeit.«

»Und ihr seid bekannt dafür, dass ihr alle Klatschgeschichten glaubt«, schimpfte Jamie und versuchte ihr Entsetzen zu verbergen. »Dieser Mann soll also eine von euch dreien heiraten?«

»Und wir haben nichts zu sagen«, ergänzte Mary. »Unsere eigenen Eheverträge gelten nicht, bis er seine Wahl getroffen hat.«

»Wie Pferde müssen wir vor diesem Ungeheuer paradieren!«, wimmerte Agnes.

»Ah, das hätte ich fast vergessen, Jamie!«, sprudelte Mary hervor. »Auch der schottische König Edgar befürwortet diese Heirat. Das hat Papa gesagt.«

»Vielleicht will der Lord gar nicht heiraten und tut's nur, um seinem König zu gehorchen«, meinte Alice.

»Oh, daran habe ich noch gar nicht gedacht!«, kreischte Agnes. »Wenn er nicht heiraten möchte, wird er seine Frau umbringen, ehe er mit ihr in seinem Haus ankommt – wo immer das auch liegen mag!«

»Agnes, beruhige dich!«, mahnte Jamie. »Wenn du dir ständig die Haare raufst, wirst du sie noch alle ausreißen. Außerdem kannst du nicht wissen, wie die erste Frau dieses Mannes gestorben ist.«

»Er heißt Kincaid, Jamie, und er ist ein Mörder. Papa sagte, er hätte seine Frau erschlagen.«

»Ich habe nichts dergleichen gesagt!«, donnerte der Baron. »Ich meinte nur, es wäre möglich ...«

»Emmett erzählte uns, er habe seine Frau von einer Klippe in die Tiefe geworfen«, fiel Mary ihm ins Wort, trommelte mit den Fingerspitzen auf den Tisch und wartete ab, was Jamie dazu sagen würde.

»Emmett ist nur ein Reitknecht und noch dazu ein stinkfauler«, entgegnete Jamie. »Warum hört ihr auf ihn?« Sie holte tief Luft und bekämpfte das flaue Gefühl in ihrem Magen. Obwohl sie sich dagegen wehrte, wirkte die Angst ihrer Schwestern ansteckend. Ein Schauer rann über ihren Rücken, aber sie war klug genug, ihre Befürchtungen zu verschweigen. Wenn sie davon gesprochen hätte, wäre ein Tumult ausgebrochen. Die vertrauensseligen Mädchen starrten sie hoffnungsvoll an. Sie hatten ihr das Problem aufgebürdet, und nun erwarteten sie, dass sie eine Lösung finden würde. Sie wollte ihnen keine Enttäuschung bereiten. »Papa, kannst du unseren König irgendwie umstimmen? Wenn du ihm das Steuergeld schickst, besinnt er sich vielleicht anders.«

Baron Jamison schüttelte den Kopf. »Dazu müsste ich erst meine eigenen Steuern eintreiben, und du weißt ebenso gut wie ich, dass unsere Leibeigenen schon genug Sorgen haben. Die Gerstenernte war schlecht genug. Nein, Jamie, ich kann nichts mehr von ihnen verlangen.«

Jamie seufzte bedrückt, und Mary wisperte: »Emmett sagte, Papa hätte das ganze Geld verbraucht.«

»Emmett ist ein altes Weib, das üblen Tratsch verbreitet«, konterte Jamie.

»Aye«, pflichtete der Baron ihr bei. »Mit der Wahrheit nimmt er's nicht allzu genau. Ihr solltet seinem Gefasel wirklich keine Beachtung schenken.«

»Warum wurde ich nicht erwähnt, Papa?«, fragte Jamie. »Hat der König deine vierte Tochter vergessen?«

»Nein, nein«, versicherte er hastig, wich ihrem Blick aus und starrte angelegentlich in seinen Kelch, voller Angst, die Jüngste würde die Wahrheit in seinen Augen lesen. König Henry hatte Jamie nicht ausgeschlossen, aber in seinem Schreiben die Bezeichnung »Töchter« verwendet. Und weil Baron Jamison wusste, wie dringend er seinen Liebling hier im Haus brauchte, hatte er einen – wie er meinte – sehr schlauen Ausweg gefunden. »Der König erwähnte nur Maudies Töchter.«

»Das begreife ich nicht«, schnüffelte Agnes.

»Vielleicht, weil Jamie die Jüngste ist …« Mary zuckte die Schultern und fügte hinzu: »Wer weiß schon, was im Kopf unseres Königs vorgeht? Sei froh, dass du nicht in die Order einbezogen wirst, Jamie. Wenn Kincaid dich wählen würde, könntest du Andrew nicht heiraten.«

»Daran muss es liegen!«, behauptete Agnes. »Baron Andrew ist sehr mächtig und beliebt. Sicher hat er den König in seinem Sinn beeinflusst. Und das sieht doch ein Blinder, wie sehr er Jamie liebt.«

»Das könnte der Grund sein«, murmelte Jamie. »Falls Andrew wirklich so mächtig ist, wie er's uns immer einzureden versucht.«

»Ich glaube, Jamie will ihn gar nicht heiraten«, erklärte Mary den Zwillingen. »Runzle nicht die Stirn, Jamie! Ich habe das Gefühl, du magst ihn gar nicht.«

»Aber Papa mag ihn.« Agnes warf ihrem Vater wieder einen vernichtenden Blick zu, ehe sie fortfuhr: »Vor allem, weil Andrew versprochen hat, er würde hier leben, damit Jamie auch weiterhin ihre Sklavendienste …«

»O Agnes, fang nicht schon wieder damit an!«, flehte Jamie.

»Ich verstehe nicht, warum es euch so stört, dass ich Jamie auch nach ihrer Hochzeit hier behalten möchte«, warf der Baron ein.

»Es gibt viele Dinge, die du nicht verstehst«, seufzte Mary.

»Hüte deine Zunge, junge Dame!«, mahnte er. »Solche respektlosen Äußerungen verbitte ich mir.«

»Ich kenne den wahren Grund«, verkündete Alice, »und ich werde ihn Jamie verraten. Andrew hat Papa deine Mitgift bezahlt, Schwesterchen, und ...«

»Was sagst du da?«, schrie Jamie und fiel beinahe von ihrem Schemel. »Alice, du musst dich irren. Kein Ritter bezahlt für seine Braut! Papa, du hast doch niemals Geld von Andrew genommen?«

Baron Jamison gab keine Antwort. Langsam ließ er das Ale in seinem Kelch kreisen, und diese Beschäftigung schien seine ganze Aufmerksamkeit zu erfordern. Doch sein Schweigen war aufschlussreich genug.

»Großer Gott!«, wisperte Mary. »Alice, ist dir klar, was du da behauptest? Wenn das stimmt, dann hat unser Vater die arme Jamie an Baron Andrew verkauft.«

»Ihr solltet Jamie nicht aufhetzen«, warnte er.

»Ich habe nicht gesagt, er hätte Jamie an Andrew verkauft«, verteidigte sich Alice.

»Doch, das hast du!«, zischte Mary.

»Aber ich sah, wie Andrew unserem Papa einen Sack voller Goldmünzen gab ...«

In Jamies Kopf pochte es schmerzhaft, und sie beschloss, der Sache auf den Grund zu gehen. »Papa, du hast doch kein Geld für mich genommen?«, fragte sie, unfähig, die Angst in ihrer Stimme zu unterdrücken.

»Natürlich nicht, mein Engel.«

»Papa, weißt du, dass du uns nur deine Engel nennst, wenn du etwas Schändliches getan hast?«, klagte Agnes. »Allmählich beginne ich diesen Kosenamen zu hassen, so wahr mir Gott helfe!«

»Ich sag's euch doch!«, kreischte Alice. »Ich sah, wie Andrew unserem Papa einen Beutel mit Goldmünzen gab.«

»Wie konntest du wissen, was in dem Beutel war?«, fragte Mary herausfordernd. »Hast du das zweite Gesicht?«

»Er ließ den Beutel fallen, und da rollten ein paar Münzen heraus.«

»Es war nur eine kleine Leihgabe!«, brüllte der Baron, um die allgemeine Aufmerksamkeit wieder auf sich zu ziehen. »Und jetzt hört mit diesem Unsinn auf! Als ob ich mein Baby jemals verkaufen würde!«

Erleichtert atmete Jamie auf. »Da siehst du's, Alice. Es war nur eine Leihgabe. Du hast mich völlig grundlos aufgeregt. Wollen wir jetzt zu unserem ursprünglichen Problem zurückkehren?«

»Papa schaut schon wieder so schuldbewusst drein«, meinte Mary.

»Natürlich! Du musst nicht auch noch Salz in seine Wunden reiben«, warf Jamie ihr vor. »Er ist ohnehin schon unglücklich genug.«

Dankbar lächelte der Baron seine jüngste Tochter an. »Das ist mein braver kleiner Engel«, lobte er. »Also, Jamie, du wirst dich verstecken, wenn die Schotten ankommen. Es wäre sinnlos, sie mit irgendwas zu reizen, was sie ohnehin nicht kriegen können.«

Zu spät erkannte er, dass er sich versprochen hatte.

»Die Schotten?«, wiederholte Alice. »Dieser Dämon namens Kincaid bringt also noch seinesgleichen mit?«

»Wahrscheinlich ein paar Verwandte, die an der Hochzeit teilnehmen sollen«, meinte ihre Zwillingsschwester.

»Hast du uns etwas verschwiegen, Papa?« Es fiel Jamie schwer, sich auf die Diskussion zu konzentrieren, denn sie konnte die Goldmünzen nicht vergessen. Warum hatte Papa eine Leihgabe von Andrew angenommen? »Ich habe das Gefühl, du möchtest uns noch etwas sagen.«

»Gütiger Himmel, gibt es denn noch mehr Hiobsbotschaften?«, ächzte Mary.

»Papa, was verheimlichst du uns?«, kreischte Alice.

Jamie bedeutete ihren Schwestern, den Mund zu halten, und das Bedürfnis, ihren Vater am grauen Wams zu packen und kräftig zu schütteln, überwältigte sie beinahe. »Darf ich den Brief des Königs lesen?«

»Wir hätten wirklich auch lesen und schreiben lernen sollen, als Jamies Mama anfing, ihr Unterricht zu geben«, meinte Agnes reumütig.

»Unsinn!«, protestierte Alice. »Feine Damen müssen so was nicht können. Wir hätten lieber lernen sollen, dieses grauenhafte Gälisch zu sprechen, das Jamie so gut beherrscht. Natürlich möchte ich dich nicht kränken, Jamie«, fügte sie hastig hinzu, als sie die gerunzelte Stirn ihrer jüngsten Schwester bemerkte. »Ich bedaure ehrlich, dass ich's nicht zusammen mit dir gelernt habe. Beak erbot sich, uns allen diese Sprache beizubringen.«

»Unserem Stallmeister machte es großen Spaß, mich zu unterrichten«, sagte Jamie. »Und Mama fand es amüsant. Sie war lange vor ihrem Tod bettlägerig und konnte sich kaum um mich kümmern, also war sie froh, dass Beak sich mit mir befasste.«

»Soll das etwa heißen, dass dieses Monstrum aus dem Hochland unsere Sprache nicht versteht?«, klagte Agnes, ehe sie in Tränen ausbrach.

Hätte sie nicht zu weinen begonnen, wäre es Jamie vielleicht gelungen, ihren Zorn zu bezähmen. »Was spielt das schon für eine Rolle?«, fauchte sie. »Der Mann wird nicht lange mit seiner Frau reden, bevor er sie umbringt.«

Mary schnappte nach Luft. »Also glaubst du das Gerücht?«

»Nein«, entgegnete Jamie zerknirscht. »Das war nur ein Scherz.« Sie schloss für einen Moment die Augen, betete stumm um Geduld und wandte sich dann zu Agnes. »Es war sehr unfreundlich von mir, dich so aufzuregen, Schwesterherz, und ich bitte dich um Entschuldigung.«

»Das will ich dir auch raten!«, schrie Agnes.

»Papa, gib Jamie den Brief«, verlangte Mary.

»Nein!«, herrschte der Baron sie an, dann mäßigte er seine Stimme, um die Engel nicht misstrauisch zu machen, was seine Beweggründe betraf. »Du brauchst dich nicht zu bemühen, Jamie. In diesem Schreiben steht nur, dass nächste Woche zwei Schotten hier eintreffen und zwei Bräute mitnehmen werden.«

Sofort begannen die Zwillinge wieder zu heulen wie kleine Kinder, die man unsanft aus dem Schlaf gerissen hatte. Und Mary schrie: »Ich laufe davon!«

»Ich glaube«, begann Jamie mit erhobener Stimme, um den Lärm zu übertönen, »wir müssen sofort einen Plan schmieden und überlegen, wie wir die Bewerber abschrecken können.«

Agnes unterbrach ihr Geschrei. »Hast du irgendeine Idee?«

»Es ist ein tückischer Plan, und ich wage kaum, ihn in Worte zu fassen. Aber immerhin steht euer Wohlbefinden auf dem Spiel. Also – wenn ich auf Brautschau ginge, würde ich bestimmt kein Mädchen wählen, das durch irgendein Gebrechen entstellt wäre.«

Langsam breitete sich ein Grinsen auf Marys Gesicht aus. Sie vermochte Jamies Gedankengängen immer am schnellsten zu folgen – insbesondere, wenn sie boshafte Zwecke verfolgten. »Oder so hässlich, dass man nicht hinschauen kann.« Ihre braunen Augen funkelten mutwillig. »Agnes und Alice, ihr müsst euch ein Leiden zulegen. Und ich werde mich möglichst fett und hässlich präsentieren.«

»Ein Leiden?« Alice blinzelte verwirrt. »Verstehst du, was sie meint, Agnes?«

Ihre Zwillingsschwester lachte, und plötzlich sah sie trotz der rotgeweinten Augen sehr hübsch aus. »Ganz einfach – wir werden krank! Am besten essen wir diese Beeren, die uns nicht bekommen. Aber wir müssen's zum richtigen Zeitpunkt tun, denn der Ausschlag hält nur ein paar Stunden an.«

»Ha, jetzt begreife ich's! Die dummen Schotten sollen glauben, wir hätten immer so grässliche Pickel auf den Gesichtern.«

Agnes nickte. »Ich werde die Pusteln aufkratzen, dann wirken sie noch scheußlicher.«

Die vier Mädchen lachten, und der Baron musterte seine Engel wohlwollend. »Ich hab's euch ja gesagt – es wird sich ein Ausweg finden.« Natürlich hatte er nichts dergleichen gesagt, doch das störte ihn nicht. »Nun werde ich mein Vormittagsschläfchen halten, damit ihr eure Pläne in Ruhe besprechen könnt.« In aller Eile ergriff er die Flucht.

»Vielleicht ist es diesen Schotten egal, wie ihr ausseht«, warnte Jamie, die plötzlich befürchtete, sie hätte falsche Hoffnungen in ihren Schwestern geweckt.

»Wir wollen darum beten, dass sie großen Wert auf Äußerlichkeiten legen«, schlug Mary vor.

»Ist es eine Sünde, wenn wir sie hintergehen?«, fragte Alice.

»Natürlich«, entgegnete Mary.

»Wir sollten es Vater Charles lieber nicht beichten«, wisperte Agnes. »Sonst lässt er uns einen Monat lang Buße tun. Außerdem sind es ja nur Schotten, die wir hinters Licht führen. Deshalb wird der Allmächtige sicher ein Einsehen haben.«

Jamie verließ ihre Schwestern und suchte Stallmeister Beak auf, einen alten Mann mit großer Habichtsnase, der schon seit vielen Jahren ihr Vertrauter war. Niemals plauderte er die Geheimnisse aus, in die sie ihn einweihte. Außerdem war er ein kenntnisreicher Mann, der ihr viele Dinge beigebracht hatte. In gewisser Weise ersetzte sie ihm den Sohn, den er nie bekommen hatte. Nur wenn es um Baron Jamison ging, stimmten sie nicht überein. Beak fand es falsch, wie der Hausherr seine jüngste Tochter behandelte. Und sie verstand nicht, was er daran auszusetzen hatte, denn sie war mit ihrem Leben zufrieden. Da sie in dieser Hinsicht zu keiner Einigung gelangen konnten, mieden sie das Thema.

Sie wartete, bis er Emmett mit irgendeinem Auftrag aus dem Stall geschickt hatte, dann erzählte sie die ganze Geschichte. Beak rieb sich das Kinn, ein sicherer Hinweis seiner ungeteilten Aufmerksamkeit.

»Alles ist meine Schuld«, gestand Jamie.

»Wieso glauben Sie das?«

»Ich hätte Papa veranlassen sollen, die Steuer zu entrichten. Nun müssen meine armen Schwestern den Preis für mein Versäumnis zahlen.«

»Versäumnis!«, murmelte Beak ungehalten. »Das Einzige, wofür Sie keine Verantwortung tragen, sind die Steuern und die Einteilung der Wachtposten, Mädchen. Sie werden sich noch zu Tode arbeiten. Gott verzeihe mir, dass ich Ihnen jemals was beigebracht habe. Hätte ich Sie nicht reiten und jagen gelehrt, würden Sie die Männer in diesen Künsten nicht übertreffen. So was ist unschicklich für eine Dame. Und ich habe das alles auf mein Gewissen geladen.«

Jamie ließ sich nicht von seiner kummervollen Miene täuschen. »Oft genug haben Sie mit meinen Fähigkeiten geprahlt, Beak. Sie sind sehr stolz auf mich.«

»Aye, das bin ich. Und ich werde nicht zuhören, wie Sie sich wegen der Sünden Ihres Vaters Vorwürfe machen.«

»Aber Beak ...«

»Sie werden also nicht in die Brautschau einbezogen?«, unterbrach er sie. »Finden Sie das nicht ein bisschen merkwürdig?«

»Doch, aber unser König wird seine Gründe haben. Es steht mir nicht zu, seine Entscheidungen infrage zu stellen.«

»Haben Sie den Brief gelesen?«

»Nein, Papa wollte mich damit nicht behelligen. Beak, was denken Sie? Plötzlich haben Sie diesen hinterhältigen Ausdruck im Gesicht, und der verheißt nichts Gutes.«

»Ich glaube, Ihr Papa führt was Schändliches im Schilde. Ich kenne ihn schon länger als Sie, Mädchen.«

»Er war immer gut zu mir – so, als wäre er mein leiblicher Vater.«

»Aye, aber das ändert nichts an den Tatsachen.«

In diesem Augenblick schlenderte Emmett in den Stall zurück, und Jamie ging sofort zu Gälisch über, denn sie wusste, wie gern er andere Leute belauschte. »Wie meinen Sie das, Beak?«

Statt zu antworten, erkundigte sich der alte Mann: »Wann kommen meine schottischen Landsleute?«

»In einer Woche. Während sie hier sind, muss ich mich wie eine Gefangene versteckt halten. Papa sagte, es wäre besser, wenn sie mich nicht sehen – wenn ich auch keine Ahnung habe, warum. Natürlich ist das mit Schwierigkeiten verbunden, wo ich doch so viele Pflichten zu erfüllen habe. Wer soll zum Beispiel das Wild für die Mahlzeiten erlegen? Was glauben Sie, wie lange die Schotten hier bleiben werden, Beak? Höchstens eine Woche, nicht wahr? Ich muss noch mehr Schweinefleisch pökeln, wenn sie ...«

»Hoffentlich bleiben sie einen Monat«, fiel er ihr ins Wort. »Sie brauchen wirklich mal ein bisschen Erholung, Jamie, sonst werden Sie noch Ihr eigenes Grab schaufeln, wenn Sie sich von Sonnenaufgang bis Sonnenuntergang abrackern. Ich mache mir große Sorgen um Sie, Mädchen. Noch nie haben Sie sich um Ihr eigenes Wohl geschert, und Sie waren immer viel zu leichtsinnig. Erinnern Sie sich an jenen Tag, wo ich außen am Turm hochklettern musste, um Sie runterzuholen? Damals lebte Ihre Mama noch, Gott hab sie selig. Sie haben nach mir geschrien, Jamie, und mir war da oben so schwindlig, dass ich mein Mittagessen ausspuckte, sobald wir wieder festen Boden unter den Füßen spürten. Sie hatten ein Seil zwischen die beiden Türme gespannt und dachten, Sie könnten drübergehen.«

Jamie lächelte. »Ich weiß noch, wie Sie mir den Hintern versohlten – so kräftig, dass ich zwei Tage lang nicht sitzen konnte.«

»Und Ihrem Papa gegenüber haben Sie's abgestritten, weil Sie dachten, er würde mir die Hölle heiß machen.«

»Das hätte er sicher getan.«

»Und dann wurden Sie auch noch von Ihrer Mama verhauen.« Beak lachte schallend. »Das wäre Ihnen erspart geblieben, hätte sie gewusst, dass Sie ohnehin schon bestraft waren.«

»Damals haben Sie mir das Leben gerettet«, gab Jamie zu.

»Nicht nur damals.«

»Aber jetzt bin ich erwachsen und trage meine Verantwortung. Das versteht sogar Andrew. Warum können Sie's nicht verstehen, Beak?«

Dieses heiße Eisen wollte er nicht anrühren. Er würde sie nur verletzen, wenn er ihr gestand, was er von ihrem Andrew hielt. Eine einzige Begegnung hatte ihm genügt, um den schwachen Charakter des Burschen zu beurteilen. Der dachte nur an sich selber. Und wann immer Beak an den Ehevertrag seiner geliebten Jamie erinnert wurde, drehte sich ihm der Magen um.

»Sie brauchen einen starken Mann, Mädchen, und ich weiß nicht, ob Ihnen jemals der Richtige über den Weg laufen wird. Und Sie haben immer noch diesen ungestümen Drang in sich. Sie wollen frei sein, auch wenn's Ihnen gar nicht bewusst ist.«

»Nun übertreiben Sie aber, Beak. So wild bin ich gar nicht mehr.«

»Glauben Sie, ich hätte Sie nicht auf dem Rücken Ihrer Stute stehen sehen, als sie über die Südwiese galoppierte? Ein Jammer, dass ich Ihnen dieses Kunststück beigebracht habe!«

»Sie haben mich beobachtet, Beak?«

»Irgendjemand muss ja auf Sie aufpassen.«

Jamie seufzte, dann kam sie wieder auf die Schotten zu sprechen. Geduldig hörte er zu und hoffte, es würde ihre Sorgenlast verringern, wenn sie sich alles von der Seele redete.

Als sie ihn dann verließ, um wieder ihren Pflichten nachzugehen, überschlugen sich seine Gedanken. Baron Jamison plante also ein Täuschungsmanöver. Aber das sollte ihm nicht gelingen. Beak beschloss, Jamie zu retten. Zuerst musste er sich natürlich diese Schotten anschauen. Wenn sich einer als anständiger, gottesfürchtiger Mann entpuppte, dem man das Mädchen anvertrauen konnte, würde Beak ihm verraten, dass der Lord nicht nur drei, sondern vier Töchter hatte.

Aye, Beak wollte Jamie vor einem traurigen Schicksal bewahren und ihr zur Freiheit verhelfen.

Gerade hat uns der Priester Murdock erzählt, Alec Kincaid würde mit einer englischen Ehefrau nach Hause kommen. Viele runzeln die Stirn – nicht, weil unser Laird wieder geheiratet hat, sondern weil seine Gemahlin eine Engländerin ist. Einige verteidigen ihn und sagen, er habe nur den Befehl seines Königs befolgt. Und andere wundern sich laut, wieso der Laird eine solche Bürde auf seine Schultern lädt.

O Gott, hoffentlich verliebt er sich in sie! Doch das wäre wohl zu viel von meinem Schöpfer verlangt, denn Alec verabscheut die Engländer genauso wie wir alle.

Trotzdem – es würde den Mord versüßen.

Kapitel 2

Alec Kincaid konnte seine Heimkehr kaum erwarten. Er hatte König Edgars Wunsch erfüllt und fast einen Monat in London verbracht, um die englische Hofhaltung zu studieren und möglichst viel über den unberechenbaren König von England zu erfahren. Diese Aufgabe war Alec äußerst unangenehm gewesen. Er fand die englischen Aristokraten pompös, die Damen schwachsinnig und König Henry zu wankelmütig. Andererseits zögerte Alec nie, die Vorzüge eines Mannes anzuerkennen. Und er gestand sich ein, dass es ihn tief beeindruckte, wie schnell König Henry die albernen Barone bestraft hatte, die des Hochverrats überführt worden waren.

Wenn sich Alec auch nicht über den Auftrag beklagt hatte, so erleichterte es ihn doch sehr, dass nun alles erledigt war. Als Laird eines großen Clans trug er schon genug Verantwortung. Wahrscheinlich herrschte mittlerweile ein heilloses Durcheinander in seiner zerklüfteten Hochland-Domäne. Die Campbells und MacDonalds würden Ärger machen – und nur Gott mochte wissen, was für Probleme ihn sonst noch erwarteten.

Und jetzt noch eine Verzögerung … Wenn er die Reise doch bloß nicht unterbrechen müsste, um zu heiraten …

Die geplante Ehe mit der fremden Engländerin betrachtete er nur als geringfügige Unannehmlichkeit. Er würde die Frau heimführen, um König Edgar einen Gefallen zu erweisen. Und sie würde König Henry gehorchen. So war das nun einmal in diesen Tagen, wo die beiden Herrscher ein fragiles Bündnis geschlossen hatten.

Henry wünschte ausdrücklich, dass Alec Kincaid zu den Lairds gehörte, die Engländerinnen ehelichen würden. Warum – das wussten sowohl Alec als auch Edgar. Kincaid, obwohl einer der jüngsten schottischen Clanführer, übte große Macht aus. Nach der Zählung unterstanden ihm etwa achthundert wackere Krieger, und dieses Heer konnte er noch verdoppeln, wenn er alle seine verlässlichen Verbündeten zu Hilfe rief. Kincaids Kampfkraft war in England eine geflüsterte Legende, im Hochland ein Triumphschrei.

Henry wusste zudem, dass Alec die Engländer nicht besonders mochte. Und er hatte Edgar gegenüber die Hoffnung geäußert, diese Ehe würde die Einstellung des mächtigen Lairds ändern und vielleicht sogar zu einer gewissen Harmonie führen. Aber Edgar war klüger, als es der englische König vermutete, und erriet dessen Bestreben, Alec auf seine Seite zu ziehen.

Alec und sein König amüsierten sich über Henrys Naivität. Aye, Edgar war Henrys Vasall, seit er vor dem englischen König auf den Knien gelegen und seinen Eid geleistet hatte, und außerdem am Londoner Hof aufgewachsen. Trotzdem sah er sich in erster Linie als schottischer König und zog seine treuen Clans allen anderen vor, insbesondere den Ausländern.

Offensichtlich verstand Henry nichts von Blutsbanden. Ihm ging es nur um die Möglichkeit, einen starken Verbündeten zu ergattern. Doch da beurteilte er Kincaid falsch, denn der würde Schottland und dessen König niemals den Rücken kehren.

Daniel, Alecs Freund seit der Kindheit und der künftige Laird des benachbarten Ferguson-Clans, hatte ebenfalls den

Befehl erhalten, eine englische Braut heimzuführen. Auch er hatte einen langweiligen Monat in London verbracht und sehnte sich genauso nach dem Hochland wie Alec.

Seit dem Morgengrauen waren beide Krieger in halsbrecherischer Geschwindigkeit dahingeritten und hatten nur zweimal angehalten, um den Pferden eine Ruhepause zu gönnen. Sie erwarteten, nur zwei Stunden in Jamisons Haus vergeuden zu müssen. Das sollte genügen, um zu essen, die Bräute zu wählen, zu heiraten, falls ein Priester zur Stelle war, und dann die Heimreise fortzusetzen. Sie wollten keine weitere Nacht auf englischem Boden verbringen, und sollten die Bräute andere Pläne haben, spielte das keine Rolle. Weder Alec noch Daniel scherten sich um die Wünsche der Mädchen. Die würden tun, was man ihnen sagte.

Alec errang das Privileg, zuerst seine Wahl treffen zu dürfen, indem er einen Kiefernstamm weiter warf als sein Freund. Aber keinem von beiden war die Sache wichtig genug gewesen, um bei dem Wettkampf seine ganze Kraft aufzubieten.

Drei Tage vor dem vereinbarten Zeitpunkt erreichten der Teufel und sein Schüler Baron Jamisons Haus. Beak entdeckte die schottischen Kriegsherren als Erster und gab ihnen diese passenden Namen. Er saß gerade auf der obersten Sprosse der Heubodenleiter. Es war Nachmittag, und er erwog die Möglichkeit eines Nickerchens, da er seit dem Mittagessen ununterbrochen in der warmen Frühlingssonne gearbeitet hatte. Andererseits hatte Lady Mary ihre Schwester Jamie zur Südwiese geführt, und man konnte nie wissen, welch einen Unsinn die beiden ausheckten. Deshalb musste man sie im Auge behalten. Seufzend rutschte er von der Leiter hinunter. Als er auf der zweiten Sprosse von oben anlangte, erblickte er die beiden Riesen, die auf ihn zuritten. Fast verlor er das Gleichgewicht und sperrte den Mund auf wie ein junger Spatz, der von seiner Mama gefüttert werden will. Beinahe hätte er sich bekreuzigt. Ein Glück, dass die beiden seine Knie nicht schlottern hörten, als er die restlichen Sprossen hinabkletterte.

Sein Herz schlug wie rasend. Er sagte sich, dass auch in seinen Adern schottisches Blut floss, wenn es auch von seinen Ahnen aus dem zivilisierten Tiefland stammte. Außerdem hielt er sich vor Augen, dass er noch nie einen Menschen nur nach dem Äußeren beurteilt hatte. Keine dieser beiden Tatsachen vermochte ihn angesichts der beiden Giganten, die kurz vor dem Stalltor ihre Pferde gezügelt hatten, zu beruhigen.

Er begann am ganzen Körper zu zittern und entschuldigte seine Feigheit vor sich selbst, indem er argumentierte, er sei ein ganz gewöhnlicher Mann, und beim Anblick dieser zwei Krieger müssten sogar die Apostel eine Gänsehaut bekommen.

Der eine, den er für den Schüler hielt, war groß und breitschultrig, mit dichten Haaren von der Farbe rostiger Eisennägel und meergrünen Augen, von grimmigen Furchen umgeben. So kraftvoll er auch aussah – verglichen mit dem Teufel wirkte er winzig. Der war um einen guten Kopf größer als sein Gefährte, kein Gramm Fett haftete an seiner Herkulesgestalt. Das Haar schimmerte genauso bronzebraun wie die Haut. Als Beak vorwärts stolperte, um das Gesicht genauer zu betrachten, bereute er das sofort. Die Eiseskälte in diesen dunklen Augen hätte sogar ein sommerliches Kleefeld gefrieren können.

Damit war sein närrischer Plan, Jamie zu retten, gescheitert. Lieber wollte er zur Hölle fahren, als das Mädchen einem dieser beiden Barbaren auszuliefern.

»Ich bin Beak, der Stallmeister«, würgte er schließlich hervor. »Sie sind früh dran, Mylords. Deshalb konnte ich die Familie nicht in ihrem Sonntagsstaat vor dem Haus versammeln, um Sie gebührend zu begrüßen.« Nachdem er vergeblich auf eine Antwort gewartet hatte, räusperte er sich beklommen. Wie die beiden Riesen ihn anstarrten, die Stirnen zerfurcht, zerrte immer heftiger an seinen Nerven. Nach einer Weile beschloss er, es noch einmal zu versuchen. »Ich werde mich jetzt um Ihre Pferde kümmern, Mylords, und Sie klopfen am besten an die Haustür.«

»Wir sorgen selbst für unsere Pferde, Alter«, entgegnete der Schüler. Seine Stimme klang nicht besonders angenehm.

Beak nickte und wich um ein paar Schritte zurück. Er beobachtete, wie die Lords abstiegen, ihre Sättel von den Pferderücken nahmen, und er hörte, wie jeder seinem Tier ein gälisches Lobeswort zuflüsterte. Es waren schöne Hengste, einer braun, der andere schwarz, beide makellos, und der Stallmeister entdeckte keinen einzigen Striemen auf den Hinterbacken. Da schöpfte er neue Hoffnung. Schon vor langer Zeit hatte er gelernt, dass man den Charakter eines Mannes nach der Art beurteilen musste, wie er seine Mutter und sein Pferd behandelte. Baron Andrews Hengst wies ständig Peitschenspuren auf. Wenn das kein Beweis für die Richtigkeit dieses Grundsatzes war …

»Warten Ihre Soldaten draußen vor der Mauer?« Beak sprach Gälisch, um zu bekunden, dass er ein Freund und kein Feind war. Seine Mühe schien den Schüler zu erfreuen, denn er lächelte ihn wirklich und wahrhaftig an. »Wir reiten allein.«

»Den weiten Weg – von London bis hierher?«, fragte Beak verdutzt.

»Ja.«

»Niemand hat Ihnen den Rücken gedeckt?«

»Wir brauchen keinen Schutz. Rückendeckung – das ist ein englischer Brauch, nicht unserer – was, Kincaid?«

Der Teufel hielt es für überflüssig, dies zu bestätigen.

»Und wie heißen Sie, Mylords?« Es war eine kühne Frage, die Beak da stellte, aber die Kriegerstirnen hatten sich geglättet, und das machte ihm Mut.

Statt einer Antwort meinte der Schüler: »Sie sprechen unsere Sprache recht gut, Beak. Sind Sie Schotte?«

Stolz straffte der Stallmeister die Schultern. »Das bin ich, und meine Haare waren rot, ehe sie sich grau färbten.«

»Mein Name ist Daniel, und ich stamme vom Clan Ferguson. Und er«, fügte der Schüler mit einem Blick auf seinen Begleiter hinzu, »wird von allen, die ihn gut genug kennen, Alec genannt. Er ist der Anführer des Kincaid-Clans.«

Beak verbeugte sich förmlich. »Es ist mir eine Freude und Ehre, Ihre Bekanntschaft zu machen. Schon seit Jahren habe ich nicht mehr mit einem Vollblutschotten gesprochen«, fuhr er grinsend fort, »und so weiß ich gar nicht, wie ich mich verhalten soll. Ich habe auch vergessen, wie groß die Hochländer sind. Als ich Sie beide gesehen habe, bin ich ziemlich erschrocken.« Er führte die Neuankömmlinge in den Stall, öffnete die Gatter zweier sauberer Boxen, stellte Wassereimer bereit und füllte die Futtertröge. Dann bemühte er sich, die Gäste in ein Gespräch zu verwickeln. »Sie sind tatsächlich um drei Tage zu früh dran, Mylords. Der Haushalt wird in helle Aufruhr geraten.«

Keiner der beiden äußerte sich zu dieser Bemerkung. Aber sie wechselten einen Blick, und der verriet deutlich, wie gleichgültig ihnen die Unruhe war, für die sie sorgten.

»Wer wurde denn erwartet – wenn nicht wir?«, fragte Daniel.

»Erwartet?«, wiederholte Beak verwirrt. »Niemand – das heißt, erst in drei Tagen.«

»Die Zugbrücke war herabgelassen, Mann, und kein einziger Wachtposten zeigte sich.«

»Ach, das meinen Sie.« Beak seufzte tief auf. »Die Zugbrücke ist fast immer heruntergelassen, und bei uns werden keine Wachen postiert. Baron Jamison neigt zur Vergesslichkeit.« Als er die ungläubigen Mienen der Krieger sah, fühlte er sich bemüßigt, seinen Herrn zu verteidigen. »In dieser abgeschiedenen Gegend werden nie welche belästigt. Und der Baron meint, es gibt ohnehin nichts Kostbares zu stehlen.«

»Nichts Kostbares?« Zum ersten Mal ergriff Kincaid das Wort. Seine Stimme klang erstaunlich sanft und doch kraftvoll. Als er Beak anschaute, begannen die Knie des alten Mannes wieder zu beben. »Immerhin hat er Töchter, oder?«

Die dunklen Augen schienen Feuer zu sprühen, und Beak konnte diesem Blick nicht allzu lange standhalten. Deshalb betrachtete er seine eigenen Stiefelspitzen, um sich auf die Unterhaltung zu konzentrieren. »Ja, er hat mehr Töchter, als ihm lieb ist.«

»Und die beschützt er nicht?« Daniel schüttelte verständnislos den Kopf und wandte sich zu Alec. »Hast du so was schon mal gehört?«

»Nein.«

»Was für ein Mann ist Baron Jamison?«, fragte Daniel den Stallmeister.

Diese Frage wurde von Kincaid beantwortet. »Ein Engländer, Daniel.«

»Und das erklärt alles, nicht wahr?«, bemerkte Daniel trocken. »Sagen Sie, Beak – sind die Töchter des Barons so hässlich, dass sie keinen Schutz brauchen? Oder steht es so schlecht um ihre Tugend?«

»Sie sind alle sehr hübsch, und jede ist so rein wie am Tag ihrer Geburt. Ich will tot umfallen, wenn das nicht stimmt. Aber der Vater vernachlässigt seine Pflichten.«

»Wie viele Töchter hat er?«, wollte Daniel wissen. »Wir haben uns nicht die Mühe gemacht, Ihren König danach zu fragen.«

»Sie werden drei zu sehen bekommen, Mylord«, murmelte Beak. Ehe er nähere Erklärungen abgeben konnte, wandten sich die beiden Krieger zum Stalltor. Jetzt oder nie, dachte er, holte tief Atem und rief: »Sind Sie beide mächtige Lairds, oder befehligt nur einer von Ihnen einen größeren Clan?«

Alec hörte die Angst, die in der Stimme des Stallmeisters mitschwang. Das verblüffte ihn dermaßen, dass er sich umdrehte. »Was veranlasst Sie zu dieser unverschämten Frage?«

»Ich wollte nicht respektlos erscheinen«, beteuerte Beak hastig, »und ich habe gute Gründe, mich danach zu erkundigen. Natürlich weiß ich, dass ich meine Befugnisse überschreite. Trotzdem werde ich mich einmischen. Irgendjemand muss die Interessen des Mädchens wahren, und die liegen niemandem so sehr am Herzen wie mir.«

Daniel runzelte verwirrt die Stirn. »In ein bis zwei Jahren werde ich meinen Clan als rechtmäßig gewähltes Oberhaupt übernehmen. Kincaid ist schon jetzt der Laird. Genügt Ihnen diese Antwort?«

»Dann wird er sich also zuerst seine Braut aussuchen?«

»Ja.«

»Und er ist mächtiger als Sie?«

Daniel nickte. »Vorerst«, erwiderte er grinsend. »Haben Sie noch nie vom Kincaid-Heer gehört?«

»Aye, ich kenne alle möglichen Geschichten.«

Der grimmige Tonfall des Stallmeisters belustigte Daniel. Offenbar fürchtete sich der alte Mann vor Alec. »Ich nehme an, die Geschichten beinhalten Kincaids Kampftaktiken?«

»Allerdings, und ich will lieber nicht dran glauben.«

Beak warf einen raschen Blick auf Alec. »Diese Geschichten wurden von Engländern erzählt, und die haben sicher übertrieben, was die Grausamkeit des Lairds betrifft.«

Daniel grinste seinen Freund an. »Zweifellos. Man behauptet also, er kenne keine Gnade – kein Mitleid?«

»Aye.«

»Dann sollten Sie den Geschichten Glauben schenken, Beak, weil sie der Wahrheit entsprechen – was, Alec?«

»Aye«, stimmte Kincaid gleichmütig zu.

»Ihre Fragen erheitern mich, Beak«, fuhr Daniel fort, »wenn ich auch keine Ahnung habe, was Sie eigentlich herausfinden wollen. Möchten Sie sonst noch was wissen?«

Beak nickte eingeschüchtert und musterte Alec, während er überlegte, wie er das Problem erklären sollte, ohne Jamies Vertrauen allzu schändlich zu missbrauchen. Als Alec die Angst in der Miene des alten Mannes las, ging er auf ihn zu. »Was haben Sie mir zu sagen?«

Mit bebender Stimme platzte Beak heraus: »Haben Sie jemals eine Frau misshandelt, Alec Kincaid?«

Diese Frage schien dem Laird nicht sonderlich zu gefallen. In seinen Augen blitzte es zornig auf, und Beak wich instinktiv um einige Schritte zurück und hielt sich an der Stallwand fest.

»Ich war geduldig mit Ihnen, weil Sie ein Schotte sind, Alter, aber wenn Sie noch einmal so mit mir reden, werden das Ihre letzten Worte sein.«

»Natürlich – aber da ich Ihnen ein wunderbares Geschenk machen möchte, muss ich vorher herausfinden, ob Sie seinen Wert erkennen werden, Mylord.«

»Er spricht in Rätseln.« Daniel stellte sich an die Seite seines Freundes und schaute genauso finster drein wie Alec, was dem Stallmeister nicht entging. »Anscheinend sind Sie schon sehr lange in England, sonst würden Sie nicht so dummes Zeug quatschen.«

»Ich weiß, das alles erscheint Ihnen sinnlos«, gab Beak bedrückt zu. »Aber wenn ich zu viel sage, würde ich meine Herrin verraten. Und die wäre durchaus imstande, mir bei lebendigem Leib die Haut abzuziehen.«

»Sie fürchten sich vor einer Frau?«, fragte Daniel. »Tatsächlich?«

Beak beachtete weder das erstaunte Gesicht des jungen Mannes noch den spöttischen Unterton. »Ich fürchte mich vor keiner Frau, aber ich will mein Wort nicht brechen. Das Mädchen bedeutet mir sehr viel, und ich schäme mich nicht, Ihnen zu gestehen, dass ich es wie eine Tochter liebe.« Tapfer versuchte er Alecs hartem Blick standzuhalten, was ihm kläglich misslang. Oh, wäre doch der andere Krieger der mächtigere von den beiden ... »Sind Sie stark genug, um zu beschützen, was Ihnen gehört?«, fragte er den Laird, um die Angelegenheit endlich zu beenden.

»Das bin ich.«

»Baron Andrew wird viele Soldaten zusammentrommeln und dem Geschenk nachjagen, wenn ich's Ihnen gegeben habe. Und er ist mit dem englischen König befreundet«, fügte Beak hinzu und hob die Brauen, um dieser Eröffnung Nachdruck zu verleihen.

Kincaid schien wenig beeindruckt. »Das kümmert mich nicht.«

»Wer ist Baron Andrew?«, erkundigte sich Daniel.

»Ein Engländer«, erwiderte Beak.

»Umso besser«, meinte Alec. »Wenn ich beschließe, Ihr

Geschenk anzunehmen, lasse ich mich gern von einem Engländer zum Kampf auffordern. Der wird mich wohl kaum in Gefahr bringen.«

Beak atmete sichtlich auf. »Da gibt's kein Wenn.«

»Ist das Geschenk vielleicht ein Pferd?« Daniel blinzelte verwirrt. Er verstand immer noch nicht, was der Stallmeister im Schilde führte.

Kincaid wusste es umso besser. »Es ist kein Pferd, Daniel.«

Zufrieden grinste Beak. Der Mann war nicht dumm. »Wenn Sie mein Geschenk gesehen haben, Laird Kincaid, werden Sie's sofort begehren. Mögen Sie blaue Augen?«

»Im Hochland findet man viele blaue Augen, Beak«, warf Daniel ein.

»Nun ja, Blau und Blau – das ist zweierlei«, entgegnete der Stallmeister gedehnt und kicherte, dann räusperte er sich und fuhrt fort: »Um Ihnen bei der Lösung des Rätsels zu helfen, Laird Kincaid – Baron Jamison behandelt seine Töchter wie Pferde. Das werden Sie bald selber merken. Die hübschen drei Stuten in diesen drei Boxen sind für die Damen bestimmt. Aber wenn Sie diesem langen Korridor folgen und um die Ecke biegen, finden Sie eine verborgene Box in der Ecke, neben der Seitentür, getrennt von den anderen. Dort verwahrt der Baron seine weiße Schönheit, die auf einen passenden Hengst wartet. Tun Sie einem alten Schotten den Gefallen, und schauen Sie sich das Mädchen mal an. Sie werden Ihre Zeit nicht verschwenden, Mylord.«

»Jetzt hat er mich neugierig gemacht«, gestand Daniel seinem Freund.

Sie ließen sich von Beak zur Box am anderen Ende des Stalls führen. Einen Strohhalm zwischen die Zähne geklemmt, beobachtete der alte Mann, wie temperamentvoll sich die Stute gebärdete, als Alec sie streichelte. Die Nebentür stand einen Spaltbreit offen, und ein Sonnenstrahl fiel herein, in dem die Silbermähne schimmerte. Es dauerte eine Weile, bis sich das prächtige Pferd fügte, doch dann zeigte es dem Laird die sanfte Seite seines Wesens. Beak hoffte, der Krieger würde Jamie ebenso geduldig zähmen.

»Sie ist in der Tat wundervoll«, meinte Daniel.

»Aber noch ziemlich wild.« Jetzt lächelte Alec, und Beak erriet, dass der Laird ein wildes Gemüt nicht als Makel betrachtete.

»Sie heißt Wildfeuer«, erklärte der Stallmeister, »und diesen Namen verdient sie auch. Den Baron lässt sie nicht in ihre Nähe. Und so schenkte er sie seiner jüngsten Tochter, nachdem sich herausgestellt hatte, dass sie als Einzige mit ihr umgehen kann.«

Alec lächelte noch einmal – ein wahres Wunder –, als Wildfeuer in seine Hand zu beißen versuchte. »Ein freches kleines Ding! Wenn sie von einem guten Hengst gedeckt wird, müsste sie eine recht lebhafte Nachkommenschaft gebären.«

Beak musterte ihn aufmerksam und grinste, als er dem Blick des Kriegers begegnete. »Genauso denke ich auch über das Geschenk, das ich Ihnen geben will. Wie ich bereits sagte, Laird Kincaid – der Baron behandelt seine Töchter wie Pferde. Drei finden Sie in den Boxen da vorn ...« Er gelobte sich, nichts mehr zu sagen. Den Rest des Rätsels musste der junge Schotte allein lösen.

»Beak? Sind Sie da drinnen?«

Sofort erkannte er Lady Jamies Stimme, und vor Schreck verschluckte er beinahe den Strohhalm, an dem er kaute. »Das ist die jüngste Tochter des Barons«, erklärte er den beiden Kriegern, »und da ist die Seitentür«, fügte er flüsternd hinzu. »Durch die erreichen Sie das Haus auf dem schnellsten Weg. Ich werde jetzt erst mal sehen, was meine Jamie will.«

Für seine Jahre bewegte sich Beak erstaunlich schnell. Er bog um die Ecke und fing Jamie und deren Schwester Mary bei den vorderen Boxen ab.

»Haben Sie mit jemandem gesprochen, Beak?«, fragte Mary. »Ich glaubte zu hören ...«

»Ich habe Wildfeuer nur einen kurzen Besuch abgestattet«, log er.

»Jamie meinte, Sie würden schlafen und wir könnten uns reinschleichen, unsere Pferde rausholen und noch mal reiten«, gestand Mary.

»Um Himmels willen, Mary, das musst du ihm doch nicht auf die Nase binden!«, schimpfte Jamie.

»Hast du's nun gesagt oder nicht?«

»Schande über Sie, Jamie!«, tadelte Beak. »Ich schlafe nie während der Arbeitszeit, und Sie sollten nirgends herumschleichen.« Albern grinste er sie an. »Das ist nicht damenhaft.«

»Doch, manchmal schlafen Sie«, entgegnete Jamie und fand sein Lächeln ansteckend. »Heute sind Sie großartig gelaunt, was?«

»Ja, das bin ich«, bestätigte er und versuchte seine Aufregung zu verbergen. Jamie durfte keinen Verdacht schöpfen. Würden die Krieger immer noch bei Wildfeuer stehen? Wenn der Laird Jamies Schönheit auch nicht sehen konnte, ihre sanfte, ein wenig raue Stimme würde gewiss seine Aufmerksamkeit wecken. »Und was haben die Damen an diesem sonnigen Nachmittag vor?«

»Wir wollten ausreiten.« Mary starrte den alten Mann verwirrt an. »Das sagten wir doch gerade. Fühlen Sie sich nicht gut, Beak? Jamie, er sieht so erhitzt aus.«

Jamie berührte seine Stirn mit dem Handrücken. »Er hat kein Fieber.«

»Sie werden spazieren gehen.« Beak verschränkte die Arme vor der Brust, um zu betonen, dass er es ernst meinte.

»Warum können wir nicht ausreiten?«, fragte Mary.

»Weil ich die Stuten gerade zur Ruhe gebettet habe. Sie wurden gefüttert, verwöhnt und in den Schlaf gelullt.« Aus Angst, sie könnten sich überzeugen wollen, ob er die Wahrheit sagte, fuhr er hastig fort: »Außerdem sollten Sie sich auf Ihren Besuch vorbereiten.« Kurzerhand packte er Marys rechten und Jamies linken Arm und zog beide Mädchen zum Haupttor des Stalls.

»Mary hat mir klar gemacht, dass ich mich bei diesem herrlichen Wetter nicht um unsere unwillkommenen Gäste sorgen soll«, erwiderte Jamie. »Reißen Sie doch nicht so an meinem Arm, Beak!«

»Wir haben noch drei Tage Zeit«, warf Mary ein, »und Jamie wird noch genug Muße finden, um den Haushalt in Ordnung zu bringen.«

»Dabei sollten Sie ihr helfen, Mädchen. Das würde Ihnen gut tun.«

»Nörgeln Sie nicht an ihr herum, Beak!«, mahnte Jamie. »Wenn ich Mary bitte, mir beizustehen, wird sie's gewiss tun.«

»Da wir gerade davon reden ...« Mary wandte sich zu dem alten Mann, der sie skeptisch anschaute. »Ich wollte Sie auch um was bitten, Beak.«

»Du solltest ihn jetzt nicht belästigen, Mary«, warnte Jamie.

»O ja, ich werde ihn belästigen, weil ich seine Ratschläge sehr schätze. Außerdem will ich wissen, ob du mir die Wahrheit gesagt hast.«

»Wie niederträchtig von dir!« Aber Jamies fröhlicher Blick zeigte, dass sie nicht ernsthaft böse war.

»Jamie hat mir eine ganze Menge von diesem abscheulichen Schottenvolk erzählt, Beak, und deshalb würde ich gern weglaufen. Was halten Sie von diesem kühnen Plan?«

Er verkniff sich ein Grinsen. »Das hängt davon ab, wohin Sie laufen wollen.«

»Oh, darüber habe ich noch gar nicht nachgedacht ...«

»Warum sollten Sie auch davonlaufen, Mary? Was für Schauergeschichten hat Ihre Schwester erzählt? Glauben Sie ihr etwa?«

»Aber Beak! Wie kommen Sie darauf, ich könnte Mary belügen?« Mühsam bekämpfte Jamie ihren Lachreiz.

»Weil ich errate, was in Ihrem Gehirn vorgeht, Jamie. Also, womit haben Sie Ihre arme Schwester heute wieder gequält? Sie zittert ja vor Angst. Und zufällig weiß ich, dass Sie keine blasse Ahnung von Schottland und seinen Bewohnern haben.«

»Immerhin ist mir bekannt, dass sie Schafsgehirne besitzen.« Jamie zwinkerte ihm zu, unbemerkt von Mary. »Natürlich nur die Hochländer. Die Leute, die im Tiefland geboren wurden, sind sehr klug – so wie Sie, Beak.«

»Versuchen Sie bloß nicht, mich mit Schmeicheleien zu umgarnen!«, warnte er. »Damit richten Sie diesmal nichts aus. Ich sehe doch, wie besorgt Mary ist, wie sie die Hände ringt. Was haben Sie ihr eingeredet?«

»Ich erwähnte nur, ich hätte gehört, die Schotten wären ein genussfreudiges Volk.«

»Das ist doch nicht so schlimm, Mary«, meinte Beak.

»Und sie haben einen gewaltigen Appetit«, fügte Mary hinzu.

»Halten Sie das für eine Sünde?«

»O ja!«, rief Mary.

»Völlerei!«, betonte Jamie lächelnd.

»Außerdem behauptete meine Schwester, sie würden ständig kämpfen«, ergänzte Mary.

»Nein, ich sagte, sie würden meistens kämpfen«, verteidigte sich Jamie. »Wenn du meine Worte wiederholst – dann bitte genau!«

»Kämpfen sie wirklich die ganze Zeit, Beak?«, fragte Mary.

Ehe er antworten konnte, kam Jamie ihm zuvor. Anmutig zuckte sie die Achseln.

»Offenbar fallen sie sehr gern über arglose Leute her.«

Beak bemerkte die zarte Röte auf Jamies Wangen. Anscheinend war sie verlegen, weil ihre Schwester aus der Schule plauderte. O ja, sie neigte zu boshaften Scherzen. Und jetzt schaute sie genauso schuldbewusst drein wie an jenem Tag, wo sie Mary weisgemacht hatte, Papa wolle sie ins Kloster schicken. Immer war sie zu einem Schabernack aufgelegt. Und was für einen Anblick sie bot ... Heute trug sie Königsblau, Beaks Lieblingsfarbe, und das Haar fiel ihr in dichten, wirren Locken auf die schmalen Schultern. Schmutzflecken zierten ihre Nase und ihr Kinn. Er wünschte, Laird Kincaid könnte sie jetzt sehen, denn ihre violetten Augen leuchteten vor Lebenslust.

Auch Mary war recht hübsch in ihrem rosa Kleid, das aber nicht mehr allzu sauber wirkte. Was mochten die beiden Schwestern getrieben haben? Doch Beak entschied, dass er das lieber nicht wissen wollte.

Nun wurden seine Gedanken zum ursprünglichen Thema zurückgelenkt, als Mary herausplatzte: »Jamie sagt, die Schotten würden sich alles nehmen, was sie wollen. Und sie haben eine besondere Schwäche für starke Pferde, fette Schafe und sanfte Frauen.«

»Pferde, Schafe und Frauen?«, vergewisserte sich Beak.

»Ja, in dieser Reihenfolge. Jamie meint, sie schlafen lieber bei ihren Pferden als bei ihren Frauen. Stimmt das? Stehen die Frauen wirklich an letzter Stelle?«

Statt zu antworten, starrte er Jamie an. Mit einem zwingenden Blick forderte er sie auf, die Wahrheit zu bekennen. Er glaubte Schuldgefühle in ihrer Miene zu lesen, wusste aber nicht, ob sie in Gelächter ausbrechen oder um Verzeihung bitten würde.

Die Fröhlichkeit siegte. »Schon gut, Mary, ich wollte dich nur ein bisschen auf den Arm nehmen.«

»Wie ihr ausseht!«, schimpfte Beak. »Ganz schmutzig, wie Bauernmädchen. Feine Damen, in der Tat! Was habt ihr denn auf der Wiese gemacht?«

»Jetzt versucht er mich abzulenken«, erklärte Mary ihrer Schwester. »Aber du wirst dich bei mir entschuldigen, Jamie. Eher rühre ich mich nicht vom Fleck. Und wenn du mich noch ein einziges Mal anschwindelst, erzähl ich's Vater Charles, und der wird dir eine ganz schlimme Buße aufbrummen.«

»Es ist deine Schuld, nicht meine«, wehrte sich Jamie. »Du lässt dich so leicht an der Nase herumführen wie ein junges Hündchen.«

Mary wandte sich wieder zu Beak. »Man sollte glauben, meine Schwester müsste etwas mehr Mitgefühl angesichts meiner schrecklichen Lage zeigen. Sie braucht ja nicht vor die schottischen Kriegsherren hinzutreten und zu beten, sie möge nicht gewählt werden. Papa will sie verstecken.«

»Nur weil ich im Brief des Königs nicht erwähnt wurde«, warf Jamie ein.

»Da bin ich mir nicht so sicher«, erwiderte Beak. »Papa würde niemals lügen.«

»Was das betrifft, möchte ich kein Urteil abgeben. Mary,

offenbar hat Ihre Schwester nur lauter grässliche Dinge über die Schotten behauptet. Aber Sie machen sich grundlose Sorgen.«

»Sie hat mir noch andere Geschichten erzählt, Beak. Und weil die gar so abscheulich klangen, wurde ich misstrauisch. So leichtgläubig bin ich nun auch wieder nicht, wie sie sich's einbildet.«

Die Stirn drohend gefurcht, schaute er Jamie an. »Nun, Mylady?«

Sie seufzte tief auf. »Nun, ich geb's zu – einiges habe ich erfunden. Aber viele Geschichten stimmen wirklich, Beak.«

»Wie können Sie das wissen? Ich habe Ihnen oft genug eingeschärft, Sie sollen nicht auf Klatsch und Tratsch hören.«

»Was ist das für ein Klatsch?«, fragte Mary.

»Die Schotten bewerfen einander mit Kiefernstämmen, nur zum Spaß.«

»O nein.«

»Doch!«, bekräftigte Jamie. »Und wenn das kein barbarisches Ritual ist, dann weiß ich nicht, was man als solches bezeichnen muss.«

»Du meinst tatsächlich, ich würde dir alles glauben, was?«

»Das stimmt teilweise, Mary«, erklärte Beak. »Sie werfen Kiefernstämme – aber nicht aufeinander.«

Mary schüttelte den Kopf. »Ihr Grinsen verrät, dass Sie mich nur aufziehen wollen, Beak ... O ja!«, rief sie mit Nachdruck, als er protestieren wollte. »Und ist es wahr, dass sie Frauenkleider tragen?«

»Was ...« Er hüstelte und hoffte, die beiden Krieger hätten den Stall schon verlassen und würden dieses schändliche Gespräch nicht belauschen. »Ich finde, wir sollten uns draußen weiter unterhalten. Bei diesem schönen Wetter muss man ganz einfach an die frische Luft gehen.«

»Es stimmt.« Jamie ignorierte Beaks Vorschlag. »Die Schotten tragen Frauenkleider – nicht wahr, Beak?«

»Wo haben Sie denn diese Ungeheuerlichkeit gehört?«

»Cholie hat's erzählt.«

»Cholie?«, fauchte Mary. »Wärst du so freundlich gewesen, das zu erwähnen, hätte ich dir kein Wort geglaubt. Du weißt so gut wie ich, dass die Küchenmägde ständig am Alekrug hängen. Wahrscheinlich war Cholie betrunken.«

»O nein, war sie nicht!«

Hastig mischte sich Beak ein, um einen Streit zu verhindern. »Die Schotten tragen Röcke, die bis zum Knie reichen.«

»Ich hab's dir ja gesagt, Mary!«, triumphierte Jamie.

»Diese Röcke heißen Kilts«, fuhr Beak fort, »und dazu gibt's passende Überwürfe, die Tartans genannt werden. Die Schotten halten ihre Tracht hoch in Ehren, und sie wären sicher beleidigt, wenn man sie als Frauenkleidung bezeichnen würde.«

»Kein Wunder, dass sie ständig kämpfen müssen«, meinte Jamie. Sie hatte Cholies Behauptung nicht geglaubt, aber sie schien der Wahrheit zu entsprechen, nach Beaks aufrichtiger Miene zu urteilen.

Mary nickte. »Aye, sie müssen ihre wallenden Kleider verteidigen.«

»Es sind keine wallenden Kleider!«

»Jetzt sieh mal, was du angestellt hast, Jamie!«, tadelte Mary. »Du hast Beak doch tatsächlich dazu gebracht, uns anzuschreien.«

»Tut mir Leid, Beak«, sagte Jamie zerknirscht. »Heute sind Sie aber schrecklich nervös. Ständig schauen Sie über die Schulter. Glauben Sie, dass sich jemand von hinten an uns ranpirschen könnte?«

»Ich habe mein Nickerchen versäumt«, stieß Beak hervor. »Deshalb bin ich schlecht gelaunt.«

»Dann müssen Sie sich jetzt endlich ausruhen«, entschied Jamie. »Komm, Mary! Beak hat uns lange genug ertragen, und ich merke ihm an, dass er sich nicht gut fühlt.« Sie nahm die Hand ihrer Schwester und führte sie zur Tür. »Großer Gott, sie tragen wirklich Frauenkleider! Ich wollte Cholie nicht glauben, aber nun wurde ich eines Besseren belehrt.«

»Ich laufe weg, das steht fest«, verkündete Mary laut genug, sodass der Stallmeister es hören konnte. Plötzlich hielt sie inne und drehte sich um. »Eins muss ich noch wissen, Beak!«

»Ja, Mary?«, entgegnete er vorsichtig.

»Wissen Sie, ob die Schotten dicke Frauen hassen?«

Diese absurde Frage konnte er nicht beantworten. Er zuckte nur die Schultern, und Mary eilte ihrer Schwester nach. Beide Mädchen rafften die Röcke und rannten durch den Burghof. Während er ihnen nachblickte, kicherte er leise.

»Sie trägt einen Männernamen.«

Erschrocken zuckte er zusammen. Er hatte Alec Kincaids Schritte nicht gehört. Nun wandte er sich zu dem riesigen Krieger um. »Damit wollte ihr die Mama einen Platz in dieser Familie sichern. Baron Jamison hat Jamie nicht gezeugt, aber er behandelt sie so, als wäre sie sein Fleisch und Blut. Das muss ich ihm zugestehen. Nun, haben Sie Jamie genau angeschaut?«

Alec nickte.

»Sie gefällt Ihnen, was?«

Kincaid starrte den alten Mann durchdringend an, ehe er antwortete. »Aye. Ich nehme sie.« Die Wahl war getroffen.

Kapitel 3

Jamie erfuhr nichts von der verfrühten Ankunft der Schotten, bis der Rinderhirt Merlin sie aufsuchte und berichtete, im Haus sei der Teufel los, und ihr Papa wolle sie sofort sehen. In seiner gestotterten Erklärung versäumte er es, die beiden Besucher zu erwähnen. Das war nicht seine Schuld, denn die violetten Augen seiner schönen Herrin brachten ihn völlig durcheinander. Nun lächelte sie, und sein Herz begann zu flattern, als wäre er eine alberne kleine Zofe. Aber das störte ihn nicht. Er scheuchte nur alle Gedanken bis auf einen einzigen aus seinem Gehirn – Lady Jamie schenkte ihm ihre ungeteilte Aufmerksamkeit.

Natürlich verschlimmerte sich das Gestammel, doch das spielte keine Rolle. Jamie konnte dem Ruf ohnehin nicht sofort folgen. Eine Verletzung erforderte ihre sofortigen Bemühungen. Der arme alte Silas, dessen Augenlicht so schwach war wie seine Hände, brüllte wie am Spieß, sodass die Ferkel protestierend quiekten. Versehentlich hatte er in seinen Oberarm geschnitten statt in das Lederstück, aus dem er einen Sattelbezug anfertigen wollte. Die Wunde war geringfügig und musste nicht mit einem glühendheißen Messer bearbeitet werden. Trotzdem brauchte Jamie ziemlich lange, um den Alten zu beruhigen, nachdem sie den Schnitt gesäubert und verbunden hatte.

Währenddessen stand Merlin neben der Köchin Cholie, eifersüchtig auf die Fürsorge, die seine schöne Herrin an Silas verschwendete. Außerdem war er ziemlich verzweifelt, weil er sich nicht an die andere Nachricht erinnern konnte, die er ihr überbringen sollte.

Jamie vollendete ihr barmherziges Werk und ließ Silas in Cholies fähigen Händen zurück. Wie sie wusste, würden die beiden jetzt mindestens einen Krug Ale leeren. Doch sie hielt das für keine Sünde. Der Alte brauchte eine kleine Stärkung, und Cholie kannte keine andere Methode, um ihn zu trösten.

»Ich kann nicht alles gleichzeitig machen«, entgegnete sie, als Merlin zum zweiten Mal auf den Wirbel im Haus hinwies, und lächelte ihn an, um dem Tadel die Schärfe zu nehmen. Dann kehrte sie dem bekümmerten Hirten den Rücken und rannte den Hang zum Haus hinauf, die Röcke bis zu den Knien hochgerafft. Drei verspielte Windhunde sprangen neben ihr her. Weder Jamie noch ihre vierbeinigen Freunde drosselten das Tempo, bis sie durch die offene Tür in die große Halle stürmten.

Abrupt blieb sie stehen. Zwei Krieger lehnten lässig am Kaminsims und erregten sofort Jamies Aufmerksamkeit. Völlig überrumpelt, konnte sie ihre Verblüffung nicht verbergen und riss die Augen auf. Unglücklicherweise klangen die ersten beiden Worte, die ihr entschlüpften, nicht besonders damenhaft. »Oh, verdammt!« Es war nur ein halbersticktes Flüstern, das sich ihrer Kehle entrang, aber da der größere der beiden Riesen die rechte Braue hob, hatte er es offenbar gehört.

Sie wagte nicht zu knicksen, denn hätte sie es versucht, wäre sie wegen ihrer zitternden Knie vermutlich auf dem Bauch gelandet. Und sie konnte ihren Blick nicht von dem größeren Mann abwenden, der nun ihre Beine unter den geschürzten Röcken begutachtete. Nie zuvor hatte sie ein so bösartiges Gesicht gesehen.

Entschlossen redete sie sich ein, sie habe keine Angst.

Nein, dafür war sie viel zu wütend. Sie ließ die Röcke fallen, straffte die Schultern und hielt den durchdringenden Augen stand. Schließlich fiel ihr die Grabesstille in der Halle auf. Sie musterte ihre Schwestern. Die drei standen nebeneinander wie Verbrecherinnen, die auf ihre Hinrichtung warteten. Sobald Agnes Jamies mitleidigen Blick auffing, begann sie zu weinen. Alice legte ihr einen Arm um die Schultern, sichtlich bemüht, Trost zu spenden. Dieses Vorhaben schlug fehl, und sie brach ebenfalls in Schluchzen aus. Auch Mary, an Agnes' Seite postiert, schien den Tränen nahe zu sein. Sie hatte die Hände vor der Brust ineinander geschlungen, sah Jamie beschwörend an, als wollte sie sagen: ›Lieber Gott, schau dir die beiden doch an!‹ Dann senkte sie den Kopf.

Irgendetwas musste geschehen. Die Zwillinge durften keine Schande über die Familie bringen.

»Agnes, Alice – hört sofort zu heulen auf!«

Die zwei Schwestern wischten sich über die Augenwinkel und rangen nach Fassung. Erst jetzt bemerkte Jamie ihren Vater. Er saß am Tisch, ergriff einen der beiden Krüge, die vor ihm standen, und füllte seinen Becher. Offenbar lag es an ihr, die Besucher auf höfliche englische Weise zu begrüßen. Aber der Impuls, den Fremden vorzuwerfen, sie seien drei Tage zu früh gekommen, überwältigte Jamie beinahe. Ihr Pflichtgefühl siegte. Außerdem waren die beiden Schotten vermutlich zu dumm, um zu begreifen, wie ungehobelt sie sich benahmen.

Langsam ging sie zu ihnen. Als sie die Hunde neben sich knurren hörte, verscheuchte sie die drei mit einer heftigen Geste, dann brachte sie einen formvollendeten Knicks zustande, der ihrem Status als Hausherrin entsprach. Eine Haarsträhne fiel über ihr linkes Auge, während sie den Kopf neigte, und verdarb die geplante hochmütige Wirkung. Sie richtete sich auf, warf die Locken nach hinten und lächelte gezwungen. »Ich hätte Sie gern in unserem bescheidenen Heim willkommen geheißen, da kein anderes Familienmitglied die Gebote der Höflichkeit zu beachten scheint«, begann sie. »Aber wir waren nicht auf Ihre Ankunft vorbereitet, und das werden Sie hoffentlich verzeihen, wenn Sie bedenken, dass wir erst in drei Tagen mit Ihrem Erscheinen gerechnet haben.« Während dieser kurzen Rede starrte sie die Kriegerstiefel an, dann blickte sie auf. »Ich heiße ...«

»Lady Jamie«, fiel ihr der kleinere Riese ins Wort.

Sie hatte auf einen Punkt zwischen den beiden gestarrt. Nun wandte sie sich zu dem Mann, der soeben gesprochen hatte. Er sah nicht so gemein aus wie der andere. Das entschied sie, als er lächelte, denn dabei bildete sich ein nettes Grübchen auf einer Wange. Und die grünen Augen funkelten fröhlich. Doch das weckte ihr Misstrauen. Der Mann wirkte viel zu heiter angesichts der betrüblichen Umstände und der heulenden Zwillingsschwestern. Nun, in seiner Beschränktheit versteht er wahrscheinlich nicht, was er angerichtet hat, dachte sie. Er ist ja nur ein Schotte.

»Und Ihr Name, Mylord?«, fragte sie kühl.

»Daniel.« Er wies auf seinen Begleiter. »Und er heißt Alec.«

Sein Grinsen erwies sich als ansteckend. Ein Charmeur, sagte sich Jamie und lächelte unwillkürlich zurück. Mit seinem Begleiter wollte sie eigentlich nicht reden, aber ihr blieb nichts anderes übrig. Mühsam behielt sie ihr Lächeln bei und schaute ihn an.

Sein Blick, heiß wie die Mittagssonne, schüchterte sie mühelos ein. Er schenkte ihr kein Lächeln, und ihr eigenes erlosch. Plötzlich geriet sie in Verlegenheit und wusste nicht, warum. Noch nie war sie sich so verletzlich vorgekommen. Sie spürte, wie ihr das Blut in die Wangen stieg. Seine Miene wirkte so besitzergreifend, und das konnte sie sich nicht erklären. Und dann merkte sie, dass Lord Alec sie nicht so betrachtete, wie es sich für einen manierlichen Herrn schickte, wenn er einer feinen Dame gegenüberstand. Stattdessen musterte er sie genüsslich von Kopf bis Fuß, wobei seine Augen viel zu lange auf ihrem Mund, ihren Brüsten und Hüften verharrten.

Sie hasste ihn. Dieser freche Kerl gab ihr das Gefühl, splitterfasernackt zu sein. Das wollte sie ihm heimzahlen. Ihr Erröten konnte sie nicht verhindern, aber sie hoffte genauso unverschämt dreinzuschauen wie er, während sie ihn ebenso gründlich begutachtete. Unglücklicherweise schien ihn das weniger zu ärgern als zu belustigen. Seine Miene erwärmte sich ein wenig, und er hob wieder eine Braue.

Da war irgendetwas in seinem Blick, das an ihr Herz rührte. Was es war, wusste sie nicht. Aber sie begann zu glauben, er könnte recht hübsch sein, hätte er nicht so gemein und bösartig ausgesehen. Lächerlich, sagte sie sich. Sie hatte bereits beschlossen, ihn zu verabscheuen. Für ihren Geschmack war er viel zu ungeschliffen. Sein rotbraunes Haar musste dringend geschnitten werden. Es reichte bis über den Kragen seines schwarzen Wamses und kräuselte sich ein wenig. Das erinnerte sie an Zeichnungen von griechischen Kriegern, die sie bewundert hatte, aber es milderte die harten Züge seines kantigen Gesichts und das eigenwillige Kinn keineswegs.

Nein, er gefiel ihr nicht. Er wirkte viel zu wild. Warum ihr Herz wie rasend schlug, verstand sie nicht. Und je länger sie seinen Blick erwiderte, desto mühsamer fand sie es, Atem zu holen. Sie begann zu zittern. Und er lächelte.

Baron Jamison brach den Bann, indem er die beiden Krieger an den Tisch bat und zu einem Becher Wein einlud. Sofort entfernte sich Daniel vom Kamin und schlenderte hinüber. Unterwegs zwinkerte er Mary zu.

Alec rührte sich nicht – Jamie ebenso wenig. Sie konnte einfach nicht aufhören, ihn anzuschauen. Und er wollte nicht damit aufhören. »Ist hier ein Priester?« Den gepressten Klang seiner Stimme vermochte er nicht zu verhindern. Die Nähe dieser erstaunlich schönen jungen Frau schnürte ihm die Kehle zu. Ihre Augen glänzten in einem ungewöhnlichen Violett und verrieten einen rebellischen Geist, der ihn ebenso beeindruckte wie ihre äußere Erscheinung. So leicht würde sie sich seinem Willen nicht beugen. Jedenfalls war er noch keinem Mädchen begegnet, das seinem Blick so lange standgehalten hätte.

Sein Lächeln vertiefte sich. Eine würdige Gegnerin, in der Tat. Er wusste, dass sie sich vor ihm fürchtete, denn er hatte sie zittern sehen. Aber sie versuchte tapfer, ihre Angst zu verbergen. Sicher würde sie im rauen Hochland überleben, doch er musste gut auf sie achten. Sie sah so zerbrechlich aus. Und den rebellischen Geist musste er zähmen, ohne ihre innere Kraft zu zerstören. Das würde eine schwierige Aufgabe sein, was ihn allerdings nicht beunruhigte. Er freute sich sogar darauf. Letzten Endes würde er siegen und Jamie veranlassen, sich allen seinen Wüschen zu fügen.

Sie hatte keine Ahnung, was der Krieger dachte. Endlich fand sie ihre Sprache wieder und beantwortete seine Frage. »Ja, hier gibt es einen Priester.« Großer Gott, warum bebte ihre Stimme. »Sie haben also Ihre Wahl getroffen?«

Alec nickte.

»Sicher ist Ihnen die Entscheidung schwer gefallen.«

»Keineswegs.« Das Lächeln erreichte seine Augen.

Die Arroganz seines Tonfalls ärgerte sie ebenso wie sein herausfordernder Blick. »Es muss Ihnen schwer gefallen sein«, beharrte sie. »Meine Schwestern sind alle sehr schön. Und wenn Sie so schnell eine Braut aussuchen, können Sie Ihren Entschluss nicht gründlich genug erwogen haben. Deshalb schlage ich Ihnen vor, noch etwas zu warten, nach Hause zu reiten und in einem Monat wiederzukommen – wenn Sie Zeit zum Nachdenken gefunden haben. Was halten Sie davon, Mylord?«

»Gar nichts.«

»Sie wollen also schon morgen heiraten?«, fragte Jamie.

»Morgen sind wir schon beinahe zu Hause.«

»Tatsächlich?«

»Ja.«

»Dann möchten Sie jetzt gleich heiraten?«, rief sie entsetzt, und Alec nickte. »Aber Sie können doch nicht ...«

»Wir reisen sofort nach der Trauung ab«, unterbrach er sie mit scharfer Stimme.

Plötzlich erschien Lord Daniel an Jamies Seite, zwei gefüllte Becher in den Händen. Einen reichte er seinem Freund, dann wandte er sich zu den drei Schwestern. »Kommen Sie zu uns, Mary!«, rief er lachend. »Wir beißen nicht!«

»Das habe ich auch nicht angenommen«, entgegnete Mary, warf den Kopf in den Nacken und eilte an Jamies Seite.

Daniel und Alec tranken, nickten einander zu, dann boten sie die Becher den Mädchen an. Beide schüttelten den Kopf.

»Nehmen Sie doch einen Schluck, Mary«, bat Daniel. Alec war weniger höflich. »Trinken Sie, Jamie!«, befahl er. »Sofort!«

Vielleicht ist das ein primitives schottisches Ritual, überlegte sie. Als Hausherrin wusste sie, was sie ihren Gästen schuldig war. Außerdem schaute Alec ziemlich entschlossen drein. Sie zuckte die Achseln, nippte am Becher und gab ihn dem

Lord zurück. Er hielt ihre Finger fest, strich mit dem Daumen über ihre Handfläche, runzelte die Stirn, betrachtete die Schwielen und Narben.

Mary leerte den Becher. Als sie ihn zurückreichte, ergriff auch Daniel ihre Hand.

Erbost versuchte sich Jamie loszureißen, doch das gelang ihr erst, nachdem die Schotten die Arbeitsspuren auf ihrer Hand mit Marys makelloser weißer Haut verglichen hatten. Welch eine Demütigung ... Sie verstand alles, was die Männer einander auf gälisch sagten, und das verschaffte ihr eine gewisse perverse Genugtuung. Die Hände hinter dem Rücken verborgen, wartete sie auf die nächste Beleidigung.

»Als wir die Becher teilten – war das ein Ritual?«, fragte Mary. »Wir wissen gar nichts über schottische Bräuche.« Nach diesem Geständnis sah sie verlegen zu Boden.

»Also kennen Sie unsere Lebensart nicht, Mary?« Daniel lächelte gewinnend.

»Allerdings nicht.«

»Dann muss ich Sie aufklären. Vor allem sollten Sie erfahren, was wir ganz besonders schätzen.« Offenbar amüsierte er sich königlich.

»Oh, ich wünsche gar nicht, darüber aufgeklärt zu werden«, konterte Mary.

Laird Kincaid beobachtete Jamie, deren Augen bei den Worten seines Freundes groß und rund wurden. Sie schien zu ahnen, worauf Daniel hinauswollte. Welch eine anziehende junge Frau. Ihr Anblick weckte die Sehnsucht, sie zu berühren, sie zu umarmen. Das Lächeln erstarb in Alecs Augen, als er sich eingestand, wie heiß er sie begehrte. Seltsam – dass sie Engländerin war, schreckte ihn kein bisschen ab.

»Süße Mary«, begann Daniel und lenkte die Aufmerksamkeit seines Gefährten wieder auf sich, »sicher haben Sie schon von unserer Wunschliste gehört. Jeder weiß doch, dass die Schotten starke Pferde, fette Schafe und sanfte, willfährige Frauen lieben.« Er sprach gedehnt wie ein altes Weib, das genüsslich die allerneuesten Klatschgeschichten preisgibt.

Und Alec ahmte diesen Tonfall nach, als er hinzufügte: »Natürlich in dieser Reihenfolge.«

»Natürlich«, bestätigte Daniel.

Jamie starrte Alec an. Offenbar hatte Beak bereits mit den Schotten geredet und Marys Befürchtungen erwähnt. Wütend gelobte sie sich, dem alten Mann die Ohren lang zu ziehen, wenn sie ihn das nächste Mal traf.

Plötzlich streckte Daniel eine Hand aus und strich über Marys Wange. Von dieser Liebkosung völlig überrumpelt, gebannt von der Zärtlichkeit in seinen Augen, vergaß sie zurückzuweichen. »Ein starkes Pferd habe ich bereits«, erklärte er, »und daheim in meinen Bergen grasen viele fette Schafe. Aber eine sanfte, willfährige Frau fehlt mir leider noch. Und die wäre mir sehr wichtig, obwohl sie als Letztes auf meiner Liste steht.«

»Ich bin nicht sanftmütig«, platzte Mary heraus.

»Doch, das sind Sie«, widersprach Daniel. »Und schön wie ein Frühlingsmorgen.«

Ihre Wangen färbten sich feuerrot. »Ich bin weder schön noch willfährig, Mylord«, verkündete sie, verschränkte die Arme vor der Brust und runzelte die Stirn. Diesen hübschen Teufel musste sie unbedingt entmutigen, aber sie war ziemlich verwirrt, weil seine Schmeicheleien ein seltsames Schwindelgefühl in ihr auslösten. Fand er sie wirklich schön?

Die Zwillinge begannen wieder zu schluchzen. Jamie wollte sie tadeln, dann wurde ihr bewusst, dass Alice oder Agnes zur Braut erkoren worden war. Also war das Geheul der beiden nur zu berechtigt. Sollten sie nur wie die Wölfinnen jaulen – je lauter, desto besser.

Alec wartete einfach nur, bis Jamie die Wahrheit erkennen würde. Er beobachtete den mitleidigen Blick, den sie ihren Schwestern zuwarf. Wie lange würde es dauern, bis sie merkte, dass die beiden sie genauso mitfühlend anstarrten? Sobald Baron Jamison seine Fassung wiedergewonnen hat, wird er sicher ein klärendes Wort mit Jamie sprechen, dachte er. Doch der Mann war immer noch den Tränen nahe. Leidenschaftlich hatte er gegen Alecs beiläufige Mitteilung protestiert, er habe Jamie gewählt.

Aber Alec war unnachgiebig gewesen. Er bezähmte sein Temperament, während Jamison all die selbstsüchtigen Gründe nannte, die nach seiner Ansicht gegen diese Hochzeit sprachen. Nichts davon berücksichtigte Jamies Wohl, und Alecs Zorn wuchs. Die Aufzählung all dieser Pflichten erklärte die schwieligen Hände des Mädchens. Der Baron wollte seine jüngste Tochter nicht aus Liebe bei sich behalten, sondern weil er eine stets verfügbare Sklavin brauchte.

Ein sichtlich verstörter Diener kam in die Halle gelaufen. Dem Baron gönnte er nur einen kurzen Blick, ehe er zu Jamie eilte. Ungeschickt verbeugte er sich, dann flüsterte er: »Der Priester ist schon unterwegs, Mistress. Er hat seinen Hochzeitsornat angelegt.«

Jamie nickte ihm zu. »Es war sehr freundlich von Ihnen, Ihre Pflichten zu vernachlässigen, um Vater Charles zu holen, George. Möchten Sie an der Trauung teilnehmen?«

Anbetend sah er sie an. »Dafür bin ich nicht passend gekleidet.«

»Wir auch nicht«, wisperte Jamie.

»Kleiden Sie sich rasch um, Mary«, schlug Daniel vor. »Goldgelb ist meine Lieblingsfarbe. Wenn Sie ein solches

Gewand besitzen, dann tragen Sie es, um mir einen Gefallen zu erweisen. Wenn nicht – auch Weiß wäre angemessen. Ich werde Sie heiraten, Lady Mary.«

Lord Daniel Ferguson fing Lady Mary auf, ehe sie zu Boden sank. Es störte ihn keineswegs, dass seine Braut die Besinnung verloren hatte. Lachend drückte er sie an sich und rief seinem Freund zu: »Sie ist ganz überwältigt vor Dankbarkeit, Alec!«

»Aye, das sehe ich.«

Ungeduldig wandte sich Jamie zu Alec. »Nun, welchen Zwilling nehmen Sie, Mylord?«

»Keinen.«

»Keinen?«

Sie hatte es noch immer nicht begriffen. Alec seufzte. »Ziehen Sie sich bitte um, Jamie. Ich bevorzuge Weiß. Könnten Sie sich beeilen? Es wird immer später. Wir müssen aufbrechen.«

Er hatte absichtlich mehr gesagt als nötig, weil er ihr Zeit geben wollte, sich zu fassen. Und er fand sein Verhalten äußerst rücksichtsvoll.

Anfangs konnte sie den Kriegsherrn nur voller Entsetzen anstarren, und als ihr die Stimme endlich wieder gehorchte, schrie sie: »Ehe ich Sie heirate, müsste in der Hölle die Eiszeit einkehren, Mylord!«

»Soeben haben Sie das schottische Hochland im Winter sehr treffend beschrieben, Mädchen. Und jetzt werden Sie mich heiraten.«

Genau eine Stunde später wurde Lady Jamison mit Alec Kincaid getraut.

Kapitel 4

Bei ihrer Hochzeit trug sie ein schwarzes Kleid, um dem Schotten zu trotzen und ihn zu ärgern. Das misslang kläglich, denn als sie in die Halle zurückkam, schaute er sie nur kurz an, dann begann er so schallend zu lachen, dass beinahe die Deckenbalken herunterfielen.

Sie ahnte nicht, wie sehr ihn ihr rebellisches Wesen entzückte, sonst hätte sie sich nicht so bemüht, ihn zu provozieren. Wüsste sie, wie abgrundtief ich Tränen hasse, würde sie wahrscheinlich weinen, dachte er. Doch dabei würde sie nicht so überzeugend wirken wie die Zwillinge ... Sie bewegte sich wie eine Königin, mit kerzengeradem Rücken, vor keinem Mann beugte sie den Kopf, und es wäre ihr sicher schwer gefallen, weibliche Schwäche zu mimen.

Trotz ihrer Trauerkleidung sah sie zauberhaft aus. Vor allem die Augen zogen ihn immer wieder in seinen Bann. Würde er sich jemals an ihre Schönheit gewöhnen? Hoffentlich ... Nichts durfte ihn von seinen vorrangigen Pflichten ablenken.

Jamie gab ihm Rätsel auf. Wie er wusste, war sie in England geboren und herangewachsen. Trotzdem erschien sie ihm kein bisschen feige. Wie konnte ein solches Wunder zustande kommen? Schließlich entschied Alec, ihre Unschuld und mangelnde Furcht müssten daran liegen, dass sie das sittenlose Leben an König Henrys Hof nicht kannte. Glücklicherweise war Lady Jamie nie mit den Ausschweifungen am Londoner Hof konfrontiert worden.

Eigentlich müsste ich dem Baron danken, weil er die Pflichten gegenüber seinen Töchtern vernachlässigt und sie vom Hof fern gehalten hat, überlegte Alec. Er wollte seine Dankbarkeit in Worte fassen, bezweifelte aber, Gehör zu finden. Jetzt schluchzte der Mann wirklich und wahrhaftig, und Alec fühlte sich zu abgestoßen, um ihn anzusprechen. Es drehte ihm den Magen um. Noch nie war ihm ein erwachsener Mann begegnet, der sich dermaßen gedemütigt hätte.

»Wir stehen unserem Vater alle sehr nahe«, wisperte Jamie, als der Baron die Frage des Priesters, wer die Bräute zum Altar führen solle, nicht beantworten konnte und sein Gesicht in einem nass geweinten Taschentuch vergrub. »Er wird uns sehr vermissen, Mylord. Das alles ist schrecklich schwer für ihn.«

Sie sah Alec nicht an, während sie das schändliche Benehmen ihres Vaters entschuldigte. Aber er hörte den flehenden Unterton in ihrer etwas rauen Stimme und wusste, dass sie ihn um Verständnis bat. Das fand er so hochherzig, dass er seine Meinung über den Schwächling für sich behielt. Soeben hatte sie ihm einen weiteren Einblick in ihren Charakter gewährt, denn ihre Bitte verriet eine ausgeprägte Loyalität gegenüber ihrer Familie, und das hielt er unter allen Umständen für eine lobenswerte Eigenschaft. Angesichts gewisser Mitglieder dieser Familie grenzte Jamies Treue geradezu an die Duldsamkeit einer Heiligen.

Sie wagte ihren Bräutigam nicht anzusehen. Die beiden Schwestern – Seite an Seite – hielten sich an den Händen, um einander zu trösten. Daniel hatte rechts von Mary Stellung bezogen, Alec links von Jamie. Sein Arm und sein Schenkel streiften sie. Mehrmals, mit Absicht.

Sie konnte ihm nicht ausweichen, denn an ihrer anderen Seite stand Mary, und sie konnte nicht zurücktreten, weil dieser Fluchtweg von Alecs Schulter versperrt wurde. O Gott, wie sie es hasste, Angst zu empfinden! An solche Gefühle war sie nicht gewöhnt. Entschlossen redete sie sich ein, es liege an Laird Kincaids Größe. Wie eine düstere, wütende Wolke überragte er sie. Er roch nach Heidekraut und Leder. Unter erfreulicheren Umständen hätte ihr dieser Duft vielleicht gefallen. Jetzt verabscheute sie natürlich alles an ihm.

Der Priester beendete seine Predigt über das Sakrament der Ehe, dann wandte er sich an Mary. Von Natur aus grundehrlich, veranlasste sie Daniel, laut aufzulachen, weil sie sehr lange über die Frage nachdachte, ob sie ihn zum Mann nehmen wollte. Dabei zog sie die Stirn in Falten, als müsste sie die Bedeutung der normannischen Eroberung von England erklären. Schließlich gestand sie: »Lieber nicht, Vater Charles.«

Jamie näherte sich der Schwelle eines hysterischen Anfalls. Warum mutete man ihr zu, diesen schottischen Kriegsherrn namens Kincaid zu heiraten? Und er erleichterte ihr die Situation keineswegs, denn er stand viel zu dicht neben ihr, sodass sie seine Körperwärme spürte.

Während der Geistliche ihre Schwester bat, die richtige Antwort zu geben, versuchte Jamie von Alec wegzurücken. Im Hintergrund ihres Bewusstseins lauerte der feige Gedanke, den Mann einfach wegzustoßen und davonzulaufen. Offenbar erriet er diesen Plan, denn nun legte er einen Arm um ihre Schultern. Vergeblich versuchte sie sich zu befreien, bevor sie ihm zuflüsterte, er solle sie loslassen. Diese Forderung blieb unbeachtet. Resignierend wisperte sie in Marys Ohr: »Es ist wohl gleichgültig, was wir wollen. Wenn du dich weigerst, Daniel zu heiraten, stellst du dich gegen deinen König.«

»Aber wenn ich sage, ich will ihn zum Mann nehmen, stelle ich mich gegen den Allmächtigen, denn das wäre eine Lüge.«

»Um Himmels willen, Mary, antworte dem Priester!«, fauchte Jamie.

Dieser feindselige Ton kränkte Mary. Sie bedachte ihre Schwester mit einem vernichtenden Blick, dann wandte sie sich wieder zu Vater Charles. »Also gut, ich will ihn nehmen.« In Jamies Richtung zischte sie: »Bist du jetzt glücklich? Du hast mich gezwungen, einen Mann im heiligen Gewand zu beschwindeln.«

»Ich habe dich gezwungen?« Der gepresste Klang ihrer Stimme lag nicht nur am Zorn über den ungerechten Vorwurf. Alecs Hand glitt zu ihrem Nacken, seine Finger streichelten ihre empfindsame Haut.

Der Priester nickte, zufrieden mit Marys Antwort. Nun waren Alec und Jamie an der Reihe. »Ihr voller Name, Mylord?«

»Alec Kincaid.«

Plötzlich hatte es Vater Charles sehr eilig, die Zeremonie hinter sich zu bringen, denn die Blicke der sonst so lieben, guten Jamie nahmen einen mörderischen Ausdruck an. In seiner Verwirrung flocht er das Wort »bereitwillig« ein, als er sie fragte, ob sie Alec zum Mann nehmen würde.

»Bereitwillig?« Sie holte tief Luft, um ihre Meinung zu verkünden, doch da spürte sie, wie Alecs Hand ihren Hals umschloss. Offenbar versuchte er sie einzuschüchtern. Sie griff nach oben, bemühte sich seine Hand wegzuziehen – ohne Erfolg. Der Druck seiner Finger verstärkte sich, und sie verstand die stumme Botschaft. Wenn sie ihn noch länger provozierte, würde er sie erdrosseln. Und da er Schotte war, durfte man nicht bezweifeln, dass er vor nichts zurückschrecken würde. Ihr Nacken begann zu schmerzen. »Ich nehme ihn«, würgte sie hervor.

Der Priester seufzte erleichtert. Hastig brachte er die Zeremonie zu Ende, und nachdem er den beiden Paaren seinen Segen erteilt hatte, ergriff Mary die Flucht. Aber Daniel fing sie sofort ein, hob sie hoch und küsste sie vor Vater Charles und der versammelten Familie. Danach lehnte sie ermattet an seiner Brust, und Jamie fand, dass ihre Schwester wie eine welke Blume aussah.

Die Zwillinge begannen wieder zu heulen, Papa schnüffelte, und Jamie sehnte einen schnellen Tod herbei.

Alec Kincaid ließ sich Zeit, ehe er das Ehegelübde mit einem Kuss besiegelte. Er stellte sich vor seine Braut hin, die Hände in die Hüften gestemmt, die muskulösen Beine leicht gespreizt, den Blick auf Jamies gesenkten Kopf geheftet. Er sagte kein Wort. Aber seine starre Haltung verriet, dass er die ganze Nacht hier stehen würde, sollte er sie auf andere Weise nicht veranlassen können, ihn anzuschauen. Wenigstens versuchte er nicht mehr, sie zu erwürgen. Sie spürte, wie rasend ihr Herz schlug. Und da ihr Mann ohnehin immer zu erreichen schien, was er wollte, sah sie langsam auf.

Er wirkte tatsächlich beängstigend mit seinen dunkelbraunen Augen, die keinerlei Wärme zeigten. Sie starrte ihn an, so lange sie es vermochte, ohne sich zu krümmen. Dann wollte sie ihm den Rücken kehren. Doch er streckte plötzlich die Arme aus und riss sie an seine Brust. Mit einer Hand umfasste er ihr Kinn, und seine Lippen pressten sich auf ihre – hart, unnachgiebig und viel zu heiß.

Jamie glaubte, die Sonne würde sie versengen. Der Kuss endete, ehe sie auch nur erwägen konnte, Widerstand zu leisten, ehe sie sich überhaupt bewegen wollte. Sprachlos schaute sie ihren Mann an. Hatte der Kuss ihn ebenso überwältigt wie sie?

Ihre sichtliche Verwirrung belustigte ihn. Offenbar war sie noch nicht allzu oft geküsst worden. Jetzt wurde sie rot vor

Verlegenheit und schlang die bebenden Finger ineinander. Aye, sie gefiel ihm, und der kurze Kuss hatte auch ihn beeindruckt. Er konnte nicht aufhören, sie anzuschauen, und verdammt, er wollte sie wieder küssen.

Marys Schrei brach den Bann. »Jetzt? Jamie, sie wollen sofort losreiten!«

»Das hat meine Schwester sicher missverstanden«, sagte Jamie zu Alec. »Wir bleiben doch noch hier?«

»Nein«, entgegnete er. »Zu Hause warten viele Pflichten auf Daniel und mich. In einer Stunde reiten wir los.«

Mary und sie selbst wurden in dieser Erklärung nicht erwähnt, Hoffnung keimte in ihr auf, aber sie beschloss, sich erst einmal zu vergewissern, bevor sie sich zu früh freute. »Möchten die Herren vor der Abreise eine bescheidene Mahlzeit mit uns teilen?«

Er wusste, was sie dachte. Die dumme Pute glaubte wirklich und wahrhaftig, er würde sich ohne sie auf den Weg machen. Am liebsten hätte er gelacht, aber er schüttelte mit unbewegter Miene den Kopf.

Es kam ihr so vor, als wäre ein Gefängnistor hinter ihr zugefallen, um gleich wieder aufzuschwingen. Mühsam versuchte sie, ihr Glücksgefühl zu verbergen. Die Ehe war nur aus formellen Gründen geschlossen worden. Oh, warum hatte sie das nicht früher erkannt? Alec und Daniel hatten nichts weiter getan, als den Wunsch der beiden Könige zu erfüllen. Jetzt würden sie heimkehren, um ihre Pflicht zu tun, was immer das sein mochte, und ihre Frauen da lassen, wo sie hingehörten, nämlich in England.

Das war keine unübliche Regelung. Viele Ehen beruhten auf dieser zufrieden stellenden Grundlage. Jamie ärgerte sich über ihre eigene Dummheit. Das hätte sie sich wirklich früher denken können, dann wäre ihr viel Kummer erspart worden.

Vor Erleichterung fühlte sie sich ganz schwach in den Knien. Und da sie es gewohnt war, Geschäfte mit ihrem Schöpfer abzuschließen, versprach sie ihm als Gegenleistung für die wundersame Rettung eine neuntägige Andacht. »Wirst du irgendwann für längere Zeit nach England kommen?«, fragte sie und bemühte sich, nicht zu zeigen, wie grässlich sie diese Möglichkeit fand.

»Dazu bedürfte es eines Krieges.«

»Da sei Gott vor!« Sie warf den Kopf in den Nacken und wandte sich ab. »Der Nachmittag nähert sich dem Ende. Ihr beide solltet bald aufbrechen, Kincaid. Sicher wollt ihr noch eine größere Strecke zurücklegen, ehe es dunkel wird.« Beinahe hätte sie hinzugefügt, es sei ihr ein Vergnügen gewesen, ihn kennen zu lernen, aber um für diese Lüge zu büßen, wäre eine weitere neuntägige Andacht vonnöten gewesen. Und so hielt sie den Mund.

Sie erreichte gerade den langen Tisch, als Alecs harte Stimme ihr nachrief: »Pack deine Sachen und verabschiede dich von deiner Familie, Jamie. Daniel und ich kümmern uns inzwischen um die Pferde. Beeil dich.«

»Und du machst dasselbe, Mary«, verlangte Daniel in seinem fröhlichen Ton, der Jamie allmählich in den Wahnsinn zu treiben drohte.

»Warum diese Hast?«, klagte Mary.

»Alec und ich haben uns gelobt, keine weitere Nacht auf englischem Boden zu verbringen.«

Jamie fuhr herum und sah die beiden Schotten aus der Halle gehen. Sie musste sich an der Tischkante festhalten. »Kincaid? Ich dachte, ich kann hier bleiben. Das ist doch nur eine Zweckheirat.«

Er blieb stehen und drehte sich um. »Natürlich. Diese Ehe dient meinen Zwecken, verstehst du?«

»Nein, ich verstehe es nicht.« Sie gab sich Mühe, genauso hochmütig zu sprechen wie er dreinschaute, aber ihre zitternde Stimme verdarb die beabsichtigte Wirkung.

Alec wusste, wie sehr sie sich fürchtete. Das verriet sein Lächeln. »Bald wirst du es verstehen. Darauf gebe ich dir mein Wort.«

Dieses Versprechen beruhigte sie keineswegs. Doch das spielte wohl kaum eine Rolle für ihn. Sie erkannte, wie sinnlos es wäre, mit ihm zu streiten. Tränen füllten ihre Augen, während er mit Daniel die Halle verließ. Am liebsten wäre sie auf den nächstbesten Stuhl gesunken, um sich auszuweinen.

In ihrer schmerzlichen Erregung schaffte sie es nicht, ihre Sachen zu packen. Die Zwillinge übernahmen diese Aufgabe, und so konnte Jamie die noch verbleibende kostbare Zeit mit ihrem Vater verbringen. Als Agnes und Alice in die Halle zurückkehrten, war Mary am Ende ihrer Nervenkraft angelangt. Sie vermochte nur noch ein paar Abschiedsworte zu stammeln, ehe sie hinausstürmte.

»Die restlichen Sachen schicken wir dir in einer Woche, Jamie«, erklärte Agnes. »Dieses Hochland kann ja nicht allzu weit entfernt sein.«

»Ich packe auch deine schönen Wandteppiche ein«, erbot sich Alice. »Und ich werde bestimmt nichts vergessen. Bald wirst du dich in der Fremde wie zu Hause fühlen.«

»Alice, ich habe bereits gesagt, dass ich das alles in die Hand nehme«, murmelte Agnes. »Also wirklich, du versuchst andauernd, mich in den Schatten zu stellen. Übrigens, Jamie, in den Ranzen mit deinen Arzneien habe ich auch den Schal deiner Mama gelegt.«

»Ich danke euch, meine lieben Schwestern«, flüsterte Jamie und umarmte die beiden. »Oh, ich werde euch so vermissen.«

»Du bist sehr tapfer«, lobte Agnes. »An deiner Stelle wäre ich längst in Ohnmacht gefallen. Noch dazu, wo du mit dem Mann verheiratet bist, der ...«

»Daran musst du sie nicht erinnern«, tadelte Alice. »Wie könnte sie vergessen, dass er seine erste Frau ermordet hat?«

»Das ist nicht erwiesen.«

Jamie wünschte, die Zwillinge würden nicht länger versuchen, sie zu trösten. Dieses kurze Gespräch über Kincaid regte sie nur noch mehr auf.

Baron Jamison zupfte an ihrem Rock, um ihre Aufmerksamkeit auf sich zu ziehen. »Spätestens in einer Woche werde ich sterben. Wer wird für meine Mahlzeiten sorgen? Wer hört sich meine Geschichten an?«

»Agnes und Alice werden dich gut betreuen, Papa.« Sie küsste ihn auf die Wange. »Bitte, sei nicht traurig. Mary und ich werden euch bald besuchen und ...« Nein, diese Lüge brachte sie nicht über die Lippen. Unmöglich konnte sie ihrem Vater versichern, alles würde sich zum Guten wenden. Ihre ganze Welt brach zusammen, was ihr lieb und vertraut war, wurde ihr genommen.

Es war Agnes, die Jamies schlimmste Befürchtung in Worte fasste. »Wir sehen dich nie wieder. Er wird dir verbieten, nach Hause zu reisen, nicht wahr?«

»Irgendeinen Weg werde ich finden – ganz bestimmt«, gelobte Jamie. Neue Tränen brannten in ihren Augen. Wie weh dieser Abschied tat ...

Von heftigem Schluchzen unterbrochen, stammelte der Baron, die Schotten würden ihm seine teuren Kinder rauben. Wie um Himmels willen sollte er sich ohne sie zurechtfinden? Jamie versuchte erfolglos, ihm Trost zu spenden. Er wollte sich einfach nicht besänftigen lassen. Je eifriger sie sich bemühte, desto lauter jammerte er.

Beak erschien, um Jamie abzuholen. Es kam zu einem kleinen Handgemenge, als er sie von ihrem Vater trennen wollte. Der Baron weigerte sich, seine Tochter loszulassen, und schließlich konnte der alte Stallmeister das Werk nur mit ihrer tatkräftigen Mithilfe vollbringen. »Kommen Sie, Mädchen, ärgern Sie Ihren Mann nicht. Er wartet geduldig im Hof. Lord Daniel und Lady Mary sind bereits nach Schottland aufgebrochen. Begleiten Sie mich. Für Sie beginnt jetzt ein neues Leben.« Seine sanfte Stimme beruhigte sie ein wenig. Sie nahm seine Hand und ließ sich zum Ausgang führen. Als sie stehen blieb, um ihrer Familie ein letztes Lebewohl zu sagen, zog er sie weiter. »Schauen Sie nicht zurück, Jamie. Und hören Sie zu zittern auf. Denken Sie an Ihre glückliche Zukunft.«

»Meine Zukunft ist es ja, die mir einen Schauer über den Rücken jagt. Beak, ich weiß überhaupt nichts über meinen Mann. Und all die schrecklichen Gerüchte ängstigen mich. Ich will nicht mit ihm verheiratet sein.«

»Was geschehen ist, kann man nicht mehr ändern. Es gibt zwei Möglichkeiten. Entweder Sie gehen mit geschlossenen Augen in diese Ehe, schauen Ihren Gemahl nicht an und sind für den Rest Ihrer Tage todunglücklich. Oder Sie halten die Augen offen, akzeptieren den Laird und machen das Beste aus Ihrem Leben.«

»Ich will ihn ja auch gar nicht hassen.«

Beak lächelte. Ihre Stimme klang so jammervoll. »Dann hassen Sie ihn nicht«, riet er. »Das können Sie ohnehin nicht. Dafür haben Sie ein viel zu gutes Herz. Außerdem ...« Mit sanfter Gewalt zog er sie weiter. »So ungewöhnlich ist das gar nicht.«

»Was?«

»Viele Mädchen heiraten, ohne ihre künftigen Ehemänner zu kennen.«

»Ich fände es nicht so schlimm, wenn er Engländer wäre.«

»Still jetzt!«, befahl Beak. »Dieser Kincaid ist ein anständiger Bursche. Ich hab ihn mir genau angesehen. Er wird Sie gut behandeln.«

»Wie können Sie das wissen?« Jamie wollte stehen bleiben, aber er zerrte an ihrer Hand, sodass sie ihm folgen musste. »Sie wissen doch, welche Gerüchte im Umlauf sind! Angeblich hat er seine erste Frau getötet.«

»Und das glauben Sie?«

»Nein«, lautete die prompte Antwort.

»Warum nicht?«

Jamie zuckte die Achseln. »Das kann ich nicht erklären ...« Seufzend fügte sie hinzu: »Vielleicht halten Sie mich für albern, Beak, aber seine Augen ... Er ist kein schlechter Mensch.«

»Ich weiß, dass die Gerüchte nicht stimmen, weil ich ihn danach gefragt habe.«

»Was?« Verblüfft schnappte Jamie nach Luft. »Sicher war er wütend auf Sie.«

»Darauf nahm ich keine Rücksicht«, prahlte er. »Immerhin ging es um Ihre Zukunft. Natürlich stellte ich diese Frage erst, nachdem er sich für Sie entschieden hatte.«

Sie runzelte die Stirn. »Wann fanden Sie denn Zeit dazu?«

»Das ist doch nicht so wichtig«, entgegnete Beak rasch.

»Außerdem wusste ich, dass Kincaid ein guter Mensch ist, sobald ich sein Pferd gesehen hatte.« Um Jamies Schritte zu beschleunigen, gab er ihr einen behutsamen Stoß zwischen die Schulterblätter. »Dieser Krieger wird mit seiner Frau genauso pfleglich umgehen.«

»Um Himmels willen, Sie sind schon zu lange Stallmeister, alter Freund. Zwischen Frauen und Pferden bestehen gewisse Unterschiede. Aber da Sie so selbstgefällig dreinschauen, scheinen Sie den Unsinn zu glauben, den Sie da reden.«

»Nicht nur das – ich bin sehr zufrieden mit dem Verlauf der Dinge. Immerhin entferne ich Sie aus diesem Haus, ohne Sie wegschleifen zu müssen.«

Diese Bemerkung verwirrte Jamie beträchtlich, und er musste sie erneut weiterziehen.

Alec stand mitten im Hof neben den Pferden. Seine Miene gab nichts von seinen Gedanken preis, aber Jamie bezweifelte, dass er so geduldig wartete, wie Beak es behauptet hatte. Nein, Kincaid wirkte kein bisschen geduldig.

Er musterte sie und fragte sich, wann er sich jemals an diese violetten Augen gewöhnen würde. Blau und Blau – das ist zweierlei. Nun entsann er sich dieser sonderbaren Bemerkung des Stallmeisters, die er erst jetzt verstand. Aber er durfte nicht vollends in ihren Bann geraten. Auch ihr Mund wirkte viel zu anziehend für seinen inneren Frieden. Im Hochland würde sie gewaltiges Aufsehen erregen, ob sie es nun mitbekam oder nicht. Natürlich würde keiner seiner Clansmänner wagen, etwas anzurühren, was ihm gehörte. Aber ihre Gedanken würden ganz sicher in diese Richtung schweifen. Die Frau sah einfach zu begehrenswert aus.

Sie fürchtete sich immer noch vor ihm, und nach Alecs Meinung war das ein guter Anfang. Eine Ehefrau musste sich stets ein bisschen unsicher fühlen, was ihren Mann betraf. Andererseits irritierte ihn Jamies Angst. Er hätte ihr befohlen, möglichst schnell auf ihr Pferd zu steigen, wäre nicht dieses Grauen in ihren Augen gewesen. Sie erinnerte ihn an ein Reh, das Gefahr wittert. Höchste Zeit, die Situation in die Hand zu nehmen, entschied er und schwang sich geschmeidig in den

Sattel. Der große schwarze Hengst tänzelte nervös umher und stieß gegen Wildfeuers Flanke. Jamies Stute war ohnehin schon rastlos, weil sie neben dem fremden Pferd gestanden hatte. Erbost bäumte sie sich auf. Alec entriss dem unaufmerksamen Reitknecht die Zügel und sprach besänftigend auf sie ein. Sofort beruhigte sie sich.

Beak hörte, wie Jamie den Atem anhielt. Mit großen Augen starrte sie den schottischen Krieger an, und der Stallmeister argwöhnte, sie könnte in Ohnmacht fallen. Rasch legte er einen Arm um ihre Schultern. »Nehmen Sie sich zusammen, Mädchen. Wenn Sie jetzt umkippen und sich bloßstellen, wird's Ihnen keineswegs besser gehen.«

Ärgerlich schüttelte sie ihn ab. »Natürlich werde ich nicht die Besinnung verlieren! Sie beleidigen mich, wenn Sie mir eine solche Schwäche zutrauen.«

Er verkniff sich ein Lächeln. Jetzt musste er sie nicht mehr vorwärts schieben. In ihren Augen leuchtete wieder das gewohnte Feuer.

In königlicher Würde hob sie den Saum ihres Kleides und ging zu Wildfeuer. Beak half ihr aufzusteigen, dann tätschelte er ihre Hand. »Und jetzt versprechen Sie mir, dass Sie sich gut mit Kincaid vertragen werden. Eine Ehefrau muss ein heiliges Gebot befolgen und ihrem Mann gehorchen«, fügte er augenzwinkernd hinzu.

»O nein, ...«

»Im Hochland gilt diese Regel immer noch«, ergänzte Alec, und es klang so, als wollte er jeden Verstoß gegen das Gesetz gnadenlos ahnden.

Jamie warf ihm einen vernichtenden Blick zu, ehe sie sich wieder zu Beak wandte.

Der Stallmeister grinste ihren Mann an. »Sie wissen doch noch, was Sie mir versprochen haben, Laird Kincaid?«

Alec nickte, schleuderte Wildfeuers Zügel zu Jamie hinüber und spornte seinen Hengst an. Offenbar beabsichtigte er nicht, auf sie zu warten. Entschlossen verhinderte sie, dass die Stute ihm folgte, denn sie wollte feststellen, wie weit ihr Mann reiten würde, ehe er sich anzuhalten bequemte. Offenbar überhaupt nicht, dachte sie, als Ross und Reiter hinter der Zugbrücke verschwanden. Er hatte nicht einmal über die Schulter geschaut.

»Was meinten Sie, als Sie ihn fragten, ob er sich an sein Versprechen erinnert?« Fast geistesabwesend starrte Jamie über den Burggraben.

»Darüber brauchen Sie sich nicht den Kopf zu zerbrechen«, erwiderte Beak leichthin.

Jetzt richtete sie einen durchdringenden Blick auf ihn. »Heraus mit der Sprache!«

»Ich hab nur ganz kurz mit ihm geredet, Jamie – über Ihre Unschuld.«

»Ich verstehe nicht ...«

»Nun ja, Mädchen, Sie werden eine so genannte Hochzeitsnacht erleben. Und da ich es war, der Ihnen erklärt hat, was zwischen Mann und Frau geschieht, hielt ich es für besser, Ihren Gemahl zu ermahnen ...«

»O Gott, darüber haben Sie mit ihm gesprochen?«

Beak nickte. »Er versicherte mir, er würde beim ersten Mal vorsichtig sein und versuchen, Ihnen nicht wehzutun.«

Sie wurde rot vor Verlegenheit. »Ich lasse mich ohnehin nicht von Kincaid anrühren, also haben Sie sich ganz umsonst bemüht.«

»Jetzt seien Sie nicht so eigensinnig, Jamie! Ich machte mir Sorgen um Sie. Und ich habe Ihnen nicht allzu viel über die Vorgänge beim Liebesakt erzählt. Deshalb erklärte ich Kincaid, Sie wüssten kaum etwas ...«

»Ich will nichts mehr davon hören! Er wird mich niemals anfassen, und damit basta!«

Der alte Mann seufzte laut auf. »Wenn Sie das glauben, wird er Sie eines Besseren belehren, mein Mädchen. Nachdem er Sie so begehrlich angeschaut hat, wird er Sie bei der ersten Gelegenheit in die Arme nehmen. Finden Sie sich damit ab, befolgen Sie seine Anweisungen, dann kann nichts schief gehen.«

»Ich soll seine Anweisungen befolgen?«

»Schreien Sie mich nicht so an! Und jetzt reiten Sie ihm lieber nach.«

Jamie schüttelte den Kopf. »Erst müssen Sie mir versprechen, mich sofort aufzusuchen, wenn's hier Schwierigkeiten gibt.«

»Was für Schwierigkeiten?«

Sie konnte ihm nicht in die Augen sehen, als sie erklärte: »Anscheinend hat Papa Goldmünzen von Andrew genommen. Es war eine Leihgabe, und ich weiß nicht, ob er das Geld zurückzahlen kann.«

Beaks Wutschrei erschreckte das Pferd dermaßen, dass es Jamie beinahe abwarf. »Er hat Sie an Baron Andrew verkauft?«

»Nein, nein, das verstehen Sie falsch!«, widersprach sie hastig. »Ich sagte doch – es war eine Leihgabe. Jetzt fehlt uns die Zeit, um darüber zu streiten. Versprechen Sie, mich aufzusuchen, wenn Papa Hilfe braucht.«

»Aye, Mädchen. Sonst noch Probleme?«

»Hoffentlich nicht.«

»Dann verschwinden Sie. Wenn Ihr Mann ...«

»Nur eins noch, dann reite ich los.«

»Sie trödeln absichtlich, was? Wollen Sie ihn mit aller Macht ärgern?« Grinsend fügte Beak hinzu: »Aber mittlerweile wird er sich denken können, dass ich gelogen habe.«

»Was haben Sie ihm denn eingeredet?«

»Dass Sie ein süßes, sanftmütiges Mädchen sind.«

»Das bin ich ja auch.«

Er schnaufte verächtlich. »So süß wie Seife, wenn Sie in Wut geraten ...«

»Und was haben Sie ihm sonst noch gesagt?«, erkundigte sie sich misstrauisch. »Das muss ich wissen, damit ich mich verteidigen kann.«

»Dass Sie sehr scheu sind.«

»Nein!«

»Ein schwaches Geschöpf, das daran gewöhnt ist, verhätschelt zu werden.«

»Nein!«

»Und dass Sie Ihre Tage in der Kirche oder am Nähtischchen verbringen.«

Jamie musste lachen. »Warum haben Sie solche Märchen erzählt?«

»Weil ich Ihnen gewisse Vorteile verschaffen wollte!« Beaks Stimme überschlug sich beinahe, weil er das Gespräch möglichst schnell beenden wollte. »Übrigens verschwieg ich, wie gut Sie Gälisch verstehen.«

»Das habe ich ihm auch nicht auf die Nase gebunden.« Verschwörerisch zwinkerten sie sich zu, dann fragte Jamie: »Bereuen Sie, dass Sie mich so vieles gelehrt haben?«

»Natürlich nicht. Aber davon wollte ich Ihrem Mann nichts verraten. Wenn er Sie für schwach und unfähig hält, wird er umso besser auf Sie aufpassen und Geduld mit Ihnen haben.«

»Es ist mir gleichgültig, wie er über mich denkt. Aber ich fühle mich in meinem Stolz verletzt, weil Sie mich so herabgewürdigt haben.«

»Das geschah nur zu Ihrem Besten. Verbergen Sie Ihre Talente vor Kincaid, Jamie, und hüten Sie sich, seinen Zorn zu erregen. Einen wilden Hund soll man erst am Schwanz packen, wenn man bereit ist, die Konsequenzen zu tragen.« Besorgt schaute er zur Zugbrücke. »Und jetzt reiten Sie endlich los!«

»Ich lasse mich nicht hetzen. Etwas muss ich Ihnen noch sagen.«

Gequält verdrehte er die Augen. »Ja?«

»Ich habe Sie lieb, Beak, von ganzem Herzen. Sie waren wie ein Vater zu mir.«

Tränen verschleierten seinen Blick. »Und Sie waren die wunderbarste Tochter, die ich mir wünschen konnte. Ich liebe Sie auch, Jamie.«

»Werden Sie mich nicht vergessen?«

Gerührt drückte er ihre Hand. »Niemals.«

Sie nickte nur, brachte kein Wort mehr hervor, weil ein Schluchzen ihre Kehle zuschnürte. Als sie davon ritt, schaute Beak ihr nach und hoffte, sie würde sich nicht umdrehen. In diesem Zustand sollte sie ihn nicht sehen. Großer Gott, er weinte wie ein Mann, der sein einziges Kind verloren hatte. Und in seinem Innern ahnte er die Wahrheit – er würde seinem Liebling nie wieder begegnen.

Kapitel 5

Alec Kincaid befand sich in bester Stimmung. Gemächlich ließ er den Rappen dahintraben, bis Jamie ihn endlich eingeholt hatte. Beinahe wäre er in Gelächter ausgebrochen, denn er wusste, dass seine naive Gemahlin versucht hatte, ihn aus der Fassung zu bringen. Sie nahm sich in der Tat sehr viel Zeit. Soviel Geduld hätte er sich niemals zugetraut, schon gar nicht, wenn es um etwas so Unwichtiges wie eine Frau ging. Aber er fand es sogar amüsant, dass ein weibliches Wesen ihn herauszufordern wagte.

Als er Hufschläge hinter sich hörte, beschleunigte er das Tempo seines Pferdes. Jamie blieb hinter ihm und ignorierte tapfer den Staub, der ihr ins Gesicht flog. Bald rasten sie in wildem Galopp dahin, aber sie passte sich der halsbrecherischen Geschwindigkeit an, ohne zu protestieren. Sie erwartete, ihr Mann würde über die Schulter blicken, um zu sehen, wie sie zurechtkam. Da sie für diesen Fall gerüstet sein wollte, setzte sie eine heitere Miene auf.

Aber Alec Kincaid drehte sich kein einziges Mal um. Jamie war zwar eine geübte Reiterin, aber nicht daran gewöhnt, in einem steifen neuen Sattel zu sitzen. Sie bevorzugte den nackten Pferderücken. Ihre Schenkel begannen zu schmerzen, und die holprige, steinige Straße nach Norden verstärkte das Unbehagen.

Immer wieder musste sie sich zur Seite neigen, um tiefhängenden Zweigen auszuweichen. Ihr Lächeln erstarb, als sie die Überzeugung gewann, dass Alec ihre Anwesenheit nicht zur Kenntnis nehmen würde, und schließlich versprach sie ihrem Schöpfer zwanzig Gebete, wenn er ihren dämonischen Mann veranlasste, etwas langsamer zu reiten.

Aber der Allmächtige war nicht bereit, so ein Geschäft abzuschließen. Das merkte Jamie, als sie Mary und Daniel einholten. Alec übernahm die Führung, ohne das Tempo zu drosseln, und Jamie folgte ihm. Hinter ihr saß Mary zusammengesunken im Sattel, und Daniel bildete die Nachhut.

Jamie wusste, dass er diese hohe Geschwindigkeit aus ganz bestimmten Gründen beibehielt. Man erzählte sich schlimme Geschichten von Räuberbanden, die über ahnungslose Reisende herfielen. Ein Krieger ritt voran, um die Frauen vor einem Überraschungsangriff zu schützen, der zweite gab ihnen Rückendeckung. O ja, sie verstand das alles, aber diese Erkenntnisse befreiten sie nicht von ihrer Sorge um Mary.

Nach zwei Stunden brach ihre Schwester zusammen. Jamie war stolz auf sie, weil sie so lange klaglos durchgehalten hatte. Mary hasste Unannehmlichkeiten und körperliche Anstrengungen.

»Jamie?«, jammerte sie. »Ich muss mich ein bisschen ausruhen.«

»Nein, Mädchen!«, rief Daniel, und Jamie traute ihren Ohren nicht. Wie konnte er so grausam sein? Als sie sich umdrehte, sah sie, dass er entschieden den Kopf schüttelte. Marys schmerzverzerrtes Gesicht bestärkte sie in ihrem Entschluss. Sie schaute wieder nach vorn und wollte ihren Mann um eine kurze Rast bitten. Im selben Augenblick hörte sie einen schrillen Schrei. Erschrocken spähte sie über die Schulter.

Das Pferd ihrer Schwester folgte ihr immer noch – aber ohne Mary. Alle hielten an, sogar der Laird.

Als Alec und Jamie abgestiegen waren, beugte sich Daniel

bereits über seine Frau. Die arme Mary lag in einem dichtbelaubten Gebüsch am Rand einer kleinen Lichtung. Behutsam zog er sie auf die Beine. »Bist du verletzt, Mädchen?«, fragte er besorgt.

Sie strich sich das Haar aus den Augen. »Nur ein wenig.«

Blätter hingen in ihren Locken, und er ließ sich Zeit, während er sie herauszupfte. Sein zärtliches Lächeln entging Jamie nicht, und sie beschloss, ihm wenigstens ein paar gute Eigenschaften zu bescheinigen.

»Was zum Teufel ist geschehen?«, fragte Alec hinter ihr.

Beim Klang seiner schrillen Stimme zuckte sie zusammen, dann drehte sie sich zu ihm um. »Mary ist vom Pferd gefallen.«

»Was?«

»Sie ist vom Pferd gefallen.«

Ungläubig starrte er sie an.

»Sie ist Engländerin, mein Freund!«, erklärte Daniel. »Oder hast du das vergessen?«

»Was hat denn das damit zu tun?«, fragte Jamie, blickte von einem Krieger zum anderen und merkte, dass beide die Lippen zusammenpressten, um nicht zu lachen. »Sie hätte sich das Genick brechen können«, murmelte sie.

»Sie lebt noch«, stellte Alec fest.

»Das ist reiner Zufall!«, fauchte sie, wütend über seinen kalten Gleichmut.

»Jetzt ist alles wieder in Ordnung«, meinte Daniel beschwichtigend. »Es geht dir doch gut, Mary?«

»Ja.« Mary errötete, weil sie die allgemeine Aufmerksamkeit auf sich zog.

»Es geht ihr nicht gut!«, widersprach Jamie und wandte sich wieder zu Alec. Inzwischen war er so nahe an sie herangetreten, dass sie gegen ihn stieß. Rasch wich sie zurück, musste aber immer noch den Kopf in den Nacken legen, um in seine Augen zu schauen. »Mary ist aus dem Sattel gestürzt, weil ...« Sie verstummte. Soeben hatte sie goldene Punkte in seinen Augen entdeckt, die sie verwirrten. Sie richtete ihren Blick auf seine Brust und versuchte ihre Gedanken zu ordnen.

»Weil?«, fragte er.

»Mary ist zu erschöpft, um weiterzureiten, Mylord. Sie muss sich ausruhen. An so lange Wegstrecken ist sie nicht gewöhnt.«

»Und du? Bist du's gewöhnt, so lange zu reiten?«

»Meine Gepflogenheiten stehen hier nicht zur Debatte. Es geht um Mary. Du siehst doch, wie müde sie ist! Ein paar Minuten können keine allzu große Rolle spielen.« Sie sah kurz in sein Gesicht und überlegte, womit sie die finsteren Furchen in seiner Stirn hervorgerufen hatte. Dann erklärte sie seiner Brust: »Meine Schwester ist eine feine Dame und demzufolge sehr zart besaitet.«

»Und du bist keine feine Dame?«

»Doch – natürlich bin ich das«, stammelte sie. Er drehte ihr mit Absicht das Wort im Mund herum. »Wie unfreundlich von dir, etwas anderes anzudeuten!« Sie wagte wieder einen Blick nach oben und sah Alec lächeln. Offenbar wollte er sie nicht kränken. Sein Lächeln nahm ihr den Atem.

»Bist du immer so ernsthaft?« Seine Frage glich einer Liebkosung, und ihr Herz begann schneller zu schlagen. Großer Gott, wieso übte dieser Barbar eine solche Wirkung auf sie aus? Wahrscheinlich, weil sie genauso müde war wie Mary und ihre Gefühle nicht mehr unter Kontrolle hatte ... Plötzlich fand sie Alec richtig hübsch – selbstverständlich nur in seiner primitiven Art. Eine Locke fiel ihm ins Gesicht und verlieh ihm ein verwegenes Aussehen – unglücklicherweise, denn für kühne Schurken hatte sie schon immer eine Schwäche gehabt.

Deshalb hob sie eine Hand und strich ihm die Strähne aus der Stirn. Sie wollte nicht, dass er wie ein liebenswerter Schurke aussah, sondern gemein und böse. Dann würde ihr Herz sicher aufhören, so heftig zu pochen.

Er rührte sich nicht, aber es gefiel ihm, ihre Finger an seiner Schläfe zu spüren. »Warum hast du das getan?«

»Dein Haar ist zu lang.« Jamie wagte nicht, die Wahrheit zu gestehen.

»Nein.«

»Du musst es abschneiden lassen.«

»Warum?«

»Einem Mann, der das Haar fast so lang trägt wie ich, kann ich nicht trauen.« Diese Antwort klang in ihren eigenen Ohren lächerlich, und sie wurde rot. Um ihre Verlegenheit zu überspielen, runzelte sie die Stirn.

»Ich habe dich vorhin gefragt, ob du immer so ernst bist«, erinnerte er sie grinsend.

»So?« O Gott, sie konnte sich einfach nicht auf das Gespräch konzentrieren. Natürlich war das Alecs Schuld, weil er sie mit seinem Lächeln durcheinander brachte.

»Ja«, bestätigte er und bemühte sich, seine Belustigung nicht allzu deutlich zu zeigen. Jamie sollte nicht glauben, dass er sie verspottete. Aus irgendwelchen Gründen, die ihm selber rätselhaft waren, wollte er ihre Gefühle nicht verletzen. Merkwürdig, überlegte er. Um die Gefühle einer Frau hatte er sich noch nie gekümmert. Nun ja, seine Frau war ja auch Engländerin und deshalb empfindlicher als die robusten Hochländerinnen.

Sie schlang die Finger ineinander, und er bezweifelte, dass ihr diese verräterische Geste bewusst war. Es war ein Zeichen ihrer Angst, aber sie kämpfte tapfer gegen ihre Schwäche an, indem sie Alecs Blick standhielt. Sie musste genauso müde sein wie ihre Schwester. Keine Frau konnte einen so wilden Galopp unbeschadet überstehen. Doch er hielt diese Eile für unabdingbar. Solange sie sich auf englischem Boden befanden, schwebten sie in Gefahr. Doch seine Gemahlin hatte weder geklagt noch um eine Ruhepause gefleht. Gavin, sein stellvertretender Befehlshaber, würde sagen, sie habe Mumm in den Knochen – das größte Kompliment, das ein Hochländer einer Frau machen konnte. Und Jamie hatte es soeben verdient.

Gavin würde sich vor Lachen ausschütten, wenn er seinen Laird jetzt sähe, dachte Alec. Sein Lächeln erlosch, als er merkte, dass er sich wie ein Einfaltspinsel benahm. Noch nie hatte er so lange mit einer Frau geredet. Und jetzt starrte er seine Gemahlin an, als hätte er nie zuvor in ein hübsches Gesicht geschaut. Und sein Blut floss viel zu schnell durch die Adern. Höchste Zeit, dass er Jamie aus seinen Gedanken verdrängte ...

»Warum ringst du die Hände?« Er ergriff ihre Finger, um sie voneinander zu lösen.

»Ich habe mir vorgestellt, sie würden deinen Hals umschließen. Übrigens – ja, ich bin meistens ernst«, fuhr sie hastig fort, um ihn von der Beleidigung abzulenken, die sie gerade ausgesprochen hatte. »Und da ich England verlassen muss, bin ich noch ernster als sonst. Die Trennung von meiner geliebten Heimat fällt mir sehr schwer.«

»Aus dem gleichen Grund lächle ich.«

Er lächelte keineswegs, aber Jamie zog es vor, diese Tatsache nicht zu erwähnen. »Du freust dich, weil du nach Hause reitest?«

»Weil wir nach Hause reiten, Frau.« Seine Stimme nahm wieder einen stählernen Klang an.

»Ich bin in England zu Hause.«

»Dort warst du zu Hause. Jetzt gehörst du nach Schottland.«

»Du wünschst also, dass ich mich zu Schottland bekenne?«

»Ich wünsche es nicht, ich befehle es. Als meine Frau wirst du Schottland ebenso die Treue halten wie mir.«

Auch Jamie hatte in scharfem Ton gesprochen, aber er beschloss, ihr das nicht übel zu nehmen. Sie brauchte Zeit, um ihre Probleme zu meistern. Und weil er so geduldig veranlagt war, wollte er ihr ein bis zwei Stunden gönnen. Er fand, dass er sich überaus höflich verhielt. Natürlich durfte das nicht zur Gewohnheit werden.

»Wir müssen das klarstellen«, begann Jamie. »Du glaubst also, ich ...«

»Ganz einfach, Frau. Wenn du mir treu bist, bist du auch Schottland treu. Und dass es damit seine Richtigkeit hat, wirst du schon noch einsehen, wenn du dich erst mal bei uns eingenistet hast.«

»Wenn ich – was?«, fragte sie gefährlich leise.

»Wenn du dich bei uns eingenistet hast«, wiederholte Alec.

Ihr Hals schmerzte von einem fast übermächtigen Bedürfnis, diesen arroganten Kerl anzuschreien. Aber dann erinnerte sie sich an Beaks Empfehlung, ihren Mann nicht in Wut zu bringen, ehe sie wusste, wie er das aufnehmen würde. »Im Allgemeinen pflegen nur Vögel zu nisten, Kincaid. Ich bin eine Dame, falls du's noch nicht bemerkt hast.«

»Ich hab's gemerkt.«

»Und Damen nisten sich nirgendwo ein.«

»Es ist doch gleichgültig, wie man das nennt, Frau.«

»Keineswegs!«

»Willst du mich herausfordern, Engländerin?« Seine Stimme klang eisig genug, um sie zu erschrecken. Aber er wollte ihr von Anfang an klar machen, in welcher Position sie sich befand.

Er wartete auf eine Entschuldigung, aber sie nickte, sogar mehrmals. »O ja, ich fordere dich heraus.«

Ungläubig starrte er sie an. Er wusste nicht, was er von ihr halten sollte. Ihre Stimme klang gebieterisch, und sie rang auch nicht mehr die Hände. Die hatte sie zu Fäusten geballt. Eine solche Unverschämtheit konnte er nicht dulden. Eine Ehefrau musste sich ihrem Mann stets unterordnen. Offenbar hatte Jamie noch nichts von diesem heiligen Gesetz gehört. Sonst würde sie nicht so gegen ihn aufbegehren und so tun, als wäre sie ihm gleichgestellt. Dieser Gedanke belustigte ihn. Sie war wirklich albern, aber immerhin steckte Mumm in ihren Knochen. »Ich habe mich zu lange in England aufgehalten«, bemerkte er. »Andernfalls würde ich dein Benehmen anmaßend finden, Frau.«

»Könntest du aufhören, mich ›Frau‹ zu nennen? Ich habe einen Namen. Kannst du nicht Jamie zu mir sagen?«

»Das ist ein Männername.«

Am liebsten hätte sie ihn erwürgt. »Es ist mein Name.«

»Wir werden einen anderen finden.«

»Nein.«

»Du wagst es, mit mir zu streiten?«

Jamie wünschte, sie wäre genauso groß wie er. Dann würde er sich nicht erdreisten, sie zu verhöhnen. Sie holte tief Luft. »Du findest mein Verhalten anmaßend. Aber wenn ich mich bei dir ›eingenistet‹ habe, wie du es feinfühlig ausdrückst, wirst du deine Verwirrung vielleicht überwinden und auch meine Meinung gelten lassen.«

»Das bezweifle ich, denn deine Meinung ist völlig belanglos.«

»Jetzt beleidigst du mich.«

»So?«

»Allerdings.«

Er zuckte die breiten Schultern. »Das ist mein gutes Recht.«

Stumm betete sie um Geduld. »Ich verstehe. Also ist es auch mein Recht, dich zu beleidigen.«

»Keineswegs.«

Sie gab es auf. Der Mann war genauso eigensinnig wie sie. »Haben wir die Grenze schon überquert?«

Alec schüttelte den Kopf. »Sie ist nur mehr einen Steinwurf entfernt.«

»Warum lächelst du?«

»Weil ich mich auf meine Heimat freue.«

»Oh …«

Er wollte sich abwenden, aber sie hielt ihn mit einer Frage zurück. »Du hasst England, nicht wahr?«

Wie sehr sie das verblüffte, war ihrer Stimme anzumerken. Die Vorstellung, jemand könnte ihr Vaterland verabscheuen, überstieg ihr Begriffsvermögen. Jeder musste England lieben, sogar die törichten Schotten, die einander mit Baumstämmen bewarfen. England war das Rom der neuen Zeit, und es gab keinen Zweifel an seiner Größe.

»Meistens hasse ich England«, entgegnete Alec. »Aber es gibt Ausnahmen.«

»Ausnahmen?«

Langsam nickte er.

»Und wann hasst du England nicht?«

»Wenn ich es überfalle und plündere.«

»Eine so schwere Sünde gestehst du ein?«, rief Jamie.

Grinsend musterte er ihre geröteten Wangen. Seine Frau war so erfrischend ehrlich in all ihren Reaktionen. Bei einem

Mann wäre das eine gefährliche Schwäche, weil sie anderen seine Gedanken verraten würde. Bei einer Frau, besonders bei seiner eigenen, fand er dies höchst vorteilhaft.

»Nun?«, drängte sie.

Er stieß einen langgezogenen Seufzer aus. Bedauerlicherweise hatte sie überhaupt keinen Humor. Sie merkte es einfach nicht, wenn er scherzte. »Steig auf dein Pferd. Die Sonne geht schon unter. Wenn wir in Sicherheit sind, dürft ihr euch ausruhen.«

»In Sicherheit?«

»In Schottland.«

Jamie wollte sich erkundigen, ob er Schottland und Sicherheit für ein und dasselbe hielt, aber dann besann sie sich anders. Seine Antwort würde sie vermutlich nur ärgern.

Zwei unangenehme Eigenschaften ihres Mannes kannte sie bereits. Erstens – er mochte es nicht, wenn man ihn befragte oder ihm widersprach. Daraus würden sich Probleme ergeben, denn sie war entschlossen, ihm Fragen zu stellen oder zu widersprechen, wann immer es ihr beliebte. Ob es ihm passte oder nicht, kümmerte sie kein bisschen. Zweitens – wenn er die Stirn runzelte, gefiel er ihr überhaupt nicht. Seine Stimmungen waren so wechselhaft wie der Wind. Die harmlosesten Bemerkungen brachten ihn in Wut.

»O nein, Jamie, ich steige nicht mehr auf dieses verdammte Pferd.« Mary rüttelte sie an der Schulter, um ihre Aufmerksamkeit zu erregen. Obwohl Alec vernahm, was sie sagte, schenkte er ihr keine Beachtung und ging zu seinem Hengst.

Mit schmalen Augen schaute Jamie ihm nach. Er hatte sie einfach stehen lassen wie ein Gepäckstück. »Was für ein ungehobelter Kerl!«, murmelte sie.

»Hörst du mir nicht zu, Jamie?«, klagte Mary. »Du musst verlangen, dass wir hier die Nacht verbringen.«

Jamies Herz flog ihr entgegen. Das Gesicht ihrer Schwester war schmutzig, und sie sah völlig erschöpft aus. Sie selbst war ebenfalls müde, weil sie in der vergangenen Nacht ein krankes Kind betreut und kaum geschlafen hatte. Aber sie besaß ein stärkeres Durchhaltevermögen. Mitgefühl durfte sie jetzt nicht zeigen, Mary brauchte eine starke Hand. Wenn man sie jetzt bemitleidete, würde sie zu weinen anfangen, und dieser Gedanke jagte Jamie einen Schauer über den Rücken. Wenn Mary heulte, war sie noch unerträglicher als die Zwillinge. »Wo bleiben deine Manieren? Es ist undamenhaft, ›verdammt‹ zu sagen. Nur Leibeigene oder Dienstboten benutzen solche Wörter.«

»Um Himmels willen, wie kannst du mir ausgerechnet jetzt eine Lektion erteilen?«, jammerte Mary. »Ich will nach Hause! Ich vermisse meinen Papa!«

»Das reicht!«, schimpfte Jamie. Um den Tadel zu mildern, tätschelte sie den Arm ihrer Schwester und fuhr in sanfterem Ton fort: »Was geschehen ist, lässt sich nicht ändern. Wir sind mit diesen Schotten verheiratet, und damit basta. Führ dich nicht so auf, sonst bringst du Schande über uns. Außerdem ist es nicht sehr weit bis zum Hochland. Alec hat versprochen, wir würden rasten, sobald wir die Grenze überquert haben. Ein paar Minuten wirst du sicher noch durchhalten. Zeig deinem Mann, wie tapfer du bist!«

Mary nickte. »Und wenn er zu dumm ist, um meine Tapferkeit zu bemerken?«

»Dann werde ich ihn darauf hinweisen.«

»Jamie, hättest du je gedacht, dass wir einmal ein so schreckliches Schicksal erleiden und Schotten heiraten würden?«

»Nein, damit habe ich nie gerechnet.«

»Der Allmächtige muss sehr böse auf uns sein.«

»Nicht der Allmächtige«, verbesserte Jamie ihre Schwester, »unser König.«

Von Marys kummervollem Seufzer verfolgt, ging sie zu ihrer Stute. Dann beobachtete sie, wie das Mädchen sich zu Daniel schleppte, und sah ihn lächeln. Sicher belustigte ihn der Anblick seiner jungen Frau, die wie eine Greisin auf wackeligen Beinen wankte.

Verständnislos schüttelte sie den Kopf über die jämmerliche Verfassung ihrer Schwester, bis sie merkte, dass auch ihre eigenen Beine unter ihr einzuknicken drohten. Das lag an dem albernen Sattel, in dem sie sitzen musste, um Alec zu beweisen, was für eine feine Dame sie war.

Sie brauchte drei Versuche, um auf Wildfeuers Rücken zu klettern. Damit machte sie das Pferd nervös. Es begann zu tänzeln und ließ sich nur mit großer Mühe beruhigen. Offenbar missfiel ihm der Sattel ebenso wie der Reiterin.

Daniel hob Mary auf ihre Stute, aber Alec hatte auf eine so höfliche Geste verzichtet. Er gönnte seiner Frau nicht einmal einen Blick. Sie fragte sich, was seine Aufmerksamkeit fesselte, denn er starrte angespannt in die Richtung, aus der sie gekommen waren, und runzelte die Stirn. Doch sie beschloss, ihn genauso zu ignorieren wie er sie, und wandte sich zu ihrer Schwester, um ihr ein aufmunterndes Wort zuzurufen.

Sie hörte Alec nicht auf sich zukommen. Ehe sie es verhindern konnte, zerrte er sie vom Pferd und zu einem zerklüfteten Felsblock neben dem Busch, in den Mary gefallen war. Mit einer Hand presste er Jamie an den Felsen, mit der anderen schlug er auf Wildfeuers Flanke und gab Daniel ein Zeichen.

»Was ...?« Der Rest ihrer Frage blieb unausgesprochen, als

Mary gegen ihre Schulter gedrückt wurde. Daniel stellte sich vor beide Frauen, ein breiter Rücken presste sie an den Fels. Als er sein Schwert zog, verstand Jamie die Situation. Atemlos beobachtete sie, wie er seinen Freund ansah und drei Finger hochhielt.

Alec schüttelte den Kopf und hob vier Finger. Da Mary noch immer nicht begriff, was geschah, wollte sie protestieren, aber Jamie hielt ihr blitzschnell den Mund zu.

Vorsichtig ging Alec in die Mitte der kleinen Lichtung. Jamie wischte sich Marys Haar aus dem Gesicht, damit sie ihn besser sehen konnte. Noch hatte er seine Waffe nicht gezogen. Und dann sah sie, dass er kein Schwert hei sich trug. Hatte er es auf der Reise verloren und sich nicht die Mühe gemacht, es zu ersetzen? Natürlich musste sie eingreifen. Alec Kincaid war ihr Mann, und niemand durfte ihm ein Haar krümmen, solange sie noch lebte. Sie weigerte sich, über ihre Beweggründe nachzudenken – jedenfalls wollte sie nicht schon an ihrem Hochzeitstag Witwe werden.

Sie zog einen kleinen Dolch aus ihrem Gürtel und hoffte, genügend Zeit zu finden, um Alec die Waffe zuzuwerfen. Wenn man damit umzugehen wusste, konnte sie tödliche Wunden verursachen. Und Daniel hatte ja immer noch sein Schwert. Inständig hoffte sie, dass er es zu schwingen verstand. Gerade wollte sie ihn bitten, ihrem Gemahl zu helfen, als Alec sich umdrehte und Daniel wieder ein Zeichen gab. Jamie sah sein Gesicht und erschauerte. Seine finstere Miene erschreckte sie. Auch die kraftvollen Muskeln seiner Arme und Beine drückten geballte Wut aus. Nie zuvor hatte sie einen solchen Blick gesehen, und sie erkannte, dass er bereit war zu töten.

»Es ist ein wilder Eber, nicht wahr?«, jammerte Mary.

»Nein«, wisperte Jamie, ohne Alec aus den Augen zu lassen,

und drückte den Arm ihrer Schwester. »Reg dich nicht auf, unsere Männer werden uns beschützen.«

Beinahe glaubte sie selber daran, bis sie beobachtete, wie die Banditen langsam auf Alec zugingen. Er hatte sich von seinem Begleiter entfernt, vermutlich, um die Räuber von den Frauen abzulenken. Gemächlich folgten sie ihm. Es sah nicht gut aus. Zwei Männer waren mit verrußten Keulen bewaffnet, die anderen schwenkten Krummsäbel durch die Luft, was pfeifende Geräusche erzeugte. An den Klingen klebte getrocknetes Blut und kündete von früheren erfolgreichen Überfällen.

Jamie fürchtete, ihr würde übel werden. Noch nie war sie Männern mit so grausamen, teuflischen Mienen begegnet. Das mörderische Handwerk schien ihnen Spaß zu machen, denn zwei grinsten sogar. Ihre Zähne waren so schwarz wie die Keulen.

»Daniel, hilf Alec!«, befahl Jamie mit schwacher Stimme.

»Es sind ja nur vier, Mädchen. In einer Minute ist alles vorbei.«

Diese Antwort ärgerte sie maßlos. Wenn er auch schützend vor Mary und ihr selbst stand, so fand sie es trotzdem verwerflich, dass er untätig mit ansehen wollte, wie sein Freund abgeschlachtet wurde. Entschlossen packte sie Daniels Schulter. »Er ist unbewaffnet, gib ihm dein Schwert – oder meinen Dolch!«

»Alec braucht keine Waffe.« Seine Stimme klang so arglos und fröhlich, dass sie an seinem Verstand zweifelte.

»Entweder gehst du zu ihm, oder ich werde meinem Mann beistehen.«

»Also gut, wenn's unbedingt sein muss ...« Er schüttelte Marys Hand von seinem Arm und ging auf die Männer zu, die Alec einkreisten. Aber nach wenigen Schritten blieb er stehen. Jamie traute ihren Augen nicht. Seelenruhig steckte er sein Schwert in die Scheide und verschränkte die Arme vor seiner Brust. Jetzt grinste er Alec wirklich und wahrhaftig an.

Und Alec grinste zurück.

»Wir haben zwei Schwachsinnige geheiratet«, erklärte sie ihrer Schwester, empfand aber mehr Angst als Zorn, und ihre Stimme zitterte.

Plötzlich erregte ein tiefes Gebrüll ihre Aufmerksamkeit. Der Schlachtruf stammte aus Alecs Kehle und löste bei Mary einen Schreikrampf aus.

Die vier Banditen, die Alec umzingelten, kamen immer näher. Er wartete, bis sich der erste in Reichweite befand. Dann bewegte er sich blitzschnell. Jamie sah, wie er den Mann bei den Armen packte, hörte das gespenstische Knacken brechender Knochen. Der Räuber fiel ins Gras und rührte sich nicht mehr.

Zwei andere Männer griffen Alec brüllend von links an. Er schlug ihre Köpfe aneinander und warf sie auf die am Boden hingestreckte Gestalt.

Der letzte Bandit erhoffte sich einen Vorteil, indem er Alec von hinten attackierte. Doch der Laird wirbelte herum und trat ihn in den Bauch, zerrte den gestürzten Räuber hoch und traf sein Kinn mit einem gewaltigen Fausthieb und schleuderte ihn auf den Haufen regloser Schurken.

Daniels Behauptung war keine Prahlerei gewesen. Der Kampf hatte nur eine knappe Minute gedauert. Und Alec rang nicht einmal nach Atem. Diese erstaunliche Tatsache wurde Jamie gerade bewusst, als ein neues Geräusch erklang. Auf der anderen Seite des Felsbrockens sprangen drei große Männer aus dem Gebüsch. Zuvor mussten sie lautlos wie Schlangen im Dickicht gelauert haben.

»Alec!«, rief sie.

»Du musst mich beschützen!«, kreischte Mary, presste sich an den Fels und zerrte Jamie vor ihren Körper. Sie war zwar größer als ihre Schwester, aber weil sie sich duckte und das Gesicht zwischen Jamies Schulterblätter drückte, war sie gut abgeschirmt.

Jamie versuchte nicht, sich zu schützen. Sie kannte ihre Pflichten. An erster Stelle stand Mary, für deren Sicherheit sie sogar ihr Leben opfern würde.

Während die drei Männer heranstürmten, erinnerte sie sich an den Dolch in ihrer Hand und schleuderte ihn auf den größten Banditen. Sie hatte gut gezielt. Er stieß einen ohrenbetäubenden Schrei aus und brach zusammen. Den zweiten schlug Daniel mit einem kräftigen Fausthieb in den Magen nieder. Alec musste einen weiten Weg zurücklegen, um den dritten zu erreichen. Obwohl Jamie wie eine Wildkatze kämpfte, hielt der Räuber sie eisern fest und hielt eine Messerspitze an ihr Herz.

»Halt!«, schrie er Alec an. »Ich habe nichts mehr zu verlieren! Wenn Sie näher kommen, töte ich sie! Es würde mir nicht schwer fallen, ihr den hübschen kleinen Hals zu brechen.«

Langsam schlich Daniel von hinten auf ihn zu. Als der Schurke einen ängstlichen Blick über die Schulter warf, bedeutete Alec seinem Freund, stehen zu bleiben. Um auf die neue Bedrohung zu antworten, packte der Bandit Jamies Haar und riss ihren Kopf nach hinten.

Alec sah nackte Furcht in den Augen des Mannes und die zitternden Hände. Sein Feind war mittelgroß, mit gedunsenem Gesicht. In seiner Panik würde er Jamie zu töten versuchen, wenn er provoziert wurde oder seine Situation für hoffnungslos hielt. Aber sein Tod stand bereits fest. Mit dem Angriff auf Jamie hatte er sein Schicksal besiegelt.

Die Arme lässig vor der Brust verschränkt, bezähmte Alec seine Wut und wartete geduldig auf eine Gelegenheit.

»Ich mein's ernst!«, verkündete der Räuber. »Und sagen Sie der anderen Frau, sie soll still sein! Bei diesem Geheul kann ich nicht klar denken!«

Daniel eilte zu Mary und hielt ihr den Mund zu, ohne ihr einen mitleidigen Blick zu gönnen. Seine ungeteilte Aufmerksamkeit galt dem Mann, der Jamie in seiner Gewalt hatte, und er wartete ebenfalls auf eine günstige Gelegenheit.

Allmählich erlosch die Angst in den Augen des Feindes, und er kicherte. Offenbar fühlte er sich bereits als Sieger. Dieses unbegründete Selbstvertrauen sollte zu seinem Untergang führen. »Ist das Ihre Frau?«, fragte er Alec.

»Ja.«

»Und Sie mögen sie?«

Alec zuckte nur die Achseln.

»Natürlich mögen Sie Ihre Frau.« Der Bandit lachte misstönend. »Sie wollen nicht, dass ich Ihre hübsche Kleine umbringe, was?« Zum Beweis seiner Macht riss er grob an Jamies Haar, weil er glaubte, sie würde gepeinigt aufschreien oder wenigstens das Gesicht vor Schmerzen verzerren. Doch er wurde enttäuscht. Erbost starrte sie ihn an, kein Laut kam über ihre Lippen.

Bis jetzt hatte es Alec vermieden, sie anzusehen. Die Furcht, die er in ihren Augen zu lesen erwartete, hätte ihn in seiner Konzentration gestört und ihn in unkontrollierbare Wut gebracht. Aber als der Bastard so brutal an ihrem Haar zog, schaute Alec sie instinktiv an. In ihrem Blick lag keine Angst – nur heller Zorn. Ihre Tapferkeit verblüffte ihn, und er lächelte beinahe.

»Gebt mir eins von diesen schönen Pferden!«, verlangte der Räuber. »Wenn ich mich sicher fühle und gewiss sein kann, dass ihr nicht hinter mir herschnüffelt, lasse ich die hübsche Kleine frei.«

Alec schüttelte den Kopf. »Nein.«

»Was?«

»Ich sage nein«, erklärte Alec seelenruhig. »Die Frau können Sie haben, aber kein Pferd.«

Jamie stieß einen Wutschrei aus, und ihr Gegner murmelte: »Schweigen Sie, verdammt.« Er hielt ihr das Messer an die Kehle und wandte sich wieder an Alec: »Ich will beides.«

»Nehmen Sie die Frau mit. Ein Pferd kriegen Sie nicht.«

»Ich will beides!« Die Stimme des Banditen klang so schrill wie das Kreischen eines gefangenen Vogels.

»Nein!«

»Gib ihm beides, Alec«, mischte Daniel sich ein. »Die Frau und ihr Pferd kannst du leicht ersetzen.«

Jamie traute ihren Ohren nicht. Sie war den Tränen nahe. »Alec«, wisperte sie, »ist das dein Ernst?«

»Halten Sie gefälligst den Mund!«, befahl der Schurke und zerrte wieder an ihrem Haar. Um sich zu rächen, stieg sie ihm kräftig auf den Fuß.

»Daniel, hol ihr Pferd«, sagte Alec.

»Die Frau soll's holen«, schrie der Räuber, aber Daniel ignorierte ihn und ging zu Wildfeuer.

Jamie hätte schwören können, dass sie ihn fröhlich pfeifen hörte. Sie wusste, wie wenig die Schotten von den Engländern hielten, aber dieses Benehmen war einfach unglaublich. Verzweifelt bekämpfte sie ihre Angst – eine Aufgabe, die Alec ihr keineswegs erleichterte. Nur ein einziges Mal hatte er ihr einen kurzen Blick zugeworfen und sogar gelangweilt dreingeschaut. Erst seit der Bandit ein Pferd verlangte, wirkte ihr Mann ein bisschen verärgert.

Cholie hat also doch Recht, dachte sie. Pferde bedeuten den Schotten mehr als Frauen. Wäre ihr Magen nicht leer gewesen, hätte sie sich übergeben müssen. Der Kerl, in dessen Gewalt sie sich befand, stank wie ein vergessener Nachttopf. Wann immer sie Atem holte, würgte sie.

Daniel kam zurück, und Alec nahm ihm die Zügel aus der Hand. So nah wie möglich führte er Wildfeuer an seinen Gegner heran.

Was dann geschah, verwirrte Jamie dermaßen, dass sie keine Zeit fand, um darauf zu reagieren. Plötzlich flog sie durch die Luft, und während sie in Daniels Armen landete, hörte sie den Schmerzensschrei des Räubers. Sie sah, wie Alec seinem Feind dessen eigenen Dolch in den Hals stieß, und würgte wieder.

Hastig stellte Daniel sie auf die Füße. Mary rannte über die Lichtung und warf sich auf ihre Schwester. Obwohl die Gefahr gebannt war, schrie sie immer noch hysterisch. Jamie zitterte wie ein welkes Blatt im Wind, und ihre Beine drohten einzuknicken. Sie schloss die Augen und versuchte ihr Herz zu beruhigen, das wie rasend schlug. Schluchzend klammerte sich Mary an sie und presste ihr beinahe die Luft aus den Lungen.

»Jetzt kannst du die Augen aufmachen.«

Sie erkannte die Stimme ihres Mannes, und als sie gehorchte, sah sie ihn dicht vor sich stehen. Seine Augen wirkten nicht mehr so schrecklich kalt. Er lächelte sogar, und das ergab keinen Sinn. Soeben hatte er mehrere Männer getötet – mühelos, ohne mit der Wimper zu zucken. Und nun lächelte er … Sie wusste nicht, ob sie vor ihm fliehen oder ihn erdrosseln wollte.

Während sie ihren Mann anstarrte, hörte sie Daniels ärgerliche Stimme. Er befahl ihrer Schwester, endlich still zu sein, und dann spürte Jamie, wie er Marys Finger von ihr löste. Sie war zu schwach, um ihm dabei zu helfen.

»Es ist vorbei«, sagte Alec sanft.

»Vorbei?«, wiederholte sie und schaute auf den Mann, den er soeben niedergestreckt hatte. Rasch trat er zur Seite, um ihr die Sicht zu versperren, dann hob er ihren Dolch auf.

»Der gehört doch dir?« Die Furcht in ihren Augen, die ihm unvernünftig schien, verwirrte ihn.

»Ich will ihn nicht mehr. Wirf ihn weg. In meinem Ranzen habe ich noch einen.« Sie spähte an ihm vorbei auf den Räuber.

»Er ist tot, Frau. Du brauchst ihn nicht anzusehen, er kann dir nichts mehr tun.«

»Aye, er ist tot. Alec, du hast mich in die Luft geschleudert wie ...«

»Wie einen Kiefernstamm?«

Sie nickte. »Und wie du ihn getötet hast – als wäre es ein Kinderspiel gewesen.«

»Wie nett, dass du das bemerkt hast ...«

Ungläubig schüttelte sie den Kopf und wich vor ihm zurück.

»Du bildest dir ein, ich will dich loben? Wirf endlich den Dolch weg! Ich möchte ihn nicht mehr sehen.«

»Stört dich der Anblick?« Er verstand ihr Verhalten nicht. Vorhin hatte sie wie eine Tigerin gegen den Banditen gekämpft. Und jetzt benahm sie sich wie ein verschrecktes Kind.

»Das Blut macht mich ganz krank.« Sie war zwar daran gewöhnt, Blut zu sehen, denn sie hatte schon genug Wunden verbunden, aber nicht das Blut, das Sterbende vergossen ... Doch sie fand es zu mühsam, das zu erklären. Sie stand immer noch unter der Einwirkung des Schocks, den ihr die Ereignisse versetzt hatten. Es war grausig gewesen, die ungeheure Stärke ihres Mannes zu beobachten, erleben zu müssen, dass er sie dem Banditen bereitwillig überlassen hätte. Ihre Stute bedeutete ihm tatsächlich mehr als seine Frau. Diese Erkenntnis würde monatelange Albträume verursachen.

Plötzlich nahm er sie in die Arme. »Wenn du noch einen Schritt nach hinten machst, wirst du über den Räuberhaufen stolpern.« Seltsam, wie sanft er jetzt mit ihr umging ... Kraftlos lehnte sie an seiner Brust.

»Hast du es ernst gemeint, Alec?«, flüsterte sie.

»Was, Frau?«

»Du sagtest diesem grässlichen Mann, er könnte mich haben – aber kein Pferd ...«

»Nein.« Wie konnte sie einen solchen Unsinn glauben? »Ich wollte ihn nur in Sicherheit wiegen, damit ich ihn leichter überwältigen konnte.«

»Also hast du ihn belogen?«

»Natürlich.« Einen Arm um ihre Schultern gelegt, führte er sie zu der Stelle, wo Daniel die Pferde versammelt hatte, und hob sie in Wildfeuers Sattel. »Du hast großen Mut bewiesen, Frau. Ich bin zufrieden mit dir.«

»Aber ich nicht mit dir, du arroganter Schotte!«

»Das spielt keine Rolle. Warum hattest du solche Angst?«

»Ich hatte keine Angst, ich machte mir nur Sorgen.«

»Warum?«

»Willst du die Wahrheit wissen?«

»Allerdings.«

»Als du mit den Banditen kämpftest, dachte ich, dass ich niemals deinen Zorn erregen darf. Deiner übermenschlichen Kraft wäre ich nicht gewachsen. Aber – irgendwann werde ich dich sicher ärgern.«

»Du ärgerst mich jetzt schon.«

»Oh ...«

»Jamie, ich werde dir niemals wehtun.«

»Nicht einmal, wenn dich dein Temperament übermannt? Die Schotten geraten sehr schnell in Wut. Das gibst du doch zu?«

»Was dich betrifft, werde ich nie die Beherrschung verlieren. Das verspreche ich dir.«

»Und wenn es trotzdem passiert?«

»Auch dann werde ich dich nicht verletzen.«

Endlich glaubte sie ihm. »Ich habe gehört, alle Schotten schlagen ihre Frauen.«

»Dasselbe habe ich von den Engländern gehört.«

»Manche tun's, andere nicht.«

»Ich tu's nicht. Als wir uns das erste Mal trafen, las ich diese unvernünftige Angst in deinen Augen. Es ist zwar gut und richtig, wenn sich eine Frau vor ihrem Mann fürchtet, aber ...«

»Verzeih, dass ich dich unterbreche. Es ist keineswegs gut und richtig, wenn sich eine Frau vor ihrem Mann fürchtet. Und wie ich bereits sagte – ich hatte keine Angst, ich machte mir Sorgen. – Natürlich würden sich die meisten Frauen vor dir fürchten. Aber ich bin aus härterem Holz geschnitzt.«

»Warum?«

»Was – warum?« Sein Grinsen verwirrte sie, und ihr Herz pochte viel zu heftig.

»Warum würden sich die meisten Frauen vor mir fürchten?«

»Weil du – so groß bist. Der größte Krieger, den ich je gesehen habe.«

»Hast du schon andere gesehen?«

»Eigentlich nicht ...«

»Es ist also meine Größe, die dir – Sorge bereitet?«

»Und deine Stärke. Soeben hast du vier Männer getötet, als wären sie nur Fliegen gewesen.«

»Nur einen.«

»Nur einen?« Misstrauisch schaute sie in seine Augen, die seltsam funkelten. Machte er sich über sie lustig?

»Nur den Mann, der es wagte, dir das Messer an die Kehle zu halten. Die anderen sind nur bewusstlos. Soll ich sie auch umbringen?«

»Großer Gott, nein! Und der Mann, den Daniel niederschlug, als sie Mary angreifen wollten?«

»Frag ihn doch.«

»Das will ich nicht.«

»Die Bastarde wollten auch über dich herfallen.«

»Mary ist wichtiger.«

»Glaubst du diesen Unsinn wirklich?«

»Es war schon immer meine Pflicht, meine Schwestern zu beschützen.«

»Das hat sich jetzt geändert. Übrigens, warum erkundigst du dich nicht nach dem Mann, den du mit deinem Dolch getötet hast? Du kannst gut zielen ...«

»Darüber will ich nicht reden!«, schrie sie und ließ Wildfeuers Zügel fallen.

Verwundert schüttelte er den Kopf. Ging es ihr so nahe, dass sie einen Menschen ins Jenseits befördert hatte? Diese Gefühle würde sie überwinden müssen. Im rauen Hochland wurde immer wieder Blut vergossen. Es ließ sich nicht vermeiden. Nur die Stärksten überlebten. Obwohl ihm Jamies gütiges Herz gefiel, beschloss er, sie abzuhärten. Sonst würde sie nicht einmal den ersten bitteren Winter überstehen. »Also gut, Frau. Vorerst reden wir nicht darüber.« Als sie im Sattel schwankte, legte er einen Arm um ihre Taille.

»Ich muss Marys Leben verteidigen – und mein eigenes«,

erklärte sie. »Vater Charles würde es allerdings nicht verstehen. Wenn er es erführe, würde er mich zwingen, bis ans Ende meiner Tage Schwarz zu tragen.«

»Der Priester, der uns getraut hat?«

Jamie nickte.

»Du machst dir über die sonderbarsten Dinge Sorgen«, meinte er, »und das ist ein Fehler.«

»Glaubst du? Dann geh doch zu Vater Charles, erzähl ihm, was ich getan habe, und dann sag mir, ich hätte mir grundlose Sorgen gemacht. Der Mann ist sehr einfallsreich, wenn er armen Sündern Bußen auferlegt.«

Alec begann zu lachen, hob sie vom Pferd und trug sie zu seinem Rappen.

Sie schlang die Arme um seinen Hals. »Was machst du denn?«

»Du wirst mit mir reiten.«

»Warum?«

»Wirst du immer alles infrage stellen, was ich tue oder sage?«, seufzte er.

Als sie den Kopf in den Nacken legte, um ihn anzuschauen, blieb er abrupt stehen. Ihr sanftes Lächeln verwirrte ihn.

»Wirst du mir jedes Mal böse sein, wenn ich dich befrage?«

»Ich werde dir niemals böse sein.«

»Was für einen erstaunlichen Mann ich geheiratet habe! Er wird nie die Beherrschung verlieren und mir niemals böse sein ...«

»Wagst du es schon wieder, mich herauszufordern, Engländerin?« Sein Blick konzentrierte sich auf ihren Mund. Er wollte ihre Unterlippe zwischen die Zähne saugen, ihre Zunge mit seiner berühren, den süßen Honig schlecken, der jetzt ihm gehörte. Ihre Finger streichelten seinen Nacken, und er überlegte, ob es unbewusst geschah. Er spürte, wie sich ihre vollen, runden Brüste an ihn schmiegten. Und da sagte er sich, dass ein Mann nur bis zu einer gewissen Grenze provoziert werden konnte. Als er den Kopf hinabneigte, kam sie ihm auf halbem Weg entgegen.

Ihre Lippen waren so weich, wie er sie in Erinnerung hatte, und genauso aufregend. Aber der Kuss dauerte nicht lange genug. Sobald er versuchte, mit seiner Zunge in Jamies Mund einzudringen, drehte sie das Gesicht zur Seite. Wie selbstzufrieden sie aussah ... Mühsam verbarg er seine Enttäuschung. So schön und tapfer sie auch sein mochte – vom Küssen verstand sie überhaupt nichts. Aber das würde er ihr schon noch beibringen.

»Danke, Alec.«

»Wofür dankst du mir?« Er setzte sie in seinen Sattel und stieg hinter ihr auf.

»Für deine Rücksichtnahme.«

Alec missverstand die Antwort. Sie war ihm dankbar, weil er sich mit einem kurzen, zarten Kuss begnügt hatte. Doch er erwiderte: »Offensichtlich bist du keine geübte Reiterin. Ich werde dir Unterricht geben.«

Sie widersprach ihm nicht. Wenn sie ihm erklärt hätte, sie könne sehr gut reiten und es sei nur der neue Sattel, der ihr Schwierigkeiten bereite, hätte er ihr vermutlich nicht geglaubt. Und wenn sie ihm sagte, dass sie lieber ohne Sattel ritt, würde er das undamenhaft finden.

Frauen sind ein Ärgernis, dachte Alec, aber diese da ... Sie roch so angenehm und fühlte sich so weich in seinen Armen an. Als sie versuchte seine Hände hinabzuschieben, die direkt unter ihren Brüsten lagen, lächelte er. Sobald er mit ihr geschlafen hatte, würde sie ihre Scheu vergessen. Plötzlich konnte er es kaum mehr erwarten, das Nachtlager aufzuschlagen.

Jamie lehnte sich an den Rücken ihres Mannes. Sie fühlte sich sicher und geborgen. Bis vor kurzem hatte sie ihn abgrundtief gehasst. Und jetzt mochte sie ihn beinahe. Vielleicht würde sie sich sogar wieder küssen lassen – in ein oder zwei Tagen. Und wenn er den Vorstellungen entsprach, die sie sich von einem guten Ehemann machte, würde sie sogar mit ihm schlafen – natürlich erst, nachdem er sie lange genug umworben hatte. Ein Glück, dass er so geduldig war. Sie würde ihm die Gründe ihrer Zurückhaltung erklären, und er würde auf ihre Bedingungen eingehen.

Kapitel 6

Eine Stunde später schlugen sie am Ufer eines Teichs ihr Lager auf. Während Alec und Daniel die Pferde versorgten, packte Jamie den Korb aus, in dem die fürsorgliche Agnes das Abendessen verstaut hatte. Mary lehnte ermattet an einem Baumstamm und beobachtete, wie ihre Schwester arbeitete.

Jamie breitete eine Decke aus, setzte sich darauf und ordnete ihre Röcke, sodass die Fußknöchel nicht zu sehen waren. Dann bedeutete sie Mary, bei ihr Platz zu nehmen. Beide versuchten, ihre Männer zu ignorieren, die sich im Teich wuschen.

Als Alec ohne sein Wams ins Lager zurückschlenderte, störte es Jamie nicht. Aber der Anblick von Alecs nackter Brust raubte ihr den Atem. Die Muskeln in den Armen und Schultern erinnerten sie an seine unbezwingbare Kraft, dunkles Kraushaar auf der bronzebraunen Haut betonte seine überwältigende Männlichkeit. Der Haarwuchs spitzte sich zum flachen Magen hin zu und verschwand im Gurtband der schwarzen Hose.

»Ich will nicht, dass Daniel mich anfasst«, wisperte Mary.

»Es ist nur natürlich, wenn du ein bisschen Angst hast«, erwiderte Jamie und bemühte sich, so zu tun, als wüsste sie, wovon sie sprach.

»Er hat mich geküsst.«

Jamie lächelte. Was das Küssen betraf, wusste sie ausreichend Bescheid. »Alec mich auch. Schon zweimal, wenn man den Hochzeitskuss mitzählt. Eigentlich fand ich's ganz nett.«

»Hat er dich so geküsst, wie ein Mann eine Frau küsst, wenn er mit ihr schlafen will, und deine Zunge mit seiner berührt?«

Was meinte Mary damit? Jamie hatte keine Ahnung, doch das verriet sie nicht. Um sich eine Antwort zu ersparen, fragte sie: »Hat's dir gefallen?«

»Es war eklig.«

»O Mary ...« Jamie seufzte tief auf. »Sicher wirst du bald Freude an Daniels Küssen finden.«

»Vielleicht hätte es mir gefallen, wenn Daniel nicht so wütend gewesen wäre. Ständig runzelte er die Stirn.«

»Das bildest du dir sicher nur ein.«

»O nein. Würdest du mit ihm reden und herausfinden, warum er so böse auf mich ist?«

Ehe Jamie antworten konnte, setzte sich Daniel neben ihre Schwester. Sie stieß Mary an und zeigte auf das Essen. Mary verstand die stumme Botschaft und bot ihrem Mann eine Portion an.

In einiger Entfernung saß Alec im Gras, an einen dicken Baumstamm gelehnt, ein Bein angewinkelt, sodass die kraftvollen Muskeln im Oberschenkel noch stärker hervortraten. Krampfhaft versuchte Jamie, nicht so nervös auszusehen, wie sie sich fühlte. Er starrte sie unentwegt an, und sie redete sich ein, ihr Unbehagen rühre nur daher, dass sie es nicht gewöhnt war, die ungeteilte Aufmerksamkeit eines Menschen zu erregen.

Sie bedeutete ihm, auf der Decke Platz zu nehmen, aber er schüttelte den Kopf und befahl, sie solle zu ihm kommen. Nun, es war vermutlich ihre Pflicht zu gehorchen. Sie brachte ihm ein Stück Käse, eine Scheibe knuspriges Brot und einen der drei Lederbeutel, die mit Ale gefüllt waren. Wortlos nahm er seine Mahlzeit entgegen. Sie wollte zu den anderen zurückkehren, aber er zog sie neben sich ins Gras. Nachdem er gegessen und getrunken hatte, schlang er besitzergreifend einen Arm um ihre Taille. Kerzengerade saß sie da, die Hände im Schoß gefaltet.

»Fürchtest du dich schon wieder vor mir, Engländerin?«

»Ich habe mich nie gefürchtet, Schotte, ich war nur besorgt.«

»Bist du immer noch besorgt?«

»Nein.«

»Warum versuchst du dann meinen Arm wegzuschieben?«

»Es ist unanständig, sich so zu berühren – in Gegenwart anderer.«

»So?«

Sie ignorierte den belustigten Klang seiner Stimme. »Ja. Übrigens, ich heiße Jamie. Warum redest du mich nicht mit meinem Namen an?«

»Es ist ein Männername.«

»Also sind wir wieder bei diesem Thema?«

»Aye.«

Entschlossen weigerte sie sich, ihn anzuschauen, bevor sein Gelächter verstummt war, und sagte dann: »Mein Name scheint dich sehr zu amüsieren. Es freut mich, dass du so gut gelaunt bist, denn ich muss dich um etwas bitten. Vielleicht wird es dich ärgern. Aber wenn du mir zugehört hast, wirst du meine Entscheidung sicher billigen.«

Ihr ernsthafter Ton verwirrte ihn. »Worum möchtest du mich bitten?«

»Dass du mich nicht – anrührst. Ich kenne dich noch nicht gut genug, um dir solche Freiheiten zu erlauben.«

»Erlauben?« Ihre Wortwahl schien ihm zu missfallen.

»Du willst doch keine Frau haben, die sich dir nur gezwungenermaßen hingibt, nicht wahr?«

»Fragst du mich oder deine Hände?«

»Dich.«

»Dann schau mich an!«, befahl er schroff, und sie musste ihren ganzen Mut zusammennehmen, ehe sie gehorchte. Es wäre leichter gewesen, hätte er nicht so dicht neben ihr gesessen. Und so oft sie sich auch darum bemühte, sie konnte sich nicht von seinem Arm befreien.

Als sie ihm in die Augen schaute, gewann sie den Eindruck, dass er ihre Gedanken zu lesen versuchte. Ihr wurde heiß und kalt, und ihre Verwirrung wuchs. »Du willst doch keine Frau haben, die sich dir nur gezwungenermaßen hingibt«, wiederholte sie.

»Eigentlich will ich überhaupt keine Frau.«

Diese Antwort kränkte sie. »Du hast aber eine.«

»Aye, noch dazu eine Engländerin.«

Jamie schlang die Finger so fest ineinander, dass sie schmerzten. »Du sprichst das Wort ›Engländerin‹ aus, als wäre es ein Schimpfwort.«

»Das ist es auch.«

»Nein!« Als sie merkte, dass sie ihn angeschrien hatte, wurde sie puterrot. Unsicher beobachtete sie seine gerunzelte Stirn. »Also kannst du eine Engländerin niemals mögen?«

»Mögen?«

»Du weißt, was ich meine.«

»Erklär es mir.«

Der Mann war wirklich strohdumm. »Ich spreche von Liebe!«, fauchte sie und merkte, dass Mary und Daniel sie anstarrten. »Könntest du eine englische Frau lieben?«, wisperte sie.

»Das bezweifle ich.«

»Du bezweifelst es.«

»Schrei doch nicht so!« Alec fand ihren Zorn höchst amüsant. »Ärgerst du dich über meine Ehrlichkeit?«

Sie holte tief Atem. »Nein, aber deine Heiterkeit beleidigt mich. Wir reden über ein ernstes Thema.«

»Nach deiner Meinung ist es ernst. Nicht nach meiner.«

»Du findest die Ehe also unwichtig?«

»Nein, aber du bist ein unwichtiger Teil meines Lebens, Frau.«

»Ich war auch nicht gerade darauf versessen, dich zu heiraten, Kincaid!«, zischte sie.

»Das habe ich gemerkt. Immerhin trägst du Schwarz an deinem Hochzeitstag.«

»Dieses Kleid gefällt mir ...« Jamie hielt inne, um Staub vom Saum zu wischen. »Ich werde es noch sehr oft anziehen.«

»Dann wirst du mich auch in Zukunft nicht mögen?«

»Vermutlich nicht.«

Alecs dröhnendes Lachen erinnerte sie an ein Erdbeben.

»Meine Ehrlichkeit scheint dich zu belustigen«, meinte sie.

»Sogar sehr.«

»Ich möchte dieses Gespräch nicht fortsetzen. Wenn du deine Mahlzeit beendet hast, werde ich das Essen einpacken.«

»Das soll deine Schwester machen.«

»Ich bin dafür verantwortlich.«

»So wie für ihre Sicherheit?«

»Ja.«

»Mary glaubt diesen Unsinn auch, was?«

»Unsinn? Seit wann ist es unsinnig, wenn man seine Pflicht erfüllt?«

»Daniel und ich hörten, wie deine Schwester beim Angriff der englischen Bastarde verlangte, du solltest sie beschützen, und dich als Schild benutzte.«

»Das waren keine englischen Bastarde.« Jamie beschloss, sich auf diesen Teil seiner Bemerkung zu konzentrieren. Ihre Beziehung zu Mary würde er ohnehin nicht verstehen, und sie hatte keine Lust, mit ihm darüber zu streiten. »Sicher kamen sie aus ...« Sie wollte behaupten, die Banditen stammten aus Schottland, besann sich aber eines Besseren. »Sie gehörten keinem Land an. Deshalb werden sie ja auch als Außenseiter der Gesellschaft bezeichnet.«

»Mag sein.« Beharrlich kehrte er zum früheren Thema zurück. »Du bist Baron Jamisons jüngste Tochter. Trotzdem hat Mary dich gezwungen, ihr als Schutzschild zu dienen.«

»O nein, sie hat mich nicht gezwungen.«

»Doch.«

»Du begreifst das nicht, Alec. Ein Schotte kann nicht wissen, wie die Engländer solche Dinge regeln. Jedenfalls war ich schon immer dazu verpflichtet, meine älteren Schwestern zu beschützen. Wahrscheinlich ist das in allen englischen Familien so.«

»Deine Ansichten missfallen mir.«

Das störte sie nicht. Um ihre Gleichgültigkeit zu zeigen, zuckte sie die Achseln.

»Du bist das Nesthäkchen. Also müsste deine ältere Schwester auf dich aufpassen.«

Sie schüttelte den Kopf. Warum versuchte er mit aller Macht, ihr seine Meinung aufzuzwingen? »Es ist umgekehrt.«

»Der Starke muss den Schwachen schützen, Frau, und der Ältere den Jüngeren. Und das ist überall so, auch in deinem kostbaren England.«

Fasziniert beobachtete Alec, wie sich Jamies violette Augen verdunkelten. Was er da sagte, passte ihr ganz und gar nicht. Erbost schlug sie mit ihrer Faust auf seine Schulter. »Ich bin nicht schwach!«

Er widerstand der Versuchung, sie in die Arme zu reißen und ihren Zorn mit heißen Küssen zu besänftigen. »Nein, das bist du nicht.«

»Wie nett von dir, das zuzugeben!«

»Trotzdem hattest du Angst vor mir.«

»Musst du immer wieder damit anfangen? Das ist sehr unfreundlich.«

»O nein.«

Ihr prompter Widerspruch verblüffte ihn. »Wieso sagst du das?«

»Du warst sehr duldsam, als mein Vater sich so albern aufführte. Die meisten Männer hätten kein Mitgefühl aufgebracht.«

Jamie glaubte, ihr Lob würde ihn freuen. Stattdessen brach er in höhnisches Gelächter aus.

»Es ist unhöflich, so laut zu lachen, wenn man ein Kompliment erhält, Alec. Verdammt unhöflich!«

»Ein Kompliment? Frau, du hast mich beleidigt. Nie zuvor wurde ich als mitfühlend bezeichnet.«

»Das ist doch keine Beleidigung!«

»Eine Ehefrau darf ihrem Mann niemals widersprechen.«

»Wenn sie es für nötig hält, muss sie ihre eigene Meinung vertreten. Nur so kann man eine gute Ehe führen, Alec.« Als er sie ungläubig anstarrte, wich sie seinem Blick aus.

»Hör endlich auf, meinen Arm wegzuschieben! Du gehörst jetzt mir, und ich verbiete dir, dich zu wehren, wenn ich dich anfasse.«

»Ich habe dir bereits erklärt, dass ich noch nicht bereit bin, dir zu gehören.«

»Es spielt keine Rolle, ob du dazu bereit bist oder nicht.«

»Alec, ich werde erst mit dir schlafen, wenn ich dich besser kenne. Das musst du doch verstehen.«

»Natürlich verstehe ich's.«

Sie schaute ihn an und sah die Belustigung in seinen Augen. Ihre Verlegenheit schien ihn sehr zu erheitern.

»Du errötest wie eine Jungfrau«, bemerkte er.

»Das bin ich ja auch.«

Ihre Antwort klang so beschämt, als würde sie eine schwere Sünde gestehen, und er musste wieder lachen.

»Würdest du endlich aufhören, mich zu verspotten? Das ist eine Beleidigung.«

»Deine Jungfräulichkeit ist keine Schande, Jamie.«

Endlich hatte er sie wieder einmal beim Vornamen genannt, und darüber freute sie sich so, dass sie lächelte. »Hättest du mich auch geheiratet, wenn ich nicht mehr unberührt wäre?«

»Ja.«

»Wirklich?«

»Aye! Du solltest nicht verlangen, dass ich mich wiederhole.«

»Du bist ein ungewöhnlicher Mann. Die meisten Ritter würden eine Frau ablehnen, die sich bereits einem anderen geschenkt hat.«

»Natürlich hätte ich den Namen des Mannes herausgefunden, der sie vor der Hochzeit entehrt hat.«

»Und dann?«

»Dann hätte ich ihn getötet.«

Jamie sah keinen Grund daran zu zweifeln. Sie erschauerte. Offenbar machte es ihm nicht das Geringste aus, Blut zu vergießen.

»Aber die Frage ist bedeutungslos, weil du noch Jungfrau bist«, fügte er hinzu.

»Ja, sicher. Nun, bist du bereit zu warten, bis ich dich näher kenne?«

Plötzlich empfand er den Wunsch, ihr die Angst zu nehmen – wenn er auch nicht wusste, warum. Selbstverständlich wollte er mit ihr schlafen, aber er wollte nicht, dass sie in kaltem Entsetzen vor ihm zurückschreckte. Und so entschloss er sich zu einer diplomatischen List. »Wir warten, bis du das Tuch der Kincaids trägst, Jamie.«

»Gibst du mir dein Wort darauf?«

»Soeben hab' ich's dir gegeben.« Er drückte sie an sich, hob ihr Kinn hoch und zwang sie, in seine Augen zu blicken. »Ich will mich nicht ständig wiederholen.«

Jamie wollte nicken, aber er hielt ihr Kinn fest. Langsam beugte er sich herab und küsste sie. Sie war zu verwirrt, um Widerstand zu leisten. Sein Mund fühlte sich hart an, aber auch wunderbar warm. Erst als sie den Kuss zu erwidern begann, richtete er sich auf.

»Ich danke dir für dein Verständnis«, sagte sie leise.

»Deine Gefühle kümmern mich nicht. Du bist einfach nur meine Frau – mein Besitz, genauso wie mein Pferd. Wenn du das nicht vergisst, werden wir ganz gut miteinander auskommen.«

»Wie dein Pferd ...«, würgte sie hervor. Noch nie war sie so gedemütigt worden.

»Wie mein Pferd«, bestätigte er.

»Du tust dein Bestes, um mich zu ärgern, was?« Grinsend nickte er.

»Warum?«

»Um dir zu zeigen, dass du in deiner Wut sagen und tun kannst, was du willst – ich werde nie die Geduld verlieren. Damit du das begreifst, habe ich dir diese Lektion erteilt.«

»Unser Gespräch war also eine Lektion für deine unwissende englische Frau?«

Wieder nickte er, und Jamie begann zu lachen. »Du würdest deine Beherrschung auch dann wahren, wenn ich dir sagte, dass du der grässlichste Krieger bist, dem ich je begegnet bin?«

»Ja.«

»Du hast versichert, du würdest erst mit mir schlafen, wenn ich dein Tuch trage. Und jetzt will ich dir auch etwas versprechen. Du wirst den Tag bereuen, wo du geprahlt hast, du würdest nie die Geduld mit mir verlieren.« Ehe er antworten konnte, schob sie seinen Arm von ihrer Taille und sprang auf. »Jetzt muss ich baden. Mein schrecklicher Mann hat mich angefasst, und ich will mich abschrubben, bis ich mich wieder sauber fühle. Möchtest du mir noch ein paar Beleidigungen an den Kopf werfen, ehe ich gehe?«

»Nein.«

Sie betrachtete ihn und erkannte, dass er ihr keine Angst mehr einjagte. Aber sie wusste nicht, warum sich ihre Einstellung zu ihm geändert hatte. Er hat seine erste Frau nicht getötet – dieser Gedanke kam ihr plötzlich in den Sinn, gefolgt von einem zweiten, der sie sehr verwirrte: Ich vertraue ihm, voll und ganz.

Als sie sich abwandte, sagte er: »Jamie, ich muss dich warnen. Das Wasser ist ziemlich kalt.«

»Wir Engländer sind nicht so zimperlich, wie die Schotten glauben!«, rief sie über die Schulter, während sie davonschlenderte.

Sie holte saubere Kleider, Seife und eine Haarbürste, dann trat sie ans Ufer. Endlich allein, dachte sie. Daniel war mit Mary in den Wald gegangen, und Jamie hoffte, dass sich das Mädchen vernünftig benahm. Es widerstrebte ihr, sich in die Angelegenheiten der beiden einzumischen, falls er die Gefühle ihrer Schwester verletzte. Ein Glück, dass ich nicht so zart besaitet bin, überlegte sie. Aber ehe ich Alecs Tuch trage, muss erst mal die Sonne auf die Erde fallen. Es wird ihm nichts anderes übrig bleiben, als mich zu umwerben, wie es jeder anständige Mann tun würde …

Plötzlich runzelte sie die Stirn. Er mochte sie ja gar nicht. Warum sollte er dann um sie werben? Verdammt, jetzt brannten Tränen in ihren Augen. Sie wünschte nicht, dass Alec sie anfasste. Aber sie wollte von ihm begehrt werden. Und das ergab keinen Sinn.

Sie zog sich aus bis aufs Hemd, und weil sie von ihren verwirrenden Gedanken beherrscht wurde, vergaß sie, das Wasser mit der Fußspitze zu prüfen, packte ihre Seife und sprang in den Teich.

Alec hörte das Plätschern und gleich darauf den Wutschrei seiner Frau. Seufzend stand er auf. Vermutlich würde sie in wenigen Minuten seine Hilfe brauchen.

Die eisige Kälte nahm ihr den Atem. Als sie ihr Haar mit der nach Rosen duftenden Seife gewaschen und ihren Körper abgeschrubbt hatte, zitterte sie unkontrolliert. Sie warf die Seife ins Gras am Ufer und versuchte aus dem Teich zu klettern, aber plötzlich bekam sie einen schmerzhaften Krampf im rechten Fuß. »Alec!«

Sofort spürte sie seine starken Arme, die sie umschlangen und aus dem Wasser zogen. Er setzte sich und nahm Jamie auf seinen Schoß. Stöhnend drückte sie auf ihren Fuß, und er stieß ihre Hand weg, um die Sohle durchzukneten. Damit er nicht sah, wie nahe sie den Tränen war, presste sie ihr Gesicht an seinen Hals.

»Ist es jetzt besser?«, flüsterte er in ihr Ohr, und sie nickte. Seine andere Hand lag auf ihrem seidigen Schenkel. Sie hatte wunderschöne lange Beine, und durch das dünne Hemd spürte er ihre weichen Brüste mit den harten Knospen. Heißes Verlangen stieg in ihm auf. An solche Gefühle wollte er nicht denken, aber sein Körper weigerte sich, den Befehl seines Gehirns zu befolgen.

»Hättest du mich nicht gerettet, wäre ich ertrunken«, wisperte Jamie.

»Das wird immer wieder passieren.«

»Was?«

»Dass ich dich retten muss.«

Sie rückte ein wenig von ihm ab, um in sein Gesicht zu schauen, und entfernte eine nasse Haarsträhne von ihren Augen. »Vielleicht werde ich dich auch ein- oder zweimal retten.«

»Das wäre großartig.«

Lächelnd kuschelte sie sich an ihn. »Ich darf mir doch ein bisschen was von deiner Körperwärme ausleihen? Es ist verdammt kalt heute Abend, nicht wahr?«

»Ich finde es ungewöhnlich mild.« Er lächelte über ihren abgrundtiefen Seufzer, dann fragte er: »Badest du immer im Hemd?«

»Nein, aber es könnte jemand kommen, ich bin sehr schamhaft.«

Da das nasse dünne Hemd an ihrem Körper klebte, wirkte sie genauso aufreizend, als wäre sie nackt gewesen. »Du bist schon ganz blau. Zieh das feuchte Ding aus.« Nachdem er diesen Vorschlag gemacht hatte, musste er sie wohl oder übel loslassen. Sie sprang auf, und er kehrte ihr den Rücken, als sie zu ihren Kleidern lief. Langsam ging er ins Lager zurück.

Jamie schlüpfte aus dem nassen Hemd und streifte ein trockenes über ihren zitternden Körper. Ihre Finger waren völlig gefühllos, und sie konnte das Seidenband nicht verknoten. Der tiefe Ausschnitt entblößte einen Großteil ihrer Brüste. Doch dass sie unsittlich aussah, war ihr gleichgültig. Sie hatte eine Gänsehaut, und die Tropfen, die aus ihrem Haar auf den Rücken rannen, fühlten sich an wie winzige Eisdolche.

Ihre Zähne klapperten, als sie hastig ihr Haar bürstete. Sie hatte es zu eilig, um ihr Kleid, die Strümpfe und Schuhe anzuziehen, und kannte nur noch einen einzigen Gedanken – sich am Feuer zu wärmen, das Alec im Lager entzündet haben musste.

Während sie auf die kleine Lichtung rannte, drangen die letzten Sonnenstrahlen zwischen den Zweigen hindurch. Ihre Hoffnung wurde bitter enttäuscht. Sie sah keine lodernden Flammen, und Alec hatte nicht auf sie gewartet. In seine karierte Wolldecke gewickelt, schien er tief und fest zu schlafen.

Was sollte sie tun? Verzweifelt sah sie sich nach einem Plätzchen um, das ihr Schutz vor dem Nachtwind bieten würde. Aber was spielte es schon für eine Rolle, wo sie sich hinlegte? Vor dem Morgen würde sie sicher erfrieren. Schließlich ging sie zu ihrem Mann und stieß schüchtern mit der Zehenspitze gegen sein Bein. »Alec?«

Blinzelnd öffnete er die Augen und beschloss, sie nicht zu einer demütigenden Bitte zu zwingen. Sie bebte wie Espenlaub, Tränen glänzten in ihren Augen. Bald würde sie die Fassung verlieren. Er hob die Decke hoch und breitete die Arme aus.

Jamie zögerte nicht. Sie ließ sich einfach fallen und landete undamenhaft auf seiner Brust. Er hüllte sie in die Decke, drückte sie fest an sich. Ihre zarte Haut verströmte einen

Duft, als hätte sie soeben in Wildblumen gebadet. Zufrieden seufzte sie auf, als sich ihr Körper erwärmte. Eigentlich ist er gar nicht so übel, obwohl er aus Schottland stammt, dachte sie. Bei ihm werde ich mich immer sicher fühlen. Sie lächelte, eine Wange an seine Brust geschmiegt. Morgen werde ich mich vielleicht wieder küssen lassen, überlegte sie.

Beinahe war sie eingeschlafen, als er zu sprechen begann. »Jamie?«

»Ja, Alec?«, wisperte sie.

»Du trägst das Kincaid-Tuch.«

Kapitel 7

Der Mann war ein Bastard. Nachdem er diese ungeheuerliche Feststellung getroffen hatte, wagte er auch noch zu lachen. Hätte sie seine Gedanken erraten, wäre sie beruhigt gewesen. Natürlich begehrte er sie, doch er würde nicht mit ihr schlafen, so lange sie sich vor ihm fürchtete. Er wünschte sich ihre rückhaltlose Hingabe, ihr heißes Verlangen.

Jamie legte ihre Hände auf seine Brust, stützte ihr Kinn darauf und starrte in seine Augen. »Dein Humor ist gerade abartig.«

Statt zu antworten, betrachtete er ihren Mund, und damit brachte er sie in Verlegenheit. Instinktiv fuhr sie mit der Zunge über ihre Lippen.

»Sobald ich weiß, was in deinem Gehirn vorgeht, wirst du mich nicht mehr so leicht übertölpeln können«, prophezeite sie.

»Dieser Tag wird niemals anbrechen.«

»Warum starrst du mich so an?«

»Wie denn?«

»Als wolltest du mich küssen. Ich küsse gut, nicht wahr?«

»Nein.« Die Zärtlichkeit in seiner Stimme milderte die Beleidigung. »Aber du wirst es bald lernen, Baby.«

»Sag nicht ›Baby‹ zu mir! Das schickt sich nicht. Papa nannte mich manchmal so. Aber da klang es ganz anders.«

Alec lächelte. »Hoffentlich ...«

Trotz ihres Ärgers erwiderte sie sein Lächeln. »Wenn ich

nicht gut küssen kann, ist das vielleicht deine Schuld – nicht meine. Was hältst du von dieser Möglichkeit?«

»Ich glaube, du hast den Verstand verloren.«

»Hör mal, ich weigere mich, die Verantwortung zu übernehmen. Du bist der einzige Mann, den ich je geküsst habe, also liegt es an dir.«

»Hat dich der Mann, mit dem du verlobt warst, nie geküsst? Soviel ich weiß, habt ihr euch mehrmals gesehen.«

»Was weißt du über Andrew?«

Er zuckte die Achseln und begann Jamies Hüften zu streicheln. Mühsam versuchte er, sich *nicht* vorzustellen, wie wundervoll es sein würde, sie ganz zu besitzen. Er musste sie vorsichtig behandeln. Es wäre ehrenhafter, erst im Hochland mit ihr zu schlafen. Der Ritt dorthin würde sie ziemlich anstrengen. Und falls er die Ehe schon jetzt vollzog, würde sie womöglich Schmerzen empfinden, wenn sie im Sattel saß.

Ja, es wäre angebracht, noch zu warten. Doch das wollte er nicht. Morgen würde er die Reise etwas langsamer fortsetzen. Zu diesem Zugeständnis war er bereit. Mit jeder Minute wuchs seine Begierde. Und wenn Jamie noch ein paar Mal die Hüften umherwand, würde er seinen Entschluss, behutsam mit ihr umzugehen, vergessen.

»Alec? Was weißt du über Andrew?«, wiederholte sie.

»Was gibt es da zu wissen?«

»Nichts.«

»Antworte mir!« Seine Stimme war so hart wie der Ausdruck in seinen Augen.

»Er hat mich nie geküsst. Wir wurden einander versprochen, als wir noch sehr jung waren. Ich kenne ihn schon lange, und ich mag ihn. Das ist meine Pflicht.«

»Es war deine Pflicht«, verbesserte er sie.

»Nun ja«, gab sie zu und hoffte, seine Stirn würde sich wieder glätten. »Er ist ein guter Freund meiner Familie, und da ich mit ihm verlobt war, musste ich ihn doch mögen.«

Jetzt runzelte er nicht mehr die Stirn. Er war sehr zufrieden mit Jamie, weil sie diesem Engländer nicht ihr Herz geschenkt hatte. Warum das eine so große Rolle spielte, wusste Alec nicht. Jedenfalls war es äußerst wichtig.

»Andrew benahm sich immer sehr korrekt«, fuhr sie fort. »Wenn er mich besuchte, wurden wir nie allein gelassen. Das war wohl der Grund, warum er mich kein einziges Mal küsste.« Als er lachte, hob sie die Brauen. »Was erheitert dich denn so? Dass Andrew mich niemals küsste oder dass wir nie allein waren?«

»Wäre er ein Schotte, hätte er Mittel und Wege gefunden. Dann wärst du längst Mutter geworden.«

»Andrew ist sehr rücksichtsvoll.«

»Nicht rücksichtsvoll«, widersprach Alec, »eher dumm.«

»Er ist ein vornehmer Engländer, der die Gefühle einer Frau versteht. Ständig macht er mir Komplimente, und er ist ...«

»Er war ...«

»Warum bestehst du darauf, über den Mann zu reden, als wäre er tot?«

»Weil er jetzt nicht mehr zu deinem Leben gehört. Du wirst seinen Namen nie wieder erwähnen, Frau.«

Warum sprach er in so zornigem Ton? Sie wollte von seinem Körper herabgleiten, aber er hielt ihre Hüften fest. Es war unanständig, so auf ihm zu liegen. Doch es fühlte sich gut an, und deshalb bat sie ihn nicht, sie loszulassen. Inzwischen war die Sonne untergegangen. Der Mond schien hell genug, sodass Jamie das Gesicht ihres Mannes betrachten konnte. Er wirkte friedlich und entspannt. Vielleicht schlief er schon. Aus diesem Grund wehrte sie sich nicht, als er seine Hände unter ihr Hemd schob. Wahrscheinlich wusste er gar nicht, was er tat.

Sie schmiegte ihr Gesicht an seine warme Brust, das Kraushaar kitzelte sie in der Nase. »Alec?«, wisperte sie. »Ich würde gern wissen, wie es ist.«

Seine Hände hörten auf, sie zu streicheln, und sie spürte, wie sich seine Muskeln anspannten. »Was, Jamie?«

»Wenn ein Mann eine Frau küsst, mit der er schlafen will ... Das muss anders sein als die Küsse, die du mir bisher gegeben hast.«

Seufzend schüttelte er den Kopf. Diese Unterhaltung war lächerlich. Und sehr aufregend. »Aye, es ist anders«, stimmte er zu.

»Daniel benutzt seine Zunge, wenn er küsst ...«

»Was?«

»Du brauchst nicht so zu schreien, Alec.«

»Wieso weißt du, dass Daniel ...?«

»Mary hat es mir erzählt. Sie fand es eklig.«

»Du wirst bestimmt anders darüber denken.«

Ihr Atem stockte. »Wie – kannst du das behaupten?«

»Weil du dich nach mir sehnst, seit wir uns kennen.«

»Nein!«

»Weil ich deine Leidenschaft spüre, weil dein Körper auf meinen Blick antwortet, wann immer ich dich ansehe. Weil ...«

»Du machst mich verlegen ...«

»Nein, ich wecke dein Verlangen.«

»Das ist nicht wahr!«

»Doch.«

»So darfst du nicht mit mir reden!«, entgegnete sie in gebieterischem Ton.

»Verdammt, ich rede so mit dir, wie's mir passt, Jamie. Ich will dich haben.«

Ehe sie Luft holen konnte, um zu widersprechen, umfasste er ihr Gesicht, ein fordernder Kuss erstickte ihre Stimme. Entschlossen presste sie die Lippen zusammen. Aber seine Finger übten einen sanften Druck auf ihr Kinn aus und zwangen sie, den Mund zu öffnen. Sofort schob Alec seine Zunge zwischen ihre Zähne. Verwirrt wollte sie sich losreißen, aber er hielt sie eisern fest.

Seine Zunge war heiß und hungrig, als sie erforschte, wie Jamies Mund schmeckte. Alec Kincaid weiß, wie man küsst – das war ihr letzter klarer Gedanke. Sie erwies sich als gelehrige Schülerin. Hingebungsvoll begann sie die Zärtlichkeiten seiner Zunge zu erwidern. Als er ihre Schenkel ergriff, versuchte sie sich zu wehren, doch er spreizte seine starken Beine und klemmte ihre Hüfte dazwischen ein, sodass sie die pochende Härte seiner Erregung fühlte. Erschrocken wollte sie zur Seite rücken. Aber sein verzehrender Kuss besiegte ihre Widerstandskraft, und schließlich sehnte sich ihr ganzer Körper nach intensiveren Liebkosungen.

Wie süß sie war … Das leise, sinnliche Stöhnen, das aus ihrer Kehle drang, schürte sein Verlangen. Sie kämpfte erst wieder gegen ihn an, während er langsam die Träger ihres Hemds über die Schultern nach unten schob. Da löste sie ihre Lippen von seinen, und sie beschloss, ihm Einhalt zu gebieten. Aber als ihr Körper dem Befehl ihres Verstands zu gehorchen anfing, war das Hemd schon bis zu ihrer Taille hinabgerutscht.

Ihre nackten Brüste schmiegten sich an seine heiße Haut, die Knospen erhärteten sich, gereizt von der erotischen Berührung des Kraushaars. »Hör jetzt auf!«, flüsterte sie.

Er achtete nicht auf ihren schwachen Protest. Sein Mund glitt über ihren Hals, seine Zungenspitze streichelte ein Ohr. Um ihm besseren Zugang zu verschaffen, drehte Jamie den

Kopf zur Seite. Als er das Ohrläppchen zwischen die Zähne nahm, hielt sie den Atem an. Alec murmelte verführerische Versprechungen, die heiße Wünsche in ihr weckten. So etwas hatte sie nie zuvor empfunden.

»Alec!«, hauchte sie, während er das Hemd über ihre Hüften hinabzog. »Darunter habe ich nichts an.«

»Ich weiß, mein Mädchen.«

»Sollten wir jetzt nicht aufhören?«

»Noch nicht, Jamie.« Seine Stimme war samtweich. Er drehte sie auf den Rücken, neigte sich über sie, küsste ihren Hals, ihre Schultern, ihren Mund. Als sie vor Begierde zitterte, stand er auf. Sie hörte ein leises Rascheln und wusste, dass er seine restliche Kleidung ablegte. In diesem kurzen Augenblick der Trennung stieg verzweifelte Angst in ihr auf.

Sie wollte fliehen, aber ehe sie sich aufrichten konnte, bedeckte Alec ihren Körper mit seinem. Ein heißer Kuss erhitzte ihr Blut von neuem, und als sie sich ihm entgegenhob, wusste er, dass ihre Leidenschaft die Furcht überwunden hatte. Zufrieden stöhnte er, während sie ihre Finger in seinen muskulösen Rücken grub.

Aufreizend rieb er seine Brust an ihrer. Sie versuchte der drängenden Härte zwischen seinen Schenkeln auszuweichen, spürte sie aber dann an ihrem Bauch, da gab sie den Kampf auf. Ein seltsamer, prickelnder Schmerz breitete sich in ihrem Unterleib aus.

Alec streichelte ihre Brüste, seine Daumen strichen über die geschwollenen Knospen, und sein Stöhnen verriet ihr, wie sehr er diese intimen Berührungen genoss. Sie war ehrlich genug, sich einzugestehen, dass sie von wildem Entzücken erfüllt wurde.

Als er die rosige Spitze einer Brust in den Mund nahm

und daran saugte, glaubte sie den Verstand zu verlieren. Sie schloss die Augen und überließ sich ihren berauschenden Gefühlen. Ungeduldig presste sie ihre Schenkel an seine.

Er holte tief Atem, um seine Lust zu bezähmen, stützte sich auf die Ellbogen und schaute in Jamies Gesicht. Sofort spürte sie die Veränderung, die in ihm vorgegangen war, hob die Lider und sah ihm in die Augen. Sie strich über sein Kinn, die Bartstoppeln kitzelten ihre Finger, aber sie lächelte nicht. Noch nie war sie einem imposanteren Mann begegnet. Die Mondstrahlen milderten seine Züge nicht. Er wirkte hart und entschlossen.

»Hast du beschlossen, aufzuhören«, wisperte sie.

»Möchtest du das?«

Jamie wusste nicht, was sie antworten sollte. Natürlich will ich, dass er aufhört, sagte sie sich. Eine frischverheiratete Frau müsste ihre Hochzeitsnacht in einem schönen weichen Bett verbringen, nicht wahr? »Nein, Alec.« Dass sie diese Worte ausgesprochen hatte, merkte sie erst, als er lächelte. »Du verwirrst mich«, klagte sie. »Wenn du mich auf diese Weise berührst, kann ich nicht mehr klar denken. Vielleicht sollten wir doch aufhören.«

»Noch nicht ...« Fordernd schob er mit einem Knie ihre Beine auseinander. Sein Blick hielt ihren fest, während seine rechte Hand zwischen ihre Schenkel glitt.

»Nein!« Von neuer Angst erfasst, versuchte sie seine Finger wegzustoßen. »Das darfst du nicht!«

Doch er ließ sich nicht beirren, und als er die weiche, warme Feuchtigkeit spürte, vermochte er sich kaum noch zu beherrschen. »Du bist bereit für mich, Jamie. Wie süß du dich anfühlst ...«

Ihr Verstand wollte den überwältigenden Liebkosungen ein Ende bereiten, aber ihr Körper kannte keine Hemmungen mehr. Begierig hob sie ihm die Hüften entgegen, als er seine Hand zurückzog. »Hörst du jetzt auf?«

»Noch nicht«, flüsterte er und lächelte über die Verwirrung, die in ihrer Stimme mitschwang, dann nahm er ihre Hand, zog sie zu seinem harten Glied und schloss ihre Finger darum. »Halt mich fest«, flüsterte er. Sie erschauerte, und um ihr die Angst zu nehmen, liebkoste er sie wieder zwischen den Schenkeln.

Als er die süße Qual nicht länger ertrug, schob er ihre verführerische Hand beiseite und küsste voller Glut ihre Lippen. Bald war Jamie ebenso erregt wie er. Er wusste genau, wo er sie berühren und was er tun musste, damit sie in seinen Armen dahinschmolz.

»Wir hören doch nicht auf, Alec?«

»Nein, Liebste.« Seine Finger drangen tiefer in ihre weiche Wärme ein, und sie schrie leise auf. »Nein, nicht! Das tut weh.«

»Still, Liebes!«, beschwichtigte er sie. »Ich will es dir nur erleichtern.«

Sie verstand nicht, was er meinte. Wieder verschloss ihr ein langer, heißer Kuss den Mund, dann wanderten seine Lippen über ihren Hals, die Brüste und den Bauch und noch tiefer hinab. Als er das Dreieck aus weichen schwarzen Locken erreichte, das ihre Jungfräulichkeit abschirmte, versuchte sie stöhnend seinen Kopf wegzuschieben. Aber ohne Erfolg. Entschlossen setzte er mit seiner Zunge die intimen Liebkosungen fort, die seine Finger begonnen hatten.

Jamie konnte sich nicht mehr wehren, ging völlig in den Feuerströmen auf, die Alec durch ihren Körper jagte, und klammerte sich zitternd an seine Schultern. Ihre Schenkel spannten sich an, dann hieß sie eine überwältigende Ekstase willkommen, die ihren Unterleib erschütterte.

Sobald er ihre ersten Zuckungen spürte, richtete er sich auf, spreizte mit beiden Händen ihre Schenkel und drang kraftvoll in sie ein. Gequält schrie sie auf, und er hielt sofort in seinen Bewegungen inne. Mühsam bezwang er sein Verlangen, ließ ihr Zeit, damit sie sich an das neue Gefühl gewöhnen konnte. »Sei ganz ruhig«, flüsterte er in ihr Ohr und küsste behutsam salzige Tränen von ihren Wangen. »Tut es immer noch weh?«

Sie nickte. »Der Schmerz wird doch nachlassen?«

»Ja, natürlich.« Langsam begann er sich zu bewegen, und sie spürte, wie das Brennen einer wachsenden Lust wich.

»Hör nicht auf!«, hauchte sie und schlang die Beine um seine Hüften, um ihn noch tiefer in sich hineinzuziehen. »Hör nicht auf ...«

»Nein«, versprach er.

Danach konnten sie beide nicht mehr sprechen. Immer wieder drang er in sie ein, immer schneller, und sie hob ihm fordernd die Hüften entgegen. Er wollte sanft mit ihr umgehen, doch das erlaubte sie nicht. Sie merkte nicht, dass sie die Fingernägel in seine Schultern bohrte, und es störte ihn nicht. Als sie ihren Höhepunkt erreicht hatte, glaubte sie zu sterben an den gewaltigen heißen Wellen, die durch ihren Körper jagten. Mit aller Kraft klammerte sie sich an ihren Mann und schrie seinen Namen.

»Folge mir, Liebste«, flüsterte er, »komm mit mir ...«

Sie wusste nicht, wohin er sie geleitete, wusste nur, dass sie sicher und geborgen in seinen Armen lag, und gab sich glücklich ihrer süßen Erfüllung hin.

Nie zuvor hatte er eine so überwältigende Leidenschaft empfunden. Er war entschlossen gewesen, seiner Frau die Sterne zu zeigen. Stattdessen hatte sie ihn weit über die Sterne hinausgeführt – in den Himmel.

Die Morgensonne schien auf die Wiese, als Jamie erwachte. Sie öffnete die Augen, und als sie sich an die Ereignisse der vergangenen Nacht erinnerte, stieg ihr die Schamröte ins Gesicht.

Nie wieder würde sie Alec in die Augen schauen können. Wie eine Dirne hatte sie sich benommen und ihm sogar gesagt, er solle nicht aufhören ...

Verlegen hob sie den Kopf und sah ihren Mann am anderen Ende der Lichtung stehen, zwischen den bereits gesattelten Pferden.

Wildfeuer gebärdete sich wie ein liebeskrankes Mädchen. Immer wieder stieß sie die Nüstern an Alecs Arm und wollte gestreichelt werden.

Plötzlich sehnte sich auch Jamie nach einer Liebkosung. Sie glaubte, dass sie in dieser Nacht Alecs Wohlgefallen erregt hatte. Unglücklicherweise war sie eingeschlafen, ehe er eine Gelegenheit gefunden hatte, ihr das zu sagen.

Irgendwie würde sie ihre Verlegenheit meistern müssen. Da er nicht zu ihr herübersah, schlug sie die karierte Wolldecke zurück, stand auf und schlüpfte rasch in ihr Hemd. Sie war zwar unzulänglich bekleidet, aber sie wollte vor Alec keine Scheu zeigen. Das würde er als Schwäche auslegen.

Er gönnte ihr keinen Blick, als sie zum Teich ging – so würdevoll, wie es der Schmerz zwischen ihren Beinen zuließ. Sie wusch sich, schlüpfte in das hellblaue Kleid, das sie am Vorabend ans Ufer gelegt hatte, und flocht ihr Haar. Auf dem Rückweg ins Lager besserte sich ihre Stimmung. Ein neuer Tag, ein neuer Anfang ... Außerdem – sie hatte nur ihre Pflicht als Ehefrau getan, als sie bereit gewesen war, mit Alec zu schlafen.

Glaubt sie, dass ich aus Eisen bin, fragte er sich, als sie zum Wasserrand ging, ohne ihn zu beachten.

Noch nie hatte eine Frau so heftiges Verlangen in ihm erregt. Früher war es seine Devise gewesen, sich mit den Mädchen zu vergnügen und sie dann zu vergessen. Aber Jamie konnte man unmöglich vergessen. Als sie aufgestanden war, um ihr Hemd anzuziehen, hatte ihn sofort wieder wilde Lust erfasst. Wirr und zerzaust fielen ihr die Locken auf die Schulter, und er erinnerte sich, wie er in der Nacht einzelne Strähnen hochgehalten hatte, um sie vom Wind trocknen zu lassen. Währenddessen hatte sie geschlafen. Sie war nicht einmal aufgewacht, als er ihre weiche Haut gestreichelt hatte.

Er selbst fand keinen Schlaf. Wann immer sie sich bewegte, begehrte er sie von neuem. Doch er beherrschte sich, denn wenn er all das mit ihr getan hätte, was er wünschte, würde sie eine Woche lang nicht gehen können. Er musste ihr ein wenig Zeit geben, bis die kleine Wunde verheilte. Deshalb hatte er beschlossen, sie erst wieder anzurühren, wenn sie sein Heim erreicht hatten. Ein Entschluss, den er schon jetzt bereute ...

Nein, er war keineswegs aus Eisen. Aber das verstand seine unschuldige kleine Frau noch nicht. Hätte sie gewusst, was in ihm vorging, wäre sie nicht so unbefangen in ihrem dünnen Hemd an ihm vorbeigeschlendert. Oder sie weiß es, überlegte er. Vielleicht versuchte sie ihn zu verführen, ohne aussprechen zu müssen, dass sie sich nach ihm sehnte? Nein, sie war zu naiv, um zu erkennen, wie mühelos sie ihn zu reizen vermochte. Das würde er ihr natürlich erklären, sobald sie daheim waren.

»Alec? Danke, dass du deine Wolldecke mit mir geteilt hast.«

Er drehte sich zu ihr um und betrachtete ihren gesenkten Kopf. »Sie gehört dir, Jamie.«

»Ein Hochzeitsgeschenk?«

Obwohl sie nicht aufschaute, bemerkte er ihre geröteten Wangen. Ihre offensichtliche Verlegenheit amüsierte ihn. In seinen Armen hatte sie sich wie eine Wildkatze aufgeführt. Er hätte ihr genügend Kratzer auf seinen Schultern zeigen können, um das zu beweisen. Und jetzt tat sie so, als würde sie in Ohnmacht fallen, wenn er ein unschickliches Wort sagte. Er zuckte die Achseln. »So könnte man's nennen«, erwiderte er, hob ihren Ranzen vom Boden auf und band ihn an Wildfeuers Sattel fest.

»Ich habe elf Shilling, Alec. Gibt es einen Priester in deinem Hochland?«

Erstaunt wandte er sich zu ihr. Offenbar hatte sie Mut gefasst, denn nun starrte sie nicht mehr auf seine Stiefel, sondern auf seine Brust. »Ja. Warum fragst du?«

»Ich möchte einen meiner Shillings verwenden, um dir ein Ablassgebet zu kaufen«, verkündete sie.

»Ein was?«

»Ein Ablassgebet. Als Hochzeitsgeschenk.«

»Ich verstehe«, entgegnete er und versuchte, nicht zu lachen. Anscheinend glaubte sie, sein Seelenheil wäre in Gefahr. Das fand er sehr komisch, aber ihre ernsthafte Miene bewog ihn, Rücksicht auf ihre Gefühle zu nehmen. Andererseits – was kümmerten ihn ihre Gefühle? Diese lächerlichen Bedenken musste er überwinden.

»Freust du dich darüber?«, fragte sie hoffnungsvoll, und als er statt einer Antwort nur die Schultern hob, fuhr sie fort: »Ich dachte, das wäre ein passendes Geschenk, weil du gestern versehentlich einen Mann getötet hast. Das Ablassgebet wird die Zeit, die du im Fegefeuer verbringen musst, um die Hälfte abkürzen. Das hat mir Vater Charles erklärt.«

»Es geschah nicht versehentlich, Jamie. Und du hast auch einen Mann getötet.«

»Nein.«

»Doch.«

»Du brauchst keinen so fröhlichen Ton anzuschlagen«, tadelte sie. »Wenn ich ihn getötet habe, war es eben notwendig, deshalb muss ich für mich selbst kein Ablassgebet kaufen.«

»Es ist also nur meine Seele, um die du dich sorgst?«

Jamie nickte, und er seufzte beim Gedanken an all die Münzen, die Vater Murdock einstecken würde, wenn sie ihrem Mann für jeden, den er tötete, ein Ablassgebet kaufte. Am Jahresende würde der Geistliche reicher sein als der König von England.

Wie unhöflich er ist, dachte sie. Mit keinem einzigen Wort hatte er seine Dankbarkeit bezeugt. »Gibt es bei dir auch einen Schmied?« Er nickte und wartete ab, was nun kommen würde. Nur der Allmächtige mochte wissen, was in Jamies Gehirn vorging. Seltsamerweise stellte er fest, dass es ihn interessierte. Auch das war eine Schwäche, die er überwinden musste. »Dann werde ich dir mit meinen restlichen Shillings ein zweites Hochzeitsgeschenk kaufen.« Sie schaute kurz auf und lächelte, denn nun hatte sie zweifellos seine Neugier erregt. »Sicher wirst du dich darüber freuen.«

»Was willst du mir denn schenken?« Ihr Eifer wirkte ebenso anziehend wie ihr Lächeln, und er hatte nicht das Herz, ihr mitzuteilen, dass sie im Hochland mit ihren Shillings nichts bezahlen konnte. Das würde sie bald selber herausfinden.

»Ein Schwert.«

Alec blinzelte, und sie glaubte, seine offenkundige Verblüffung würde ihrer Großzügigkeit gelten. Um zu bekräftigen, wie ernst sie es meinte, nickte sie, dann schaute sie wieder zu Boden.

Hatte er richtig gehört? »Ein – was?«

»Ein Schwert. Das ist doch ein wunderbares Geschenk, nicht wahr? Jeder Krieger sollte ein Schwert bei sich tragen. Als uns die Räuber überfielen, sah ich, dass du keins hast. Das erschien mir ungewöhnlich, denn ich dachte, alle Krieger wären bewaffnet. Aber da du Schotte bist, wurdest du vielleicht nicht im Schwertkampf unterrichtet ... Warum starrst du mich denn so an?«

Er brachte kein Wort hervor.

»Freust du dich nicht über mein Geschenk?«

Ihre Stimme klang so enttäuscht, dass er hastig nickte, und sie lächelte erleichert.

»Ich wusste ja, dass du dich freuen würdest.«

Wieder nickte er, dann musste er sich abwenden. Zum ersten Mal in seinem Leben war Alec Kincaid sprachlos. Jamie schien das nicht zu merken. »Dein Freund Daniel trägt ein Schwert. Sicher kann er dir zeigen, wie man mit einer solchen Waffe umgeht und sie bei einer Schlacht wirksam einsetzen kann.«

Alecs Stirn sank auf Wildfeuers Sattel. Sein Gesicht konnte sie nicht sehen, aber sie beobachtete, dass seine Schultern zitterten. Innige Dankbarkeit schien ihn zu überwältigen, und Jamie war sehr stolz auf sich selbst. Ihre freundschaftliche Geste wurde akzeptiert. Jetzt würde sich ihre Beziehung zu Alec sicher bessern. Er würde bald vergessen, dass sie aus England stammte, und sie mögen.

Sie ging davon, denn sie wollte noch mit ihrer Schwester sprechen, ehe sie weiterritten. Nachdem sie nun herausgefunden hatte, wie sie ihren Mann behandeln musste, sollten diese Erfahrungen auch Mary zugute kommen. Die vergangene Nacht würde sie natürlich nicht erwähnen. Es war Daniels Aufgabe, seine Frau mit diesen Aspekten der Ehe vertraut zu machen. Oder vielleicht wusste Mary ohnehin schon Bescheid.

Es ist beinahe so, als hätte ich soeben die tiefsten Geheimnisse der Welt ergründet, dachte sie lächelnd. Freundlichkeit wird mit gleicher Münze vergolten. Man beißt die Hand nicht, die einen streichelt …

»Komm her, Jamie!«

Der Befehl klang ein wenig zu brüsk für ihren Geschmack, aber ihr Lächeln erlosch nicht, während sie zu Alec zurückkehrte, seine Brust fixierte und darauf wartete, was er ihr zu sagen hatte.

Er legte einen Finger unter ihr Kinn und hob ihr Gesicht hoch. »Wie fühlst du dich, Frau? Kannst du heute reiten?«

Jamie verstand nicht, worauf er hinauswollte. »Ja, es geht mir gut.«

»Hast du keine Schmerzen?«

Ihr Erröten verriet, dass sie nun begriff, was er meinte. »Darüber solltest du nicht reden«, wisperte sie.

Er konnte der Versuchung nicht widerstehen. »Worüber?«

»Über – über meine Schmerzen.«

»Ich weiß, dass ich dir letzte Nacht wehgetan habe.« Alec wirkte nicht sonderlich zerknirscht, eher arrogant.

»Ja, du hast mir wehgetan. Möchtest du noch weitere intime Fragen stellen?« Seine Lippen streiften ihre, und es war ein so zärtlicher Kuss, dass ihr vor Rührung Tränen in den Augen brannten. Jetzt würde er das Lob aussprechen, nach dem sie sich so verzweifelt sehnte.

»Wenn mir noch welche einfallen, werde ich mich an dich wenden«, verkündete er, bevor er ihr Kinn losließ.

»Wenn dir – was einfällt?«

Offenbar war sie unfähig, bestimmten Gedankengängen länger als ein paar Sekunden zu folgen. »Intime Fragen«, erklärte er und schwang sich in seinen Sattel. »Mach dich fertig, wir reiten weiter.«

»Warten wir nicht auf Mary und Daniel?«

»Die sind schon vor zwei Stunden aufgebrochen.«

»Ohne uns?«, rief sie ungläubig.

»Ja.«

»Warum hast du mich nicht geweckt?«

Alec grinste. Sie sah sehr reizvoll aus. Ein paar Strähnen hatten sich aus ihrem Zopf gelöst und flatterten um ihr Gesicht. »Du hast deinen Schlaf gebraucht.«

»Die beiden haben sich nicht einmal verabschiedet«, klagte Jamie. »Wie unhöflich!« Sie ging zu Wildfeuer, tätschelte den Hals der Stute, stieg auf und schnitt eine Grimasse, als die Bewegung ihren Schmerz verstärkte. »Wollen wir versuchen, sie einzuholen?«

Alec schüttelte den Kopf. »Mittlerweile haben sie die Nordstraße verlassen.«

Sie konnte ihre Enttäuschung nicht verbergen. »Wie lange müssen wir noch reiten?«

»Drei Tage.«

»Drei!«, stieß sie erschrocken hervor.

»Ja – wenn wir uns beeilen, Frau.«

»Und wir schlagen eine andere Richtung ein als Daniel und Mary? Werde ich meine Schwester nie wiedersehen?«

»Schau nicht so unglücklich drein, Jamie. Ihr neues Heim liegt nur eine Reitstunde von unserem entfernt. Ihr könnt euch besuchen, so oft ihr wollt.«

»Nur eine Reitstunde? Warum setzen wir die Reise dann nicht gemeinsam fort?«

»Daniel muss die Gebiete befreundeter Clans durchqueren, und mein Weg führt zu anderen Clans, die ich als Laird von Kincaid begrüßen muss.«

»Warum können wir nicht zu viert ...?«

»Es gibt gewisse Clans, die mich am liebsten tot sehen würden.«

Das verstand sie nur zu gut. Wenn er mit den Clans ebenso ungeduldig umging wie mit ihr, würde er bitteren Hass säen. »Und Daniel ist mit einigen deiner Feinde befreundet?« Als er nickte, fragte sie: »Warum nennst du ihn dann einen Freund? Seine Freunde müssten auch deine sein, wenn er zu dir steht.«

Er gab es auf. Jamie würde seine Erklärungen nicht begreifen, also zuckte er nur die Achseln. »Haben wir viele Feinde, Alec?«

»Wir?«

»Ich bin jetzt deine Frau, falls ich dich daran erinnern muss. Deshalb sind deine Feinde auch meine, nicht wahr?«

»Aye«, stimmte er zu.

»Warum lächelst du? Gefällt es dir denn, so viele Feinde zu haben?«

»Ich lächle, weil ich soeben festgestellt habe, dass du echt schottische Wesenszüge besitzt.«

Jetzt erwiderte sie sein Lächeln, aber ihre Augen funkelten boshaft, und er rechnete mit einer entsprechenden Antwort. Er wurde nicht enttäuscht. »Ich werde niemals eine echte Schottin sein. Aber du, Mylord, zeigst gewisse Züge eines englischen Edelmanns, und das freut mich.«

Warum er lachte, wusste er nicht, denn sie hatte ihn tief beleidigt. »Bald wirst du erkennen, wie falsch alle deine Ansichten sind.«

»Alle meine Ansichten?« Jamie runzelte die Stirn. »Allmählich verstehe ich, wieso du so viele Feinde hast.« Sie beendete das Gespräch, indem sie die Fersen in Wildfeuers Flanken drückte und davongaloppierte. Als Alec nach ihr rief, ignorierte sie ihn – fest entschlossen, an diesem Tag die Führung zu übernehmen. Sollte er doch den Staub schlucken, den die Hufe ihrer Stute hochwirbelten.

Plötzlich tauchte er an ihrer Seite auf, packte wortlos Wildfeuers Zügel und schwenkte das Pferd herum. Dann warf er Jamie die Zügel wieder zu.

»Was ist los?«, fragte sie.

»Du bist in die falsche Richtung geritten«, erwiderte er sichtlich verärgert. »Es sei denn, du wolltest nach England zurückkehren.«

»Das wollte ich nicht.«

»In diesem Fall lässt dein Orientierungssinn zu wünschen übrig.«

»Ich habe einen sehr guten Orientierungssinn.«

»Bist du schon weit genug herumgekommen, um dieses Talent zu erproben?«

»Nein. Aber da du mich gerade so böse anschaust, muss ich dir eine andere Frage stellen. Warst du letzte Nacht mit mir zufrieden?« Er sah aus, als wollte er in Gelächter ausbrechen, und Jamie beschloss, ihn umzubringen, wenn er das wagte. »Nun? War ich gut? Untersteh dich, nähere Erklärungen zu verlangen! Du weißt genau, wovon ich rede.« Wenn er jetzt entgegnete, sie habe sein Missfallen erregt, würde sie sterben. Nervös umklammerte sie die Zügel und bereute, dass sie dieses Thema angeschnitten hatte.

»Mit der Zeit wirst du dich bessern.«

Er wusste genau, was er sagen musste, um sie in Wut zu bringen. Und sein Blick verriet deutlich, dass er merkte, wie wichtig ihr seine Antwort war. »Ich – werde mich bessern!«, würgte sie hervor. »Oh – du ...«

»Daheim werden wir üben, Jamie, Nacht für Nacht – bis du's kannst.« Nach diesem Versprechen spornte er seinen Hengst an, und sie folgte ihm verwirrt. Was sollte sie von seinen Worten halten? Eigentlich hatte er sie gekränkt. Doch die Zärtlichkeit in seinen Augen bewog sie, sich auf die gemeinsamen Nächte zu freuen. Aber wie man es auch betrachtete – sie gelangte immer wieder zu derselben Schlussfolgerung. Alec Kincaid besaß das Feingefühl eines Ziegenbocks.

Andererseits war es sehr nett von ihm gewesen, sie an diesem Morgen so lange schlafen zu lassen. Diese Erholung hatte sie dringend gebraucht, und wenn Alec auch die Schuld an ihrer Erschöpfung trug, so hatte er doch immerhin ein bisschen Barmherzigkeit gezeigt.

Vielleicht war ihr Mann kein so hoffnungsloser Fall, wie sie geglaubt hatte.

Am späten Nachmittag änderte sie ihre Meinung über Alec wieder. Stundenlang waren sie durch den Wald geritten, und nun hielten sie an, um sich an einem plätschernden Fluss zu erfrischen.

Alec sprach nicht mit ihr, war in seine eigenen Gedanken versunken. Mehrmals versuchte Jamie ihn in ein Gespräch zu verwickeln, doch er ignorierte ihre Fragen, und sein rüpelhaftes Benehmen ärgerte sie. Er stand am Gras bewachsenen Ufer, die Hände hinter dem Rücken verschränkt. Offenbar drängte es ihn, den Ritt fortzusetzen.

»Wartest du, bis die Pferde ausgeruht sind?«, rief sie, als sie das Schweigen nicht länger ertrug. »Oder auf mich?«

»Die Pferde sind bereit.« Er machte sich nicht einmal die Mühe, sie anzuschauen. Sollte sie ihn in den Fluss stoßen, um seine Aufmerksamkeit zu erregen? Doch diesen Gedanken verwarf sie sofort wieder. Wenn er nicht ertrank, würde er in helle Wut geraten, und sie hatte schon genug Probleme mit den Schmerzen zwischen ihren Schenkeln.

Sie stieg in den Sattel. »Wir können weiterreiten. Danke für die kurze Rast.«

»Du hast darum gebeten.«

Jamie blinzelte überrascht. »Wenn ich einen Wunsch habe, brauche ich also nur zu bitten, du mögest ihn erfüllen?«

»Natürlich!«

Verdammt, auf diese sonderbare Regel hätte er sie früher hinweisen sollen. »Und du wirst meine Wünsche immer befriedigen?«

Ehe er antwortete, schwang er sich in den Sattel. »Wenn es möglich ist.« Die Pferde standen so nah beieinander, dass Alecs Knie Jamies Schenkel streifte.

»Wieso hast du dann nicht aufgehört, als ich dich letzte Nacht darum ersucht habe?«, platzte sie heraus.

Grinsend legte er eine Hand in ihren Nacken und neigte sich zu ihr hinüber. »Weil du es nicht wolltest.«

»Oh, du arroganter ...« Ein Kuss erstickte ihre Stimme. Eigentlich hatte er sie nur daran erinnern wollen, dass er der Laird und sie seine unbedeutende Gemahlin war. Aber ihre weichen, warmen Lippen schmeckten so süß. Deshalb dauerte es eine Weile, bis er sich davon lösen konnte. »Ich sagte, ich würde deine Wünsche erfüllen, wenn es möglich ist, Jamie. Letzte Nacht war es unmöglich.«

»Wirklich?«

Diese Frau würde ihn noch in den Wahnsinn treiben, wenn sie ständig verlangte, dass er all seine Worte wiederholte. »Du kannst vorausreiten, Jamie«, seufzte er ungeduldig.

Sie nickte und lenkte Wildfeuer um seinen Hengst herum. Als sie den Kopf zwischen die Schultern zog, um einem tiefhängenden Zweig auszuweichen, erschien Alec neben ihr und nahm ihr die Zügel aus der Hand. Sofort erkannte sie ihren

Fehler. Weder er noch sie erwähnten ihren unzulänglichen Orientierungssinn.

Bei Sonnenuntergang blieben sie inmitten einer großen Wiese stehen. Alec ergriff Wildfeuers Zügel und blickte starr geradeaus.

»Sind wir in Gefahr?« Jamie konnte nicht verhindern, dass ihre Stimme besorgt klang.

Er schüttelte den Kopf. Würde er mitten auf einer so riesigen offenen Fläche anhalten, wenn Gefahr bestünde? Jamies Frage kam ihm absurd vor, doch dann fiel ihm ein, dass sie nichts von Kampfmethoden wusste. Sie wollte absteigen, um sich ein bisschen die Beine zu vertreten, aber er legte eine Hand auf ihren Schenkel. Was er ihr damit bedeuten wollte, verstand sie, aber sein Benehmen gab nach ihrer Ansicht keinen Sinn. Gottergeben schlang sie die Finger um den Sattelknauf und wartete geduldig auf eine Erklärung.

Ein leiser Pfiff erklang im Wald, der an die Wiese grenzte, dann tauchten Männer in braungelbem Karo auf und kamen näher. Dass sie Alecs Knie umfasste, merkte Jamie erst, als er beruhigend ihre Hand tätschelte. »Das sind Verbündete.«

Sofort ließ sie ihn los und straffte die Schultern. »Das dachte ich mir«, log sie. »Sogar aus dieser Entfernung sehe ich sie lächeln.«

»Nicht einmal ein Adler könnte ihre Gesichter erkennen«, entgegnete er trocken.

»Wir Engländer haben sehr gute Augen.«

Alec schaute sie an und hob die Brauen. »Soll das ein Scherz sein, Frau?«

»Das musst du entscheiden – Mann.«

»Offenbar ist es ein Scherz. Den englischen Humor kenne ich bereits.«

»Und was hast du darüber herausgefunden?«

»Er existiert nicht.«

»Da irrst du dich aber. Wir haben einen wunderbaren Humor.« Gekränkt wandte sie den Kopf ab.

»Jamie ...«

»Ja?«

»Wenn die Männer bei uns ankommen, schau sie nicht an – nur mich.«

»Ich soll keinen dieser Männer ansehen?«

»So ist es.«

»Warum verlangst du das?«

»Kümmere dich nicht um meine Beweggründe, Frau.« Seine Stimme war so kühl wie der Wind, der über die Wiese wehte.

»Kann ich mit ihnen sprechen?«

»Nein.«

»Dann werden sie mich unhöflich finden.«

»Sie werden dich für eine zurückhaltende, unterwürfige Ehefrau halten.«

»Das bin ich nicht.«

»Bald wirst du's werden.«

Das Blut stieg ihr in die Wangen, und sie starrte Alec wütend an. Doch diese Mühe hätte sie sich sparen können, denn er schaute geradeaus. »Vielleicht sollte ich absteigen und neben deinem Hengst niederknien«, schlug sie vor. »Dann würden deine Verbündeten sehen, wie unterwürfig ich bin.«

»Eine gute Idee«, meinte er, und es klang nicht so, als wollte er Witze machen. Zu ihrem tiefsten Bedauern fiel ihr keine passende Antwort ein.

Aber vor diesen Fremden mochte sie nicht zeigen, wie sehr sie sich über ihren Mann ärgerte. O ja, sie würde die gehorsame Gattin spielen. Aber sobald sie wieder mit Alec allein war, sollte er einiges zu hören bekommen.

Als die Verbündeten vor ihnen stehen blieben, richtete sie ihren Blick auf das markante Profil ihres Gemahls und bemühte sich um ein ausdrucksloses Gesicht. Ein heiteres Lächeln zur Schau zu tragen – das wäre wirklich zu viel verlangt gewesen.

Alec wandte sich kein einziges Mal zu ihr, während er mit seinen Freunden eine Unterredung in gälischer Sprache führte. Jamie verstand fast alles, obwohl sich der Dialekt von dem Tiefland-Gälisch unterschied, das Beak ihr beigebracht hatte.

Wie gut sie Alecs Muttersprache beherrschte, wusste er nicht, und das verschaffte ihr eine gewisse Genugtuung. Niemals würde sie es ihm verraten.

Seine Verbündeten boten ihm Speisen, Getränke und Obdach an, doch er lehnte alles ab – ganz der harte, unnachgiebige, mächtige Kriegsherr. Dann berichteten sie von den neuesten Ereignissen in den Kreisen der Clans. Jamie spürte, dass sie neugierig gemustert wurde, und es kostete sie große Mühe, ihre unbewegte Miene beizubehalten. Verzweifelt bat sie ihren Schöpfer, er möge ihr helfen, diese demütigende Tortur zu überstehen, und versprach ihm als Gegenleistung eine lange Litanei.

Alec schämte sich ihrer. Diese plötzliche Erkenntnis trieb ihr beinahe Tränen in die Augen. Doch ihr Selbstmitleid wurde bald von Wut verdrängt. Wie konnte er es wagen, sich ihrer zu schämen? Sie war zwar nicht besonders hübsch, aber keineswegs hässlich. Papa hatte sie sogar als Schönheit bezeichnet. Natürlich waren seine Augen von heißer Liebe getrübt worden. Aber im Allgemeinen pflegten sich die Leute nicht von ihr abzuwenden, weil sie ihren Anblick unerträglich fanden.

Als Alec nach Wildfeuers Zügeln griff, wurde Jamies Aufmerksamkeit wieder auf das Gespräch gelenkt, und sie hörte einen Verbündeten fragen, wer sie sei.

»Meine Frau.« Nicht der geringste Stolz schwang in Alecs Stimme mit. Genauso gut hätte er seinen Hund vorstellen können. Nein, dachte sie, sein Hund bedeutet ihm wahrscheinlich viel mehr. Aber er ist auch nicht an seinen Worten erstickt, überlegte sie, weil sie verzweifelt versuchte, irgendetwas in seiner Haltung zu entdecken, das zu ihren Gunsten sprach.

Er wollte seinen Hengst durch die Kriegerschar lenken, doch da rief ein anderer Mann: »Wie heißt sie, Kincaid?«

Es dauerte eine ganze Weile, bis er antwortete. Langsam ließ er seinen Blick über sein Publikum wandern, und sein Gesicht erschreckte Jamie. Er wirkte wie aus Stein gemeißelt. Schließlich entgegnete er: »Sie heißt – mein Eigentum!« Es hörte sich an wie ein Kriegsschrei.

Kapitel 8

Sie begann zu glauben, dass er kein Mensch war. Niemals schien er hungrig, durstig oder müde zu werden. Er machte erst wieder Rast, als Jamie ihn darum bat – obwohl sie es hasste, einen Wunsch zu äußern.

Ein Engländer hätte gewiss besser für die Bedürfnisse seiner Frau gesorgt. Alec fiel es offenbar schwer, sich daran zu erinnern, dass er verheiratet war. Und Jamie fühlte sich so unwillkommen wie ein Stachel, der in seinem Fleisch steckte.

Sie war todmüde und befürchtete, wie eine Greisin auszusehen. Doch ihre äußere Erscheinung spielte keine Rolle. Mit seiner Weigerung, den Verbündeten den Namen seiner Frau zu verraten, hatte Alec deutlich zu erkennen gegeben, was er von ihr hielt. Sie gefiel ihm überhaupt nicht.

Nun, er selber bot auch keinen großartigen Anblick. Sein Haar war fast so lang wie ihres, um Himmels willen! Ein klarer Beweis für seinen primitiven Geschmack ...

Jamie hätte etwas freundlichere Gefühle für ihren Mann empfunden, wäre er ein bisschen netter zu ihr gewesen. Offenbar färbte die Bergluft auf ihn ab, denn je höher sie hinaufritten, desto kühler wurde seine Miene.

Er hat mehr Fehler als der Satan persönlich, sagte sie sich. Und er konnte nicht einmal zählen. Ausdrücklich hatte er ihr versichert, sie würden sein Heim in drei Tagen erreichen. Jetzt schlugen sie schon zum fünften Mal ein Nachtlager auf, und noch immer tauchte kein Kincaid-Tartan auf. War sein

Orientierungssinn genauso jämmerlich wie seine rechnerische Fähigkeit? Jamie war zu erschöpft, um sich deshalb Sorgen zu machen. Sobald er anfing, die Pferde festzubinden, ging sie zu einem See, um ein paar ungestörte Minuten mit sich allein zu sein. Sie zog sich aus bis aufs Hemd und wusch sich in dem eisigen Gewässer, das Alec »Loch« nannte. Dann streckte sie sich auf der Gras bewachsenen Uferböschung aus. Ehe sie sich wieder anzog, wollte sie nur für eine kleine Weile die Augen schließen. Sie war so müde, dass sie die kalte Luft kaum spürte.

Dichter Nebel zog auf die Lichtung. Alec ließ Jamie so viel Zeit, wie sie seiner Meinung nach für ihr Bad brauchte. Aber als die grauen Schwaden seine nackten Füße einhüllten, rief er nach Jamie und befahl ihr, zu ihm zu kommen.

Sie antwortete nicht, und sein Herz begann schneller zu schlagen. Dass seine Feinde sie überfallen hatten, musste er nicht befürchten. Sie befanden sich bereits auf dem Grund und Boden der Kincaids. Niemand außer seinen eigenen Leuten würde sich hierher wagen. Aber warum rührte sie sich nicht? Er rannte durch die Büsche, die das Ufer des Sees abschirmten, und blieb abrupt stehen. Jamies Anblick nahm ihm den Atem. Sie schlief tief und fest, und sie sah aus wie eine schöne Göttin. Der Nebel umwallte sie und verlieh ihr eine mystische Aura – eine Wirkung, die von den schwachen Sonnenstrahlen noch verstärkt wurde, denn sie überzogen ihre Haut mit einem goldenen Schimmer. Sie lag auf der Seite, das Hemd, bis zur Hüfte hochgerutscht, entblößte ihre langen Beine.

Lange stand er da und genoss das bezaubernde Bild.

Die Sehnsucht, die in ihm aufstieg, schmerzte beinahe. Deutlich erinnerte er sich, wie sie ihre Beine um seine Hüften geschlungen und wie es sich angefühlt hatte, in ihr zu versinken.

Seine Frau. Heißer Besitzerstolz erfüllte ihn. Er würde keine weitere Nacht ertragen, ohne sie zu lieben, sein Versprechen nicht halten, erst daheim wieder mit ihr zu schlafen. Aber diesmal wollte er ganz langsam und sanft vorgehen, ein zärtlicher, rücksichtsvoller Liebhaber sein – selbst wenn es ihn umbrachte.

Er betrachtete sie, bis die Sonne vollends erlosch. Jamie begann plötzlich die Böschung herabzugleiten, und er eilte zu ihr, fing sie im letzten Moment auf, ehe sie ins Wasser fallen konnte.

Wie vertrauensselig sie war ... Er wusste, dass sie nicht mehr schlief, aber ihre Augen blieben geschlossen. Als er sie hochhob, schlang sie die Arme um seinen Hals, schmiegte sich an ihn und seufzte leise.

Er trug sie ins Lager, wickelte sich zusammen mit ihr in eine Decke, und sie streckten sich am Boden aus.

»Alec?«, flüsterte sie gähnend.

»Ja?«

»Bist du mir böse?«

»Nein.«

»Bestimmt nicht?« Sie wünschte, sie könnte sich aufrichten und ihm ins Gesicht schauen, doch er hielt sie eisern fest, und sie war unfähig, sich zu rühren.

»Bestimmt nicht.«

»Heute Abend bin ich so müde. Es war ein beschwerlicher Ritt, nicht wahr?«

Obwohl er anders darüber dachte, stimmte er zu. »Aye.«

»Ich möchte dich etwas fragen ...« Sie unterbrach sich und stöhnte leise, als er ihre Hüften an seine harten Schenkel presste. Offenbar taten ihr alle Knochen weh, und sie befand sich nicht in der richtigen Verfassung, um ihre ehelichen Pflichten zu erfüllen. Also würde er sich gedulden müssen, so schwer es ihm auch fallen mochte.

»Schlaf jetzt. Du musst dich erholen.«

»Ich weiß gar nicht, wie ich liegen soll. Meine Kehrseite schmerzt ...«

»Anscheinend wurde deine Ausbildung sträflich vernachlässigt. Du bist die schlechteste Reiterin, die ich kenne.«

»Das behauptest du nur, um mich in Wut zu bringen, damit ich nicht weine. Gerade hat meine Stimme verdächtig gezittert. Und du hasst heulende Frauen. Das merkte ich, als meine Schwestern sich so albern aufführten. Da hast du dich sehr unbehaglich gefühlt.«

»Das stimmt«, gab er zu.

»Und damit ich nicht in Tränen ausbreche, beleidigst und ärgerst du mich. Mein Geschrei hörst du wohl lieber als mein Schluchzen.«

»Allmählich lernst du mich kennen, Jamie.«

»Du solltest mich ebenfalls besser kennen lernen.«

»Das ist nicht nötig.«

»Oh, doch! Wenn du mich kennen würdest, wüsstest du, dass ich eine gute Reiterin bin und besser mit Pfeil und Bogen umgehen kann als die meisten deiner Krieger. Und wenn ich ohne Sattel reite, würde ich ihnen davongaloppieren.«

»Jetzt machst du Witze. Du vermagst dich doch kaum im Sattel zu halten.«

»Deine Meinung über mich steht also fest?«

Alec ignorierte diese Frage. »Was wolltest du denn vorhin wissen?«

»Wenn wir dein Zuhause erreichen – muss ich mich dann auch so verhalten wie bei der Begegnung mit den Verbündeten? So sehr du dich meiner auch schämst – ich werde nicht ständig schweigen können, ich bin es gewohnt, kein Blatt vor den Mund zu nehmen, und ich ...«

»Du glaubst, ich schäme mich deiner?«

Sie hörte, wie erstaunt seine Stimme klang. Sein Griff hatte sich etwas gelockert, und sie hob den Kopf, um im Mondlicht sein Gesicht zu betrachten. »Ich müsste strohdumm sein, wenn ich nicht wüsste, warum du mir verboten hast, mit deinen Freunden zu sprechen. Du findest mich hässlich. Und außerdem stört es dich, dass ich Engländerin bin. Merkst du denn nicht, wie oberflächlich es ist, eine Frau nur nach ihrem Aussehen und ihrer Herkunft zu beurteilen?« Sein schallendes Gelächter unterbrach die Lektion. »Deine Unhöflichkeit ist noch viel schlimmer als mein Äußeres«, fügte sie hinzu.

»Und deine Rechthaberei setzt allem die Krone auf, Frau.«

»Die ist belanglos, verglichen mit deinen Fehlern.«

»Du bist nicht hässlich.« Ihre gerunzelte Stirn verriet, dass sie ihm nicht glaubte. »Wie kommst du bloß darauf, ich könnte dich für hässlich halten, Jamie?«

»Das habe ich bereits erwähnt. Es war mir sofort klar, als ich deine Freunde nicht anschauen und nichts sagen durfte und als du meinen Namen nicht nennen wolltest. Nur damit du dir nichts einbildest, Alec – es ist mir völlig gleichgültig, ob du mich hübsch oder hässlich findest.«

Er umfasste ihr Kinn. »Wenn du einen dieser Männer – bewusst oder unbewusst – etwas länger angeschaut hättest, wäre er zu der Überzeugung gelangt, er könnte dich haben. So einem Kerry kann man nicht trauen. Er hätte mich zum Kampf um dich herausgefordert. Das ist so einfach, dass es sogar eine Engländerin verstehen müsste. Einige meiner Verbündeten hätten gedacht, deine violetten Augen besäßen Zauberkräfte, andere hätten dein Haar berühren wollen, um festzustellen, ob es sich so seidig anfühlt, wie es aussieht.«

»Jetzt übertreibst du aber.«

»Keineswegs. Und ich wollte nicht kämpfen, weil ich weiß, wie tief es dich bekümmert, wenn Blut vergossen wird.«

»Alec ...« Sie schluckte, schob seine Hand von ihrem Kinn und legte ihre Wange auf seine warme Schulter. »Du findest mich also nicht hässlich?«

»Natürlich nicht.«

»Es freut mich, dass ich dir gefalle.«

»Das habe ich nicht gesagt.« Er strich ihr das Haar aus der Stirn. »Dein Gesicht ist von der Sonne verbrannt, deine Nase feuerrot, du gefällst mir überhaupt nicht.«

»Wirklich nicht?«, fragte sie scheinbar erschrocken.

»Es sollte ein Scherz sein«, seufzte er.

»Das wusste ich«, gestand sie lächelnd, dann gähnte sie ausgiebig und erinnerte ihn wieder an ihre Müdigkeit.

»Schlaf jetzt, Jamie.« Er begann ihren steifen Rücken zu reiben, und sie stöhnte wohlig. Geistesabwesend strich sie über seine Brust und spürte seinen Herzschlag unter ihren Fingerspitzen. Plötzlich packte er ihre Hand und hielt sie fest. Offenbar ist er kitzlig, dachte sie. Und Alec überlegte, ob sie ihn um den Verstand bringen wollte. »Hör auf!«, befahl er mit rauer Stimme.

Wann sie eingeschlafen war, wusste sie nicht. Umso intensiver erlebte sie ihr Erwachen. In einem wunderbaren Traum hatte sie völlig nackt auf einer Blumenwiese gelegen und ihre Haut von der Sonne wärmen lassen. Die sinnliche Hitze beschleunigte ihren Puls, ein heftiges Verlangen zwischen ihren Schenkeln forderte Befriedigung. Ihr eigener sehnsüchtiger Seufzer weckte sie.

Alec war die Sonne, die das Fieber in ihrem Blut erzeugte, und sie lag nicht inmitten von Blumen, sondern auf einer Wolldecke. Ihr Hemd war verschwunden, und sie fragte sich, warum. Doch dann erschien ihr dieses Problem nicht mehr wichtig. Alec forderte ihre ganze Aufmerksamkeit, denn er streichelte ihren Körper und küsste ihren Hals. Er liebkoste sie ... Jetzt war sie hellwach. Sie sah ihn nicht im nächtlichen Dunkel, aber sie hörte seinen keuchenden Atem, der sich mit der Melodie des Windes mischte. Jamie wollte ihn bitten, ihr nicht wehzutun, aber das vergaß sie, als sein Mund zu ihren Brüsten wanderte, als seine Finger zwischen ihre Beine glitten und wildes Entzücken erregten.

Er wusste genau, wie er sie berühren musste, um ihre Lust zu steigern. Ihre Lippen fanden sich, und sie saugte begierig an seiner Zunge. Beharrlich setzten seine Finger ihr aufreizendes Spiel fort. »Du bist so heiß und feucht«, flüsterte er an ihrem Mund.

»Ich kann nichts dagegen tun«, hauchte sie.

»Das sollst du auch nicht.« Er schob ihre Schenkel auseinander und drang langsam in sie ein. »Es ist gut, dass du heiß und feucht bist – für mich.«

Ungeduldig hob sie die Hüften hoch, wollte ganz von ihm ausgefüllt, von seiner Glut verbrannt werden.

»Ich werde mich bemühen, dir nicht wehzutun«, versprach er, »aber du bist so eng gebaut ...«

Stöhnend bäumte sie sich auf, und da vergaß er seine guten Vorsätze, zog ihre Beine bis zu seiner Taille hoch und überließ sich dem drängenden Rhythmus, den seine Leidenschaft verlangte. Er verlor den letzten Rest seiner Beherrschung, wusste nicht, ob er Jamie Schmerzen zufügte oder nicht, war unfähig, aufzuhören. Sein Mund erstickte jeden Protest, den sie vielleicht zu äußern versuchte.

Als er spürte, dass er seinen Höhepunkt nicht länger hinauszögern konnte, schob er eine Hand zwischen seinen und ihren Körper, um sie mit den Fingern zu reizen, um auch ihr Erfüllung zu schenken. Ob es ihm gelang, wusste er nicht. Erstaunlich kraftvoll umspannten ihre Schenkel seine Hüften und jagten ihn zum Gipfel des Glücks empor.

Danach dauerte es lange, bis er die Kraft fand, von ihr hinabzugleiten, in ihr Gesicht zu schauen. Sein erster klarer Gedanke galt der Sorge, dass er zu grob mit ihr umgegangen war. »Jamie«, flüsterte er, »habe ich dir wehgetan?«

Sie antwortete nicht, und er musterte sie bestürzt.

Seine Angst war unbegründet. Sie schlummerte tief und fest, und ihr Lächeln sagte ihm, dass er sie voll und ganz befriedigt hatte.

Am nächsten Tag musste sie den schwierigsten Teil der Reise bewältigen. Der Weg führte durch eine schöne Wildnis mit Seen und Moorgebieten, wo das Gras smaragdgrün leuchtete. Dichte Blattpflanzen, wilder Lauch genannt, überzogen einen Teil des bergigen Gebiets und verströmten einen sonderbaren Geruch, wenn sie von den Pferdehufen zertrampelt wurden. Die Majestät des Hochlands erweckte in Jamie den Eindruck, sie würde geradewegs in den Himmel reiten.

Aber gegen Mittag verlor die Landschaft ihren Reiz, wurde immer kälter, und Jamie zog sich ihren Winterumhang fester um die Schultern. Sie war so müde, dass sie fast vom Pferd fiel.

Als Alec seinen Hengst an ihre Seite lenkte und sie in seinen Sattel hinüberzog, rührte sie sich nicht – auch nicht, als er ihr Cape wegriss und zu Boden warf. Dann wickelte er sie in seine schwere Wolldecke.

Gähnend fragte sie: »Warum hast du meinen Umhang weggeworfen?«

»Du sollst meine Farben tragen, um dich zu wärmen.« Seine Lippen berührten ihre Schläfe, und er dachte wieder einmal, was für eine erstaunliche Frau er hatte. Von einer Sekunde zur anderen konnte sie einschlummern. Es gefiel ihm, ihren weichen Körper an seinem zu spüren, ihren weiblichen Duft einzuatmen. Und am besten gefiel ihm das Wissen, dass er ihr Vertrauen besaß.

Den leidenschaftlichen Liebesakt der letzten Nacht hatte er nicht mehr erwähnt. Jamies Erröten am Morgen war eine eindringliche Warnung gewesen, dieses Thema nicht anzuschneiden. Ihre Schüchternheit belustigte ihn.

Nun schlief sie tief und fest. Er musste sie dreimal anstoßen, um sie zu wecken. »Jamie, wach auf. Wir sind zu Hause.«

»Zu Hause?«, wiederholte sie verwirrt.

Geduldig wich er ihren Ellbogen aus, während sie sich den Schlaf aus den Augen rieb. »Fällt es dir immer so schwer, aufzuwachen?«

»Keine Ahnung. Ich war noch nie so müde.« Sie blickte sich um und runzelte die Stirn. »Machst du Witze, Alec? Ich sehe nur Bäume.«

»Schau zu dem Grat dort drüben. Dahinter steigt Rauch aus meinem Schornstein.«

Sie beobachtete die Rauchwolke, die sich zu den Wolken emporschlängelte und entdeckte auch die Spitze eines Turms. Alec lenkte seinen Hengst den steilen Hang hinauf und führte Wildfeuer am Zügel hinter sich her. Endlich kamen die Mauern in Sicht, die seine Burg umgaben. Ein Teil der Festung war anscheinend in die Felswand des Berges hineingebaut worden, sie bestand aus Stein, im Gegensatz zu den Holzhäusern, die von den meisten englischen Baronen bevorzugt wurden. Die Zugbrücke überspannte einen breiten Graben. Rings um die Mauer waren alle Bäume gefällt worden, kein Grashalm milderte die kahle Strenge des Felsbodens.

Tintenschwarzes Wasser füllte den Burggraben. Die hölzerne Brücke war herabgelassen, der Laird und seine Frau ritten durch das Tor und dann einen Hang hinauf.

Das Gebäude war viel großartiger als Baron Jamisons bescheidenes Heim. Alec muss ein reicher Mann sein, dachte Jamie. Der Haupttrakt wurde nicht nur von einem, sondern von zwei stolzen Türmen geschmückt, und jeder wusste, wie viel es kostete, ein solches Bauwerk zu errichten. Dieser Luxus überraschte sie, denn sie hatte geglaubt, alle Schotten würden in Stroh gedeckten Steinhütten mit festgestampften Erdböden wohnen, so wie die Leibeigenen in England. Das war ein Vorurteil gewesen. Doch nun entdeckte sie auch solche Hütten zwischen den Bäumen am Hang, mindestens fünfzig. Offenbar gehörten sie den Mitgliedern der Clans und ihren Familien.

»Deine Burg ist wirklich eindrucksvoll, Alec«, meinte sie. »Lebst du allein hier? Ich sehe keinen einzigen Soldaten.«

»Meine Männer erwarten mich im Hof.«

»Die Frauen auch?«

»Ein paar. Die meisten sind mit den Kindern zum Frühlingsfest auf Gillebrids Burg geritten, und die Hälfte meiner Soldaten hat sie begleitet.«

»Also deshalb ist es hier so still.« Lächelnd drehte sie sich zu Alec um. »Wie viele Leute dienen dir?« Doch sie vergaß ihre Frage sofort, als sie seine strahlenden Augen sah. »Du freust dich, weil du wieder zu Hause bist, nicht wahr?«

»Fünf- bis sechshundert Männer unterstehen mir. Ja, Engländerin, ich bin glücklich über meine Heimkehr.«

»Fünf- bis sechshundert?«, rief sie ärgerlich. »Willst du mich verhöhnen?«

»Es ist die Wahrheit, Jamie. Der Kincaid-Clan ist sehr groß.«

»Nun, ich weiß, was von deinen Rechenkünsten zu halten ist. Das Zählen bereitet dir offenbar große Mühe.«

»Wie meinst du das?«

»Du sagtest, wir würden drei Tage brauchen, um deine Burg zu erreichen. Aber es hat viel länger gedauert.«

»Aus Rücksicht auf deinen Zustand ritt ich langsamer, als ich es ursprünglich geplant hatte.«

»Aus Rücksicht auf meinen Zustand?«

»Du hattest Schmerzen – erinnerst du dich?« Ihr Erröten zeigte, dass sie es nicht vergessen hatte. »Und du bist ziemlich erschöpft.«

»Das bin ich nicht.« Sie sah, wie er die Brauen zusammenzog, und bereute sofort ihren Widerspruch. Bald würde sie seine Verwandten kennen lernen, und deshalb wollte sie ihn bei Laune halten. »Ich glaube dir auch, wenn du mir erzählst, siebenhundert Männer würden dir dienen.«

Er grinste, also war es ihr gelungen, ihn zu besänftigen. Nun stieß er einen schrillen Pfiff aus, der sofort beantwortet wurde. Zahlreiche Krieger stürmten aus den Hütten oder kamen von weiter her, um über die Mauer zu klettern. Alec hat nicht übertrieben, dachte Jamie verdutzt. Und wenn die Hälfte der Soldaten mit den Frauen und Kindern unterwegs war, mussten dem Clan noch viel mehr angehören als sechshundert.

Alec nickte zufrieden, hob eine Faust, und da stimmten seine Leute ein ohrenbetäubendes Jubelgeschrei an. Erschrocken griff Jamie nach dem anderen Arm ihres Mannes, der schützend ihre Taille umschlang. Obwohl sie wusste, dass sie sich unhöflich benahm, gaffte sie die Männer an, unfähig, ihren Blick von ihnen loszureißen. Sie war in ein Land gekommen, das von Giganten bevölkert wurde. Sie erschienen ihr so lang wie die Kiefernstämme, mit denen sie so gern um sich warfen. Ihre Größe wirkte ebenso beängstigend wie ihre wilden Augen, aber ihre Kleidung verwirrte Jamie am allermeisten.

Cholie war nicht betrunken gewesen. Die Schotten trugen tatsächlich Frauenkleidung – knielange karierte Röcke und Überwürfe in Alecs Farben. Manche hatten safrangelbe Hemden darunter an, andere nichts. Die meisten waren barfuß.

»Möchtest du sie zählen?«, fragte Alec und spornte seinen Hengst an. »Ich glaube, es sind zweihundert.«

»Eher fünfhundert«, wisperte Jamie.

»Jetzt übertreibst du aber.«

Der Weg durch den Hof wurde von Soldaten gesäumt, und Jamie sprach im Flüsterton, um nicht belauscht zu werden. »Wenn das die Hälfte deiner Leute ist, musst du eine Legion besitzen.«

»Nein, eine Legion besteht aus dreitausend – oder sogar sechstausend. So viele Männer kann ich nur zusammentrommeln, wenn ich meine Verbündeten zu Hilfe rufe. Du brauchst dich nicht zu fürchten.«

»Wie kommst du darauf, dass ich mich fürchte?«

»Du zitterst.«

»Unsinn! Aber – sie starren uns alle an.«

»Weil sie neugierig sind.«

»Waren sie nicht auf unsere Ankunft vorbereitet?«, fragte sie unbehaglich.

»Meine Krieger sind immer vorbereitet.«

»So sehen sie aber nicht aus.«

»Du meinst ihren Aufzug? Wir nennen diese Tracht nicht ›Kleider‹.«

Erstaunt hob sie die Brauen. »Hat Beak dir etwa erzählt …?«

»Ich war in eurem Stall.«

»Nein!«

»Doch!«

»O Gott!« Beklommen versuchte sie sich an jenes Gespräch mit Mary und dem Stallmeister zu erinnern. »Was hast du sonst noch gehört?«

»Dass die Soldaten Schafsgehirne haben und einander mit Baumstämmen bewerfen.«

»Ich wollte nur scherzen. Und ich dachte, Cholie sei betrunken gewesen, als sie behauptete … Alec, ziehen sich deine Leute immer so unanständig an, dass man die Knie sieht?«

Er lachte. »Du wirst dich dran gewöhnen.«

»Aber du kleidest dich nicht so?«

»Oh, doch.«

»Jetzt trägst du doch auch eine Hose, und deshalb dachte ich …«

»Die habe ich nur an, weil ich in England war. Jetzt werde ich dieses unbequeme Kleidungsstück mit einem Kilt tauschen.«

Jamie musterte wieder die schottischen Krieger. »Wie schaffen sie es nur, die Hosenbeine hochzukrempeln, sodass sie nicht unter dem Rocksaum hervorlugen?«

»Das tun die Männer nicht.«

»Nicht?« Sie drehte sich zu Alec um, und als sie sein teuflisches Grinsen sah, wollte sie es lieber nicht wissen. »Schon gut«, fügte sie hastig hinzu. »Es ist mir gleichgültig, was sie unter den Kilts tragen.«

»Ich würde es dir gern erzählen.« Er lächelte schurkisch, und Jamie fand es gar nicht damenhaft, dass sie sich ausgerechnet in diesem Augenblick unwiderstehlich zu ihm hingezogen fühlte.

»Später«, wisperte sie. »Nachts, wenn es dunkel ist – wenn du meine Verlegenheit nicht siehst. Legen sie Kettenhemden an, bevor sie kämpfen?«, fragte sie, um ihn von der mangelhaften Unterbekleidung der Soldaten abzulenken.

»Sie tragen niemals Panzer. Die meisten begnügen sich mit der karierten Tracht. Und die erfahrenen Krieger bevorzugen die alte Sitte.«

»Und was heißt das?«

»Sie haben gar nichts an.«

Machte er schon wieder Witze? Als sie sich nackte Reiter vorstellte, die in den Krieg zogen, musste Jamie unwillkürlich lachen. »Für so naiv solltest du mich nicht halten, Alec. Diese verrückte Geschichte glaube ich nun wirklich nicht. Hör auf zu scherzen. Außerdem bist du unhöflich, weil du deine Leute so lange ignorierst.« Sie schaute wieder nach vorn, lehnte sich an seine Brust und zwang sich, den Soldaten, an denen sie vorbeiritten, eine heitere Miene zu zeigen. Doch das fiel ihr sehr schwer, nachdem Alec ihr so schändliche Gedanken in den Kopf gesetzt hatte.

Er legte sein Kinn auf ihren Scheitel. »Du musst lernen, keine Befehle zu erteilen, Frau.« Es war nur ein sanfter Tadel, und Alecs leise Stimme jagte ihr einen wohligen Schauer durch den Körper.

»Ich möchte mich gern richtig verhalten, mein Gemahl, und du solltest das auch tun. Unhöflichkeit ist überall verwerflich, sogar in Schottland.«

Geschrei hallte zwischen den Baumstämmen hindurch, als sie eine Lichtung erreichten. Nervös tänzelte Wildfeuer, und Alec zog ihre Zügel straff. Dann stieg er ab und führte sie, ebenso wie den Hengst, in dessen Sattel Jamie saß, zur wartenden Soldatenschar.

Ein blonder Mann, etwa so groß wie sein Laird, kam ihnen

entgegen. Er sah Alec ähnlich, und deshalb hielt Jamie ihn für einen Verwandten. Er musste der stellvertretende Befehlshaber sein und auch ein Freund, denn er umarmte das Oberhaupt der Kincaids und schlug ihm erfreut auf den Rücken.

Der gewaltige Hieb hätte einen schwächeren Mann zu Boden gestreckt, aber Alec zuckte mit keiner Wimper. Der Soldat sprach einen so ausgeprägten Dialekt, dass Jamie nicht alles verstand. Doch was sie hörte, ließ sie erröten. Die beiden Riesen begrüßten einander mit derben Beleidigungen. Offenbar entsprach das einer weiteren merkwürdigen schottischen Sitte.

Dann wurde das Gespräch ernst, und sie erriet, dass der Krieger ihrem Mann keine guten Neuigkeiten mitteilte. Alecs Stimme nahm einen scharfen Klang an, und er runzelte erbost die Stirn.

Sie setzten ihren Weg fort, und er beachtete Jamie nicht mehr, bis sie den Innenhof erreichten. Dort warf er Wildfeuers Zügel einem der Männer zu und hob seine Frau aus dem Sattel. Er gönnte ihr nicht einmal einen kurzen Blick und sprach wieder mit dem blonden Mann.

Die Neugier der Soldaten galt teils Jamie, teils Wildfeuer. Mehrere umringten die Stute, und die Aufmerksamkeit, die sie erregte, gefiel ihr gar nicht. Schließlich schlug sie sogar aus.

Wie eine Mutter, die ihr unartiges Kind zur Vernunft bringen will, eilte Jamie zu Wildfeuer – so schnell, dass Alec sie nicht zurückhalten konnte. Sie schob sich an ihrem Mann und seinem Hengst vorbei, drängte sich zwischen zwei gigantischen Männern hindurch und blieb wenige Schritte vor ihrem Pferd stehen. Eine Zurechtweisung war überflüssig. Sie streckte nur eine Hand aus und wartete.

Sofort beruhigte sich Wildfeuer, und die Krieger beobachteten fasziniert, wie die stolze weiße Schönheit auf ihre Herrin zutrottete und sich streicheln ließ.

Alec erschien plötzlich an Jamies Seite und legte einen Arm um ihre Schultern. »Normalerweise benimmt sich Wildfeuer nicht so schlecht«, erklärte sie ihrem Mann. »Aber jetzt ist sie müde und hungrig. Vielleicht sollte ich ...«

»Donald wird sich um sie kümmern.«

Vor seinen Leuten wollte sie nicht mit ihm streiten. Er ergriff Wildfeuers Zügel und übergab sie dem Mann, der ihm gefolgt war.

Jamie fand, er sei viel zu jung für einen Stallmeister. Aber nachdem er Wildfeuers Vorzüge gepriesen hatte, beschloss sie seinen Fähigkeiten zu vertrauen. Offensichtlich verstand er etwas von Pferden. Und er hatte eine sanfte Stimme, die in schroffem Gegensatz zu seinem widerspenstigen roten Haar stand, und ein gewinnendes Lächeln.

Wildfeuer hasste ihn trotzdem. Sie versuchte sich zwischen Jamie und Alec zu schieben, doch Donald bewies eiserne Entschlossenheit. Als der Laird einen schroffen Befehl hervorstieß, gelang es dem Stallmeister, das temperamentvolle Pferd unter Kontrolle zu bringen und davonzuführen. Jamie schaute ihm nach wie eine besorgte Mutter, die von ihrem Baby getrennt wird.

»Sie wird sich schon einnisten.«

Diese Bemerkung ihres Mannes brachte sie in Wut. Genauso hatte er von ihr gesprochen. Anscheinend stellte er sie auf dieselbe Stufe wie ihre Stute. »Ja *sie* vielleicht«, antwortete sie mit besonderer Betonung.

Sie gingen zur Treppe, die zum Burgtor hinaufführte. Alec hatte Jamie noch immer nicht mit seinen Männern bekannt gemacht. Würde er es vergessen? Vielleicht wartete er auf den richtigen Augenblick.

Vor dem Tor blieb er endlich stehen, den Arm immer noch um Jamies Schultern gelegt, und drehte sich mit ihr um. Sofort wurde es still im Hof. Die Krieger neigten die Köpfe, jeder presste eine Hand auf seine Brust.

Der große Moment war gekommen. Hoch aufgerichtet stand Jamie da und wartete auf die wundervolle Rede, die ihr Mann jetzt halten würde. Nun musste er ihr Loblied singen, ob er wollte oder nicht. Sie beschloss, sich jedes einzelne Wort zu merken, um sich genüsslich daran zu erinnern, wenn er sie wieder einmal ärgerte.

Es war eine kurze Rede und schon vorbei, ehe Jamie merkte, dass Alec den Mund geöffnet hatte. Laut hallte seine Stimme von den Mauern wider. »Meine Frau!«

Das war alles? Sonst wusste er nichts zu sagen? Als er schwieg, erkannte sie, dass er tatsächlich nichts hinzufügen würde. Da er gälisch gesprochen hatte und sie ihre diesbezüglichen Sprachkenntnisse nicht verraten wollte, konnte sie ihren Zorn über seine knappe Erklärung nicht zeigen. Er gab den Männern ein Zeichen, worauf sie ihre Schwerter zogen und wieder in gellendes Geschrei ausbrachen.

Jamie rückte näher an Alec heran und knickste. Der neue Jubel, der jetzt aufklang, verwirrte sie. »Was hast du ihnen gesagt?«, wisperte sie, obwohl sie es genau wusste. Sobald er geantwortet hatte, würde sie erklären, er hätte sie etwas ausführlicher vorstellen müssen. Doch dazu kam sie nicht.

»Ich habe verkündet, dass du Engländerin bist«, log er und drückte sich an sie.

»Und deshalb jubeln sie? Weil ich Engländerin bin?«

»Nein, Frau, deshalb brüllen sie«, entgegnete er, und sie seufzte gequält. »Wie gefallen dir meine Leute?«, fragte er.

Ohne ihn anzuschauen, erwiderte sie: »Alle tragen Schwerter. Und du hast keins, Kincaid.«

Sie hat in der Tat Mumm in den Knochen, dachte er grinsend.

Die Soldaten gafften Jamie ungeniert an, und Alec wusste, dass sie einige Zeit brauchen würden, um sich an ihren Anblick zu gewöhnen. Er selbst hatte das ja auch noch nicht geschafft.

Um einem Wink seines Herrn zu gehorchen, rannte der blonde Mann die Treppe hinauf, den Jamie für den stellvertretenden Befehlshaber hielt. Er blieb vor ihr stehen und wartete darauf, ihr vorgestellt zu werden.

»Das ist Gavin, Frau. Er führt das Kommando, wenn ich nicht daheim bin.«

Gavin schaute ihr in die Augen, und sie lächelte ihm zu. Doch während er fortfuhr, sie anzustarren, erstarb ihr Lächeln. Musste sie jetzt etwas sagen und irgendeine Formalität erledigen? Er sah gut aus und erinnerte sie an Daniel, ihren Schwager, denn als er endlich grinste, funkelten seine grünen Augen belustigt. »Es ehrt mich, Sie kennen zu lernen, Lady Kincaid.« Ohne den Blick von ihr abzuwenden, beglückwünschte er ihren Mann: »Du hast eine gute Wahl getroffen, Alec. Wie konntest du sie Daniel wegschnappen?«

»Wir schleuderten Kiefernstämme, um zu bestimmen, wer sich zuerst eine Braut aussuchen sollte. Und ich gewann. Meine Frau ist die beste vom ganzen Wurf.«

»Die beste vom ganzen Wurf?« Empört wandte sich Jamie zu ihm. »Soll das ein Scherz sein, Alec, oder willst du mich vor deinem Freund bloßstellen?«

»Ich scherze nur.«

»Er scherzt ständig«, teilte sie Gavin mit, um das ungeheuerliche Benehmen ihres Gemahls zu entschuldigen.

Gavin blinzelte verblüfft. In all den Jahren war nie ein

Scherzwort über Alecs Lippen gekommen, aber natürlich durfte man der neuen Lady Kincaid nicht widersprechen.

Er sah, wie der Laird seiner Frau zuzwinkerte. »Sie ist müde, Gavin. Ein gutes Essen und ein langer Schlaf – das ist alles, was sie jetzt braucht.«

»Zuerst will sie ihr neues Heim sehen«, erklärte Jamie ärgerlich. »Sie ist nämlich sehr neugierig.«

Alec und Gavin grinsten über den subtilen Tadel, den sie ihrem Mann erteilte, nachdem er über sie gesprochen hatte, als wäre sie nicht vorhanden. Auch sie lächelte, denn sie war sehr zufrieden mit der Art und Weise, wie sie ihn in seine Schranken gewiesen hatte.

»Darf ich auch baden, Alec?«, fragte sie.

»Ich kümmere mich darum, Mylady«, erbot sich Gavin, ehe der Laird antworten konnte.

Amüsiert beobachtete Alec seinen Freund, der Jamie anscheinend nicht aus den Augen lassen wollte. Unverhohlene Bewunderung lag im Blick des jungen Mannes.

»Danke, Gavin«, erwiderte sie. »Aber Sie sollten mich nicht so förmlich anreden. Nennen Sie mich einfach Jamie.«

Gavin zog verwirrt die Stirn in Falten. »Sagten Sie – Jane?«

»Nein – Jamie.«

Der Soldat wandte sich zu Alec und platzte heraus: »Aber das ist doch ein Männername!«

Kapitel 9

Hast du ihm das eingeredet, Alec?«

Er machte sich nicht die Mühe, diese absurde Frage zu beantworten. Jamie trug nun mal einen Männernamen, und er hatte wichtigere Dinge zu tun, als vor seiner Tür zu stehen und dieses alberne Thema zu diskutieren.

Und so ließ er sie einfach stehen und stieg mit seinem Freund die drei Stufen zur Halle hinab. Zuvor hatte er Gavin allerdings einen kräftigen Stoß versetzen müssen. Jamie folgte ihnen und sah sich interessiert um. Eine Holztreppe führte zu einem Balkon hinauf, der die Breite einer ganzen Seitenwand einnahm. Drei Türen gingen davon ab, offenbar in die Schlafgemächer des Lairds und seiner Verwandten.

Die geräumige Halle – passend zu den Riesen, die darin hausten – wurde von knisternden Flammen erwärmt, die im massiven Steinkamin gegenüber dem Tor brannten. Sie war erheblich größer als Baron Jamisons Halle und durch Schilfmatten geteilt, die sich vom Eingang zur Feuerstelle erstreckten. Zur Linken stand ein langer Tisch mit etwa zwanzig Stühlen, rechts ein zweiter von ähnlichen Ausmaßen, vor einer hölzernen Trennwand, hinter der Jamie die Durchreiche zur Küche vermutete.

An diesem Tisch nahmen Alec und Gavin Platz. Keiner der beiden Krieger beachtete die neue Lady Kincaid, und so schlenderte sie zu der Holzwand und spähte dahinter. Überrascht starrte sie ein Bett auf einer hohen Plattform an. Der Größe der Kleidungsstücke, die an Wandhaken hingen, entnahm sie, dass ihr Mann hier schlief, hoffte aber, sich zu irren.

Ein Soldat ging an ihr vorbei und legte ihr Gepäck aufs Fußende des Podestes, und da wusste sie, dass sie sich nicht täuschte. Der Mann gaffte sie verwirrt an, als sie ihm dankte, dann bedeutete er ihr, Platz zu machen. Ein anderer trug eine große runde Wanne hinter den Wandschirm und stellte sie in eine Ecke. Jamie beschloss, so leise zu baden wie noch nie. Die mangelnde Privatsphäre störte sie empfindlich. Die Holzwand würde ihren nackten Körper zwar vor neugierigen Blicken schützen. Aber jeder, der die Halle betrat, würde ein Plätschern hören und merken, was Alecs Frau gerade tat.

Sie ging zu ihrem Mann, um herauszufinden, wo die Küche lag, um das Essen zu bestellen. Einige Minuten lang blieb sie neben ihm stehen, ohne dass er ihre Anwesenheit zur Kenntnis nahm. Gavin erstattete seinem Laird Bericht und genoss dessen volle Aufmerksamkeit. Schließlich sank Jamie auf einen Stuhl, faltete die Hände im Schoß und wartete geduldig. Es wäre unhöflich gewesen, das Gespräch zu unterbrechen, und sie durfte sich nicht beklagen. Immerhin war sie die Ehefrau eines mächtigen Clanführers, und so würde sie bis zum Morgengrauen hier sitzen – falls er nicht früher geruhte, sich mit ihr zu befassen.

Bald wurde sie zu schläfrig, um ans Essen zu denken. Gerade wollte sie aufstehen, als zwei Frauen in die Halle eilten. Sie trugen Kleider in den Kincaid-Farben, und ihre Haltung verriet, dass sie nicht zu den Dienstboten gehörten. Beide hatten dunkelblondes Haar und braune Augen, und sie lächelten fröhlich – bis sich ihre Blicke auf Jamie richteten.

Sofort erstarb das Lächeln, und die größere schaute sie feindselig an. Jamie starrte zurück. Sie war zu erschöpft, um sich mit einem solchen Unsinn abzugeben. Morgen wollte sie versuchen, die Freundschaft der Frau zu gewinnen. Jetzt würde sie sich nur ihrer Haut wehren, um dann ins Bett zu fallen.

Ein Soldat, der den beiden glich, kam in die Halle. Direkt hinter den beiden hielt er inne, legte ihnen eine Hand auf die Schultern und musterte Jamie mit finsterer Miene. Anscheinend hat er bereits beschlossen, mich zu hassen, dachte sie. Vielleicht, weil ich aus England stamme und demzufolge eine Außenseiterin bin ... Es würde einige Zeit dauern, bis Alecs Clan sie akzeptierte. Und sie selbst würde bestimmt genauso lange brauchen, um sich an diese Leute zu gewöhnen.

Alec bemerkte die Neuankömmlinge erst, als sie ihn mit dem Fuß anstieß. Ärgerlich über die Störung, runzelte er die Stirn, dann entdeckte er das Trio, das beim Eingang wartete, und lächelte. »Kommt doch her! Marcus, deinen Bericht höre ich mir nach der Mahlzeit an«, versprach er dem schwarzhaarigen Krieger. »Hast du Elizabeth mitgebracht?«

»Ja«, erwiderte Marcus kurz angebunden und trat mit der größeren Frau an den Tisch.

»Wo ist sie denn?«

»Sie wollte in ihrer Hütte auf Nachricht von Angus warten.«

Alec nickte und erinnerte sich an Jamie, als Marcus sie wieder musterte. »Meine Frau Jamie«, erklärte er beiläufig. »Jamie, das sind Marcus und Edith – Bruder und Schwester, der Vetter und die Base von Helena.«

Dass die beiden Geschwister waren, hatte sie bereits erraten. Einer schaute genauso düster drein wie der andere. Aber vorerst fand sie keine Zeit, um sich über diese Unhöflichkeit zu ärgern, weil sie über etwas anderes nachdachte. Wer waren Elizabeth und Helena?

Alec unterbrach ihre Überlegungen, indem er auf die zweite Frau zeigte. »Und das ist nicht zuletzt meine Annie. Komm doch her, Mädchen!«, rief er fast liebevoll. »Du sollst deine neue Herrin kennen lernen.«

Annie näherte sich dem Tisch. Sie war höchstens ein bis zwei Jahre jünger als Jamie, hatte aber noch ein unschuldiges Kindergesicht. Verlegen knickste sie und lächelte, dann fragte sie Alec mit einer hohen Kleinmädchenstimme: »Muss ich sie mögen?«

»Ja.«

»Warum?«

»Weil ich es wünsche.«

»Dann werde ich sie mögen, obwohl sie Engländerin ist«, antwortete Annie. Ihr Lächeln vertiefte sich. »Ich habe dich vermisst, Mylord.«

Ehe er etwas erwidern konnte, eilte sie zum anderen Ende des Tischs und nahm ihren Platz zwischen Marcus und Edith ein.

Jamie beobachtete sie. Offenbar gehörte Annie zu den Menschen, die Zeit ihres Lebens Kinder blieben. Ihr Herz flog dem Mädchen entgegen – und auch Alec, weil er es so freundlich behandelt hatte.

»Ist Annie auch Marcus' Schwester?«, fragte sie.

»Nein, Helenas Schwester.«

»Und wer ist Helena.«

»Sie war meine Frau.« Alec richtete seine Aufmerksamkeit wieder auf Gavin, bevor Jamie weitere Fragen stellen konnte.

Mehrere Dienerinnen eilten geschäftig in die Halle, und Jamies Magen begann zu knurren, als sie die Speisen sah, die sie hereintrugen. Eine große Platte mit Hammelfleisch wurde direkt vor ihr auf den Tisch gestellt. Der Geruch erregte heftige Übelkeit in ihr, und sie musste sich zusammenreißen, um nicht zu würgen. Sie verabscheute Hammelfleisch und rührte es nicht mehr an, seit sie als kleines Mädchen nach dem Verzehr einer verdorbenen Keule krank geworden war. Große gelbe und orangerote Käsestücke wurden angerichtet, Kuchen mit dunkelvioletten Beeren belegt, und braune Brotlaibe, Krüge mit Ale oder Wasser vervollständigten die Mahlzeit.

Alec ignorierte die gedeckte Tafel, bis die Dienerinnen seine Halle verlassen hatten. Als einige Soldaten eintraten, nickte er ihnen kurz zu, dann richtete er weitere Fragen an Gavin. Der Stellvertreter schien ihn zu irritieren. Er gab zwar prompte, aufschlussreiche Antworten, schenkte dem Laird aber nicht seine ungeteilte Aufmerksamkeit. Mehrmals wanderte sein Blick zu Jamie. Diese unbeabsichtigte Beleidigung bewirkte, dass Alecs Stimme einen immer schärferen Klang annahm.

Schließlich erkundigte sich Jamie: »Missfallen dir die Neuigkeiten, Alec?«

»Angus wird vermisst.«

»Angus?«

»Einer meiner Soldaten«, erklärte Alec. »Er nimmt den gleichen Rang ein wie Gavin, hat aber andere Pflichten zu erfüllen.«

»Ist er auch dein Freund?«

Er brach ein Stück Brot entzwei und bot ihr eine Hälfte an, ehe er entgegnete: »Ein guter Freund.«

»Wer ist Elizabeth? Ich hörte, wie du Marcus nach ihr fragtest ...«

»Angus' Frau.«

»Oh, die Ärmste!«, rief Jamie mitfühlend. »Sicher macht sie sich große Sorgen. Wäre es nicht möglich, dass er sich einfach nur verspätet hat?«

Alec schüttelte den Kopf. Er verstand nicht, warum Jamie sich darum kümmerte. Sie kannte den Mann doch gar nicht. Aber aus irgendeinem Grund freute ihn ihre Anteilnahme.

»Mit einer Verspätung würde er mich schwer beleidigen, Frau. Nein, es muss ihm etwas zugestoßen sein.«

»Er ist tot, oder er wäre hier«, warf Gavin ein und zuckte die Achseln.

»Genau«, pflichtete Alec ihm bei.

Die anderen Soldaten hatten aufmerksam zugehört, und nun nickten sie zustimmend. Offenkundig beherrschten sie die englische Sprache ebenso gut wie ihr Laird.

»Ihr könnt nicht wissen, ob er tot ist«, meinte Jamie, der die Kaltblütigkeit dieser Männer geradezu barbarisch erschien. »Es ist herzlos, so über euren Freund zu reden.«

Gavin runzelte die Stirn. »Warum?«

Sie ignorierte die Frage. »Wieso sucht ihr ihn nicht?«

»Einige Soldaten halten in den Bergen nach ihm Ausschau«, erwiderte Alec.

»Morgen werden wir wahrscheinlich seine Leiche finden«, prophezeite Gavin.

»So herzlos können Sie doch nicht sein, Gavin!«, klagte Jamie. »Sie sollten lieber glauben, Ihr Freund wäre in Sicherheit.«

»Sollte ich?«

»Das sollten alle.« Jamie blickte in die Runde. »Man darf die Hoffnung nie aufgeben.«

Alec unterdrückte ein Lächeln. Erst vor einer knappen Stunde hatte sie seine Burg betreten, und schon erteilte sie den Leuten Anweisungen. »Es wäre eine falsche Hoffnung. Du brauchst dich nicht so aufzuregen, Frau.«

Er forderte die Soldaten auf, ihre Meinungen zu äußern. Es gab zwar verschiedene Auffassungen bezüglich der Frage, was ihm widerfahren war, aber in einem Punkt herrschte Einstimmigkeit – Angus war tot.

Während der restlichen Mahlzeit schwieg Jamie und hörte den Männern nur mehr zu. Der Vermisste schien ihnen viel zu bedeuten. Trotzdem gaben sie ihn verloren. Weder Edith noch Annie hatten etwas zu sagen und schauten kaum vom Tisch auf.

Alec berührte den Arm seiner Frau. Als sie ihn ansah, reichte er ihr ein Stück Hammelfleisch, und sie schüttelte den Kopf.

»Nein, danke.«

»Du wirst das essen.«

»Nein.«

Ungläubig hob er die Brauen. Sie wagte es tatsächlich, ihm vor seinen Leuten zu widersprechen.

»Ich mag kein Hammelfleisch«, erklärte sie hastig, sobald sie den Zorn in seinen Augen las. »Aber ich danke dir für das Angebot.«

»Du wirst das essen!«, befahl er. »Nach der anstrengenden Reise musst du sehen, dass du wieder zu Kräften kommst.«

»Ich fühle mich stark genug«, flüsterte sie. »Alec, ich bring einfach keinen Bissen Hammelfleisch hinunter, und ich würde es bestimmt erbrechen. Allein schon vom Geruch wird mir übel. Der Käse und das Brot haben mir gut geschmeckt, aber jetzt bin ich satt.«

»Dann geh jetzt, und nimm dein Bad. Bald bricht die Dunkelheit herein, und die nächtliche Kälte wird dir bis auf die Knochen dringen, wenn du dann noch nicht im Bett liegst.«

»Und du wirst nicht frieren?«

»Nein«, antwortete er grinsend. »Wir Schotten sind aus härterem Holz geschnitzt.«

Jamies melodisches Lachen erregte die Aufmerksamkeit aller Anwesenden. »Du benutzt meine Ausdrucksweise.«

Dazu sagte er nichts, und sie fragte: »Wo soll ich schlafen?«

»Bei mir.« Sein Tonfall verriet, dass er keine Widerworte dulden würde.

»Aber wo, Alec? Hinter dieser Holzwand oder in einem der oberen Räume?« Sie wandte sich zum Balkon, und da stockte ihr Atem. Erst jetzt entdeckte sie die Waffen, die zu beiden Seiten des Eingangs hingen. Am großartigsten war das Schwert, das direkt darüber prangte, mit einem Griff, den rote und grüne Juwelen schmückten. Sie zählte vier weitere Schwerter, dann betrachtete sie die Streitkolben, Keulen und Lanzen.

Er besaß also fünf Schwerter. Wie musste er über sie gelacht haben, als sie sich erboten hatte, ihre mühsam gesparten Shillings auszugeben und eine Klinge für ihn schmieden zu lassen … Zu verlegen, um ihn anzuschauen, starrte sie unverwandt auf die Wand. »Gavin – gehört dieses ganze Arsenal meinem Mann?«

»Aye«, bestätigte Gavin und beobachtete Alecs Reaktion auf Lady Kincaids sonderbares Verhalten. Es musste dem Laird doch auffallen, dass ihre Stimme bebte, dass sich ihre Wangen gerötet hatten.

Langsam verzogen sich Alecs Lippen zu einem Lächeln, als sie sich endlich zu ihm wandte. Sie stemmte die Hände in die Hüften, und Gavin staunte über den Kampfgeist, der plötzlich aus ihren violetten Augen strahlte. Wusste sie denn nicht, welch ein wildes Temperament der Laird hatte? Sicher nicht, entschied Gavin, sonst würde sie es nicht wagen, ihn herauszufordern.

»Gavin!«, begann sie. »In England gehört das Eigentum eines Mannes auch seiner Frau. Ist es hier genauso?«, fragte sie, ohne den Blick von ihrem Mann zu lösen.

»Ja«, entgegnete Gavin. »Warum wollen Sie das wissen, Mylady? Möchten Sie etwas Bestimmtes haben?«

»Ja.«

»Was denn?«

»Das Schwert.«

»Ein Schwert, Mylady?«

»Nicht irgendein Schwert, sondern das über der Tür.« Alle schnappten nach Luft, und Gavins Kinnlade klappte hinunter. »Das – das gehört dem Laird«, stammelte er, »aber Sie können sicher ...«

Alecs Gelächter unterbrach diese Erklärung. »Eine Frau wäre nicht einmal imstande, dieses Schwert zu heben. Jede Frau wäre zu schwach dazu, insbesondere eine, die nicht mal Hammelfleisch essen kann.«

Jamie schenkte ihm ein sanftes Lächeln. »Könnte sie mit ihren armseligen Kräften einen Dolch heben?«

»Natürlich. Aber es wäre nicht schwer, einen Dolch aus ihren kleinen Händen zu schlagen.«

Zustimmend nickte sie, und er war ein bisschen enttäuscht, weil er das Wortgefecht so mühelos gewonnen hatte. Jamie stand auf, verneigte sich vor ihm und ging zu der hölzernen Trennwand. Wohlgefällig beobachtete er ihren anmutigen Hüftschwung, bis er merkte, dass sich auch die anderen Männer daran weideten. Er räusperte sich, um die Aufmerksamkeit der Krieger zu erregen und sein Missvergnügen zu bekunden.

Beinahe war Jamie schon hinter dem Wandschirm verschwunden, als sie über die Schulter rief: »Es sei denn, du schläfst, Alec! Dann wären meine kleinen Hände stark genug, um dir einen Dolch ins Herz zu stoßen, nicht wahr? Gute Nacht, teurer Gemahl! Ich wünsche dir angenehme Träume!«

Sein schallendes Lachen folgte ihr hinter die Holzwand.

»Habe ich das falsch verstanden?«, fragte Gavin. »Oder hat deine Frau soeben gedroht, sie würde dich ermorden?«

»Du hast es nicht missverstanden.«

»Trotzdem lachst du?«

»Hör auf, die Stirn in Falten zu ziehen! Meine Frau würde niemals versuchen, mir etwas anzutun. Das widerspricht ihrem Wesen.«

»So? Sie ist Engländerin, Alec.«

»Wenn du sie besser kennst, wirst du es begreifen.«

»Sie ist sehr schön.« Gavin grinste. »Das konnte mir unmöglich entgehen.«

»Dass dir das nicht entgangen ist, habe ich gemerkt.«

»Nun, es wird lange dauern, bis ich mich an sie gewöhne.« Gavin geriet in Verlegenheit, weil dem Laird aufgefallen war, wie oft er die Lady angestarrt hatte. »Die Männer würden ihr Leben geben, um die Sicherheit deiner Frau zu gewährleisten. Aber ich weiß nicht, ob sie treu zu ihr stehen werden. Immerhin stammt sie aus England.«

»Das habe ich nicht vergessen«, erwiderte Alec. »Ihr Akzent erinnert mich jedes Mal daran, wenn sie den Mund aufmacht. Vielleicht wird es ihr gelingen, das Vertrauen der Leute zu gewinnen. Ich möchte nichts von ihnen fordern.«

»Anfangs fand ich sie eher schüchtern. Aber jetzt kommen mir gewisse Zweifel.«

»Sie ist genauso schüchtern wie ich, fürchtet sich vor fast nichts und spricht freimütig aus, was sie denkt. Gavin, du musst sie beschützen, wann immer ich unterwegs bin. Du darfst sie nicht aus den Augen lassen.«

»Rechnest du mit Schwierigkeiten?«

»Nein. Tu einfach, was ich dir befehle, ohne Fragen zu stellen.«

»Natürlich.«

»Sie soll sich hier möglichst reibungslos einfügen. Allzu stark ist sie nicht. Sie kann nicht einmal den Anblick von Blut ertragen.«

»Oder den Geruch von Hammelfleisch.«

Beide lachten, aber nicht lange. Sobald Alec in die Runde blickte, verstummte sein Gelächter. Alle Soldaten gafften auf die Trennwand. Sie mochten der Frau ihres Lairds nicht trauen, waren aber sichtlich fasziniert.

Jamie ahnte nicht, welche Aufregung sie hervorgerufen hatte. Geduldig wartete sie, während die Dienstboten dampfendes Wasser in die Wanne gossen, beaufsichtigt von einer grauhaarigen Frau mit sanfter Stimme namens Frieda.

Als die Dienerin gehen wollte, erkundigte sich Jamie, wo die Küche sei.

»Weit weg, Mistress.«

»Sie meinen – in einem anderen Gebäude?«

Eifrig nickte Frieda, und der graue Haarknoten auf ihrem Oberkopf wackelte hin und her. »Manchmal ist der Winter so schlimm, dass wir bis zu den Knien im Schnee waten, wenn wir rüber müssen. Und es wird mächtig kalt.«

»Zeigen Sie mir morgen die Küche?«

»Warum wollen Sie die sehen?«

»Ich bin jetzt die Hausherrin. Vielleicht möchte ich einige Neuerungen einführen. Jedenfalls müsste die Küche näher beim Hauptgebäude liegen. Meinen Sie nicht auch?«

»O ja!« Friedas Augen strahlten vor Begeisterung, dann senkte sie die Stimme zu einem Flüstern herab. »Aber an Ihrer Stelle würde ich nicht über Veränderungen reden, zumindest nicht vor Edith. Sie sieht sich gern als Herrin, und sie ist sehr gebieterisch.«

Jamie lächelte. »Auch das werden wir ändern müssen«, erwiderte sie und entnahm Friedas Miene, dass sie eine Verbündete gewonnen hatte.

»Baden Sie jetzt, bevor das Wasser kalt wird«, riet die Dienerin und zog sich zurück.

Während Jamie sich auszog, dachte sie über Friedas Eröffnungen nach. Lautlos stieg sie in die Wanne. Da Alec und seine Soldaten auf der anderen Seite der Trennwand saßen, wollte sie möglichst wenig Geräusche verursachen. Aber als sie den Körper abgeschrubbt und das Haar gewaschen hatte, war sie zu müde, um sich darum zu kümmern, ob man sie hörte oder nicht. Sie nahm ein sauberes Nachthemd aus ihrem Gepäck, schlüpfte hinein und verknotete die hübschen rosa Bänder am Hals. Dann kletterte sie in das riesige Bett.

Es dauerte eine halbe Stunde, bis sie ihr Haar gebürstet und einigermaßen getrocknet hatte. Dabei musste sie immer wieder an Alecs Schwert denken. Sie fand es demütigend, dass er sie lang und breit über die Waffe hatte reden lassen, die jeder Ritter brauche. Trotzdem lächelte sie, denn sie konnte ihm niemals lange böse sein. Als sie sich erinnerte, wie sie ihm empfohlen hatte, bei Daniel Unterricht im Schwertkampf zu nehmen, musste sie sogar leise lachen. Wahrscheinlich glaubte Alec, seine Frau wäre es, die ein Schafsgehirn besaß.

Ihr letzter Gedanke vor dem Einschlafen verwirrte sie, denn sie wünschte, Alec würde zu ihr ins Bett kommen. Der Himmel möge ihr beistehen – sie begann sich in den barbarischen Schotten zu verlieben …

Ich sehe, wie Alec ständig auf den Wandschirm schaut. Diese englische Hexe hat schon jetzt erreicht, dass er sie begehrt. War seine Liebe zu Helena so schwach? Kann er seine erste Frau so leicht ersetzen?

Er denkt nicht an die Lektion. Vielleicht hat er der Engländerin schon sein Herz geschenkt. O Gott, das hoffe ich. Dann wird ihn ihr Tod umso schmerzlicher treffen.

Und ich muss nicht warten, ehe ich sie töte.

Kapitel 10

Das Flüstern weckte Jamie. Zunächst wusste sie nicht, wo sie sich befand. Die Kerzen brannten immer noch und warfen tanzende Schatten auf den Wandschirm. Eine Zeit lang beobachtete sie das Flackern, dann kehrte die Erinnerung zurück.

Wieder wehten die Flüsterstimmen durch die Luft. Als Jamie ein paar Worte verstanden hatte, war sie hellwach und zitterte vor Angst. Jetzt wusste sie, was sie belauschte, die zeremoniellen Worte, die eine Seele ins Jenseits begleiteten.

Offenbar hatte man Angus gefunden. Hastig bekreuzigte sie sich, stieg aus dem Bett und zog einen Morgenmantel an, dann eilte sie an der Trennwand vorbei, um am Gebet teilzunehmen. Wenn sie auch als Außenseiterin betrachtet wurde – sie war Alecs Frau und kannte ihre Pflichten. Wenn ihr Mann von seinem Freund Abschied nahm, musste sie ihm beistehen.

Er hörte ihre Schritte nicht. Während sie zu ihm ging, beobachtete sie den Priester. Auf dem Tisch am anderen Ende der Halle lag eine reglose Gestalt, und davor las der alte Geistliche die Messe. Er trug einen schwarzen, violett eingefassten Ornat, sein Gesicht war so grau wie sein Haar, tiefe Trauer sprach aus seiner Stimme.

Alec stand am anderen Ende des Tisches, an den Längsseiten hatten sich Soldaten postiert, beim Kamin Annie, Edith und eine dritte Frau.

Das muss Elizabeth sein, dachte Jamie und empfand tiefes Mitleid mit ihr. Sie sah Tränen auf den bleichen Wangen glänzen, aber kein Schluchzen war zu vernehmen, und sie bewunderte die Haltung der unglücklichen Frau. Unter solchen Umständen würde sie selbst wahrscheinlich unkontrolliert weinen.

Sie stellte sich hinter Alec und spähte an ihm vorbei auf den Mann, der betrauert wurde. Zunächst glaubte sie, er wäre tot. An den Anblick von Wunden war sie gewöhnt. Deshalb erschrak sie nicht über das grausige Bild, das sich ihr bot. Der Körper war blutüberströmt, und so konnte sie das Ausmaß der Verletzungen nicht genau erkennen. Ein langer, gewundener Schnitt zog sich über die Brust des Kriegers, sein linker Unterarm schien oberhalb des Handgelenks gebrochen zu sein.

Alle Gliedmaßen wiesen ältere Kampfspuren auf, eine große Beule auf der Stirn verlieh seinem kantigen Gesicht ein groteskes Aussehen, und Jamie fragte sich, ob ein Schlag auf den Kopf den Tod herbeigeführt hatte.

Plötzlich verzerrten sich seine Züge – nur ganz leicht, sodass es ihr entgangen wäre, hätte sie ihn nicht so aufmerksam betrachtet. Hoffnung stieg in ihr auf, und sie konzentrierte sich auf den Atem des Kriegers.

Er atmete sehr flach, aber fast lautlos – ein gutes Zeichen, denn wenn der Tod ein neues Opfer beanspruchte, war meistens ein rasselndes Keuchen zu hören.

Es schien eine halbe Ewigkeit zu dauern, bis der Priester seine Gebete beenden würde. So lange wollte Jamie nicht warten. Wenn sie den Verletzten nicht sofort behandelte, würde er zu fiebern beginnen und noch vor dem Morgengrauen sterben.

Sie berührte Alecs Schulter. Sofort drehte er sich um und

trat zur Seite, um ihr die Sicht auf den verwundeten Soldaten zu versperren, nicht allzu erfreut über ihre Anwesenheit.

»Ist es Angus?«, wisperte sie, und er nickte. »Geh wieder ins Bett, Jamie.«

»Er ist nicht tot.«

»Aber er liegt im Sterben.«

»Das bezweifle ich.«

»Geh ins Bett.«

»Alec ...«

»Sofort!«, stieß er hervor, und es erschien ihr vorerst sinnlos, ihm zu widersprechen. Langsam kehrte sie zum Wandschirm zurück und stellte in Gedanken eine Liste von den Gegenständen auf, die sie brauchen würde, um Angus zu retten.

Mehrere Gefäße mit Arzneien in den Armen, eilte sie wieder zu Alec. In einer Tasche ihres Morgenmantels steckte eine Nadel mit Faden, drei weiße Strümpfe hingen aus der anderen. Sie war fest entschlossen, dem Krieger zu helfen, mit oder ohne Zustimmung ihres Mannes. Sie hoffte nur, Alec würde kein allzu großes Aufhebens machen, ehe er nachgab.

Der Priester erteilte Angus seinen abschließenden Segen und kniete nieder. Alec gab seinen Männern ein Zeichen, drehte sich um und warf Jamie versehentlich fast zu Boden. Rasch hielt er sie fest. Sein Gesicht verriet deutlich, wie sehr er sich über sie ärgerte, und sie geriet ebenfalls in Wut. »In England haben wir eine merkwürdige Sitte«, fauchte sie. »Wir betrauern einen Menschen erst, wenn er tot ist, und wir rufen nur dann einen Priester, wenn es keine Hoffnung mehr gibt.« Jetzt hatte sie seine ungeteilte Aufmerksamkeit errungen. »Du kannst nicht wissen, dass Angus sterben wird«, fuhr sie eindringlich fort. »Erlaube mir, nach ihm zu sehen. Wenn der Allmächtige beschlossen hat, ihn zu sich zu nehmen, werden meine Bemühungen ohnehin nichts daran ändern.«

Sie schüttelte Alecs Hand ab und musste lange auf eine Antwort warten. Er starrte sie an, als zweifelte er an ihrem Verstand. Vergeblich versuchte sie sich an ihm vorbeizuschieben. Er versperrte ihr erneut den Weg. »Da ist so viel Blut, Jamie.«

»Ich weiß.«

»Dir wird doch übel, wenn du Blut siehst.«

»Wie kommst du bloß darauf?« Da er nicht auf diese Herausforderung einging, versicherte sie: »Mir wird bestimmt nicht übel.«

»Und wenn doch? Dann wäre ich sehr unzufrieden mit dir.«

Und wenn deine Stimme noch zorniger klingt, wird sie vermutlich einen Blitzschlag auslösen, dachte sie und entgegnete: »Ich werde mich jetzt um Angus kümmern, ob du es gestattest oder nicht. Geh endlich beiseite!«

Er rührte sich nicht von der Stelle. Ihr gebieterischer Ton nahm ihm fast den Atem, und er schien zu überlegen, ob er sie erdrosseln sollte. Vielleicht war es der falsche Weg, dem Laird Befehle zu erteilen, und so versuchte sie es auf andere Weise. »Alec, habe ich dir erklärt, wie du mit den Banditen kämpfen müsstest, die uns auf der Reise überfallen haben?« Diese Frage fand er so lächerlich, dass er stumm blieb, und Jamie gab selbst die Antwort: »Natürlich nicht, weil ich keine Ahnung vom Kämpfen habe. Dafür verstehe ich eine ganze Menge von der Heilkunst. Und deshalb werde ich Angus helfen. Geh jetzt bitte zur Seite, dein Freund hat Schmerzen.«

Diese letzte Bemerkung gab ihm offenbar zu denken. »Wieso kannst du das behaupten?«

»Ich sah, wie sich sein Gesicht verzerrte.«

»Bist du sicher?«

»Völlig sicher!« Ungeduldig fauchte sie ihn an, und er blinzelte verdattert. Würde sie sich vor seinen Augen in eine Tigerin verwandeln? »Also gut, tu, was in deiner Macht steht.«

Seufzend trat sie an den Tisch, stellte ihre Arzneien darauf und beugte sich über Angus, um ihn zu untersuchen. Erbost kehrten die Krieger zu ihrem verletzten Gefährten zurück, und Alec rechnete mit einem Aufstand. Er verschränkte die Arme vor der Brust und ließ seinen Blick über die Gesichter schweifen, die sich alle herausfordernd zu ihm wandten. Offensichtlich erwarteten sie, er würde die respektlose Einmischung seiner Frau unterbinden.

Jamie beachtete die Soldaten nicht. Vorsichtig tastete sie über die Beule auf Angus' Stirn, dann inspizierte sie die Brustwunde. »Genauso, wie ich's mir gedacht habe.«

»Was?«, fragte Alec.

»Es sieht schlimmer aus, als es ist.«

»Also wird er nicht sterben?« Es war der Priester, der diese Frage stellte. Mühsam erhob sich der alte Mann von den Knien und starrte Jamie verdutzt an.

»Immerhin besteht eine gewisse Hoffnung, Vater«, erwiderte sie und hörte eine Frau aufschreien – vermutlich Elizabeth.

»Ich würde Ihnen gern helfen«, erbot sich der Geistliche.

»Das weiß ich zu schätzen.« Sie ignorierte das feindselige Gemurmel der Krieger und wandte sich wieder zu ihrem Mann. »Ich nehme an, du wolltest mit deinen Leuten weggehen, aber ich könnte deinen Beistand gebrauchen.«

»Wir müssen eine Kiste bauen«, erklärte er.

»Eine Kiste.«

»Fürs Begräbnis«, warf der Priester ein.

Jamie blinzelte ungläubig. Am liebsten hätte sie Angus die

Ohren zugehalten, damit er dieses entmutigende Gerede nicht länger mit anhören musste. »Um Himmels willen, wollt ihr ihn noch vor seinem letzten Atemzug beerdigen?«

»Nein, wir warten noch«, entgegnete Alec. »Du glaubst wirklich, dass du ihn retten kannst, nicht wahr?«

»Wie kann ich Ihnen helfen?«, fragte Gavin, ehe Jamie ihrem Mann antworten konnte.

»Ich brauche mehr Licht, Leinenstreifen, einen Kelch und mehrere Schüsseln mit warmem Wasser, außerdem zwei Holzleisten – etwa so breit und so lang.« Sie hob beide Hände, um die Maße zu zeigen.

Falls man ihre Anweisungen für unsinnig hielt, wurde es nicht erwähnt.

»Der Arm ist gebrochen«, bemerkte der Priester. »Wollen Sie ihn abschneiden, Mädchen?«

Ein Soldat hinter Jamies Rücken murrte: »Lieber würde Angus sterben, als seinen Arm zu verlieren.«

»Nein, ich werde ihn nicht abschneiden«, erwiderte sie, »sondern den Bruch einrichten.«

»Das können Sie?«, rief der Priester erstaunt.

Die Krieger traten näher, und Gavin drängte sich zwischen ihnen hindurch zu seiner Herrin. »Hier ist der Kelch mit warmem Wasser, Mylady. Die Schüsseln stehen hinter Ihnen.«

Jamie öffnete einen ihrer Tiegel, zerrieb braunes Pulver zwischen Daumen und Zeigefinger und vermischte es mit dem Wasser im Kelch. Als sich die Flüssigkeit dunkel verfärbt hatte, drückte sie das Gefäß in Gavins Hand. »Bitte, halten Sie das mal.«

Er schnupperte daran. »Was ist das denn, Mylady?«

»Ein Schlaftrunk, der Angus' Schmerzen lindern wird.«

»Er schläft ohnehin schon!«, rief ein anderer Soldat in ärgerlichem Ton.

»Aye, er schläft«, bestätigte jemand. »Das sieht man doch.«

»Er schläft nicht.« Jamie zwang sich zur Geduld. Wenn sie die Hilfe dieser Männer beanspruchen wollte, musste sie erst einmal ihr Vertrauen gewinnen.

»Warum redet er dann nicht mit uns? Warum schaut er uns nicht an?«

»Er hat zu starke Schmerzen. Alec, würdest du seinen Kopf halten, damit er trinken kann?«

Außer Gavin schien er der Einzige zu sein, der ihre Handlungsweise billigte. Er näherte sich dem Tisch und hob den Kopf seines Freundes hoch. Jamie umfasste das Gesicht des Verwundeten mit beiden Händen. »Angus, öffnen Sie die Augen, und schauen Sie mich an!« Dreimal musste sie die Forderung wiederholen, und zuletzt schrie sie beinahe. Endlich gehorchte der Krieger.

Ringsum erklang überraschtes Stimmengewirr.

»Angus, Sie müssen das trinken«, befahl Jamie. »Es wird Ihre Schmerzen mildern.« Eine Zeit lang redete sie auf ihn ein, und schließlich nahm er einen Schluck. Zufrieden atmete sie auf. »Es dauert nur ein bis zwei Minuten, dann wirkt die Arznei.« Sie blickte auf und sah Alec lächeln. »Er könnte immer noch Fieber bekommen und sterben«, wisperte sie, aus Angst, sie würde zu große Hoffnungen wecken.

»Das wird er nicht wagen.«

»Nein?«

»Nicht, nachdem du ihn so angebrüllt hast.«

Jamie wurde rot. »Ich musste die Stimme erheben – um seine Aufmerksamkeit auf mich zu lenken.«

»Ich glaube, jetzt schläft er«, warf Gavin ein.

»Mal sehen ...« Sie neigte sich wieder über Angus.

»Lässt der Schmerz nach?«

Langsam hob er die Lider, und sie sah, dass die Medizin zu wirken begann, denn seine braunen Augen waren glasig geworden. »Bin ich im Himmel?«, flüsterte er heiser. »Sind Sie mein Schutzengel?«

Jamie lächelte. »Nein, Angus, Sie sind immer noch im Hochland.«

Entsetzt hielt er den Atem an. »Allmächtiger! Nicht im Himmel! Ich bin in der Hölle! Welch ein grausames, teuflisches Trugbild! Sie sehen wie ein Engel aus, aber – Sie sprechen wie eine Engländerin!«

Erregt wollte er sich aufrichten. Jamie beugte sich zu seinem Ohr hinab und wisperte auf gälisch: »Seien Sie ganz ruhig, mein Freund, Sie befinden sich in schottischen Händen. Malen Sie sich Ihren nächsten Kampf mit den Engländern aus, wenn Sie das erleichtert, aber sprechen Sie nicht mehr. Lassen Sie sich von der Arznei in den Schlaf lullen.«

Der Akzent, zu dem sie sich zwang, klang in ihren eigenen Ohren grässlich, aber Angus schien er zu besänftigen. Die Augen fielen ihm wieder zu, und er schlief ein. Vielleicht zählt er die englischen Soldaten, die er töten will, dachte sie.

»Was haben Sie ihm gesagt, Mylady?«, fragte ein Krieger über ihrer Schulter.

»Dass er viel zu eigensinnig ist, um dem Ruf des Todes zu folgen.«

»Wieso wissen Sie, dass er eigensinnig ist?«, fragte Gavin verwundert.

»Er ist Schotte, nicht wahr?«

Gavin schaute Alec an, um festzustellen, ob Lady Kincaids Worte als Beleidigung aufgefasst werden sollten oder nicht. Der Laird grinste, also schien die Herrin nur gescherzt zu haben. Die Stirn des blonden jungen Mannes zog sich in Falten. Wie lange mochte es dauern, bis er diese ungewöhnliche

Engländerin verstehen würde? Ihre sanfte Stimme wirkte ebenso täuschend wie ihre äußere Erscheinung. Sie war so zierlich gebaut, reichte nicht einmal bis zur Schulter ihres Gemahls. Und wenn man nicht aufpasste, konnte sie mit diesem weichen Tonfall bewirken, dass man ihr jeden Wunsch erfüllte.

»Ich würde Ihnen auch gern helfen.« Dieses tränenerstickte Angebot kam von Elizabeth. Die blonde Frau stand auf der anderen Seite des Tisches, immer noch verängstigt, aber auch entschlossen.

Zögernd erwiderte sie Jamies Lächeln. »Angus ist mein Mann. Ich tue alles, was Sie mir sagen.«

»Ich bin sehr dankbar für Ihre Hilfe. Befeuchten Sie diesen Lappen, und drücken Sie ihn auf Angus' Stirn.« Jamie gab ihr einen der Leinenstreifen, die Gavin gebracht hatte, dann zog sie die drei Strümpfe aus der Tasche. Einen wickelte sie um die erste der beiden Holzleisten, die inzwischen ebenfalls bereitlagen. Ehe sie damit fertig war, hatte ein Soldat die zweite Leiste umwickelt. Jetzt begannen ihre Hände zu zittern, denn die Aufgabe, vor der ihr am meisten bangte, ließ sich nicht länger hinausschieben – sie musste den Bruch in Angus' Unterarm einrichten. »In England ist es üblich geworden, einen Schwamm mit einem Betäubungsmittel zu tränken und auf die Nase des Mannes zu pressen, den man einschläfern will. Aber von dieser Behandlungsmethode halte ich nichts. Ich hoffe, Angus wird trotzdem fest schlafen.«

»Würde er besser schlafen, wenn Sie den Schwamm benutzten?«, fragte ein Krieger.

Jamie nickte. »Aber er würde vielleicht nicht mehr aufwachen. Und dieser Nachteil wiegt schwerer als alle Vorzüge – meinen Sie nicht auch?«

Eifrig stimmten die Soldaten zu.

»Jetzt musst du mir helfen, Alec, denn dazu fehlt mir die Kraft«, fuhr sie fort. »Gavin, ich brauche lange Leinenstreifen, um die Holzleisten zusammenzubinden.« Sie zog den dritten Strumpf über Angus' geschwollene Hand, schnitt fünf Löcher in die Zehenspitze und bugsierte die Finger hindurch. Immer wieder schaute sie besorgt in das Gesicht des Verletzten, um festzustellen, ob er aufwachte. »Alec, halt seine Hand fest. Gavin, Sie ergreifen den Oberarm. Und jetzt bitte ganz langsam dran zerren, damit ich den Knochen begradigen kann. Elizabeth, jetzt müssen Sie sich abwenden, Sie sollen das nicht sehen.«

Erst nach drei Versuchen war sie zufrieden. Nun fügten sich die Enden des gebrochenen Knochens einwandfrei ineinander. Sie spannte den Arm zwischen die Schienen, und Alec hielt beide fest, während sie die Leinenstreifen darum wand. Dann seufzte sie erleichtert. »So, das Ärgste ist überstanden.«

»Aber die Brust, Mylady«, erinnerte sie der Priester. »Diese tiefe Wunde ...« Von einem Hustenanfall geschüttelt, unterbrach er sich.

»Die sieht schlimmer aus, als sie ist.« Als Jamie um helleres Licht bat, wurde sie fast geblendet von den zahlreichen Kerzen, die von den Soldaten hochgehalten wurden. Sie ließ sich noch einen Kelch mit warmem Wasser geben, streute orangegelbes Pulver hinein und reichte die Mixtur dem verwunderten Geistlichen. »Trinken Sie das, es wird Sie von Ihrem Husten kurieren. Ich glaube, der bereitet Ihnen starke Schmerzen.« Er war sprachlos, völlig überwältigt von ihrer Fürsorge. Vorsichtig nahm er einen Schluck und schnitt eine Grimasse. »Sie müssen alles trinken, Vater!«, befahl Jamie.

Wie ein Kind zauderte er noch eine Weile, dann gehorchte er. Jamie konzentrierte ihre Aufmerksamkeit auf Angus'

Brustverletzung. Getrocknetes Blut und Schmutz verkrusteten den Schnitt. Jamie arbeitete sehr gewissenhaft, denn ihre Mutter hatte ihr eingeschärft, ein winziger Schmutzrest, der in einer Wunde zurückbliebe, könne schrecklichen Schaden anrichten. Nach der gründlichen Säuberung nähte sie die Wundränder mit Nadel und Faden zusammen.

Inzwischen hatte Alec ein Bett in die Halle bringen lassen. Er wusste, Jamie würde ihren Patienten in der Nähe behalten wollen, und Angus' Hütte lag ziemlich weit entfernt.

Während der langen Nacht hatte Elizabeth kein Wort mehr gesprochen. Doch sie beobachtete aufmerksam, was die neue Hausherrin tat. Jamie beachtete sie kaum. Sie hatte sich so lange über den verletzten Krieger gebeugt, dass ihr Rücken heftig schmerzte, als sie sich endlich aufrichtete. Sie schwankte, und ehe sie ihr Gleichgewicht wiedererlangen konnte, wurde sie von einem Dutzend hilfreicher Hände gestützt.

»Elizabeth, würden Sie mir helfen, die Brust Ihres Mannes zu verbinden?«, bat sie, um die unglückliche Ehegattin in das heilsame Werk einzubeziehen.

Eifrig befolgte Elizabeth alle Anweisungen. Als die Aufgabe vollbracht war, trug Alec seinen Freund zu Bett, gefolgt von den beiden Frauen.

»Wenn er aufwacht, wird er höllische Schmerzen haben«, prophezeite Jamie. »Ich fürchte, Sie müssen einen wilden Bären bändigen, Elizabeth.«

»Aber er wird aufwachen.« Ein schwaches Lächeln schwang in dieser Antwort mit.

»Ganz sicher«, bestätigte Jamie. Sie wartete, bis Elizabeth eine Decke über ihren Mann gebreitet hatte, und fragte dann: »Wohin sind Edith und Annie gegangen?«

»In ihre Hütte – um zu schlafen.« Liebevoll strich Elizabeth über die Stirn des Schlafenden. »Ich soll die beiden wecken, wenn Angus – wenn er stirbt.«

Jamie warf Alec einen verwunderten Blick zu.

Plötzlich lenkte Vater Murdock die allgemeine Aufmerksamkeit auf sich. Er saß auf einem Stuhl, den er an den Tisch gerückt hatte, und schnarchte laut. »O Gott!«, murmelte Jamie. »Ich habe vergessen, ihm zu sagen, dass ihn die Medizin müde machen würde.«

»Er kann getrost hier schlafen«, meinte Alec und wandte sich zu Angus' Frau. »Ruh dich jetzt auch aus. Bis zu deiner Rückkehr werden Gavin und ich abwechselnd bei unserem Patienten Wache halten.«

Elizabeths bestürzte Miene zeigte unverhohlen, dass sie ihren Gemahl nicht verlassen wollte. Aber sie nickte und ging zur Tür. Der Gehorsam gegenüber dem Laird ist anscheinend wichtiger als alles andere, dachte Jamie seufzend und berührte Alecs Arm. »Wenn du krank wärst, würde ich nicht von deiner Seite weichen. Wieso kann sie nicht hier schlafen – in einem Sessel oder in einem der oberen Räume?«

Aufatmend drehte sich Elizabeth um. »Oh, das wäre wunderbar!«

Alec schaute von einer Frau zur anderen, dann nickte er. »Hol die Sachen, die du brauchst, und geh nach oben, Elizabeth. Aber denk an deinen Zustand. Angus wird sehr böse sein, wenn er aufwacht und dich völlig erschöpft sieht.«

Förmlich knickste sie. »Danke, Mylord.«

»Marcus!«, rief er. »Begleite Elizabeth zu ihrer Hütte! Sie will ein paar Sachen hierher bringen.«

Jamie stand neben dem Bett und beobachtete den Patienten. Zögernd trat Elizabeth zu ihr. »Ich muss Ihnen danken, Mistress.«

»Sie brauchen Edith und Annie nicht zu wecken.«

»Nein«, stimmte Elizabeth lächelnd zu. Nach einer kleinen Pause fuhr sie fort: »Wenn mein Sohn zur Welt kommt, soll er den Namen des Vaters tragen.«

»Wann wird das freudige Ereignis stattfinden?«

»In sechs Monaten. Und wenn es ein Mädchen werden sollte ...«

»Ja?«

»Dann soll es so heißen wie Sie, Mylady.«

Jamie hätte gelacht, wäre sie nicht zu müde gewesen. »Hast du dieses Versprechen gehört, Alec? Elizabeth scheint nicht zu glauben, dass Jamie ein Männername ist.«

Elizabeth sah Alec an, der das Gesicht verzog, und fragte: »Jamie? Ich dachte, Sie heißen Jane, Mylady.«

Er grinste, und Elizabeth drückte Jamies Hand, um ihr zu bedeuten, dass sie nur gescherzt hatte. Dann verließ sie mit Marcus die Halle.

»Lächelt dieser Mann niemals?«, erkundigte sich Jamie, als sie mit Alec allein war?«

»Wer?«

»Marcus.«

»Nein – niemals.«

»Er hasst mich.«

»Aye.«

Diese prompte Zustimmung trug ihm einen strafenden Blick ein. Jamie mischte eine Arznei, die gegebenenfalls das Fieber senken sollte. Danach fiel ihr ein, dass sie Angus' untere Körperhälfte nicht untersucht hatte. Aus Schicklichkeitsgründen bat sie ihren Mann, diese Aufgabe zu übernehmen, was er bereitwillig tat. Währenddessen schloss sie die Augen.

»Ich kann keine weiteren Wunden finden«, verkündete Alec.

Ihre Erleichterung war nur von kurzer Dauer. Als sie die Lider hob, starrte sie in das belustigte Gesicht ihres Gemahls. »Du errötest, Jamie … Beantworte mir eine Frage – wäre er weiter unten verletzt, was würdest du tun?«

»Ich würde ihn behandeln, mit hochroten Wangen. Bedenk doch, dass ich nur eine Frau bin.«

Sie wartete auf einen Widerspruch, aber er nickte. »Aye, das bist du.« Offenbar wollte er noch etwas hinzufügen, konnte sich aber nicht dazu durchringen.

»Sehe ich sehr hässlich aus, Alec? Ich fürchte schon …«

»Hässlich bist du nie. Aber du siehst grauenhaft aus.«

Weil er lächelte, nahm sie an, dass dies keine Beleidigung sein sollte. Oder doch? Er hatte einen so merkwürdigen Humor. Je länger er sie betrachtete, desto nervöser wurde sie. Schließlich drückte sie ihm den Kelch mit der Arznei in die Hand. »Angus soll das trinken.«

»In den letzten Stunden hast du Befehle erteilt wie ein Kommandant auf dem Schlachtfeld. Und jetzt senkst du schüchtern den Kopf. Warum?«

»Deinetwegen. Wenn du mich so anschaust, machst du mich ganz verlegen.«

»Das ist gut zu wissen.«

»Nein, ganz und gar nicht.« Sie entriss ihm den Kelch, rannte zu Angus und flößte dem schlafenden Mann die Medizin ein.

»In Zukunft sollst du meine Farben tragen, Jamie«, bemerkte Alec.

»Wieso?«

»Weil du jetzt zu mir gehörst«, erläuterte er geduldig.

»Ich trage deine Farben, wenn dir mein Herz gehört, Kincaid, und keine Minute früher. Was hältst du davon?«

»Ich könnte dir befehlen …«

»Aber du wirst es nicht tun.«

Er lächelte. Jamie begann ihn zu verstehen. Und er lernte allmählich ihre Gedankengänge kennen. Die dumme Frau wusste nicht, dass er bereits ihr Herz besaß. »Hast du's ernst gemeint, was du zu Elizabeth sagtest? Würdest du nicht von meiner Seite weichen, wenn ich krank wäre?«

»Natürlich nicht.« Ohne einen Blick über die Schulter zu werfen, fügte sie hinzu: »Grins nicht so selbstgefällig! Jede Frau würde bei ihrem kranken Mann bleiben. Das ist ihre Pflicht.«

»Und du tust immer deine Pflicht?«

»Ja.«

»Ich gebe dir zwei Wochen Zeit zur Besinnung, Jamie. Und dann wirst du meine Farben tragen.« Während er sie beobachtete, gelangte er zu einer seltsamen Erkenntnis. Er wünschte sich ihre Liebe, wenn er auch entschlossen war, dieses Gefühl nicht zu erwidern – aus ganz einfachen Gründen: Ein Krieger liebte seine Frau nicht, er besaß sie. Die Liebe würde eine Ehe nur komplizieren und konnte einen Laird daran hindern, seine Aufgaben zu erfüllen. Nein, er durfte Jamie niemals lieben. Aber er wollte verdammt sein, wenn sie ihm nicht ihr ganzes Herz schenken würde. »Zwei Wochen«, wiederholte er.

»Du bist ziemlich arrogant«, entgegnete sie.

»Freut mich, dass du's gemerkt hast.«

Ehe sie ihren Lachreiz bekämpfen konnte, verließ er die Halle. Seine Soldaten warteten im Hof und an der Außenmauer der Burg, um zu erfahren, wie es ihrem verletzten Freund ging. Ehe sie schlafen gingen, würden sie Angus noch einmal sehen wollen. Das war ihr gutes Recht, und der Laird konnte es ihnen nicht verweigern.

Angus erwachte aus seinem Drogenschlaf, als Jamie gerade die Augen schloss. Sie kauerte am Boden, die Füße unter den Saum ihres Morgenmantels versteckt, das lange Haar auf dem Rücken ausgebreitet. Stöhnend bemühte er sich, seinen pochenden Arm zu bewegen, wollte darüber streichen und den Schmerz wegwischen. Doch das ging nicht, weil seine Hand festgehalten wurde.

Er blinzelte, und da sah er die Frau. Ihr Kopf ruhte neben seinem Schenkel, die Lider waren gesenkt. Wieso, wusste er nicht, aber er glaubte sich zu entsinnen, dass sie violette Augen hatte. Ein klares, leuchtendes Violett ... Sie schien zu schlafen, doch als er seine Hand zu befreien suchte, gelang es ihm nicht.

Soldaten begannen sich in der Halle zu versammeln und erregten seine Aufmerksamkeit. Alle seine Freunde lächelten ihn an, und er tat sein Bestes, um die Grüße zu erwidern. Er hatte Schmerzen, aye, aber die heiteren Gesichter verrieten, dass er nicht sterben würde. Vielleicht waren die Worte der Letzten Ölung, die er vernommen hatte, für eine andere scheidende Seele bestimmt gewesen.

Alec und Gavin standen in der Nähe des Eingangs. Der Laird starrte auf seine Frau, sein Stellvertreter beobachtete die Männer.

Ein magischer Augenblick, dachte Gavin. Die Soldaten waren wie gebannt von dem Bild, das sich ihnen bot. Alle wussten, dass Lady Kincaid den Gefährten vor dem sicheren Tod bewahrt hatte. Und jetzt bestätigte Angus' schwaches Lächeln dieses Wunder.

Die Halle bot nur einem Drittel aller Krieger Platz. Doch als der erste niederkniete und den Kopf neigte, folgten die anderen der Reihe nach seinem Beispiel, bis auch der letzte draußen im Hof auf die Knie fiel. Eine eindeutige Demonstration ihrer Loyalität – und Alec wusste, dass sie nicht Angus galt. Nein. Angus war ihnen gleichgestellt, vor ihm würden sie nicht knien. Mit dieser Geste brachten sie das rückhaltlose Vertrauen zum Ausdruck, das sie Lady Kincaid schenkten, und ihre unwandelbare Treue. Und während sie dieses stumme Gelübde ablegten, schlief die Gemahlin des Lairds.

»Und ich habe behauptet, sie würde sehr lange brauchen, um die Leute für sich zu gewinnen«, flüsterte Gavin. »Dabei hat es nicht einmal einen Tag gedauert.«

Marcus drängte sich mit seiner Schwester Edith in die Halle. Sie warteten neben Gavin, bis Elizabeth sie einholte, die Annie an der Hand führte.

»Siehst du, Annie?«, wisperte sie. »Ich sagte dir doch, dass es Angus besser geht.« Dann ließ sie die Hand des Mädchens los und eilte zu ihrem Mann. Inzwischen hatten sich die Soldaten von den Knien erhoben und gingen langsam am Krankenlager vorbei. »Lady Kincaid hat Angus gerettet«, erklärte Gavin, zu Marcus gewandt. »Dies ist ein Tag der Freude, nicht des Zorns. Warum runzelst du die Stirn?«

»Angus wäre auch ohne Lady Kincaids Hilfe am Leben geblieben. Der Allmächtige hat diese Entscheidung getroffen – nicht die Lady.«

Marcus' scharfe Stimme weckte Alecs Aufmerksamkeit. »Akzeptierst du meine Frau nicht?«, fragte er täuschend sanft.

»Ich akzeptiere sie, weil sie deine Gemahlin ist, und werde sie mit meinem Leben verteidigen, Alec. Aber meine Loyalität wird sie nicht so leicht erringen.«

Annie und Edith, die neben Marcus standen, schauten ebenso finster drein wie er. Und Alecs Antwort galt nicht nur dem Krieger, sondern auch den beiden Frauen: »Ihr alle werdet Jamie willkommen heißen – verstanden?«

Sofort nickten Annie und Edith, aber Marcus gab sich nicht so leicht geschlagen. »Hast du unsere Helena so schnell vergessen, Alec?«

»Fast drei Jahre sind seit ihrem Tod vergangen«, wandte Gavin ein.

»Ich habe sie nicht vergessen«, versicherte der Laird. »Warum hast du dann …?«

»Ich habe wieder geheiratet, um meinem König zu gefallen. Das weißt du verdammt gut, Marcus. Und ehe du meiner Frau den Rücken kehrst, solltest du bedenken, dass auch Jamie diese Ehe nur eingegangen ist, um ihrem König zu gehorchen. Ihr Wunsch war es ebenso wenig wie meiner, aber sie tat ihre Pflicht. Allein schon deshalb solltest du sie respektieren.«

»Sie wollte dich wirklich nicht heiraten?« Annies braune Augen spiegelten ihre Überraschung wider.

»Nein, sie wollte es nicht«, bestätigte Alec. »Und ich bespreche das nur mit dir, weil ich das Andenken deiner Schwester Helena in Ehren halte. Jamie war einem anderen versprochen. Warum hätte sie danach streben sollen, meine Frau zu werden?«

»Dabei muss man auch berücksichtigen, dass die Engländer uns genauso verabscheuen wie wir sie«, ergänzte Gavin.

»Deine Gemahlin weiß nicht, wie glücklich sie ist, Alec«, bemerkte Annie schüchtern.

Ihre Stimme klang so aufrichtig, dass er lächelte. Er ging zu seiner schlafenden Frau, hob sie hoch und drückte sie an seine Brust.

Gavin folgte ihm, um die Wache an Angus' Bett zu übernehmen. »Wie lange wird es dauern, bis deine Lady uns akzeptiert, Alec?«

»Nicht lange«, prophezeite der Laird, trug Jamie zum Bett und rief über die Schulter: »Bald wird sie sich einnisten, Gavin! Du wirst es schon sehen!«

Kapitel 11

In der ersten Woche entfesselte sie beinahe drei Kriege.

Jamie hegte durchaus ehrenwerte Absichten. Sie hatte beschlossen, das Beste aus ihrer Situation zu machen und sich damit abzufinden, dass sie die Gattin eines Lairds war. Und sie wollte ihre Pflicht erfüllen, für das Wohl ihres Mannes und seines Haushalts sorgen. So schwer es Alec auch fallen mochte, sich an die Ehe zu gewöhnen – sie selbst würde alle ihre Aufgaben meistern.

Und sie hoffte, möglichst bald die notwendigen Veränderungen vornehmen und diese Hochländer irgendwann sogar zivilisieren zu können.

Natürlich weigerte sie sich, die Schuld an den Konflikten auf sich zu nehmen. Nein, dafür waren die Schotten und ihre lächerlichen Gebräuche verantwortlich, ihr Eigensinn und vor allem ihr unbeugsamer Stolz. Durfte man ihr denn übel nehmen, dass sie sich nicht zur Vernunft bringen ließ?

Am Tag, nachdem sie Angus vor dem Grab bewahrt hatte, schlief sie bis in den Nachmittag hinein, im Glauben, sie hätte die lange Ruhepause verdient. Doch dann fiel ihr ein, dass Sonntag war. Sie hatte den Gottesdienst versäumt. Selbstverständlich zählte es zu ihren Pflichten, die Messe zu besuchen, und sie ärgerte sich, weil es niemand für nötig gehalten hatte, sie rechtzeitig zu wecken. Nun würde sie einen Shilling ausgeben müssen, um ein Ablassgebet zu kaufen.

Sie zog ein rubinrotes Kleid an und schlang einen Gürtel so locker um ihre Mitte, dass er auf den Hüften saß, wie es der

Mode entsprach. Obwohl sie nie am Londoner Hof gewesen war, so wusste sie doch Bescheid über die Stilrichtungen – wenn sie es auch ziemlich lästig fand, sich darum kümmern zu müssen. Doch die Schotten sollten nicht glauben, sie wäre eine ungebildete Landpomeranze. Als Frau eines Lairds musste sie immer modisch gekleidet sein. Sie bürstete ihr Haar, kniff sich in die Wangen, um ihnen etwas Farbe zu verleihen, und eilte hinter der Trennwand hervor. Sie wollte nach ihrem Patienten sehen, danach den Priester aufsuchen und das Problem ihrer Sünde in seine Hände legen. Bang sah sie der Buße entgegen.

Sie hatte Glück, denn es ging Angus gut, und an seinem Bett saß der Geistliche, der gerade bei ihm Wache hielt. Als sie näher kam, erhob er sich.

»Oh, behalten Sie doch Platz«, bat sie lächelnd.

»Wir wurden noch nicht richtig miteinander bekannt gemacht, Lady Kincaid. Ich bin Vater Murdock.«

Es fiel ihr schwer, ihn zu verstehen. Seine Stimme war so dünn wie sein Haar, und er sprach mit starkem schottischem Akzent. Außerdem hörte sich seine Stimme so an, als müsste er dringend husten. »Hat der Schmerz in Ihrer Brust nachgelassen, Vater?«, fragte sie.

»O ja, Mylady. So gut wie in der letzten Nacht habe ich lange nicht mehr geschlafen. Das lag an Ihrer Medizin.«

»Ich werde eine Salbe mischen, mit der Sie Ihre Brust einreiben müssen. Dann sind wir den Husten am nächsten Wochenende los.«

»Vielen Dank, dass Sie sich solche Mühe mit mir altem Mann geben, Mylady.«

»Ich muss Sie allerdings warnen. Der Gestank dieser Paste wird Ihre Freunde in die Flucht schlagen.«

Er lächelte. »Das stört mich nicht.«

»Hat Angus die letzten Stunden gut überstanden?«

»Jetzt schläft er, aber vorhin musste Gavin ihn festhalten, weil er sich den Verband vom Arm reißen wollte. Vor lauter Sorge wollte Elizabeth Sie sogar wecken, Mylady. Aber Gavin befahl ihr, ins Bett zu gehen.«

Jamie runzelte die Stirn und betrachtete die geschwollenen Finger des gebrochenen Arms, deren Farbe aber keinen Anlass zur Beunruhigung bot. Dann berührte sie die Stirn des Kriegers. »Er fiebert nicht. Ihre Gebete haben ihn gerettet, Vater.«

»Nein, Mädchen«, widersprach der Priester, »Sie waren es, die ihn am Leben erhielt. Gott muss beschlossen haben, Angus noch eine Weile bei uns zu lassen, und in seiner Weisheit schickte er Sie zu uns.«

Verlegen senkte sie den Kopf. »Dann hat er eine Sünderin geschickt«, gestand sie, um die gefürchtete Angelegenheit hinter sich zu bringen, und drückte dem Geistlichen einen Shilling in die Hand. »Bitte, nehmen Sie diese Münze für ein Ablassgebet. «

»Aber Mistress ...«

»Ehe Sie die Buße bestimmen, möchte ich gern die Gründe für mein Versäumnis erklären. Ich wäre sicher zur Messe gegangen, hätte Alec mich rechtzeitig geweckt.« Jamie stemmte die Hände in die Hüften und warf ihr Haar über die Schultern nach hinten – eine Geste, die Vater Murdock bezaubernd fand. »Und wenn ich es recht bedenke, ist es eigentlich auch Alecs Sünde – was meinen Sie?« Er fand keine Zeit, um zu antworten, denn sie fuhr bereits fort: »Und je länger ich mir das vor Augen führe, desto fester wird meine Überzeugung, dass Alec Ihnen eine Münze geben müsste. Es ist wirklich nur seine Sünde.«

Vater Murdock hatte große Mühe, diesen Gedankengängen zu folgen, und es kam ihm so vor, als wäre ein Wirbelwind durch die Halle geweht – aber ein Wirbelwind voller Sonnenschein. Am liebsten hätte der Priester laut aufgelacht vor Freude. Die Düsternis, die Alecs Burg seit Helenas Tod erfüllte, würde jetzt verfliegen. Daran zweifelte er nicht. Er hatte in dieser langen Nacht gesehen, wie der Laird seine Frau anschaute – genauso freudig überrascht wie die anderen.

»Nun, Vater?«, fragte sie. »Was halten Sie von meinem Problem?«

»Keiner von euch hat gesündigt.«

»Keiner?«

Vater Murdock lächelte über das Staunen, das er mit seiner Erklärung hervorgerufen hatte. »Sie sind sehr fromm, nicht wahr, Lady Kincaid?«

Es wäre eine schwere Sünde gewesen, den Geistlichen zu täuschen. »O gütiger Himmel, nein! Das dürfen Sie nicht glauben, denn es wäre eine Lüge. Aber unser Priester daheim, nun ja, er ist schrecklich gottesfürchtig, und die Bußen, die er uns auferlegte, waren einfach grauenvoll. Ich glaube, er ging vor allem aus Langeweile so streng mit uns um. Einmal zwang er Agnes, ihr Haar abzuschneiden, und sie weinte eine ganze Woche lang.«

»Agnes?«

»Eine meiner lieben Schwestern.«

»Dann muss sie ja eine schreckliche Untat begangen haben.«

»Sie schlief einmal bei seiner Predigt ein«, vertraute Jamie dem Geistlichen an, und er musste sich sehr beherrschen, um nicht zu lachen.

»Hier sind wir nicht so streng, und ich werde Sie niemals veranlassen, Ihr Haar abzuschneiden, Mylady, das verspreche ich Ihnen.«

»Welch ein Jammer, dass Sie nicht unser Priester waren! Seit Agnes ihr Haar abschneiden musste, kräuselt es sich nicht mehr.«

»Wie viele Geschwister haben Sie?«

»Wir waren zu fünft, lauter Mädchen. Aber Eleanor, die Älteste, starb bereits, als ich erst sieben war. Deshalb erinnere ich mich kaum an sie. Dann kamen die Zwillinge Agnes und Alice, danach Mary, und ich bin die Jüngste. Papa zog uns nach dem Tod meiner Mutter allein auf.«

»Das scheint mir eine wunderbare Familie zu sein. Sind Ihre Schwestern so hübsch wie Sie?«

»Oh, viel hübscher«, erwiderte Jamie. »Meine Mama ging mit mir schwanger, als sie Papa heiratete. Er hatte seine Frau verloren und sie ihren Mann, kurz nach der Hochzeit. Aber für Papa spielte das keine Rolle. Seit ich geboren bin, liebt er mich wie sein eigenes Fleisch und Blut.«

»Ein guter Mensch«, meinte Vater Murdock.

»O ja«, stimmte sie seufzend zu. »Wenn ich von meiner Familie rede, wird mir erst so richtig bewusst, wie sehr ich sie vermisse.«

»Dann wollen wir das Thema wechseln. Bitte, nehmen Sie diese Münze zurück und verwenden Sie sie für einen besseren Zweck.«

»Es wäre mir lieber, Sie würden den Shilling behalten. Die Seele meines Gemahls könnte gewiss etwas Aufmerksamkeit vertragen. Da er ein Laird ist, muss er so manchen Mann im Kampf töten. Bitte, missverstehen Sie mich nicht, Vater. Alec würde niemals grundlos Blut vergießen. Ich kenne ihn zwar nicht so gut wie Sie, aber ich glaube, er sucht nicht absichtlich Händel mit diesem oder jenem Gegner. In meinem Herzen weiß ich, dass er nicht schlecht ist. Bitte legen Sie beim Allmächtigen ein gutes Wort für ihn ein, Vater.«

Alec kam gerade rechtzeitig in die Halle, um mit anzuhören, wie Jamie seinen Charakter verteidigte.

»Sicher ist er nicht schlecht, Mylady, da pflichte ich Ihnen bei.« Der Geistliche hob den Kopf, sah Alecs gequälte Miene und unterdrückte ein Grinsen.

Erleichtert atmete sie auf. »Das freut mich. Es ist zwar schändlich, so etwas zuzugeben – aber ich bin es leid, ständig an meine Seele zu denken. Vater Charles zwang uns, sogar alle Gedanken zu beichten. Und wie ich gestehen muss – manchmal erfand ich ein paar, um den Mann zufrieden zu stellen. Er ist ein höchst gewissenhafter Priester, und wir führten ein sehr ruhiges Leben. Da konnten wir kaum sündigen.«

Vater Murdock hielt diesen Kollegen für einen üblen Fanatiker. »Hier nehmen wir es nicht so genau, Lady Kincaid.«

»Das beruhigt mich. Jetzt, wo ich verheiratet bin, muss ich ja auch noch für die Seele meines Mannes sorgen, und wenn das nicht ausreicht, um mein Haar vor der Zeit grau zu färben ... Vater, ich glaube, wir beide müssten gute Freunde werden. Und damit sollten wir am besten anfangen, indem Sie mich Jamie nennen. Finden Sie nicht auch?«

»Ich finde vor allem, dass Sie ein goldenes Herz haben, Jamie. Und Sie bringen frischen Wind in dieses alte Gemäuer. Den hat es dringend nötig.«

»Aye, Vater, sie hat ein goldenes Herz«, mischte sich Alec ein. »Diesen Fehler muss sie überwinden.«

»Ein gutes Herz ist kein Fehler.« Sie war froh, dass sie bei dieser Äußerung den Priester angeschaut hatte, sonst wäre ihr die Sprache weggeblieben. Entgeistert starrte sie ihren halbnackten Mann an. Als einziges Zugeständnis an die Zivilisation verhüllte ein weißes Hemd seinen kräftigen Oberkörper. Teilweise wurde es von einem Tartan über einer Schulter verdeckt. Dazu trug er einen Faltenrock aus dem gleichen karierten Stoff, in der Taille von einem Gürtel festgehalten. Die schwarzen Stiefel, an abgewetzten Stellen grau, verdeckten nur teilweise die muskulösen Beine. Seine Knie waren nackt wie ein Babyhintern.

Alec glaubte, seine Frau würde jeden Augenblick in Ohnmacht fallen. Er verbarg seinen Ärger und wartete geduldig, bis sie sich von ihrem Entsetzen über seine Kleidung erholt hatte. Dann fragte er: »Wie geht es Angus?«

»Wie, bitte?« Jamie starrte immer noch auf seine Knie.

»Wie geht es Angus?«, wiederholte er etwas lauter.

»O ja, Angus – natürlich.« Sie nickte ein paar Mal. »Es geht ihm gut.«

»Schau mir ins Gesicht, wenn du mit mir redest, Frau.«

Alecs scharfe Stimme verwirrte sie, und sie gehorchte hastig.

Seine Augen verengten sich, als er ihre hochroten Wangen bemerkte. »Wie lange wird es wohl dauern, bis du dich an meinen Aufzug gewöhnt hast?«

Sie hatte ihre Fassung ziemlich schnell wiedergewonnen. »Welchen Aufzug?«

Erbost beschloss er, sie in noch größere Verlegenheit zu bringen. »Frau, du hast mich bereits gänzlich unbekleidet gesehen, und jetzt führst du dich auf ...«

Jamie rannte zu ihm und presste eine Hand auf seinen Mund. »Ich habe deinen nackten Körper gespürt, mein Gemahl, aber nicht gesehen. Das ist ein gewaltiger Unterschied.« Als ihr bewusst wurde, was sie tat, ließ sie ihre Hand rasch sinken und trat zurück. »Du solltest dich in Gegenwart eines Priesters an deine Manieren erinnern.«

Er verdrehte die Augen, und sie nahm an, dass er den Himmel um Geduld anflehte.

»Nun, was wolltest du mir sagen, Alec?«

»Ich will mit Angus sprechen«, erklärte er und ging auf das Krankenbett zu, aber sie versperrte ihm den Weg, die Hände wieder in die Hüften gesetzt.

»Er schläft jetzt. Du kannst dich später mit ihm unterhalten.«

Alec traute seinen Ohren nicht. »Weck ihn!«

»Das hast du vermutlich soeben getan«, murmelte sie.

Er holte tief Luft. »Weck ihn!« Etwas sanfter fügte er hinzu: »Und – Jamie ...«

»Ja?«

»Sag mir nie wieder, was ich tun und was ich lassen soll.«

»Warum nicht?«

»Wie bitte?«

Ehe sie den Mut aufbrachte, ihm zu antworten, rief sie sich sein Versprechen, nie die Geduld mit ihr zu verlieren, ins Gedächtnis zurück. »Warum soll ich dir nicht sagen, was du tun und was du lassen sollst?«

Offensichtlich missfiel ihm diese Frage. Seine Kinnmuskeln spannten sich an und zuckten. Jamie überlegte, ob er schon immer an dieser nervösen Angewohnheit gelitten oder ob er sie erst in jüngster Zeit entwickelt hatte.

»So ist das hier nun mal«, platzte Vater Murdock heraus, stand auf und eilte zu Lady Kincaid. Seine Sorge war begründet. Er kannte Alec schon lange – ebenso den Ausdruck, den er jetzt in den Augen des Lairds sah. Deshalb mischte er sich Jamie zuliebe ein, ehe das Temperament mit ihrem Mann durchging. Sicher würde sie bald lernen, wie gefährlich es war, Zweifel an den Worten eines so mächtigen Kriegsherrn zu äußern. Bis dahin werde ich auf sie aufpassen, beschloss der Priester. »Deine Frau ist noch nicht lange in Schottland, Alec. Es lag sicher nicht in ihrer Absicht, dich herauszufordern.«

Alec nickte, und Jamie schüttelte den Kopf. »Doch, ich wollte ihn herausfordern, Vater – wenn ich auch nicht unverschämt erscheinen möchte. Er soll mir erklären, warum ich ihm nicht sagen darf, was er tun und lassen soll. Er sagt es mir oft genug.«

»Ich bin dein Mann und dein Laird. Genügt dir das?« Die Kinnmuskeln zuckten wieder. Fasziniert starrte sie darauf und überlegte, welche Arznei sie ihrem Mann geben könnte, um ihn von diesem kleinen Gebrechen zu heilen. Aber warum sollte sie sich seinetwegen bemühen, wenn er sie so böse anstarrte?

»Nun?« Drohend trat er einen Schritt auf sie zu.

Statt angstvoll zurückzuweichen, kam sie ihm sogar entgegen. Alec blinzelte verblüfft. Er vermochte erwachsene Männer in die Flucht zu schlagen. Und diese zierliche Frau wagte es, ihm die Stirn zu bieten.

Wieder versuchte der Priester einzugreifen. »Lady Kincaid, wollen Sie ihn unbedingt erzürnen?«

»Er wird nicht die Geduld mit mir verlieren«, erwiderte sie und schaute ihrem Mann fest in die Augen. »Das hat er mir versichert.« Weil sie Alec ansah, entging ihr die erstaunte Miene des Geistlichen. »Und er würde niemals sein Wort brechen.«

Alec fragte sich, ob er sie erdrosseln oder küssen sollte. »Möchtest du, dass ich mein Versprechen bereue, Frau?«

»O nein. Aber deine Einstellung macht mir Sorgen. Wie sollen wir miteinander auskommen, wenn du dich so unnachgiebig zeigst? Ich bin deine Frau. Erlaubt mir diese Position nicht, dir zu sagen ...?«

»Nein!«, unterbrach er mit harter Stimme. »Wenn hier jemand nachgibt – dann du. Habe ich mich klar genug ausgedrückt?«

Sein Blick riet ihr, den Streit zu beenden, doch das widerstrebte ihr. »Eine Ehefrau darf also nie ihre Meinung sagen?«

»Niemals«, bestätigte er seufzend. »Du verstehst noch nicht, wie es hier zugeht, Jamie, und deshalb verzeihe ich dir heute dein freches Benehmen. Aber in Zukunft ...«

»Ich bin nicht frech, ich bemühe mich nur, das alles mit meinem winzigen Gehirn zu begreifen. Erklär mir doch die Pflichten, die ich als deine Frau erfüllen muss. Damit will ich so bald wie möglich anfangen.«

»Du hast keine Pflichten.«

Jamie starrte ihn an, als hätte er sie geschlagen, dann las er hellen Zorn in ihren Augen. Sie war ihm ein Rätsel. Erkannte sie denn nicht, wie rücksichtsvoll er sie behandelte? Offenbar nicht, denn sie widersprach ihm erneut: »Jede Ehefrau hat Pflichten, selbst wenn sie ihre Meinung nicht äußern darf.«

»Du nicht.«

»Nach dem schottischen Gesetz – oder nach deinem?«

»Nach meinem. Die Schwielen an deinen Händen müssen verschwinden. Hier wirst du nicht arbeiten wie eine Sklavin.«

Empört schnappte sie nach Luft. »Deutest du etwa an, ich sei daheim eine Sklavin gewesen?«

»Nein!«

Sie schrie beinahe. »Bin ich dir so unwichtig, dass du mir nicht gestattest, meinen Platz in deinem Haus zu finden?«

Er gab keine Antwort, denn er wusste beim besten Willen nicht, worüber sie sich beschwerte.

Mit einem ohrenbetäubenden Befehl weckte er Angus, den er dann auf gälisch befragte. Der Kopf des verwundeten Kriegers war erstaunlich klar. Seine Stimme klang noch etwas schwach, aber er vermochte präzise zu erklären, was Alec zu wissen verlangte. Als das Verhör beendet war, brachte er ein schwaches Lächeln zu Stande und fragte, ob er an der Jagd teilnehmen dürfe.

Das lehnte Alec grinsend ab. Jamie hörte, wie er erklärte, der Soldat könne in seine Hütte zurückkehren, sobald es ihm besser gehe, und sich von Elizabeth betreuen lassen. Er wandte sich zum Gehen, ohne noch einmal mit seiner Frau zu sprechen, aber sie lief ihm nach. »Alec?«

»Was gibt's?« Unwillig drehte er sich zu ihr um.

»In England gehört es zu den Gepflogenheiten eines Ehemanns, seine Gemahlin am Morgen mit einem Kuss zu begrüßen«, log sie.

»Wir sind nicht in England.«

»So etwas geziemt sich überall.«

»Es geziemt sich, dass eine Frau die Farben ihres Mannes trägt.«

»So ist das also?«

»Ich bin nicht schwerhörig, also solltest du dir's ersparen, die Stimme zu heben.«

Ihre Enttäuschung war offenkundig. Sie sehnte sich nach Zärtlichkeiten, und er beschloss skrupellos, das auszunutzen. Warum hatte er nicht schon früher daran gedacht? Am Wochenende würde sie seine Farben tragen, wenn er sich in der Zwischenzeit weigerte, sie anzurühren.

»Wo soll ich meine Münzen verwahren?«, fragte Jamie.

»Hinter dir auf dem Kaminsims steht ein Geldkästchen. Leg deine Shillings hinein.«

»Darf ich mir ein paar von deinen Münzen nehmen, wenn ich sie brauche?«

»Das kümmert mich nicht«, erwiderte er über die Schulter, bereits auf dem Weg zur Tür.

Ärgerlich starrte sie auf seinen Nacken. Er hielt es nicht einmal für nötig, sich von ihr zu verabschieden. Als er sein Schwert von der Wand nahm, fragte sie sich, was er beabsichtigen mochte. Sobald er die Halle verlassen hatte, eilte sie zu dem alten Priester, der wieder seinen Platz am Krankenlager eingenommen hatte.

»Wissen Sie, wohin er gegangen ist, Vater?«

»Auf die Jagd.«

»Vermutlich nicht, um Wild für unsere Mahlzeiten zu erlegen ...«

»Nein, Mylady. Er macht Jagd auf die Männer, die Angus so zugerichtet haben. Wenn er sie findet – dann gnade ihnen Gott.«

Jamie wusste, dass solche Racheakte in Kriegerkreisen als ehrenwert galten. Trotzdem missfielen sie ihr. Gewalt würde nur immer neue Gewalt erzeugen. Auch in dieser Beziehung würde sie niemals mit ihrem Mann übereinstimmen. Resignierend seufzte sie. »Ich hole Ihnen noch weitere Münzen. Wer weiß, wie viele Ablassgebete er am Ende dieses Tages brauchen wird ...«

Der Geistliche unterdrückte ein Lächeln und überlegte, ob Alec wusste, welch eine gute Wahl er bei seiner Brautschau getroffen hatte. »In unseren Bergen wird sich einiges ereignen«, bemerkte er, als er mit Angus allein war.

»Ganz sicher«, flüsterte der Krieger.

»Hast du mitbekommen, wie Alec und seine Frau sich angeschrien haben?«

»Es war nicht zu überhören.«

»Was hältst du von deiner Retterin?«

»Sie wird ihn verrückt machen.«

»Aye, es ist an der Zeit, dass ein neues Leben beginnt.« Angus nickte. »Kincaid hatte genug Kummer.«

»Er weiß nicht, wie er sie beurteilen soll. Das erkenne ich an der Art, wie er sie anschaut.«

»Wird sie dir jedes Mal eine Münze geben, wenn er sie ärgert, Vater?«

»Ich glaube schon.« Der Priester schlug sich kichernd auf die Knie. »Es dürfte eine Weile dauern, bis sie sich an unseren Lebensstil gewöhnt hat. Und es wird mir ein Vergnügen sein, sie dabei zu beobachten.«

Jamie kam zurück, reichte ihm zwei weitere Münzen und fragte, warum er lächle.

»Ich dachte an all die Veränderungen, mit denen Sie sich abfinden müssen, Mädchen. Es wird Ihnen nicht leicht fallen. Aber Sie werden diesen Clan bald genauso lieben wie ich.«

»Haben Sie schon einmal die Möglichkeit erwogen, dass auch der Clan gewisse Veränderungen hinnehmen müsste?« Jamies Augen funkelten boshaft.

Er glaubte, sie würde scherzen. »Da haben Sie sich ein unerreichbares Ziel gesteckt.«

»So unerreichbar, als wollte ich ganz allein einen riesigen Bären aufessen?«

»Genauso.«

»Ich könnte es schaffen.«

Sofort ging er ihr in die Falle. »Wie denn?«

»Indem ich einen Bissen nach dem anderen verspeise.«

Er brach in lautes Gelächter aus, dem ein Hustenanfall folgte. Jamie lief in ihre Schlafecke, rührte die übelriechende Paste an, die sie dem Priester versprochen hatte, und brachte sie ihm. »Sie müssen die Salbe ein bis zwei Stunden ziehen lassen, ehe Sie Ihre Brust damit einreiben, Vater.«

Stirnrunzelnd nahm er den Tiegel entgegen. »Das stinkt ja wie der Tod.«

»Der Geruch ist unwichtig. Diese Paste wird Sie von Ihrem Husten heilen.«

»Das glaube ich Ihnen, Jamie.«

»Vater? Meinen Sie, es würde Alec etwas ausmachen, wenn ich mich im Oberstock umsehe?«

»Bestimmt nicht. Dies ist jetzt Ihr Heim.«

»Sind die Räume bewohnt?« Als er den Kopf schüttelte, verkündete sie: »Dann werde ich meine Sachen hinauftragen.«

»Das wird Alec nicht gefallen.«

»Ich denke dabei auch an ihn. Hier unten sind wir niemals ungestört. Sicher wird er sich in einem der oberen Räume wohler fühlen. Würden Sie ihn an meiner Stelle danach fragen?«

Diese Bitte konnte er ihr nicht abschlagen. Lady Jamie hatte ein bezauberndes Lächeln. »Gut, das will ich tun.«

Zufrieden blieb er an Angus' Bett sitzen und genoss die beschauliche Ruhe. Beinahe wäre er eingeschlafen, als er von einem lauten scharrenden Geräusch aufgescheucht wurde. Er richtete sich auf und sah, wie Jamie eine große Truhe aus einem Zimmer im Oberstock schleifte. Hastig stand er auf und eilte die Stufen hinauf. »Was machen Sie da?«

»Ich möchte den vorderen Raum benutzen. Da gibt es ein schönes großes Fenster.«

»Aber warum schaffen Sie diese Truhe heraus?«

»Sie nimmt zu viel Platz weg. Bemühen Sie sich nicht, Vater, Sie brauchen mir nicht zu helfen. Ich bin stark genug.«

Er ignorierte diese Prahlerei, und mit vereinten Kräften schoben sie die Truhe ins Nebenzimmer. »Sie hätten das Ding vorher leer räumen sollen«, meinte er.

Jamie schüttelte den Kopf. »Es steht mir nicht zu, sie zu öffnen. Der Inhalt gehört mir nicht, und jeder hat ein Recht auf seine Privatsphäre.«

»Die Truhe war Helenas Eigentum. Ich nehme an, Sie können sie jetzt als Ihres betrachten, Jamie.« Ehe sie darauf antworten konnte, wandte er sich ab. »Jetzt gehe ich besser zu Angus zurück. Ich soll auf ihn aufpassen, bis Gavin mit Elizabeth zurückkommt.«

»Danke für Ihre Hilfe!«, rief Jamie ihm nach, während er die Treppe hinabstieg.

Das Mädchen braucht endlos lange, dachte er eine knappe Stunde später. Immer wieder schaute er zum Balkon hinauf. Was mochte Jamie da oben treiben? Sobald Elizabeth die Halle betrat, beschloss er nachzusehen, womit sich die Hausherrin beschäftigte.

Sie hielt sich immer noch im zweiten Raum auf. Zwei Kerzen brannten, und Jamie kniete vor der Truhe. Sie schloss gerade den Deckel, als Vater Murdock die Schwelle überquerte. »Haben Sie etwas Brauchbares gefunden?«, erkundigte er sich. Sie sah zu ihm auf, und da merkte er, dass sie weinte. »Was ist denn los?«

»Ich bin so albern ... Sie ist tot, und ich habe sie nicht einmal gekannt. Trotzdem trauere ich um sie, als wäre sie meine Schwester gewesen. Würden Sie mir von Helena erzählen, Vater?«

»Das wäre Alecs Aufgabe.«

»Bitte!«, flehte Jamie. »Ich muss wissen, was geschehen ist. Alec hat sie sicher nicht getötet.«

»Großer Gott, nein! Wo haben Sie diesen Unsinn gehört?«

»In England.«

»Helena nahm sich das Leben. Sie sprang von der Klippe oberhalb der Weide in die Tiefe hinab.«

»Könnte sie einen Unfall erlitten haben? Vielleicht ist sie ausgeglitten und hinuntergestürzt.«

»Es war kein Unfall. Sie wurde beobachtet.«

Jamie schüttelte den Kopf. »Das verstehe ich nicht, Vater. War sie so unglücklich?«

Der Priester senkte den Kopf. »Sie muss sehr unglücklich gewesen sein, aber sie verbarg ihre Gefühle. Jetzt weiß ich, dass wir nicht genug auf sie geachtet haben. Annie und Edith glauben, sie hätte den Selbstmord bereits an ihrem Hochzeitstag geplant.«

»Glaubt Alec das auch?«

»Ich nehme es an.«

»Ihr Tod muss ihn tief getroffen haben.«

Vater Murdock stimmte nicht zu, aber in seinem Herzen gab er ihr Recht. Alec weigerte sich immer noch, über Helena zu sprechen, und das wies darauf hin, dass er den Verlust noch nicht überwunden hatte.

»Warum bringt eine Frau all ihren kostbaren Besitz ins Haus ihres Mannes mit, wenn sie freiwillig aus dem Leben scheiden will? Sogar Babysachen hat sie eingepackt. Und schöne Leinenstoffe. Finden Sie das nicht merkwürdig, Vater?«

»Vielleicht war sie nicht ganz klar im Kopf.«

»Das bezweifle ich. Es war kein Selbstmord, sondern ein Unfall.«

»Sie haben ein weiches Herz, Mädchen, und wenn es Sie erleichtert, diese Version für richtig zu halten, werde ich auch daran glauben.«

Er half ihr auf die Beine, und sie blies die Kerzen aus. Dann stieg sie mit ihm die Treppe hinab. »Ich werde jeden Abend für ihre Seele beten, Vater«, versprach sie.

Eine Dienerin rannte in die Halle, entdeckte Jamie und meldete: »Ihre Schwester ist da, Mylady!«

Jamie drückte die Hand des Priesters. »Mary stattet mir einen Besuch ab. Würden Sie mich entschuldigen?« Ehe er nicken konnte, stürmte sie zum Ausgang. »Ich werde sie mit Ihnen bekannt machen!«, rief sie über die Schulter.

Sobald sie ihre Schwester erblickte, erlosch ihr freudiges Lächeln, denn Mary war in Tränen aufgelöst. Jamie hielt vergeblich Ausschau nach Daniel. Offenbar war seine Frau allein hergekommen.

»Wie hast du zu mir gefunden?«, fragte Jamie, nachdem sie ihre Schwester umarmt hatte.

»Du bist es, die sich ständig verirrt – nicht ich.«

»Ich verirre mich nie«, protestierte Jamie. »Hör jetzt zu weinen auf.« Sie merkte, dass sie von einigen Kincaid-Soldaten beobachtet wurden. »Gehen wir spazieren, dabei können wir ungestört reden. Du musst mir erzählen, was dich so bedrückt.«

Mary ließ sich zur Außenmauer der Burg hinabführen.

»Drei von Daniels Männern zeigten mir den Weg hierher«, berichtete Mary, als sie sich gefasst hatte. »Ich behauptete, mein Mann habe mir erlaubt, dich aufzusuchen.«

»Du hättest nicht lügen dürfen. Warum hast du Daniel nicht einfach gesagt, dass du mich sehen willst?«

»Diesem Mann kann man nichts sagen.« Mary wischte über ihre Augen. »Ich hasse ihn, und ich bin ihm davongelaufen.«

»Das meinst du doch nicht ernst!«

»Schau nicht so entsetzt drein. Ich hasse ihn wirklich. Er ist grausam und gemein. Wenn ich dir schildere, was geschehen ist, wirst du ihn auch verabscheuen.«

Sie erreichten eine schmale Maueröffnung und setzten sich auf ein steinernes Sims.

»Sag mir, was passiert ist«, bat Jamie. »Hier sind wir ganz allein.«

»Es ist mir so peinlich. Aber du bist der einzige Mensch, dem ich mich anzuvertrauen wage.«

»Ja?«

»Daniel hat nicht verlangt, dass ich mich ihm hingebe.«

»Nannte er seine Gründe?«

Mary nickte. »Anfangs dachte ich, er wollte nur rücksichtsvoll sein. Er sagte, er würde mir Zeit lassen, damit ich ihn besser kennen lerne.«

»Das war doch sehr nett von ihm«, meinte Jamie und fragte sich, warum Alec nicht so viel Feingefühl gezeigt hatte.

Ihre Schwester brach wieder in Tränen aus. »Zunächst fand ich das auch. Dann erklärte er, ich hätte sein Missfallen erregt, weil ich dich beim Überfall dieser grässlichen Banditen als Schild benutzte. Stattdessen hätte ich dich beschützen sollen.«

»Warum?«

»Weil du die Jüngere bist.«

»Hast du nicht entgegnet, ich sei in solchen Dingen geschickter als du?«

»Das versuchte ich, aber er wollte nicht auf mich hören. Er beleidigte mich, und ich zahlte es ihm mit gleicher Münze heim – das muss ich zugeben.«

»Was sagte er?«

»Dass ich wahrscheinlich kalt wie ein Fisch bin. Alle Engländerinnen seien so.«

»O Mary, das war sehr unfreundlich von ihm.«

»Das ist noch nicht das Schlimmste. Als wir in seiner Burg ankamen, wurde er von einer dicken, hässlichen Frau erwartet, die sich in seine Arme warf. Er tat nichts, um ihren Annäherungsversuch abzuwehren, und sie küssten sich vor meinen Augen.«

»Du hast Recht, Schwesterherz.«

»Inwiefern?«

»Ich verabscheue ihn.«

»Das hab ich dir ja prophezeit. Und was soll ich jetzt machen? Den Heimweg zu Papa kann ich niemals finden, und Daniels Krieger werden mir sicher nicht glauben, wenn ich ihnen einrede, er habe mir gestattet, nach England zurückzukehren.«

»Vermutlich nicht«, stimmte Jamie zu.

»Ich will zu Papa!«

»Ich vermisse ihn genauso, und manchmal habe ich ebenfalls Heimweh.«

»Denkt Alec, du wärst kalt wie ein Fisch?«

Jamie zuckte die Achseln. »Das hat er nicht gesagt.«

»Hat er eine Geliebte?«

»Keine Ahnung. Vielleicht ... O Gott!«, flüsterte Jamie. »An diese Möglichkeit habe ich noch gar nicht gedacht.«

»Darf ich bei dir bleiben?«

»Willst du das wirklich?« Mary nickte, und ihre Schwester fuhr fort: »Als wir unsere Männer zum ersten Mal sahen, dachte ich, Daniel wäre der nettere. Er lächelte dauernd und wirkte so fröhlich.«

»Das fand ich auch. Aber wenn er Recht hat? Wenn ich tatsächlich kalt wie ein Fisch bin? Es gibt Frauen, die nichts spüren, wenn ein Mann sie anfasst. Ich glaube, Tante Ruth war so. Erinnerst du dich, wie garstig sie ihren Gemahl behandelt hat?«

»Sie war zu allen Leuten eklig.«

»Ich weiß, ich bringe dich in Verlegenheit, aber ich frage mich ...«

»Was denn?«

»Sind alle Männer so wie Daniel, oder ist Alec ...? Ach, wie soll ich es bloß in Worte fassen? Jetzt hab ich grässliche Angst vor Daniels Berührung, und das ist ganz allein seine Schuld.«

Jamie wusste nicht, wie sie Mary helfen konnte, aber sie versuchte es. »Ich muss Alec finden, ehe er auf die Jagd geht.«

»Brauchst du seine Erlaubnis, um mich hier zu behalten?«, fragte Mary erschrocken. »Und wenn er es verbietet?«

»Ich benötige seine Erlaubnis nicht«, prahlte Jamie und bemühte sich, ihrer Lüge einen wahrhaftigen Klang zu verleihen. »Aber ich habe etwas anderes mit ihm zu besprechen. Geh in die Halle und warte dort auf mich. Schließ Bekanntschaft mit unserem Priester, Vater Murdock. Runzle nicht die Stirn, du wirst ihn mögen. Er ist ganz anders als Vater Charles. Sobald ich mit Alec geredet habe, komme ich zu dir.«

Jamie schaute ihrer Schwester eine Weile nach, ehe sie vor das Tor trat und zur Straße hinabblickte, um festzustellen, ob Alec und seine Leute bereits aufgebrochen waren. Als sie über die Brücke gehen wollte, versperrten ihr Soldaten den Weg.

»Warum lassen Sie mich nicht vorbei?«, fragte sie den rothaarigen Riesen, der direkt vor ihr stand.

»Wir haben unsere Befehle, Mistress.«

»Und wer hat sie Ihnen erteilt?«

»Laird Kincaid.«

»Oh ...« Jamie versuchte ihren Ärger zu verbergen. »Ist mein Mann schon weggeritten?«

»Nein.« Die Lippen des Kriegers verzogen sich zu einem Lächeln. »Er steht hinter Ihnen.«

Sie drehte sich um und starrte auf Alecs breite Brust. »Du kannst dich an einen ranschleichen wie eine Katze.«

»Wohin wolltest du?«

»Ich habe dich gesucht. Warum müssen mich deine Männer hier festhalten?«

»Um deine Sicherheit zu gewährleisten.«

»In deiner Abwesenheit bin ich also eine Gefangene?«

»Wenn du es so betrachtest …«

»Ich würde nachmittags gern ausreiten. Natürlich würde ich dir versprechen, nicht zu fliehen.«

»Das traue ich dir auch nicht zu.«

»Trotzdem willst du mir verbieten, die Burg zu verlassen? Warum?«

»Weil du dich verirren könntest.«

»Und wenn ich dir schwöre, mich nicht zu verirren?«

Seine Miene verriet unverhohlen, wie dumm er diese Frage fand. Gavin kam heran und führte Alecs Hengst am Zügel. Ehe Jamie erklären konnte, sie habe mit ihrem Mann zu reden, schwang er sich in den Sattel, und sie trat ihm rasch in den Weg. »Mary ist hier.«

»Ich habe sie gesehen.«

»Alec, bevor du aufbrichst, muss ich mit dir über meine Schwester sprechen. Es ist sehr wichtig, sonst würde ich dich nicht belästigen.«

»Ich höre.«

»Wir sollten das unter vier Augen erörtern.«

»Warum?«

Jamie runzelte die Stirn. Dieser unnachgiebige Mann machte es ihr wirklich nicht leicht. Seufzend legte sie eine Hand auf sein Knie. »Du sagtest, du würdest alle meine Wünsche erfüllen, sofern es möglich ist. Und ich verlange sicher nicht zu viel, wenn ich dich um ein vertrauliches Gespräch bitte.«

Während er seine Entscheidung abwog, starrte sie zu Boden. Dann hörte sie, wie er tief Luft holte, und ehe sie wusste, wie ihr geschah, umschlang er ihre Taille und hob sie zu sich aufs Pferd. Der Hengst galoppierte über die Brücke und zur Straße hinab, und Alec zügelte ihn erst, als sie sich ziemlich weit von den Männern entfernt hatten.

Sie waren von Bäumen umgeben, und Jamie schaute sich nach allen Seiten um. Nachdem sie festgestellt hatte, dass sie allein waren, wandte sie sich zu Alec. »Warum wolltest du nicht warten, bevor du mit mir schliefst?«

Auf diese Frage war er nicht vorbereitet.

»Daniel wartet immer noch – aus Rücksicht auf Marys Gefühle«, fuhr sie fort. »Er möchte, dass sie ihn erst einmal näher kennen lernt. Was hältst du davon?«

»Wahrscheinlich begehrt er sie nicht sonderlich, sonst hätte er die Ehe längst vollzogen. Und ich habe dich begehrt. Du mich doch auch?«

»Ja«, gab Jamie zu. »Ich meine – am Anfang nicht, aber ... Hör mal, Alec, wir müssen Marys Probleme lösen, nicht meine.«

Er ignorierte ihre Verlegenheit. »Es hat dir gefallen, nicht wahr?«

Obwohl sie wusste, dass seine Arroganz außer Kontrolle geraten würde, gestand sie die Wahrheit. »Ja.«

»Schau mich an.«

»Lieber nicht ...«

»Ich will es aber.«

Langsam hob sie den Kopf und zwang sich, seinen Blick zu erwidern. Er sah sie erröten, konnte nicht widerstehen und küsste ihre gerunzelte Stirn. »Worüber machst du dir Sorgen?«

»Hat es dir gefallen?«

»Hast du das nicht gemerkt?«

»Daniel behauptet, die Engländerinnen seien kalt wie Fische ...«

Als Alec lachte, schimpfte sie: »Das ist nicht komisch! Würdest du bitte meine Frage beantworten?«

»Welche Frage?«, neckte er sie.

»Bin ich kalt wie ein Fisch?«

»Nein.«

Erleichtert seufzte sie auf. »Ab und zu muss eine Frau solche Worte hören.«

»Möchtest du jetzt mit mir schlafen?«

»Am helllichten Tag? Großer Gott, nein!«

»Wenn du deine Hände nicht wegnimmst, muss ich dich lieben«, erklärte er heiser, und sie merkte, dass sie seine nackten Schenkel umklammerte. Sofort ließ sie ihn los.

»Dann würde es also keine Rolle spielen, ob ich deine Farben trage, wie du es vorgeschlagen hast, oder nicht?«

»Ich habe keinen Vorschlag gemacht, sondern eine Tatsache festgestellt. Ehe ich dich wieder anrühre, wirst du meine Farben tragen. Sonst noch Fragen?«

»Bist du mir böse?«

»Nein.«

»Deine Stimme hört sich aber so an.«

»Hör auf, mich herauszufordern.«

»Hast du eine andere Frau?«

In diesem Augenblick sagte er sich, dass er Jamies Gedankengänge niemals verstehen würde. Sie hatte die absurdesten Probleme. »Würde dich das stören?«

Sie nickte. »Hättest du etwas dagegen, wenn ich mich mit einem anderen Mann einließe?«

»Das würde ich niemals gestatten.«

»Ich würde dir auch keine Liebschaft mit einer anderen erlauben.«

»Du sprichst so, als stündest du auf derselben Stufe wie ich, Frau.«

Jamie wusste, dass sie ihn geärgert hatte, und es drängte sie, die Furchen auf seiner Stirn wegzuwischen. »Du hast meine Frage nicht beantwortet, Alec.«

»Es gibt keine andere Frau in meinem Leben.« Sie lächelte, und er fügte hinzu: »Du bist nicht kalt. Wenn du solche Zweifel hast, beleidigst du mich.«

»Wieso dich?«

»Weil es meine Pflicht ist, heiße Leidenschaft in dir zu erregen. Und du warst doch sehr leidenschaftlich, nicht wahr, Jamie?«

Seine Arroganz tröstete sie irgendwie, wenn sie auch nicht die leiseste Ahnung hatte, warum. »Vielleicht«, flüsterte sie und starrte auf seinen Mund. »Vielleicht auch nicht. Ich fürchte, ich hab's vergessen.«

Da beschloss er, sie daran zu erinnern. Mit beiden Händen umfasste er ihr Gesicht, neigte sich zu ihr, und sie schloss erwartungsvoll die Augen. Seine Lippen pressten sich auf ihre, seine Zunge glitt in ihren Mund, immer wieder – ein sinnliches Ritual, das ihr Herz wie rasend schlagen ließ. Als sie spürte, wie ihr Körper kapitulierte, wollte sie sich losreißen. Doch das verhinderte Alec. Er küsste sie hungrig, bis sie ihre Gegenwehr vergaß.

Und sie sehnte sich nach viel mehr, antwortete auf das Spiel seiner Zunge, erst schüchtern, dann immer kühner. Sie stöhnte, versuchte sich an ihn zu schmiegen. Und da wusste er, dass es an der Zeit war, den Kuss zu beenden. Sonst würde er seine aufgewühlten Gefühle nicht länger kontrollieren können. Seufzend schob er Jamie von sich und musste ihre Hände mit sanfter Gewalt von seinen Schultern lösen. Sie drückte das Gesicht an seinen Hals und rang nach Atem, als wäre sie eine weite Strecke bergauf gelaufen. Und sie merkte, dass auch er kaum Luft bekam. Der Kuss musste ihn genauso erregt haben wie sie.

Doch ihre Hoffnung wurde zunichte, als er erklärte: »Wenn du mir keine albernen Fragen mehr stellen willst, würde ich mich jetzt gern um wichtigere Dinge kümmern.«

Wie konnte er es wagen, nach diesem wundervollen intimen Moment einen so gelangweilten Ton anzuschlagen? »Du brauchst nicht so zu tun, als wäre ich nur ein lästiges Ärgernis.«

»Das bist du aber«, entgegnete er und setzte seinen Hengst in Bewegung. Diese Frau musste endlich lernen, welchen Platz sie in seinem Leben einnahm. Er war ihr Herr, und je eher sie das begriff, desto besser.

»Bist du …?«

»Frag nicht schon wieder, ob ich dir böse bin«, unterbrach er sie mit donnernder Stimme.

Natürlich war er böse. Großer Gott, die Ohren würden ihr noch wochenlang dröhnen. »Schrei mich nicht so an! Ich wollte nur wissen, ob du einverstanden bist, wenn Mary …«

»Behellige mich nicht mit den Problemen deiner Schwester!«, befahl er und fügte etwas leiser hinzu: »Deine Verwandtschaft darf dich jederzeit besuchen.«

An einen Besuch dachte sie eigentlich nicht, aber sie entschied, dass sie für diesen Tag lange genug an seinen Nerven gezerrt hatte. »Es ist so schwierig, deine wechselhaften Stimmungen zu beurteilen«, meinte sie, als sie zur Mauer zurückgekehrt waren. Er stieg ab und half ihr aus dem Sattel. »Alec?«

»Was ist denn jetzt schon wieder?«

»Ich glaube, ich werde jeden Tag der zwei Wochen nutzen, die du mir gegeben hast, bevor ich deine Farben trage. Vielleicht solltest du in dieser Zeit lernen, mich – ein bisschen zu mögen …«

Er umfasste ihr Kinn. »Dich mögen? Sei froh, dass ich dich nicht hasse!« Weil er glaubte, sie wollte ihn wieder einmal herausfordern, waren ihm diese harten Worte entschlüpft. Aber er bereute sie sofort, als er den Schmerz in ihren Augen las.

Abrupt kehrte sie ihm den Rücken. »Ich mag dich auch nicht besonders, Kincaid.«

Alec legte grinsend eine Hand auf ihre Schulter und drehte sie zu sich herum. »Du lügst.«

»Ich lüge nie.«

»Jetzt lügst du, und das merkt man.«

Erbost riss sie sich los und ging über die Zugbrücke. Er schaute ihr nach und überlegte, wie hübsch sie in seinen Farben aussehen würde. Plötzlich wandte sie sich zu ihm. »Du wirst doch auf dich aufpassen?«

Er nickte, um die Angst zu beschwichtigen, die in ihrer Stimme mitschwang. Und dann sagte er, weil er der Versuchung nicht widerstehen konnte: »Ich dachte, du magst mich nicht. Oder hast du dich so schnell anders besonnen?«

»Nein.«

»Warum …?«

»Hör mal, Kincaid, ich habe jetzt keine Zeit für längere Diskussionen.« Jamie lief zu ihm zurück, damit die Soldaten nicht lauschen konnten. »Du willst zu deiner Jagd aufbrechen, und ich muss für Marys Bequemlichkeit sorgen. Ich bitte dich nur, vorsichtig zu sein.«

Inzwischen war er wieder aufs Pferd gestiegen, und sie streichelte sein Knie. Alec bezweifelte, dass ihr bewusst wurde, was sie tat. »Wenn du wütend bist, nennst du mich immer Kincaid.«

»Ich werde nie wütend – nicht einmal, wenn du mir keine Pflichten zubilligst. Darf ich während deiner Abwesenheit neue Regelungen im Küchenbereich treffen? Dann hätte ich eine Beschäftigung. Natürlich sollen andere die eigentliche Arbeit leisten. Ich werde sie nur beaufsichtigen.«

Er hatte nicht das Herz, ihr diesen Wunsch abzuschlagen. »Du wirst keinen Finger rühren?«

»Keinen einzigen.«

»Gut.« Ehe sie ein weiteres Anliegen vorbringen konnte, schob er ihre Hand von seinem Knie und ritt davon, gefolgt von seinen Soldaten. Entschlossen verdrängte er Jamie aus seinen Gedanken und konzentrierte sich auf seine Aufgabe.

Erst wenige Stunden später erinnerte er sich an die Ankündigung seiner Frau, sie würde für Marys Bequemlichkeit sorgen. Offensichtlich plante ihre Schwester einen längeren Besuch. Oder sie wollte für immer bleiben.

Diese Vermutung wurde zur Gewissheit, als Gavin ihm nachritt und meldete, Lady Kincaid gewähre ihrer Schwester Zuflucht. Deren Mann habe vergeblich versucht, Mary zurückzuholen, und seinen Nachbarn den Krieg erklärt.

Alec konnte sich vorstellen, wie erzürnt Daniel war. Er schickte Gavin nach Hause mit dem Auftrag, die Lady im Auge zu behalten, betraute einen erfahrenen Soldaten mit dem Oberkommando während der Jagd und ritt zum Ferguson-Gebiet.

An der Grenze, die beide Ländereien teilte, traf er Daniel. Laird Kincaid war allein gekommen, um seine friedlichen Absichten zu bekunden. Aber sein Freund wurde von einem kleinen, bis an die Zähne bewaffneten Heer begleitet.

Alec zügelte seinen Hengst und überließ es Ferguson, den ersten Schritt zu tun. Lange brauchte er sich nicht zu gedulden, denn Daniel zog sein Schwert und schleuderte es durch die Luft, sodass sich die Spitze direkt vor den Hufen von Kincaids Pferd in den Boden grub. Diese Geste bekräftigte die Kriegserklärung.

Nun erwartete Daniel mit ausdrucksloser Miene, dass Alec die Aktion wiederholen würde. Dann blinzelte er verwirrt, weil sein Gegenüber den Kopf schüttelte. »Du weigerst dich zu kämpfen?«, schrie er. Vor Wut traten die Adern an seinen Schläfen hervor.

»Allerdings.«

»Das kannst du nicht.«

»Soeben habe ich es getan.«

»Was für ein Spiel treibst du mit mir?« Es hörte sich an, als würde Daniel glühende Asche spucken.

»Ich kämpfe nicht in einem Krieg, den ich nicht gewinnen will.«

»Du willst nicht gewinnen? Warum nicht, zum Teufel?«

»Glaubst du wirklich, ich möchte zwei Engländerinnen in meinem Haus haben?«

Diese Frage besänftigte Daniels Zorn ein wenig. »Aber ...«

»Wenn ich siege, würde Mary für den Rest meiner Tage bei Jamie bleiben. Du verlangst zu viel von mir, mein Freund.«

»Also hat Jamie meine Frau nicht mit deiner Zustimmung aufgenommen?« Die Andeutung eines Lächelns erschien auf Daniels Lippen.

»Natürlich nicht!«, stieß Alec hervor.

»Deine Frau hat es gewagt, Mary vor mir zu beschützen. Vor mir! Und das dumme Ding verkriecht sich wie ein Kind hinter Jamies Rücken.«

»Die beiden stammen aus England. Das hast du leider vergessen.«

»Das stimmt«, gab Daniel seufzend zu. »Aber ich will nicht, dass meine Frau sich wie ein erbärmlicher Feigling benimmt. Es ist einfach schändlich, wie sie ihre kleine Schwester ...«

»Sie ist nicht feige, sie wurde zu diesem Verhalten erzogen.

Jamie machte alle ihre Schwestern glauben, sie würde ihnen jederzeit Schutz bieten.«

Daniel grinste. »Alle beide sind schrecklich albern.«

»Aye, und wir sind zu lange befreundet, um diesen Weibern zu erlauben, einen Keil zwischen uns zu treiben. Ich bin nur hergekommen, um dich zu bitten – nein, um zu verlangen, dass du deine Frau aus meiner Burg holst.«

»Ist das ein Befehl?«

»Genau.«

»Und wenn ich lieber kämpfen will?«

»Dazu bin ich bereit. Aber vorher müssen die Bedingungen geändert werden.«

»Inwiefern?«

»Der Sieger nimmt beide Frauen.«

Nun warf Daniel den Kopf in den Nacken und brüllte vor Lachen. Alec hatte ihm geholfen, vor seinen Männern das Gesicht zu wahren und auf einen Kampf zu verzichten, ohne als Verlierer dazustehen. »Niemals würdest du dich von deiner Beute trennen, mein Freund. Aber es erwärmt mir das Herz zu wissen, dass du es mit deiner Frau auch nicht so leicht hast.«

»Sie wird sich schon noch einnisten.«

»Was Mary betrifft, hege ich gewisse Zweifel.«

»Sie braucht nur eine strenge Hand.«

Daniel schickte seine Soldaten weg, ehe er auf Alecs Bemerkung antwortete. »Eine strenge Hand und einen Knebel. Seit wir in meinem Haus angekommen sind, hat sie nicht aufgehört, sich zu beklagen. Sie regt sich sogar darüber auf, dass ich eine Geliebte habe.«

Alec lachte. »In dieser Hinsicht sind sie komisch.«

»Vielleicht lasse ich sie bei Jamie ...«

»Dann bricht ein Krieg aus. Sie gehört zu dir, Daniel.«

»Du hättest die beiden sehen sollen.« Ferguson hob sein Schwert vom Boden auf und steckte es in die Scheide. »Deine Frau stand schützend vor Mary und schleuderte mir eine Beleidigung nach der anderen ins Gesicht. Sie nannte mich sogar ein Schwein.«

»Du wurdest schon mit schlimmeren Schimpfnamen bedacht.«

»Ja, aber nur von Männern, und die blieben nicht lange am Leben.«

»Jamie ist sehr temperamentvoll«, gab Alec lächelnd zu.

»Ich wünschte, ein bisschen was davon würde auf Mary abfärben. Die führt sich auf wie ein verängstigter Hase.«

Um ein wichtigeres Thema anzuschneiden, erklärte Alec: »Als ich über dieses Problem informiert wurde, war ich gerade unterwegs, um Angus' Angreifer aufzuspüren.«

»Ich habe gehört, was geschehen ist. Soll ich dich begleiten? Soviel ich weiß, sind die Bergbarone verantwortlich.« Damit meinte Daniel eine Bande von Männern, die von ihren Clans ausgestoßen worden waren und sich zusammengerottet hatten. Sie wurden Barone genannt, weil die Engländer diesen Titel schätzten und weil er im Hochland als schmachvolle Bezeichnung galt. Diesen Namen fand man passend, denn die Bergbande war wie die Engländer ein übles Gesindel, das ohne Ehre und Gewissen kämpfte.

»Du bist mir willkommen«, erwiderte Alec, »aber zuerst musst du Mary in dein Haus zurückbringen. Wir treffen uns dann am Peak.«

Schweigend ritten sie zu Alecs Burg. Mitten im Hof stand Jamie neben ihrer Schwester. Angesichts der Miene des Lairds erlosch ihr Lächeln.

»O Gott, Daniel sieht aus, als wollte er mich umbringen«, wisperte Mary und rückte näher an ihre Schwester heran.

»Du musst lächeln. Das wird ihn verwirren.«

Alec stieg vom Pferd und ging langsam auf seine Frau zu. Sie holte tief Atem. »Ist deine Jagd beendet?«

Die Frage blieb unbeachtet. »Hast du Lady Ferguson Zuflucht gewährt?«

»Zuflucht? So habe ich es nicht gesehen.«

»Antworte!«

»Mary wollte hier bleiben, und ich erlaube es ihr. Wenn du das Zuflucht nennst – bitte. Ich werde sie stets beschützen.«

Ungläubig hob er die Brauen. »Vor ihrem Ehemann?«

»Aye – weil dieser Mann ein herzloser Rüpel ist.« Jamie warf Daniel einen vernichtenden Blick zu und wandte sich dann wieder zu ihrem Gemahl. »Er hat ihre Gefühle tief verletzt. Was hätte ich denn tun sollen?«

»In Zukunft wirst du dich nur um deine eigenen Angelegenheiten kümmern.«

»Er hat sie grausam behandelt.«

»Aye!«, schrie Mary, vom Kampfgeist ihrer Schwester angesteckt. »Wenn ich nicht hier bleiben darf, werde ich den Rückweg nach England finden.«

»Ich könnte dich sicher hinführen.« Jamie schlang die Finger ineinander und wartete ab, wie ihr Mann diese Drohung aufnehmen würde.

»Dann werdet ihr beide in der Normandie landen«, prophezeite er, starrte Mary an, bis sie eingeschüchtert von ihrer Schwester wegtrat, und zog Jamie in die Arme. Sie versuchte sich loszureißen, wusste aber, dass ihre Mühe zwecklos gewesen wäre. Außerdem hatte sie Vater Murdock auf den Eingangsstufen entdeckt, und ein Mann im heiligen Gewand sollte sie nicht bei einem undamenhaften Gerangel beobachten.

»Ich gehe nicht mit dir, Daniel!«, kreischte Mary.

Die Herausforderung blieb nicht unbeantwortet. Daniel ritt auf sie zu, und ehe sie sich's versah, hatte er sie hochgezerrt und quer über seinen Sattel geworfen, wie einen Sack Hafer. Mary brüllte wie am Spieß.

»Ich kann nicht untätig zusehen, wie er sie so demütigt«, flüsterte Jamie.

»Doch, das kannst du«, erwiderte Alec.

»Unternimm doch etwas!«

»Ich werde mich ebenso wenig einmischen wie du. Mary kommt ohnehin glimpflich davon. Daniel besitzt ein fast so wildes Temperament wie ich, und sie hat Schande über ihn gebracht.«

Unglücklich starrte Jamie ihrem Schwager nach, der mit Mary durch das Tor zur Zugbrücke ritt. »Er wird ihr doch nichts antun?«

Alec fand ihre Angst unvernünftig. »Er wird sie bestimmt nicht verprügeln.«

»Sie hat ihr Pferd vergessen.«

»Das braucht sie nicht.«

»Vielleicht bringe ich's ihr morgen. ... Alec – wenn ich dir davonliefe – würdest du mich auch zurückholen?« Da er keine Antwort gab, fauchte sie: »Natürlich nicht! Ich bin zu unwichtig, was?«

Ohne sie loszulassen, bestätigte er: »Nein, ich würde dich nicht zurückholen.«

Rasch senkte sie den Blick, um ihm nicht zu zeigen, wie weh ihr seine Antwort tat. Spielte es überhaupt eine Rolle, ob er sie heimholen würde oder nicht? Der Mann war ein schottischer Barbar, der ihr nichts bedeuten dürfte.

»Ich würde dir jemanden nachschicken«, fuhr er fort. »Aber da du nicht weggelaufen bist, sind diese Überlegungen müßig, nicht wahr?«

»Ich mag dich immer weniger, Kincaid.«

»Du solltest dein zorniges Temperament im Zaum halten, Engländerin.« Er strich mit einem Finger über ihre Wange. »Mach keinen Ärger während meiner Abwesenheit.«

Mit zärtlichen Abschiedsworten konnte sie wohl nicht rechnen. Er schob sie von sich, ging zu seinem Pferd und stieg auf. Sie starrte ihm nach, als er davonritt, und strich über die Wange, die er berührt hatte. Dann ließ sie hastig ihre Hand sinken. Beinahe verabscheute sie ihn. Beinahe ...

Sie erinnerte sich, dass er ihr erlaubt hatte, Veränderungen in der Küche vorzunehmen. Es war nur eine geringfügige Aufgabe, aber immerhin ein Anfang. Wenn er sah, wie hübsch sie sein Heim gestaltete, würde er ihr bald Vertrauen schenken.

Jamie straffte die Schultern und ging ins Haus.

Kapitel 12

Die Kunde von Lady Kincaids bemerkenswerten Heilkünsten breitete sich wie ein Lauffeuer im Hochland aus. Die Geschichte von Angus' Genesung bedurfte keiner Übertreibung, denn die Wahrheit war eindrucksvoll genug und musste nicht ausgeschmückt werden.

Die Mitglieder des Kincaid-Clans, die das Frühlingsfest in Gillebrids Burg besuchten, erfuhren einen halben Tag, nachdem sie von Angus' Tod gehört hatten, auf welch wunderbare Weise er gerettet worden war. Lydia Louise, seine jüngere Schwester, hatte eben noch verzweifelt geschluchzt, und nun vergoss sie Freudentränen. Schließlich war sie am Ende ihrer Nervenkraft. Man gab ihr starken Wein zu trinken und brachte sie dann ins Bett.

Keiner von den McPhersons erschien zu den Festlichkeiten. Der einzige Sohn des Clanführers, ein drei Monate alter Junge, war so krank und schwach, dass niemand an seinem baldigen Tod zweifelte. Eigensinnig wie der Vater, hatte das Baby plötzlich heftige Abneigung gegen die Muttermilch entwickelt. Wann immer es gestillt wurde, übergab es sich, und schließlich fehlte ihm die nötige Kraft, um an den Brustwarzen zu saugen.

Laird McPherson ergriff die Flucht und suchte Trost in seinen geliebten Wäldern. Wie ein Kind weinte er, denn er erwartete, bei seiner Rückkehr sein Söhnchen begraben zu müssen.

Die Fergusons waren mit den McPhersons gegen die verhassten Fischer, die McCoys, verbündet. Diese Fehde währte nun schon so viele Jahre, dass sich niemand an ihren Beginn erinnerte. Hingegen waren die Kincaids mit den McCoys verbündet, seit ein McCoy-Krieger eine Kincaid-Tochter aus dem Fluss gefischt und vor dem Ertrinken bewahrt hatte. Das Gebot der Ehre verlangte es, dass die Kincaids den McCoys in allen Kämpfen gegen die McPhersons zur Seite standen.

Aber als Lady Cecily McPherson von Lady Kincaids Heilkunst hörte, missachtete sie alle Gesetze des Hochlands. Um ihr Kind zu retten, hätte sie sogar mit dem Teufel einen Pakt geschlossen. Ohne irgendjemanden in ihren Plan einzuweihen, brachte sie das Baby zur Ferguson-Burg und flehte Lady Ferguson um Hilfe an. Mary zeigte großes Verständnis für die Notlage der armen Frau. Und da Daniel noch auf der Jagd nach Angus' Feinden war, brauchte sie ihren Gatten nicht um Erlaubnis zu bitten. Ohne zu zögern, ritt sie mit dem Kind zu Jamie.

Natürlich wussten alle Kincaid-Soldaten, zu wem das Baby gehörte, so wie jeder in den Bergen über die Angelegenheiten aller anderen Leute im Bilde war. Aber niemand teilte der Herrin mit, dass sie den Sohn eines Feindes verarztete. Die Mannen errieten, dass dieser Umstand keine Rolle für Lady Jamie spielen würde. Sie war nur eine Frau und würde ihren Mutterinstinkt wichtiger nehmen als die Kriegsgefahr. Außerdem vermochte sie die Bedeutung einer Clanfehde nicht zu verstehen, und nach der Art und Weise zu urteilen, wie sie bei Angus' Letzter Ölung ihren Willen durchgesetzt hatte, würde sie auch diesmal tun, was ihr richtig erschien.

Aber Gavin ahnte, was geschehen würde, sollte das Baby auf dem Grund und Boden der Kincaids sterben. Nachdem er dem bedauernswerten Kind einen kurzen Blick zugeworfen hatte, hielt er einen Krieg für unvermeidlich. Er befahl seinen

Soldaten, sich für einen Kampf zu rüsten, schickte zwei Boten mit dem Auftrag los, Alec aufzuspüren, und wartete geduldig auf den Angriff der McPhersons.

Vier Tage später lag das Baby lebhaft und kugelrund in Jamies Armen, als die gesamte McPherson-Armee anrückte, um die Herausgabe der Leiche zu fordern.

Gavin gestattete nur dem Laird und zwei Begleitern Zutritt. Zusammen mit Marcus stand er auf den Eingangsstufen.

Gerade hatte Jamie das Kind auf Alecs Bett gelegt, um es schlafen zu lassen. Plötzlich erklangen laute Stimmen im Hof, und sie rannte hinaus, um den Grund der Aufregung festzustellen. Drei Begleiter mit finsteren Mienen näherten sich. Da sie nicht die Kincaid-Farben trugen, mussten sie einem anderen Clan angehören.

»Ich gehe nicht ohne die Leiche!«, brüllte der bullige Mann in der Mitte. »Und wenn ich nach dem Begräbnis wiederkomme, wird das Kincaid-Blut all diese Mauern besudeln.«

»Ist jemand gestorben, Gavin?«, fragte Jamie.

Der stellvertretende Befehlshaber antwortete, ohne sich zu ihr umzudrehen. Offenbar wollte er die Fremden nicht aus den Augen lassen, und das konnte sie ihm nicht verübeln. Die drei sahen so aus, als würden sie jeden Gegner niedermetzeln, sobald er ihnen den Rücken kehrte. »Laird McPherson möchte seinen Sohn holen.«

Gavins ärgerliche Stimme verwirrte Jamie. Sie spürte, welche Spannung in der Luft lag, dann merkte sie, dass die Neuankömmlinge sie ungeniert angafften. Entschlossen straffte sie die Schultern, um dieser Unhöflichkeit zu begegnen.

»Ist das Kincaids Frau?«, bellte der Mann in der Mitte.

»Das ist sie«, bestätigte Gavin.

»Dann muss sie diejenige sein, die meinen Sohn gestohlen hat!«

Konnte dieser Laird nicht sprechen, ohne zu schreien? Jamie konnte kaum glauben, dass das der Vater eines so sanftmütigen Babys war. Seine äußere Erscheinung wirkte nicht sonderlich einnehmend. Die buschigen Brauen verdeckten beinahe seine dunklen Augen, und sie vermutete, dass er genauso unangenehm roch, wie er aussah.

Marcus wandte sich zu Jamie, mit ausdruckslosem Gesicht. »Holen Sie das Kind.«

»Beeilen Sie sich, Frau!«

Jamie wollte gerade ins Haus zurückkehren, als der Laird ihr diesen lautstarken Befehl erteilte. Langsam drehte sie sich um. »Ich werde mir so viel Zeit lassen, wie ich es für nötig erachte.«

»Ich will die Leiche haben!« Er brüllte wie ein verwundeter Bär. Mühsam bezwang sie ihren Zorn. Immerhin hielt der Mann seinen Sohn für tot, und so war es verständlich, dass er über seinem Gram alle Manieren vergaß.

Grabesstille herrschte im Hof, bis Jamie aus dem Haus zurückkam. Eine dicke Wolldecke verhüllte den kleinen McPherson, um ihn vor dem scharfen Wind zu schützen. Das Gesicht des alten Lairds zeigte keine Regung. Jamie trat an seine Seite und zog den Deckenzipfel vom Gesicht des Babys.

»Geben Sie mir meinen Sohn!«

»Sie werden jetzt sofort zu brüllen aufhören, Mylord«, erwiderte sie sanft. »Wenn Sie das Kindchen wecken, nachdem ich es mühsam in den Schlaf gelullt habe, mache ich Ihnen die Hölle heiß – verstanden?«

»Das Kindchen wecken?«

»Ich sagte doch, Sie sollen nicht so brüllen.« Jetzt fing Jamie beinahe selber zu schreien an, was sie sofort bereute, denn das Baby öffnete die Augen und wand sich unruhig in ihren

Armen. Beschwichtigend lächelte sie es an, dann schaute sie wieder zu seinem Vater auf. »Da sehen Sie, was Sie angerichtet haben! Jetzt ist das Baby wach.« Sie drückte es an ihre Schulter und klopfte ihm behutsam auf den Rücken. Sofort rülpste es laut und vernehmlich. »Das ist aber ein braver Junge!«, lobte sie und küsste das kahle Köpfchen. Vorwurfsvoll starrte sie den Laird an. »Nie werde ich begreifen, warum der Allmächtige ausgerechnet Sie mit einem so lieben Sohn gesegnet hat. Gerade hat er sein Mittagsmahl zu sich genommen, und wenn Sie ihn so aufregen, wird er es ausspucken.«

McPherson schluckte und sagte nichts. Widerstrebend gab sie ihm das Baby und sah, dass seine Hände zitterten. »Bevor Sie uns verlassen, muss ich Ihnen noch ein paar Anweisungen geben«, erklärte sie.

Er schwieg immer noch. Blinzelnd betrachtete er seinen Sohn und rang nach Fassung. Natürlich durfte er keine Freude zeigen, denn das würde ihn in den Augen der Kincaids herabwürdigen. Aber der Anblick, der sich ihm bot, verlangte sehr viel von seiner Selbstbeherrschung. Der Kleine rülpste noch einmal laut in der tiefen Stille, dann lächelte er liebreizend, als spürte er die Gefühlskämpfe seines Vaters und wollte sie auf eine zusätzliche Probe stellen.

»Er ist nicht tot!«

»Und er wird noch lange am Leben bleiben, wenn Sie ihn nicht mit Ihrem Geschrei umbringen«, erwiderte Jamie. »Und jetzt hören Sie bitte zu, Sir. Sagen Sie Ihrer Frau, sie darf ihn nur mit Ziegenmilch füttern.«

»Das werde ich nicht tun!«

Blitzschnell riss sie ihm das Baby aus den Armen.

»Dann müssen Sie ohne Ihren Sohn heimreiten, McPherson. Sie werden ihn nicht mit Ihrer Ignoranz töten. Kommen

Sie wieder, wenn er alt genug ist, um sich selber seiner Haut zu wehren.«

Verblüfft riss er die Augen auf, schaute zu Gavin hinüber und wandte sich dann wieder an Lady Kincaid. »Geben Sie ihn her!«

»Nur wenn Sie versprechen, dass er ausschließlich Ziegenmilch trinken wird.«

»Er kriegt die Milch von seiner Mama, Frau!«

»Diese Milch mag er nicht.«

»Haben Sie soeben meine Gemahlin beleidigt?«

Jamie wünschte, sie hätte die Kraft, um ein bisschen Verstand in den alten Mann hineinzuprügeln. »Ich erkläre Ihnen doch nur, welche Regeln Sie befolgen müssen, um das Baby am Leben zu erhalten. Also – habe ich Ihr Wort?«

Er nickte stumm, und sie reichte ihm seufzend das Kind. »Sie sind der undankbarste Mensch, der mir je begegnet ist.«

»Undankbar?«

Jetzt brüllte er wieder. Erbost stemmte Jamie die Hände in die Hüften. »Aye, undankbar! Sie sollten mir versichern, dass Sie meine Hilfe zu schätzen wissen, statt mich anzuschreien.«

Seine Augen verengten sich zu Schlitzen, und sie merkte, wie tief sie seinen Stolz verletzt hatte, begriff aber nicht, warum.

»Sie müssen sich bei mir entschuldigen, weil Sie meinen Sohn aus meinem Haus geholt haben!«, donnerte er. »Und wenn Sie sich weigern, erkläre ich Kincaid den Krieg!«

»Sie werden bestenfalls einen Tritt in den Hintern bekommen, wenn Sie mir keine Achtung erweisen!«, schrie Jamie zurück.

»Sie haben mir mein Kind weggenommen!«

Sein Pferd war genauso widerwärtig wie der Reiter. Als er die Zügel lockerte, versuchte es nach Jamies Schulter zu schnappen, und er schien das Biest ebenso wenig im Zaum halten zu wollen wie sein Temperament. »Sie werden sich entschuldigen!«

»Wie können Sie es wagen, so etwas zu verlangen?«, entgegnete Jamie und schlug nach dem Pferd. »Ich habe Ihren Sohn nicht aus Ihrem Haus geholt, und das wissen Sie sehr gut. Sie können hier warten, bis Sie schwarz werden – ich entschuldige mich niemals!« Das Baby begann zu weinen, und sie fuhr mit etwas leiserer Stimme fort: »Bringen Sie den Kleinen zu seiner Mama, und lassen Sie sich erst wieder hier blicken, wenn Sie bessere Manieren gelernt haben.«

Nur um ihr zu trotzen, hielt er die Zügel noch lockerer. Der Hengst versuchte erneut, in Jamies Schulter zu beißen, und sie gab ihm einen noch heftigeren Schlag.

»Habt ihr das gesehen?«, brüllte McPherson. »Kincaids Frau misshandelt mein Pferd! Die Frau eines Mannes darf man beleidigen – aber sein Pferd zu schlagen ...«

»Verschwinden Sie endlich, bevor ich Sie schlage!«, fiel Jamie ihm ins Wort.

Als der Soldat zur Linken des Lairds nach seinem Schwert griff, zog sie ihren Dolch aus dem Gürtel und zielte damit auf den Soldaten. »Lassen Sie die Waffe los, sonst steckt diese Klinge in Ihrem Hals, ehe Sie den nächsten Atemzug tun können. Und falls ich Sie nur verletze, werde ich Sie nicht kurieren.«

Der Krieger zögerte nur kurz, dann gehorchte er. Jamie nickte. »Und jetzt verschwinden Sie hier alle!«, rief sie, während sie ihren Dolch wieder in den Gürtel schob. Plötzlich fühlte sie sich sehr müde. Schon lange war sie nicht mehr in solche Wut geraten, und sie schämte sich ein wenig für ihr

Benehmen. Glücklicherweise hatten außer den McPhersons nur Gavin und Marcus beobachtet, wie sie aus der Rolle gefallen war.

Natürlich trug nur Laird McPherson die Schuld daran. Der Mann verfügte über die Manieren eines Höhlenbewohners und vermochte sogar einen Heiligen bis zur Weißglut zu reizen.

Sie hielt es für ratsam, den Rückzug anzutreten. Ohne ein weiteres Wort an die McPhersons zu verschwenden, wollte sie ins Haus gehen. Aber als sie sich umdrehte, erstarrte sie beim Anblick eines Kincaid-Soldaten. Da standen sie in Reih und Glied, zum Kampf gerüstet. Und in ihrer Mitte Alec ... Offenbar hatte er die unerfreuliche Szene im Hof verfolgt. Jamie war so zerknirscht, dass sie am liebsten kehrtgemacht hätte, um nach England zu laufen.

Alec hatte die Arme vor der Brust verschränkt, und seine Miene verhieß nichts Gutes. Trotzdem glaubte sie vorerst nichts befürchten zu müssen. Wenn er sie umbringen wollte, würde er das nicht vor aller Augen tun. Sie war zu unwichtig, als dass er ihretwegen ein Spektakel veranstaltet hätte. Wahrscheinlich würde er sie noch eine Weile am Leben lassen.

Er sagte kein Wort, als sie zu ihm ging, schob sie hinter seinen Rücken und trat einen Schritt hervor. Sofort wurde Jamie von seinen Kriegern umringt. Sie versperrten ihr die Sicht, und es nützte ihr auch nichts, sich auf die Zehenspitzen zu stellen und über Marcus' Schulter zu spähen.

Zornige Worte flogen wie Pfeile zwischen den beiden mächtigen Clanführern hin und her. Verblüfft hörte Jamie, wie Alec sie verteidigte. Er fühlte sich tief beleidigt, weil ein McPherson es gewagt hatte, in Lady Kincaids Gegenwart seinen Schwertgriff zu berühren. Sie schickte ein stummes

Dankgebet zum Himmel, weil sein Zorn ausnahmsweise einmal nicht ihr galt.

Erneut brüllte McPherson das verhasste Wort »Krieg«, und Alec stimmte begeistert zu.

O Gott, was hatte sie getan?

Niemals würde Alec glauben, dass sie diese Entwicklung nicht verschuldete. Hätte sie ihre Wut bezähmt, wäre es ihr vielleicht gelungen, das Schlimmste zu verhindern.

Die Soldaten entfernten sich erst von ihr, als die McPhersons die Burg verließen. Jamie beschloss zu verschwinden, ehe ihr Mann seine Aufmerksamkeit auf sie richtete. Selbstverständlich wollte sie nicht vor ihm fliehen. Sie brauchte nur etwas Zeit, um ihre Gedanken zu ordnen. Wenn sie Glück hatte, würde sie nur ein bis zwei Tage dafür benötigen.

Sie eilte zur Eingangstreppe und wollte hinaufsteigen, doch da wurde sie unsanft am Arm gepackt und herumgerissen. Da Marcus und Gavin zuschauten, wollte sie lächeln, besann sich aber anders, als sie Alecs Gesicht sah. »Würdest du bitte eine Erklärung abgeben?« Seine Stimme klang wie das Gähnen eines Löwen.

»Lieber nicht«, entgegnete Jamie.

Diese Antwort missfiel ihm sichtlich. Die Muskeln in seinem Kinn bebten, der Griff um Jamies Arm verstärkte sich. Obwohl sie beschlossen hatte, seinen Blick zu erwidern und keine Angst zu zeigen, hielt sie es nicht einmal bis zu ihrem ersten Wimpernzucken durch. »Das Baby war krank«, teilte sie ihm mit.

»Und?«

»Ich habe es gesund gepflegt.«

»Wie kam McPhersons Sohn hierher?«

»Das habe ich mich auch schon gefragt.«

»Sprich, verdammt noch mal!«

Jamie versuchte ihn zu beschwichtigen, ohne eine direkte Antwort zu geben. »Alec, ich wollte doch nur Gutes tun. Selbst wenn ich gewusst hätte, dass dieses liebe kleine Kind einem so grässlichen alten Ekel gehört, hätte ich es kuriert. Es stand solche Qualen aus. Hätte ich ihm den Rücken kehren sollen?«

»Ich habe dich etwas gefragt.«

»Du würdest mit Mary schimpfen, wenn ich's dir sage ...«

»Mary hatte also ihre Hand im Spiel?« Alec schüttelte den Kopf. »Das dürfte mich nicht überraschen.«

»McPhersons Frau kam mit dem kranken Baby zu Mary und bat um Hilfe. Und meine Schwester brachte es zu mir.«

Endlich ließ er ihren Arm los, und sie widerstand dem Impuls, die schmerzende Stelle zu reiben. »Bist du jetzt böse auf Mary?«

Er würdigte sie keiner Antwort. Gavin schaute sie mitfühlend an, dann wandte er sich zu Alec. »War Daniel darüber informiert?«

»Er konnte nichts wissen, weil er mit mir auf der Jagd war. Wenn er danach sofort nach Hause ritt, müsste er es inzwischen herausgefunden haben. Hoffentlich hält er Mary künftig hinter Schloss und Riegel.«

»Sie hat ein gutes Herz«, verteidigte Jamie ihre Schwester. »Daniel kann ihr nicht grollen – wo sie doch nichts weiter verbrochen hat, als einem kranken Kind zu helfen!«

Alec ignorierte ihre Worte. »Du darfst dich jetzt ins Haus zurückziehen.«

Seine Gefühlskälte bedrückte sie, obwohl sie mittlerweile daran gewöhnt sein müsste. Vier Tage und vier Nächte war er nicht daheim gewesen, und sie hatte ihn kein bisschen vermisst. »Ich bin noch nicht bereit, hineinzugehen«, entgegnete sie, worauf Gavin und Marcus zusammenzuckten. Hingegen wirkte Alec weniger erstaunt als resigniert. »Vorher muss ich dir eine Frage stellen«, fuhr Jamie fort.

Er seufzte ungeduldig. »Marcus, schick ein paar Männer los, sie sollen McPherson bis zur Grenze folgen. Also, was willst du wissen, Frau?«

»Ob deine Jagd gut verlaufen ist.«

»Ja.«

»Du hast also Angus' Angreifer gefunden.«

»Aye.«

»Und?«

»Was – und?«

»Musstest du jemanden töten?«

Eine so lächerliche Frage hatte er noch nie gehört. Jamie sprach im Flüsterton und warf Gavin einen unsicheren Blick zu.

Alec wusste nicht, was er von seiner Frau halten sollte. Anscheinend empörte sie sich über ihn. Aber er fand ihre Gedankengänge einfach zu unlogisch, um sich damit zu befassen. Trotzdem erschien sie ihm reizvoll wie eh und je. Die viertägige Trennung war ihm wie eine halbe Ewigkeit vorgekommen. Als er sich das eingestand, wurde seine Laune noch schlechter. Sie trug immer noch ihre englische Kleidung – diese Sünde hatte er sofort bemerkt. Und sie war offenbar so eigensinnig wie zuvor. Vielleicht noch mehr. »Sechs oder sieben«, erwiderte er in hartem Ton. »Möchtest du erfahren, wie ich sie umgebracht habe?«

»Nein, du unmöglicher Mensch! Mich interessiert nur die Anzahl. Waren es sechs oder sieben?«

»Wie soll ich mich an so etwas erinnern?«, rief er ungehalten. »Ich musste kämpfen und hatte was anderes zu tun, als die Leichen zu zählen.«

»Das hättest du aber tun müssen. In Zukunft werde ich dich darum bitten. Wenigstens diesen Gefallen kannst du mir erweisen.«

»Warum verlangst du das?«

»Weil ich nur mehr acht Shillings besitze.«

Er hatte keine Ahnung, wovon sie redete, aber das überraschte ihn nicht. Er wusste nie, was sie meinte. Aber angesichts ihrer bleichen Wangen fiel ihm immerhin ein, dass sie jede Art von Blutvergießen hasste. Offenbar wollte sie nicht, dass er jemanden tötete. Bei diesem amüsanten Gedanken musste er lächeln. Vermutlich hatte er nicht nur sechs oder sieben Mann umgebracht, sondern doppelt so viele. Es war ein wilder Kampf gewesen. Doch das verriet er Jamie nicht.

»Du lächelst, Alec. Bedeutet das vielleicht, dass du wieder einmal zu scherzen beliebst?«

»Ja«, log er.

Skeptisch schaute sie ihn an, dann raffte sie ihre Röcke und eilte ins Haus.

»Alec, was glaubte sie denn, was bei der Begegnung mit unseren Feinden geschehen würde?«, fragte Gavin.

»Ich habe keinen blassen Schimmer.«

Gavin unterdrückte ein Grinsen. »Übrigens, Franklin ist unseren Leuten entgegengeritten, die sich auf dem Heimweg von Gillebrids Burg befanden. Sie müssten spätestens morgen Nachmittag hier eintreffen. Ein paar Harolds kommen mit, um dir ihre Aufwartung zu machen.«

»Verdammt, die wollen nur meine Frau angaffen!«, stieß Alec hervor.

»Natürlich«, stimmte Gavin lächelnd zu. »Ihre Schönheit ist bereits Legende – und ebenso interessant wie Angus' wundersame Genesung. Bald wird jeder, der an irgendwelchem Wehwehchen leidet, auf deiner Schwelle kampieren.«

»Wie geht es Angus?«

»Mittlerweile ist er brav und fügsam.«

»Was heißt das?«

»Er möchte sich wieder seinen Pflichten widmen. Deine Frau ertappte ihn, als er seine Hütte verließ. Elizabeth hatte sie um Hilfe gebeten.« Gavin lachte laut auf, ehe er fortfuhr: »Angus' Geschrei drang bis hier herauf, und als ich zu ihm lief …«

»Er hat Jamie angeschrien?«

»Mit gutem Grund. Sie nahm ihm sein Schwert weg.«

Alec hob die Brauen. »Dann hatte er allerdings einen Grund. Konnte er sich behaupten?«

»Sie erhob kein einziges Mal die Stimme, aber ein paar Minuten später lag er wieder im Bett.«

Alec ging zum Stall, die Hände hinter dem Rücken verschränkt, und Gavin folgte ihm. »Ich traue Harolds Männern nicht, schon gar nicht seinen Bastarden.«

»Du meinst die Zwillinge?«

»Justin wird Ärger machen. Er ist daran gewöhnt, sich einfach zu nehmen, was er haben will.«

»Glaubst du, er würde sich an die Ehefrau eines anderen heranmachen?«

»O ja. Der Mann hat schon mehr Bastarde gezeugt als der englische König.«

»Da er gut aussieht, liegen ihm alle Frauen zu Füßen. Seltsam, dass Philipp, der ihm wie aus dem Gesicht geschnitten ist, einen ganz anderen Charakter besitzt. Er ist viel zu schüchtern, um sich an das weibliche Geschlecht heranzuwagen.«

»Ihm traue ich auch nicht über den Weg«, murmelte Alec, und Gavin lächelte.

»Deine Lady scheint dir viel zu bedeuten.«

»Sie ist mein Eigentum. Niemand außer mir darf sie beleidigen.«

»Hier im Haus hat sie's nicht leicht. Die Aufgabe, die du ihr zugebilligt hast, hilft ihr zwar ein wenig, aber Edith macht ihr das Leben ziemlich schwer. Sie widerspricht jedem Befehl, den Jamie erteilt. Und Annie redet nicht einmal mit deiner Frau. «

Alec gab keine Antwort, denn er sah Jamie die Eingangsstufen herablaufen. »Wohin willst du?«, rief er.

»Zum Schmied!« Sie bog um eine Ecke und verschwand.

Seufzend schüttelte er den Kopf. »Das dumme Ding rennt in die falsche Richtung.«

Kichernd berichtete Gavin: »Sie hat mich gebeten, ihr noch mehr Aufgaben anzuvertrauen. Natürlich kann ich ihr nicht gestatten, schwere Arbeit zu leisten, zum Beispiel Steine zu schleppen. Aber in der Küche ...«

»Wovon redest du?«, unterbrach Alec seinen Stellvertreter, der verwirrt die Stirn runzelte.

»Du hast ihr doch erlaubt, einige Veränderungen in der Küche vorzunehmen.«

»Mag sein, in einem schwachen Augenblick. Aber sie kann nicht länger als eine Stunde gebraucht haben, um ihre neuen Regelungen zu treffen ...«

»Eine Stunde?« Gavin brach in schallendes Gelächter aus. »Du wirst Augen machen. Nun, vielleicht bist du sogar angenehm überrascht.«

Vater Murdock eilte mit wehender schwarzer Kutte auf den Laird zu. »Alec, kann ich kurz mit dir sprechen?« Sofort versuchten sich Alec und Gavin in den Windschatten des Priesters zu stellen. Der Gestank, den er verströmte, trieb ihnen das Wasser in die Augen. Aus Hochachtung vor dem alten Mann erwähnte Alec nichts davon. Gavin war weniger taktvoll. »Großer Gott, Vater, was hast du denn angestellt? Du riechst wie ein Saustall.«

Der Geistliche war nicht beleidigt. Lachend nickte er. »Ja, mein Junge, ich stinke abscheulich, aber ich fühle mich so wohl wie seit Jahren nicht mehr. Jamie gab mir eine Salbe für meine Brust, und jetzt bin ich meinen Husten beinahe los.«

Er trat einen Schritt vor, und Alec hielt die Stellung, aber Gavin wich hastig zurück. »Genug von meinem Gesundheitszustand«, fuhr der Priester fort. »Es geht um wichtigere Dinge. Deine Frau hat mir alle ihre Münzen gegeben, Alec.« Er zeigte dem Laird eine Hand voll Münzen. »Damit wollte sie Ablassgebete kaufen, und ich hatte nicht das Herz, ihr zu sagen, dass wir hier nichts mit diesem Geld anfangen können.«

»Sie sorgt sich viel zu sehr um ihre Seele – eine typisch englische Marotte.«

»O nein, sie fürchtet nicht um ihr eigenes Seelenheil, sondern um deines.«

Gavin überspielte seinen Lachreiz mit einem lauten Hüsteln. »Ich zähle sieben Shillings.«

»Acht«, verbesserte ihn Vater Murdock. »Sie erklärte mir, einer soll gegen Gedächtnislücken helfen. Was sie damit meint, weiß ich nicht.«

»Die Frau ist einfach nur dumm«, erwiderte Alec.

»Nein – fürsorglich. Was soll ich mit den Münzen machen?«

Alec zuckte die Achseln. »Leg sie in das Kästchen auf dem Kaminsims.«

»Wie du willst. Da wir gerade von deiner lieben kleinen Frau sprechen – würdest du ihr erlauben, eines der oberen Zimmer zu benutzen? Sie bat mich, dich zu fragen.«

»Ich habe nichts dagegen. Wozu braucht sie einen Raum im Oberstock?«

»Sie möchte ihn als Schlafzimmer einrichten.«

»Verdammt.«

»Reg dich nicht auf!«, entgegnete der Priester besänftigend.

»Da wäre noch etwas – darf sie ausreiten? Natürlich würde sie das Kincaid-Gebiet nicht verlassen. Dann hätte sie eine Beschäftigung. Ich glaube, sie vermisst dich sehr, wenn du nicht daheim bist.«

Diese letzte Bemerkung glättete die Falten auf Alecs Stirn. »Selbstverständlich vermisst sie mich. Sag ihr, sie kann ausreiten, wenn sie einen Begleiter mitnimmt, Vater.«

»Denkst du, sie könnte fliehen? Sie hat zwar Heimweh, aber ...«

»Diese Frau findet nicht mal aus einem Zimmer heraus, wo's nur eine einzige Tür gibt. Nein, sie wird nicht versuchen, nach England zurückzukehren. Doch sie würde sich verirren. Sie hat keinen Orientierungssinn.«

Die Augen des Priesters funkelten. »Ja, sie hat so viele Fehler wie ein klarer blauer Himmel.«

»Du widersprichst dir selbst, Vater«, warf Gavin ein. »Ein klarer blauer Himmel hat keine Fehler.«

»Für einen Blinden schon.« Murdock starrte den Laird eindringlich an. »Wenn du deine Frau so minderwertig findest, werde ich mich gern um eine Annullierung deiner Ehe bemühen, Alec.«

»Das wirst du nicht!« Alec hatte nicht beabsichtigt, in so heftigem Ton auf den lächerlichen Vorschlag des Geistlichen zu antworten. Nun war er dem alten Mann in die Falle gegangen, denn er hatte zugegeben, wie viel Jamie ihm bedeutete. »Ich hab's satt, über Weiber zu reden«, murmelte er. »Gavin, könntest du meine Frau daran hindern, einen weiteren Krieg anzuzetteln, während ich mich um andere Dinge kümmere?«

»Sie hat sich nach Helena erkundigt«, bemerkte der Priester mit ruhiger Stimme.

Langsam wandte sich Alec zu ihm. »Und?«, fragte er ausdruckslos.

»Wusstest du, dass man ihr sagte, du hättest Helena getötet?«

Alec schüttelte den Kopf, und Gavin stieß hervor: »Wann hat sie denn diese üble Klatschgeschichte gehört?«

»Bevor Alec ins Haus ihres Vaters kam.«

»Wollte sie wissen, ob das Gerücht der Wahrheit entspricht?«

»Nein, sie versicherte, sie hätte nie daran geglaubt. Sie bezweifelt auch, dass Helena Selbstmord begangen hat. Nach Jamies Meinung war es ein Unfall. Sie hat ein weiches Herz, Gavin, und ist fest vom lauteren Charakter ihres Mannes überzeugt.«

Alec nickte. »Nein, sie hält nichts von Klatsch und Tratsch.« Stolz schwang in seinen Worten mit. »Sie ist eine seelengute Frau.«

»Aye, das ist sie«, bestätigte Gavin.

»Natürlich kann sie auch sehr eigensinnig sein«, gab Vater Murdock zu bedenken. »Dauernd drängt sie mich, ich solle ihr irgendwelche Aufgaben übertragen. Vermutlich möchte sie ein richtiges Familienmitglied werden, Alec. Sie beginnt dich zu lieben, mein Junge. Geh behutsam mit ihr um.«

Alec war zwar skeptisch, was Jamies Liebe betraf, aber er grinste.

»Und du solltest ihre Bemühungen um die Küche loben«, fuhr der Priester fort. »Was hältst du von den Veränderungen? Die sind sehr nützlich, das geben auch die Männer zu, obwohl sie anfangs gemurrt haben.«

»Wovon redest du?«

Murdock warf Gavin einen raschen Blick zu. »Von der Küche. Du hast Jamie doch gestattet, das Gebäude zu verlegen.«

»Was habe ich?«, schrie Alec.

Hastig wich der Geistliche vor dem Zorn seines Lairds zurück. »Sie sagte, du hättest ihr erlaubt, einige Neuerungen im Küchenbereich einzuführen. Niemals würde dieses liebe Mädchen lügen. Vielleicht hast du es vergessen ...« Er hörte auf, die Herrin zu verteidigen, als Alec zum Haus stürmte. »Er wirkte ziemlich überrascht, Gavin.«

»Überrascht? So kann man's auch nennen. Bleib lieber in Jamies Nähe, bis das Donnerwetter vorüber ist, Vater. Jetzt wird er gerade das Loch in der hinteren Wand bemerken ...«

Alecs Wutschrei hallte durch den Hof, und Murdock flüsterte: »Er hat's gesehen. Oh, Allmächtiger, steh uns bei! Da kommt Jamie!« Er raffte den Saum seiner Kutte und eilte zu ihr. »Warten Sie, Mädchen!«

Besorgt drehte sie sich zu ihm um. »O Vater, Sie sollten nicht so schnell laufen, ehe Sie von Ihrem Husten kuriert sind.«

Aufgeregt packte er ihren Arm. »Gerade hat Alec das Loch in der Rückwand entdeckt.«

Sie lächelte sanft. »Das war nicht zu vermeiden.«

Offensichtlich ahnte sie nicht, in welcher Gefahr sie schwebte. »Gehen Sie mit mir in die Kapelle. Dort warten wir, bis Alec die Erklärungen seiner Soldaten gehört hat. In ein bis zwei Stunden wird er sich beruhigen. Dann können Sie ...«

»Vater, Sie sollten auf den Verstand Ihres Lairds vertrauen. Sobald die Umbauten beendet sind, wird er ihren Nutzen erkennen. Außerdem wird er mich nicht anschreien. Er hat versprochen, nie die Geduld mit mir zu verlieren. Bitte, machen Sie sich keine Sorgen. Am besten rede ich sofort mit Alec. Ich habe keine Angst vor ihm.«

»Gerade Ihre mangelnde Angst beunruhigt mich.« Er wusste zwar, dass Alec sich niemals an ihr vergreifen würde. Aber sein Geschrei konnte ihre empfindsame Seele verletzen. Seufzend bekreuzigte sich Vater Murdock, als Jamie seine Hand getätschelt hatte und in die Halle ging. Er fühlte sich zu schwach in den Knien, um ihr zu folgen.

Jamie wappnete sich gegen den Ärger ihres Mannes. Verwirrt hielt sie inne. Alec saß am Kopfende der Tafel, lauschte dem Krieger, der neben ihm stand und Bericht erstattete, und wirkte nicht sonderlich erzürnt – eher müde. Einen Ellbogen auf die Tischkante gestützt, hatte er seine Stirn in die Hand gelegt. Alle Soldaten, die sich an den Umbauarbeiten beteiligten, waren anwesend. Offenbar warteten sie, bis sie an die Reihe kamen, um sich über Jamie zu beklagen. Sie runzelte ihre Stirn, um ihnen zu zeigen, was sie von ihrer Loyalität hielt, dann ging sie auf ihren Mann zu. Als er den Kopf hob, erstarrte sie. O ja, er war wütend. Seine Kinnmuskeln zuckten wieder. Überflüssigerweise erinnerte ihn auch noch der Wind, der durch die Maueröffnung hereinwehte, an die Aktivitäten seiner Gemahlin. Schweigend musterte er sie.

»Ich würde es dir gern erklären ...«, begann sie.

»Hinaus mit dir!« Er schrie nicht, aber der rüde Befehl kränkte sie trotzdem.

»Alec, du hast versprochen, nie die Geduld mit mir zu verlieren.«

Jetzt brüllte er. »Geh mir aus den Augen, bevor ich ...«

Sie nickte, rannte zum Kamin, nahm eine Münze aus dem Kästchen und verließ die Halle so würdevoll, wie sie es unter diesen demütigenden Umständen fertig brachte. Edith und

Annie standen beim Eingang und kicherten, als sie an ihnen vorbeieilte.

Erst als sie den Stall erreichte, fing sie zu weinen an. Sie befahl Donald, ihre Stute zu satteln, und er widersprach nicht. Nachdem er ihr geholfen hatte aufzusteigen, fragte er, ob er auch Alecs Hengst bereitmachen sollte. Wortlos schüttelte sie den Kopf.

Vater Murdock erwartete sie im Hof. Sie zügelte Wildfeuer und reichte dem Priester die Münze. »Beten Sie für seine Seele. Er hat mich belogen.«

Murdock griff nach dem Steigbügel. »Wohin wollen Sie, Mädchen?« Taktvoll gab er vor, ihre Tränen nicht zu bemerken. »Ich sorge mich um Sie.«

»Ich reise ab. Er hat es mir befohlen, und es ist meine Pflicht zu gehorchen. Wie komme ich nach England?«

Er war so verblüfft, dass er in die Richtung zeigte, nach der sie sich erkundigt hatte.

»Ich danke für Ihre Freundlichkeit, Vater«, flüsterte Jamie und ritt davon.

Ungläubig starrte er ihr nach.

Sicher wird er meinem Mann sofort Bescheid geben, dachte sie. Doch das spielte keine Rolle. Alec würde ihr nicht folgen und froh sein, dass er sie endlich los war. An der Zugbrücke fürchtete sie, von den Wachtposten aufgehalten zu werden. Aber als sie erklärte, sie erfülle die Wünsche des Lairds, ließ man sie sofort passieren.

Und dann erlaubte sie Wildfeuer, schnell wie der Wind dahinzugaloppieren. Jamie schluchzte verzweifelt, achtete nicht auf den Weg, wusste nicht, wie lange das Pferd querfeldein gerast war, als es endlich in einem Wäldchen anhielt.

Und da entdeckte sie den Jungen. Er trug keine Kincaid-

Farben. Sie hoffte, er würde sie nicht entdecken. Niemand sollte sie in Tränen aufgelöst sehen, nicht einmal ein Kind.

Doch er war zu beschäftigt, um hinter sich zu schauen. Angespannt starrte er in ein Gebüsch zu seiner Rechten, und sie fragte sich, was ihn so faszinieren mochte.

Plötzlich schrie er auf und wich zurück, als ein riesiger Eber zwischen den Zweigen hervorstürmte. Jamie spornte instinktiv ihre Stute an und ritt zu dem Jungen. Er wirbelte herum, als er die Hufschläge hörte, und streckte ihr die Hände entgegen. Atemlos betete sie um die Kraft, die sie benötigen würde, wenn sie das Kind zu sich in den Sattel zog. Der Allmächtige zeigte sich gnädig. Eifrig sprang der Junge hoch, klammerte sich an ihren Arm, und sie zerrte ihn auf ihren Schoß.

Nervös sprengte Wildfeuer weiter, und der wilde Eber gab die Verfolgung bald auf. Doch die Stute war immer noch verängstigt. Sie bäumte sich auf, warf Jamie und das Kind ab. Es landete direkt auf ihr, rollte rasch zur Seite, erhob sich und half ihr auf die Beine.

»Sind Sie verletzt?«, fragte der Junge auf gälisch.

»Ich werde wohl nur ein paar blaue Flecken kriegen«, antwortete sie in derselben Sprache und merkte, dass ihr Kleid an der Schulter zerrissen war.

Sie standen inmitten einer kleinen Lichtung, und Jamie zitterte am ganzen Körper. »Wir sind mit knapper Not davongekommen«, meinte sie. »Hattest du auch solche Angst?«

Er nickte grinsend. »Aber wir haben's dieser Bestie gezeigt, was?«

»Aye, und wie!« Jamie fand ihn bezaubernd. Er hatte langes rotes Haar, das sich um ein Engelsgesicht kräuselte, und Sommersprossen auf der Nase. »Ich bin Lady Kincaid. Und wie heißt du?«

»Das verrate ich lieber nicht. Ich hätte nicht ins Kincaid-Gebiet laufen dürfen.«

»Hast du dich verirrt?«

Der Junge schüttelte den Kopf. »Werden Sie mich verpetzen?«

»O nein. Was machst du hier?«

Er zuckte die Achseln. »Ich wollte nur ein bisschen jagen. Mein Name ist Lindsay.«

»Und wie heißt dein Clan?«

»Lindsay. Sie sprechen gälisch, Lady, aber Sie reden anders als wir. Und Sie tragen keine Kincaid-Farben.«

»Ich bin Engländerin.« Er riss die Augen auf, und sie fügte hinzu: »Alec Kincaid ist mein Mann. Wie alt bist du?«

»In diesem Sommer werde ich neun.«

»Deine Mutter wird dich sicher suchen.«

»Mein Vater. Bestimmt macht er sich Sorgen. Ich muss nach Hause. Mylady, Sie haben mir das Leben gerettet. Dafür muss Vater Sie belohnen.«

»Nein. Aber du wirst mir versprechen, nie mehr allein auf die Jagd zu gehen!«

»Ja, ich gebe Ihnen mein Wort.«

»Soll ich dich nach Hause begleiten?«

»Dort würde man Sie festhalten, weil wir in Fehde mit den Kincaids leben«, erklärte er in beiläufigem Ton.

»Dann sei bloß vorsichtig!«, mahnte sie. »Beeil dich! Ich glaube, da kommt jemand.«

Das Kind verschwand zwischen den Bäumen, und wenig später ritt Alec auf die Lichtung. Er zügelte seinen Hengst und war bei Jamies Anblick so erleichtert, dass er reglos im Sattel saß und sie nur anstarrte.

Weil sie den Kopf gesenkt hielt, sah er ihr Gesicht nicht. Aber er erinnerte sich nur zu gut an die Angst in ihren Augen.

Sogar Tränen waren ihr gekommen, als er sie vorhin angeschrien hatte. Er würde sich entschuldigen müssen, und das konnte er nicht besonders gut. Trotzdem wollte er es versuchen. Und dann entdeckte er die Blätter in ihrem Haar, den Riss in ihrem Kleid. »Verdammt, was ist geschehen?«, stieß er hervor. »Hat jemand …?« Er sprang vom Pferd und lief zu ihr.

»Es ist nichts passiert.«

»Lüg mich nicht an!« Besorgt nahm er sie in die Arme.

»Du hast mich belogen.«

»Nein.«

»Oh, doch. Du hast die Geduld mit mir verloren, trotz deines Versprechens.«

»Und du hast die hintere Mauer meines Hauses aufreißen lassen.«

»Du sagtest doch, ich dürfte neue Regelungen in der Küche treffen. Im Winter müssen Frieda und Hessie und die anderen Dienerinnen durch den Schnee waten, um dein Essen zu holen. Deshalb fand ich es nur vernünftig, eine neue Küche zu bauen, die ans Haus grenzt.«

»Ich bin aus einem ganz anderen Grund wütend auf dich.«

»Warum?«

»Weil du Angst vor mir hattest. Dachtest du, ich würde dich schlagen?«

»Nein.« Sie schmiegte sich an ihn. »Ich war nur traurig. Ein Ehemann sollte seine Frau nicht so anbrüllen.«

»In Zukunft werde ich mich zusammenreißen. Aber ich werde dieses Versprechen immer wieder vergessen.«

»Damit muss ich mich wohl abfinden – obwohl dein Geschrei eine Kiefer fällen könnte.«

Grinsend legte er das Kinn auf ihren Kopf. »Vater Murdock

sagte, du wolltest nach England reiten. Hattest du das wirklich vor?«

»Du hast mich doch hinausgeworfen.«

»Ich habe dich nur aus der Halle gewiesen, nicht aus Schottland.«

»Vielleicht wollte ich nur für eine Weile allein sein. Es fällt mir so schwer, mich hier einzuleben. Daheim in England gibt es Leute, die mich mögen. Ich bin es nicht gewöhnt, als minderwertig zu gelten. Deine Soldaten haben sich über mich beschwert, nicht wahr? Sie können mich genauso wenig leiden wie du.« Plötzlich brach sie in Tränen aus. »Warum bist du mir überhaupt nachgeritten?«

»Jamie, die Soldaten haben dich verteidigt. Sie sind dir treu ergeben.« Als sie zu ihm aufschaute, nickte er, um seine Worte zu bekräftigen. »Und ich bin dir gefolgt, weil du zu mir gehörst. Versuch nie wieder, mich zu verlassen, denn sonst würdest du das Ausmaß des Zorns erst kennen lernen, zu dem ich fähig bin. Und jetzt hör zu weinen auf.« Vorsichtig zupfte er die Blätter aus ihrem Haar. »Warum siehst du so schrecklich aus?«

»Ich bin vom Pferd gefallen. Wildfeuer fürchtete sich vor dem Eber und ...«

»Was?«, rief er bestürzt.

»Es ist ja nichts passiert. Alec – wenn ein Mann und seine Frau nach einem Streit Versöhnung feiern, pflegen sie sich zu küssen.«

»Und eine Frau pflegt die Farben ihres Mannes zu tragen. Aber wenn du gar nichts anhast, werde ich mein Wort nicht brechen.« Jamie verstand nicht, was er meinte, fand aber keine Gelegenheit, darüber nachzudenken, weil er seinen Mund auf ihren Hals presste und sie auszuziehen begann.

»Alec! Doch nicht am helllichten Tag ...«

»Du wolltest doch geküsst werden.«

»Ja, aber nicht das ...«

Während er das Kleid von ihren Schultern streifte, flüsterte er ihr all die sinnlichen Dinge ins Ohr, die er mit ihr tun wollte, und ihr Widerstand erlahmte. Er umfasste ihre nackten Brüste, strich aufreizend mit den Daumen über die harten Knospen. »Jetzt werde ich dir zeigen, wie minderwertig ich dich finde. Deinen ganzen minderwertigen Körper werde ich mit Küssen bedecken.«

Sofort ließ er diesen Worten die Tat folgen, bis sie in süßer Qual aufstöhnte. Da legte er hastig seine Kleider ab, hob Jamie hoch, und sie schlang die Beine um seine Taille. Tief drang er in sie ein. »Verlass mich nie wieder!«, flüsterte er. »Versprich es!«

»Ja – ja«, hauchte sie atemlos, »ich verspreche es ...« Überwältigt von heißem Entzücken, klammerte sie sich an seine Schultern. Und als sie sich der Schwelle ihrer Erfüllung näherte, schrie sie den Namen ihres Mannes.

Nachdem auch er Befriedigung gefunden hatte, blieb er noch lange in ihr, wollte das intime Zusammensein auskosten bis zur Neige. Zum ersten Mal in seinem Leben verstand er die Bedeutung des Wortes Glück, aber er wehrte sich gegen diese Gefühle. Sie würden ihn schwächen, verletzlich machen ...

Bei diesem Gedanken löste er sich von Jamie und stellte sie auf die Beine. Abrupt kehrte er ihr den Rücken und hob seine Sachen auf.

»Alec?«, wisperte sie. »Habe ich dir missfallen?«

»Ganz im Gegenteil«, erwiderte er tonlos.

Die nächste Frage stellte sie erst, als beide angezogen waren. »Warum runzelst du dann die Stirn, wenn du mit mir zufrieden bist?«

»Weil du dachtest, du wärst minderwertig. So was Lächerliches darfst du dir nie mehr einbilden, Frau.«

»Du bist es doch, der immer wieder erklärte, ich sei unwichtig.«

»Das sagte ich nur, um dich zu ärgern«, entgegnete er lachend.

»Ach, du …« Erbost wandte sie sich ab und ging zu Wildfeuer. Kincaid war der unmöglichste Mann auf der Welt. Merkte er denn nicht, wie gern sie gehört hätte, er würde sie mögen – wenigstens ein bisschen. Sie stieg in den Sattel, und da erinnerte sie sich plötzlich, dass Alec ihr das Versprechen abgenommen hatte, ihn nie wieder zu verlassen. Also machte er sich doch etwas aus ihr. Sie sah zu ihm hinüber, wollte ihm ins Gesicht schreien, was sie dachte. Aber beim Anblick seines arroganten Grinsens besann sie sich anders. Er weiß nicht, dass er mich mag, überlegte sie. Und wenn ich ihn darauf hinweise, wird er nur wieder böse.

Er schwang sich in den Sattel und ritt zu ihr. »Pass mal auf!«, befahl er und zeigte mit dem Daumen über seine Schulter. »Da oben ist das Kincaid-Gebiet. Und da unten liegt England. Nur damit du nie wieder die falsche Richtung einschlägst. Alles klar, meine Liebste?«

Sie lächelte. »Völlig klar.«

In Zukunft konnte er sie anschreien, so viel er mochte. Das war ihr gleichgültig. Und die widersprüchlichen Züge in seinem Wesen störten sie auch nicht mehr. Soeben hatte er sie seine Liebste genannt, und nur das zählte.

Kapitel 13

Alec zog die Stirn in Falten, als sie zum Stall zurückkehrten, und Jamie strahlte vor Freude. Verwundert beobachtete Gavin das Paar, dann wandte er sich zu dem Priester, der neben ihm auf der Eingangstreppe des Hauses stand. »Sie wird ihn noch ganz wahnsinnig machen.«

»Das bezweifle ich«, erwiderte Vater Murdock. »Jedenfalls ist sie eine erstaunliche Frau. Wie ich höre, hat sie einen McPherson gewarnt, sie würde ihn erdolchen.«

»Ja, das war sehr mutig von ihr, aber eine leere Drohung.«

»Warum glaubst du das?«

»Sie kann unmöglich einen Dolch werfen.«

»Du bist genauso wie der Laird, Gavin, voller Vorurteile. Aber ihr schätzt Lady Jamie alle beide falsch ein. Wenn sie sagt, sie kann eine Klinge in die Kehle eines Mannes werfen, dann kann sie's auch. Und sie kann noch mehr – viel mehr, als du und Alec ihr zutraut.«

Sie schauten zu, wie der Laird seine Frau vom Pferd hob. Dabei hielt er sie länger fest als nötig. Und als sie einander so seltsam ansahen, wollten weder der Priester noch der Soldat die Aufmerksamkeit der beiden auf sich lenken. Grinsend gingen sie davon.

Wäre Donald nicht erschienen, um Wildfeuer zu übernehmen, hätte Alec seine Frau geküsst. Sie lächelte ihm zu, dann wandte sie sich zum Haus. Obwohl wichtige Aufgaben auf ihn warteten, rief er ihr nach, nur um sich noch nicht von ihr trennen zu müssen: »Was hast du vor?«

»Mein Kleid ist zerrissen. Ich muss mich umziehen. Aber vorher möchte ich Kerzen holen.«

Er wollte sie begleiten, aber das verhinderte Donald. »Kann ich mit dir reden, Alec?«

»Worum geht es?«

»Ich behellige dich nur ungern mit einer solchen Kleinigkeit, aber ich weiß nicht, wie ich die Stute Ihrer Ladyschaft behandeln soll. Das störrische Biest frisst nichts und wird sich bald ein Bein brechen, weil es ständig versucht, aus seiner Box rauszukommen. Drei Latten hat Wildfeuer schon zertrümmert.«

»Bring sie in eine andere Box«, riet Alec.

»Das habe ich bereits versucht.«

Alec hörte, wie Hufe gegen eine Trennwand im Stall hämmerten. Er ging zu der Stute hinein und führte seinen Hengst am Zügel mit sich. Als er die Stute streichelte, beruhigte sie sich sofort. »Jetzt ist alles wieder in Ordnung.«

»Weil dein Rappe in ihrer Nähe ist«, bemerkte Donald, der seinem Laird gefolgt war. »Sobald sie ihn sieht oder wittert, wird sie ganz sanft. Sollen wir die beiden mal zusammenbringen?«

»Er würde sie töten.«

»Daran zweifle ich. Und wenn sie nicht bald zu fressen anfängt, wird sie krank.«

Alec beschloss, sofort auf den Vorschlag seines Stallmeisters einzugehen. Wenn der Hengst zu heftig über Wildfeuer herfiel, würden sie eingreifen.

Sobald der große Rappe Wildfeuers Box betreten hatte, trottete er zu ihrem Futtertrog und begann zu fressen. Die Stute ignorierte er. Ärgerlich winselte sie angesichts dieser Invasion in ihre Domäne. Aber der Hengst zeigte ihr sofort, wer hier der Herr war, indem er ein gellendes Wiehern ausstieß. Vergeblich versuchte sie sich in der schmalen Box aufzubäumen. Schließlich gab sie klein bei, stellte sich neben den Rappen an den Trog und versuchte nur noch einmal, ihn wegzuschieben.

»Mein Pferd ist genauso besitzergreifend wie ich«, meinte Alec grinsend. Als ihm einfiel, dass Jamie ein Schlafzimmer im Oberstock beziehen wollte, wurde er ernst. »Und die Stute ist anscheinend vernünftiger als ihre Herrin.«

Nein, das würde er nicht zulassen. Sie musste in seinem Bett schlafen und sonst nirgends.

Jamie ahnte nichts von den Sorgen ihres Mannes. Soeben hatte sie erkannt, dass sie die falsche Richtung eingeschlagen hatte. Nach einer netten Unterhaltung mit dem Schmied beschloss sie, die Bewohner der anderen Hütten an der hinteren Burgmauer kennen zu lernen.

»Die werden jetzt alle zu Mittag essen«, meinte der Schmied.

»Glauben Sie, ich kann in jede Hütte schauen, Henry?«

»Natürlich, Mistress«, erwiderte der kahlköpfige Mann. »Sie werden sich sofort geehrt fühlen, wenn Sie Interesse zeigen.«

Langsam stieg Jamie den steilen Hang hinauf, hielt inne, um duftende Wildblumen zu pflücken, und ging dann weiter. Als sie ein Geräusch hinter sich hörte, glaubte sie, jemand würde ihr folgen. Sie drehte sich um und wollte ihn begrüßen, sah aber niemanden. Vielleicht war es nur der Wind, dachte sie.

Zuerst schaute sie in die Hütte des Steinhauers. Sie wanderte von einer Tür zur anderen. Am Ende der Häuserreihe lag die Gerberei. Jamie blieb vor dem offenen Eingang stehen. Plötzlich spürte sie einen heftigen Stoß im Rücken und taumelte über die Schwelle. Verwirrt von diesem unerwarteten Angriff sank sie auf die Knie, und die Tür fiel hinter ihr zu.

Die Hütte hatte keine Fenster, pechschwarzes Dunkel hüllte Jamie ein. Fluchend tastete sie den festgestampften Erdboden ab, um die Blumen zu suchen, die ihren Fingern entglitten waren. Schließlich gab sie es auf, erhob sich und wischte den Staub von ihrem Rock. Sie nahm an, der Wind hätte die Tür bewegt, von der sie in den Raum geschleudert worden war. Sicher würde Alec über ihre Ungeschicklichkeit lachen.

Die Gefahr, in der sie schwebte, wurde ihr erst bewusst, als sie Rauch roch. Sie versuchte die Tür zu öffnen, aber es gelang ihr nicht. Da geriet sie in Panik. Mit aller Kraft hämmerte sie gegen das Holz und rief nach Alec. Der kleine Raum verwandelte sich in ein Inferno, bald stand das ganze Dach in Flammen. Jamies Schreie gingen in ein schwaches Husten über. Der Teil des Deckenbalkens fiel ihr vor die Füße, und sie wich zurück, starrte fasziniert auf die Blütenblätter einer wilden Rose, die sich in der Hitze kräuselten. Verwundert hob sie den Kopf, als sie ein leises Gelächter zu hören glaubte. Nein, es musste das Knistern der Feuersbrunst gewesen sein …

Die Flammen züngelten immer näher heran, dichte Rauchschwaden füllten die Hütte. Jamie konnte sich nicht mehr auf den Beinen halten und brach zusammen. Der Erdboden fühlte sich wunderbar kühl an ihrer Wange an. Sie weigerte sich zu glauben, dass sie sterben musste. Alec würde rechtzeitig zur Stelle sein, um sie zu retten. Er hatte doch versprochen, sie zu schützen.

Lieber Gott, schick ihn zu mir, flehte sie. Er darf nicht allein zurückbleiben, er braucht mich, und er muss mir doch noch sagen, dass er mich liebt …

Verdammt, wo steckte er denn? Plötzlich wurde sie wütend. Wenn er sie aus der brennenden Hütte befreit hatte, würde sie ihm unmissverständlich klar machen, was sie von seiner Saumseligkeit hielt.

Der Zorn raubte ihr die letzten Kräfte, ihre Sinne begannen zu schwinden. Sie schloss die Augen, versuchte noch einmal zu beten.

Alecs Schreckensschrei drang durch den schwarzen Rauch und die Nebel in ihrem Gehirn. Jamie brachte ein schwaches Lächeln zustande und flüsterte: »Danke, lieber Gott …«

Am Fuß des Hangs hatte Alec ihren Ruf gehört und sofort die Flammen entdeckt, die aus der Gerberei schlugen. Er stürmte hinauf, gefolgt von Gavin. Ein Balken lehnte an der Tür. Gavin beförderte ihn mit einem Fußtritt zur Seite, der Laird riss die Tür aus den Angeln und warf sie zu Boden. »Jamie!«

Rasch hob er sie hoch und trug sie aus der brennenden Hütte, ehe die Wände einstürzten. Atemlos bettete er sie ins Gras, kniete mit Gavin neben ihr nieder.

Jamie öffnete die Augen, blickte in das besorgte Gesicht ihres Mannes und lächelte unter Tränen. Auch seine Augen waren feucht. Sicher vom Rauch, dachte sie und berührte seine Stirn. »Ich habe doch versprochen, dich nie wieder zu verlassen«, flüsterte sie heiser.

»Ich würde dich auch niemals gehen lassen.« Seine Stimme klang wie welkes, trockenes Laub, auf dem herumgetrampelt wurde. »Bist du verletzt?«

»Nein. Ich wusste, du würdest mich retten.«

»Wieso wusstest du das?«

»Weil du mich magst, Alec Kincaid.«

Er schluckte, dann nickte er, stand auf und hob sie wieder hoch. »Sie ist unversehrt«, erklärte er den Soldaten, die angstvoll den Hang heraufgelaufen waren. Einige schleppten Wassereimer herbei, um das Feuer zu löschen.

»Es hat ziemlich lange gedauert, bis du zu mir gekommen bist, Kincaid«, beklagte sich Jamie, während Alec sie zum Haus trug.

»Unsinn, ich bin wie der Teufel gerannt«, erwiderte er grinsend.

»Also bin ich doch nicht so unwichtig für dich?«

Er antwortete erst, als sie die Halle erreichten. »Nein, das bist du nicht.«

Sie wusste, dass er sich zu keinen weiteren Zugeständnissen bereit finden würde. Trotzdem war sie überglücklich. Ein Schritt nach dem anderen, dachte sie und erinnerte sich, dass sie dem Priester versichert hatte, sie könne einen riesigen Bären aufessen. Einen Bissen nach dem anderen. Genauso würde sie Alec Kincaid erobern. Bei diesem Gedanken musste sie lachen. Warum hatte sie so lange gebraucht, um zu erkennen, dass es gar nicht so schwierig sein würde?

»Wie können Sie so fröhlich sein, Lady Kincaid?«, fragte Gavin. »Ich zittere vor Wut.«

»Ich freue mich, weil mir soeben etwas sehr Bedeutsames klar geworden ist. Nicht ein Biss nach dem anderen, sondern ein Kuss nach dem anderen. Mehr will ich nicht dazu sagen.«

»Der Rauch muss deinen Geist verwirrt haben«, meinte Alec.

»Warum ärgern Sie sich, Gavin?«, fragte Jamie und schaute über Alecs Schulter hinweg in das Gesicht seines Stellvertreters. »Sie glauben doch nicht im Ernst, dass ich schuld an meinem Missgeschick bin?«

Ehe der Soldat antworten konnte, wandte sie sich an ihren Mann. »Es war der Wind. Der warf mir die Tür in den Rücken.«

»Wir wissen, dass Sie nichts dafür konnten, Mylady. Die Tür …« Abrupt verstummte Gavin, als er einen Blick von Alec auffing.

»Was war mit der Tür, Gavin?«, fragte Jamie.

»Sie – sie hat geklemmt.«

»Ja, allerdings«, stimmte sie zu.

»Gavin, bestell ein Bad für Jamie!«, befahl der Laird. »Dann geh zu den Hütten hinauf und verhöre die Dienstboten. Sicher wird irgendjemand eine wichtige Erklärung abgeben können.« Er trug seine Frau hinter den Wandschirm und ließ sie behutsam auf das Bett gleiten. »Nach dem Bad legst du dich für den Rest des Tages hin.«

»Warum?«

»Weil du dich erholen musst.«

»Ich bin schon erholt.«

Seufzend schüttelte er den Kopf. »Du solltest bittere Tränen vergießen, statt mich so süß anzulächeln.«

Sie saß auf der Bettkante, das Gesicht schmutzig, das Haar zerzaust, die Ruß geschwärzten Hände im Schoß gefaltet. Trotzdem erschien sie ihm wunderschön. Dienerinnen brachten die Wanne und mehrere Eimer voll heißem Wasser in die Halle. Jamie dankte ihnen lächelnd, redete alle mit Namen an und erkundigte sich, wie es ihren Familien ging. Zu Alecs Verblüffung kannte sie auch die Namen der Ehemänner und Kinder. Er war tief beeindruckt. Offenbar besaß sie ein hervorragendes Gedächtnis. Und ihre Fragen bewiesen den Frauen, wie viel ihr an ihnen lag, welchen Anteil sie am Leben des Personals nahm.

Und die Dienerinnen zeigten ihr die gleiche Zuneigung.

Sogar Hessie, die mürrische Alte, grinste ihre Herrin an. »Werden Sie den Männern bald wieder Anweisungen geben können, Mylady? Ich meine, wegen der Umbauarbeiten ...« Sie verstummte und warf dem Laird einen ängstlichen Blick zu.

»Er hat das Loch schon gesehen, Hessie«, wisperte Jamie.

»Und ich werde mich bald wieder um alles kümmern ...«

»Das erledige ich«, fiel Alec ihr ins Wort.

»Wirklich?«, rief sie erfreut.

»Gavin wird die Arbeiten beaufsichtigen, nachdem ich ihm alles erklärt habe. Das Loch in der Wand wird zugenagelt, bis der Gang fertig ist.«

»Was für ein Gang?«

»Ich möchte nicht, dass die Küche direkt an die Halle grenzt, sonst würden die Dünste hier hereindringen. Stattdessen benutzen wir weiterhin die alte Küche, und ich lasse einen überdachten Gang bauen, der sie mit dem Haus verbindet. Zufrieden?«

»O ja!« Jamie strahlte vor Freude. »Sehen Sie, Hessie, ich habe Ihnen ja gesagt, dass der Laird ein Einsehen haben wird. Alle Mitglieder seines Clans sind ihm wichtig. Weißt du, Alec, ich habe Hessie gesagt, die Dienstboten müssten dir genauso viel wert sein wie deine Soldaten.«

Seine Antwort überraschte sie. »Natürlich sind sie das. Und Hessie weiß es auch. Du hättest es ihr nicht erst versichern müssen.«

Beglückt verneigte sich die alte Köchin und eilte mit den anderen Dienerinnen davon.

»Nimm jetzt dein Bad, Frau«, befahl Alec, »bevor der Wind das Wasser in Eis verwandelt.«

Er lächelte, bis er um die Trennwand herumgegangen

war, dann runzelte er die Stirn und wanderte vor dem Kamin umher, während er versuchte, die ungeheuerliche Tatsache zu begreifen. Jemand hatte einen Mordanschlag auf seine Jamie unternommen. Wäre er nicht rechtzeitig zur Gerberei gelaufen und ein paar Minuten länger im Stall geblieben …

»Alec? Niemand hat was gesehen.«

Der Laird wandte sich zu seinem Stellvertreter. »Nicht so laut, Gavin. Jamie darf uns nicht belauschen …«

»Aber sie hört alles!«, rief sie hinter dem Wandschirm hervor.

Ärgerlich winkte er Gavin zu sich heran. »Du sollst nichts hören, Jamie!«

»Das lässt sich nicht verhindern. Merkst du jetzt, wie unvorteilhaft dieser Schlafplatz mit seiner mangelnden Privatsphäre ist? Ich habe mit Vater Murdock besprochen, dass ich einen der oberen Räume als Schlafzimmer einrichten möchte. Hat er es schon erwähnt?«

»Du hättest mit mir darüber reden sollen.«

»Du warst beschäftigt!«, schrie sie.

»Ihre Stimme klingt wirklich nicht so, als wäre sie soeben durch eine Flammenhölle gegangen, was, Gavin?«

»Sie ist viel stärker, als wir glauben«, erwiderte der blonde Mann leise, in der Überzeugung, seine Herrin würde nichts hören.

»Natürlich ist sie das«, bestätigte sie.

»Jamie!«, brüllte Alec.

»Ich verspreche dir, meine Ohren zu verschließen, wenn du einsiehst, dass wir nach oben übersiedeln sollten.«

»Wir?«

»Wer denn sonst?«

Alec grinste. Also plante sie gar nicht, allein ein Zimmer zu bewohnen. Niemals hätte er ihr so bösartige Absichten zutrauen dürfen. »Morgen ziehen wir um!«

»Danke!«

»Kümmere dich jetzt um dein Bad, und stör mich nicht mehr!«

Er sprach so schroff er konnte. Aber Jamies Gelächter verriet, dass es nicht schroff genug gewesen war. Enttäuscht ließ er die Schultern hängen, lehnte sich ans Kaminsims und flüsterte: »Was hast du herausgefunden, Gavin?«

»Henry unterhielt sich mit Jamie, dann ging er wieder an die Arbeit. Wie du weißt, ist unser Schmied ziemlich schwerhörig.«

»Er versicherte, er habe niemanden kommen oder gehen sehen.«

»Und die anderen?«

»Die aßen gerade zu Mittag.«

»Irgendjemand muss doch was bemerkt haben.«

»Kein Mensch war am Hang. Alec, warum willst du Jamie nichts verraten?«

»Ich will nicht, dass sie sich Sorgen macht.«

»Es wäre aber besser, wenn sie sich in Acht nähme.«

»Nein, wir müssen auf sie aufpassen. Sobald wir wissen, wer sie umbringen wollte, weihe ich sie ein. Bis dahin darf sie keinen Schritt allein tun. Wenn ich nicht da bin, wirst du sie überallhin begleiten. Oder Marcus übernimmt diese Aufgabe.«

Gavin nickte. »Ich will auch nicht, dass sie sich aufregt, denn sie bedeutet mir sehr viel«, gestand er. »Alec, ich kann diese Niedertracht einfach nicht fassen.«

»Es muss einer von uns sein. Und wenn ich ihn entlarve ...« Alec unterbrach sich, als Jamie in der Badewanne eine englische Ballade zu singen begann. Das obszöne Lied veranlasste ihr Publikum, grinsend die Brauen zu heben. »Sie benimmt sich, als wäre gar nichts Ungewöhnliches geschehen«, bemerkte der Laird kopfschüttelnd.

»Ich verstehe, warum sie nach oben übersiedeln will. Hier habt ihr niemals Ruhe.«

»Ich weiß. Sieh zu, dass vorerst niemand in die Halle kommt.« Alec schlenderte zum Wandschirm.

»Wohin gehst du?«, fragte Gavin.

»Ins Bett.«

»Jetzt? Es ist doch erst Nachmittag.«

Alec verdrehte die Augen. »Würdest du dafür sorgen, dass ich nicht gestört werde?«

Endlich verstand Gavin. Grinsend eilte er zur Tür, um davor Wache zu halten. »Schlaf gut, Alec!«, rief er.

Jamie hatte ihr Bad beendet. Sie erhob sich und wollte aus der Wanne steigen, aber als Alec um den Wandschirm herumkam, schnappte sie erschrocken nach Luft und setzte sich rasch wieder ins Wasser. Sie zog die Knie an, sodass ihre Brüste verdeckt wurden, und beugte sich vor. »Ich habe nichts an!«, erklärte sie überflüssigerweise.

Er hob sie aus der Wanne, legte sie auf das Bett und warf sich über sie, ehe sie genug Zeit fand, um zu erröten. Grinsend sah er auf sie hinab.

»Was denkst du?«, fragte sie verwirrt.

»Du trägst meine Farben.«

»Ich trage überhaupt nichts.«

»Doch! Du liegst auf meiner karierten Decke, ich bedecke deinen Körper, und ich bin mit meinem Kilt und meinem Tartan bekleidet.«

Dem konnte sie nicht widersprechen. »Ich dachte, ich soll mich ausruhen«, bemerkte sie herausfordernd.

»Das sollst du auch.«

»Ich bin aber gar nicht müde.«

»In einiger Zeit wirst du völlig erschöpft sein, das verspreche ich dir.« Mit seinem kräftigen Knie schob er ihre Schenkel auseinander.«

Für ihren Geschmack schaute er ein bisschen zu arrogant drein, aber seine Leidenschaft weckte auch in ihr die bereits vertraute Glut. Rastlos bewegte sie die Hüften unter ihm, und als sie sich an seinen intimsten Körperteil presste, stöhnte er laut auf. Begierig saugte er an ihrer Unterlippe, und sie seufzte, um ihm ohne Worte zu sagen, wie sehr ihr diese Liebkosung gefiel. Mit beiden Händen hielt er ihr Gesicht fest, während er sie ausgiebig küsste. Diesmal wollte er sie ganz langsam lieben, und mochte sie noch so sehr provozieren.

Ihre Lippen waren so weich und nachgiebig. Seine Zunge erkundete ihren Mund, und Jamie stieß sinnliche, kehlige Laute aus, die ihn seine guten Absichten vergessen ließen.

Aufreizend duellierte sich ihre Zunge mit seiner, dann zogen seine Lippen eine feuchte, heiße Spur über Jamies Kinn, ihren Hals und die Brüste. Ungeduldig befreite sie ihn von seinen Kleidern, drehte ihn auf den Rücken und streckte sich über ihm aus. Auf ihre Ellbogen gestützt, sah sie das wilde Verlangen in seinen Augen. »Ich will dich jetzt so nehmen, wie du mich genommen hast«, wisperte sie. »Bitte, Alec! Dein Körper gehört mir genauso wie meiner dir.«

Er pflichtete ihr voll und ganz bei, brachte aber kein Wort hervor, weil ihm die Stimme nicht gehorchte. Doch sie merkte offenbar, dass sie seine Erlaubnis hatte, denn ihr Blick nahm einen triumphierenden Ausdruck an. Alec verstand ihre Absichten, als sie seine Brust mit Küssen bedeckte. Ihre Finger vollbrachten ein Wunder, ihr Mund raubte ihm den Atem. Immer tiefer glitt sie hinab, bis sie ihr Ziel erreichte. Er versuchte ihr Einhalt zu gebieten, und da biss sie ganz zart in einen seiner Innenschenkel. Schließlich kapitulierte er und überließ sich seinem heißen Glücksgefühl.

Anfangs stellte sie sich ein bisschen ungeschickt an, aber durch ihren Eifer wirkte ihre Unschuld umso erregender. Die Lider geschlossen, genoss Alec die intimen Küsse. Es war ein süßer Schmerz – es war der Himmel. Erst als er kurz vor dem Höhepunkt stand, übernahm er die Kontrolle – vom Wunsch beseelt, Jamie Erfüllung zu schenken, ehe er seine eigene Begierde stillte.

Er zog sie an den Schultern nach oben, drang in sie ein. Dann drehte er sich mit ihr auf die Seite. Sie schauten einander in die Augen, jeder beobachtete, wie glühende Leidenschaft den Blick des anderen verschleierte.

»Du hast mir so gut geschmeckt«, wisperte Jamie. »War es auch für dich schön?«

»O ja ...« Er stöhnte laut auf, als sie ein Bein um seine Hüften schlang. »Halt ganz still ...«

Jamie wollte es nicht, doch sie empfand so wunderbare Gefühle, wenn sie sich bewegte, dass sie nicht aufhören konnte. Sie schob eine Hand zwischen die beiden Körper, zu der Stelle, wo sie miteinander verschmolzen. Und da passte sich Alec ihrem Rhythmus an, in wilder Ekstase strebten sie dem Gipfel der Lust entgegen. Er besaß nicht die Kraft, noch länger zu warten, spürte die Zuckungen, die Jamies Erlösung von der betörenden Qual ankündigten, und ergoss sich in ihre Wärme.

Danach lagen sie lange reglos nebeneinander. Alec überlegte, ob er seiner Frau sagen sollte, wie glücklich sie ihn gemacht hatte, und er sehnte sich auch nach ihrem Lob. Nein, entschied er dann. Er wünschte sich noch mehr – viel mehr als freundliche Anerkennung. Es war höchste Zeit, dass Jamie ihre Pflicht erkannte. Das wollte er ihr nicht erklären. Sie musste es von sich aus verstehen.

Es war ihre Pflicht, ihn zu lieben.

Und die Erkenntnis, warum er sich nach ihrer Liebe sehnte, traf ihn wie ein Blitzschlag: Er liebte sie schon längst. Wie um Himmels willen hatte das geschehen können? Sie war die eigensinnigste, launischste, unvernünftigste Frau, die er kannte. Kein anderer möchte sie haben, sagte er sich. Und dann gestand er sich lächelnd ein, dass er log. Alle begehrten sie – aber sie gehörte ihm.

Resignierend seufzte er, schloss die Augen und drückte Jamie an sich. Er spürte ihren Herzschlag, immer noch von heißer Leidenschaft beschleunigt – so wie sein eigener. Auch ihre Sinnenlust gehört mir, dachte er.

Und sein Herz gehörte ihr. Er gähnte laut. Wahrscheinlich würde er diese sonderbare Schwäche für Jamie nie überwinden.

Und dann beschloss er, ihr die Ruhe zu gönnen, die sie jetzt dringend brauchte. Er würde bei ihr bleiben, bis sie einschlief. Das war sein letzter Gedanke, ehe er im Reich der Träume versank.

Nun weiß er, dass jemand seine Frau zu töten versuchte. Bis zum Abend werden alle davon erfahren haben. Man wird die Engländerin gut bewachen. Bestimmt will er ihr Leben nie mehr aufs Spiel setzen.

Er versteht nicht, dass sie noch gar nicht sterben sollte. O ja, ich bin viel klüger als er, und ich würde so gern damit prahlen. Das wage ich natürlich nicht. Deshalb muss ich die Männer im Glauben lassen, sie hätten rechtzeitig eingegriffen. Ich wusste, dass man sie retten, dass das Feuer nicht unbemerkt bleiben würde.

Was ich sehen will, ist seine Qual, nicht seine Trauer. Den

Mord werde ich erst morgen beenden – oder übermorgen, wenn ich meine Wünsche bis dahin bezähmen kann.

Seinen Schrei höre ich immer noch. Er rief ihren Namen, und ich glaube, er hat begonnen, sie zu lieben. Wenn das stimmt, wird die Lektion, die ich ihm erteile, umso süßer sein.

Und wenn sie stirbt, möchte ich sie berühren.

Kapitel 14

Jamie jagte Gavin einen gewaltigen Schrecken ein, als sie lautlos hinter ihn trat und sanft auf seine Schulter klopfte. Er wirbelte herum, wollte der Herausforderung begegnen, doch beim Anblick seiner Herrin entspannte er sich sofort. Verwirrt starrte er auf die Schuhe in ihrer Hand und fasste in Worte, was offensichtlich war. »Ich habe Sie nicht gehört.«

»Tut mir Leid, ich wollte Sie nicht aus der Fassung bringen. Bitte, sprechen Sie leise. Alec schläft.«

»Der Laird?«

»Schreien Sie doch nicht so! Und Sie brauchen auch nicht so ungläubig dreinzuschauen. Alec ist auch nur ein Mensch. Und wenn er seine Ruhe nicht nötig hätte, würde er nicht so tief und fest schlafen, oder?«

Gavin schüttelte den Kopf und bemühte sich, nicht in Gelächter auszubrechen. Bei der letzten Begegnung hatte Alec kein bisschen müde ausgesehen. Da war er auf dem Weg zu seinem Bett gewesen – gewiss nicht in der Absicht zu schlafen. Bald würde er sich einige Spötteleien anhören müssen.

Während Jamie ihre Schuhe anzog, stützte sie sich auf Gavins Arm. »Ich werde Hessie bitten, mir zu helfen, wenn ich das Schlafzimmer oben sauber mache.« Sie ließ seinen Arm los, strich ihre Röcke glatt und wollte an ihm vorbeigehen, doch er versperrte ihr den Weg.

»Ich schicke einen Mann zu Hessie. Er soll sie holen.«

»Der kleine Spaziergang wird mir gut tun.«

»Heben Sie sich Ihre Kräfte lieber für die Arbeit auf«, riet er.

»Einverstanden«, stimmte sie zu, um ihn zu beschwichtigen. Er wirkte ziemlich besorgt, und sie musterte ihn erstaunt. »Fühlen Sie sich nicht wohl? Ihr Benehmen erscheint mir irgendwie seltsam.«

Bevor er antwortete, erlaubte er ihr, seine Stirn zu berühren. »Es geht mir großartig, Jamie. Warum fangen Sie nicht an, das Zimmer in Ordnung zu bringen?«

Sie bedachte ihn mit einem langen prüfenden Blick, ehe sie sich abwandte und die Stufen hinaufstieg. Er blieb ihr auf den Fersen. Diesen merkwürdigen Umstand beschloss sie erst zu erwähnen, als sie vor der dritten Tür stehen blieb. Doch er kam ihr zuvor und platzte heraus: »Ich dachte, ich könnte Ihnen helfen, wenn Sie irgendwelche Möbel wegschaffen möchten.«

Jamie lächelte liebenswürdig. »Wie nett von Ihnen, Gavin! Aber ich habe bereits mit Vater Murdocks Hilfe eine Truhe aus dem Zimmer geschoben, und jetzt finde ich genug Platz für meine Sachen, die demnächst eintreffen werden.«

»Oh, die sind schon da, Mylady«, erinnerte er sich plötzlich. »Heute Morgen wurden sie abgeliefert und unten an der Burgmauer abgestellt. Soll ich sie heraufbringen lassen?«

»Ja, bitte. War auch ein Sessel im Wagen?«

»Die Sachen wurden nicht mit einem Wagen gebracht. Der könnte die steile Straße nie bewältigen. Vier Packpferde haben alles hergeschleppt, turmhoch beladen. Und da ist auch ein merkwürdiger Sessel ...«

»Mein Schaukelstuhl. Früher gehörte er meiner Mama. Papa saß immer sehr gern darin, und es ist wirklich lieb von ihm, mir diesen Sessel zu schicken.«

»Ein Stuhl, in dem man schaukeln kann?«

Sie nickte. »Ein teures Erinnerungsstück. Bis an mein Lebensende werde ich ihn dann der nächsten Generation vererben.«

Er überlegte, welcher Narr einen so unvernünftigen Stuhl ersonnen haben mochte, hütete sich aber, diesen Gedanken auszusprechen. Als Jamie Staub zu wischen begann, ließ er sie allein. Er hatte sie nur die Treppe hinaufbegleitet, um sicherzugehen, dass sie im Oberstock nicht von ihrem geheimnisvollen Feind erwartet wurde. In der Halle traf er Marcus und erklärte: »Ich muss mit dir reden.«

»Aye?«

Der zweite Befehlshaber führte Marcus zu einer Stelle, von wo aus er die Türen am Balkon im Auge behalten konnte. Niemand würde unbemerkt nach oben oder unten gehen.

»Du wirst zwei Soldaten unterhalb des Fensters postieren.«

»Unter welchem Fenster?«

»Jamie arbeitet im dritten Zimmer. Zwei Männer sollen vor der Tür Wache halten, zwei unter dem Fenster.«

Marcus runzelte die Stirn. »Darf ich wissen, warum?«

»Natürlich!«, fauchte Gavin. »Die Leute werden unsere Herrin beschützen.«

Allmählich verlor Marcus die Geduld. »Was hat das zu bedeuten?«

»Hast du es denn nicht gehört?«

»Was?«

Seufzend berichtete Gavin, was geschehen war. »Ich trat den Balken von der Hüttentür weg, und es gelang uns in letzter Sekunde, Jamie aus den Flammen zu retten.«

»Wer kann diesen Anschlag verübt haben?«

»Niemand wurde gesehen. Alec möchte, dass wir beide für Jamies Schutz sorgen.«

»Hat er mich ausdrücklich erwähnt?« Marcus hob die Brauen, als könnte er das nicht glauben.

»Ja. Er weiß deine Loyalität zu würdigen. Zweifelst du daran?«

»Ich gab ihm keinen Grund, an meiner Treue zu zweifeln. Aber ich habe nicht verhehlt, dass mir seine Heirat missfällt – mag er dazu gezwungen worden sein oder nicht. Deshalb beschämt mich seine Wertschätzung ...«

Marcus verstummte, als Alec herankam. »Wo ist meine Frau?« Er schrie so laut, dass Gavin überzeugt war, die Wachtposten an der unteren Burgmauer mussten es hören.
»Sie macht das dritte Zimmer im Oberstock sauber.«

»Ist sie allein?«

»Ich sah mir den Raum genau an, bevor ich sie verließ. Niemand kann unbemerkt hinaufgehen.«

Alec nickte. »Ihr zwei bleibt bei ihr, bis ich zurückkehre. Und sie darf keinen Schritt ohne eure Begleitung tun. Verstanden?«

»Sicher wird sie sich fragen, was das soll«, wandte Marcus ein. »Sie ist Engländerin – also nicht dumm.«

Sein scherzhafter Ton überraschte Gavin mehr als Alec. Der Stellvertreter stimmte zu: »Ja, sie wird sich wundern.«

»Dann soll sie sich eben wundern!«, stieß Alec hervor. »Sagt ihr einfach, ich hätte es so angeordnet. Verdammt, die Frau dürfte keine Hausarbeit verrichten.«

»Es ist ihr Wunsch«, erwiderte Gavin. »Und sie muss was tun, um ihre überflüssigen Energien loszuwerden. Offenbar hast du ihr was von deiner Kraft abgegeben, Alec. Du siehst ziemlich mitgenommen aus, falls du mir diese Bemerkung gestattest. Hattest du diesen langen Schlaf tatsächlich nötig?«

»Er hat geschlafen?«, fragte Marcus entgeistert.

»Eure Belustigung gefällt mir nicht«, schimpfte Alec. »Und wenn ihr noch lange so albern grinst, schlage ich euch windelweich. Dann werdet ihr viel länger schlafen als ich, das schwöre ich euch.« Mit dieser Drohung verschaffte er sich wieder den angemessenen Respekt. »Ich gehe jetzt zu Angus. Bald bin ich wieder da.«

Seine Stimmung war so stürmisch wie der auffrischende Wind, während er den Hang hinabeilte. Das Geschrei, das aus Angus' Hütte drang, verriet ihm, dass der Krieger so ähnlich gelaunt war.

Elizabeth öffnete dem Laird die Tür und lächelte, unbeeindruckt vom Wutanfall ihres Mannes.

»Das Zusammenleben mit einem Wilden scheint dir nichts auszumachen, Elizabeth«, meinte Alec.

»Deine Frau hat mich gewarnt. Sie prophezeite, es würde nicht einfach sein, ihn zu betreuen, und ich muss ihr Recht geben. Er hat sich tatsächlich in einen zornschnaubenden Bären verwandelt«, erklärte sie laut genug, sodass Angus es verstand. »Aber sobald die Fäden aus seiner Brust gezogen sind, wird er zu jammern aufhören.«

»Sprich nicht so respektlos von mir!«, brüllte Angus vom Bett herüber. »Der Laird will mich besuchen und hat sicher keine Lust, sich dieses dumme Weibergewäsch anzuhören.«

Sie verdrehte die Augen, dann wandte sie sich zu ihrem Mann. »Darf ich ihm einen Becher Wein anbieten?«

Mürrisch nickte Angus. »Ich könnte auch einen vertragen.«

Dieser Hinweis blieb unbeachtet. Elizabeth füllte für Alec einen Becher mit dunklem Rotwein, für ihren Mann einen Kelch mit Wasser. »So, nun lasse ich euch allein«, sagte sie und ging zur Tür.

»Komm her!«, befahl Angus.

Alec lehnte am Fensterbrett und beobachtete, wie sie zum Bett eilte. Angus zog sie zu sich hinab, küsste sie lange und leidenschaftlich und flüsterte ihr etwas ins Ohr. Da ergriff sie mit hochroten Wangen die Flucht.

»Sie ist eine gute Frau«, meinte er seufzend, goss das Wasser auf den festgestampften Erdboden und stand auf, um den Weinkrug zu suchen.

»Den Krug hat sie mitgenommen«, verkündete Alec lachend. »Sie kennt dich besser, als du glaubst.«

Diese Bemerkung schien Angus zu gefallen.

Er bedeutete dem Besucher, ihm etwas von dem Trunk abzugeben. Diesen Wunsch erfüllte Alec, und Angus nahm einen großen Schluck. »Oh, das schmeckt köstlich! Deine Frau redete Elizabeth ein, ich dürfe erst wieder Wein trinken, wenn die Fäden gezogen sind. Nur Gott mag wissen, warum die Lady ihr diese ungeheuerliche Anweisung gegeben hat. Natürlich hält sich Elizabeth daran, und ich bin zu tiefstem Leid verdammt, während die beiden wie Glucken über mir hängen. Hättest du mich lieber sterben lassen, Mann, und mich gerettet vor diesen ...«

»Engeln?«

Grinsend nickte Angus. »Wolltest du etwas Besonderes mit mir besprechen oder dich nur an meinem Unglück weiden?«

»Schließ die Tür. Niemand darf uns belauschen.«

Angus wandte sich ab und gab der Tür einen Tritt. »Offenbar geht es um ernste Dinge. Du machst ein ziemlich grimmiges Gesicht.«

Der Laird schilderte, was Jamie zugestoßen war. »Sie weiß nicht, dass jemand einen Mordanschlag auf sie verübt hat.«

Sie erörterten die Sicherheitsmaßnahmen, die getroffen

werden mussten, bis der Schuldige gefunden war. Angus zählte drei Jahre mehr als sein Herr und war nach dessen Meinung auch um drei Jahre klüger. Er sank in seinen Sessel, legte die Beine aufs Bett, und als sie ihre Pläne geschmiedet hatten, runzelte er die Stirn, genauso finster wie Alec.

Der Laird begann auf und ab zu gehen, und da wusste Angus, dass es noch andere Probleme gab. Geduldig wartete er. Mehrere Minuten verstrichen, bis Alec sein Schweigen brach. »Würdest du mir alles erzählen, was du über Helena weißt? Während meiner kurzen Ehe mit ihr warst du hier – und ich nicht ...«

»Aye, du musstest dich um die Geschäfte des Königs kümmern. Ist dir bewusst, dass du zum ersten Mal seit dem Begräbnis den Namen deiner verstorbenen Frau ausgesprochen hast?«

»Ich wollte sie vergessen, doch ...« Mitten im Satz unterbrach sich Alec. »Sag mir alles, woran du dich erinnerst.«

Etwa eine halbe Stunde lang befragte er seinen vertrauenswürdigen Freund, und als er Angus verließ, hatte sich seine Stimmung nicht gebessert. Elizabeth wartete vor der Tür. Er zwinkerte ihr zu, worauf ihr erneut das Blut in die Wangen stieg.

Während er den Hang hinaufstieg, entdeckte er Jamie am Fenster des dritten Zimmers im Oberstock. Sie hätte ihn sehen müssen, aber ihre Aufmerksamkeit galt den beiden Soldaten, die unter ihr an der Hausmauer lehnten. Ihr Lächeln versetzte ihn sofort in gute Laune. Wie schön sie war ... Ein paar Locken hatten sich aus ihrem Haarknoten gelöst und umrahmten das Gesicht. Schmutzflecken zierten ihre Nase und die Stirn. Abends muss sie noch einmal baden, entschied er grinsend.

Einer der Soldaten begann zu sprechen. Interessiert beugte sie sich hinunter, um zu lauschen. Was der Mann seinem Kameraden erzählte, schien sie sehr zu amüsieren. Alec kam näher. Abrupt hielt er inne, als er merkte, dass der Krieger gälisch sprach. Und seine Frau verstand jedes verdammte Wort. Er war zu verblüfft, um ihr böse zu sein.

Der Soldat erzählte gerade die alte Geschichte von dem Schotten, der eine hingestreckte nackte Frau am Straßenrand gefunden hatte und sofort über sie hergefallen war, um sich mit ihr zu vergnügen. Ein anderer Schotte erschien am Schauplatz des Geschehens und beschämte seinen Freund mit dem Hinweis, die Frau sei offensichtlich tot und nur ein verwerflicher Heide könne sich mit einer Toten paaren.

Jamie presste eine Hand auf ihren Mund, offenbar, um ihren Lachreiz zu bekämpfen. Ihre Augen funkelten vor Belustigung. Gespannt wartete sie auf das Ende der Geschichte.

»Tot?«, rief der erste Schotte. »Ich dachte, sie wäre Engländerin!«

Sofort erlosch ihr Lächeln, und sie verschwand vom Fenster, während die beiden nichtsahnenden Krieger schallend lachten. Jamie erschien wieder, einen großen Wassereimer in den Händen. Erwartungsvoll beobachtete Alec, wie sie die schwere Last hob, und machte sich nicht die Mühe, seine Männer zu warnen. Sorgfältig zielte sie und goss die Seifenlauge auf die Köpfe ihrer Opfer. »Oh, bitte, verzeihen Sie mir!«, rief sie, nachdem die beiden die Litanei ihrer Flüche beendet hatten und zu ihr hinaufstarrten. »Ich wusste nicht, dass Sie da unten stehen!«

»Lady Kincaid!«, japste einer der Schotten und entschuldigte sich ebenso zerknirscht wie sein Kamerad für das unflätige Geschrei. Sie liefen an Alec vorbei – vermutlich in der Absicht, sich umzukleiden. Und da hörte er, wie der eine bemerkte, welch ein Glück es doch sei, dass die Herrin die gälische Sprache nicht beherrsche. Hätte sie die zotige Geschichte verstanden, wäre sie sicher tief beleidigt. Da musste der Laird laut lachen und zog damit endlich die Aufmerksamkeit seiner Frau auf sich. Sie lächelte ihn an. »Du scheinst in bester Stimmung zu sein. Hast du dich lange genug ausgeruht?«

Natürlich musste sie seinen Nachmittagsschlaf erwähnen. Sein Gelächter verstummte. Eifrig dachte er sich einige Bemerkungen aus, die er in Jamies Gegenwart machen würde, natürlich auf gälisch. Und sie würde sich nicht rächen können, sonst müsste sie ihre Sprachkenntnisse zugeben.

Verdammt, stets hatte sie zugehört, wenn in ihrer Anwesenheit gälisch gesprochen worden war. Und er hatte seine Männer auch noch angewiesen, ihr Englisch zu verbessern, damit Jamie sich leichter eingewöhnte.

»Warum grinst du, Alec?«, fragte sie und beugte sich noch weiter aus dem Fenster.

»Pass doch auf, du dummes Ding! Gleich wirst du runterfallen!«

Sie wich zurück. »Besten Dank für deine Besorgnis. Verrätst du mir jetzt, was dich so belustigt?«

Um sie herauszufordern, begann er die eben gehörte Geschichte zu erzählen, doch sie unterbrach ihn. »Diesen uralten Witz kenne ich. Die Frau ist tot, und sie war Schottin.«

Ehe er widersprechen konnte, verließ sie das Fenster.

Sie traf ihn am Fuß der Treppe, wo er verwirrt auf das Gepäck starrte, das man inzwischen ins Haus gebracht hatte. Ein eigenartiger Sessel, so breit wie zwei kräftige Krieger, krönte den Stapel. »Was ist das für ein Zeug?«

»Meine Sachen«, erklärte Jamie. »Ein Teil kommt ins Schlafzimmer, der Rest wird hier in der Halle aufgestellt.«

»Diese Unordnung gefällt mir nicht.« Er griff nach einem Wandteppich und hielt ihn hoch, um das Muster zu betrachten.

Jamie riss ihm den Gobelin aus der Hand. »Schau nicht so finster drein!« Sie sprach im Flüsterton, weil Gavin und Marcus die Szene beobachteten. »Ich dachte, wir hängen diesen Teppich über den Kamin.«

»Was zum Teufel soll das darstellen?«, knurrte er.

»Das konntest du nicht erkennen, weil du den Teppich verkehrt gehalten hast.« Sie eilte zu Gavin und reichte ihm das kostbare Stück. »Bitte hängen Sie ihn an die Wand, so gerade wie eine Lanze. Und versuchen Sie, ihn dabei nicht anzuschauen. Es soll eine Überraschung werden.«

Gavin lächelte über ihre Begeisterung. »Haben Sie das Bild selbst gestickt, Mylady?«

»Du lieber Himmel, nein! Das war Alices und Agnes' Werk. Die beiden haben mir den Teppich zum Geburtstag geschenkt.« Forschend musterte sie ihn, dann warf sie einen Blick auf Marcus. »Alec, ich finde, wir müssten meine Zwillingsschwestern mit Gavin und Marcus bekannt machen. Ich glaube ...«

»Du wirst keine Ehen arrangieren, Jamie«, unterbrach er sie.

»Sehen Ihnen die Zwillinge ähnlich, Jamie?«, fragte Gavin.

»Nein, sie sind viel hübscher.«

Verwundert riss er die Augen auf. »Dann muss ich diese Ladies unbedingt kennen lernen.«

»In ihrem Wesen gleichen sie Mary«, murmelte Alec.

»Das macht nichts.« Nachdem ihm diese unbedachte Bemerkung herausgerutscht war, floh Gavin zum Kamin, verfolgt von Alecs Gelächter.

»Gavin, wenn du überall herumerzählst, dein Laird habe

am helllichten Tag geschlafen, sorge ich dafür, dass du beiden Schwestern begegnest.«

»Hast du etwa geschlafen?«, rief Gavin.

Sogar Marcus stimmte ein, als die beiden lachten. Bis jetzt hatte Jamie den dunkelhaarigen Soldaten nicht einmal lächeln sehen. »Was erheiterte euch denn so?«, fragte sie.

»Nicht so wichtig«, entgegnete Alec, und sie starrte ihn misstrauisch an.

»Wolltest du soeben andeuten, meine Schwestern wären deiner Freunde unwürdig?« Herausfordernd stemmte sie die Hände in die Hüften.

»Nicht einmal einem Ziegenbock würde ich die zwei aufbürden.« Er ignorierte ihren Wutschrei und fuhr fort: »Ich lehne es ab, Tiere grausam zu behandeln. Wie du sicher schon bemerkt hast, benutze ich nicht mal die Peitsche, wenn ich ausreite, und …«

»Willst du meine Familie beleidigen?«

Statt zu antworten, setzte er das schiefe Grinsen auf, das sie so gerne mochte, und nun musste auch sie lachen. Der Mann war ein hoffnungsloser Fall. »Du benimmst dich schändlich, Kincaid. Außerdem kennst du meine Familie nicht gut genug, um dir ein Urteil erlauben zu können. Doch das wird sich bald ändern.« Sein Lächeln erstarb, und sie fügte in honigsüßem Ton hinzu: »Ich werde sie alle bitten, uns einen langen, langen Besuch abzustatten.«

»Und was soll das sein?« Gavin sprang von dem Stuhl herab, auf den er gestiegen war, um den Wandteppich aufzuhängen.

»Treten Sie zurück, dann werden Sie's erkennen!«, entgegnete Jamie.

»Großer Gott, Alec, weißt du, wen ich soeben aufgehängt habe?«

»Das ist William, unser geliebter Eroberer«, erklärte Jamie. »Wie man mir sagte, ein naturgetreues Porträt. Ein hübscher Mann, nicht wahr?«

Drückendes Schweigen senkte sich herab. Gavin und Marcus schauten den Laird erwartungsvoll an, und der starrte ungläubig auf seine Frau.

Marcus war der Erste, der sich von seiner Verblüffung erholte. »Er war fett.«

»Nicht fett, sondern stattlich«, wurde er von Jamie verbessert.

»Um Himmels willen, was ist das für ein gelbes Ding über seinem Kopf?« Gavin wich noch einen Schritt zurück.

»Ein Heiligenschein«, erwiderte sie.

»Haben sie den Mann heilig gesprochen?«, erkundigte sich Marcus.

»Es ist noch nicht amtlich, aber es kann nicht mehr lange dauern, bis die Kirche seine Heiligkeit anerkennt.«

»Warum?« Marcus sprach aus, was auch die beiden anderen Männer dachten.

Jamie freute sich über das Interesse ihres Gemahls und seiner Soldaten. Ausführlich erläuterte sie, dass William die englische Lebensart ganz allein geändert hatte, und sprach in allen Einzelheiten über die Beziehung zwischen Lehnsherrn und Vasallen. Als sie ihren Vortrag beendete, erwartete sie, mit Fragen bestürmt zu werden. Aber niemand schien Wert auf weitere Informationen zu legen. »Glaubt Ihr, dieses System könnte auch hier funktionieren?«, wollte sie wissen.

»Bei uns gibt's das schon seit ein paar hundert Jahren, Jamie«, entgegnete Alec.

»Soeben haben Sie die schottischen Clans beschrieben, Mädchen«, ergänzte Gavin und versuchte Jamies Enttäuschung über die Reaktion ihres Mannes mit einem Lächeln zu mildern.

»Nimm den Wandteppich runter, Gavin«, befahl der Laird.

»Alec, das kannst du doch nicht ernst meinen!«, klagte Jamie. »Meine Schwestern haben viele Stunden lang daran gearbeitet. Es war ein Geburtstagsgeschenk für mich, und ich möchte es immer vor Augen haben.«

Vater Murdock war in die Halle gekommen und hatte die letzten Worte gehört. Ein Blick auf die Wand über dem Kamin verriet ihm den Grund für Alecs sichtliches Missvergnügen. Offenbar braute sich ein Streit zusammen. Um zu verhindern, dass Jamies Gefühle verletzt wurden, mischte er sich hastig ein. »Alec, sie wollte dich sicher nicht beleidigen, als sie in diesem Haus das Bild deines Feindes aufhängen ließ.«

»Natürlich wollte ich ihn nicht beleidigen«, bestätigte Jamie. »Aber er stellt meine Geduld auf eine harte Probe. Dies ist auch mein Heim, also sollte er mir erlauben, es in meinem Sinn zu schmücken.«

»Nein«, widersprach Alec.

Jamie und der Priester starrten ihn vorwurfsvoll an, Marcus und Gavin grinsten.

Entschlossen kehrte Jamie ihrem Mann den Rücken. »Vater, würden Sie helfen, den Stuhl in der Halle aufzustellen? Oder hast du dagegen auch etwas einzuwenden, Alec?«

Murdock inspizierte das Möbelstück. »Mit dem stimmt was nicht, Jamie. Er hat geschwungene Kufen an den Beinen.«

»Es ist ein Schaukelstuhl, Vater, und sehr bequem. Sie müssen ihn unbedingt ausprobieren.«

»Vielleicht ein andermal.« Misstrauisch entfernte er sich von dem seltsamen Gebilde.

Seufzend nahm Alec den Stuhl von dem Gepäckstapel und stellte ihn vor den Kamin. Dabei versuchte er, nicht zu Williams hässlichem Gesicht hinaufzuschauen, das ihn angaffte. »So, Frau. Bist du jetzt glücklich?«

Seine Stimme klang so mürrisch, dass sich Vater Murdock erneut bemüßigt fühlte, einzugreifen: »Dieser riesige Stuhl würde mich beinahe verschlucken.«

»Papa saß immer nach dem Essen darin. Er nahm meine Schwestern auf den Schoß und erzählte die wunderbarsten Geschichten.« Ein sanftes Lächeln verklärte Jamies Gesicht bei diesen schönen Erinnerungen. Wehmut schwang in ihren Worten mit, und Alec musterte sie verwirrt. Hatte sie sich absichtlich oder unabsichtlich ausgeschlossen?

»Und wo hast du gesessen? Auf einem Knie neben Mary oder auf dem anderen neben einem Zwilling?« Bei der Vorstellung von vier kleinen Mädchen, die auf den Knien ihres Vaters eine Gute-Nacht-Geschichte hörten, musste er lachen. Mary, Agnes und Alice hatten vermutlich alle gequengelt, und es war Jamies Aufgabe gewesen, sie zu beruhigen.

»Eleanor und Mary saßen auf dem einen Knie, die Zwillinge auf dem anderen.«

»Eleanor?«

»Papas älteste Tochter. Sie starb, als ich sieben war. Wieso runzelst du die Stirn, Alec? Habe ich dich geärgert?«

»Du hast mir wie so oft keine direkte Antwort gegeben. Ich habe gefragt, wo du gesessen hast.« Er begann die Dinge zu verstehen, wollte sich aber vergewissern.

»Ich stand neben dem Schaukelstuhl. Oder vor Papa. Warum ist das so wichtig?«

Für ihn war es belanglos. Für Jamie musste es umso wichtiger gewesen sein. »Hast du nie auf dem Schoß deines Papas gesessen?«

»Für mich war da kein Platz.«

Also hatte sie als Außenseiterin gegolten. Der beiläufige Ton, in dem sie sprach, konnte nicht darüber hinwegtäuschen. Inständig wünschte Alec, er könnte den gefühllosen Baron verprügeln. Nun verstand er, was in Jamies Kindheit geschehen war. Um die Wertschätzung ihres Papas zu erringen, hatte sie zahllose Pflichten übernommen und sich unentbehrlich gemacht. Schließlich war er von ihr abhängig geworden, und das hatte sie mit Liebe verwechselt.

Dasselbe versuchte sie jetzt in ihrer Ehe. Je mehr Pflichten er ihr aufbürdete, desto mehr würde sie ihm bedeuten. Ja, genau das bildete sie sich ein. Aber er wollte verdammt sein, wenn er ihr gestattete, sich mit harter Arbeit ein frühzeitiges Grab zu schaufeln. Er beschloss, das Thema vorläufig nicht weiterzuverfolgen und ihr erst einmal beizubringen, was es heißt, geliebt oder gebraucht zu werden – oder beides zusammen. Instinktiv wusste er, dass es nicht genügen würde, ihr einfach nur zu sagen, wie viel er für sie empfand. Er musste es beweisen. »Niemand wird je in diesem grässlichen Stuhl sitzen, Frau.«

»Möchtest du's nicht versuchen? Oder hast du Angst davor?«

»Pah!« Der Stuhl knarrte unter seinem Gewicht. Alec begann zu schaukeln, erwartete jeden Augenblick nach hinten zu kippen, und als das nicht geschah, musste er grinsen. Eigentlich saß man recht bequem in diesem Ding. »Also gut, Frau. Wenn du dem Hohn und Spott gewachsen bist, mit dem meine Krieger dieses Möbelstück überschütten werden, darfst du es behalten.«

»Und William?«

»William soll zum Teufel ...«

»Vielleicht sollte man ihn ins Schlafzimmer hängen«, schlug Vater Murdock hastig vor.

»Das ist das letzte Gesicht, das ich vor dem Einschlafen sehen will!«, schimpfte Alec. »Wenn er unbedingt irgendwo hängen muss, bring ihn in den Weinkeller, Jamie.«

Sie öffnete den Mund, um zu protestieren, aber der Priester ergriff ihre Hände und flüsterte: »Einen Bissen nach dem anderen, mein Mädchen.«

Der Laird warf ihm einen durchdringenden Blick zu, ging zum Tisch und schenkte sich einen Becher Ale ein. Vater Murdock folgte ihm und zog Jamie hinter sich her. »Ich werde etwas Wasser trinken ... Weißt du, was entsteht, wenn du Wasser mit Ale mischst, Alec?«

»Verwässertes Ale.«

»Und man kann das eine nicht mehr vom anderen trennen, was?«

»Natürlich nicht. Worauf willst du hinaus, Vater?«

»Du möchtest doch, dass Jamie sich hier eingewöhnt.«

»Klar, das wird sie auch.«

»Willst du sie ändern? Soll sie eine andere Frau werden?«

»Sie gefällt mir so, wie sie ist«, gab Alec zu.

Jamie wusste das Kompliment zu schätzen, obwohl es durch den mürrischen Tonfall ihres Mannes etwas beeinträchtigt wurde.

»Du möchtest also nicht, dass sie eine Schottin wird?«

»Gewiss nicht. Sie ist Engländerin, dagegen kann man nichts machen. Aber sie wird sich an all das Neue gewöhnen.«

»Das wirst du auch.«

Nach einer kleinen Pause bat Alec: »Würdest du mir erklären, was du damit meinst, Vater? Allmählich wird mein Geduldsfaden so dünn wie verwässertes Ale.«

»Jamie hängt an ihren Traditionen, so wie du an deinen.

Ließe sich beides nicht auf friedliche Weise verschmelzen? Ein hübscher Wandteppich, der unseren König Edgar zeigt, würde sich an Williams Seite großartig machen. Was hältst du von dieser Idee?«

Alec hielt gar nichts davon – seine Frau dafür umso mehr, wie ihm ihr Lächeln verriet. Da er sie nicht kränken wollte, sprach er seine Meinung nicht aus und stimmte dem Priester widerstrebend zu. »Aber er muss größer sein als William.«

Jamie war zu glücklich über sein Zugeständnis, um mit ihm über die Größe von Wandteppichen zu streiten. Sie persönlich fand zwar, König Edgars Bild dürfte nur halb soviel Platz einnehmen wie William. Aber sie würde sich wohl oder übel mit zwei gleich großen Porträts abfinden müssen. Einen Heiligenschein sollte Edgar allerdings nicht kriegen. »Danke, Alec.«

Um seine Nachgiebigkeit nicht zu übertreiben, befahl er: »Marcus, nimm William von der Wand. Dort darf er erst wieder hängen, wenn Edgar fertig ist. Bald werden die Soldaten zum Abendessen hereinkommen. Und wenn sie diesen Kerl anschauen müssen, wird ihnen schlecht.«

Vater Murdock zeigte seine Erheiterung erst, nachdem der Laird die Halle verlassen hatte, zwinkerte Jamie zu, dann schlenderte auch er hinaus und pfiff ein fröhliches schottisches Lied vor sich hin. Er konnte es kaum erwarten, bis sich das nächste Gewitter zusammenbrauen würde.

Jamie stieg die Treppe hinauf und bemerkte, dass Gavin und Marcus ihr folgten. Als sie fragte, ob sie nichts anderes zu tun hätten, schüttelten sie die Köpfe. Und so erteilte sie ihnen den Auftrag, einen Teil ihres Gepäcks ins Schlafzimmer zu bringen. Sie fand es äußerst seltsam, dass diese beiden bedeutsamen Soldaten einfache Dienstbotenarbeit verrichten wollten.

Später kehrte sie in die Halle zurück und sah Edith mit Annie am Kamin stehen. Die beiden starrten auf den Schaukelstuhl und wandten sich dann zu Jamie, die ihnen ein Grußwort zurief.

Annie lächelte, bis sie Ediths finstere Miene bemerkte, und zog ebenfalls die Stirn in Falten. Nach Jamies Meinung musste die ältere Frau die unbeugsamste aller Schottinnen sein. Ihre strenge Erscheinung wirkte keineswegs einnehmend. Niemals löste sich ein Strähnchen aus der geflochtenen Haarkrone, kein einziger Fleck verunstaltete das karierte Kincaid-Kleid. In der Pflege ihres Aussehens war Edith genauso gründlich wie in ihrem Hass gegen die neue Herrin.

Und die neue Herrin hatte allmählich die Nase voll. »Was ist Ihnen denn zugestoßen?«, fragte Edith spöttisch. »Sind Sie in einen Eimer mit Spülwasser gefallen?« Marcus war hinter Jamie stehen geblieben. Nun trat er vor und schrie Edith an: »Wage es bloß nicht, so mit der Gemahlin deines Lairds zu reden!«

Seufzend klopfte Jamie ihm auf die Schulter, und als er sich zu ihr umdrehte, bat sie um die Erlaubnis, mit seiner Schwester nach ihrem eigenen Gutdünken zu verfahren. Bereitwillig stimmte er zu, und sie gingen in die Mitte der Halle. »Annie, verlassen Sie das Haus. Edith, Sie bleiben, wo Sie sind.« Offenbar mangelte es ihrer Stimme an Autorität, denn Edith folgte dem Mädchen zur Tür. Doch die harte Stimme ihres Bruders hielt sie sofort zurück.

Jamie dankte ihm und fragte, ob sie allein mit Edith sprechen dürfe. Niemand sollte Zeuge dieser Unterredung werden.

Nun mischte sich Gavin ein, der am Fuß der Treppe stand und Edith erbost musterte. »Keiner von uns wird sich entfernen.«

Da Jamie nicht mit den Soldaten streiten wollte, eilte sie zu Marcus und wisperte ihm etwas zu. Mit unbewegter Miene nickte er, und sie wandte sich wieder zu seiner Schwester. »Seit ich hier bin, behandeln Sie mich wie eine Aussätzige. Das habe ich jetzt endgültig satt.« Edith lachte ihrer Herrin ins Gesicht, und Jamie fuhr mit etwas schärferer Stimme fort: »Sie wollen also nicht versuchen, mit mir auszukommen?«

»Ich sehe keinen Grund, mit Ihresgleichen auszukommen.«

»Marcus!«

»Ja, Mylady?«

»Wenn ich Alec bitte, Edith noch heute von hier wegzuschicken – wird er es tun?«

Die Schottin schnappte nach Luft, und ihr Bruder antwortete: »Ja, das wird er tun.«

»Und wohin soll ich gehen?«, fragte Edith. »Marcus, du kannst doch nicht …«

»Schweigen Sie!« Weder Marcus noch Gavin hatten Jamie jemals in diesem Ton sprechen hören.

Erbost ballte Edith die Hände, und Jamie hoffte, ihre Gegnerin so in Wut zu bringen, dass sie vollends die Beherrschung verlor und endlich verriet, was ihr an der Frau des Lairds nicht passte.

»Ich bin hier die Herrin, Edith«, fügte Jamie kühl und hochmütig hinzu. »Und wenn ich wünsche, dass Sie aus dem Clan verstoßen werden, wird es geschehen.«

»Marcus würde das niemals zulassen.«

»Doch, das würde er«, entgegnete Jamie und hasste die schrecklichen Worte, die sie gebrauchte. »Er ist Ihr Bruder und Vormund, und Alec ist sein Laird, dem er stets die Treue halten wird. Aber Sie sind niemandem treu.«

»Doch!«

»Vielleicht waren Sie dem Laird früher treu ergeben, als seine Frau noch Helena hieß. Vater Murdock erzählte mir, Sie hätten ihr sehr nahe gestanden.«

»Niemals werden Sie Helena ersetzen können.«

»Das habe ich bereits getan.«

Diese lässig ausgesprochenen Worte brachten Edith um den letzten Rest ihrer Selbstkontrolle. Schreiend stürzte sie sich auf die Herrin.

Jamie hatte mit einem solchen Angriff gerechnet. Sie war kleiner als Edith, aber stärker, packte sie an den Handgelenken und zwang sie in die Knie. Marcus und Gavin eilten herbei, um einzugreifen, aber Jamie befahl ihnen, sich herauszuhalten.

Plötzlich verbarg Edith ihr Gesicht in Jamies Rockfalten und brach in Tränen aus. »O Gott, ich wollte Sie schlagen! Es tut mir so Leid! Als ich sah, wie Sie mit Vater Murdock Helenas Truhe aus dem Zimmer da oben schafften, war ich so verzweifelt. Sie ist angefüllt mit ...«

»Ich wollte Helenas Eigentum nicht wegwerfen, und ich brachte die Truhe nur in einen anderen Raum.«

»Ihre Babysachen liegen darin«, erklärte Edith, als hätte sie Jamies Erklärung nicht gehört. »Sie hat so eifrig an den winzigen Kleidchen genäht.«

»Also hat sie sich ein Kind von Alec gewünscht?«, fragte Jamie sanft.

»Bitte, sagen Sie, dass Sie mir verzeihen, Mylady!«, schluchzte Edith. »Ich hatte nicht vor, Ihnen wehzutun.«

»Das haben Sie ja auch gar nicht getan. Mir tut es auch Leid.«

»Was tut Ihnen Leid?« Edith kniete immer noch am Boden, das Tränen überströmte Gesicht emporgewandt, und Jamie zog ein Tuch hervor, um ihr die Wangen abzuwischen.

»Dass ich gelogen habe. Aber Sie waren mir so feindlich gesinnt, und da musste ich eine kleine List anwenden, um Ihre Aufmerksamkeit zu erringen.«

»Sie wollen mich gar nicht wegschicken?«

Jamie schüttelte den Kopf und half der Schottin auf die Beine. »Sie sind ein wichtiges Mitglied dieses Clans, und ich würde Alec niemals bitten, Sie zu verstoßen. Und ich habe auch gelogen, was Helena betrifft. Ich habe ihren Platz nicht eingenommen.«

»Sie sind Alecs Frau.«

»Das bedeutet keineswegs, dass wir alle vorgeben müssen, sie hätte nie existiert.«

»Der Laird tut aber so.«

»Helenas Tod war sehr schmerzlich für ihn.«

»Ich hatte eher das Gefühl, dass er keine allzu große Trauer empfand. Die beiden waren nicht lange verheiratet, Mylady. Die Zeit reichte nicht einmal aus, um Helenas Tochter ...«

»Was?«, rief Jamie verblüfft. »Vater Murdock sagte mir, die Ehe habe nur zwei Monate gedauert.«

»Alec war ursprünglich mit Annie verlobt, aber König Edgar besann sich anders, denn Annie ... Nun ja, sie wurde nicht schnell genug erwachsen, und Helena hatte eben erst ihren Mann verloren. Kevin starb im Kampf für seinen König, und sie trug sein Kind unter dem Herzen.«

Jamie schwankte, und Marcus stützte sie am Ellbogen. »Ist Ihnen schlecht, Mylady?«

»Nein, ich bin nur wütend. Wie lange war Helena mit Kevin verheiratet?«

»Sechs Jahre«, antwortete Edith.

»Erzählen Sie von diesem Kind.«

»Helena wartete auf Alecs Rückkehr, nach der er sofort

wieder aufbrechen wollte, um das kleine Mädchen zu holen. Es wurde von Kevins Mutter betreut.«

»Niemand in diesem Haus erzählt mir etwas!«, schrie Jamie empört. »Meine Mutter ging mit mir schwanger, als sie meinen Stiefvater heiratete. Und wenn Sie glauben, ich würde zulassen, dass dieses Kind ...« Sie holte tief Atem, um sich zu beruhigen, dann wandte sie sich lächelnd zu den Soldaten. »Edith und ich haben unseren Streit beigelegt, und ich wäre Ihnen beiden dankbar, wenn Sie Alec unser undamenhaftes Benehmen verschweigen würden. Das würde ihn nur in Verlegenheit bringen – nicht wahr, Edith?«

Die Schottin lächelte, und ihre Augen füllten sich wieder mit Tränen. Jamie führte sie zum Tisch, und sie setzten sich. »Wie heißt das Mädchen?«

»Mary Kathleen«, erwiderte Edith. »In Kevins Adern floss irisches Blut.«

»Meine Schwester heißt auch Mary. Und wie alt ist das Kind?«

»Drei Jahre. Seit der Geburt habe ich es nicht mehr gesehen. Ich hörte, Kevins Mutter sei vor drei Monaten gestorben. Jetzt kümmert sich eine entfernte Verwandte um Mary.«

Mühsam bezwang Jamie ihren Ärger. Edith sah aus, als wollte sie wieder in Schluchzen ausbrechen. Doch ihre Herrin fand keine Muße, um sie zu trösten. Ihre Gedanken überschlugen sich, eifrig schmiedete sie Pläne. »Wir haben viel zu besprechen, meine Liebe. Doch bringen Sie erst einmal Ihr Haar in Ordnung.«

Dieser Vorschlag erfüllt seinen Zweck. Die Schottin sprang auf und betastete ihre Zopfkrone. »Ist es zerzaust?«

»Nur ein wenig.« Jamie verkniff sich ein Lächeln.

Hastig knickste Edith und rannte aus der Halle.

»Sie haben einen schweren Tag hinter sich, Mylady«, meinte Gavin. »Erst mussten Sie gegen ein Feuer kämpfen, dann gegen eine störrische Frau.«

»Eigentlich war es erst ein großer Eber, dann Alec, dann das Feuer und zuletzt Edith«, verbesserte sie ihn lächelnd.

»Ein Eber?«, schrie Gavin. »Sie haben mit einem Eber gekämpft?«

»Das war nur ein Scherz«, gab sie zu und schilderte, was geschehen war. »Es war also kein richtiger Kampf. Kennen Sie diesen Jungen? Er heißt Lindsay.«

Gavin musste sich setzen, ehe er antworten konnte. »Wir kennen seinen Clan.«

»Mein Gott!«, rief Marcus.» Sein Vater ist ein mächtiger Laird.«

»Und sehr grausam«, ergänzte Gavin, dann schrie er erschrocken auf. »Sie hätten getötet werden können, Mylady.«

»Mach dir keine Vorwürfe, Gavin«, mahnte Marcus. »Alec hat sicher schon ...«

»Ich habe ihm nicht alles erzählt«, gestand Jamie. Deutlich zeigten die Männer, was sie davon hielten, und sie bat: »Schaut nicht so finster drein! Ich versprach dem Jungen, ihn nicht zu verraten, und ich sehe keinen Grund, Alec in Kenntnis zu setzen. Er würde sich nur Sorgen machen. Sie werden doch schweigen, Gavin? Marcus? Ich habe Ihr Wort?«

Beide Krieger nickten, obwohl sie natürlich nicht beabsichtigten, ihr Versprechen zu halten. Aber sie wollten Jamie vorerst besänftigen.

»Ist sonst noch etwas vorgefallen, das Sie zu erwähnen vergessen haben, Mylady?«, fragte Gavin gedehnt.

»Lassen Sie mir noch etwas Zeit. Der Tag ist noch nicht zu Ende.«

Gavin lächelte, und – wundersamerweise – Marcus ebenfalls.

»Die letzten Stunden waren gewiss nicht langweilig«, seufzte sie. »Marcus, wissen Sie, wo Mary Kathleen ist?« Als er nickte, erkundigte sie sich: »Sehr weit weg von hier?«

»Drei Reitstunden.«

»Dann brechen wir am besten sofort auf.«

»Wie bitte, Mylady?« Verwirrt wandte sich Marcus zu Gavin und schien zu bezweifeln, dass er seine Herrin richtig verstanden hatte.

Jamie war bereits hinter dem Wandschirm verschwunden. »Sie bringen mich doch hin, Marcus?«, rief sie. »Um die Wahrheit zu gestehen – wenn ich mir den Weg beschreiben ließe und die Reise allein anträte, würde ich mich sicher verirren.«

»Warum wollen Sie denn dorthin?«

»Um meine Tochter zu sehen.« Das war eine Lüge, denn Jamie wollte das Mädchen nicht nur besuchen. Doch das musste sie vorläufig verschweigen, da sich die Soldaten sonst weigern würden, ihr zu helfen. Bald würden sie ohnehin herausfinden, was sie plante.

Sie würde Mary Kathleen nach Hause holen, denn da gehörte das Mädchen hin.

Kapitel 15

Alecs Geduld näherte sich dem Ende. Er schrieb seine schlechte Laune der Tatsache zu, dass die Kampfübungen an diesem Nachmittag nicht zufrieden stellend verliefen. Es war eine mühselige Aufgabe, die unerfahrenen jungen Krieger auszubilden.

David, Laird Timothys zweitgeborener Sohn, trug die Hauptschuld an Alecs Missvergnügen. Der Bursche machte einfach keine Fortschritte. Zum drittenmal wurde er mitsamt seinem Schwert zu Boden geschlagen. Um der Demütigung die Krone aufzusetzen, benutzte Kincaid dazu nur den Handrücken, und Davids Waffe flog durch die Luft. Die Klinge hätte sich ins Bein eines anderen Soldaten gebohrt, wäre dieser nicht blitzschnell zur Seite gesprungen.

»Ich sollte dich auf der Stelle umbringen!«, brüllte Alec den Jungen an. »In einer richtigen Schlacht würdest du keine fünf Minuten überleben, wenn du nicht endlich lernst, überlegt zu handeln. Und halt um Himmels willen dein Schwert fest!«

Ehe der flachsblonde Krieger auf die Kritik antworten konnte, zerrte Alec ihn auf die Beine und packte ihn an der Kehle. Vielleicht lässt sich ein bisschen Verstand in diesen Holzkopf hineinwürgen, dachte er. Und als sich Davids sommersprossiges Gesicht puterrot färbte, wusste Kincaid, dass ihm die ungeteilte Aufmerksamkeit seines Schülers galt.

»Alec?«, rief einer der Soldaten, und ehe sich der Laird zu ihm wandte, schleuderte er David erneut zu Boden und bemerkte die plötzliche Stille. Ohne seine Erlaubnis hatten sie die Übungen unterbrochen und starrten den Hang hinauf. Ohne sich umzudrehen, ahnte er, dass Jamie für diese Störung verantwortlich war. Nur sie vermochte die normalerweise disziplinierten Leute dermaßen zu verwirren.

Er glaubte, auf alles vorbereitet zu sein, aber der Anblick seiner Frau, die auf Wildfeuer den Hang herabgaloppierte, nahm ihm dann doch den Atem. Sie ritt ohne Sattel, das lange Haar flatterte hinter ihr her, und er wagte nicht, sich zu bewegen – aus Angst, sie würde vom Pferd fallen und sich den eigensinnigen Hals brechen.

Gavin und Marcus folgten ihr. Am Rand des Exerzierfelds zügelte sie die Stute. Mit einer arroganten Geste winkte Alec sie zu sich. Eigentlich wollte er sie tadeln, weil sie die Kampfübungen beeinträchtigte. Aber es fiel ihm schwer, ihr böse zu sein. Wie eine Königin saß sie auf dem Pferderücken, und er musterte sie voller Stolz. Als er dann den Bogen und den Pfeilköcher entdeckte, die an ihrer Schulter hingen, verflog der letzte Rest seines Ärgers, und er verkniff sich ein Grinsen.

Ohne sichtbar an den Zügeln zu ziehen, gehorchte Jamie ihrem Mann, lenkte Wildfeuer zu ihm und brachte sie mit leichtem Schenkeldruck zum Stehen.

»Was treibst du denn da?«, fragte er.

»Ich reite aus.«

»Mit Pfeil und Bogen?«

Sie nickte. »Man muss stets auf alles vorbereitet sein. Vielleicht kann ich ein wenig jagen.«

»Du würdest nicht einmal unsere Stallwand treffen. Wie willst du da auf ein bewegtes Ziel schießen?«

»Du solltest deiner Frau etwas mehr zutrauen.« Jamie nahm den Bogen von der Schulter und zog einen Pfeil aus dem Köcher. Es war höchste Zeit, den Mann eines Besseren zu belehren. Weiter unten am Hang hatte sie eine braune, an einem hohen Heuballen befestigte Tierhaut entdeckt, in der etwa fünfzehn Pfeile steckten. Sie zeigte auf das Ziel. »Erlaubst du mir zu jagen, wenn ich meine Schießkünste beweise?«

Marcus hüstelte und versuchte offensichtlich, sein Gelächter zu überspielen. Strafend starrte Jamie ihn an, während sie auf die Antwort ihres Gemahls wartete.

»Ich werde nicht zulassen, dass du dich vor meinen Männern lächerlich machst«, erklärte Alec, um sie in Wut zu bringen, und erreichte den gewünschten Erfolg. Sie starrte ihn an, als wollte sie ihn erwürgen.

»Ich werde mich keineswegs lächerlich machen!« Er besaß die Kühnheit zu grinsen. Ärgerlich zischte sie: »Sei so nett und geh mir aus dem Weg! Du kannst später lachen!«

Alec nickte und trat ein paar Schritte beiseite. Als Jamie einen Pfeil auf den Bogen legte, rannten die Soldaten los, um in Deckung zu gehen. Offensichtlich hielten sie von Lady Kincaids Talenten ebenso wenig wie der Laird.

Wildfeuers Kopf versperrte ihr die Sicht, und so streifte Jamie die Schuhe ab und stellte sich auf den Pferderücken. Anmutig wie eine Tänzerin balancierte sie, zielte und schoss den Pfeil ab. Als Alec zu ihr geeilt war, um sie festzuhalten, saß sie bereits wieder auf der Stute und lächelte ihn an. »Warum guckst du so böse?«

»So etwas wirst du nie wieder wagen, Frau!« Sein Geschrei erschreckte Wildfeuer, und sie versuchte durchzugehen. Aber er hielt sie am Zügel fest, und sie beruhigte sich sofort wieder. Dabei war ihm nicht entgangen, dass Jamie weder das Gleichgewicht verloren noch Angst gezeigt hatte.

»Was habe ich denn gewagt?« Sie schien tatsächlich nicht zu wissen, was ihn erzürnte.

Er holte tief Luft und versuchte sich zu fassen. Als sie auf Wildfeuers Rücken balanciert hatte, war ihm beinahe das Herz stehen geblieben. »Du hättest dich umbringen können«, stieß er zwischen zusammengebissenen Zähnen hervor. »Und wenn dich jemand tötet – dann nur ich! Stell dich nie wieder auf dein Pferd!«

»In dieser Stellung bin ich oft und gern geritten, Alec. Wenn Wildfeuer über ein Feld galoppierte, stand ich immer wieder auf ihr.«

»O Gott …«

»Es ist wahr. Soll ich's dir zeigen?«

»Nein!«

»Brüll nicht so! Du machst Wildfeuer Angst.«

»Ich möchte lieber dir Angst machen, Frau. Versprich mir, dass du nie mehr solchen Unsinn treibst!«

»Also gut, ich gebe dir mein Wort«, seufzte Jamie. »Bist du jetzt zufrieden?«

»Ja.«

»Dann nimm bitte deine Hand von meinem Knie. Du tust mir weh.«

»Weißt du eigentlich, in welcher Gefahr du geschwebt hast?«

Statt zu antworten, fragte sie: »Hast du dieses Zucken im Kinn schon lange, Alec?«

Wütend presste er die Lippen zusammen.

»Der Pfeil steckt weit weg von den anderen!«, verkündete der junge David, hob eifrig Jamies Schuhe auf und reichte sie ihr. Sie dankte ihm und schlüpfte hinein.

»Natürlich ist mein Pfeil weit weg von den anderen.«

»Sie wussten also, dass Sie danebenschießen würden?«

»Mein Pfeil steckt genau in der Mitte. Hol ihn mir, bitte.«

David rannte den Hang hinab, zu der Tierhaut. »Es stimmt!«, jubelte er. »Sie hat genau in der Mitte getroffen!«

Jamie beobachtete nur ihren Mann. Auf den Beifall der Soldaten achtete sie nicht. Doch seine Reaktion enttäuschte sie. Er hob nur eine Braue.

»Gavin, nehmt noch zehn weitere Leute mit!«

Sofort kehrte der Stellvertreter des Lairds zum Stall zurück.

»Jamie, du hast etwas vergessen«, bemerkte Alec, als sie ihm die Zügel aus der Hand nehmen wollte.

»Oh …« Errötend beugte sie sich hinab und küsste seine Stirn.

Er verbarg seinen Ärger nicht. »Ich meine, dass du deinen Sattel vergessen hast.«

»Den mag ich nicht. Er ist ganz neu, und wenn ich länger drinsitze, bekomme ich steife Knochen.«

»Marcus, bring ihr einen meiner alten Sättel. Warum hast du mir verschwiegen, dass du auf dem bloßen Pferderücken reiten kannst, Jamie?«

»Weil ich dachte, du würdest es undamenhaft finden.«

Über diese alberne Erklärung musste er lachen. »Du würdest mir niemals undamenhaft erscheinen. Eigentlich hätte ich wissen müssen, was für eine gute Reiterin du bist. Beak erzählte mir, niemand außer dir sei im Stande, die Stute zu meistern. Doch es fiel mir schwer, das zu glauben, denn später behauptete er, du seiest ein schwaches Mädchen, das sich gern verhätscheln lässt, und würdest deine Zeit in der Kirche oder am Nähtisch verbringen.«

»Das sagte er nur, um mich zu schützen. Er dachte, wenn du mich für schwach und unfähig hältst, würdest du mehr Rücksicht auf mich nehmen.«

Alec grinste. »Küss mich nie wieder so wie vorhin, Frau.«

Sie nahm an, dass er nicht vor seinen Männern liebkost werden wollte. Doch da fügte er hinzu: »Sondern so ...« Er zog sie an den Schultern zu sich herab und drückte leidenschaftlich seine Lippen auf ihre. Jamies Sinne schwirrten, und sie hörte nicht, wie die Soldaten das Eheglück ihres Lairds bejubelten. Aber er hörte es. Widerstrebend löste er seinen Mund von ihrem. »Jetzt hast du genug von meiner kostbaren Zeit vergeudet.«

Sie lächelte, dann wurde ihre Aufmerksamkeit auf die Reiterschar gelenkt, die den Hang herabsprengte. »Warum muss ich so viele Leute mitnehmen?«

»Die gehen auch gern auf die Jagd.« Alec hob sie vom Pferd, und Marcus warf ihm einen alten Sattel zu. Jamie hielt die Zügel, während ihr Mann den Sattelgurt unter dem Bauch der Stute straff zog. Dann half er ihr aufzusteigen. »Ich wünsche dir einen angenehmen Ritt.«

»Ich werde nicht mit leeren Händen zurückkommen«, verkündete sie.

»Das weiß ich.«

Sie hinterging ihn nur ungern, aber sie musste ihn im Glauben lassen, dass sie es nur auf Jagdbeute abgesehen hatte. Wenn sich sein anfänglicher Zorn gelegt hat, wird er sicher ein guter Vater sein, dachte sie.

Sie ritt mit den Männern davon, und an der Zugbrücke wandte sie sich zu Marcus. »Welche Richtung?«

»Nach Westen, Mylady.«

Wildfeuer befand sich bereits im vollen Galopp, als Marcus sie einholte und Jamie bedeutete, ihm zurück zur Brücke zu folgen. Er war höflich genug, ihren mangelnden Orientierungssinn nicht zu erwähnen. Aber Gavin machte es großen Spaß, sie deshalb zu necken. Jamie grollte ihm nicht. Sie war hochzufrieden mit den beiden Kriegern, weil sie dem Laird nichts über das Ziel des Ausflugs verraten hatten.

Alec redete sich ein, unbesorgt zu sein. Aber nach dem Abendessen ging er rastlos vor dem Kamin auf und ab. Seine Frau war noch immer nicht zurückgekommen. Trotzdem bestand kein Grund zur Aufregung. Marcus und Gavin würden gut auf Jamie aufpassen, und sie würde jeden Augenblick die Halle betreten.

Die Zeit ihrer Abwesenheit hatte er gut genutzt. Er war zu Helenas Clan geritten. Dabei hatte er interessante Tatsachen über die Frau erfahren, die in der Ehe mit ihm unglücklich genug gewesen war, um sich das Leben zu nehmen.

Nach seiner Rückkehr führte er eine Unterredung mit Vater Murdock. Der Priester staunte, weil es dem Laird jetzt nichts mehr ausmachte, über seine tote Frau zu sprechen. Seit dem Begräbnis hatte er Helenas Namen nicht erwähnt. Alecs Fragen verwirrten ihn noch mehr, aber es stand dem alten Mann nicht zu, sich zu erkundigen, worauf sein Herr hinauswollte.

Als Jamie in der Halle erschien, war Alec so erleichtert, dass er sie böse anstarrte, was sie ihm mit einem sanften Lächeln vergalt. Und da merkte er, dass sich ihr Rock bewegte. Ein schmutziges kleines Gesicht spähte zwischen den Falten hervor. Marcus und Gavin standen links und rechts von ihrer Herrin, beide starrten auf das Kind hinab.

Sie holte tief Atem und ergriff Mary Kathleens Hand. »Komm, jetzt musst du deinen Vater kennen lernen.«

Aber das wollte Mary Kathleen nicht. Alecs Größe schüchterte sie ein.

»Er wird dich von ganzem Herzen lieben«, versicherte Jamie und führte die Kleine zum Kamin.

Alec hatte keine Ahnung, was das alles bedeuten sollte. Das bloßfüßige Kind trug seine Farben, also musste es zu einem Kincaid gehören. Der schlechtsitzende Überwurf bedeckte die schmalen Schultern und war unter dem Kinn verknotet. Honigblonde Locken umgaben die runden Wangen. »Wer ist das?«, fragte er.

»Deine Tochter.«

Jamie ignorierte die Verblüffung ihres Mannes. »Begrüße deinen Papa, Mary Kathleen.«

Das kleine Mädchen schaute ihn immer noch ängstlich an und wickelte sich eine goldene Locke um einen winzigen Finger. Jamie beugte sich hinab und flüsterte ihr etwas zu. Damit wollte sie Mary beruhigen und Alec gleichzeitig eine Gelegenheit geben, sich von seiner Überraschung zu erholen.

»Sie ist Helenas Tochter«, erklärte Gavin.

»Jetzt ist sie meine Tochter«, wurde er von Jamie verbessert, und sie erlaubte dem Kind wieder, sich in ihren Rockfalten zu verkriechen. »Es ist ganz einfach, Alec. Als du Helena geheiratet hast, bist du Mary Kathleens Vater geworden. Du wolltest sie hierher holen, erinnerst du dich? Nun bin ich deine Frau und demzufolge Marys neue Mutter. Leider haben wir bis jetzt unsere Pflichten gegenüber unserer Tochter vernachlässigt.«

»Der Laird hat gut für Helenas Kind gesorgt«, warf Marcus ein.

»Vor drei Monaten starb Marys Großmutter. Wusstest du, dass das Kind einer entfernten Verwandten übergeben wurde, der es nur auf dein Geld ankam? Nur ungern gebe ich zu, dass es sich um eine Engländerin handelt. Deine Tochter hat blaue Flecken am Rücken und an den Beinen. Hätte ich sie in dieser Obhut gelassen, würde sie spätestens in einem Monat sterben.«

Nein, das alles hatte er nicht gewusst. Reglos stand er da, die Hände hinter dem Rücken verschränkt, und musterte das unschuldige Gesicht, das von Jamies Rockfalten halb verhüllt wurde. Schließlich befahl er: »Komm her, Mary.« Als die Kleine den Kopf schüttelte, musste er lachen. »Großer Gott, sie ist erst seit wenigen Stunden mit dir zusammen, Jamie, und dein Eigensinn hat bereits auf sie abgefärbt.« Entschlossen ging er auf Mary zu und hob sie hoch.

»Sei vorsichtig, Alec!«, mahnte Jamie. »Sie hat Rückenschmerzen.«

Er flüsterte dem Kind etwas zu und lächelte, als es nickte.

»Kannst du sie zum Sprechen bringen?«, fragte Jamie. »Zu mir hat sie noch kein Wort gesagt. Glaubst du, dass sie stumm ist?«

»Sorg dich nicht. Wenn sie will, wird sie schon reden – was, Mary?«

Das kleine Mädchen nickte wieder.

»Sie trug Kevins Farben«, berichtete Gavin. »Wenn er dieses schmutzige Kleidchen gesehen hätte, würde er sich pausenlos im Grab umdrehen.«

»Wer hat sie umgezogen?«, wollte Alec wissen.

»Ich«, antwortete Jamie. »Dabei entdeckte ich die blauen Flecken. Und da wusste ich, dass ich Mary hierher bringen musste.«

»Nein, Frau, das wusstest du schon, als du meinen Tartan für sie mitnahmst.«

»Ja«, gab sie leise zu.

»Das hast du also gemeint, als du sagtest, du würdest nicht mit leeren Händen von der Jagd zurückkommen.«

Seine Stimme klang keineswegs böse, aber sie wusste nicht, was er dachte. »So ist es.« Als er Mary wie einen Hafersack unter seinen Arm klemmte, rief Jamie erschrocken: »So geht man nicht mit einem kleinen Kind um! Sie ist erst drei!«

Aber Mary schien diese rüde Behandlung nicht zu stören. Sie kicherte sogar.

»Was geschah, nachdem du die blauen Flecken bemerkt hattest?«, fragte Alec.

»Ich wurde wütend und warf die schmutzigen Sachen auf den Boden. Diese Beleidigung fügte ich der grässlichen Engländerin mit Absicht zu.«

»Und ich spuckte darauf«, verkündete Marcus. »Vor Zeugen, Alec.«

»Gut.«

»Das bedeutet – Krieg«, erinnerte Marcus seinen Laird.

»Zwei Kriege«, betonte Gavin. »Du vergisst Helenas Familie, Marcus. Ihr Clan wird sich einmischen.«

Alec schüttelte den Kopf. »Der wird sich drum kümmern. Was glaubst du, warum Annie hierher kam, als Helena meine Frau wurde? Die Familie hat beide Schwestern grausam misshandelt. Das wusste der König natürlich.«

»Deshalb hast du sie so bald nach dem Tod ihres ersten Mannes geheiratet?«, fragte Jamie. »Um sie zu schützen?«

»Ja.« Lächelnd wandte er sich zu seiner Frau. »Du hast unsere Tochter nach Hause geholt, und dafür danke ich dir.«

Die tiefen Gefühle, die sie in seinem Gesicht las, überwältigten sie beinahe, und ihre Augen füllten sich mit Tränen. Sie wäre in Schluchzen ausgebrochen, hätte Alec in diesem Moment nicht so getan, als wollte er Mary fallen lassen. Und so schrie Jamie, statt zu weinen.

Vater und Tochter lachten schallend, dann befahl Alec: »Frau, du musst Mary baden. Sie stinkt wie Murdock. Marcus, irgendjemand soll Edith und Annie holen. Sicher wollen die beiden ihre Nichte kennen lernen.«

Gerührt nahm sie ihm das Kind ab. »Du erkennst sie also als deine Tochter an?«

»Selbstverständlich.«

Sie war zu bewegt, um zu antworten, und so konnte sie nur lächeln. Als sie das Kind hinter die Trennwand bringen wollte, um es zu baden, kamen Angus und Elizabeth in die Halle. Sie stellte den beiden ihre neue Tochter vor, die schüchtern ihr Gesichtchen an die mütterliche Schulter presste.

Elizabeth erbot sich, beim Bad zu helfen, und Jamie stimmte zu. Dann hörte er, wie Angus den bevorstehenden Besuch des Königs erwähnte. Erschrocken wandte sie sich zu ihrem Mann. »Der König kommt zu dir?«

Verwundert über ihr Entsetzen, hob er die Brauen. »Ja.«

»Edgar?«

»Wir haben nur diesen einen schottischen König.«

»Wann wird er eintreffen?«

»Morgen. Wie gefällt dir das, Jamie?«

»Er ist bekannt für seine Grausamkeit!«, platzte sie heraus.

Alle Anwesenden blinzelten entgeistert. Alec erwiderte: »Edgar ist bekannt für seine Güte.«

Das allgemeine zustimmende Gemurmel beruhigte Jamie ein wenig. »Vielleicht hätte ich diese Geschichten nicht glauben sollen.«

»Was für Geschichten?«, fragte Alec.

»Als Edgar seinen Vorgänger entthronte, blendete er ihn angeblich, um sich weitere Schwierigkeiten zu ersparen.« Die anderen schwiegen, wechselten bedeutsame Blicke, und Jamie fuhr hastig fort: »Ich weiß, ich hätte diesen furchtbaren Klatsch niemals ernst nehmen dürfen.«

»Diese Geschichte stimmt zufällig«, entgegnete Gavin. »Aber er hat jenen Mann nicht getötet.«

»Aye, der lebt immer noch«, warf Marcus ein. »Trotzdem hat Edgar eine schwere Sünde begangen«, meinte Jamie empört.

»Der englische König ist noch viel schlimmer«, behauptete Alec.

»Du solltest nicht schlecht über Henry sprechen.«

»Schlecht? Soeben habe ich ihn gelobt«, erwiderte er grinsend und wurde mit einem vorwurfsvollen Blick bestraft. »Aber etwas anderes scheint dir noch größeres Kopfzerbrechen zu bereiten.«

»Muss ich vor ihm niederknien?«

»Wenn du willst ...«

»Werde ich König Henry dann nicht untreu?«

»Wohl kaum.« Nach Alecs Ansicht ließ Jamies politische Bildung ziemlich zu wünschen übrig. »Edgar ist immerhin Henrys Schwager.«

Erleichtert atmete sie auf.

»Warum hast du mir nicht gleich gesagt, dass die beiden gute Freunde sind? Nun habe ich mir ganz umsonst Sorgen gemacht.« Sie trug Mary hinter den Wandschirm, gefolgt von Elizabeth, ehe Alec auf ihre Dummheit hinweisen konnte.

»Warum lässt du sie im Glauben, Edgar und Henry wären gute Freunde?«, fragte Gavin.

»Sie soll sich nicht aufregen und glücklich sein. Das wollen wir doch alle?«

Lächelnd nickte Gavin. »Aye.«

»Was für ein hübsches, liebes Kind!«, rief Elizabeth entzückt, als die kleine Mary Kathleen in der Wanne saß.

»Das sollten wir ihr so oft wie möglich sagen«, meinte Jamie. »Niemals darf sie den Eindruck gewinnen, dass sie nicht hierher gehört.« Nach dem Bad bürstete sie dem kleinen Mädchen das Haar und zog ihm ein sauberes weißes Nachthemd an, das Edith zur Verfügung gestellt hatte.

Während Mary zu Abend aß, ging Edith mit Annie nach oben, um ein Schlafzimmer für die neue Hausbewohnerin herzurichten. Sie sollte den Raum neben jenem bewohnen, den der Laird und seine Frau beziehen würden. Jamie wollte in der Nähe des Kindes bleiben für den Fall, dass es nachts aufwachte und schrie. »Alle Mütter haben einen leichten Schlaf«, erklärte sie. »Wir wissen instinktiv, wann unsere Töchter uns brauchen. Das werden Sie verstehen, wenn Ihr Baby geboren ist, Elizabeth.«

Elizabeth hatte nicht das Herz, die Begeisterung ihrer Herrin mit dem Hinweis zu dämpfen, deren Mutterschaft habe erst vor einem halben Tag begonnen. »Angus kann sich kaum noch gedulden, bis die Fäden aus seiner Brust gezogen werden. Er erwartet Sie drüben am Tisch.«

»Setzen Sie sich zu ihm, dann wird er nicht so laut schreien.«

»Wird's ihm wehtun?«

»Überhaupt nicht. Er wird nur jammern, weil ihm das alles lästig ist.«

Elizabeth eilte zu ihrem Mann, und Alec machte gerade ein Feuer im Kamin. Er hörte die Schritte seiner Frau, drehte sich um, und da wurde ihm Mary in die Arme gedrückt. »Du fürchtest dich doch nicht mehr vor mir, Kleines?«, fragte er auf gälisch.

Lächelnd schüttelte sie den Kopf, und als er sie auf seine Schultern setzte, kreischte sie vor Vergnügen. Aber Jamie schrie erschrocken auf, und er stellte Mary sichtlich zerknirscht auf den Boden. »Ich kenne mich nicht so gut mit Kindern aus«, gestand er.

»Du wirst es schon noch lernen.«

Er musste Marcus und Gavin eine ganze Weile entrüstet anstarren, bis ihr respektloses Grinsen endlich erstarb. Dann führte er Mary zum Schaukelstuhl. Er setzte sich hinein, nahm sie auf den Schoß und befahl ihr, einzuschlafen. Der Stuhl stimmte sie genauso misstrauisch wie ihren Vater, und sie musste erst einmal beruhigt werden.

Inzwischen kümmerte sich Jamie um Angus, und der Laird überlegte, was er nun tun sollte. Vielleicht wäre eine Gute-Nacht-Geschichte angebracht, und so schilderte er eine seiner schönsten Schlachten. Mary Kathleen lauschte fasziniert. Auch Gavin und Marcus zeigten Interesse an den blutrünstigen Ereignissen, rückten Schemel zum Kamin und bekundeten ihre Anerkennung durch leise Grunzlaute.

Jamie hörte Alecs Stimme im Hintergrund, achtete aber nicht auf seine Worte. Erbittert beschwerte sich Angus, weil sie ihm vorerst nicht gestattete, die Armschiene abzunehmen.

»Sie können zwar jetzt schon die Finger bewegen, Angus, doch das bedeutet noch lange nicht, dass der Knochen zusammengewachsen ist. Diesen Verband müssen Sie noch einen guten Monat tragen, und damit basta. Die Wunde in der Brust ist gut verheilt, nicht wahr, Elizabeth?«

»O ja, und wir sind Ihnen beide sehr dankbar, Jamie.« Erst als Elizabeth ihren Mann anstieß, stimmte er widerwillig zu: »Aye, das sind wir.«

Jamie unterdrückte ein Lächeln. Sie hatte bereits erkannt, welch goldenes Herz sich hinter Angus' Bärbeißigkeit versteckte. Sie trug ihre ärztlichen Gerätschaften hinter die Trennwand, dann war es an der Zeit, Mary ins Bett zu bringen. Das Kind hatte einen anstrengenden Tag hinter sich. Doch als sie es auf Alecs Knien sitzen sah, brachte sie es nicht fertig, diese zauberhafte Szene zu stören. Er erzählte Mary eine Gute-Nacht-Geschichte – nein, er erzählte Mary, Marcus und Gavin eine Gute-Nacht-Geschichte. Und jetzt gesellte sich auch Angus hinzu. Die Erzählung schien die ausgewachsenen Männer genauso zu faszinieren wie die Dreijährige.

Zärtlich betrachtete Jamie ihren Gemahl. Wie sehr sie ihn liebte ... Nie hätte sie ihm soviel Feingefühl zugetraut. Natürlich würde er energisch bestreiten, eine solche Eigenschaft zu besitzen, dachte sie lächelnd. Wie würde er sich verhalten, wenn sie ihm endlich ihre Liebe gestand? Würde er erkennen, dass auch solche Empfindungen zu einer Ehe gehörten und sie ebenfalls lieben lernen?

Wie hatte sie jemals glauben können, die Schotten wären den Engländern unterlegen? Beschämt über ihren Irrtum, schüttelte sie den Kopf und trat näher, um die Geschichte zu hören, die das Publikum dermaßen fesselte.

Aber nicht alle waren begeistert. Das merkte Jamie, als sie Elizabeths entsetztes Gesicht sah. Und dann vernahm sie Alecs Worte. »Der gewaltige Schwertstreich trennte ihm den Arm ab ...«

»Was erzählst du dem armen Kind?«, kreischte sie.

»Nur eine Geschichte. Warum?«

»Welche denn?«, fragte sie und riss Mary von seinem Schoß.

»Ich schildere den Kampf mit den Northumberländern.«

»In allen Einzelheiten«, ergänzte Elizabeth.

Jamies Ärger verflog, als sie echte Verwirrung in Alecs Augen las. »Deine Tochter wird sich mit Albträumen herumplagen.«

»Die Geschichte hat ihr gut gefallen«, protestierte er. »Gib mir Mary zurück, sie soll auch noch das Ende hören.«

»Aye, er muss das Ende erzählen«, bestätigte Gavin.

»Nein, jetzt bringe ich sie ins Bett.« Wider Willen musste Jamie lachen. »Ich fasse es einfach nicht, dass du diesem kleinen Mädchen solche Schauergeschichten zumutest, Alec«, fügte sie hinzu und stellte fest, dass weder ihr Mann noch seine Soldaten begriffen, warum sie Anstoß an seinem Schlachtenbericht nahm. »Gib Mary einen Gute-Nacht-Kuss.« Sie hielt ihm seine Tochter hin und beobachtete, wie er einen Kuss auf die zarte Stirn drückte. »Geh jetzt schlafen«, wisperte er. »Morgen erfährst du den Schluss der Geschichte.«

Als Jamie das Kind auf den Boden stellte, rannte es zum Kamin und streckte sich dort auf einer der Schilfmatten aus.

»Glaubt sie etwa, sie soll dort schlafen?«, rief Alec verwundert.

Jamie eilte zu ihrer Tochter und nahm sie auf die Arme. »Offensichtlich. Da siehst du, wie sie behandelt wurde! Sie hatte nicht einmal ein Bett. Können wir heute auch oben schlafen, Alec? Ich möchte in ihrer Nähe sein.«

Er runzelte die Stirn. In der Nacht brauchte er seine Frau selber. Und, verdammt noch mal, sie müsste ihn genauso brauchen. Nachdenklich betrachtete er seine Tochter, deren Kopf auf Jamies Schulter lag. Sie fühlte sich sichtlich wohl in Jamies Armen. Bald würden die blauen Flecken verblassen, und die Schäden, die ihre Seele durch die Grausamkeit der Pflegemutter genommen haben mochte, würde Jamie beseitigen. Aye, seine Frau würde Mary Kathleen glücklich machen – so glücklich wie ihn.

Jamie liebte ihn, das verriet ihr Blick. Vielleicht hatte sie diese Tatsache noch nicht zur Kenntnis genommen. Nun, wenn er sie sanft mit der Nase darauf stieß, würde sie ihr Schicksal hinnehmen. Er selbst war ja auch dazu bereit. Der Allmächtige musste ihm Jamie geschickt haben. Hätte ihm jemand vor wenigen Monaten prophezeit, er würde einmal eine eigensinnige Engländerin lieben – er wäre in Gelächter ausgebrochen, und dann hätte er den unverschämten Kerl niedergeschlagen.

Natürlich musste auch er ihr sagen, dass er sie liebte. Die Falten auf seiner Stirn glätteten sich. Das wollte er schon in dieser Nacht tun. Auf gälisch.

Angus unterbrach die Gedanken des Lairds. »Möchtest du heute Abend noch mit mir reden, Alec?«

»Nein, Angus. Bring Elizabeth nach Hause. Wir werden unsere Pläne morgen besprechen.«

Gavin wartete, bis Angus und seine Frau die Halle verlassen hatten und Jamie mit dem Kind nach oben gegangen war. Dann fragte er: »Weißt du schon, wer Jamie zu töten versucht hat?«

Ehe der Laird antworten konnte, beschwerte sich Marcus: »Du hast uns beide nicht in deine Pläne einbezogen, Alec.«

»Dazu hatte ich noch keine Zeit. Hast du die Schlafzimmer gründlich durchsucht, Gavin?«

Der Soldat nickte. »Alle Türen wurden bewacht. Edith wartet in Marys Zimmer. Sie möchte Jamie um die Erlaubnis bitten, bei dem Kind schlafen zu dürfen – falls es in der Nacht brüllt.«

»Die Krieger stehen immer noch unterhalb des Fensters, Mylord«, fügte Marcus hinzu.

»Du musst noch zwei hier unten postieren, am Fuß der Treppe. Niemand soll nach oben gehen.«

»Weißt du, wer der Schuldige ist?«, fragte Gavin noch einmal.

»Ich bin mir fast sicher.« Alecs Gesicht nahm einen grimmigen Ausdruck an. »Morgen stellen wir dieser Person eine Falle. Bis jetzt habe ich in die falsche Richtung geschaut. Und wenn ich Recht habe, muss der Priester Helenas Grab segnen.«

»Ich – verstehe nicht ...«, stammelte Marcus.

»Wenn ich Recht habe, war sie keine Selbstmörderin«, erklärte der Laird. »Sie wurde umgebracht.«

Er hütet sie wie einen kostbaren Schatz. Dieser Narr! Glaubt er wirklich, er kann mich aufhalten?

Ich bin zu schlau für Kincaid. Der Augenblick ist gekommen, wo ich ihn erneut herausfordern muss. Morgen werde ich das Biest töten.

Das Kind wird warten müssen – ein Vergnügen nach dem anderen. Der Allmächtige möge mir die Kraft geben, meine Freude zu verbergen.

Kapitel 16

Jamie schlief tief und fest, als Alec endlich das Zimmer betrat, das sie von nun an bewohnen würden. Sie sah schön und friedlich aus. Ich dürfte sie nicht wecken, dachte er, während er sich zu ihr legte und sie in die Arme nahm.

Ihre Beine waren in die zerwühlte Decke geschlungen, das Nachthemd hatte sich bis zu den Hüften hinaufgeschoben. Golden schimmerte ihre Haut im schwachen Kerzenlicht. Alec küsste behutsam ihren Hals, und sie seufzte wohlig, ohne zu erwachen. Als er ihr das Hemd auszog, wehrte sie sich nicht. Er küsste ihre geöffneten Lippen, ihre Brüste.

Ein Schauer weckte sie. Doch sie fror nicht. Mit jedem Kuss wurde ihr wärmer. Mit seinen Händen, seinem Mund und seiner Zunge liebkoste Alec ihre Brüste.

Was für ein sanfter Liebhaber er ist, dachte sie verwundert. Ich könnte dahinschmelzen in seinen Armen ... Seine Finger umkreisten ihren Nabel, glitten nach unten und streichelten das weiche Kraushaar zwischen ihren Beinen.

Ihr Körper war bereit für ihn, und ihr leises Stöhnen verriet, dass sie sich ebenso nach ihm sehnte, wie er sie begehrte. Seine Zunge reizte die seidige Haut ihres Bauchs, und als sie genug von dieser süßen Folter hatte, umfasste sie seinen Kopf und zog ihn nach oben.

»Ich brauche dich so sehr, Jamie«, flüsterte er.

»Nimm mich – sofort, Alec! Lass mich nicht länger warten.« Wieder stöhnte sie, während seine Finger zu noch intimeren Zärtlichkeiten übergingen. »Hör auf, mich zu quälen! Oder ich zahle es dir mit gleicher Münze heim.« Ihre Hand wanderte hinab, um die Drohung wahr zu machen, und Alecs Atem stockte.

»Jetzt kann ich mich auch nicht mehr gedulden.« Er legte sich zwischen ihre Schenkel, drang kraftvoll in sie ein und missverstand ihren Entzückungsschrei. Bestürzt hielt er in seinen Bewegungen inne. »Habe ich dir wehgetan?«

»Nein! Wage es bloß nicht, aufzuhören, sonst sterbe ich!«

»Ich auch …« Obwohl sein Körper nach der Erlösung schmachtete, ließ er sich Zeit, um auch Jamie zu befriedigen. Ein leidenschaftlicher Kuss verschloss ihr die Lippen, und Alec wünschte sich, von ihrem Feuer verzehrt zu werden.

Jamie glaubte, er würde sie zu den Sternen emportragen. Zitternd klammerte sie sich an den geliebten Mann, der ihr so viel Freude zu schenken vermochte. Bald spürte sie die ersten Erschütterungen ihres Höhepunkts und überließ sich ihrer eigenen Lust.

»Du wirst immer besser im Bett, Frau«, murmelte er, als sie danach eng umschlungen nebeneinander lagen.

»Du sagtest doch, du würdest mit mir üben. Aber ich ahnte nicht, dass es so oft geschehen würde.«

Lächelnd flüsterte er auf gälisch in ihr Ohr: »Ich weiß, jetzt verstehst du mich nicht, Jamie. Aber ich muss es dir in meiner Muttersprache gestehen. Ich liebe dich von ganzem Herzen.«

Er fühlte, wie sie sich versteifte, und als sie von ihm wegrücken wollte, hielt er sie fest. »Ich liebe dich, weil du so süß und gut bist – und so aufrichtig. Nie könnte ich eine Frau lieben, die mich zu täuschen versucht. Aber dir vertraue ich voll und ganz.« Da schien sie zu versteinern, und er musste sich sehr beherrschen, um nicht zu lachen. »Gute Nacht, Jamie«, wünschte er ihr auf englisch.

»Was hast du gerade gesagt?«, fragte sie und bemühte sich, einen möglichst beiläufigen Ton anzuschlagen.

»Gute Nacht.«

»Nein – davor.«

»Das war nicht so wichtig.«

»Hast du es ernst gemeint?«

Er zuckte die Achseln, und sie verlor beinahe die Geduld. Aber sie wollte sich die Überraschung nicht verderben lassen, die sie ihm bereiten würde, wenn sie vor Edgar kniete und ihr Treuegelübde auf gälisch ablegte.

Unbehaglich erinnerte sie sich an Alecs Erklärung, er würde sie auch wegen ihrer Aufrichtigkeit lieben. Jetzt saß sie in ihrer eigenen Falle.

Plötzlich kam ihr der Verdacht, er könnte schon Bescheid wissen. Seine Augen funkelten so merkwürdig.

»Warum schaust du mich so an, Alec?«

»Weil du die Stirn runzelst, als müsstest du all die schwierigen Probleme von England lösen.«

»Ich habe an ein eher kleines Problem gedacht.«

»Sag mir, was es ist.«

Jamie schüttelte den Kopf. »Morgen werde ich es lösen. Vertraue mir.«

»Natürlich vertraue ich dir, Frau.«

»Tatsächlich?« Sie lächelte zufrieden.

»O ja. Ehrlichkeit und Vertrauen sind die rechte und die linke Hand – beide gleich bedeutsam. Was ist denn? Du runzelst ja schon wieder die Stirn.« Mühsam verbarg er seine Belustigung, dann entschied er, dass er sie für diese Nacht genug gepeinigt hatte. »Es ist spät geworden, Jamie. Sicher bist du erschöpft nach diesem langen Tag und solltest jetzt ...«

»Schlafen«, vollendete sie den Satz mit einem abgrundtiefen Seufzer.

»Nein, du solltest deinen Gemahl beglücken.«

»Das habe ich doch soeben getan, oder?«

»Du musst immer noch viel lernen. Aber du genießt den Vorteil, mit einem äußerst geduldigen Mann verheiratet zu sein.«

»Ich habe einen unersättlichen Mann, Kincaid. Weißt du, wie oft wir heute …?«

»Soll ich vielleicht auch noch unsere ehelichen Vergnügungen zählen?«

Jamie küsste ihn lachend, und sie vereinten sich ein zweites Mal, sehr sanft und zärtlich. Dabei glaubte sie immer noch Alecs gälische Liebeserklärung zu hören, und sie nahm sich vor, ihm am nächsten Tag ebenfalls zu gestehen, was sie empfand – auf gälisch.

Wieder genossen sie gemeinsam die Erfüllung ihrer Lust, dann breitete Alec die Decke über beide Körper, und wenig später schliefen sie.

In dieser Nacht erwachte er nur einmal, als sich die Tür öffnete. Er griff nach seinem Schwert, doch da sah er, wie Mary Kathleen auf das Bett zulief. Sie rannte zu Jamies Seite herum, und er flüsterte: »Stör deine Mutter nicht. Sag mir, was los ist.«

Zögernd hielt sie den Saum ihres Nachthemds hoch. »Ich bin ganz nass«, wisperte sie. Tränen rollten über ihre Wangen.

Er zog ihr das Hemd über den Kopf und warf es auf den Boden. »Jetzt bist du nicht mehr nass.«

Jamie hörte die leisen Stimmen, stellte sich aber schlafend. Sie wusste, dass ihr Mann weinende Frauen hasste. Und so unterdrückte sie das Schluchzen, das in ihrer Kehle aufstieg, während sie durch ihre gesenkten Wimpern beobachtete, wie er seine Tochter in die Arme nahm und hin und her wiegte.

Später trug er das schlafende Kind zur Tür und übergab es einem Soldaten. Beinahe hätte sie ihm nachgerufen, ein guter Vater müsse sein Kind selbst ins Bett bringen, statt diese Aufgabe einem seiner Krieger zu überlassen. Doch dann fiel ihr ein, dass Alec splitterfasernackt war. Edith würde sterben, wenn sie aufwacht und ihn so sieht, dachte sie und drehte sich auf den Bauch, um ihr Kichern zu ersticken.

Ihr Mann kehrte ins Bett zurück und schmiegte sich an sie. Zufrieden seufzte sie auf. Sie konnte den nächsten Morgen kaum erwarten. Welch ein wunderbarer Tag stand ihr bevor...

Es wurde der schlimmste Tag ihres Lebens.

Zunächst ließ sich alles recht gut an. Jamie und Edith schmückten die Halle mit Blumen, breiteten neue Schilfmatten am Boden aus, und der hochlehnige Stuhl, auf dem Edgar Platz nehmen sollte, wurde blitzblank poliert.

Aber Gavin und Marcus stellten Jamies Geduld auf eine harte Probe. Wann immer sie sich umdrehte, stand einer der beiden Riesen vor ihr. »Habt ihr denn gar nichts zu tun?«, fragte sie.

Diesen Wink mit dem Zaunpfahl verstanden die Soldaten nicht. »Heute haben wir frei«, erklärte Gavin.

Natürlich glaubte sie ihm nicht. »Warum lauft ihr ständig hinter mir her?«

Es blieb ihnen erspart, mit einer Lüge antworten zu müssen, denn Mary Kathleen packte Jamies Rock. Das kleine Mädchen trug ein Kleid in den Kincaid-Farben, das die Familie des Schmieds zur Verfügung gestellt hatte. Jamie nahm ihre Tochter auf die Arme, küsste sie und wisperte ihr ein paar gälische Koseworte ins Ohr.

»Darf ich sie in Frances' Hütte bringen?«, rief Edith, die inzwischen innige Freundschaft mit ihrer Herrin geschlossen hatte.

»Frances?«

»Die Frau des Schmieds. Sie hat mehrere Paar Schuhe, die Mary probieren soll.«

»Sag ihr, ich weiß ihre Großzügigkeit sehr zu schätzen.«

Edith schüttelte den Kopf. »Da wäre sie beleidigt. Es ist ihre Pflicht, uns zu helfen.«

Was sie von dieser Eröffnung halten sollte, wusste Jamie nicht. Aber sie übergab der Schottin das Kind – ein schwieriges Unterfangen, weil es sich mit aller Kraft an die Mutter klammerte. Erst als Edith ihm den Zweck des Besuches in der Schmiede erklärte, folgte es ihr bereitwillig. »Ich werde Frances sagen, du freust dich über ihren Beistand!«, rief sie über die Schulter, dann stieß sie mit Marcus zusammen.

»Warum läufst du dauernd hier herum?«, fauchte sie ihren Bruder an. »Und was treiben die Soldaten oben am Balkon? Haben sie nichts zu tun?«

»Heute haben sie alle frei«, erwiderte er, und Edith musterte ihn genauso ungläubig wie Jamie.

Alec kam gerade rechtzeitig in die Halle, um die ungeheuerliche Behauptung seines Kriegers zu hören, und er sah auch die skeptisch gerunzelte Stirn seiner Frau. »Jamie, in ein paar Minuten wird der Clan eintreffen, mit ein paar Harolds. Du musst ...«

»Wir empfangen Gäste?«, schrie sie. »Jetzt?«

»Ja.«

Aufgeregt wollte sie an ihm vorbeistürmen, aber er hielt sie fest, zog sie an seine Brust und küsste sie. »Ich mag es nicht, wenn du die Stirn runzelst. Worüber machst du dir denn schon wieder Sorgen?«

»Ich muss mich umziehen.«

»Wozu? Ob dein englisches Zeug sauber oder schmutzig ist, spielt keine Rolle. Die Leute werden es so oder so verabscheuen.«

Darauf antwortete sie nicht, doch er merkte ihr an, dass sie eher belustigt als verärgert war. Auf gälisch flüsterte er ihr zu, dass er sie liebe, küsste sie noch einmal und dann bedeutete er Marcus und Gavin, ihm an den Tisch zu folgen. Er sah, wie Jamie sich kraftlos an das Kaminsims lehnte und ihn anstarrte. »Wolltest du dich nicht umkleiden?«, rief er. Abrupt kehrte sie ihm den Rücken und eilte die Stufen hinauf. Dabei murmelte sie etwas Unverständliches vor sich hin, und er grinste.

Wie leicht er mich dazu bringen kann, meine Pflichten zu vergessen, dachte sie. Nur ein Kuss – und schon bin ich ganz durcheinander ...

Doch nun musste sie Alec aus ihren Gedanken verdrängen und die Überraschung vorbereiten.

Sie zog sich aus und schlüpfte in ein knöchellanges cremefarbenes Hemd. Dazu brauchte sie nur zwei Minuten, aber den Tartan um ihren Körper zu wickeln, war etwas langwieriger. Der schmale Stoff, etwa zwölf Fuß lang, ließ sich einfach nicht richtig drapieren. In ihrer Verzweiflung öffnete sie schließlich die Tür und bat einen Soldaten, Vater Murdock zu holen.

Wenig später erschien der Priester und klopfte an. Ungeduldig zerrte sie ihn ins Zimmer und warf die Tür hinter ihm zu.

Alec hatte die keuchenden Atemzüge des alten Mannes gehört, der ächzend die Treppe hinaufgestiegen war, und ihn im Zimmer seiner Frau verschwinden sehen. Wozu um Himmels Willen brauchte sie Murdock, überlegte er. Dann beschloss er, später darüber nachzudenken – sobald es seine

Zeit erlaubte. Trotzdem behielt er die Tür im Auge. Als der Geistliche wieder herauskam, grinste er breit.

»Vater Murdock?«, brüllte Alec. »Was hast du in meinem Schlafgemach getrieben?«

Der Priester antwortete erst, als er den Tisch in der Halle erreichte. »Ich habe deiner Frau geholfen.«

»Wobei?«

»Das kann ich dir nicht sagen. «Trotz der düsteren Miene seines Lairds lächelte Vater Murdock immer noch. »Sie möchte dich überraschen. Gönn ihr die Freude. Du willst doch ihre Gefühle nicht verletzen, indem du es schon vorher herausfindest.«

Da schwang die Schlafzimmertür auf und zog Alecs Blick wie magisch an. Er merkte nicht, dass er aufgestanden war. Mit großen Augen starrte er die Vision an, die strahlend an den sichtlich vergnügten Soldaten vorbeiging, und verspürte so heißen Stolz, dass er kaum atmen konnte.

Endlich trug sie seine Farben, und ihr Anblick erfüllte ihn mit einem unbändigen Glücksgefühl.

»Sie konnte den Stoff nicht richtig falten, und deshalb ließ sie mich rufen«, erklärte der Priester. »Und dann lobte sie meine geschickten Hände. Ist sie nicht ein bildhübsches Mädchen?«

Jamie wusste, dass ihr die ungeteilte Aufmerksamkeit der Soldaten galt. Sie straffte die Schultern und hielt die Arme etwas vom Körper ab, um nicht versehentlich die Tartanfalten aus ihrem Gürtel zu ziehen. Ehe sie den Treppenansatz erreichte, knickste sie förmlich vor ihrem Mann, dann stieg sie anmutig die Stufen hinab, den Saum des langen Hemds gerafft. Er eilte ihr entgegen, wollte sie umarmen, aber sie wich zurück. »Rühr mich nicht an!«

»Was?«

»Und schrei nicht so! Du kannst mir sagen, dass du mit meiner äußeren Erscheinung zufrieden bist, aber vor der Ankunft des Königs wirst du die Falten meines Tartans nicht durcheinander bringen, und damit basta! Nun – gefalle ich dir?«

»Ja.«

Da musste sie lachen. Alec war gewiss kein Mann, dem die Komplimente mühelos über die Lippen kamen. Er schien nicht einmal zu wissen, was von ihm erwartet wurde.

»Allein werde ich diese Falten nie so hinkriegen.«

»Auch das werden wir üben«, versprach er.

Jamie errötete erst, als Vater Murdock fragte, was sie denn sonst noch üben würden. »Vielleicht könnten Ihnen meine Erfahrungen von Nutzen sein«, schlug er eifrig vor.

»Es – ist eine persönliche Angelegenheit«, platzte Jamie heraus, »und dabei können wir Ihre Hilfe nicht brauchen. Aber vielen Dank für das Angebot.«

Alec grinste teuflisch. »Komm mit mir, Jamie. Die Gäste halten sich draußen bereit, um dich kennen zu lernen.«

»Ein Gast ist schon drinnen!«, rief eine fremde Stimme vom Eingang her.

Jamie wollte dem Mann entgegengehen. Doch dann besann sie sich auf ihre Pflichten und trat an die Seite des Lairds, der die Brauen zusammenzog. Offenbar hielt er nicht allzu viel von dem Neuankömmling, mit dem er sie jetzt bekannt machen musste.

»Ich konnte es nicht erwarten, deine Frau zu sehen, Alec. Und so hat mich meine Ungeduld ins Haus getrieben.«

Der Laird legte einen Arm um Jamies Schultern. »Das ist Harolds Sohn Justin.«

»Es freut mich sehr, Ihre Bekanntschaft zu machen.« Sie lächelte, um den Eindruck zu erwecken, sie meinte es ernst. In Wirklichkeit freute sie sich ganz und gar nicht. Der blonde

Mann musterte sie mit einem Blick, den sich nur ein Gemahl angesichts seiner Frau erlauben durfte.

»Das Vergnügen ist ganz auf meiner Seite, Mylady«, erwiderte Justin.

Sie nickte, dann forderte sie ihn höflich, aber bestimmt auf, zu den anderen zurückzukehren. »Alec und ich werden bald zu Ihnen kommen.«

Ihr Vorschlag wurde rüge ignoriert. Justin blieb stehen und fuhr fort, sie anzustarren.

»Wollten Sie noch etwas sagen?«, fragte sie.

»Nein – nein, Mylady«, stammelte er verlegen. »Ich wundere mich nur über Ihren ungewöhnlichen Akzent.«

»Ein englischer Akzent, Justin – für die meisten schottischen Ohren so angenehm wie das Scharren eines rostigen Nagels auf Eisen.«

Marcus hustete laut, um seine Erheiterung zu überspielen, und Gavin musste Justin den Rücken kehren.

Doch der ungehobelte Gast ließ noch nicht locker. »Wie ich höre, heißen Sie Jamie.«

»So ist es.«

»Ein schöner Name.«

»Ein Männername!«, fauchte Jamie, die sich nicht länger bemüßigt fühlte, ihre Wut zu zügeln. Wie der Kerl auf ihren Busen gaffte! Am liebsten hätte sie ihn gegen das Schienbein getreten. Was hielt eigentlich ihr Mann von dieser Unverschämtheit? Sie wandte sich zu ihm und sah ihn seltsamerweise lächeln.

Gavin beendete die unerfreuliche Szene mit der Bemerkung, man müsse nun die Tische im Hof aufstellen, und Alec nickte. »Die Diener sollen anfangen, das Essen aufzutragen. Jamie und ich werden in ein paar Minuten hinausgehen. Marcus, führen Sie Justin nach draußen. Anscheinend ist er unfähig, aus eigener Kraft einen Fuß vor den anderen zu setzen.«

Sobald sein Arm von ihren Schultern geglitten war, eilte sie zum Wandschirm, um ihren Dolch aus der Truhe zu nehmen und in den Gürtel zu stecken. Justin versuchte ihr zu folgen, streckte eine Hand nach ihr aus, und sie schlug darauf – in tiefster Verlegenheit, weil alle Soldaten zuschauten. »Sie sind nicht zufällig mit Laird McPherson verwandt?«, fragte sie.

»Nein, Lady Kincaid«, antwortete Justin verwirrt. »Wie kommen Sie darauf?«

»Ihre Manieren erinnern mich an diesen Laird.«

Was sie damit ausdrücken wollte, schien er nicht zu wissen. Alec verstand es umso besser. Sein lautes Gelächter folgte Jamie hinter die Trennwand. Der Dolch lag nicht an der Stelle, wo sie ihn verwahrt zu haben glaubte. Einige Minuten lang suchte sie danach, dann gab sie es auf.

Alec kam zu ihr, umarmte sie lächelnd und missachtete ihre Bitte, auf die Tartanfalten zu achten. Begierig küsste er sie, und ihr Widerstand schmolz dahin. Bereitwillig ging sie auf das aufreizende Spiel seiner Zunge ein, fühlte seine wachsende Erregung. Nur ungern ließen sie sich vom lebhaften Stimmengewirr im Hof an ihre Pflichten erinnern.

Schließlich ließ Alec seine Frau zögernd los. »Weißt du, warum ich dich soeben geküsst habe?« Als sie den Kopf schüttelte, erklärte er: »Damit du nicht vergisst, zu wem du gehörst.«

Sie hob die Brauen. »Und weißt du, warum ich deinen Kuss erwidert habe?«

Weil er zu ihr gehöre, wollte sie kontern, doch das gestattete ihr arroganter Gemahl nicht. »Weil's dir gefallen hat.« Grinsend ordnete er die Falten in ihrem Gürtel, und sie musste ihm zubilligen, dass er diese Kunst vollendet beherrschte.

Sie glättete ihr Haar, straffte die Schultern und ging um die Trennwand herum.

»Jamie?«

»Ja?«

»Vater Murdock wird dich hinausbegleiten. Ich komme später zu dir.«

Er wartete, bis sie das Haus verlassen hatte, dann winkte er die beiden Soldaten zu sich, die auf dem Balkon Wache hielten. »Bleibt immer zehn Schritte hinter eurer Herrin.« Sie eilten zum Ausgang, um den Befehl auszuführen, und er rief ihnen nach: »Schickt Colin zu mir!«

»Harolds Stellvertreter ist auch hier?«, fragte Gavin.

Alec nickte. »Er will uns Neuigkeiten mitteilen.«

»Deine Frau war nicht sonderlich entzückt von Justins Benehmen, was?«

»Ich hatte nie gedacht, dass sie ihn anziehend finden würde«, log der Laird.

Colin musste vor der Tür gewartet haben, denn er eilte bereits in die Halle. Offenbar konnte es der grauhaarige Mann nicht erwarten, Kincaid die wichtige Botschaft zu überbringen.

Während einer hitzigen Debatte über die eventuelle Vereinigung aller Hochländerclans vergaß Alec alles andere. Er behauptete, dies sei unmöglich, und Colin versicherte ebenso vehement, es sei durchaus zu machen.

Alec weigerte sich, den Mann zu entlassen, ehe er dessen Zustimmung errungen hatte. Und falls Colins vorgerecktes Kinn ein Urteil erlaubte, war er ebenso fest entschlossen, den Laird zu überzeugen.

Als Jamie in die Halle stürmte, gönnte Alec ihr nur einen kurzen Blick und wandte sich dann wieder zu seinem Gast. Doch sie klopfte beharrlich auf seinen Arm und lächelte Colin an. »Bitte, verzeihen Sie, Sir, dass ich Ihr Gespräch unterbreche.«

»Du musst dich gedulden, Frau«, erklärte Alec. »Diese Sache kann nicht warten.«

»Bist du unfähig, das Problem allein zu meistern?«

»Das habe ich nicht gesagt.«

»Dann kümmere dich darum.« In ruhigem Ton ersuchte er den Soldaten, fortzufahren.

Gavin und Marcus schauten sie mitfühlend an. Sie nickte ihnen zu, dann lief sie erbost zum Ausgang.

Der Laird sah, wie sie vor der Tür stehen blieb und die Waffen begutachtete, die an der Wand hingen. Er bemühte sich, Colin seine ganze Aufmerksamkeit zu schenken. Doch das misslang ihm, als Jamie eine lange Keule vom Haken zu nehmen versuchte. Offenkundig war ihr die Waffe zu schwer, denn sie landete krachend am Boden.

Davon ließ sich Jamie nicht entmutigen. Inzwischen hatten sich alle Augenpaare auf sie gerichtet. Niemand gab einen Laut von sich, während sie die Keule nach draußen schleifte.

Alec blinzelte verwirrt. Wozu mochte seine Frau dieses Ding brauchen? Die Antwort auf diese Frage traf ihn wie ein Blitzschlag. Justin! Er sprang auf, und sein Wutschrei übertönte beinahe die gellenden Stimmen, die aus dem Hof hereindrangen. Von drei Soldaten gefolgt, rannte er hinaus. Auf den Eingangsstufen hielt er verblüfft inne.

Der Priester stand sichtlich aufgeregt neben Jamie, und vor ihren Füßen lag bäuchlings der künftige Laird Harold und versuchte vergeblich, auf die Beine zu kommen. »Fassen Sie mich nie wieder an!«, schrie Jamie. »Das nächste Mal schlage ich doppelt so kräftig zu! Geben Sie mir Ihr Wort, bevor ich Sie aufstehen lasse.«

»Mylady!«, würgte Vater Murdock hervor. »Er versteht nicht …«

Anscheinend glaubte sie, er wollte ihr sagen, Justin verstehe ihre Sprache nicht. »Oh, doch, er weiß, warum ich ihn geschlagen habe«, entgegnete sie auf gälisch. »Er weiß es sehr gut!«

»Aber Jamie – Mädchen …«, flehte der Priester.

Der Mann am Boden wagte es, wütend statt zerknirscht dreinzuschauen. Er brauchte viel zu lange, um seine Lektion zu lernen, entschied Jamie. »Wie konnten Sie sich erdreisten, mich anzufassen? Ich bin Alec Kincaids Frau, Sie Narr! Und zufällig liebe ich diesen Mann mit einer Leidenschaft, die Sie niemals begreifen werden.«

»Mylady?«, mischte sich Gavin ein.

»Halten Sie sich da raus, Gavin!«, befahl sie, ohne den Soldaten aus den Augen zu lassen, den sie mit ihrer Keule am Boden festhielt. »Alec hat mich angewiesen, dieses Problem allein zu lösen. Ich hatte Justin versprochen, ihn zu bestrafen, und genau das tat ich.«

»Es ist nicht Justin«, sagte Alec, der hinter seine Frau getreten war.

Ungeduldig drehte sie sich zu ihm um. »Das ist nicht der rechte Zeitpunkt für dumme Witze. Dieser ungezogene, freche Junge packte mich und gab mir einen Kuss. Sieh doch, was er mit meinen Tartanfalten gemacht hat!«

»Du hast Philip niedergeschlagen – nicht Justin.«

»Nein, das ist …«

»Justins Bruder.«

»Philip?«

Langsam nickte Alec und sah keineswegs so aus, als wollte er scherzen. Jamies Magen krampfte sich zusammen. »Ich begreife nicht …«, wisperte sie. »Dasselbe Gesicht …«

»Die beiden sind Zwillinge.«

»O Gott ...«

»Eineiige.«

Am liebsten wäre sie im Erdboden versunken. Die Zuschauermenge, die sich inzwischen ringsum versammelt hatte, setzte Lady Kincaids Demütigung noch die Krone auf. »Warum hast du mir nichts gesagt?«, flüsterte sie. »Jetzt habe ich den Falschen bestraft.« Sofort ließ sie die Keule fallen und bemühte sich, ihr Opfer auf die Beine zu stellen. Aber Philip lehnte ihre Hilfe ab. »Es tut mir so Leid«, entschuldigte sie sich. »Niemand teilte mir mit, dass Sie einen Zwillingsbruder haben.« Vorwurfsvoll starrte sie ihren Mann an. »Für diese Unterlassungssünde muss ich dir noch ein Ablassgebet kaufen, Alec.«

»Sie wollten mich nicht niederschlagen?« Vorsichtig wich Philip vor ihr zurück.

»Wenn Sie lange genug stehen bleiben, werde ich Ihnen erklären, wie es dazu gekommen ist«, versprach sie.

Er musterte sie misstrauisch, aber dann unterbrach er seinen Rückzug.

»Ich kenne Sie gar nicht, Sir«, beteuerte sie. »Warum sollte ich Sie also angreifen? Mein Zorn galt Ihrem Bruder.«

»Sie wollten Justin niederschlagen?«, stieß er hervor.

Eigentlich hatte sie beabsichtigt, Justin windelweich zu prügeln, doch das wollte sie seinem Bruder nicht verraten. Philip erweckte nicht den Eindruck, als hätte er ein solches Geständnis zu schätzen gewusst. Wahrscheinlich merkt er nicht, was für ein verwöhnter, eigensüchtiger Junge sein Zwilling war, und fühlte sich für dessen Schutz verantwortlich. Dafür bewunderte sie ihn, wenn sie auch fand, dass seine Fürsorge einem Unwürdigen galt. »Ja, ich wollte ihn niederschlagen«, gab sie zu. »Sie müssen doch wissen, dass er die Manieren eines Schweins hat, Philip.«

»Bringt Justin zu mir!« Alecs Gebrüll lenkte Jamies Aufmerksamkeit wieder auf ihren Mann.

»Du sagtest, ich solle dieses Problem meistern, und ...«

»Jetzt kümmere ich mich darum.«

»Wie denn?«, fragte sie unbehaglich. »Du willst dem Jungen doch nicht ernsthaft wehtun?«

»Hat der dich angefasst, Jamie?«

»Nun ja, aber nur ganz kurz, und es war nur ein flüchtiger Kuss ...«

»Ich bringe den Bastard um.« Alec schrie nicht mehr, aber sein Tonfall jagte kalte Schauer über Jamies Rücken. Nervös zerrte sie die Falten ihres Tartans aus dem Gürtel.

Wenige Minuten später befand sie sich in einer geradezu lächerlichen Lage. Sie stand vor Justin und verteidigte sein Leben. »Alec, er ist doch noch ein halbes Kind, und die Kincaids bringen keine Kinder um. Seien Sie still, Justin!«, befahl sie, als der Junge lauthals gegen ihre Wortwahl zu protestieren anfing.

»Sie sind in der Tat ein dummer Junge, sonst hätten Sie sich nicht getraut, meinen Mann herauszufordern. Alec, bitte lass ihn noch ein Weilchen auf dieser Erde bleiben, damit er bessere Manieren lernen kann.«

Anscheinend war sie den Tränen nahe, und deshalb besann er sich anders. Zustimmend nickte er, und Jamie fühlte sich vor Erleichterung ganz schwach in den Knien. Doch sie konnte nur eine Sekunde lang aufatmen, denn er sprang vor, packte Justin und schleuderte ihn in hohem Bogen durch die Luft. Schreiend landete der Junge in einer Staubwolke.

»Alec, du hast versprochen ...«

»Ich werde ihn nicht töten, Jamie, aber ich handle doch sicher in deinem Sinn, wenn ich ihm Manieren beibringe.«

Diese Erklärung fand den Beifall der Zuschauer. Nicht einmal Colin Harold erhob Einwände. »Wenn du ihn zu Brei schlägst, müsste ich den Rest des Tages damit verbringen, ihn zusammenzuflicken, Alec. Da ist es mir schon lieber, du schubst ihn nur ein bisschen herum.«

Alec lief zu Justin, packte ihn am Nacken und zog ihn hoch. »Hast du's ernst gemeint, Jamie?«

»Was?« Warum in Gottes Namen grinste er jetzt, fragte sie sich.

»Dass du mich liebst.«

Plötzlich merkte sie, dass sie beide gälisch sprachen. »Sie haben meine Überraschung verdorben!«, warf sie Justin vor, ohne zu berücksichtigen, dass er kaum Atem holen, geschweige denn um Verzeihung bitten konnte.

»Vor allen Leuten hast du deine Liebe beteuert, Frau!«, rief Alec. »Streite es jetzt nicht ab!«

»Lass erst den Jungen los!«, verlangte sie.

»Vorher musst du antworten.«

»Ja, ich liebe dich. Bist du jetzt glücklich?«

Mühelos stieß er Justin zu Boden. »Sehr glücklich.«

»Ich sage, Justin hat sie nicht angerührt!«, schrie Philip und lenkte wieder die allgemeine Aufmerksamkeit auf sich.

Empört schnappte Jamie nach Luft und hob die Keule auf. Alec packte sie und riss sie an sich, wobei die restlichen Tartanfalten den Kampf aufgaben. Der Überwurf wäre zu Boden gefallen, hätte sie ihn nicht festgehalten.

»Hat irgendjemand diesen Angriff beobachtet?«, fragte Alec die versammelte Menge.

Die beiden Soldaten, die für Jamies Schutz verantwortlich waren, traten vor, und einer erklärte: »Wir waren Zeugen.«

Alecs Brauen zogen sich zusammen. »Und ihr habt nichts unternommen?«

»Das wollten wir«, entgegnete der jüngere Krieger, »aber du sagtest, wir sollten einen Abstand von zehn Schritten halten.«

»Alec, warum hast du deinen Männern befohlen, mir zu folgen ...?« Jamie unterbrach ihre Frage, als er ihre Schulter drückte. Offenbar mochte er dieses Thema jetzt nicht erörtern.

»Als wir um eine Ecke bogen, sahen wir, wie Justin die Lady packte«, fuhr der ältere Soldat fort.

Alecs Kinnmuskeln zuckten. »Und?«

»Er verlieh seiner Bewunderung für Lady Kincaid Ausdruck, und wir hörten ihn beteuern, ihre violetten Augen würden jeden Mann in die Knie zwingen. Da Laird Harold dein Verbündeter ist, dachte ich, einer von uns müsste dich holen, Mylord, ehe wir ...«

»Er *war* sein Verbündeter!«, brüllte Philip.

»Regen Sie sich nicht auf«, bat Jamie. »Ich wollte Alec holen, damit er ein ernstes Wort mit Ihrem Bruder redet. Aber mein Mann war beschäftigt.«

»Und so hast du stattdessen eine Keule geholt«, ergänzte Alec.

Sie glaubte, eine gewisse Belustigung in seinem Blick zu lesen, war sich aber nicht sicher. »Was blieb mir denn anderes übrig? Ich musste mich doch wappnen, und so brauchte ich eine Waffe, die ihn viel nachdrücklicher in die Knie zwingen konnte als meine violetten Augen. Und als er dann wieder auf mich zukam ...«

»Sie haben Schande über meinen Bruder und mich gebracht!«, rief Philip.

»Nein, das hat Justin ganz allein vollbracht«, entgegnete Jamie.

Das Gesicht des jungen Mannes lief dunkelrot an. »Mein

Vater wird von diesen Beleidigungen erfahren, Kincaid, das schwöre ich dir.«

Harolds Söhne stürmten zum Stall, und die Menge machte ihnen bereitwillig Platz. Colin, Harolds vertrauenswürdiger Stellvertreter, folgte ihnen nicht und wandte sich zu Alec. »Deine Bedingungen?«

»Er hat eine Woche Zeit.«

Colin nickte, und Jamie wartete, bis der alte Soldat sich entfernt hatte. Dann fragte sie ihren Mann: »Wer hat eine Woche Zeit?«

»Justins Vater.«

»Was soll er in dieser Woche machen?«

»Er wird versuchen, meinen Zorn zu besänftigen.«

»Und wenn ihm das misslingt?«

»Dann gibt es Krieg.«

Sie hatte geahnt, dass er dieses furchtbare Wort aussprechen würde. Und das alles war ihre Schuld. Erst am Vortag hatte Vater Murdock bemerkt, er habe immer geglaubt, das Hochland wäre ein friedlicher Ort. Bis zu ihrer, Jamies Ankunft. Nun kämpften die Kincaids mit den McPhersons, weil sie das kranke Baby kuriert hatte. Und sie waren nahe daran, auch gegen die Fergusons ihre Waffen zu erheben, weil Daniel ihnen die kalte Schulter zeigte, seit Mary Zuflucht bei ihrer Schwester gefunden hatte. Dazu kam noch die Sorge um Mary Kathleens Verwandte. Wahrscheinlich marschierten sie bereits auf das Kincaid-Gebiet zu. Justins Vater würde sich ebenfalls auf die Liste der Feinde setzen. Wenn das so weiterging, würde in einer Woche kein einziger Kincaid-Krieger am Leben sein.

Zum ersten Mal seit dem Tod ihrer Mutter verspürte sie das Bedürfnis, sich gründlich auszuweinen. »Ich muss zu Mary Kathleen gehen«, flüsterte sie.

»Dann wirst du meine Überraschung verderben.«

Ihre Augen füllten sich mit Tränen. »Ich hatte auch eine wunderbare Überraschung für dich. Die ist jetzt ruiniert.«

Der Priester eilte herbei und klopfte ihr ungeschickt auf die Schulter. »Aber, aber, Mädchen! Der Tag ist doch noch gar nicht vorbei. Bald wird der König eintreffen und ...«

»Vielleicht kommt er gar nicht.« Mit dieser Bemerkung wollte Gavin seine Herrin beruhigen, denn er hatte gesehen, wie entsetzt sie über die Ankündigung von Edgars Besuch gewesen war.

»Oh, verdammt!«, rief sie. »Dann würde mein Plan endgültig ins Wasser fallen. Wo ist eigentlich Edith? Ich wollte sie bitten ...«

»Edith und Annie packen ihre Sachen«, erklärte Alec. »Marcus, du solltest dich auch fertig machen.«

»Warum packen sie denn?«, wollte Jamie wissen.

»Sie reisen ab.«

»Wohin?«

»Marcus bringt Annie und Edith zu den Bracks«, berichtete Gavin. »Das sind entfernte Verwandte.«

Jamie betupfte sich mit ihrem Tartan die Augen. »Ein familiärer Besuch?«

»Nein, sie werden bei den Bracks leben.«

»Das verstehe ich nicht. Edith und ich sind Freundinnen geworden. Und Annie ist Helenas Schwester. Du kannst dich nicht von ihnen abwenden. Willst du deine Entscheidungen nicht noch einmal überdenken?«

»Nein.« Seine Miene wirkte wie versteinert, und sie schaute Marcus an.

»Aber sie kommen doch zurück?« Verlegen nickte der Krieger, und Jamie teilte ihrem Mann mit: »Ich gehe jetzt ins Haus. Und wenn du mir deine Soldaten nachschickst, werde ich erneut eine Keule schwingen. Ich möchte ein paar Minuten allein sein.«

Da er keine Gefahren sah, nickte er. Diese Mühe hätte er sich sparen können, denn Jamie stieg bereits die Eingangsstufen hinauf. »In der Halle warten Gäste!«, rief er ihr nach. Krachend fiel die Tür ins Schloss. Er seufzte und wandte sich zu seinen Soldaten, um ihnen neue Befehle zu geben. Das wollte er möglichst schnell hinter sich bringen und seiner Frau folgen. Ihre Tränen hatten ihn tief bestürzt. Wenn er die Falten ihres Tartans ordnete, würde sich ihre Laune vielleicht bessern, und dann konnte er sie sicher veranlassen, ihre Liebeserklärung zu wiederholen.

Jamie sah vier große Soldaten am Eingang stehen. Sie trugen keine Kincaid-Farben. Ein fünfter lehnte am Kaminsims und forderte seine Freunde auf, ihr Platz zu machen. Sie knickste, und der Krieger winkte sie mit einer gebieterischen Geste zu sich. Sie hatte keine Lust, mit ihm zu reden, aber die Gesetze der Höflichkeit verlangten, dass sie sich zumindest vorstellte, und so ging sie zu ihm.

Der grauhaarige Soldat hatte sich bereits bedient. In einer Hand hielt er einen Weinkelch, in der anderen ein üppiges Stück Käse. Sie zwang sich zu einem Lächeln, knickste ein zweites Mal, und da fiel ihr Tartan zu Boden. Das war zu viel für ihre Nerven. Tränen begannen über ihre Wangen zu rollen. Beschämt hob sie den Überwurf auf, und vielleicht hätte sie ihre Fassung wiedergewonnen, wäre der Blick des Kriegers nicht so freundlich und mitfühlend gewesen.

»Liebe Lady, was betrübt Sie denn so?« Seine Stimme klang auch sehr nett, und er musste etwa so alt sein wie ihr Papa. Diese Erkenntnis machte alles noch schlimmer, weil sich jetzt auch noch Heimweh zu ihrem Kummer gesellte. »So schlimm kann es doch gar nicht sein«, fügte der Fremde hinzu.

»Wenn Sie wüssten, welche Schande ich den Kincaids angetan habe, würden Sie vermutlich auch weinen«, platzte Jamie heraus. »Die Kriege, die ich entfesselt habe, kann ich schon gar nicht mehr zählen.« Als er die Brauen hochzog, nickte sie bekräftigend. »Es stimmt, und wenn ich ein Feigling wäre, würde ich mich für den Rest meiner Tage im Bett verkriechen.«

»Vielleicht kann ich Ihnen helfen.«

»Das kann niemand außer dem König, und wenn er von all diesen Problemen erfährt, lässt er mich wahrscheinlich auspeitschen.« Plötzlich verspürte sie das überwältigende Bedürfnis, diesem netten Mann ihr Herz auszuschütten, und damit hatte sie es so eilig, dass sich ihre Stimme überschlug. »Wissen Sie, ich wollte alles richtig machen, aber was in England als richtig gilt, ist hier falsch. Man darf nicht danke sagen, denn das ist eine Beleidigung. Und wenn man einem Baby das Leben rettet, behaupten die Leute, man habe es entführt! Und …«

»Langsam, liebe Lady«, fiel der Soldat ihr ins Wort. »Erzählen Sie mir alles von Anfang an. Wenn Sie Ihre Sorgen mit mir geteilt haben, werden Sie sich besser fühlen. Und ich würde Ihnen wirklich gern helfen, in diesem Land besitze ich beträchtlichen Einfluss.«

Er schien es aufrichtig zu meinen, und so schilderte sie zunächst die Ereignisse, die zur Fehde mit den McPhersons geführt hatten. »Ich habe das Baby geheilt, also hätte sein Vater mir dankbar sein müssen, statt mich anzuklagen.«

»Das sollte man meinen.«

»Aber er ritt beleidigt heim. Und jetzt darf sich kein Kincaid auf McPhersons Land wagen. Zu den Fergusons können wir auch nicht mehr reiten, weil ich Daniels Frau bei mir aufgenommen habe.«

»Und deshalb hat der Kincaid mit einem Krieg gedroht?«

»Noch nicht, aber er denkt drüber nach. Und wenn er meine Schwester nicht besser behandelt, werde ich dem König erzählen, was für ein wildes Temperament Daniel hat.«

»Und was glauben Sie, wird der König dann tun?«

»Ich nehme an, er wird ein ernstes Wort mit Daniel reden und ihn auf die Pflichten gegenüber seiner Gattin hinweisen.«

»Also haben Sie volles Vertrauen zu König Edgar?«

»O ja!«, beteuerte Jamie. »Ich kenne ihn zwar noch nicht, aber Alec würde nur einem guten König die Treue halten.«

Der Soldat lächelte. »Offenbar haben Sie vorteilhafte Geschichten über Edgar gehört.«

»Keineswegs. Man behauptet, er sei ein Ungeheuer ... Aber nur in England«, fügte sie hastig hinzu, als sie die gefurchte Stirn des Kriegers sah. »Jetzt weiß ich, dass das nur Gerüchte sind, die jeder Grundlage entbehren. Niemals würde Alec einem Ungeheuer Treue schwören.«

»Sie sind Kincaid also loyal ergeben?«

»Alec und Edgar.« Sie fragte sich, warum der Mann dieses Thema so beharrlich verfolgte. »Aber wenn Edgar von den Problemen erfährt, die ich hervorgerufen habe, will er mich ganz gewiss erwürgen.«

»Ganz im Gegenteil! Ich denke, er wäre sehr verständnisvoll.«

»Niemand kann so verständnisvoll sein. Den Krieg mit Mary Kathleens Familie habe ich noch gar nicht erwähnt. Man wird mir vorwerfen, ich hätte das Kind gestohlen.«

»Und das haben Sie nicht getan?«

»Doch. Ich warf den Tartan dieser Leute zu Boden, und Marcus spuckte darauf. Das Kind wurde misshandelt. Alec und ich sind jetzt seine Eltern. Und mein Mann rechnet ganz fest damit, dass der König auf unserer Seite stehen wird.«

»Wer ist diese Mary Kathleen?«

»Helenas Tochter.«

»Und sie wurde misshandelt?«

»Allerdings. Sie ist erst drei Jahre alt und konnte sich nicht wehren. Gavin meinte, ihr Vater Kevin würde sich im Grab umdrehen.«

»Gewiss wird der König auf Ihrer Seite stehen«, verkündete der grauhaarige Soldat. »Und jetzt erzählen Sie mir bitte, warum während meiner Ankunft so ein Wirbel im Hof herrschte.«

»Justin küsste mich, und um mich zu rächen, schlug ich ihm mit einer von Alecs Keulen in die Kniekehlen.« Als der Krieger verwundert blinzelte, fügte Jamie hinzu: »Sicher hätte Ihre Lady genauso gehandelt. Keine Ehefrau will von einem anderen Mann angefasst werden.«

»Ich bin nicht verheiratet.«

»Aber wenn Sie's wären?«

»Ja, dann hätte meine Frau das Gleiche getan.«

»Sie sind sehr freundlich, Sir.«

»Weiß Alec, dass Sie Justin geschlagen haben?«

»Ja. Das heißt, nein – es war nicht Justin, den ich niederschlug, sondern Philip. Kein Wunder, dass mir dieser Irrtum unterlief! Alec teilte mir erst hinterher mit, dass Harolds Söhne eineiige Zwillinge sind.«

»Nachdem Sie Philip niedergeschlagen hatten?«, fragte er lächelnd.

»Sir, das ist nicht komisch, sondern bitterernst.«

»Verzeihen Sie, Mylady. Und was geschah dann?«

»Alec warf Justin durch die Luft und ...« Plötzlich brannten wieder Tränen in Jamies Augen. »Dann wurde mir auch noch bewusst, dass meine schöne Überraschung verdorben war. Ich wollte nämlich vor Edgar knien und mein Treuegelübde auf gälisch ablegen. Alec wusste nicht, dass ich diese Sprache beherrsche. Und vorhin hörte er, wie ich Justin auf gälisch anschrie. Und jetzt weiß er es. Voller Stolz legte ich seine Farben an – wenn ich auch keine Ahnung habe, wie man dieses Tuch faltet. Und dabei hatte ich mir alles so schön ausgemalt – wie ich vor meinem König knien und wie ich ihm dann sagen würde, dass ich ihn liebe ...«

»Ihren König?«

»Nein, Sir, meinen Alec. Meinen König ehre ich, meinen Gemahl liebe ich.«

»Sicher wird Alec den Schaden beheben, den Sie angerichtet haben. Warum zeigen Sie mir nicht, wie Sie Ihr Gelübde vor dem König ablegen wollen?«

Diesen Vorschlag fand Jamie etwas eigenartig, aber sie wollte den freundlichen Mann, der ihr so geduldig zugehört hatte, nicht kränken. »Ja, vielleicht könnte ich ein bisschen Übung gebrauchen – falls er mir zuzuhören geruht, ehe er mich auspeitschen lässt.« Sie kniete nieder und senkte den Kopf. »Soll ich die Hand auf mein Herz legen oder nicht?«

»Ich glaube, das ist dem König egal«, erwiderte der Soldat.

Jamie schloss die Augen und sprach ihr Gelöbnis, dann half ihr der Krieger auf die Beine.

»Und jetzt werde ich Ihren Tartan in Ordnung bringen, Mylady.«

Dankbar lächelte sie ihn an.

Und Alec lehnte am Türrahmen und beobachtete grinsend, wie der König von Schottland die Tartanfalten durch Jamies Gürtel zog. Er hätte ihr sagen müssen, wer der Mann war, den sie angejammert hatte. Aber er brachte es nicht übers Herz, sie in neue Aufregung zu versetzen. Als ihr Tartan wieder richtig saß, hob sich ihre Stimmung sofort. Sie entdeckte ihren

Mann, lächelte ihn strahlend an und lief zu ihm. Dicht vor ihm blieb sie stehen und wisperte auf gälisch: »Ich liebe dich, Alec.«

»Ich liebe dich auch, Jamie.«

Er wollte sie in die Arme nehmen, doch sie wich rasch zurück. »Wir haben Besuch.«

»Ich muss also bis später warten?«

»Allerdings. Du ...« Sie schluckte verlegen. »Du hast alles gehört?«

»Fast alles«, gab er zu. »Jetzt schaust du nicht mehr so unglücklich drein.«

»Dazu habe ich auch keinen Grund. Dein König ist ein sehr gütiger Mann.«

Verblüfft schnappte er nach Luft. »Du hast die ganze Zeit gewusst, wer er ist?«

»Glaubst du wirklich, ich wäre ihm mit meinen Problemen auf den Pelz gerückt, wenn ich es schon nicht die ganze Zeit gewusst hätte?«, wisperte Jamie. »Nein, ich merkte es erst, als ich vor ihm kniete.« Er lachte, und sie ermahnte ihn. »Du darfst ihm nicht sagen, dass ich darauf gekommen bin.«

»Warum nicht?«

»Es würde seine Gefühle verletzen.«

»So?«

Sie nickte. »Er glaubt, meine zarten Gefühle zu schonen, und wir dürfen ihn nicht enttäuschen.«

Sie verneigte sich und verließ das Haus, ehe er über ihre lächerliche Bemerkung spotten konnte. Dann rief der König nach ihm und verlangte seine volle Aufmerksamkeit.

»Glauben Sie, ich würde Sie zum Kampf fordern, weil Sie mich zu dieser Heirat gezwungen haben, oder Ihnen danken?«

»Natürlich danken Sie mir. Und Henry wird uns beiden den Krieg erklären, wenn er merkt, welch ein Juwel er uns geschenkt hat.«

Beide lachten, und Alec meinte: »Lange werden wir nicht darauf warten müssen. In ein bis zwei Wochen wird meine Frau wahrscheinlich einen Krieg gegen England heraufbeschwören. Zeitweise dachte ich sogar, sie wäre Henrys Geheimwaffe.«

Schallendes Gelächter drang aus der Halle, und Jamie überlegte, was die beiden so erheitern mochte. Sicher der schändliche Witz von der toten Engländerin …

Nachdem die Tür hinter ihr ins Schloss gefallen war, lehnte sich Jamie kraftlos dagegen. Ihre Wangen brannten vor Scham, als sie sich an ihr offenherziges Gespräch mit dem König erinnerte. Sie hatte ihm verraten, in England würde er als Ungeheuer gelten – und sogar vor seinen Augen geweint … Und er war so verständnisvoll gewesen. Tiefe Dankbarkeit erwärmte ihr Herz.

Gavin lief zu ihr. »Jamie, was machen Sie ganz allein hier draußen?«

»Warum wollen Sie das wissen? Darf ich nur mit Eskorte aus dem Haus gehen?«

»So ist es«, bestätigte er, ehe er sich eines Besseren besinnen konnte.

»Hat Alec diesen Befehl erteilt?«

Statt zu antworten, wechselte er das Thema. »Jamie, eine Ihrer Küchenmägde hat sich die Hand verbrannt. Würden Sie nach ihr sehen?«

Sofort vergaß sie ihre Frage. »Oh, die Ärmste! Führen Sie mich zu ihr, Gavin!«

Die nächsten beiden Stunden verbrachte sie bei der verletzten Frau. Die Verbrennung war nicht allzu schlimm, und

Jamie genoss einen ausgedehnten Besuch bei der Familie ihrer Küchenmagd. Gavin wich ihr nicht von der Seite. Auf dem Rückweg zum Haupthaus verkündete sie: »Ich würde gern frische Blumen auf Helenas Grab legen. Würden Sie mich hinbegleiten?«

Er stimmte zu, und beim Stall trafen sie Marcus, der gerade sein Pferd sattelte. Gavin informierte ihn über Lady Kincaids Absichten, dann setzten sie ihren Weg fort.

Langsam stiegen sie den Hang hinauf, und Jamie pflückte die schönsten Blumen, die sie fand. Gavin geleitete sie am geweihten Friedhof vorbei, zu Helenas letzter Ruhestätte.

»Waren Sie hier, als Helena starb?«, fragte sie.

»Ja.«

»Wie ich höre, soll sie Selbstmord begangen haben. Vater Murdock sagte, sie sei von einer Klippe gesprungen.«

Gavin nickte und zeigte zu einer Felswand links von Helenas Grab. »Dort ist es geschehen.«

»Wurde sie dabei beobachtet?«

»Ja.«

»Wer hat sie gesehen? Vielleicht Sie …?«

»Jamie, müssen wir darüber reden?«

Sie kniete vor Helenas Grab nieder und entfernte die welken Blumen. »Ich versuche nur, das alles zu verstehen. Würden Sie es albern finden, wenn ich Ihnen einen geheimen Gedanken anvertraue? Ich glaube, Helena wünscht, dass ich es verstehe.«

»Ja, das würde ich vermutlich albern finden.« Gavin bemühte sich, möglichst unbefangen zu sprechen. »Da hat schon jemand Blumen auf das Grab gelegt«, fügte er hinzu, um wieder einmal ein anderes Thema anzuschneiden.

»Das habe ich getan – vorgestern.« Sorgfältig schmückte sie den mit Gras bewachsenen Hügel mit frischen Blüten.

»Warum glauben Sie, Helena würde es wünschen, dass Sie das alles verstehen?«

»Eines Tages wird Mary Kathleen fragen, wie ihre Mutter gestorben ist. Wie soll ich's ihr erklären, wenn ich es selbst nicht weiß?«

Gavin ließ sich neben ihr auf ein Knie nieder und spielte geistesabwesend mit einer wilden Rose. »Was gibt es da zu verstehen? Helena war verzweifelt …«

»Haben Sie ihr das angesehen?«

Er schüttelte den Kopf. »Ich kannte sie nicht gut genug, um so etwas zu merken. Und ich gebe zu – ich war sehr überrascht, als …«

»Vater Murdock war genauso überrascht. Sie erschien ihm recht zufrieden. Und sie freute sich auf die Ankunft ihrer kleinen Tochter. Wenn sie Alec fürchtete oder hasste, hätte sie ihn wohl kaum aufgefordert, ihr Kind hierherzuholen.«

»Sie dachte vielleicht, sie habe keine andere Wahl.«

Jamie stand auf und ging auf die Klippe zu, von der Helena herabgestürzt war. »Es könnte ein Unfall gewesen sein. Warum wurde sie von allen Leuten als Selbstmörderin gebrandmarkt?« Ein Schauer überlief sie, und sie rieb sich die Arme, um das plötzliche Frösteln zu bekämpfen. »Bei meiner ersten Begegnung mit Alec hatte ich ein bisschen Angst vor ihm. Doch ich brauchte nur einen knappen Tag, um festzustellen, welch ein edler Mensch er ist. Und da wusste ich, dass er gut für mich sorgen würde. Das gleiche muss auch Helena empfunden haben.«

Gavin war ihr gefolgt. »Mag sein. Aber eins müssen Sie bedenken – sie kannte ihn kaum. Kurz nach der Hochzeit wurde er weggerufen.«

»Starb sie schnell?«, wisperte Jamie.

»Nein. Sie landete hier auf diesem Felsvorsprung.« Er wies

auf eine zerklüftete Steinkante. »Sie brach sich das Rückgrat, und zwei Tage später starb sie, ohne noch einmal die Augen zu öffnen. Ich glaube, sie litt keine Schmerzen.«

»Sie muss ausgerutscht sein«, beharrte Jamie.

Wieder versuchte er, das Thema zu wechseln. »Wir sollten jetzt zurückgehen, Mylady. Alec wird schon nach Ihnen suchen. Nachdem der König nicht mehr da ist ...«

»Edgar ist schon abgereist?«

»Ja, während Sie die Blumen gepflückt haben.«

»Oh, ich habe mich gar nicht von ihm verabschiedet.«

»Bald wird er wiederkommen. Er liebt Alec wie einen Sohn und besucht ihn regelmäßig ...« Ein plötzliches Geräusch erregte Gavins Aufmerksamkeit. Als er sich umdrehte, traf ihn ein großer Stein an der Schläfe. Er taumelte nach hinten, sah grelle Lichter, dann nichts mehr.

Erschrocken schrie Jamie auf. Ein zweiter Stein flog heran, prallte auf ihre Stirn und hinterließ eine tiefe Schnittwunde. Verzweifelt versuchte sie Gavin zu erreichen. Er war auf den Fels gefallen, und sie fürchtete, er könnte über die Kante rutschen. Schwankend eilte sie zu ihm, packte ihn und wollte ihn in Sicherheit bringen. Auf einmal spürte sie einen stechenden Schmerz in ihrer Schulter, und sie schrie wieder auf. Mit aller Kraft umklammerte sie die Taille des Kriegers, doch er war zu schwer für sie. Sie wusste, dass sie beide abstürzen würden, glaubte sich aber zu erinnern, dass der Hang zur Linken weniger steil abfiel. Oder zur Rechten? »Bitte, lieber Gott, hilf uns!«, keuchte sie und hoffte verzweifelt, die richtige Entscheidung zu treffen, als sie sich nach links bewegte. Langsam rutschte sie mit Gavin zu ihrem Ziel.

Unheimliches Gelächter klang auf und folgte ihr, während sie sich über den zerklüfteten Felsvorsprung wälzte. Spitze Steine schnitten ihr schmerzhaft ins Fleisch. Endlich erreichte sie das Ende der Felsenkante. Inzwischen war das geisterhafte Lachen näher gekommen. Blut rann über Jamies linkes Auge und behinderte ihre Sicht. Sie wischte es mit dem Handrücken weg und zerrte Gavin über den Felsenrand. Aufatmend schickte sie ein stummes Dankgebet zum Himmel. Hier fiel der Hang tatsächlich flacher ab. Sie schob Gavin unter den schützenden Felsenüberhang und warf sich über hin. Als er leise stöhnte, presste sie eine Hand auf seinen Mund.

Lange Minuten verstrichen, ehe sie merkte, dass das hässliche Gelächter verstummt war. Und irgendwann spürte sie ein qualvolles Pochen in ihrem linken Oberarm. Sie hob die rechte Hand, um den Schmerz wegzureiben, und da berührte sie einen Dolchgriff, der aus ihrer Schulter ragte. Jemand hatte ihren eigenen Dolch auf sie geworfen.

Wenig später hörte sie, wie jemand ihren Namen rief. Doch sie antwortete erst, als sie die Stimme erkannte.

»Marcus! Hier sind wir!« Sie bemühte sich zu schreien, doch die namenlose Erleichterung schwächte ihre Stimme.

»Mein Gott, Mylady, was ...« Marcus beugte sich über die Felskante herab und starrte in Jamies blutüberströmtes Gesicht. »Geben Sie mir Ihre Hand!«

»Vorsichtig – rutschen Sie nicht zu nahe an den Rand. Irgendjemand hat Gavin und mich angegriffen. Schauen Sie sich erst mal um, und stellen Sie fest, ob noch Gefahr besteht.«

Er gehorchte, und als er sich wieder zu ihr wandte, erschrak sie über seine grimmige Miene. »Gavin ist verletzt«, erklärte sie, als er eine Hand zu ihr herabstreckte. »Wenn ich ihn loslasse, stürzt er in die Tiefe. Oh, wenn Alec bloß da wäre ... Ich möchte Sie bitten, ihn zu holen – aber andererseits will ich nicht, dass Sie uns allein lassen ...«

»Ich werde hier bleiben und um Hilfe rufen.«

Diese Idee erschien ihr großartig. »Ja, tun Sie das. Ich halte Gavin inzwischen fest.«

Marcus Stimme dröhnte in ihren Ohren. Plötzlich begann sich alles um sie zu drehen, und sie konnte nicht mehr klar denken. Die Augen fielen ihr zu und blieben geschlossen, bis jemand an ihren Händen zog. Sie hob die Lider, schaute nach oben und in das Gesicht ihres Mannes. »Alec«, flüsterte sie und brachte ein dünnes Lächeln zu Stande. »Bitte, bau keine Kiste für mich ...«

»Was?«

»Du wolltest doch eine für Angus bauen.«

»Aber niemals für dich, Liebste ...«

»Ich bin so froh, dass du da bist.«

»Ich auch. Kannst du die Beine bewegen, mein Schatz? Lass Gavin los und ...«

»Gavin?«

»Ja – Gavin.«

Sie starrte in das Gesicht des Mannes, auf dem sie lag, und da erinnerte sie sich an alles. »Er wurde von einem Stein getroffen, fiel auf den Felsvorsprung und wäre beinahe hinabgestürzt. Aber ich hielt ihn fest, und dann zog ich ihn zum flacheren Hang ...«

»Ja, ja, schon gut«, wurde sie von Alec unterbrochen. »Lass ihn jetzt los.«

»Du musst ihn zuerst hinaufholen.«

Er kannte sie gut genug, um ihr nicht zu widersprechen, und so kletterte er ein Stück den Hang hinab, hob den bewusstlosen Krieger hoch und warf ihn über seine Schultern, dann stemmte er ihn nach oben, bis Marcus seinen Kameraden bei den Händen packen und auf die Felskante zerren konnte.

Nun kniete Alec neben Jamie nieder. Seine Augen wirkten seltsam verschleiert, und sie erkannte, dass sie ihm wieder einmal großen Kummer bereitet haben musste. »Alles ist wieder gut«, flüsterte sie. »Ich sagte doch, ich würde dich nicht verlassen.«

Er konnte kaum fassen, dass sie ihn zu trösten versuchte.

»Nein, niemals wirst du mich verlassen«, bestätigte er liebevoll. »Jetzt bringe ich dich nach Hause.«

»Vorsicht – der Dolch in meiner Schulter ...«

Da seine Miene keinen besorgten Ausdruck annahm, hoffte sie, die Wunde wäre nicht so schlimm, wie sie befürchtet hatte.

»Die Klinge steckt nicht in der Schulter, sondern im Oberarm«, erklärte Alec. »Du hattest Glück, die Klinge durchstieß nur das Fett.«

»An mir ist kein Fett!«, protestierte sie und beobachtete, wie er einen Streifen von seinem Tartan riss, ahnte aber nicht, was er beabsichtigte. »Oh, es wird schrecklich wehtun, wenn ...«

Sie beendete den Satz nicht. Alec hatte den Dolch aus ihrem Arm gezogen und den Stoffstreifen um die Wunde gewickelt, ehe Jamie genug Zeit oder Kraft fand, um zu schreien. »Nun, hat's wehgetan?«

»O ja!«

»Sei ganz ruhig, Liebes. Ich musste das möglichst schnell erledigen, sonst wärst du ganz krank geworden vor Sorge um die Entfernung dieser Klinge.«

Sie wusste, dass er Recht hatte. »Sicher glaubst du, alles wäre meine Schuld. Aber ich habe diese Waffe nicht auf mich selbst geschleudert.«

»Natürlich nicht.« Alec erhob sich und nahm seine Frau auf die Arme. »Das habe ich nie bezweifelt, aber es ist nett von dir, dass du mich daran erinnerst.« Er stemmte sie hoch, und sie warf einen Blick in die Tiefe. Als er fühlte, wie sie sich anspannte, überlegte er, ob er sie bitten sollte, in die andere Richtung zu schauen. Doch dann fand er es besser, sie gar nicht erst auf die Gefahr hinzuweisen.

»Autsch, du tust mir weh!«, klagte sie und kniff die Augen zusammen.

»Gleich hast du's überstanden.«

Sie fühlte, wie sie sanft nach oben gezogen wurde, und öffnete wieder die Augen. Marcus hielt sie in den Armen. Wenig später war Alec auf den Felsvorsprung geklettert und übernahm Jamie wieder. Seine kraftvollen Muskeln wirkten so tröstlich. Seufzend lehnte sie den Kopf an seine Schulter. »Warum hast du nicht gefragt, ob ich den Angreifer gesehen habe?«

»Weil ich weiß, wer es war.« Vorsichtig trug er sie den Hang hinab, gefolgt von Marcus.

»Ich glaube, ich auch. Aber du musst den Namen nennen.« Sie erkannte, dass dieser Vorschlag keinen Sinn ergab, und wie Alecs grimmige Miene verriet, wollte er dieses Thema vorerst auch gar nicht erörtern. »Wer war der Zeuge?«, wisperte sie.

»Welcher Zeuge?«

»Wer hat beobachtet, wie Helena in die Tiefe gestürzt ist?«

»Annie.«

Zwei Stunden später saß Jamie im Bett in der großen Halle. Der Wandschirm war entfernt worden, die Mitglieder des Clans standen in kleinen Gruppen beisammen. Sie hatte Alec erklärt, wie er ihre Wunden verarzten und welche Salbe er benutzen sollte. Den Verband um den Oberarm musste er zweimal anlegen, ehe sie sich damit zufrieden gab.

Inzwischen war Gavin zu sich gekommen. Heftige Kopfschmerzen peinigten ihn. Jamie verbot seinen Kameraden, ihm Ale einzuschenken. Stattdessen verordnete sie ihm Wasser und kalte Umschläge. Seine Qualen müsse er eben erdulden, befahl sie vom Bett aus, und damit basta.

Ihr Gesicht verzerrte sich kein einziges Mal, während ihre Wunden versorgt wurden. Nicht Tapferkeit, sondern Eitelkeit war ihr Beweggrund. Vor den Verwandten wollte sie nicht wehleidig erscheinen. Vater Murdock erleichterte ihr die Tortur. Er saß neben ihr auf dem Bett und hielt ihre Hand, als Alec seine Aufgabe so behutsam wie möglich erfüllte. Nachdem das Werk vollbracht war, holte man die kleine Mary Kathleen. Beim Anblick der Verbände am Kopf und am Oberarm ihrer Mutter begann sie zu weinen. Alec besänftigte sie, indem er sie aufforderte, Mama einen Kuss zu geben. Das tat die Kleine sofort und wurde von Jamie mit der Beteuerung belohnt, jetzt gehe es ihr gleich viel besser. Wenig später schlief das Kind an ihrer Seite ein.

Sie sah, wie Marcus dem Laird zunickte, und rief: »Ihr habt sie also gefunden?«

Niemand antwortete, und Alec ging zur Tür.

»Bring Annie zu mir!«, bat sie ihn. »Ich möchte sie fragen, warum …«

Entschieden schüttelte er den Kopf. »Ich höre mir draußen an, was sie zu sagen hat.«

»Und danach?«

»Dann werde ich beschließen, was mit ihr geschehen soll.«

Der Priester drückte ihr die Hand, als sie zu protestieren versuchte. »Überlassen Sie das ihm, Mädchen. Er ist ein barmherziger Mann.«

»Ja – obwohl er es nicht eingesteht. Annies Geist ist verwirrt. Sicher wird er das berücksichtigen.«

Grausiges, unmenschliches Gelächter füllte die Halle, und Jamie klammerte sich bestürzt an Vater Murdock. Annies Worte trafen sie wie Peitschenhiebe und wirkten noch unheimlicher durch den monotonen Singsang ihrer Stimme. »Ich werde deine Frau sein, Kincaid. Ich! Ganz gleich, wie lange es dauert. Es ist mein Recht. Helena nahm dich mir weg. Damals habe ich dich herausgefordert, Alec. Und ich werde es wieder tun.« Abermals erklang ein schauriges Lachen. Immer wieder werde ich töten – bis du deine Lektion gelernt hast. Es ist mein Recht, den Platz an deiner Seite einzunehmen und ...«

Die plötzliche Stimme erschreckte Jamie. Sie versuchte aus dem Bett zu steigen, aber Gavin, der an dessen Fußende stand, donnerte: »Bleiben Sie, wo Sie sind, Mylady!« Wie ein gebieterischer Racheengel richtete er sich auf, doch die Wirkung dieser Pose wurde sofort beeinträchtigt, als er sich stöhnend an den Kopf griff. »Oh, ich hätte Sie nicht anschreien dürfen – aber Alec will nicht, dass Sie ihm folgen.«

»Sie hätten nicht schreien sollen, weil es in Ihren Schläfen dröhnt, sobald Sie Ihre Stimme erheben.«

»Das auch«, gab er zu. Ächzend brach er zusammen, und sie argwöhnte, er hätte das nur getan, um ihr Mitleid zu erregen und ihre Aufmerksamkeit von den Ereignissen vor dem Haus abzulenken.

»Ich vertraue meinem Mann«, erklärte sie ihm. »Und Sie brauchen mir nichts vorzuspielen, nur um mein ungeteiltes Interesse zu wecken.«

»Kann ich einen Becher Ale haben?«

»Nein.«

»An diesem Bett herrscht zu viel Gedränge«, verkündete Alec vom Eingang her.

Jamie lächelte und wartete, bis er zu ihr kam und sie küsste. Dann fragte sie: »Hast du alles geregelt?« Er nickte nur, und sie fuhr fort: »Du warst ihr versprochen, nicht wahr?«

»Edgar wollte die beiden Clans vereinen, um Frieden zu stiften. Und zuerst war ich mit Annie verlobt.«

»Aber sie ist viel jünger ...«

»Nur ein Jahr jünger als du, Jamie.«

»Mir kommt sie immer noch wie ein Kind vor. Und nachdem Helenas Mann gestorben war, besann sich der König anders?«

»Ja. Sie war schwanger, und er wollte ihr zu einem schönen Zuhause verhelfen.«

Verständnisvoll nickte Jamie. »Auch sie wollte dich nicht verlassen«, bemerkte sie lächelnd. Er begriff ihre Freude erst, als sie sich zu Vater Murdock wandte. »Morgen müssen Sie Helenas Grab segnen. Und wir lassen eine Totenmesse für sie lesen. Der ganze Clan soll daran teilnehmen, Alec.«

»Möchten Sie, dass sie noch einmal bestattet wird – in geweihter Erde?«, fragte der Priester.

Sie schüttelte den Kopf. »Wir erweitern den geweihten Bereich des Friedhofs, dann wird er auch Helenas Grab einschließen. Und wenn es einmal so weit ist, werden Alec und ich an ihrer Seite ruhen. Das wäre doch angemessen, Mylord?«

»Allerdings«, stimmte Alec belustigt zu.

»Und du wirst in der Mitte liegen, Kincaid«, neckte sie ihn, »für alle Ewigkeit zwischen deinen beiden Gemahlinnen gefangen.«

»Gott steh mir bei!«, murmelte er.

»Das hat der Allmächtige bereits getan«, meinte Vater Murdock. »Er hat dir zu deinen Lebzeiten zwei gute Frauen geschenkt. Und unser Schöpfer besitzt auch einen gewissen Humor.«

»Wie das?«, fragte Gavin, der stöhnend am Boden saß.

»Das süße Mädchen, dem Alecs Liebe gehört, stammt aus England. Und wenn das eine besondere Finte unseres himmlischen Herrn ist, dann weiß ich nicht ...«

»Du meine Güte, er redet schon genauso wie die Lady!«, rief Gavin und lachte, was er sofort bereute, denn sein Kopf begann erneut zu dröhnen.

Jamie entdeckte Edith am anderen Ende der Halle und sah, wie bedrückt die Frau war. »Du wolltest sie doch nicht wirklich wegschicken, Alec?« Als er den Kopf schüttelte, bedeutete sie ihrer Freundin, näher zu kommen. »Du wirst uns nicht verlassen, meine Liebe. Mein Mann sagte das nur, um Annie zu einem weiteren Mordanschlag auf mich zu veranlassen.«

»Zu einem weiteren ...«, wiederholte Alec. »Du wusstest also, dass das Feuer ...«

»Nein. Ich erriet es erst, als ich Annie vorhin lachen hörte. Während ich in der brennenden Hütte festsaß, glaubte ich ein ähnliches Gelächter zu hören.« Unwillig runzelte sie die Stirn. »Es war gar nicht nett von dir, mich als Köder zu benutzen.«

»Der Angriff auf der Klippe war keinesfalls geplant. Gavin sollte bei dir bleiben, und Marcus hatte den Befehl, auf Annie aufzupassen ...«

»Es ist meine Schuld!«, fiel Edith dem Laird unglücklich ins Wort. »Ich wusste nicht, dass du Annie eine Falle stellen wolltest, und dachte, sie wäre krank. Nachdem sie gehört hatte, dass wir von hier weggehen sollten, legte sie sich ins Bett. Und in meiner Aufregung bemerkte ich nicht, wie sie sich davonschlich.«

»Nein, Schwester.« Marcus trat an Ediths Seite. »Ich bin schuld daran, und ich übernehme die volle Verantwortung.«

»Ich bat dich doch, die Pferde zu satteln«, wandte sie ein.

»Niemand trägt die Schuld an alldem«, erklärte Jamie. »Edith, du willst doch hier bleiben? Ich möchte nicht auf deinen Beistand verzichten – bis du einen Ehemann gefunden hast.«

»Ich hatte niemals vor, dich aus dem Haus zu weisen, Edith«, beteuerte der Laird. »Aber Annie sollte glauben, ich würde euch beide verstoßen, weil sie Helenas Schwester ist – und weil du eine enge Freundin meiner verstorbenen Frau warst. Als ich euch die Abreise befahl, gab ich als Begründung an, ich wollte nicht mehr von euch an die Tote erinnert werden.« Lächelnd fügte er hinzu: »Du musst dich doch gewundert haben, warum Mary Kathleen nicht einbezogen wurde.«

Edith schüttelte den Kopf. »Ich war viel zu durcheinander, um klar zu denken.«

»Verzeih dem Laird, dass er dir so viel Kummer bereitet hat«, bat Jamie ihre Freundin.

»Natürlich. Jetzt verstehe ich alles.«

»Würdest du Mary in ihr Zimmer bringen?«, fragte Jamie, weil sie ahnte, wie nahe Edith daran war, die Fassung zu verlieren. Sie wartete, bis die Schottin das Kind die Treppe hinauftrug. Dann fragte sie ihren Mann: »Was wirst du mit Annie tun?«

Er blieb ihr die Antwort schuldig.

Alec benahm sich unmöglich. Fast eine Woche lang wollte er Jamie nicht aus dem Bett lassen. Er erwartete, dass sie die Tage ebenso verschlief wie die Nächte. Und seltsamerweise gelang es ihr, seinen Wunsch zu erfüllen.

Die täglichen Besuche ihrer Schwester förderten Jamies Genesung. Mary half ihr, den Wandteppich mit Edgars Bildnis zu sticken, und übernahm diese Aufgabe schließlich allein, als sie feststellte, dass Jamie nicht die nötige Geduld dafür aufbrachte.

Beim ersten Wiedersehen nach längerer Zeit verkündete Mary, Daniel habe noch nicht mit ihr geschlafen. Diese Neuigkeit beunruhigte Jamie mehr als die Betroffene selbst. Aber als sie die Freuden des ehelichen Intimlebens pries, erwachte auch Marys Neugier.

»Er hält sich eine Geliebte. Aber er schläft jede Nacht in meinem Bett.«

»Du musst diese Frau hinauswerfen«, riet Jamie.

»Dann würde er mir böse sein. Mittlerweile mag ich sein Lächeln viel zu sehr, um ihn zu erzürnen. Seit ich nicht mehr heule, ist er viel netter zu mir. Der Mann verabscheut Tränen. Allmählich beginne ich ihn zu mögen.«

Dieses Geständnis entzückte Jamie. »Dann bitte ihn doch, mit dir zu schlafen.«

»Das verbietet mir mein Stolz. Aber ich habe einen Plan.«

»Welchen?«

»Ich möchte ihm sagen, er darf seine Geliebte behalten, wenn er auch mit mir …«

»Du kannst deinen Gemahl doch nicht mit einer anderen teilen!«

Hilflos hob Mary die Schultern. »Ich würde so gern Daniels Liebe gewinnen.« Sie begann zu weinen, ausgerechnet in dem Augenblick, wo Alec die Halle betrat. Sobald er merkte, in welchem Zustand sich seine Schwägerin befand, machte er kehrt und eilte wieder hinaus.

»In der Tat, die Männer verabscheuen Tränen«, stimmte

Jamie ihrer Schwester zu. »Sag Daniel, er soll seine Geliebte behalten ... Hör erst mal zu, ehe du protestierst. Und dann füge ganz beiläufig hinzu, er müsse wohl mit dieser Frau üben, ehe er es wagen könne, mit dir zu schlafen.«

Als Alec in die Halle zurückkehrte, hörte er die beiden Schwestern schallend lachen.

Zwei Tage lang ließ sich Mary nicht in Kincaids Haus blicken, und Jamie machte sich große Sorgen. Am dritten Tag erschien ihre Schwester endlich, mit glückstrahlendem Lächeln.

Jamie wollte keine Einzelheiten hören, aber Mary bestand darauf ganz genau zu erzählen, welch wunderbarer Liebhaber ihr Mann sei. Währenddessen kamen Alec, Daniel, Marcus und Gavin in die Halle und wollten in die Unterhaltung einbezogen werden. Sofort wechselten die beiden Frauen das Thema.

In dieser Nacht liebten sich Alec und Jamie. Er erlaubte ihr nicht, die Initiative zu ergreifen, so wie sie es wollte, denn er fürchtete, ihre Kräfte wären noch nicht wiederhergestellt. Letzten Endes musste er jedoch zugeben, er sei zwar stärker, sie besitze aber mehr Durchhaltevermögen.

Am nächsten Morgen verließ er die Burg, um einen Auftrag seines Königs zu erfüllen. Erst in einer Woche sollte er heimkehren. Jamie nutzte seine Abwesenheit, um eine weitere Veränderung im Haushalt vorzunehmen. Das Bett mitsamt der Plattform wurde aus der Halle entfernt. Hinter dem Wandschirm befand sich jetzt eine Durchreiche. Zunächst rebellierten die Soldaten gegen diesen englischen Brauch, aber als sie erkannten, dass sie dadurch schneller zu ihrem Ale kommen würden, führten sie klaglos alle Befehle aus.

Bei der Ankunft des Lairds standen sie in Reih und Glied bereit, um Jamie wieder einmal zu verteidigen. Er saß am

Kopfende der Tafel, und seine Kinnmuskeln zuckten, während sie ihm die Notwendigkeit einer Durchreiche erklärte. Es fiel ihm schwer, diese Neuerung hinzunehmen, doch Jamie war sehr zufrieden mit ihm, weil er sie kein einziges Mal anschrie. Dieser Verzicht kostete ihn große Kraft. Das merkte sie ihm an, und sie hatte Mitleid mit ihm. Deshalb zuckte sie mit keiner Wimper, als er tonlos bat, sie solle ihn ein paar Minuten in Ruhe lassen.

Dass sie ihm nicht grollte, erkannte er sofort, denn sie nahm keine Münze aus dem Geldkästchen auf dem Kaminsims. Sie hatte eine subtile Methode entwickelt, um ihm ihren Ärger zu zeigen, indem sie kein Wort sagte, ihn nur anstarrte und sich dann einen ihrer Shillings holte. Jeden Abend legte Vater Murdock diese Münzen in das Kästchen zurück, aber das wusste Jamie nicht.

Die Eingewöhnung verursachte ihr immer noch Schwierigkeiten. Eines Abends hielt der Priester neun Shillings in der Hand.

Als sie mit Mary Kathleen das Haus verließ, stieg ihre Schwester gerade vom Pferd und platzte heraus: »Ich habe furchtbare Neuigkeiten! Andrew ist auf dem Weg hierher!«

»Andrew?«

»Der Mann, mit dem du verlobt warst. Wie konntest du ihn so schnell vergessen, Jamie?«

»Ich habe ihn nicht vergessen.« Jamie reichte ihr das Kind und zwang sich zur Ruhe. »Warum kommt er? Und wie hast du es herausgefunden?«

»Ich hörte, wie Daniel mit einem seiner Krieger sprach. Alle Hochländerclans wissen Bescheid. Andrew und sein Heer müssen ihre Gebiete durchqueren.«

»O Gott, er kommt mit einem Heer? Warum denn nur?«

Mary stellte ihre Nichte auf den Boden und wisperte:

»Wegen der Leihgabe. Erinnerst du dich an die Münzen, die er Papa geborgt hat?«

»Wie könnte mir das entfallen? Papa hat mich an Andrew verkauft ... O Mary, ich kann mich vor meinem Clan nicht demütigen lassen. Gütiger Himmel, Alec wird sich bemüßigt fühlen, Andrew zu töten!«

Mary nickte. »Das hat Daniel auch gesagt.«

»Weiß er, warum Andrew hier ist?«, fragte Jamie entsetzt.

»Ja. Andrew musste einen Grund für seine Reise ins Hochland angeben, sonst wäre er nicht so weit gekommen und immer noch am Leben. Du hast doch gemerkt, dass die Schotten die Engländer nicht besonders mögen?«

»Verdammt, wem könnte das entgehen?«

»Sprich nicht so undamenhaft!«

»Ich kann nicht anders, wenn ich aufgeregt bin ... Glaubst du, Alec hat es auch schon erfahren?«

Mary zuckte die Achseln. »Mein Mann behauptete, alle Schotten wüssten es, wenn Fremde anrücken.«

»Ich darf das nicht zulassen. Sonst trüge ich die Verantwortung für einen Krieg zwischen England und Schottland.«

»England? Alec wird nur Andrew und dessen Heer umbringen.«

»Und du meinst, König Henry würde es nicht merken, wenn einer seiner Barone verschwunden ist?« Jamie riss ihrer Schwester die Zügel aus der Hand und schwang sich aufs Pferd.

»Was hast du vor?«, rief Mary.

»Ich werde Andrew suchen und vernünftig mit ihm reden. Wenn ich verspreche, ihm das Geld zu schicken, gibt er seinen Plan sicher auf.«

»Es ist bald dunkel. Deshalb wollte Daniel mir nicht erlauben, hierher zu reiten.«

Jamie lächelte. »Trotzdem bist du gekommen?«

»Natürlich, ich musste dich doch warnen. Ich dachte, du willst dich für einige Zeit verstecken.«

»Es war sehr tapfer und uneigennützig von dir, mir Bescheid zu geben. Aber du müsstest wissen, dass ich mich niemals verstecke.«

»Ich hatte es gehofft, und ich finde, du solltest Andrew lieber nicht suchen. War ich wirklich tapfer?«

Jamie nickte. »Versprich mir, niemandem zu verraten, wohin ich geritten bin.«

»Einverstanden.«

»Und pass inzwischen auf Mary Kathleen auf.«

»Was soll ich Alec sagen?«

»Gar nichts.«

»Aber ...«

»Am besten weinst du, dann wird er dir keine Fragen stellen. Wahrscheinlich bin ich zurück, ehe jemand meine Abwesenheit bemerkt. Und jetzt zeig mir den Weg.«

»Einfach nur bergab.« Mary bekreuzigte sich, als sie ihre Schwester davongaloppieren sah. Vater Murdock schlenderte heran und meinte, Lady Kincaid habe es aber sehr eilig. Wisse Lady Ferguson zufällig, wohin das Mädchen wolle?

Prompt brach Lady Ferguson in Tränen aus. Sie hielt das Versprechen, das sie ihrer Schwester gegeben hatte, und verriet auch Alec nicht, wohin Jamie ritt. Das war nicht nötig. Mary Kathleen plauderte alles aus, was sie gehört hatte.

Sobald ihre Mutter aus dem Blickfeld verschwunden war, rannte die Kleine in die Halle, kletterte auf Alecs Schoß und nahm einen großen Schluck von seinem Ale, ehe er sich's versah. Sofort entriss er ihr den Becher und gab ihr Wasser. Dann fragte er geistesabwesend, wo denn Mama sei.

Mary Kathleen lehnte sich an Papas Brust und spielte mit ihren Zehen und seinem Gürtel, während sie das belauschte Gespräch fast wortwörtlich wiederholte.

Seiner Tochter zuliebe schrie er erst, als er das Haus verlassen hatte. Sobald Mary sein Gesicht sah, musste sie ihr Schluchzen nicht mehr vortäuschen und bekam einen hysterischen Anfall.

Vater Murdock tat sein Bestes, um die arme Frau zu trösten, doch er bemühte sich vergeblich. Nachdem Alec mit einigen Soldaten aufgebrochen war, kreischte Mary immer noch wie ein festgebundenes Huhn. Der Priester floh in seine Kapelle, wo er um Ruhe und Frieden betete, vor allem aber flehte er den Herrn an, Daniel möge kommen und seine Frau holen.

Alec folgte Jamies Spur. Als sie nach Osten bog, atmete er auf. Sie befand sich im Ferguson-Gebiet.

»Hat sie sich anders besonnen?«, schrie Marcus.

»Nein, sie hat sich nur verirrt!«, rief Alec über die Schulter. »Gott sei Dank!«

Fünfzehn Minuten später holte er Jamie ein und zwang sie, anzuhalten, indem er sie von seinen Kriegern umzingeln ließ. Mann und Frau starrten einander an, und es dauerte sehr lange, bis das Schweigen gebrochen wurde. Verzweifelt überlegte Jamie, welche plausible Erklärung sie abgeben sollte. Und Alec fragte sich, was für Lügen sie ihm auftischen würde. Schließlich sagte sie: »Du hast mich gebeten, dich eine Weile in Ruhe zu lassen.«

»Ja.«

Sie lenkte ihr Pferd an die Seite seines Hengstes und wisperte: »Ich will Andrew zur Vernunft bringen. Sicher hat dir meine Schwester alles erzählt.«

»Nein, deine Tochter.«

Verwundert hob sie die Brauen. »In Zukunft darf ich nicht mehr so freimütig vor Mary Kathleen sprechen. Natürlich konnte ich nicht ahnen, dass sie bei ihrer grausamen Pflegemutter so gut Englisch gelernt hat ...«

»Vor allem wirst du in Zukunft keine Dummheiten mehr machen.«

»Bitte, sei mir nicht böse, Alec.«

Er umfasste ihren Nacken und küsste sie. »Warum bist du nicht zu mir gekommen, als du gehört hast, Andrew sei auf dem Weg zu uns?«

»Weil ich mich schämte. Er hat Papa Geld geliehen. Und du solltest nicht den Eindruck gewinnen, mein Vater hätte mich verkauft ...«

»Das alles hat nichts mit meinen Gefühlen für dich zu tun. Ich werde den Bastard bezahlen. Komm jetzt, Frau. Je eher wir diese leidige Sache überstanden haben, desto besser.«

Jamie wagte nicht zu widersprechen, fragte sich aber, wie er Baron Andrew bezahlen wollte. Alec saß auf einem ungesattelten Hengst, und an seinem Gürtel hing kein Geldbeutel. Nur ein Schwert. »Rechnest du mit Schwierigkeiten?«, fragte sie.

Er gab keine Antwort, und sie wurde mit ihren Sorgen allein gelassen, als sie ihm folgte. Er hat Recht, dachte sie. Ich hätte sofort zu ihm gehen sollen. Eheleute müssen alle ihre Probleme miteinander teilen. Und es ist so wunderbar, dass ich mich jederzeit an Alecs starke Schulter lehnen kann ...

Bis sie Andrews Lager erreichten, schwiegen sie. Jamie versuchte vorauszureiten, aber der Laird packte ihr Pferd am

Zügel und zog es zu sich heran. Er hob eine Hand, und die Soldaten postierten sich sofort zu beiden Seiten des Paares.

»O Alec«, jammerte Jamie, »warum musstest du so viele Krieger mitnehmen?« Als er die Antwort erneut schuldig blieb, seufzte sie: »Nun, wenigstens sind es unsere vertrauenswürdigsten Leute, die meine Schande für sich behalten werden.«

Er grinste, hob erneut die Hand, und Jamie beobachtete verblüfft, wie mehrere Lairds mit ihren Clans zwischen den Bäumen hervorkamen. Sie bildeten einen großen Kreis, in dessen Mittelpunkt sich Andrew und seine Männer befanden.

Die englischen Soldaten zogen die Schwerter, und Alec bedeutete den Schotten, den Kreis zu verkleinern und gleichzeitig vorzurücken. Sobald die Engländer das Ausmaß des gegnerischen Heeres erkannten, warfen sie die Waffen weg. Andrew kam auf Jamie zu.

Sie hatte vergessen, wie klein er war. Hatte sie ihn jemals für hübsch gehalten? Sie erinnerte sich nicht. Jedenfalls erschien er ihr jetzt völlig reizlos. Mit seinem kurzgeschnittenen Haar sah er wie ein kleiner Junge aus. Nein, er gefiel ihr ganz und gar nicht. Ein Glück, dass Alec sie vor der Ehe mit diesem Kerl bewahrt hatte …

Als Andrew noch dreißig Schritte entfernt war, hielt Kincaid wieder eine Hand hoch. Der Baron begriff den stummen Befehl und blieb stehen.

»Jedem, der sich auf unser Land wagt, werden die Füße abgeschnitten.«

Alecs Drohung schien Andrew allen Wind aus den Segeln zu nehmen. Der Engländer wich ein ganzes Stück zurück, ehe er seine Fassung wiedergewann. Angstvoll wanderte sein Blick zwischen dem Laird und dessen Frau hin und her. »Das lässt du doch nicht zu, Jamie?«

Sie lächelte Alec an. »Mit deiner Erlaubnis würde ich gern antworten.«

»Das darfst du.«

»Andrew!« Ihre Stimme war klar und kalt wie ein wolkenloser Wintermorgen. »Mein Mann tut, was ihm beliebt. Aber manchmal gestattet er mir, ihm zu helfen. Und ich werde ihm meine Hilfe auch dann anbieten, wenn er beschließt, dir die Füße abzuhacken.«

»Du bist eine Barbarin geworden!«, schrie der Baron. In seiner Wut vergaß er die Gefahr, in der er schwebte. »Er hat dich in eine Schottin verwandelt!«

Obwohl sie wusste, dass er sie beleidigen wollte, konnte sie ihre Belustigung nicht verbergen, und ihr Gelächter hallte von den Berghängen wider. »Andrew, ich glaube, dieses Kompliment hat deine Füße gerettet.«

»Sagen Sie, was Sie wollen!«, brüllte Alec, um den Verlauf der Dinge zu beschleunigen und Jamie in die Arme nehmen zu können und ihr zu beteuern, wie sehr er sie liebte, wie stolz er auf sie war.

Der donnernde Befehl erfüllte seinen Zweck. Stotternd erklärte Andrew, was es mit der Leihgabe auf sich hatte, und Jamie senkte beschämt den Blick. Nun wussten alle Clans, dass sie von ihrem Vater verschachert worden war. »Wirst du ihn töten?«, flüsterte sie ihrem Mann zu.

»Nein, und das weißt du auch. Es würde dir missfallen, Frau, und ich möchte dich glücklich machen. Ich gebe ihm mein Schwert, dessen Wert ...«

»Keinesfalls darfst du ihm diese prächtige Waffe überlassen«, unterbrach sie ihn, »sonst vergesse ich meine Würde und mache eine Szene, an die du noch lange denken wirst. Jahrelang wird man davon reden, das schwöre ich dir.«

Sie hörte ihn seufzen. »Aye, du hast gewonnen. Gib mir deinen Dolch.«

Jamie gehorchte und beobachtete, wie er die Klingenspitze benutzte, um einen der kostbaren Rubine aus seinem Schwertgriff zu lösen. Dann reichte er ihr den Dolch wieder und schleuderte das Juwel vor Andrews Füße. »Für Lady Kincaids Schulden!«

Ein weiterer Edelstein traf die Schulter des Engländers. Jamie drehte sich um und sah, wie Laird McPherson sein Schwert in die Scheide zurücksteckte. »Für Lady Kincaids Schulden!«, bellte der alte Mann und warf ihr einen kurzen Blick zu.

Daniel Fergusons Juwel prallte gegen Andrews Wange. »Für Lady Kincaids Schulden!«

»Alec? Warum ...?«

»McPherson bezahlt für die Rettung seines Kindes, Daniel für den Schutz, den du Mary beim Überfall der Räuber gewährt hast. Der Smaragd, den der Baron gerade hält, stammt von Harold. Du wurdest von seinem Sohn beleidigt und hast trotzdem sein Leben verteidigt.«

Ein fünfter Stein landete auf Andrews Scheitel. »Für die Schulden!«, schrie eine tiefe Stimme.

»Wer ist das?«, fragte Jamie.

»Lindsays Vater«, erwiderte Alec. »Du dachtest, ich wüsste nichts von dem Eber?«

Sie war zu verblüfft, um zu antworten. Ein weiterer Stein fiel vor Andrews Füße, und Alec erklärte: »Laird Duncan. Seine Frau wünscht, dass du ihr bei der Niederkunft beistehst, und er bezahlt im Voraus.«

»Ich bin überwältigt«, wisperte sie. »Soll ich ihnen danken?«

»Sie danken dir, Jamie. Jeder würde sein Leben für deinen

Schutz geben. Dir ist das Unmögliche gelungen, Liebste. Du hast tatsächlich unsere Clans vereint.«

Jamie schloss die Augen, um ihre Tränen zurückzuhalten, und ihre Stimme zitterte vor Rührung. »Ihr habt Andrew zu einem reichen Mann gemacht.«

»Ich bin viel reicher, denn ich habe dich.« Als er eine Träne über ihre Wange rinnen sah, wandte er sich sofort ab und befahl dem Engländer: »Reiten Sie heim, Baron! Und wenn Sie das nächste Mal einen Fuß ins Hochland setzen, werden Sie von unseren Schwertern durchbohrt.«

Der Jubel aller Clans begleitete diese Worte, während Andrew niederkniete und seine Schätze einsammelte. Alec zog seine Frau auf den Rücken seines Hengstes hinüber, und sie schmiegte sich an ihn.

Entgeistert starrte Baron Andrew auf das Vermögen in seinen Händen. Als er den Kopf hob, war kein Schotte mehr zu sehen.

Jamie lächelte glücklich. Sie verstand die merkwürdigen Gebräuche der Hochländer immer noch nicht ganz und würde wahrscheinlich zwanzig bis dreißig Jahre brauchen, um sich daran zu gewöhnen. Aber sie würde mit Freude und Liebe lernen, sich »einzunisten«.

JULIE GARWOOD

Geliebter Barbar

Ins Deutsche übertragen von
Kerstin Winter

Roman

Prolog

England 1181

Sie wurden Freundinnen, bevor sie alt genug waren zu verstehen, dass sie sich hassen sollten.

Die zwei kleinen Mädchen lernten sich auf dem Sommerfest kennen, das jedes Jahr an der Grenze zwischen Schottland und England stattfand. Für Lady Judith Hampton war es das erste Mal, dass sie die schottischen Spiele miterlebte. Außerdem war sie noch nie so weit weg von ihrem einsamen Zuhause im Westen Englands gewesen. Das allein brachte schon Aufregungen genug, und Judith hatte Mühe, beim obligatorischen Mittagsschläfchen die Augen zuzuhalten. Für eine neugierige Vierjährige gab es so unglaublich viel zu sehen und zu tun. Und vor allen Dingen viel Unsinn anzustellen.

Das war Frances Catherine Kircaldy bereits gelungen. Ihr Vater hatte ihr einen kräftigen Klaps auf die Kehrseite gegeben, und trug sie nun – über die Schulter geworfen wie einen Futtersack – über das weite Feld. Schließlich setzte er sie auf einen runden Felsen, weitab von Gesang und Tanz, und befahl ihr, dort sitzen zu bleiben, bis er sie abholen käme. Bis dahin sollte sie über ihre Sünden nachsinnen, vielleicht würde er ihr dann verzeihen.

Da Frances Catherine nicht die leiseste Ahnung hatte, was das Wort »nachsinnen« bedeutete, war es ihr nicht möglich, zu gehorchen. Zumal sie auf eine dicke Biene Acht geben musste, die hartnäckig ihren Kopf umschwirrte. Judith hatte beobachtet, wie der Vater seine Tochter bestrafte. Das lustige, sommersprossige Mädchen tat ihr Leid. Sie, Judith, hätte bestimmt geweint, wenn ihr Onkel Herbert sie geschlagen hätte. Aber das rothaarige Kind hatte bei dem Klaps noch nicht einmal das Gesicht verzogen.

Sie beschloss, das Mädchen kennen zu lernen. Also wartete sie, bis der Vater aufgehört hatte, mit dem Zeigefinger vor der Nase seiner Tochter herumzuwedeln und fortgegangen war. Dann raffte sie den Saum ihres Kleidchens und rannte den langen Weg um das Feld herum, bis hinter den Felsen.

»Mein Vater hätte mich nicht gehauen«, platzte sie heraus, anstatt sich vorzustellen. Frances Catherine drehte sich nicht um. Sie wagte nicht, die Biene aus den Augen zu lassen, die dicht neben ihrem linken Knie auf dem Felsen herumkrabbelte.

Judith ließ sich dadurch nicht entmutigen.

»Mein Vater ist tot!«, verkündete sie. »Sogar schon, bevor ich überhaupt auf der Welt war.«

»Woher weißt du dann, ob er dich schlagen würde oder nicht?«

Judith zuckte die Schultern. »Ich weiß es einfach«, sagte sie. »Du redest so komisch. Hast du irgendetwas im Hals stecken?«

»Nein«, antwortete Frances Catherine. »Du redest doch auch komisch!«

»Wieso guckst du mich nicht an?«

»Geht nicht!«

»Und warum nicht?«, fragte Judith. Etwas verlegen drehte sie den Saum ihres Kleides zu einem Wulst, während sie auf eine Antwort wartete.

»Ich muss auf die Biene aufpassen«, sagte Frances Catherine. »Sie will mich stechen. Ich muss sie im richtigen Moment wegjagen!«

Judith beugte sich vor. Dann sah sie die Biene, die mittlerweile den linken Fuß des Mädchens umkreiste.

»Und warum jagst du sie nicht jetzt schon weg?«, flüsterte sie gespannt.

»Lieber nicht«, gab Frances Catherine zurück. »Womöglich treffe ich sie nicht, und dann sticht sie mich bestimmt!«

Judith dachte eine Weile über das Dilemma nach. »Soll ich es für dich tun?«

»Willst du das wirklich?«

»Vielleicht«, antwortete Judith. Und um Zeit zu gewinnen, fragte sie: »Wie heißt du?«

»Frances Catherine. Und du?«

»Judith. Wieso hast du zwei Vornamen? Alle Leute, die ich kenne, haben nur einen!«

»Das fragt mich jeder«, erwiderte Frances Catherine und seufzte. »Meine Mama hieß Frances. Sie ist bei meiner Geburt gestorben. Catherine ist der Name meiner Großmutter, und sie ist genauso gestorben. Sie durften nicht in geheiligter Erde begraben werden, weil die Kirche gesagt hat, sie sind nicht rein. Papa hofft, dass ich mich endlich gut benehme, denn dann komme ich in den Himmel. Und wenn Gott meine beiden Namen erfährt, denkt er an Mama und Großmutter.«

»Warum sagt die Kirche denn, dass sie nicht rein sind?«

»Weil sie ein Kind bekommen haben, als sie starben«, erklärte Frances Catherine. »Du weißt wohl gar nichts!«

»Doch. Ich weiß doch was!«, gab Judith trotzig zurück.

»Ich weiß alles!«, prahlte Frances Catherine. »Sogar, wie Babys in die Bäuche der Mütter kommen. Willst du's wissen?«

»Oh, ja!«

»Also, wenn sie verheiratet sind, spuckt der Vater in seinen Weinkelch und gibt ihn seiner Frau. Sobald sie davon trinkt, hat sie ein Baby in ihrem Bauch.«

Judith verzog das Gesicht. So was Ekliges. Sie wollte ihre neue Freundin gerade um weitere Einzelheiten bitten, als Frances Catherine plötzlich anfing, laut zu jammern. Judith beugte sich noch ein Stückchen vor und stimmte augenblicklich in das Gejammer ein. Die Biene hatte sich auf der Schuhspitze des Mädchens niedergelassen. Und je länger Judith sie anstarrte, desto größer und bedrohlicher schien das Insekt zu werden.

Keine der beiden dachte mehr an Geburt und Kinderkriegen.

»Tust du's? Jagst du sie weg?«, fragte Frances Catherine.

»Ja ... gleich!«

»Hast du Angst?«

»Nein«, log Judith. »Ich hab vor nichts Angst. Und ich dachte, du auch nicht.«

»Wieso?«

»Weil du nicht geweint hast, als dein Vater dich gehauen hat!«, erklärte Judith.

»Er hat nicht sehr fest geschlagen«, gab Frances Catherine zu. »Das tut er nie. Es schmerzt ihn nämlich mehr als mich. Jedenfalls sagen Gavin und Kevin das. Und sie sagen, Papa ruiniert mich für den Mann, der mich mal heiraten soll, weil Papa mich nämlich verwöhnt.«

»Wer sind Gavin und Kevin?«

»Meine Halbbrüder«, erklärte Frances Catherine. »Papa ist auch ihr Papa, aber sie haben eine andere Mama. Sie ist tot.«

»Weil sie ein Kind gekriegt hat?«

»Nein.«

»Warum ist sie dann gestorben?«

»Papa hat gesagt, sie war einfach erschöpft«, sagte Frances Catherine. »Ich mach jetzt die Augen ganz fest zu, und du jagst die Biene weg, ja?«

Judith war so fest entschlossen, ihre neue Freundin zu beeindrucken, dass sie nicht mehr über die Folgen nachdachte. Sie holte aus und schlug nach der Biene. Doch als sie das Flattern der kleinen Flügel an ihrer Handfläche spürte, machte sie intensiv eine Faust – und heulte auf.

Frances Catherine sprang vom Felsen und half auf die einzige Art, die ihr einfiel: Sie heulte mit.

Judith rannte immer um den Felsen herum und schrie dabei so laut, dass sie fast keine Luft mehr bekam. Frances Catherine lief hinterher und brüllte genauso laut – aus Mitgefühl und Angst.

Da kam auch schon Frances Catherines Vater über das Feld herbeigerannt. Er schnappte sich zuerst seine Tochter, und nachdem sie ihm stammelnd erzählt hatte, was geschehen war, fing er auch Judith ein.

In wenigen Augenblicken waren die beiden Mädchen getröstet. Frances Catherines Vater hatte den Stachel aus Judiths Hand gezogen und kühlenden Schlamm darauf gestrichen. Dann trocknete er ihre Tränen mit einem Zipfel seines wollenen Umhangs. Nun saß er auf dem Straffelsen, seine Tochter auf dem einen und Judith auf dem anderen Knie.

Niemand hatte je so viel Aufhebens um Judith gemacht. Die Zuwendung des fremden Mannes machte sie zwar verlegen, aber es gefiel ihr doch so gut, dass sie sich eng an ihn kuschelte.

»Ihr zwei seid vielleicht ein Paar«, brummte der Mann, als ihr Schluchzen so weit verstummte, dass sie ihn verstehen konnten. »Erst übertönt ihr mit eurem Geschrei die Fanfarenstöße, die die Wettkämpfe ankündigen, und dann rennt ihr herum wie zwei kopflose Hühner.«

Judith war sich nicht sicher, ob der Fremde wirklich böse war oder nicht. Seine Stimme klang zwar schroff, aber sein Blick war weiterhin freundlich. Als Frances Catherine kicherte, entschied Judith, dass der Vater wohl doch nur einen Scherz gemacht hatte.

»Es hat ihr richtig wehgetan, Papa«, sagte Frances Catherine.

»Das glaub ich dir«, antwortete er. Dann wandte er sich Judith zu, die ihn fasziniert anstarrte.

»Es war sehr mutig von dir, meiner Tochter zu helfen«, lobte er sie. »Aber beim nächsten Mal fängst du die Biene besser nicht. Einverstanden?«

Judith nickte feierlich.

Er tätschelte ihren Arm. »Du bist ein hübsches, kleines Ding«, bemerkte er. »Wie heißt du?«

»Sie heißt Judith, Papa, und sie ist meine Freundin. Kann sie mit uns essen?«

»Das hängt von ihren Eltern ab«, erwiderte der Vater.

»Ihr Papa ist tot«, verkündete Frances Catherine. »Ist das nicht tragisch?«

»Das ist es allerdings«, stimmte er zu. Um seine Augen bildeten sich kleine Fältchen, aber sein Mund lächelte nicht. »Sie hat die hübschesten blauen Augen, die ich je gesehen habe.«

»Aber Papa. Hab *ich* denn nicht die schönsten Augen, die du je gesehen hast?«

»Doch, Frances Catherine. Du hast die hübschesten *braunen* Augen, die ich je gesehen hab.«

Zufrieden mit seiner Antwort, kicherte Frances Catherine erneut. »Ihr Papa ist schon totgegangen, bevor sie überhaupt auf der Welt war«, berichtete sie aufgeräumt. Es war ihr gerade wieder eingefallen, und sie war sicher, dass es ihren Vater interessieren würde.

Der nickte und sagte dann: »Hör mal, Tochter, ich möchte, dass du einen Moment mal ganz still bist, während ich mich mit deiner Freundin unterhalte.«

»Ja, Papa.«

Der Mann wandte sich wieder Judith zu. Die Art, wie sie ihn unentwegt anstarrte, brachte ihn ein wenig aus der Fassung. Was für ein ernsthaftes, junges Ding. *Zu* ernsthaft für ihr Alter, fand er.

»Wie alt bist du, Judith?«

Sie hielt vier Finger hoch.

»Papa! Genauso alt wie ich!«, rief Frances Catherine.

»Nein, Frances Catherine. Sie ist vier Jahre und du bist fünf. Oder hast du das vergessen?«

»Nein, Papa.«

Er lächelte seine Tochter an und versuchte noch einmal, mit Judith zu reden. »Du hast doch keine Angst vor mir, oder?«

»Sie hat vor nichts Angst, Papa.«

»Sei still, Tochter. Ich möchte ein paar Worte von deiner Freundin hören. Judith, ist deine Mutter hier?«

Judith schüttelte den Kopf und drehte nervös eine Locke ihres weißblonden Haares um ihre Finger, ohne jedoch den Blick von ihm abzuwenden. Der Mann hatte einen dichten roten Bart, und wenn er sprach, zitterten die einzelnen Barthaare. Judith hätte sie zu gern einmal angefasst. Wie sich das wohl anfühlte?

»Judith? Ist deine Mama hier?«, wiederholte der Mann.

»Nein. Mama ist bei Onkel Tekel. Sie weiß nicht, dass ich hier bin. Das ist ein Geheimnis, und wenn ich es verrate, darf ich nie wieder zu dem Fest kommen. Hat Tante Millicent gesagt.« Nun, da sie einmal angefangen hatte, sprudelten die Worte aus ihr heraus. »Onkel Tekel sagte, er ist genau wie ein Papa, aber er ist bloß Mamas Bruder, und ich darf nie auf seinem Schoß sitzen. Ich würde auch gar nicht wollen, wenn ich dürfte, aber ich darf ja nicht, also was macht das schon.«

Frances Catherines Vater hatte Schwierigkeiten, Judiths Wortschwall zu folgen, seine Tochter dagegen überhaupt nicht.

»Warum darfst du denn nicht auf seinem Schoß sitzen?«, fragte sie interessiert.

»Er hat beide Beine gebrochen.«

Frances Catherine stieß einen entsetzten Schrei aus.

»Papa, ist das nicht tragisch?«

Ihr Vater seufzte. Offensichtlich entglitt ihm die Unterhaltung.

»Ja, das ist es wirklich«, stimmte er zu. »Also, Judith, wenn deine Mutter zu Hause ist, mit wem bist du dann hier?«

»Mit Mamas Schwester«, antwortete Judith. »Ich hab immer bei Tante Millicent und Onkel Herbert gewohnt, aber jetzt darf ich das nicht mehr.«

»Wieso?«, fragte Frances Catherine.

»Weil Mama gehört hat, dass ich Onkel Herbert ›Papa‹ genannt habe. Darüber ist sie so wütend geworden, dass sie mich auf den Kopf gehauen hat. Dann hat Onkel Tekel gesagt, dass ich jetzt ein halbes Jahr bei ihm und Mama leben soll, damit ich weiß, wo ich hingehöre, und meine Tante Millicent und mein Onkel Herbert sollen gefälligst ohne mich auskommen. Mama wollte mich auch das andere halbe Jahr behalten, aber Onkel Tekel hatte noch nichts getrunken, und dann weiß sie, dass er später noch weiß, was er gesagt hat. Er weiß das nämlich immer, wenn er nicht betrunken ist. Und Mama war wieder schrecklich wütend.«

»War deine Mama darum wütend, weil sie dich vermisst, wenn du nicht bei ihr bist?«, fragte Frances Catherine.

»Nein«, sagte Judith leise. »Mama sagt, ich bin lästig.«

»Warum lässt sie dich dann nicht fort?«

»Sie mag Onkel Herbert nicht«, erklärte Judith.

»Warum mag sie ihn denn nicht?«, fragte Frances Catherine weiter.

»Weil er mit den verdammten Schotten verwandt ist.« Judith wiederholte, was sie schon oft gehört hatte. »Mama sagt, ich darf noch nicht mal mit den verdammten Schotten reden.«

»Papa, bin ich ein verdammter Schotte?« Frances Catherine runzelte besorgt die kleine Stirn.

»Nein, ganz bestimmt nicht.«

»Ich denn?«, fragte Judith zaghaft.

»Du bist Engländerin, Judith«, erklärte ihr der Mann geduldig.

»Bin ich dann eine verdammte Engländerin?«

Nun wurde der Mann wirklich ärgerlich. »Niemand ist ein verdammter Irgendwer«, sagte er. Er wollte noch etwas hinzufügen, brach aber plötzlich in lautes Lachen aus. Sein mächtiger Bauch bebte vor Vergnügen.

»In Gegenwart von euch zwei kleinen Plappermäulchen sage ich lieber nichts, was ein Geheimnis bleiben sollte.«

»Warum nicht, Papa?«

»Mach dir darüber keine Gedanken«, gab er zurück. Er stand auf, seine Tochter auf dem einen, Judith auf dem anderen Arm. Beide Mädchen kreischten begeistert, als er so tat, als wollte er sie fallen lassen.

»Wir suchen jetzt deine Tante und deinen Onkel, bevor sie sich Sorgen machen, Judith. Zeig mir den Weg zu eurem Zelt, mein Kind.«

Augenblicklich erstarrte Judith. Sie konnte sich nicht mehr erinnern, wo das Zelt stand! Und da sie ihr Wappen noch nicht kannte, konnte sie es Frances Catherines Vater noch nicht einmal beschreiben. Sie unterdrückte die Tränen und senkte den Kopf. »Ich hab's vergessen«, flüsterte sie.

Ihr kleiner Körper spannte sich. Sicher würde er sie nun anschreien, so wie es Onkel Tekel immer tat, wenn er betrunken war und sie etwas getan hatte, was ihm nicht passte.

Aber der Vater ihrer Freundin geriet nicht in Wut. Verstohlen blickte sie zu ihm auf und sah sein Lächeln. Und ihre Angst verschwand gänzlich, als er ihr versicherte, sie brauche sich keine Sorgen zu machen. Ganz sicher würden sie ihre Verwandten schon bald finden.

»Vermissen sie dich, wenn du nicht zurückkommst?«, erkundigte sich Frances Catherine.

Judith nickte. »Onkel Herbert und Tante Millicent würden bestimmt weinen«, sagte sie zu ihrer neuen Freundin. »Manchmal wünschte ich, *sie* wären meine Mama und mein Papa.«

»Wieso?«

Judith hob die Schultern. Es gab keine Worte, um das zu erklären.

»Nun, wünschen darf man sich schließlich alles«, sagte Frances Catherines Vater.

Judith war so glücklich über seine Zustimmung, dass sie ihren Kopf vertrauensvoll an seine Schultern legte. Sie spürte den rauen Stoff seines Umhangs an ihrer Wange.

Er war bestimmt der wunderbarste Vater der ganzen Welt, dachte Judith. Und da er sie jetzt nicht mehr ansah, fasste sie den Mut, ihre Neugier zu befriedigen: Sie streckte den Arm aus, griff in seinen Bart und musste kichern, als die Härchen sie in der Handfläche kitzelten.

»Papa, magst du meine neue Freundin?«, fragte Frances Catherine, als sie etwa die Hälfte des Feldes überquert hatten.

»Ja, Liebes.«

»Kann ich sie behalten?«

»Beim Barte meiner ... *nein*! Du kannst sie nicht behalten! Sie ist doch kein Hündchen. Aber du darfst ihre Freundin sein«, setzte er hastig hinzu, bevor seine Tochter mit ihm ins Diskutieren geraten konnte.

»Für immer, Papa?«

Sie hatte ihren Vater gefragt, doch Judith gab ihr eine Antwort.

»Für immer!«, flüsterte sie und nickte bestätigend dazu. Frances Catherine griff über die Brust ihres Vaters nach Judiths Hand. »Für immer!«, schwor sie feierlich.

So hatte es begonnen.

Von diesem Augenblick an waren die beiden Mädchen unzertrennlich. Das Fest dauerte drei volle Wochen, und die Clans kamen und gingen, bis die Meisterschaftsspiele wie immer am letzten Sonntag des Monats stattfanden.

Judith und Frances Catherine kümmerten sich nicht um die Wettkämpfe. Sie waren zu sehr damit beschäftigt, ihre Geheimnisse auszutauschen.

Es war eine perfekte Freundschaft. Frances Catherine hatte endlich jemanden gefunden, der ihr zuhörte, und Judith besaß nun eine Freundin, die sich mit ihr beschäftigte.

Indes strapazierten die beiden die Geduld ihrer Familien gewaltig. Frances Catherine begann, in jedem zweiten Satz das Wort ›verdammt‹ zu verwenden, während Judith fast alles ›tragisch‹ fand.

Eines Nachmittags, als beide eigentlich schlafen sollten, schnitten sie sich gegenseitig das Haar ab. Als Tante Millicent das asymmetrische Fiasko entdeckte, begann sie lauthals zu kreischen und hörte erst wieder damit auf, als der grässliche Anblick mit zwei weißen Käppchen verdeckt wurde. Sie war wütend auf Onkel Herbert, der ein Auge auf die beiden hätte haben sollen. Doch anstatt im Geringsten entsetzt über diese Katastrophe zu sein, lachte er Tränen. Sie befahl ihrem Mann, die beiden Mädchen über das Feld zum Straffelsen zu tragen, wo sie über ihr unmögliches Benehmen nachdenken sollten.

Die Kinder dachten über eine Menge nach – weniger allerdings über ihr Benehmen. Frances Catherine hatte die wunderbare Idee, Judith einen zweiten Vornamen zu geben, damit beide gleich ausgestattet wären. Sie brauchten lange, um sich über den Namen – Elizabeth – einig zu werden. Doch sobald sie es entschieden hatten, wurde aus Judith Judith Elizabeth. Von nun an hörte sie nur noch, wenn jemand sie mit beiden Namen rief – auf Judith allein reagierte sie nicht mehr.

Ein Jahr später, als sie sich wiedertrafen, war es, als wären sie bloß Stunden voneinander getrennt gewesen. Ungeduldig wartete Frances Catherine darauf, Judith endlich für sich allein zu haben, weil es erstaunliche neue Tatsachen zum Thema Geburt zu berichten gab. Sie hatte festgestellt, dass eine Frau gar nicht verheiratet sein musste, um ein Baby zu bekommen: Eine der Frauen aus dem Kircaldy Clan war schwanger geworden, ohne dass sie vorher getraut worden war. Und einige der alten Clansfrauen hatten Steine auf sie geworfen. Ihr Vater hatte jedoch noch das Schlimmste verhüten können. »Haben die Frauen auch Steine auf den Mann geworfen, der in ihren Kelch gespuckt hat?«, wollte Judith wissen.

Frances Catherine schüttelte den Kopf. »Die Frau wollte nicht sagen, wer es gewesen ist«, antwortete sie.

Frances Catherine schloss daraus, dass eine Frau den Kelch eines beliebigen Mannes austrinken konnte, um ein Kind zu bekommen. Und beide gaben sie sich gegenseitig das Versprechen, so etwas niemals zu tun.

Die Jahre der Kindheit verschmolzen in Judiths Erinnerung, und langsam drang der bestehende Hass zwischen Schotten und Engländern in ihr Bewusstsein. Es schien, als hätten ihre Mutter und Onkel Tekel schon immer eine Abneigung gegen die Schotten gehabt, aber Judith war sicher, dass sie es bloß nicht anders kannten. Schließlich sagte Onkel Herbert doch immer, dass Unwissenheit oft Hass erzeugte. Und was Onkel Herbert sagte, glaubte Judith unbesehen.

Eines Tages überlegte sie, dass Onkel Tekel und ihre Mutter bestimmt merken würden, was für liebevolle, gutherzige Menschen die Schotten waren, wenn sie nur einige Zeit mit ihnen zusammenleben könnten. Da küsste Onkel Herbert sie auf die Stirn und sagte, sie habe vermutlich Recht.

Doch Judith sah die Traurigkeit in seinen Augen und wusste, dass er ihr nur zustimmte, um ihr nicht wehzutun und um sie vor der Wahrheit zu schützen.

Als sie elf Jahre alt wurde und erneut auf der Reise zu den Spielen war, erfuhr sie, warum ihre Mutter die Schotten so hasste.

Sie war mit einem verheiratet.

Kapitel 1

Schottland, 1200

Iain Maitland konnte ziemlich unangenehm werden, wenn er verärgert war.

Und jetzt *war* es so weit. Die üble Laune packte ihn in dem Moment, als sein Bruder ihm von dem Versprechen erzählte, dass er seiner hübschen Frau Frances Catherine gegeben hatte. Wenn Patrick beabsichtigte, seinen Bruder zu verblüffen, so war das Ziel erreicht. Seine Erklärung hatte Iain die Sprache verschlagen.

Dieser Zustand dauerte allerdings nicht lange. Schnell verwandelte sich die Überraschung in Zorn. Tatsächlich war diese lächerliche Zusage, die Patrick seiner Frau gegeben hatte, mindestens so ärgerlich wie die Tatsache, dass Patrick den Rat einberief, um dessen offizielle Meinung dazu zu hören. Iain hätte seinem Bruder bestimmt verboten, die Alten in etwas hineinzuziehen, das er für eine reine Familienangelegenheit hielt. Aber er war unterwegs gewesen, um die Maclean-Bastarde zur Strecke zu bringen, die drei unerfahrenen Maitland-Kriegern aufgelauert hatten. Als er müde, aber siegreich zurückkehrte, war die Dummheit bereits begangen.

Typisch Patrick: Im Handumdrehen machte er aus einer Mücke einen Elefanten. Und es war offensichtlich, dass er die weit reichenden Auswirkungen seines Verhaltens nicht bedacht hatte. Von Iain wurde nun – als frisch ernanntem Clansherrn – erwartet, seine Pflichten und Loyalität seinen engsten Familienangehörigen gegenüber zu Gunsten seines Amtes zurückzustellen.

Er dachte allerdings nicht daran, diesen Erwartungen zu entsprechen. Natürlich würde er seinem Bruder zur Seite stehen, egal wie viel Widerstand der Rat dagegenzusetzen hatte. Er würde auch nicht zulassen, dass sie ihn bestraften. Und wenn es sein musste, war er bereit zu kämpfen.

Iain hatte Patrick seinen Entschluss nicht mitgeteilt, weil er ihn noch zappeln lassen wollte. Wenn seine Nerven dabei genug strapaziert wurden, würde Patrick vielleicht lernen, sich demnächst zurückzuhalten.

Der Rat der Fünf war bereits im großen Saal versammelt, als Iain den Hügel hinaufging. Patrick wartete auf dem Hof. Er wirkte entschlossen, sich in den Kampf zu stürzen. Breitbeinig, die Fäuste geballt, stand er da, und seine Miene war so finster wie der Gewittersturm, der sich über ihren Köpfen zusammenbraute.

Iain übersah die Haltung seines Bruders. Unbeeindruckt schob er ihn zur Seite und betrat die Stufen.

»Iain«, rief Patrick hinter ihm her. »Ich frage dich *jetzt*, denn ich will wissen, wo ich stehe, bevor wir da reingehen: Bist du in dieser Sache für oder gegen mich?«

Iain hielt an und drehte sich langsam zu seinem Bruder um. Sein Ärger war ihm anzumerken, aber seine Stimme klang dennoch täuschend sanft: »Und *ich* frage *dich*, ob du mich durch diese Frage absichtlich provozieren willst.«

Augenblicklich lockerte Patrick seine angespannte Haltung. »Ich wollte dich nicht beleidigen. Aber du bist gerade erst Clansführer geworden, und der Rat prüft dich immer noch auf Herz und Nieren. Bisher war mir nicht klar, in was für eine unangenehme Lage ich dich gebracht habe.«

»Hast du es dir anders überlegt? Nimmst du dein Versprechen zurück?«

»Nein«, grinste Patrick. »Ich weiß auch, dass du den Rat nicht hinzuziehen wolltest ... gerade jetzt, wo du sie dafür gewinnen willst, ein Bündnis mit den Dunbars gegen die Macleans einzugehen. Aber Frances Catherine wollte unbedingt seinen Segen bekommen. Sie möchte ihre Freundin hier willkommen wissen!«

Iain schwieg. Also fuhr Patrick fort: »Mir ist auch klar, dass du nicht verstehst, warum ich meiner Frau so ein Versprechen gegeben habe. Aber eines Tages, wenn *du* die richtige Frau getroffen hast, wirst du's begreifen.«

Iain schüttelte erbittert den Kopf. »Gott weiß, Patrick, das werde ich *nie* verstehen. Es gibt keine ›richtige Frau‹. Eine ist so gut wie die andere.«

Patrick lachte. »Das dachte ich auch. Bis ich Frances Catherine begegnet bin.«

»Du redest schon selbst wie eine Frau«, gab Iain zurück.

Patrick fühlte sich nicht beleidigt. Er wusste, dass sein Bruder die Liebe zu Frances Catherine nicht nachvollziehen konnte, aber vielleicht würde er auch bald jemanden finden, dem er sein Herz schenkte. Und wenn dieser Tag kam, würde es ihm, Patrick, großes Vergnügen bereiten, Iain an seine rüde Einstellung zu erinnern.

»Duncan deutete an, dass sie vielleicht meine Frau befragen wollen«, kam Patrick wieder auf sein Hauptanliegen zurück. »Glaubst du, er hat sich einen Scherz mit mir erlaubt?«

Iain schüttelte den Kopf. »Keiner der Ratsherren erlaubt sich jemals Scherze, Patrick, das weißt du genau so gut wie ich.«

»Verdammt. Ich bin dafür verantwortlich.«

»Aye, das bist du allerdings.«

Patrick ignorierte die prompte Zustimmung seines Bruders.

»Ich werde nicht zulassen, dass der Rat Frances Catherine einschüchtert.«

Iain seufzte. »Ich auch nicht«, versprach er.

Das Zugeständnis überraschte Patrick trotz seiner Unsicherheit so sehr, dass er zu lächeln begann. »Die Älteren glauben offensichtlich, dass sie mich in meiner Arbeit umstimmen können«, sagte er. »Du solltest besser wissen, dass sie sich da täuschen. Ich habe meiner Frau mein Wort gegeben, und das halte ich. Gott sei mein Zeuge, Iain, für Frances Catherine würde ich durch die Hölle gehen.«

Iain wandte sich um und grinste seinen Bruder an. »Ein einfacher Gang in den großen Saal genügt im Moment«, sagte er gedehnt. »Bringen wir's hinter uns.«

Patrick nickte und eilte voraus, um eine der Doppeltüren für seinen Bruder zu öffnen.

»Einen Rat noch, Patrick«, sagte Iain, »lass deinen Zorn hier draußen. Wenn sie sehen, wie aufgebracht du bist, springen sie dir an die Kehle. Trag deine Beweggründe mit ruhiger Stimme vor, lass den Verstand die Worte leiten, nicht deine Gefühle.«

»Und dann?«

»Mach ich den Rest.«

Die Tür fiel hinter ihnen zu.

Zehn Minuten später schickte der Rat einen Boten, um Frances Catherine zu holen. Dem jungen Sean wurde die Aufgabe zuteil. Er fand Patricks Frau am Kamin in ihrem Haus sitzen und richtete ihr aus, sie solle kommen und vor der Tür warten, bis ihr Mann sie vor den Rat geleite.

Frances Catherines Herz begann heftig zu klopfen. Patrick hatte sie zwar gewarnt, dass man sie rufen könnte, aber sie hatte es nicht glauben wollen. Es schickte sich nicht für eine Frau, ihre Ansichten direkt dem Rat oder dem Clansführer mitzuteilen. Die Tatsache, dass der neue Clansführer der Bruder ihres Mannes war, beruhigte sie auch nicht. Nein, die Verwandtschaft bedeutete hierbei leider nichts.

Ihre angstvollen Gedanken überstürzten sich und versetzten sie in heillose Aufregung. Der Rat hielt sie offensichtlich für schwachsinnig. Ja, entschied sie, Patrick hatte ihnen wahrscheinlich von seinem Versprechen ihr gegenüber berichtet, und deshalb wurde sie jetzt in den großen Saal gerufen. Sie wollten sich bestätigen lassen, dass sie den Verstand verloren hatte, bevor sie sie für den Rest ihres Lebens in die Verbannung schickten.

Ihre einzige Hoffnung war der Clansführer. Frances Catherine kannte Iain Maitland nicht sehr gut. In den zwei Jahren, die sie mit Patrick verheiratet war, hatte sie nicht mehr als fünfzig Worte mit Iain gesprochen. Aber nach Patricks Ansicht war sein Bruder Iain ein Ehrenmann. Dann *musste* er ihre Bitte doch anerkennen.

Zuerst jedoch hieß es, den Rat über sich ergehen zu lassen. Da dies ein offizielles Zusammentreffen war, durften vier der Ratsmitglieder nicht direkt mit ihr sprechen. Sie würden die Fragen an ihren eigenen Anführer, Graham, stellen. Er hatte die entwürdigende Aufgabe, mit ihr zu reden. Schließlich war sie nur eine Frau und eine Außenseiterin dazu, denn sie war an der Grenze geboren und aufgewachsen, nicht aber im glorreichen Hochland. Andererseits spürte Frances Catherine eine Erleichterung, dass nur Graham sie befragen würde. Von den Ältesten schüchterte er sie am wenigsten ein. Der alte Krieger, ein friedfertiger Mann, den der Clan hoch schätzte, war über fünfzehn Jahre Clansführer gewesen, bevor er sich aus dieser Machtposition vor knapp drei Monaten zurückgezogen hatte. Graham würde ihr keine Angst einjagen – zumindest nicht absichtlich –, aber er würde jeden Trick anwenden, um Patrick von seinem Versprechen zu entbinden.

Hastig schlug sie ein Kreuz und betete still, während sie auf den Hügel zueilte. Sie würde diese Prüfung bestehen! Und keinesfalls klein beigeben. Patrick Maitland hatte ihr das Versprechen einen Tag vor ihrer Hochzeit gegeben, und bei Gott, er würde es bestimmt einhalten.

Ein kostbares Leben hing davon ab.

Frances Catherine war oben auf dem Hügel angelangt. Ein paar Frauen, die über den Hof kamen, starrten sie neugierig an. Was hatte eine Frau auf der Schwelle der Clansführer herumzulungern? Frances Catherine hielt den Kopf abgewandt und betete, dass niemand sie ansprach. Sie wollte nicht, dass die Clansfrauen Bescheid wussten, bevor es entschieden war. Sicher – sie würden auch dann zetern und schimpfen, aber es würde zu spät sein.

Agnes Kerry, das alte Klatschweib, die stets damit prahlte, dass ihre hübsche Tochter die zukünftige Braut des Clansführers sein würde, hatte den Hof bereits zwei Mal umrundet, um zu erfahren, was vor sich ging. Und zwei ihrer Gefolgsfrauen näherten sich ebenfalls langsam, aber sicher.

Als Frances Catherine die Falten ihres Umhangs über ihrem Bauch glatt strich, bemerkte sie, wie sehr ihre Hände zitterten. Sofort riss sie sich zusammen und stieß einen lauten Seufzer aus. Normalerweise war sie nicht so leicht verunsichert, aber seitdem sie wusste, dass sie schwanger war, hatte sich ihr Verhalten geändert. Sehr empfindlich war sie geworden und brach über die unbedeutendste Kleinigkeit in Tränen aus. Zudem fühlte sie sich dick, unattraktiv und plump, was ihre Gemütsverfassung nicht gerade ausglich. Im siebten Monat machte das Gewicht des Babys ihre Bewegungen langsam und schwerfällig. Ihre Gedanken allerdings nicht. Die überstürzten sich wieder, als sie überlegte, was Graham sie fragen könnte.

Endlich schwang die Tür auf und Patrick trat heraus. Ihre Erleichterung war so groß, dass sie fast wieder in Tränen ausgebrochen wäre. Patrick hatte die Stirn gerunzelt, doch als er sah, wie blass und ängstlich sie sich fühlte, zwang er sich zu einem Lächeln. Er ergriff ihre Hand, drückte sie leicht und zwinkerte ihr zu. Diese zärtliche Geste empfand Frances Catherine als fast so wohltuend wie seine allabendliche Rückenmassagen.

»O Patrick«, platzte sie heraus. »Es tut mir so Leid, dass ich dich in solch eine Lage gebracht habe!«

»Heißt das, du entbindest mich von meinem Versprechen?«, fragte er mit der tiefen, vollen Stimme, die sie so liebte.

»Nein.«

Er lachte über ihre Direktheit. »Das dachte ich mir.«

Frances Catherine ignorierte seine Neckerei. Sie wollte sich jetzt nur auf das konzentrieren, was vor ihr lag.

»Ist *er* da drin?«, fragte sie flüsternd.

Patrick wusste natürlich, wen sie meinte. Seine Frau hatte eine höchst unvernünftige Angst vor seinem Bruder. Wahrscheinlich lag es daran, dass Iain Clansführer war, dachte Patrick. Diese Machtposition ließ ihn für seine Frau fast überirdisch erscheinen.

»Bitte antworte mir«, bat sie nervös.

»Ja, Liebes, Iain ist bereits da.«

»Dann weiß er von dem Versprechen?« Sofort wurde ihr klar, wie dumm ihre Frage war. »Oh, Himmel, natürlich weiß er davon. Ist er wütend auf uns?«

»Mein Schatz, alles wird gut werden«, versprach er und versuchte, sie durch die geöffnete Tür zu ziehen. Sie widersetzte sich seinem sanften Drängen.

»Aber der Rat, Patrick«, stieß sie hervor. »Wie hat er auf deine Erklärung reagiert?«

»Sie schnappen noch nach Luft!«

»O Gott!« Sie versteifte sich in seinem Arm.

Patrick verfluchte sich, dass er so ehrlich zu ihr war. Er zog sie näher an sich heran. »Alles wird gut«, wiederholte er mit leiser, beruhigender Stimme. »Du wirst sehen. Und wenn ich selbst nach England reiten muss, um deine Freundin zu holen. Du vertraust mir doch?«

»Ja, ich vertraue dir. Sonst hätte ich dich nicht geheiratet. O Patrick, verstehst du, wie wichtig es für mich ist?«

Er küsste sie auf die Stirn und sagte: »Ja, und das weißt du. Willst du mir eins versprechen?«

»Alles, was du willst.«

»Wenn deine Freundin hier ist, wirst du dann wieder fröhlich sein?«

Sie lächelte. »Versprochen«, flüsterte sie. Dann schlang sie die Arme um seine Taille und drückte sich an ihn. So standen sie lange. Patrick wollte ihr Zeit lassen, ihre Fassung wiederzufinden, und sie versuchte, im Geist die Worte zu formulieren, mit denen sie den Rat überzeugen wollte.

Eine Frau mit einem Korb Wäsche blieb einen Moment stehen und betrachtete lächelnd die beiden Liebenden.

Patrick und Frances Catherine waren ein schönes Paar: Er war sehr dunkel, sie sehr rothaarig, beide schlank und groß gewachsen, obwohl Patrick seine Frau noch um gut einen Kopf überragte. Nur neben seinem Bruder wirkte Patrick klein; beide besaßen jedoch breite Schultern und das gleiche schwarzbraune Haar. Das Grau von Patricks Augen war etwas dunkler, und weitaus weniger Narben zeichneten sein schönes Gesicht.

Neben ihrem kräftigen Mann wirkte Frances Catherine zierlich. Sie hatte große braune Augen, und Patrick schwor, dass sie wie Feueropale funkelten, wenn sie lachte. Ihr Haar jedoch war ihr ganzer Stolz. Es reichte ihr bis zur Taille und schimmerte in einem satten, dunklen Rot.

Zuerst war Patrick von ihrer Erscheinung fasziniert gewesen. Doch es war ihr Wesen, das ihn schließlich gefangen nahm. Sie verzauberte ihn immer wieder aufs Neue: ihre urwüchsige Art, das Leben zu betrachten und die innere, brennende Leidenschaft, die sie begierig machte auf jedes neue Abenteuer. Sie tat alles mit Haut und Haaren. Und so war auch ihre Liebe zu ihm ausschließlich.

Patrick spürte, wie sie schauderte, und fand, dass es höchste Zeit war, die Sache hinter sich zu bringen.

»Komm mit, Liebes. Sie warten auf uns.«

Sie holte tief Atem, wand sich aus seinem Arm und trat schnell ein. Patrick blieb mit einem langen Schritt an ihrer Seite. Als sie die Stufen erreichten, die in die Große Halle hinabführten, hielt sie ihn plötzlich zurück und flüsterte: »Dein Cousin Steven hat gesagt, dass Iains wütender Blick ein Herz zum Stillstand bringen kann. Also sollten wir wirklich alles vermeiden, was ihn wütend macht, ja?«

Nur weil sie so ernst und so ängstlich klang, lachte Patrick nicht laut auf. Aber seine Stimme konnte seine Ungeduld nicht verbergen. »Frances Catherine, wir müssen wirklich etwas gegen deine unsinnige Angst tun. Mein Bruder ...«

Sie drückte schnell seinen Arm. »Ja, Geliebter, das tun wir später«, brachte sie hervor. »Aber jetzt versprich es mir.«

»Einverstanden«, seufzte er. »Wir werden Iain nicht verärgern.«

Sofort entspannte sich ihre Haltung. Patrick schüttelte seufzend den Kopf. Sobald sie sich wieder besser fühlte, musste er ihr wirklich helfen, diese törichte Angst zu überwinden. Mit seinem Cousin Steven würde er allerdings sehr bald zu reden haben und ihm verbieten, den Frauen derartig schwachsinnige Geschichten einzureden.

Iain war allerdings auch ein geeignetes Objekt für die Entstehung solcher Schauermärchen. Er sprach nur selten mit Frauen, höchstens dann, wenn er gezwungen war, besondere Instruktionen zu geben. Sein harsches Benehmen wurde oft als Zorn missdeutet. Steven wusste genau, dass die meisten Frauen vor Iain Angst hatten, und es machte ihm Spaß, die Furcht von Zeit zu Zeit zu schüren.

Iain wusste nicht, welche Panik er Frances Catherine einjagte. Er stand allein vor der Feuerstelle, hatte die Arme vor seiner mächtigen Brust verschränkt und sah sie an. Seine Haltung war locker, entspannt, der scharfe Blick seiner grauen Augen und sein düsterer Gesichtsausdruck verrieten jedoch das Gegenteil.

Frances Catherine wollte gerade die Stufen hinabgehen, als sie quer durch den Raum seinen Blick auffing. Prompt stolperte sie. Patrick konnte sie gerade noch packen und vor dem Sturz retten.

Iain spürte ihre Angst, nahm aber an, dass der Rat der Grund dafür sei. Er machte Graham das Zeichen, die Befragung zu beginnen. Je zügiger das unvermeidliche Verfahren begann, desto eher konnte seine Schwägerin sich wieder beruhigen.

Die alten Clansmänner starrten die junge Frau an. Sie saßen da wie die Orgelpfeifen. Der Älteste, Vincent, war gleichzeitig der Kleinste. Er saß an dem einen Ende, während Graham, ihr Sprecher, das andere einnahm. Dazwischen besetzten Duncan, Gelfrid und Owen die Plätze. Ihr Haar war in unterschiedlichen Farbabstufungen ergraut, und ihre zahlreichen Narben berichteten von blutigen Waffengängen und Gefechten.

Frances Catherine konzentrierte sich auf Graham. Tiefe Falten gruben sich um seine Augen, und sie wollte glauben, dass sie vom vielen Lachen herrührten. Das gab ihr die Hoffnung, dass er ihre Bitte verstehen würde.

»Dein Mann hat uns eben eine erstaunliche Geschichte erzählt, Frances Catherine«, begann Graham. »Wenn sie wahr ist, haben wir Schwierigkeiten, sie zu verstehen.«

Der Anführer bekräftigte seine letzten Worte mit einem Nicken, dann schwieg er. Sie wusste nicht, ob man von ihr eine Antwort erwartete. Doch als Patrick ihr einen ermutigenden Blick zuwarf, sagte sie: »Mein Mann spricht immer die Wahrheit!«

Die vier anderen Ratsmitglieder runzelten einhellig die Stirn. Graham lächelte. Dann fragte er mit sanfter Stimme: »Dann erkläre uns, warum du verlangst, dass dieses Versprechen eingelöst wird.«

Frances Catherine zuckte zusammen, als hätte Graham sie angeschrien. Sie wusste sehr gut, dass er das Wort ›verlangen‹ als bewussten Angriff eingestreut hatte.

»Ich bin eine Frau und würde niemals etwas von meinem Mann *verlangen*. Ich kann nur bitten, und so bitte ich darum, dass Patricks Wort in Ehren behandelt wird.«

»Nun gut«, räumte Graham ein. »Du verlangst nicht, du bittest. Doch nun möchte ich, dass du dem Rat erklärst, wie du so eine schändliche Bitte stellen konntest.«

Frances Catherine erstarrte. Schändlich? Sie atmete tief ein. »Bevor ich Patrick mein Jawort gab, bat ich ihn, mir zu versprechen, dass er meine liebe Freundin, Lady Judith Elizabeth, zu mir bringt, wenn ich das erste Kind erwarte. Nun stehe ich vor der Niederkunft. Patrick gab mir damals das Versprechen, und wir beide möchten es so bald wie möglich einlösen.«

Grahams Gesichtsausdruck zeigte deutlich, dass er mit ihrer Erklärung nicht glücklicher war als vorher. Er räusperte sich und sagte: »Lady Judith Elizabeth ist Engländerin. Ich nehme an, das bedeutet dir nichts?«

»Nein, Mylord, das bedeutet mir überhaupt nichts.«

»Findest du, dass ein Versprechen wichtiger ist als der Aufruhr, den es erzeugen wird? Willst du vorsätzlich unser Leben durcheinander bringen, Weib?«

Frances Catherine schüttelte den Kopf. »So etwas würde ich niemals tun.«

Graham seufzte leicht. Er schien anzunehmen, dass er nun einen Weg gefunden hatte, sie von ihrem Vorhaben abzuringen. »Es freut mich, das zu hören, Frances Catherine«, bemerkte er. Dann wandte er sich seinen Ratsmitgliedern zu. »Ich hatte auch nicht geglaubt, dass dieses Weib solch einen Tumult verursachen wollte. Nun, da sie diesen Unsinn fallen lässt . . .«

Sie wagte nicht, ihn zu Ende reden zu lassen. »Lady Judith Elizabeth wird keinen Aufruhr erzeugen!«

Graham sackte in sich zusammen. Es war wohl doch nicht so leicht, Frances Catherine von ihrem Wunsch abzubringen. Mit finsterem Blick drehte er sich wieder zu ihr um. »Höre, Weib, kein Engländer ist jemals bei uns willkommen gewesen«, begann er. »Diese Frau würde ihre Mahlzeiten mit uns teilen müssen, sie . . .«

Gelfrids Faust sauste mit lautem Krachen auf den Tisch. Er blickte zu Graham auf und sagte mit seiner rauen, tiefen Stimme: »Patricks Weib bringt Schande über den Namen der Maitlands!«

Tränen füllten Frances Catherines Augen. Sie spürte, wie sie langsam die Fassung verlor. Ihr fiel kein logisches Argument ein, das sie Gelfrid entgegenhalten konnte.

Patrick stellte sich vor seine Frau, und seine Stimme bebte vor Zorn, als er sich an das Ratsmitglied wandte.

»Gelfrid, wenn du dein Missfallen zeigen willst, dann tu es. Aber erhebe deine Stimme nicht gegen meine Frau!«

Frances Catherine linste um ihren Mann herum, um Gelfrids Reaktion zu sehen. Der Alte nickte. Dann bat Graham mit einer Geste um Ruhe.

Vincent, der Älteste des Rats, ignorierte das Zeichen. »Bis Frances Catherine zu uns kam, hatte ich noch nie von einer Frau gehört, die zwei Vornamen besitzt. Aber nun erfahre ich von einer weiteren Frau mit zwei Namen. Wie erklärst du dir das, Graham?«

Der Anführer seufzte. Vincents Geist schweifte immer öfter von den wichtigen Themen ab – eine ärgerliche Alterserscheinung. »Ich kann's mir auch nicht erklären, Vincent«, sagte Graham. »Aber das ist jetzt unwichtig.«

Er wandte sich wieder Frances Catherine zu. »Ich frage dich noch einmal: Willst du vorsätzlich unser Leben durcheinander bringen?«

Frances Catherine wollte nicht als Feigling erscheinen, also schob sie sich wieder an die Seite ihres Mannes. Dann sagte sie: »Ich verstehe nicht, warum Ihr glaubt, Lady Judith Elizabeth könnte Unruhe in den Clan bringen. Sie ist eine freundliche, herzliche Frau.«

Graham schloss die Augen. Ein Hauch von Belustigung lag in seiner Stimme, als er schließlich wieder sprach. »Frances Catherine, wir mögen die Engländer nicht besonders. Das hast du sicher schon in all den Jahren, die du bei uns bist, bemerkt.«

»Sie ist an der Grenze aufgewachsen«, gab Gelfrid zu bedenken und kratzte sich sein bärtiges Kinn. »Sie weiß es wahrscheinlich nicht besser!«

Graham nickte zustimmend. Plötzlich funkelte etwas in seinen Augen. Er drehte sich zu seinen Gefährten um und sprach mit leiser Stimme zu ihnen. Als er geendet hatte, murmelten die anderen ihre Zustimmung.

Frances Catherine verlor alle Hoffnung. Aus seinem siegessicheren Blick schloss sie, dass er einen Weg gefunden hatte, ihre Bitte abzuschmettern, bevor der Clansherr zu Rate gezogen worden war.

Patrick war offenbar zum gleichen Schluss gekommen. Sein Gesicht wurde zornesrot. Als er entschlossen einen Schritt nach vorne trat, packte sie ihn an der Hand. Sie wusste, er *wollte* sein Versprechen ihr gegenüber halten. Aber sie wollte nicht, dass der Rat ihn bestrafte. Die Bestrafung würde hart ausfallen. Und die Demütigung wäre ihm unerträglich.

Sie drückte seine Hand.

»Ihr habt beschlossen, für mich zu entscheiden, was das Beste für mich ist, da ich es ja offenbar nicht besser weiß. Ist das richtig?«

Graham war überrascht. Ihr scharfer Verstand wusste tatsächlich, was er soeben gedacht hatte. Er wollte gerade ihre Herausforderung annehmen, als Patrick das Wort ergriff.

»Nein. Das würde Graham nicht tun. Es wäre eine Beleidigung für mich, Frau.«

Der Sprecher des Rates starrte Patrick einen Augenblick an. Dann verkündete er mit kraftvoller Stimme: »Du wirst die Entscheidung des Rates akzeptieren, Patrick!«

»Ein Maitland hat sein Wort gegeben. Es muss gehalten werden.«

Iains laute Stimme erfüllte die Halle. Alle drehten sich zu ihm, während Iain den Sprecher fixierte. »Ihr kommt vom Kernpunkt ab«, sagte er bestimmt. »Patrick hat dieser Frau ein Versprechen gegeben, und es wird eingelöst werden.«

Einige Minuten lang sagte niemand ein Wort. Dann stand Gelfrid auf. Er stützte sich mit den Handflächen auf den Tisch und beugte sich vor, um Iain anzusehen. »Du bist hier nur ein Berater. Nichts weiter.«

Iain tat es mit einem Achselzucken ab. »Ich bin der Clansherr«, entgegnete er. »Durch *eure* Wahl. Und nun rate ich euch, Patrick die Einlösung seines Versprechens zu bewilligen. Nur die Engländer brechen ihr Wort, Gelfrid. Nicht wir Schotten.«

Widerstrebend nickte Gelfrid. »Du sprichst die Wahrheit«, gab er zu.

Nur noch drei, dachte Iain bei sich. Verdammt, wie er es verabscheute, diplomatisch vorzugehen, um seine Ziele zu erreichen. Er zog den Kampf mit den Fäusten dem mit Worten vor. Zudem hasste er es, für seine und seines Bruders Taten um Erlaubnis bitten zu müssen.

Mit einiger Anstrengung riss er sich zusammen und konzentrierte sich wieder auf das aktuelle Problem. Er wandte sich zu Graham. »Bist du ein so alter Mann geworden, Graham, dass dich eine solch unbedeutende Sache betroffen macht? Hast du etwa Angst vor einer englischen *Frau*?«

»Natürlich nicht«, murmelte Graham. Seine Empörung, dies überhaupt in Erwägung zu ziehen, war deutlich aus seiner Stimme herauszuhören. »Ich habe vor keiner Frau Angst!«

Iain grinste. »Das beruhigt mich ungemein«, gab er zurück. »Einen Augenblick habe ich mir wirklich Sorgen gemacht.«

Die intelligente List war an den Sprecher des Rates nicht

vergeudet. Graham lächelte. »Du hast deinen Köder ausgeworfen, und meine Eitelkeit hat angebissen.« Iain erwiderte nichts. Immer noch lächelnd, wandte sich Graham schließlich wieder Frances Catherine zu.

»Trotzdem verwirrt uns deine Bitte immer noch. Bitte erkläre uns, warum du diese Frau hier haben möchtest.«

»Sie soll uns sagen, was es mit den zwei Namen auf sich hat«, mischte sich Vincent ein.

Graham ignorierte den Einwurf des Älteren. »Würdest du uns jetzt endlich deine Gründe darlegen, Weib?«

»Ich heiße Frances nach meiner Mutter und Catherine nach meiner Großmutter, die ...«

Graham schnitt ihr mit einer ungeduldigen Geste das Wort ab. Dennoch behielt er sein Lächeln bei. Er wollte nicht, dass offenkundiger Ärger sie erneut einschüchterte.

»Nein, nein, Kind, deine zwei Namen interessieren jetzt nicht. Ich möchte wissen, warum die Engländerin so wichtig für dich ist.«

Was für ein peinlicher Patzer! Sie spürte, wie sie rot wurde.

»Lady Judith Elizabeth ist meine Freundin. Ich hätte sie so gern an meiner Seite, wenn das Baby zur Welt kommt. Und sie hat versprochen, dass sie kommen würde.«

»Eine Engländerin als *Freundin*? Wie ist denn so was nur möglich?«, fragte Gelfrid. Verwundert über diesen Widerspruch an sich, rieb er sich das Kinn.

Frances Catherine wusste, dass das Ratsmitglied sich nicht über sie lustig machen wollte. Er begriff es schlichtweg nicht. Und Frances Catherine glaubte nicht, dass sie irgendetwas vorbringen könnte, das ihn überzeugte. Sie bezweifelte sogar, dass Patrick die tiefe Vertrautheit nachempfinden konnte, die Judith und sie verband. Und dabei war Patrick in seinem Denken längst nicht so eingefahren wie Graham und die anderen des Rates. Wie auch immer, sie musste eine Erklärung abgeben.

»Wir lernten uns bei den jährlichen Spielen an der Grenze kennen«, begann sie. »Judith war erst vier, ich fünf Jahre alt. Wir wussten damals gar nicht, dass … dass uns etwas unterschied.«

Graham seufzte erneut. »Und als ihr es schließlich begriffen hattet?«

Sie lächelte. »Da machte es keinen Unterschied.«

Graham schüttelte den Kopf. »Mag sein. Dennoch verstehe ich diese Freundschaft nicht«, gestand er. »Aber unser Clansherr hat uns zu Recht darauf hingewiesen, dass wir niemals unser Wort brechen. Wir werden deine Freundin also willkommen heißen, Frances Catherine.«

Vor Freude versagten der jungen Frau die Knie. Sie hielt sich an ihrem Mann fest und wagte einen Blick auf die Ratsmitglieder. Vincent, Gelfrid und Duncan lächelten. Aber Owen, von dem sie geglaubt hatte, er würde seit einer geraumen Weile schlafen, schüttelte nur bedächtig den Kopf.

Iain bemerkte es und fragte: »Bist du mit unserer Entscheidung nicht einverstanden, Owen?«

Der Ältere hielt seinen Blick auf Frances Catherine gerichtet, als er antwortete. »Doch, aber ich denke, wir sollten das Weib warnen. Es sollte sich keine zu großen Hoffnungen machen. Ich pflichte dir bei, Iain, denn ich weiß aus eigener Erfahrung, dass die Engländer ihr Wort brechen. Sie machen es alle wie ihr König, dieser Lump, der jede Minute seine Meinung ändert. Mag sein, dass die englische Frau mit den zwei Namen ein Versprechen gegeben hat … nur wird sie es nicht halten!«

Iain stimmte mit einem Nicken zu. Er hatte sich schon gewundert, wie lange der Rat für diese Erkenntnis brauchte.

Die Alten sahen sich zufrieden an.

Frances Catherine lächelte immer noch. Sie schien nicht zu befürchten, dass ihre Freundin wortbrüchig werden könnte.

Iain empfand ein enormes Verantwortungsgefühl jedem einzelnen Mitglied seines Clans gegenüber. Aber er wusste, dass er seine Schwägerin kaum vor den rauen Tatsachen des Lebens schützen konnte. Mit ihrer Enttäuschung würde sie allein fertig werden müssen, aber sicher war die Erfahrung nötig, damit sie begriff, dass man ausschließlich auf seine Familie zählen durfte.

»Wen schickst du auf die Reise, Iain?«, fragte Graham.

»Ich werde gehen«, sagte Patrick.

Iain schüttelte den Kopf. »Dein Platz ist an der Seite deiner Frau. Ihre Niederkunft ist nahe. Ich gehe.«

»Aber du bist der Clansherr«, wandte Graham ein. »Es ist unter deinem Status ...«

Iain unterbrach ihn barsch. »Es handelt sich um eine reine Familienangelegenheit, Graham. Und da Patrick seine Frau nicht allein lassen kann, ist es nun meine Pflicht.« Und um jedes weitere Argument im Keim zu ersticken, setzte er mit finsterem Blick hinzu: »Mein Entschluss steht fest.«

Patrick grinste. »Ich kenne die Freundin meiner Frau nicht, Iain, aber ich könnte mir vorstellen, dass sie ihr Versprechen noch einmal überdenkt, wenn sie dich sieht.«

»Oh, Judith Elizabeth wird sich sehr über Iains Geleit freuen«, platzte Frances Catherine heraus. Sie schenkte ihrem Clansherrn ein Lächeln. »Sie hat bestimmt keine Angst vor dir. Ich danke dir für dein Angebot. In deiner Gegenwart wird sie sich sicher fühlen.«

Iain hob eine Augenbraue. Dann seufzte er laut. »Frances Catherine, ich bin überzeugt, dass sie freiwillig nicht mitkommen wird. Soll ich sie zwingen?«

Da sie Iain anstarrte, sah Frances Catherine nicht, wie Patrick seinem Bruder fast unmerklich zunickte. »Nein, nein, du wirst sie nicht zwingen müssen.«

Patrick und Iain gaben es auf, ihre unrealistischen Hoffnungen zunichte zu machen. Dann entließ Graham die junge Frau höflich, und Patrick führte Frances Catherine an der Hand zur Tür.

Begierig, endlich aus dem Saal zu kommen, damit sie Patrick umarmen und ihm versichern konnte, wie froh sie war, seine Frau zu sein, zog sie ihn hinter sich her. Er war so ... wundervoll gewesen, als er sich für sie einsetzte! Natürlich hatte sie nie daran gezweifelt, aber sie wollte ihm trotzdem ihre Bewunderung zeigen. Brauchten Männer nicht auch von Zeit zu Zeit die Anerkennung ihrer Ehefrauen?

Sie hatte gerade die oberste Stufe an der Eingangstür erreicht, als sie den Namen Maclean fallen hörte. Frances Catherine hielt an, um zu lauschen. Als Patrick sie vorwärts schieben wollte, verlor sie ›versehentlich‹ einen Schuh und bat ihren Mann, ihn ihr anzuziehen. Es kümmerte sie nicht, ob er sie für schwerfällig hielt. Sie war viel zu neugierig, warum Grahams Stimme bei der Erwähnung dieses Namens so wütend geklungen hatte.

Der Rat bemerkte sie nicht. Gerade hatte Duncan das Wort. »Ich bin gegen jede Art Bündnis mit den Dunbars. Wir brauchen sie nicht!« Der Ältere brüllte es fast heraus.

»Und wenn die Dunbars ein Bündnis mit den Macleans eingehen?«, fragte Iain mit zornbebender Stimme. »Vergiss endlich die Vergangenheit, Duncan. Denke nur an die Folgen!«

Vincent sprach als Nächster. »Warum müssen es unbedingt die Dunbars sein? Sie sind so schlüpfrig wie ein nasser Lachs und so falsch wie die Engländer. Ich kann dieser Idee nicht zustimmen. Nay, wirklich nicht!«

Iain zwang sich zur Geduld. »Das Land der Dunbars liegt zwischen den Macleans und uns, wenn ich dich daran erinnern darf. Wenn wir uns nicht mit ihnen einigen, könnten sie diese Bastarde von Macleans um Schutz bitten. Das dürfen wir nicht zulassen. Es geht einfach um das geringere von zwei Übeln!«

Frances Catherine konnte der Diskussion nicht länger folgen. Patrick hatte ihr den Schuh wieder übergestreift und schob sie nun entschlossen dem Ausgang zu.

Die Absicht, ihm zu danken, war im Moment vergessen. Sobald sich die schweren Türen hinter ihnen verschlossen, wandte sie sich zu ihm um: »Warum hassen die Maitlands die Macleans?«

»Die Fehde reicht lange zurück«, antwortete er. »Da war ich noch nicht auf der Welt.«

»Kann sie denn nicht beigelegt werden?«

Patrick zuckte die Schultern. »Warum interessieren dich die Macleans?«

Sie konnte ihm keine Antwort geben. Wenn sie es tat, würde sie ihr Wort Judith gegenüber brechen, und das Vertrauen ihrer Freundin war ihr heilig. Zudem würde Patrick wahrscheinlich einen Herzanfall bekommen, wenn er erfuhr, dass Clansführer Maclean Judiths Vater war. Ja, auch das musste man in Erwägung ziehen.

»Ich weiß, dass die Maitlands sich mit den Dunbars und den Macphersons befehden, aber von den Macleans wusste ich noch nichts. Deswegen frage ich. Patrick, warum kommen wir denn mit den anderen Clans nicht zurecht?«

Patrick lachte. »Es *gibt* einige, die wir Freunde nennen«, erklärte er ihr.

Sie beschloss, das Thema zu wechseln und ihm endlich für das zu danken, was er für sie getan hatte. Patrick brachte sie zurück nach Hause und nach einem langen Abschiedskuss wandte er sich wieder zum Gehen.

»Patrick, du weißt, dass ich dir immer treu ergeben bin, nicht wahr?«, fragte seine Frau.

Er wandte sich ihr noch einmal zu. »Natürlich.«

»Ich nehme stets Rücksicht auf deine Gefühle, oder?«

»Sicher.«

»Wenn ich also etwas wüsste, das dich beunruhigen würde, müsste ich es doch für mich behalten, nicht wahr?«

»Nein.«

»Aber wenn ich es täte, würde ich ein Wort brechen, das ich jemandem gegeben habe. Das kann ich nicht tun.«

Patrick kam zurück und stand nun direkt vor seiner Frau.

»He, Liebling – was versuchst du, mir *nicht* zu sagen?«

Sie schüttelte den Kopf. »Ich will nicht, dass Iain Judith zwingt«, rief sie aus, in der Hoffnung, ihn von ihrem Gerede über Versprechen und seine Gefühle abzulenken. »Wenn sie nicht herkommen kann, soll er sie nicht drängen.«

Wieder rang sie ihm ein Versprechen ab, dass er bereitwillig gab, um sie zu beruhigen. Doch diesmal hatte er nicht die Absicht, sein Wort zu halten. Er würde es keinesfalls zulassen, dass diese Engländerin seiner Frau das Herz brach. Dennoch gefiel es ihm nicht, Frances Catherine zu belügen, und so war seine Stimmung nicht die Beste, als er wieder auf dem Hügel anlangte. Er wartete, bis sein Bruder hinauskam und rief ihm zu: »Iain! Wir müssen miteinander reden.«

»Himmel, Patrick, wenn es sich wieder um ein Versprechen

handelt, dass du deiner Frau gegeben hast, warne ich dich von vornherein: Ich will's nicht hören!«

Patrick lachte, ließ seinen Bruder herankommen und sagte dann: »Ich muss mit dir über diese Freundin reden. Es ist mir egal, was sie will oder nicht will. Schleif sie an den Haaren her, wenn nötig, Iain, hörst du? Ich will meiner Frau eine Enttäuschung ersparen. Sie wird genug Sorgen mit dem Baby haben.«

Iain schlug den Weg zu den Ställen ein. Er hatte seine Hände auf dem Rücken verschränkt und hielt den Kopf gesenkt. Patrick ging neben ihm her.

»Du bist dir doch darüber im Klaren, dass ich einen Krieg mit ihrer Familie vom Zaun breche, wenn ich diese Frau zwinge, nicht wahr? Und sollte da eine Verbindung zu König John bestehen, vielleicht sogar zu England ...«

Patrick sah seinen Bruder an, um herauszufinden, wie ernst es ihm war. Iain grinste, und so antwortete Patrick. »John mischt sich nur ein, wenn er Nutzen daraus ziehen kann. Ihre Familie könnte allerdings zum Problem werden. Sie wird sie sicher nicht ohne Weiteres auf solch eine Reise gehen lassen.«

»Es könnte haarig sein.«

»Wäre das schlimm?«

»Nein.«

Patrick stieß einen erleichterten Seufzer aus. »Wann wirst du reisen?«

»Morgen früh, bei Sonnenaufgang. Heute Abend rede ich mit Frances Catherine. Ich will so viel wie möglich über diese Familie erfahren.«

»Da ist etwas, was Frances Catherine mir verheimlicht«, sagte Patrick zögernd. »Sie fragte mich über die Fehde mit den Macleans aus ...«

Er konnte nicht weitersprechen. Iain starrte ihn an, als hätte er den Verstand verloren. »Und du hast sie nicht gezwungen, dir zu verraten, was zum Teufel sie vor dir verbirgt?«

»So einfach ist das nicht«, erklärte Patrick. »Du musst mit einer Frau sehr ... behutsam umgehen. Irgendwann wird sie mir schon erzählen, was ihr Sorgen bereitet. Man muss Geduld haben ... Übrigens ziehe ich wahrscheinlich falsche Schlüsse. Meine Frau macht sich momentan über alles und nichts Sorgen.«

Aber Iains Blick blieb misstrauisch, und Patrick bereute, dass er es überhaupt erwähnt hatte.

»Ich würde dir gerne danken, dass du die Reise machst, aber du wärest wohl nur beleidigt.«

»Es ist keine Pflicht, die ich freudig erledige«, gab Iain zu. »Ich werde sieben oder acht Tage bis dorthin brauchen. Mit einer zeternden Frau im Schlepptau also mindestens neun zurück. Hölle, lieber nähm ich es einhändig mit einer Armee der Macleans auf!«

Patrick hätte beinah über Iains frustrierten Tonfall gelacht. Er wagte es jedoch nicht, denn sein Bruder würde ihm wahrscheinlich einen Kinnhaken verpassen, wenn er auch nur den Mund verzog.

Für einige Minuten gingen die Brüder schweigend nebeneinanderher, jeder in seinen Gedanken versunken.

Plötzlich hielt Patrick an. »Du kannst diese Frau nicht zwingen. Wenn sie nicht mitkommen will, lass sie in Ruhe!«

»Warum zum Teufel reite ich dann überhaupt los?«

»Meine Frau könnte Recht haben«, sagte Patrick. »Vielleicht kommt Lady Judith Elizabeth freiwillig mit.«

Iain warf seinem Bruder einen harten Blick zu. »Freiwillig? Du bist verrückt, wenn du das glaubst. Sie ist Engländerin!« Er stieß einen langen Seufzer aus. »Freiwillig? Nie!«

Kapitel 2

Wartend stand sie auf der Türschwelle.

Natürlich war Lady Judith vorgewarnt worden. Zwei Tage zuvor hatte ihr Cousin Lucas vier schottische Krieger – nur einen Steinwurf entfernt vom Grenzübergang bei Horton Ridge – gesichtet. Lucas war nicht zufällig da gewesen, sondern hatte dort gemäß Tante Millicents Anweisungen ausgeharrt. Und nach einem Monat Däumchendrehen und Tagträumerei machte er schließlich die Schotten aus.

Lucas war beim Anblick der vier Vollblut-Highlander zunächst so überrascht gewesen, dass er fast vergessen hätte, was als Nächstes zu tun war. Er hatte sich jedoch schnell wieder gefasst und war im halsbrecherischen Tempo zu Lady Judiths Aufenthaltsort gejagt, damit sie sich auf ihre Besucher vorbereiten konnte.

Dazu brauchte Judith allerdings nicht lange. Seit sie durch das verzwickt-verschlungene Nachrichtensystem der Klatschgeschichten erfuhr, dass Frances Catherine schwanger war, hatte sie ihr Gepäck so gut wie vollständig gepackt und die Geschenke für ihre Freundin mit hübschen rosa Samtbändern versehen.

Frances Catherine hätte sich jedoch einen besseren Zeitpunkt aussuchen können. Judith war gerade wieder zu ihrem sechsmonatigem Zwangsaufenthalt auf Onkel Tekels Gut angelangt, als sie die Nachricht erreichte. Sie konnte schlecht einfach wieder zu Tante Millicent und Onkel Herbert zurückkehren, sondern war gezwungen, ihre Bündel auf dem Stallboden zu verstecken und zu warten, bis ihre Mutter, die auf einem ihrer seltenen, kurzen Besuche da war, sich genug gelangweilt hatte und wieder abreiste. Dann würde Judith mit ihrem Vormund über ihre Absicht reden, nach Schottland zu gehen. Der ältere Bruder ihrer Mutter war das genaue Gegenteil von seiner Schwester, Lady Cornelia – ein sanftmütiger, friedlicher Mann. Es sei denn, er hatte getrunken, dann konnte er sich in eine bösartige Schlange verwandeln.

Soweit Judith zurückdenken konnte, war Onkel Tekel ein Invalide gewesen, und in den ersten Jahren hatte er selten die Beherrschung verloren, auch wenn ihm an manchen Abenden seine malträtierten Beine unerträgliche Schmerzen bereiteten. Judith wusste, dass es wieder besonders schlimm war, wenn er begann, die Beine zu massieren und den Diener bat, ihm einen Kelch heißen Weins zu bringen. Mit der Zeit hatten die Diener gelernt, ihm gleich einen vollen Krug hinzustellen. An solchen Abenden gelang es Judith manchmal, sich in ihre Kammer fortzustehlen. Normalerweise befahl er ihr aber, sich neben ihn zu setzen und ihm zuzuhören, während er in der Vergangenheit versank. Dann ergriff er ihre Hand und erzählte von den Zeiten, als er noch jung und stark war – ein Krieger, mit dem man rechnen musste –, und erst 22 Jahre alt, als ein umstürzender Wagen seine Beine zermalmte. Wenn der Wein dann seine Schmerzen gelindert und seine Zunge gelöst hatte, fluchte er über die Ungerechtigkeit dieses sinnlosen Unfalls.

Er fluchte auch über Judith, die ihn nicht wissen ließ, wie sehr sein Zorn sie traf. Die Selbstbeherrschung, die sie an diesen langen Abenden aufbringen musste, kostete sie viel Kraft, und sie war jedes Mal erleichtert, wenn sie entlassen wurde und sich zu Bett legen konnte.

Tekels Trunksucht wurde mit den Jahren immer schlimmer. Er verlangte bald schon am Tag nach Wein, und mit jedem Kelch, den er hinuntergoss, verschlimmerte sich seine Gemütsverfassung. Bei Anbruch der Nacht war er dann so weit, dass er entweder in Selbstmitleid zerfloss oder ihr die widersinnigsten Beleidigungen an den Kopf warf, die ihr die Sprache verschlugen, als hätte sie einen Kloß im Hals.

Am nächsten Morgen wusste Tekel von nichts mehr. Judith dagegen konnte sich an jedes Wort erinnern und versuchte verzweifelt, ihm seine Brutalität ihr gegenüber zu vergeben. Sie *wollte* glauben, dass sein Schmerz unerträglicher war als der ihre. Onkel Tekel brauchte ihr Verständnis, ihr Mitleid, redete sie sich ein.

Judiths Mutter, Lady Cornelia, hatte kein Mitgefühl für ihren Bruder. Es war ein Segen, dass sie niemals länger als einen Monat zu Hause war. Selbst dann kümmerte sie sich kaum um Onkel Tekel oder ihre Tochter. Als Judith noch klein war und viel leichter durch das kühle, distanzierte Verhalten ihrer Mutter verletzt werden konnte, pflegte Onkel Tekel sie zu trösten. Er erklärte ihr, dass sie ihre Mutter ständig an ihren Vater erinnere, den Lady Cornelia so geliebt habe, dass seine Abwesenheit ihr immer noch das Herz zerriss. Wenn sie Judith ansah, sagte Tekel, wüchse der Schmerz in ihrem Inneren so gewaltig, dass nur noch wenig Raum für andere Gefühle übrig bliebe.

Da Tekel zu dieser Zeit weniger trank, hatte Judith keinen Grund, an seiner Interpretation zu zweifeln. Dennoch konnte sie eine solche Liebe – die zwischen einem Mann und seiner Frau – damals nicht begreifen, und sie sehnte sich verzweifelt nach der Zuneigung und Anerkennung ihrer Mutter. Die ersten vier Jahre ihres Lebens hatte Judith bei ihrer Tante Millicent und Onkel Herbert verbracht. Doch dann, als sie zum ersten Mal mit ihrer Mutter und Onkel Tekel gemeinsam die beiden besuchte, beging sie den Fehler, Onkel Herbert mit Papa anzureden. Judiths Mutter geriet in Zorn, und auch Tekel war nicht sonderlich begeistert. So beschloss Lady Cornelia, dass Judith mehr Zeit mit ihrem Bruder verbringen sollte. Sie befahl Tante Millicent, das Kind jedes halbe Jahr zu seinem Gut zu bringen.

Tekel verabscheute den Gedanken, Judith könnte ihren Onkel Herbert als Vater betrachten. Aus diesem Grund nahm er sich jeden Morgen, wenn sein Kopf noch nicht durch Wein benebelt war, eine Stunde Zeit, um ihr Geschichten über ihren richtigen Vater zu erzählen. Das lange gebogene Schwert, das über dem Herd hing, war seines gewesen. Damit hatte er die Drachen besiegt, die den Versuch gewagt hatten, England dem rechtmäßigen König abzunehmen. »Er starb in Erfüllung seiner Pflicht, den König, seinen obersten Lehnsherrn, zu schützen«, schloss Tekel seinen Bericht.

Tekels Erzählungen waren endlos ... und voller Fantasie. Schon bald sah Judith ihren Vater als Heiligen. Man hatte ihr gesagt, er wäre am 1. Mai gestorben, und von nun an sammelte sie am Morgen seines Todestages jedes Jahr eine Schürze voller Frühlingsblumen und bedeckte sein Grab mit den Blüten. Dabei sprach sie ein Gebet für seine Seele, obwohl sie sicher war, dass ihre Fürsprache nicht nötig sein würde. Bestimmt war ihr Vater längst im Himmel, wo er seinem Schöpfer ebenso ergeben diente wie einst seinem irdischen Herrn.

Judith war elf und gerade auf dem Weg zum Fest an der Grenze, als sie die Wahrheit über ihren Vater erfuhr. Er starb nicht im Kampf gegen ungetreue Engländer. Er *war* nicht einmal selbst Engländer. Ihre Mutter beklagte auch nicht den Tod ihres Gatten – sie hasste ihn mit einer Leidenschaft, die auch die Jahre nicht verringerten. Tekel hatte ihr nur die halbe Wahrheit verraten. Ja, Judith erinnerte ihre Mutter tatsächlich ständig an etwas ... und zwar an den schrecklichen Fehler, den sie damals gemacht hatte.

Tante Millicent nahm Judith beiseite und erzählte ihr alles, was sie wusste. Ihre Mutter hatte den schottischen Clansherrn aus Zorn darüber geheiratet, dass ihr Vater und der König den englischen Baron, den sie auserwählte, als nicht standesgemäß abgelehnt hatten. Lady Cornelia war es nicht gewohnt, dass man ihre Wünsche zurückwies. Und so gab sie dem Highlander zwei Monate nach ihrem ersten Treffen am englischen Hof ihr Jawort. Cornelia wollte sich an ihrem Vater rächen, wollte ihm wehtun, und dieses Ziel hatte sie damit erreicht. Aber im Gegenzug hatte sie sich selbst noch mehr Schaden zugefügt.

Die Ehe dauerte fünf Jahre. Dann kehrte Lady Cornelia nach England zurück, wo sie ihren Bruder ohne weitere Erklärungen um Obdach bat. Als es jedoch offensichtlich wurde, dass sie ein Kind erwartete, erzählte sie Onkel Tekel, ihr Mann habe sie verbannt, sobald er von ihrer Schwangerschaft erfuhr. Er wollte sie nicht mehr. Und er wollte ihr Kind nicht.

Tekel beschloss, ihr zu glauben. Er war einsam, und der Gedanke, eine Nichte oder einen Neffen zu erziehen, gefiel ihm. Doch als Judith geboren war, konnte ihre Mutter ihren Anblick im Haus nicht mehr ertragen. Millicent und Herbert überredeten Tekel, ihnen das Kind zu überlassen. Sie mussten nur versprechen, Judith niemals etwas über ihren Vater zu erzählen.

Millicent dachte nicht daran, dieses Versprechen zu halten, aber sie wollte warten, bis Judith reif genug für diese Wahrheit wurde. Als sie meinte, dass es so weit war, klärte sie Judith über ihre Herkunft auf.

Judith hatte Hunderte von Fragen. Aber Millicent konnte nur wenige beantworten. Sie wusste nicht einmal, ob der schottische Clansmann noch lebte. Seinen Namen wusste sie allerdings: Er lautete Maclean.

Da sie ihn niemals kennen gelernt hatte, konnte sie Judith keine Beschreibung bieten. Weil aber Judith ihrer Mutter überhaupt nicht ähnlich sah, war anzunehmen, dass ihr blondes Haar und ihre blauen Augen von ihres Vaters Seite stammten.

Für Judith waren diese neuen Informationen schlichtweg zu viel. Ihre Gedanken konnten sich nur noch auf die Lügen konzentrieren, die man ihr all die Jahre über erzählt hatte.

Zu der Zeit wartete Frances Catherine bereits auf dem Fest auf ihre Freundin. Als sie endlich allein waren, berichtete Judith ihr alles, was sie erfahren hatte. Ihre Tränen flossen. Da nahm Frances Catherine sie in den Arm und weinte mit ihr. Wozu all diese Lügen notwendig gewesen waren, begriffen sie nicht. Und nachdem sie tagelang darüber nachgedacht hatten, erkannten beide, dass es gar nicht wichtig für sie war.

Schließlich legten sie sich einen Plan zurecht. Dazu gehörte, dass Judith weder ihre Mutter noch Onkel Tekel mit der Wahrheit konfrontieren sollte. Sie würde herausbekommen, dass Millicent Judith die Geschichte verraten hatte, und sicherlich müsste Judith dann ständig bei ihnen leben.

Allein diese Vorstellung jagte Judith Entsetzen ein. Tante Millicent, Onkel Herbert und Frances Catherine waren Judiths Familie, die einzigen Menschen, denen sie vertraute. Sie würde keinesfalls zulassen, dass ihre Mutter sie von ihr trennte.

Judith musste sich also in Geduld üben und warten, bis sie älter war. Dann wollte sie in die Highlands reisen und jenen

Mann aufspüren, der sie gezeugt hatte. Frances Catherine versprach, ihr dabei zu helfen.

Die folgenden Jahre verstrichen schnell, selbst für eine junge Frau, die die Welt erobern wollte. Frances Catherine wurde einem Mann von der Grenze, aus dem Stewart-Clan, versprochen. Aber drei Monate vor dem Hochzeitstag überwarfen die Kircaldys sich mit dem Stewart-Clansherrn. Patrick Maitland nutzte die Fehde aus und hielt eine knappe Woche, nachdem der Vertrag mit den Stewarts gebrochen war, um Frances Catherines Hand an.

Als Judith erfuhr, dass ihre Freundin einen Highlander geheiratet hatte, war sie sicher, dass das Schicksal ihr eine helfende Hand reichte. Sie hatte Frances Catherine einst versprochen, zu ihr zu kommen, sobald sie ein Kind erwartete. Und dort würde sie gewiss einen Weg finden, ihren Vater zu treffen.

Morgen sollte die Reise losgehen. Frances Catherines Verwandte waren in diesem Moment auf dem Weg, sie zu holen. Das Problem war nur, wie sie es Onkel Tekel erklären sollte.

Wenigstens war ihre Mutter endlich wieder in London. Der Haushalt geriet stets in Aufruhr, wenn ihre Mutter zu Hause war. Aber wie immer war ihr das Landleben schnell zu eintönig geworden, und so war sie letzte Woche schließlich wieder abgereist. Lady Cornelia liebte das Durcheinander und den Klatsch am Hof, die lasche Moral des alltäglichen Lebens und – dies ganz besonders – Intrigen und Geheimnisse, die mit den verworrenen Liebschaften und Beziehungen Hand in Hand gingen. Momentan hatte sie ein Auge auf Baron Ritch, den schönen Gatten einer ihrer besten Freundinnen, geworfen und sich einen Plan zurechtgelegt, wie sie ihn innerhalb von zwei Wochen in ihr Bett bekommen konnte. Judith hatte gehört, wie ihre Mutter damit vor Tekel geprahlt und über sein anschließendes Entsetzen laut gelacht hatte.

Nichts was ihre Mutter tat, überraschte Judith. Sie war dankbar, dass sie nur mit Onkel Tekel auskommen musste. Bis zum Vorabend ihrer Abreise hatte sie damit gewartet, ihn über ihre Pläne zu unterrichten. Sie dachte nicht daran, ihn um Erlaubnis zu bitten, aber es wäre einfach ungehörig gewesen, ohne Erklärung das Haus zu verlassen.

Dennoch fürchtete sie das Gespräch. Auf der Treppe zu seiner Schlafkammer spürte sie wieder den vertrauten Kloß im Hals und betete im Stillen darum, dass das Ale ihn heute Abend melancholisch und nicht jähzornig stimmen möge. Das Zimmer war dunkel. Ein feuchter, moschusartiger Geruch hing in der Luft. Judith hatte jedes Mal, wenn sie seine Kammer betrat, das unangenehme Gefühl, ersticken zu müssen. Auch jetzt erging es ihr so, und sie atmete tief ein, um ihre Nerven zu beruhigen.

Auf der Truhe neben Tekels Bett brannte eine Kerze. Judith konnte in den Schatten kaum das Gesicht ihres Onkels ausmachen. Tief in ihrem Inneren regte sich wie immer die Angst vor einem Brand, der durch eine vergessene Kerze entfacht werden könnte, wenn Tekel betrunken einschlief.

Sie rief seinen Namen, doch er gab keine Antwort. Also trat sie ins Zimmer. Da bemerkte Tekel sie und winkte sie heran. Sein unsicheres Lächeln sagte ihr, dass er heute Abend nicht jähzornig war, seine Stimme war undeutlich, als er zu ihr sagte: »Bleib bei mir. Ich will dir eine Geschichte aus der Zeit erzählen, als ich mit deinem Vater in den Kampf zog. Wusstest du schon, dass er stets dieselbe Ballade sang, sobald die Fanfaren zum Angriff bliesen? Er sang immer, wenn er kämpfte. Die ganze Zeit.«

Judith setzte sich auf den Stuhl neben dem Bett. »Onkel, bevor du anfängst, muss ich mit dir über eine wichtige Sache sprechen.«

»Ist es nicht wichtiger, etwas über deinen Vater zu hören?«

Sie ignorierte die Frage. »Ich muss dir etwas sagen«, gab sie stattdessen zurück.

»Was ist es?«

»Versprichst du, dass du möglichst nicht böse wirst?«

»Wann bin ich wegen dir schon einmal wütend geworden?«, fragte er, ohne sich an all die Nächte zu erinnern, in denen er sie zornig angegriffen hatte. »Jetzt sag mir, was dich quält, Judith. Ich werde während deiner Beichte lächeln.«

Sie nickte und faltete die Hände in ihrem Schoß. »Jeden Sommer haben Tante Millicent und Onkel Herbert mich mit zu den Spielen an der Grenze genommen. Onkel Herbert hat Verwandte dort.«

»Ich weiß«, bemerkte Onkel Tekel. »Gib mir den Kelch da, und fahre fort. Ich will wissen, warum du mir das mit dem Fest bisher verheimlicht hast.«

Judith sah zu, wie Onkel Tekel einen großen Schluck aus dem Kelch nahm und sich sofort neu einschenkte. Der Kloß in ihrem Hals verstärkte sich.

»Millicent hielt es für besser, wenn ich dir und Mutter nichts sagte. Sie meinte, ihr würdet euch Sorgen machen, wenn ihr wüsstet, dass ich mit Schotten verkehre.«

»Damit hatte sie gewiss Recht«, sagte Tekel und nahm wieder einen großen Schluck. »Ich billige normalerweise solchen Hass nicht, aber ich sage dir, deine Mutter hat gute Gründe, so zu empfinden. Natürlich kann ich nachvollziehen, was für eine schöne Zeit du gehabt haben musst. So alt bin ich schließlich auch noch nicht. Dennoch muss ich es jetzt verbieten. Du wirst nicht mehr zur Grenze gehen.«

Judith holte tief Luft und versuchte, ihren aufkommenden Zorn zu beherrschen. »Als ich das erste Mal bei den Spielen war, lernte ich ein Mädchen, Frances Catherine Kircaldy, kennen. Wir mochten uns auf Anhieb, und jedes Jahr trafen wir uns wieder, bis Frances Catherine heiratete und von der Grenze wegzog. Ich gab ihr ein Versprechen, und die Zeit, es einzulösen, ist nun gekommen. Ich werde für eine Weile fort sein«, schloss sie. Die letzten Worte kamen leise und zaghaft.

Ihr Onkel starrte sie mit blutunterlaufenen Augen an. Es war offenkundig, dass er ihrer Erklärung nicht ganz folgen konnte.

»Was soll das?«, fragte er. »Wohin willst du denn gehen?«

»Vielleicht sollte ich dir erst von dem Versprechen erzählen, das ich ihr mit elf Jahren gab.« Sie wartete auf sein Nicken, bevor sie fortfuhr. »Frances Catherines Mutter starb während der Geburt ihres Kindes. Und ihre Großmutter ebenfalls.«

»Das ist nichts Außergewöhnliches«, murmelte Tekel. »Viele Frauen sterben in Erfüllung ihrer Pflicht.«

Judith gab sich Mühe, diese Gefühllosigkeit zu ignorieren. »Vor einigen Jahren erfuhr ich dann von Frances Catherine, dass ihre Großmutter erst in der Woche nach der Geburt starb. Und das machte uns Hoffnung.«

»Warum machte euch das Hoffnung?«

»Weil ihr Tod dann nicht mit einem zu schmalen Becken zusammenhängen konnte.«

Judith war sich bewusst, dass ihre Erklärung in falsche Bahnen geriet, aber Tekels finsterer Gesichtsausdruck störte ihre Konzentration.

Tekel hob die Schulter. »Sie ist immer noch bei der Geburt gestorben«, sagte er und setzte hinzu: »Du solltest dich wirklich nicht mit solch unschicklichen Einzelheiten beschäftigen!«

»Frances Catherine glaubt, dass sie sterben muss«, gab Judith zurück. »Deswegen beschäftige ich mich damit.«

»Erzähl mir von dem Versprechen«, befahl er. »Aber schenk mir vorher noch etwas von dem süßen Ale ein.«

Judith leerte den zweiten Krug in seinen Kelch und sagte: »Frances Catherine bat mich, zu ihr zu kommen, wenn sie ein Kind erwarten würde. Sie will mich an ihrer Seite haben, wenn sie sterben muss. Ich sagte natürlich sofort zu. Und jeden Sommer versprach ich ihr wieder, dass ich meine Zusage einhalten würde. Ich will nicht, dass meine Freundin stirbt«, setzte sie hinzu. »Aus diesem Grund habe ich so viel wie möglich über die neusten Geburtsmethoden gelernt. Tante Millicent war mir dabei eine wundervolle Hilfe. In den letzten zwei Jahren hat sie mich zu vielen gestandenen Hebammen gebracht, die ich befragen konnte.«

Onkel Tekels Gesicht hatte sich verdüstert. »Fühlst du dich etwa als Beschützerin dieser Frau, Judith? Wenn Gott sie zu sich holen will, lädst du eine große Schuld auf deine Seele. Du bist nur ein kleines Nichts, und doch hältst du dich für wichtig genug, dich in Gottes Willen einzumischen!« Seine Stimme war voller Hohn.

Judith wollte nicht mit ihm streiten. Sie war an seine Kränkungen schon so gewöhnt, dass sie nicht mehr zu ihr durchdrangen. Darum schloss sie ihre Augen, holte tief Atem und fuhr dann fort: »Frances Catherine wird bald niederkommen, und ihre Verwandten sind auf dem Weg hierher, um mich zu holen. Gewiss werden mindestens zwei Frauen und eine ausreichende Anzahl von Männern dabei sein, um mir Geleit zu geben. Mir kann also nichts geschehen!«

Tekel ließ den Kopf auf das Kissen zurücksinken. »Guter

Gott, du fragst mich, ob du zur Grenze reisen darfst? Und was soll ich deiner Mutter erzählen, wenn sie zurückkommt?«

Judith hatte ihn nicht um Erlaubnis gefragt, hütete sich aber, ihn darauf hinzuweisen. Ihr Onkel schloss die Augen und schien einzuschlummern. Sie musste sich beeilen, wenn sie ihm noch alles Nötige sagen wollte, bevor er seinen Rausch ausschlief.

»Ich will nicht zur Grenze«, begann sie. »Ich will weiter nach Norden, in die Highlands. Genauer gesagt, in eine einsame Gegend in der Nähe der Moray-Bucht.«

Ihr Onkel riss die Augen auf. »Das wirst du nicht«, grollte er.

»Onkel ... «

Er holte aus und schlug nach ihr, aber Judith hatte ihren Stuhl bereits aus seiner Reichweite geschoben.

»Ich will kein Wort mehr darüber hören«, brüllte er. Der Zorn ließ seine Adern am Hals dick hervortreten.

Judith nahm ihren ganzen Mut zusammen. »Ich habe dir aber noch etwas darüber zu sagen!«, antwortete sie.

Onkel Tekel war verblüfft. Judith war stets ein stilles, braves Kind gewesen. Sie hatte sich ihm noch nie widersetzt. Was war in sie gefahren? »Hat Millicent dir Flausen in den Kopf gesetzt?«, fragte er scharf.

»Ich weiß von meinem Vater.«

Eine Weile betrachtete er sie aus halb geschlossenen Augen, dann griff er nach dem Ale. Seine Hand zitterte.

»Natürlich weißt du von deinem Vater. Ich habe dir alles über diesen edlen Mann erzählt. Er war ...«

»Sein Name ist Maclean, und er lebt irgendwo in den Highlands. Er ist kein englischer Edelmann. Er ist ein schottischer Clansherr!«

»Wer hat dir denn diesen Unsinnsbären aufgebunden?«

»Tante Millicent. Vor langer Zeit.«

»Das ist eine Lüge«, schrie er. »Hör nicht auf Millicent! Meine Schwester . . .«

»Wenn das nicht stimmt, warum darf ich nicht in die Highlands reisen?«

Das Ale hatte seine Gedanken zu sehr verwirrt, als dass ihm noch eine überzeugende Antwort einfiel. »Du wirst nicht gehen, und dabei bleibt es. Hast du verstanden?«

»Nicht einmal der Teufel kann mich daran hindern, zu Frances Catherine zu reisen«, gab sie ruhig zurück.

»Wenn du gehst, bist du hier nicht mehr willkommen.«

Sie nickte. »Dann kehre nicht hierher zurück.«

»Undankbares Balg«, brüllte Tekel. »Ich wollte nur dein Bestes. Das, was ich über deinen Vater erfunden habe . . .« Er hielt inne.

Judith schüttelte langsam den Kopf. »Warum hast du Geschichten über meinen Vater erfunden?«, fragte sie.

»Ich wollte dir etwas zum Träumen geben. Deine Mutter konnte deinen Anblick nicht ertragen, und du weißt das. Du tatest mir Leid, und ich wollte deinen Kummer ein wenig lindern.«

Judiths Hals schnürte sich so eng zu, dass sie befürchtete, zu ersticken. Der Raum um sie herum schien sie zu erdrücken. »Ich hörte Mutter sagen, Onkel Herbert sei minderwertig, weil verseuchtes Blut durch seine Adern fließt. Das denkt sie auch über mich, nicht wahr?«

»Es gibt keine angenehme Antwort darauf«, sagte er. Seine Stimme klang müde und besiegt. »Ich konnte nur versuchen, ihren Einfluss auf dich abzuschwächen.«

»Das Schwert über dem Herd . . . wem gehört es wirklich?«, fragte sie.

»Es ist meines.«

»Und der Rubinring, den ich an der Kette trage?«, fragte sie und zog den Ring hervor, der an ihrem Busen ruhte. »Ist das auch deiner?«

Er schnaubte. »Der Ring gehört diesem Maclean-Bastard. Die verschnörkelten Ornamente um den Stein haben für diese Familie irgendeine Bedeutung. Deine Mutter nahm ihn mit, um ihn zu ärgern.«

Judith ließ den Ring wieder von ihrem Hals herabbaumeln.

»Was ist mit dem Grab?«

»Es ist leer.«

Judith hatte keine Fragen mehr. Sie saß einen Moment da, die Hände in ihrem Schoß geballt. Als sie wieder aufblickte, war ihr Onkel eingeschlafen. Schon begann er zu schnarchen. Sie nahm den leeren Kelch aus seiner Hand und das Tablett vom Bett, blies die Kerze aus und ging aus der Kammer.

Plötzlich wusste sie, was sie tun wollte. Sie konnte *eine* Lüge nichtig machen.

Die Sonne ging unter, als sie über die Zugbrücke rannte und den Hügel zum Friedhof hinaufhastete. Nicht eher hielt sie an, bis sie das leere Grab erreichte. Sie trat die verwelkten Blumen zur Seite und packte den gemeißelten Grabstein am oberen Ende des Grabhügels. Lange brauchte sie, um ihn aus dem harten Boden zu zerren, und noch länger, ihn vollkommen zu zerstören ... Am nächsten Morgen war sie reisefertig. Den Weg zu Tekels Kammer sparte sie sich. Sie würde ihm nicht Lebwohl sagen.

Die Diener wieselten eifrig um sie herum, immer bereit, ihr zu helfen, wenn es nötig war. Judith war sich bisher nicht klar darüber gewesen, dass sie ihr weitaus treuer ergeben waren als Onkel Tekel. Sie war gerührt über den Eifer und die Unterstützung ihrer Leute. Paul, der Stallmeister, hatte bereits das Packpferd mit ihrem Gepäck beladen. Gerade sattelte er ihr Lieblingspferd, eine gefleckte Stute namens Glory, als Jane mit einer Tasche aus dem Haus geeilt kam, die Verpflegung für die gesamte Reise enthielt. Nach Janes vor Anstrengung verzerrtem Gesicht zu urteilen, war die Tasche enorm schwer. Judith nahm an, dass sich Lebensmittel für eine komplette Armee darin befanden. Die Magd kämpfte förmlich, um den Proviant zum Stall zu schleppen.

Samuel, der Torwächter, kündigte plötzlich die Ankunft der schottischen Truppe an. Die Zugbrücke wurde augenblicklich herabgelassen. Judith stand auf der obersten Stufe der Eingangstreppe und rang sich nervös ein Willkommenslächeln ab.

Doch als die Krieger die Holzplanken der Brücke erreicht hatten und die Hufe ihrer Pferde im Hof klapperten, schwand ihr Lächeln. Sie schauderte. Bei der Truppe war nicht eine einzige Frau! Es gab nur Krieger, insgesamt vier, und sie wirkten riesig und primitiv. Angst zog ihr wieder einmal den Hals zu, als sie nah genug herangekommen waren, dass sie ihre Gesichter betrachten konnte. Keiner von ihnen lächelte. Weiß Gott, ihre Mienen waren ausgesprochen feindlich.

Die vier trugen ihre Jagdplaids. Wie Judith wusste, besaß jeder Clan zwei verschiedene Plaids. Die gedämpften Farben Gold, Grün und Braun wurden für die Jagd auf Wild bevorzugt ... oder auf Feinde, denn diese Farben ließen die Träger der Plaids mit dem Wald verschmelzen, sodass sie unsichtbar für ihre Opfer waren. Für alle anderen Gelegenheiten wurden farbigere Stoffe benutzt.

Ihre nackten Knie überraschten Judith nicht. Sie war an diese seltsame Kleidung gewöhnt, denn alle Männer, die zu den Spielen an der Grenze kamen, trugen kniefreie Röcke. Sie konnte sogar einige Clans anhand der Farben ihrer Kleidung identifizieren. In England waren es die Banner, die die Farben ihres Barons trugen, aber in Schottland – so hatte Frances Catherine ihr erklärt – erkannte man einen Clansherrn und seine Gefolgsleute an den Farben ihrer Kleidung.

Was Judith allerdings überraschte, waren ihre zornigen Mienen. Die konnte sie sich nicht erklären. Doch dann überlegte sie, dass sicher die lange Reise daran schuld war; die Männer waren erschöpft. Ein schwaches Argument – aber sie fand kein besseres.

Keiner der Krieger stieg vom Pferd, als sie vor Judith anhielten. Drei der Männer bildeten eine Reihe hinter dem vierten, den Judith für ihren Anführer hielt. Lange Zeit sagte keiner ein Wort. Unhöflich starrten sie sie nur an. Judith konnte nicht anders, als zurückzustarren, obwohl ihre Aufmerksamkeit sich ausschließlich auf den Anführer konzentrierte. Sie konnte sich nicht erinnern, jemals zuvor solch eine Gestalt vor Augen gehabt zu haben. Der Mann faszinierte sie. Er war der Größte der vier, und seine breiten Schultern schirmten das Licht der Sonne hinter ihm ab. Die Strahlen, die ihn umgaben, ließen ihn wie eine unbesiegbare, magische Erscheinung wirken. Das war er natürlich nicht. Er war schließlich auch nur ein Mann, von robuster Schönheit allerdings, und ganz gewiss der muskelbepackteste, den sie je sah. Der Rock, den er trug, klaffte an seinem linken Oberschenkel auf, und das kraftvolle Bein, das hervorkam, wirkte wie aus Stahl. Da es sich für sie nicht schickte, auf solche Körperteile zu starren, hob sie ihre Augen wieder zu seinem Gesicht. Seine Miene verriet nicht, ob er ihren unverschämten Blick bemerkt hatte, und sie atmete erleichtert auf.

Himmel, sie hätte den Rest ihres Lebens nur noch diesen Kriegsherrn anstarren können. Seine Haare, von einem dunklen, satten Braun, waren nur leicht gewellt, seine nackten Arme so gebräunt wie sein Gesicht mit dem markanten Profil. O ja, alles an ihm strotzte vor Gesundheit und Kraft. Aber es waren seine Augen, die sie am stärksten fesselten: wundervolle, strahlende, graue Augen!

Der Blick des Kriegers war direkt und unverschämt. Die Aura von Macht, die ihn umgab, nahm ihr fast den Atem. Verwirrt wollte sie unter seinem intensiven Starren erröten, obwohl sie sich nicht denken konnte, welchen Grund sie dazu haben sollte.

Lieber Gott, betete sie im Stillen, lass das nicht Frances Catherines Mann sein. Er wirkte so streng, so beherrscht. Sicher hatte man mit ihm nicht viel zu lachen.

Dennoch. Da war etwas an ihm, dass sie in den Bann schlug, dass sie wünschen ließ, sie könne ihn berühren. Und je länger sie ihn betrachtete, desto mehr zerstreuten sich ihre Ängste.

Ja, sie würde ein herrliches Abenteuer erleben, erkannte sie plötzlich und verstand nicht, warum sie sich da so sicher war. Sie wusste nur, dass sie sich keine Sorgen zu machen brauchte. Und sie würde sicher sein. Zwar deutete die Miene des Kriegers darauf hin, dass ihm die Aufgabe, die er übernommen hatte, nicht sonderlich passte. Aber sie wusste genau, dass er sie auf dem Weg zu seinem Zuhause beschützen würde.

Es machte ihr auch nichts mehr aus, dass keine Frauen sie begleiten würden, um der Schicklichkeit Genüge zu tun. Verstaubte Sitten! Sie konnte es nicht erwarten loszureiten.

Nun würde sie alle Lügen, Kränkungen und Täuschungen, die Zurückweisung ihrer Familie hinter sich lassen. Und sie gab sich in diesem Moment ein Versprechen: Nie wollte sie zurückkehren. Niemals. Sie würde bei Tante Millicent und

Onkel Herbert bleiben, und bei Gott, wenn es ihnen Freude machte, würde sie sie auch Mutter und Vater nennen. Wer sollte sie noch daran hindern!

Judith verspürte fast ein unbezähmbares Bedürfnis zu lachen. Sie fühlte sich plötzlich unglaublich glücklich. Doch sie unterdrückte den Wunsch, denn die Schotten würden sie bestimmt für verrückt erklären. Wie sollten die Fremden auch verstehen, was sie sich selbst nicht erklären konnte!

Das Schweigen schien eine Ewigkeit zu dauern, obwohl höchstens ein paar Minuten verstrichen waren. Jetzt öffnete Paul die Stalltüren. Das Geräusch der rostigen Angeln, die knirschend nach Öl schrien, zog sofort die Aufmerksamkeit der Krieger auf sich. Alle, bis auf ihren Anführer, wandten blitzartig den Kopf und griffen zum Schwert. Judith dämmerte es langsam, dass sie sich auf feindlichem Gebiet wähnten, und stets bereit waren, Angriffe abzuwehren.

Natürlich! Endlich verstand Judith ihre finsteren Blicke und begriff ihr unfreundliches Verhalten. Sie wandte sich dem Anführer zu.

»Seid Ihr Frances Catherines Mann?«

Er gab keine Antwort. Sie setzte gerade an, ihre Frage in Gälisch zu wiederholen, als der Krieger dahinter zu sprechen begann. »Patrick ist bei seiner Frau geblieben. Wir sind seine Verwandten.«

Seine Stimme war so kehlig, dass sie Schwierigkeiten hatte, ihn zu verstehen. Der Krieger trieb sein Pferd an und kam an der Seite des Anführers zu stehen. »Seid Ihr Lady Judith Elizabeth?«

Ein Lächeln erschien auf ihrem Gesicht. Niemand außer Frances Catherine hatte sie jemals mit beiden Namen genannt. Eine warme Erinnerung stieg in ihr auf. »Das bin ich«, gab sie zurück. »Aber Ihr könnt mich Judith nennen. Bitte sagt mir, Sir, wie sieht Frances Catherine aus?«

»Dick.«

Sie musste über diese knappe Antwort lachen. »Das ist kein Wunder«, sagte sie. »Aber ich wollte wissen, ob es ihr gut geht.«

Er nickte. »Madam, wir sind einen langen Weg geritten, damit Ihr uns sagt, dass Ihr nicht mitreiten werdet. Seid so gütig und erteilt uns nun die Absage, und wir sind wieder fort.«

Judith riss erstaunt die Augen auf. Der, der sie so gedankenlos beleidigt hatte, sah sie mit seinen freundlichen, grünen Augen an. Judith ließ ihren Blick über die anderen Männer schweifen.

»Ihr glaubt, ich würde nicht mitreiten?«

Jeder einzelne der Krieger nickte.

Judith verstand nichts mehr. »Ihr seid den weiten Weg gekommen, nur um ein ›Nein‹ von mir zu hören?«

Wieder ein einhelliges Nicken. Judith konnte sich nicht mehr zurückhalten. Sie brach in Gelächter aus.

»Ihr lacht Frances Catherine aus, weil sie unschuldig daran glaubte, Ihr würdet Euer Wort halten?«, fragte einer der Krieger.

»Nay, Sir!«, erwiderte sie. »Ich lache *Euch* aus!«

Im gleichen Moment wünschte sie, sie hätte ihren Mund gehalten. Der Schotte sah aus, als wollte er sie erwürgen.

Sie zwang sich, wieder ernst zu blicken. »Ich bitte um Vergebung, wenn ich Euch beleidigt habe, Sir«, sagte sie. »Ich lachte Euch aus, aber nur ganz wenig. Versteht doch, Eure Erklärung hat mich vollkommen überrascht.«

Der Mann sah nur wenig besänftigt aus. Judith seufzte. Die Unterhaltung begann nicht gerade viel versprechend. Sie beschloss, noch einmal neu anzufangen.

»Wie heißt Ihr, Sir?«

»Alex!«

»Ich freue mich, Eure Bekanntschaft zu machen, Alex!«, sagte sie und deutete einen Knicks an.

Wie in Verzweiflung verdrehte er seine Augen zum Himmel. »Madam, wir verschwenden hier unsere Zeit«, sagte er. »Gebt uns Eure Absage, und wir reisen ab. Ihr braucht Euch nicht in Erklärungen zu verlieren. Ein einfaches ›Nein‹ reicht.«

Sofort nickten die Krieger erneut. Und Judith fürchtete, an ihrem Lachen zu ersticken.

»Ich bin untröstlich, dass ich nicht geben kann, worauf Ihr offenbar hofft«, begann sie. »Ich bin fest entschlossen, das Wort, das ich meiner Freundin gab, zu halten. Ich freue mich sehr darauf, sie wiederzusehen. Und ich finde, je eher wir aufbrechen, desto besser. Natürlich sollt Ihr Euch gerne erst ein wenig erfrischen, wenn Ihr mögt.«

Offensichtlich hatten sie so etwas nicht erwartet. Alex machte ein verblüfftes Gesicht. Die anderen, abgesehen von ihrem Anführer, der überhaupt noch keine Reaktion gezeigt hatte, sahen vielleicht ein wenig grünlich aus. Judith verkniff sich das Lachen, grinste jedoch. Sie hatte außerdem fließend Gälisch gesprochen, um sie zu beeindrucken, und anscheinend hatte sie ihr Ziel erreicht.

Judith nahm sich fest vor, jeden einzelnen Gesichtsausdruck in Erinnerung zu behalten, damit sie Frances Catherine genau von diesem ersten Zusammentreffen berichten konnte. Ihre Freundin hätte gewiss den gleichen Spaß daran wie sie jetzt.

»Ihr wollt tatsächlich mit uns kommen, Weib?«, fragte Alex verblüfft.

Hatte sie sich nicht deutlich genug ausgedrückt? Judith verbarg die aufkommende Ungeduld. »Ja, ich will tatsächlich mit

Euch kommen!«, bestätigte sie mit fester Stimme. Sie wandte sich wieder an den Anführer. »Und Ihr sollt wissen, dass es keinen Unterschied macht, ob Ihr meine Begleitung schätzt oder nicht. Nichts wird mich daran hindern, mein Versprechen zu halten. Wenn ich zu Fuß zu Frances Catherine gehen muss, dann werde ich das, bei Gott, eben tun. Und ich hoffe«, setzte sie mit sanfterer Stimme hinzu, »dass ich mich deutlich ausgedrückt habe.«

Der Anführer schwieg immer noch, doch er hob eine Augenbraue. Judith entschied, dass dies als Bestätigung zu werten war. Ein Pfiff von Paul lenkte ihre Aufmerksamkeit ab. Sie winkte ihm, dass er die Pferde herausbringen sollte, raffte den Saum ihres blauen Kleides und eilte die Stufen in den Hof herab. Als sie die Reihe der Krieger passierte, hörte sie gemurmelte Worte: »Ich kann dir jetzt schon sagen, dass sie schwierig sein wird, Iain.«

Sie tat nicht einmal so, als hätte sie die Bemerkung nicht gehört. »Das stimmt wohl. Ich werde wahrscheinlich schwierig sein«, rief sie aus, während sie lachend ihren Weg zu den Ställen fortsetzte.

Sie hatte sich nicht umgedreht, und so entging ihr das Grinsen, das ihr Ausruf auf den Gesichtern der Männer hervorrief.

Iain konnte keinen Blick von der Frau wenden. Gewiss war er überrascht, dass sie ihr Wort tatsächlich halten wollte, aber verdammt, so eine reizvolle Frau hatte er niemals erwartet. Ihre erschreckende Anziehungskraft überrumpelte ihn vollkommen und vernebelte seinen sonst so klaren Verstand.

Ihr langes weizenblondes Haar wog im Wind, als sie zu ihrem Stallmeister eilte. Der sanfte Schwung ihrer Hüften entging ihm nicht, und er musste zugeben, dass ihm die

Grazie ihrer Bewegungen Spaß machte. Sie war wirklich wunderschön. Ja, er bewunderte ihre hübschen violetten Augen. Aber es war vor allem ihr Lachen, das ihn unwiderstehlich anzog. Es lag so viel Lebensfreude darin. Iain war entschlossen, diese Frau zu zwingen, mit ihm zu gehen. Diese Entscheidung würde er seinen Gefährten später mitteilen. Wenn die Zeit gekommen war, würden sie schon tun, was er ihnen befahl. Obwohl Zwang nicht nötig schien. Diese Frau erstaunte ihn wirklich. Sie schien ihr Wort wirklich halten zu wollen, und dennoch war sie Engländerin. Kopfschüttelnd sinnierte er über diesen Widerspruch.

»Was denkst du über sie?«

Es war Gowrie, Iains zweiter Cousin, der die Frage gestellt hatte. Er starrte der Engländerin hinterher, während er seinen dunklen Bart ausdauernd kratzte, als würde ihm dies zu einer Schlussfolgerung verhelfen. »Sie ist ein süßes, kleines Ding, nicht wahr? Ich denke, sie gefällt mir langsam.«

»Und ich denke, du redest zu viel«, brummte Alex. »Hölle, Gowrie, dir gefällt alles, was einen Rock trägt.«

Gowrie grinste. Die Bemerkung seines Freundes beleidigte ihn nicht im Geringsten. Er nahm sie als Kompliment. »Sie hält unserer Frances Catherine gegenüber Wort«, sagte er. »Und das ist der einzige Grund, warum mir eine Engländerin gefallen könnte.«

Iain hatte genug von dem müßigen Geplauder. Er wollte endlich wieder nach Hause. »Lasst uns losreiten«, befahl er. »Ich kann in England nicht atmen!«

Die Krieger waren der gleichen Meinung. Iain wandte sich im Sattel zu Brodick um. »Sie reitet mit dir. Binde ihr Gepäck hinter deinen Sattel.«

Der blonde Krieger schüttelte den Kopf. »Du erbittest zu viel von mir, Iain.«

»Ich bitte nicht«, erwiderte Iain mit schneidender Stimme. »Ich befehle es dir. Willst du immer noch ablehnen?«

Brodick begriff die Drohung. »Hölle«, murmelte er. »Wie du wünschst.«

»Sie kann mit mir reiten«, schlug Gowrie vor. »Ich habe nichts dagegen.«

Iain warf ihm einen stechenden Blick zu. »Aye, du hast nichts dagegen, aber für meinen Geschmack zu viel dafür, Gowrie, hast du verstanden?«

Er wartete nicht ab, bis Gowrie etwas erwidern konnte, sondern wandte sich wieder zu Brodick. »Vorwärts!«, befahl er.

Judith hatte sich gerade auf ihre Stute geschwungen, als der Krieger zu ihr aufschloss. »Ihr reitet mit mir«, verkündete er. Als er die große Anzahl Taschen sah, die auf ihrem Pferd befestigt waren, schüttelte er den Kopf. »Ihr könnt dies nicht alles …«

Judith unterbrach ihn. »Vielen Dank für Euer Angebot, Sir, aber es ist wirklich nicht nötig, mit Euch zu reiten. Meine Stute ist sehr kräftig. Sie wird diese Reise gewiss überstehen.«

Brodick war nicht gewohnt, dass ihm eine Frau widersprach. Wie sollte er darauf reagieren? Er streckte seine Hand nach ihr aus, hielt aber mittendrin inne.

Iain bemerkte das Zögern des Kriegers. Als Brodick sich Hilfe suchend zu ihm umwandte, war seine Verwirrung überdeutlich.

»Sie *ist* schwierig«, murmelte Alex.

»Aye, das ist sie«, gluckste Gowrie. »Und ich habe mich getäuscht, Alex. Sie ist nicht hübsch. Sie ist verdammt schön.«

Alex nickte. »Aye, ist sie!«, stimmte er zu.

»Sieh dir Brodick an«, sagte Gowrie. »Wenn ich es nicht besser wüsste, würde ich sagen, er bricht gleich in Tränen aus.«

Alex fand diese Vorstellung zum Bersten komisch. Aber Iain schüttelte den Kopf und trieb sein Pferd an.

Judith hatte von all dem nichts mitbekommen. Sie war damit beschäftigt, ihre Röcke über den Knöcheln zu ordnen, zupfte den schweren Umhang auf ihren Schultern zurecht, verknotete das schwarze Band und langte schließlich nach den Zügeln, die Paul geduldig für sie hielt.

Iain winkte mit einer Geste Brodick aus dem Weg und brachte sein Pferd an ihres heran. »Ihr werdet nur eine dieser Taschen mitnehmen, Weib.«

Diese Worte waren im Befehlston gesprochen worden, doch Judith ließ sich nicht beirren. »Ich nehme sie alle mit«, erwiderte sie. »In den meisten sind Geschenke für Frances Catherine und das Baby, und die lasse ich nicht zurück.«

Sie fand sich sehr mutig, in Anbetracht der Tatsache, dass der Krieger offenbar versuchte, mit seinem brennenden Blick geradewegs in ihre Seele zu dringen. Sie holte tief Atem und setzte dann hinzu: »Ich möchte auch nicht mit diesem jungen Mann reiten. Mein Pferd kann mich sehr gut tragen.«

Einen langen Moment sagte er gar nichts. Sie erwiderte seinen finsteren Blick trotzig, bis er sein Schwert plötzlich aus der Scheide zog. Ein kleiner Schrei entrang sich Judiths Kehle. Bevor sie ihm ausweichen konnte, hob er die Waffe, ließ sie hinunterfahren und durchschnitt die Seile, mit denen ihr kostbares Gepäck auf dem Pferderücken befestigt war.

Ihr Herz hämmerte laut in ihrer Brust. Als er das Schwert wegsteckte, versuchte sie, sich zu beruhigen. Iain winkte seine Krieger herbei und befahl ihnen, jeder ein Gepäckstück zu nehmen. Während die grimmig dreinblickenden Krieger ihre Taschen verstauten, sagte Judith kein Wort. Doch dann stieß sie wieder einen Schrei aus. Der Anführer versuchte, sie aus dem Sattel zu ziehen! Wütend schlug sie seine Hand weg.

Eine alberne Verteidigung gegen solch einen riesigen Krieger, sie wusste es. Und das Funkeln in seinen Augen sagte ihr, dass er höchst belustigt war. »Der Ritt in die Berge wird sehr anstrengend werden, Weib, und es wäre für Euch eine Erleichterung, wenn Ihr mit einem von uns reiten würdet!«

Sie schüttelte den Kopf. Der Gedanke daran, dem gut aussehenden Mann so nahe zu sein, war zwar ganz und gar nicht abstoßend, aber sie wollte nicht mehr als minderwertig gelten. So hatte sie sich in der Vergangenheit viel zu oft gefühlt.

»Ich bin stark genug für diese Reise«, prahlte sie. »Ihr müsst Euch keine Sorgen um mich machen!«

Iain war der Verzweiflung nahe. »Streckenweise werden wir feindliches Gebiet durchqueren«, erklärte er ihr, mühsam beherrscht. »Unsere Pferde sind darauf getrimmt, besonders leise zu gehen ...«

»Mein Pferd wird das auch können!«, warf sie ein.

Plötzlich lächelte er sie an. »Wird es so leise wie Ihr sein?« Sie nickte, ohne zu zögern.

Er stieß einen Seufzer aus. »Das dachte ich mir.«

Erst als er erneut nach ihr griff, erkannte sie, dass er sie beleidigt hatte. Und diesmal ließ er ihr keine Zeit, seine Hände wegzuschlagen. Wenig sanft hob er sie aus dem Sattel und setzte sie auf seinen Schoß, ohne auf die Unschicklichkeit dieser Position zu achten. Nun saß sie mit gespreizten Beinen wie ein Mann im Sattel. Und wenn dies noch nicht unschicklich genug war, dann die Tatsache, dass ihre Schenkel auf den seinen ruhten. Sie spürte, wie ihr das Blut in die Wangen schoss.

Er gab ihr keine Chance, sich aus dieser beschämenden Situation zu befreien. Sein Arm lag fest um ihre Taille, sodass sie sich nicht bewegen konnte. Immerhin – sie konnte atmen. Und dafür sollte sie wahrscheinlich dankbar sein, dachte sie.

Um Haltung bemüht, winkte sie ihren Dienern zum Abschied zu.

Es verwirrte sie, dass sich dieser Mann einfach nahm, was er wollte. Dennoch musste sie sich eingestehen, dass sie sich in seinen Armen wohl fühlte. Und der Duft, der ihn umgab, dieser maskuline Geruch, gefiel ihr. Sehr.

Judith lehnte sich an seine Brust. Ihr Kopf lag genau unter seinem Kinn. Sie versuchte gar nicht erst, ihn anzusehen, als sie ihn nach seinem Namen fragte.

»Iain.«

Sie nickte, um ihm zu zeigen, dass sie seine raue, mehr geknurrte Antwort gehört hatte, und stieß dabei gegen seinen Kiefer.

»Wie seid Ihr mit Frances Catherine verwandt?«

»Ihr Ehemann ist mein Bruder!«

Sie hatten die Zugbrücke überquert und ritten nun den Hügel hinauf, neben dem sich der Familienfriedhof befand. »Und sein Name ist Patrick?«

»Ja.«

Es war deutlich, dass er keine Lust auf Konversation hatte. Judith rückte ein Stück ab, um ihn ansehen zu können. Er hielt seinen Blick starr geradeaus gerichtet und ignorierte sie.

»Ich möchte Euch nur noch eine Frage stellen, Iain«, sagte sie. »Dann verspreche ich, ruhig zu sein.«

Endlich sah er auf sie herab. Judith verschlug es augenblicklich den Atem. Lieber Gott, was für wundervolle Augen! Es war ein Fehler, ihn um volle Aufmerksamkeit zu bitten, stellte sie fest. Sein durchdringender Blick raubte ihr die ganze Konzentration.

Trotzdem, was war schlimm daran, ihn attraktiv zu finden? Nichts konnte passieren. Sicher, sie würde mit zu ihm reiten, doch sie war dort eine Außenseiterin, ein Gast. Einmal angekommen, würde sie wahrscheinlich nichts mehr mit ihm zu tun haben.

Außerdem war sie Engländerin. Nein, wirklich – nichts konnte aus dieser harmlosen Bewunderung jemals entstehen.

»Seid Ihr verheiratet?«, platzte sie heraus.

Sie schien über ihre Frage überraschter zu sein als er.

»Nein. Ich bin unverheiratet.«

Sie lächelte.

Iain konnte sich keinen Reim darauf machen: Sie hatte ihre Frage gestellt, und nun konnte er sie ignorieren. Dummerweise gelang ihm das aber nicht. Er musste sie einfach weiter ansehen.

»Ich hätte noch eine Frage«, flüsterte sie. »Dann bin ich wirklich still.«

Einen Augenblick verfingen sich ihre Blicke ineinander.

»Was wollt Ihr wissen?«

Seine Stimme hatte weich und leise geklungen – fast wie eine Liebkosung. Das verwirrte sie, und sie wandte ihren Blick von diesem schönen Teufel ab, um die scheinbare Sinneswandlung einzuordnen.

Er bemerkte ihr Zögern. »Eure Frage scheint nicht wichtig zu sein.«

»Oh, aber doch«, gab sie zurück. Dann hielt sie einen Moment inne. Was war es noch, das sie fragen wollte? Sie fixierte sein Kinn, um sich besser zu konzentrieren. »Jetzt weiß ich es wieder«, hob sie mit einem Lächeln an. »Ist Patrick gut zu Frances Catherine? Behandelt er sie anständig?«

»Ich denke schon«, antwortete er mit einem Achselzucken. Wie zur weiteren Erklärung setzte er hinzu: »Er schlägt sie nicht.«

Sie sah ihm in die Augen, damit er sehen konnte, wie lustig sie seine Bemerkung fand. »Das wusste ich schon!«

»Woher konntet Ihr das wissen?«

»Wenn er je die Hand gegen sie erhoben hätte, wäre sie von ihm fortgelaufen!«

Das schien Iain so undenkbar, dass er nicht wusste, was er antworten sollte. Doch rasch fand er seine Fassung wieder.

»Und wohin hätte sie laufen sollen?«

»Zu mir.«

Ihre Antwort kam so ernsthaft, dass Iain begriff, dass sie tatsächlich glaubte, was sie da sagte. Iain hatte niemals zuvor so etwas Verrücktes gehört. Eine Frau lief einfach nicht ihrem Mann davon, egal aus welchem Grund auch immer.

»Keiner aus dem Maitland-Clan würde je einer Frau aus Zorn ein Haar krümmen.«

»Iain. Was hältst du *davon*?«

Mit seinem Ausruf hatte Alex ihre Unterhaltung unterbrochen.

Judith wandte den Kopf und sah gerade noch, wie Alex zu dem Grab hinüberwies, das sie am Abend zuvor zerstört hatte. Sofort richtete sie ihren Blick auf die Baumreihen oberhalb der Hügelkette.

Iain spürte, wie sich ihr Körper spannte. »Wisst Ihr, wer das getan hat?«

»Ja«, sagte sie leise.

»Wessen Grab war ...«

Sie unterbrach ihn harsch. »Es war meines Vaters Grab.«

Alex, zu dem sie gerade aufschlossen, hatte ihre Bemerkung gehört. Der grünäugige Krieger sah Iain an, dann wieder Judith. »Möchtet Ihr, dass wir den Grabstein wieder aufrichten, bevor wir fortreiten?«

Sie schüttelte den Kopf. »Dann müsste ich ihn nur wieder ausreißen. Aber habt Dank für das Angebot.«

Alex konnte sein Erstaunen nicht verbergen. »Soll das heißen, *Ihr* habt das getan?«

Nicht ein Hauch von Scham lag auf ihrem Gesicht, als sie antwortete: »Ja. Und es hat mich fast eine Stunde gekostet. Der Boden war hart wie Stein.«

Der Schotte wirkte angewidert. Iain zwang sie, ihn anzusehen, indem er ihr Kinn mit dem Daumen anhob. »Warum tut Ihr so etwas?«

Unbekümmert hob sie die Schultern. »Ich dachte, es ist endlich an der Zeit.«

Iain begriff gar nichts. Diese Abscheulichkeit passte nicht zu dem, was er bereits über ihren Charakter erfahren hatte. Er hatte sie bisher für eine sanfte, unschuldige Frau gehalten. Sicher, ein wenig stur, wie die Szene mit ihrem eigenen Pferd bewiesen hatte. Aber sie schien ihm nicht die Frau zu sein, die geheiligten Boden entweihte.

»Es ist Eures Vaters Grab?«, fragte er noch mal, entschlossen, dieses verwirrende Geheimnis zu lüften.

»Ja«, antwortete sie. Dann seufzte sie. »Ihr braucht Euch keine Gedanken zu machen. Das Grab ist leer.«

»Leer?«

»Ja.«

Es sah nicht so aus, als wollte sie dies näher erklären. Und er beschloss, nicht nachzubohren. Sie war mittlerweile in seinem Arm vollkommen steif geworden. Offenbar war dies ein Thema, das sie meiden wollte.

Iain wies Alex an, wieder die Führung zu übernehmen, und lenkte sein Pferd hinter das seine. Als sie den Friedhof endlich verließen, entspannte Judith sich sichtlich.

Schweigend ritten sie weiter, bis die Sonne unterging, und

es Zeit wurde, ein Lager für die Nacht zu finden. Sie waren lange Stunden unterwegs gewesen, doch die Laune der Männer hatte sich merklich gebessert, nun, da sie die Grenze überschritten hatten und sich wieder im heimatlichen Schottland befanden.

Als sie endlich anhielten, war Judith erschöpft. Iain merkte es, als er sie vom Pferd herunterhob. Sie konnte kaum auf den Beinen stehen. Also hielt er sie mit seinem starken Arm eine Weile, bis sie wieder zu Kräften kam.

Er spürte ihr Zittern und blickte auf ihren Scheitel herab. Ein wenig schwankend hielt sie sich an ihm fest, doch als sie ihn losließ, löste er sofort seinen Arm von ihrer Taille.

Augenblicklich wandte er sich zu seinem Hengst um. Langsam ging sie auf den kleinen Fluss zu, den sie halb versteckt hinter einer Reihe Bäume am Rand der Lichtung ausgemacht hatte. Iain sah ihr hinterher. Wieder zog ihn ihre aufrechte Haltung in den Bann. Wie eine Prinzessin bewegte sie sich, dachte er. Gott, sie war wirklich eine Schönheit. Und verdammt unschuldig, so wie sie über jede Kleinigkeit rot wurde. Einfach bezaubernd.

Diese Frau konnte ihm sein Herz stehlen! Die Erkenntnis überfiel ihn so plötzlich und unerwartet, dass ihm das Blut aus dem Gesicht wich.

»Was hat dich denn geärgert?«, fragte Alex, der hinter ihm auftauchte.

Iain legte seinen Arm auf den Sattel seines Pferdes.

»Dumme Gedanken«, gab er zurück.

Sein Freund blickte hinüber zu den Bäumen, wo Judith verschwunden war. »Dumme Gedanken – über eine wunderschöne Engländerin vielleicht?«

Iain hob die Schultern. »Vielleicht«, gab er zu.

Alex kannte seinen Freund zu gut, um nachzuhaken. Sein

Clansherr sah über dieses Geständnis nicht gerade glücklich aus.

»Der Heimritt wird verflucht lang werden«, prophezeite er, bevor er ging, um sein eigenes Pferd zu versorgen.

Judith hatte es geschafft, eine würdevolle Haltung zu bewahren, bis sie den sicheren Schutz der Bäume erreicht hatte. Dort krümmte sie sich zusammen und hielt sich den schmerzenden Rücken. Ihre Kehrseite und ihre Schenkel fühlten sich an, als hätte jemand auf sie eingeschlagen.

Sie schritt im Kreis herum, um wieder Gefühl in ihre steifen Beine zu bekommen. Dann wusch sie Gesicht und Hände in dem kalten Wasser. Bald fühlte sie sich besser. Außerdem hatte sie Hunger. Sie beeilte sich, auf die Lichtung zurückzukommen, wo sie die Männer reden hören konnte. Doch sobald sie in Sicht kam, schwiegen sie.

Schnell stellte sie fest, dass Iain nicht dabei war. Einen Moment verspürte sie reine Panik, die ihr den Magen zusammenkrampfte. Doch dann entdeckte sie seinen Hengst, und ihre Angst schwand augenblicklich. Mochte es angehen, dass der schottische Krieger sie verließ – sein treues Reittier würde er niemals im Stich lassen, dessen war sie sich sicher.

Sie war also allein in einem Wald mit vier praktisch fremden Männern. Wenn dies auch nur andeutungsweise nach England dringen würde, wäre ihr Ruf für alle Zeiten vernichtet. Ihre Mutter würde sie wahrscheinlich umbringen. Seltsam genug, aber dieser Gedanke kümmerte Judith überhaupt nicht. Sie schien absolut nichts mehr für ihre Mutter empfinden zu können. Onkel Tekel hatte ihre Gefühlskälte ihrer Tochter gegenüber mit einer Lüge entschuldigt. Lügen, nichts als Lügen.

»Ihr solltet Euch etwas ausruhen, Frau!«

Vor Schreck machte Judith fast einen Satz, als Alex' tiefe

Stimme hinter ihr erklang. Sie presste die Hand auf ihr Herz und atmete ein paar Mal tief ein und aus. Dann antwortete sie: »Wir sollten zuerst etwas essen. Wo habt Ihr mein Gepäck hingetan?«

Alex zeigte zur anderen Seite der Lichtung, und Judith lief hinüber. Jane hatte in die Tasche mit der Verpflegung auch eine hübsche weiße Decke gepackt. Judith breitete das Tuch auf dem harten Boden aus und verteilte die Leckereien darauf. Es gab knuspriges Schwarzbrot, Ecken von gelbem und rotem Käse, fette Streifen gesalzenes Schweinefleisch und frische, saftig grüne Äpfel.

Als alles fertig war, lud Judith die Männer ein, sich zu ihr zu gesellen. Sie wartete. Erst nach einem langen Augenblick begriff sie: Die Krieger hatten nicht die Absicht, mit ihr zu essen. Die Demütigung trieb ihr die Röte ins Gesicht. Sie setzte sich auf das Tuch, zog ihre Beine unter die Rockschichten und faltete die Hände im Schoß. Vor Scham senkte sie den Kopf. Niemand sollte sehen, was sie empfand.

Es war ein dummer Fehler gewesen, ihnen ihre Verpflegung anzubieten. Schließlich war sie Engländerin, und wahrscheinlich würde ihnen der Gedanke allein den Appetit nehmen.

Doch dann sagte sie sich, dass *sie* sich nicht zu schämen brauchte. *Sie* verhielt sich nicht wie ein Barbar. Die Männer taten es.

Inzwischen kam Iain auf die Lichtung zurück und hielt verwirrt an. Ein Blick auf Judith sagte ihm, dass etwas nicht stimmte. Ihr Gesicht leuchtete flammend rot. Dann betrachtete er seine Männer. Alex und Gowrie saßen auf der anderen Seite der Lichtung, mit dem Rücken an Baumstämme gelehnt. Alex war wach, doch Gowrie sah aus, als wäre er eingeschlafen. Brodick, schweigsam wie immer, dämmerte vor sich hin. Er war so vollständig in sein Plaid eingewickelt, dass nur noch sein weißblonder Haarschopf herauskam.

Als Iain schließlich das leckere Picknick entdeckte, das vor Judith aufgebaut stand, begriff er, was geschehen sein musste. Seufzend verschränkte er die Hände hinter dem Rücken und ging zu ihr hinüber. Sie schaute nicht hoch.

Stattdessen begann sie, das Essen wieder einzupacken und in die Tasche zu stopfen. Als Iain die Decke erreicht hatte, setzte er sich vor sie hin und nahm sich einen der Äpfel. Sie riss ihm ihn aus der Hand, doch er holte ihn sich wieder. Sie war so erstaunt über diese Geste, dass sie ihn anblickte. Seine Augen funkelten vor unterdrücktem Gelächter, und Judith konnte sich nicht vorstellen, was er so lustig daran fand. Während sie sich anblickten, biss er herzhaft in die Frucht, beugte sich dann vor und bot ihr das Obst an. Sie biss hinein, bevor ihr klar wurde, was sie da tat.

Plötzlich erschien Alex an ihrer Seite. Ohne ein Wort setzte er sich nieder und griff in die Tasche. Er holte die Dinge heraus, die sie eben wieder eingepackt hatte, brach ein Stück Brot ab und reichte es Iain. Dann schob er sich zufrieden ein Stück Käse in den Mund.

Nun tauchte auch Gowrie auf. Judith legte einen der Äpfel in ihren Schoß. Schüchtern erklärte sie, dass sie ihn für den schlafenden Krieger aufbewahren wollte. Er konnte ihn in der Frühe essen. »Er muss furchtbar erschöpft sein, dass er sich nicht zu uns gesellt«, schloss sie.

Alex grunzte vor Vergnügen. »Brodick ist nicht erschöpft, er ist bloß stur. Er wird Euren Apfel auch nicht morgen früh essen, denn schließlich seid Ihr Engländerin. Nein, er ...«

Judiths Miene hatte sich verfinstert. Sie wandte sich, um Brodick anzusehen, schätzte die Entfernung und nahm dann den Apfel hoch. »Wenn Ihr wirklich sicher seid, dass er den Apfel morgen nicht will, dann soll er ihn *jetzt* essen.«

Sie hob den Arm, fest entschlossen, ihn dem sturen Schotten an den Kopf zu werfen, doch bevor sie noch zielen konnte, packte Iain ihre Hand.

»Das werdet Ihr nicht tun«, sagte er.

Seine Hand hielt die ihre fest umschlossen, und sie wehrte sich einige Sekunden vergebens. Dann sagte sie: »Ihr habt Recht. Dieser wunderschöne, leuchtend grüne Apfel – ein erstklassiger englischer Apfel, sollte ich vielleicht hinzufügen – wäre an einen bösartigen, barbarischen Schotten sicherlich verschwendet.« Sie hielt inne und schüttelte den Kopf. »Ich kann nicht glauben, dass er mit Frances Catherine verwandt ist. Ihr könnt meine Hand jetzt loslassen, Iain.«

Doch er machte keine Anstalten. Offensichtlich traute er ihr nicht. Er wand ihr den Apfel aus der Hand und grinste sie plötzlich an. Nun war Judith vollkommen verwirrt.

»Ihr wollt Brodick doch nicht zum Feind, Judith«, sagte Alex.

»Aber er ist es doch schon«, gab sie zurück. Es gelang ihr kaum, ihren Blick von Iain zu wenden, als sie seinem Freund antwortete. »Brodick war fest entschlossen, mich nicht zu mögen, noch bevor er mich gesehen hat, nicht wahr?«

Niemand antwortete ihr. Gowrie wechselte das Thema. »Wenn Ihr immer so reagiert, wenn jemand Euch anscheinend nicht mag, dann werdet Ihr bei uns daheim den ganzen Tag mit Apfelwerfen beschäftigt sein.«

»Erstklassige schottische Äpfel«, neckte Alex.

Judith sah den Krieger wütend an. »Es kümmert mich nicht, ob man mich mag oder nicht«, sagte sie. »Frances Catherine braucht mich. Das ist alles, was zählt. Und meine Gefühle sind dabei gewiss nicht wichtig.«

»Warum soll sie Euch brauchen?«, ertönte Brodicks Stimme.

Judith war so überrumpelt, dass der knurrige Schotte sie angesprochen hatte, dass sie ihm ein bezauberndes Lächeln schenkte. Doch bevor sie antworten konnte, sagte er: »Sie hat Patrick.«

»Und uns«, fügte Alex hinzu. »Wir sind ihre Verwandten.«

Judith sah in die Runde. »Ich bin sicher, dass sie so viel Loyalität zu schätzen weiß, aber Ihr seid schließlich Männer.«

Iain hob erstaunt eine Augenbraue. Er schien nicht zu begreifen, was sie sagen wollte. Auch Alex und Gowrie hatten offenbar Schwierigkeiten.

»Frances Catherine hat auch weibliche Verwandte«, sagte Gowrie.

»Das nehme ich wohl an«, sagte Judith.

»Warum braucht sie dann Euch?«, fragte Gowrie, während er nach einer dritten Portion Schweinefleisch griff. Sein Blick blieb jedoch auf sie geheftet.

»Für die Niederkunft«, überlegte Iain laut.

»Dann fürchtet sie, es könnte Schwierigkeiten geben?«, fragte Gowrie seinen Clansherrn.

Iain nickte. »Es sieht so aus.«

Alex grunzte nur, was Judith ärgerte. »Sie hat allen Grund dazu, sich Sorgen zu machen. Sie ist keine überängstliche, schwache Frau, wenn es das ist, was ihr glaubt. Frances Catherine ist die mutigste Frau, die ich kenne. Sie ist stark und …«

»Ihr braucht Euch nicht so zu verausgaben«, unterbrach Alex sie grinsend. »Wir wissen alle um Frances Catherines viele hervorragende Talente. Ihr müsst sie nicht verteidigen.«

»Glaubt sie, dass sie sterben wird?«, fragte Gowrie erschreckt, als wäre ihm diese Möglichkeit gerade erst aufgegangen.

Bevor Judith antworten konnte, rief Brodick aus: »Wenn Patricks Frau den Tod fürchtet, warum schickt sie dann ausgerechnet nach einer Engländerin, Weib?«

Sie schickte ihm einen eisigen Blick hinüber. Dann wandte sie sich wieder um, und beschloss, den groben Krieger zu ignorieren. Sollte er ihr doch hundert Fragen stellen. Sie würde ihm nicht antworten!

Die Krieger warteten. Doch Judith begann erneut, wortlos die Lebensmittel einzupacken.

Es zeigte sich, dass Brodicks Neugier stärker war als seine Abneigung. Er stand auf, kam herüber, schubste die anderen Krieger beiseite und ließ sich neben sie fallen. Sie rückte ab, um ihm Platz zu machen, aber als er endgültig saß, rieb sein Arm immer noch gegen den ihren. Judith sah Iain an, doch er zeigte keine Reaktion. Er nahm aber den Apfel und reichte ihn dem Krieger. Judith wollte den Mann nicht ansehen, hörte aber das Knacken, als er in den Apfel biss.

»Muss ich die Frage wiederholen, Engländerin?«, knurrte Brodick mit vollem Mund.

Genau das sollte er tun, fand sie. »Was für eine Frage denn?« Sie versuchte, ihrer Stimme einen ernsthaft-erstaunten Klang zu geben.

Sein Knurren war grimmig genug, den Boden zum Beben zu bringen. Judith biss sich auf die Unterlippe, um nicht loszuprusten.

»Wollt Ihr mich absichtlich reizen?«, fragte er.

Sie nickte.

Alex und Gowrie lachten laut. Brodicks Augen verengten sich zu Schlitzen. »Beantwortet mir meine Frage«, befahl er.

»Wenn Frances Catherine glaubt, sterben zu müssen, warum zum Donner hat sie nach Euch geschickt?«

»Ihr würdet es nicht verstehen.«

»Weil ich Schotte bin?«

Judith machte keinen Hehl aus ihrer Verzweiflung. »Wisst Ihr, man hat mir immer erzählt, wie sturköpfig Schotten sein können. Ich habe so einen Unsinn niemals geglaubt, aber nun, da ich Euch kennen gelernt habe, muss ich wohl meine Meinung nochmals überdenken.«

»Verärgert ihn nicht«, warnte Alex glucksend.

»Aye, Brodick kann sehr ungemütlich werden, wenn er schlecht gelaunt ist«, klärte Gowrie sie auf.

Sie riss die Augen verblüfft auf. »Soll das heißen, er ist jetzt gut gelaunt?«

Gowrie und Alex nickten gleichzeitig. Und Judith brach in Lachen aus. Sie war sicher, dass die beiden einen Scherz machen wollten. Verständnislos sahen die Krieger sie an. Würde das Weib ihren Verstand verlieren?

Alex sprach als Erster wieder. »Wir möchten alle gerne wissen, warum Frances Catherine nach Euch geschickt hat«, sagte er.

Sie nickte, als sie sich wieder unter Kontrolle hatte.

»Da Ihr mich nicht kennt, muss ich Euch ein wenig über meine schlechten Eigenschaften erzählen«, begann sie. »Ich bin unglaublich stur und eingebildet, obwohl ich nichts habe, worauf ich mir etwas einbilden könnte. Und außerdem bin ich ein richtiges Faultier ... habe ich das schon erwähnt?«

Alle außer Iain verneinten kopfschüttelnd. Seine Augen hatten einen warmen Glanz angenommen.

Die Anwesenheit dieses gut aussehenden Mannes brachte sie erneut aus dem Konzept. Sie musste sich zwingen wegzusehen, damit sie sich konzentrieren konnte, und starrte auf ihre Hände im Schoß. »Frances Catherine kennt meine Schwächen ganz genau. Und genau deswegen zählt sie auf mich.«

»Warum das?«, fragte Brodick verständnislos.

»Weil sie befürchtet, sterben zu müssen«, wiederholte Judith leise. Dann stieß sie einen Seufzer aus und fuhr fort: »Und ich bin ein zu stures Faultier, um sie sterben zu lassen. Dann müsste ich mir nämlich eine neue Freundin suchen.« Sie gähnte ausgiebig. »Und das ist mir zu anstrengend.«

Kapitel 3

Niemand lachte. Iain lächelte, doch keiner der Männer zeigte eine Reaktion auf ihre Vermessenheit. Dennoch fühlte sie, wie sie rot wurde. Sie versuchte die verräterische Farbe zu verbergen, indem sie sich wieder mit dem Einpacken der Nahrungsmittel beschäftigte.

Doch da war nichts mehr zum Einpacken. Brodick hatte nicht einen Krümel übrig gelassen.

Judith entschuldigte sich und ging zurück zu dem Fluss, um ihre vom Saft der Äpfel klebrigen Finger zu waschen. Sie hockte sich ans Ufer und begann ihr Haar zu bürsten, bis ihre Kopfhaut prickelte. Sie war sehr müde, genoss aber die Schönheit und die friedliche Stille um sie herum zu sehr, um zur Lichtung zurückzukehren.

Als die Sonne fast am Horizont verschwunden war und nur noch ein rotgoldener Schimmer den Himmel bedeckte, kam Iain sie holen.

Ihr Begrüßungslächeln überrumpelte ihn. Und so klang seine Stimme noch bärbeißiger als gewöhnlich. »Ihr müsst ein wenig Schlaf bekommen, Judith. Morgen wird das ein beschwerlicher Tag für Euch.«

»Auch für Euch?«, fragte sie. Sie stand auf, glättete die Falten ihres Kleides und wollte sich zum Gehen wenden. In ihrer Hast vergaß sie die Bürste, die sich zwischen ihren Knöcheln verfing. Sie versuchte, das Gleichgewicht zu halten, doch vergebens: Schon segelte sie auf den Waldboden zu.

Iain bewegte sich mit einer für einen solch großen Mann erstaunlichen Schnelligkeit. Er packte sie, bevor sie unsanft landen konnte.

Judith war entsetzt über ihre Tollpatschigkeit. Sie wandte den Kopf, um ihm zu danken, doch ihre Worte blieben ihr im Hals stecken. Sein brennender Blick ließ sie im Innersten erbeben. Sie konnte ihre Reaktion auf den Krieger nicht begreifen und daher auch nicht kontrollieren.

»Nein.«

Er hatte es geflüstert, und sie hatte nicht die leiseste Ahnung, was er damit meinte.

»Was nein?«, flüsterte sie zurück.

»Nein, für mich wird es morgen kein beschwerlicher Tag«, erklärte er.

»Dann auch nicht für mich«, gab sie zurück.

Ein lustiges Blitzen erschien in seinen Augen. Als er lächelte, wurden ihr die Knie schwach. O Gott, er war ein hübscher Teufel. Sie versuchte, ihren Kopf klar zu bekommen und zwang sich, ihren Blick von ihm zu lösen. Sie wollte sich gerade bücken, um die Bürste aufzuheben, doch er hatte die gleiche Idee. Mit einem dumpfen Laut stießen ihre Köpfe zusammen. Judiths Hand ergriff die Bürste als Erste. Die seine legte sich über die ihre. Verwirrt spürte sie die Wärme seiner Finger, und sie blickte herab. Seine Hand war mindestens doppelt so groß wie ihre und ihre Kraft so offensichtlich. Er kann mich zerquetschen, wenn er will, dachte sie bei sich. Seine Kraft war überwältigend, doch die Zärtlichkeit seiner Berührung ebenso. Sie wusste, sie würde ihre Hand nicht einfach unter der seinen wegziehen können, selbst wenn sie es wollte.

Beide richteten sich gleichzeitig auf, aber immer noch hatte sie nicht das Bedürfnis, ihre Hand fortzunehmen. Ihm schien es genauso zu gehen, und so standen sie eine Weile da, die Judith wie eine Ewigkeit vorkam.

Mit verwirrtem Gesichtsausdruck sah er auf sie herab. Plötzlich riss er seine Hand aus der ihren.

Judith verstand gar nichts mehr.

»Ihr verwirrt mich, Iain.«

Ganz plötzlich wurde ihr klar, was sie gesagt hatte. Sie wich von ihm zurück und lief den kleinen Abhang hinunter.

Iain sah ihr hinterher, seine Hände waren hinter seinem Rücken verschränkt. Er bemerkte, dass er wie erstarrt dastand, und zwang sich, seine Muskeln zu entspannen.

»Hölle«, murmelte er vor sich hin. Wie sehr er sie wollte. Iain akzeptierte diese Tatsache, ohne mit der Wimper zu zucken. Schließlich musste sich jeder Mann mit gesundem Appetit zu ihr hingezogen fühlen: Sie war eine verdammt schöne Frau, unglaublich weiblich und weich.

Was ihm zu schaffen machte, war die Tatsache, dass *sie* sich ebenfalls zu *ihm* hingezogen fühlte. Diese Erkenntnis machte ihn nicht eben glücklich. Er wusste, er konnte seine Begierde beherrschen. Aber konnte er ihre ebenso unter Kontrolle halten?

Dieser simple Auftrag fing langsam an, kompliziert zu werden. Iain beschloss, dass es das Beste sein würde, wenn er sich für den Rest der Reise so oft wie möglich von ihr fern halten würde. Er musste sie einfach ignorieren.

Nach diesem Gedanken fühlte er sich besser. Als er zur Lichtung zurückkehrte, sah er, dass Judith in das Zelt geschlüpft war, das Alex und Gowrie für sie errichtet hatten. Die beiden Krieger schliefen schon fest, und Iain setzte sich neben Brodick, der, mit dem Rücken an einem Baumstamm gelehnt, ebenfalls zu schlafen schien.

Plötzlich jedoch wandte sich Brodick ihm zu und sagte: »Sie ist Engländerin, Iain. Vergiss das nicht.«

»Das soll heißen?« Iain starrte seinen Freund an.
»Du willst sie.«
»Woher zur Hölle weißt du, was ich will?«
Brodick ließ sich nicht durch Iains grimmigen Tonfall einschüchtern. Sie waren schon zu viele Jahre befreundet. Im Übrigen wollte Brodick für seinen Clansmann nur das Beste, und er wusste, dass sein Freund ihm keine Boshaftigkeit unterstellen würde.
»Wenn du deine Gefühle nicht verbirgst, werden Alex und Gowrie es auch bald merken.«
»Verdammt, Brodick ...«
»Ich will sie auch.«
Iain war ehrlich erstaunt. »Du kannst sie nicht haben«, sagte er im Befehlston, bevor er es verhindern konnte.
»Du hörst dich an, als wärest du eifersüchtig, Iain.«
Der Clansherr antwortete nicht. Und Brodick seufzte.
»Ich dachte, du hasst Engländer«, bemerkte Iain nach einigen Minuten des Schweigens.
»Sicher«, antwortete Brodick. »Aber wenn ich sie ansehe, kann ich das vergessen. Ihre Augen ... wie ein Fluch ...«
»Dann wehr dich.«
Iains Stimme klang eiskalt. Brodick hob eine Augenbraue über den barschen Tonfall seines Freundes. Iain hatte genug von der Unterhaltung, schloss die Augen und atmete tief ein. Irgendwie verstand er seine Reaktion Brodick gegenüber selber nicht. Er war zornig geworden, als der Krieger zugab, wie sehr ihn Judith bezaubert hatte. Hölle, er war immer noch wütend. Aber was zum Teufel kümmerte es ihn, ob Brodick die Frau besitzen wollte oder nicht? Nein, es sollte ihm egal sein. Dennoch – der Gedanke daran, dass jemand – sich selbst ausgenommen, musste er sich eingestehen – Judith berühren könnte, brachte sein Blut in Wallung.

Noch lange lag Iain wach, während er versuchte, seine eigenen Gefühle zu begreifen.

Am nächsten Morgen hatte sich seine Laune nicht gebessert. Er wartete bis zur letzten Minute, bis er Judith weckte. Sie hatte sich die ganze Nacht nicht einmal bewegt. Das konnte er mit Sicherheit behaupten, weil er sie beobachtet hatte. Obwohl das niedrige Zelt den größten Teil ihres Körpers verbarg, ragten doch ihre Füße und Knöchel heraus, und diese hatten sich in den Stunden, die er wach lag, nicht gerührt.

Erst als die Pferde angeschirrt waren, raffte Iain sich auf. Er warf die Felle, die über die Stöcke gespannt waren, Alex zu, kniete sich dann nieder und berührte sanft Judiths Schulter. Leise rief er ihren Namen.

Sie rührte sich nicht. Iain stupste sie kräftiger an.

»Himmel, sie hat wirklich einen gesunden Schlaf«, bemerkte Gowrie. Er war herübergekommen und hatte sich an Iains Seite gestellt. »Atmet sie noch?«

In diesem Moment öffnete Judith die Augen. Was sie sah, waren zwei Riesen, die auf sie hinabstarrten, und fast hätte sie geschrien. Doch sie riss sich gerade noch zusammen, und nur ein ersticktes Keuchen entrang sich ihrer Kehle.

Iain spürte ihre Angst. Und er bemerkte auch, dass sie seine Hand ergriffen hatte. Er stand auf und half ihr hoch.

»Wir müssen weiter, Judith«, sagte er. »Warum geht Ihr nicht zum Fluss und erfrischt Euch?«

Sie nickte.

Als sie sich schließlich in Bewegung setzte, war plötzlich Brodick hinter ihr. Er legte ihr die Hände auf die Schultern, drehte sie in die richtige Richtung und gab ihr einen sanften Schubs, woraufhin sie endlich auf den Fluss zuging.

Obwohl die Männer sich königlich über ihre Benommenheit amüsierten, grinste keiner, bis sie außer Sichtweite war.

»Ob sie wohl direkt ins Wasser marschiert?«, fragte Alex.

»Vielleicht wacht sie ja vorher auf«, gluckste Gowrie.

Aber Judith war hellwach, als sie schließlich das Ufer erreichte, erfrischte sich im kühlen Wasser und eilte dann auf die Lichtung zurück.

Alle außer Iain saßen bereits wartend auf ihren Pferden. Mit wem sollte sie heute reiten? Alex und Gowrie winkten sie herüber, Iain stand weiter entfernt bei seinem Pferd. Sie beobachtete, wie er aufsaß. Als er immer noch nicht zu ihr herüberblickte, entschied sie, mit Alex zu reiten. Sein Pferd stand einfach näher bei ihr.

Iain sah, wie Judith auf Alex zuging. Und plötzlich war sein nächtlicher Entschluss, sich von ihr fern zu halten, vollkommen vergessen.

Judith wollte gerade die Hand des Kriegers ergreifen, als sie hochgerissen wurde. Iains Hengst bremste nicht einmal, als sein Reiter die Frau in vollem Galopp um die Taille packte und in seinen Sattel hob.

Sie hatte noch nicht mal eine Möglichkeit, sich festzuhalten, Iain hatte sie vollkommen in seiner Gewalt. Irgendjemand lachte hinter ihnen, und sie wollte sich umwenden, um zu sehen, wer sich so offensichtlich über sie amüsierte. Aber Iain zog sie fest an seine Brust, sodass sie sich nicht bewegen konnte.

Sein Griff war schmerzhaft, doch Judith brauchte ihn nicht zu bitten, loszulassen. Sobald sie seinen Arm berührte und sich an seiner Brust entspannte, ließ er locker.

Die nächsten Stunden waren für Judith eine kräftezehrende Prüfung. Sie waren von der nördlichen Straße abgewichen und geritten, als wäre der Teufel hinter ihnen her. Erst als sie die raue Gebirgsgegend erreicht hatten, verlangsamten sie das Tempo, und Iain gewährte seinen Männern endlich eine kurze Rast.

Auf einer kleinen Lichtung, die von dichtem Dornengebüsch umgeben war, hielten sie an. Die stacheligen Pflanzen blühten in lebhaftem Purpur und Gelb. Judith fand es wunderschön, und sie wanderte durch dieses Farbenparadies, wobei sie sorgsam darauf bedacht war, auf keine der Blüten zu treten. Langsam kehrte das Blut in ihre steifen Beine zurück, und sie hätte sich gerne ihre Kehrseite gerieben, traute sich aber wegen den Blicken der Männer nicht.

Da die Truppe wenig beredt war, vertrieb sie sich die Zeit damit, die erstaunlich widerstandsfähigen Blumen zu bewundern und den ungewöhnlichen Duft tief einzuatmen.

Schließlich wanderte sie zu dem kleinen Tümpel, den Gowrie ihr gezeigt hatte, und trank von dem kalten, frischen Wasser. Als sie auf die Lichtung zurückkam, reichte ihr Alex ein Stück Käse und eine dicke Scheibe Brot.

Sie ließ sich auf einem runden Stein nieder und begann zu essen. Unterdessen kehrte Iain zu den anderen zurück, die bei ihren Pferden standen und sich unterhielten. Während er sich am Gespräch beteiligte, sah er hin und wieder zu ihr herüber, als wollte er sicher sein, dass sie da blieb, wo sie sein sollte. Genüsslich verzehrte sie ihr frugales Mahl, wobei sie die meiste Zeit Iain beobachtete. Ihr ging auf, dass sie wirklich kaum etwas über diese Männer wusste, außer dass sie mit Frances Catherine verwandt und ihr treu ergeben waren. Hoffentlich begriff Frances Catherine, wie froh sie sein konnte, so viele treu sorgende Menschen um sich herum zu haben. Andererseits konnte sie selbst sich ebenfalls verdammt glücklich schätzen, jemand wie Frances Catherine in ihrer Familie zu haben.

Ihr fiel wieder ein, wie sie sich zum ersten Mal getroffen hatten. Sie war damals zu jung gewesen, um sich im Einzelnen an diesen Tag zu erinnern. Aber in den Jahren darauf hatte Frances Catherines Vater die Geschichte von dem Bienenstich oft und gerne wiederholt. So oft, dass sie nicht mehr wusste, woran sie sich wirklich erinnerte und was man ihr nur berichtet hatte ...

»Was gibt es zu lächeln, Frau?«

Judith hatte die Augen geschlossen und war so in Erinnerungen versunken, dass sie Alex' Herannahen nicht bemerkt hatte. Nun schreckte sie auf und sah den Krieger wenige Zentimeter vor sich stehen.

»Ich habe gerade daran gedacht, wie ich zum ersten Mal Frances Catherine traf«, erklärte sie.

»Wann war denn das?«, fragte Alex.

Er schien tatsächlich interessiert, und sie nahm an, dass er gerne mehr über Frances Catherines Kindheit wissen wollte. So begann sie ihre Geschichte, und als sie endete, waren auch Gowrie und Iain näher getreten und hörten zu.

Alex stellte ihr ein paar Fragen, und Judith schmückte ihre Antworten nicht aus oder schönte sie, bis das Thema auf Frances Catherines Vater kam. Da dehnte sie den Bericht um sein Auftauchen aus und beschrieb sogar sein Aussehen, wobei ihre Stimme einen weichen, liebevollen Klang annahm.

Iain war diese Veränderung nicht entgangen, genauso wenig wie die Tatsache, dass Judith mehrmals betonte, wie freundlich dieser Vater zu ihr gewesen war. Es kam ihm vor, als wäre sie auch nach all diesen Jahren noch überrascht über diese Feststellung.

»Hat Frances Catherine Euren Vater genauso gemocht wie Ihr den ihren?«, fragte Gowrie.

»Mein Vater war nicht dort.«

Ihr Lächeln erlosch. Sie stand auf und ging auf eine der Busch- und Baumgruppen zu, weil sie allein sein wollte. »In ein paar Minuten bin ich zurück«, rief sie über die Schulter.

Für den Rest des Tages blieb Judith sehr schweigsam. Selbst während der Mahlzeit brütete sie vor sich hin. Gowrie, der Gesprächigste der Truppe, fragte, ob etwas nicht stimme. Sie lächelte dankbar für die Fürsorge und entschuldigte sich mit der Begründung, sie sei ein wenig erschöpft.

In dieser und den vier folgenden Nächten schliefen sie draußen. Am sechsten Tag der Reise war Judith schließlich wirklich am Ende ihrer Kräfte. Die kalten Nächte machten es nicht besser. Je weiter sie nach Norden kamen, desto harscher wurde der Wind. Schlafen schien fast unmöglich, und wenn sie eindöste, wachte sie nach ein paar Augenblicken wieder auf. Das Zelt bot nur wenig Schutz vor dem Wetter, und in den dunklen Stunden der Nacht war ihr oft, als würde die Kälte ihr in die Knochen schneiden.

Iain hatte sich fast ganz von ihr zurückgezogen. Er bestand zwar immer noch darauf, dass sie mit ihm ritt, redete aber kaum ein Wort dabei.

Von Alex erfuhr sie, dass er vor kurzem zum Clansherrn bestimmt worden war, was sie nicht überraschte. Er war der geborene Führer, und sein Amt, fand sie, konnte nur ein Segen sein. Viel zu hochmütig, um Befehlen Folge zu leisten, erwartete er, dass die Dinge nach *seinem* Wunsch liefen. Oh, das hatte sie schnell zu spüren bekommen.

»Habt Ihr Probleme zu Hause, die Euch zu schaffen machen?«, fragte sie ihn einmal, als sie das Schweigen der langen Reise nicht mehr ertragen konnte. Sie ritten langsam über einen schwierigen Bergpass, und Judith wandte sich mit einem Lächeln zu ihm um.

»Nein.« Das war seine ganze Antwort. Und dabei bleib es.

Eine weitere Stunde verstrich schweigend. Dann beugte sich Iain herab und fragte: »Und Ihr?«

Sie hatte keine Ahnung, wovon er sprach. Wieder drehte sie den Kopf zurück, um ihn anzusehen. Sein Mund war nur wenige Zentimeter von dem ihren entfernt.

Sofort wich er zurück. Judith wandte sich schnell wieder nach vorn. »Was meint Ihr?«, fragte sie mit dünner Stimme.

»Habt Ihr Probleme zu Hause, die Euch zu schaffen machen?«

»Nein.«

»Wir waren erstaunt, dass Eure Familie Euch mit uns reisen ließ.«

Sie zuckte die Schultern. »Wird es im Sommer wärmer, oder ist es hier immer so kalt?«, versuchte sie das Thema zu ändern.

»Wärmer wird es nicht«, antwortete er. Seine amüsierte Stimme verwirrte sie. »Gibt es einen Edelmann zu Hause, der um Eure Hand angehalten hat, Judith? Seid Ihr jemandem versprochen?«

»Nein.«

Der Krieger hatte noch nicht genug erfahren.

»Warum nicht?«

»Das ist sehr kompliziert«, gab sie zurück. »Ich möchte wirklich nicht darüber reden. Warum seid Ihr denn nicht verheiratet?«

»Ich hatte bisher weder die Zeit noch den Wunsch.«

»Seht Ihr, ich habe auch nicht den Wunsch.«

Er lachte. Sie war so überrascht über seine Reaktion, dass sie ihn wieder anblickte. »Warum erheitert Euch das so?«, fragte sie.

Verflucht, es war erschreckend, wenn er fröhlich war. Kleine Lachfalten erschienen in seinen Augenwinkeln, und seine

Augen funkelten silbrig. »Ihr macht Euch also nicht über mich lustig?«, fragte er.

Sie schüttelte den Kopf, und er lachte umso lauter. Judith verstand gar nichts mehr.

Gowrie übrigens auch nicht. Er drehte sich im Sattel um, um zu sehen, was los war. Aus seiner erstaunten Miene schloss Judith, dass der Krieger seinen Clansherrn nicht oft lachen hörte.

»In den Highlands fragt man eine Frau nicht, ob sie heiraten will oder nicht«, erklärte Iain. »Ich dachte, in England wäre es ebenso.«

»Das ist es auch«, sagte sie. »Eine Frau hat keinen Einfluss auf Fragen, die ihre Zukunft betreffen.«

»Aber dann …«

»Ich sagte ja schon«, sagte Judith. »Es ist kompliziert.«

Iain gab es auf. Er stellte keine Fragen mehr, und Judith war ihm dankbar dafür. Sie wollte nicht über ihre Familie sprechen und hatte sich über ihre Zukunft auch nie viel Gedanken gemacht. Im Übrigen zweifelte sie daran, dass ihre Mutter für sie eine Hochzeit arrangieren konnte. Schließlich waren Mutter und Tochter immer noch Besitz des Clansherrn Maclean … wenn er noch lebte. Wenn er gestorben war, wäre Onkel Tekel ihr Beschützer – oder nicht?

Aye, es *war* kompliziert. Im Moment fühlte sie sich einfach zu müde, um darüber nachzudenken. Sie schloss die Augen und lehnte sich an Iain.

Kurze Zeit später beugte sich Iain vor und flüsterte: »In etwa einer Stunde reiten wir durch feindliches Gebiet. Ihr dürft keinen Laut von Euch geben, Judith, bis ich es wieder erlaube.«

Ihre Sicherheit lag in seinen Händen, und sie nickte, ohne zu zögern. Minuten später schlief sie sein. Iain rückte sie zurecht, sodass beide Beine über einem von seinen Schenkeln lagen. Ihre Wange ruhte auf seiner Schulter.

Er winkte Gowrie und Alex, die Vorhut zu übernehmen und bedeutete Brodick, ihrer aller Rücken zu sichern.

Das einsame Terrain war dicht mit Laubwerk und Sommerblumen bewachsen. Das Brausen eines Wasserfalls, der in eine tiefe Schlucht herabdonnerte, übertönte die Schritte ihrer Pferde. Plötzlich zügelte Gowrie sein Reittier und streckte die Faust in die Luft. Iain wandte sich augenblicklich östlich und trieb seinen Hengst in ein kleines dichtes Wäldchen. Die anderen Krieger folgten und versteckten sich und ihre Pferde zwischen den Bäumen.

Gelächter drang von dem holprigen Pfad – keine zwanzig Fuß entfernt – zu ihnen herüber. Anderes Gelächter gab Antwort. Iain lauschte angestrengt über das Rauschen des Wasserfalls. Er überschlug, dass zumindest fünfzehn Macphersons in der Nähe waren. Seine Hand zuckte zu seinem Schwert. Verdammt, wie er sich wünschte, sie aus dem Hinterhalt zu überfallen. Die Chancen standen zu seinen Gunsten. Mit Brodick, Alex und Gowrie an seiner Seite würden fünfzehn oder zwanzig unfähige Macphersons nicht mal einen Sieg ausmachen, mit dem es sich zu prahlen lohnte.

Judiths Sicherheit kam jedoch an erster Stelle. Instinktiv drückte Iain sie fester an sich. Sie kuschelte sich enger an ihn und stieß einen kleinen Seufzer aus. Sofort presste sich seine Hand auf ihren Mund. Judith wachte auf, ihre Augen blickten ihn fragend an. Er schüttelte den Kopf, ohne seine Hand fortzunehmen. Endlich begriff sie, dass sie sich im feindlichen Gebiet befanden. Für Sekunden weiteten sich ihre Augen vor Schreck. Doch dann zwang sie sich zur Ruhe.

Solange sie bei ihm war, konnte sie sich sicher fühlen. Judith hatte keine Ahnung, warum sie so viel Vertrauen in seine Fähigkeiten hatte, aber in ihrem Innersten wusste sie, dass er sie vor allem beschützen würde.

Gut zwanzig Minuten verstrichen, bis er seine Hand fortnahm. Sein Daumen rieb sanft über ihre Unterlippe, und sie fragte sich, warum er das tat, wenngleich wohlige Schauer durch ihren Körper liefen. Wieder schüttelte er den Kopf, um ihr – wie sie annahm – zu bedeuten, weiterhin zu schweigen. Sie nickte ihm zu: Sie hatte verstanden.

Wirklich, sie musste aufhören, ihn anzustarren. In ihrem Magen flatterten Schmetterlinge, und ihr Herz klopfte heftig. Sie war sich sehr darüber im Klaren, dass sie sofort rot werden würde, wenn sie ihren Gedanken freien Lauf ließ. Inbrünstig hoffte sie, dass er nicht merkte, welche Reaktionen er bei ihr auslöste. Also schloss sie die Augen und lehnte sich wieder gegen ihn. Er hielt beide Arme um ihre Taille geschlungen, und es wurde so leicht, sich vorzustellen, er *wolle* sie umarmen; so einfach, sich unmöglichen Träumen über den gut aussehenden Clansherrn hinzugeben.

Innerlich rief sie sich zur Ordnung, denn sie war stark und vernünftig genug, um ihre Gefühle und Gedanken zu beherrschen. So einen Unsinn durfte sie sich einfach nicht erlauben.

Die ganze Zeit warteten sie lautlos. Als Iain schließlich sicher war, dass die Macphersons sich weit genug von ihrem Versteck entfernt hatten, löste er seinen festen Griff. Sanft hob er ihren Kopf, bis sie ihn ansah.

Eigentlich wollte er ihr sagen, dass die Gefahr vorüber sei. Doch als ihre Blicke sich trafen, vergaß er diese Absicht. Ein Verlangen, wie er es noch nie verspürt hatte, füllte seinen ganzen Verstand aus, seine Beherrschung verschwand. Er fühlte sich ihrer Anziehungskraft gegenüber vollkommen hilflos und konnte nun nicht mehr warten. Rasch beugte er sich vor, gab ihr aber genug Zeit, zurückzuweichen, falls sie es wollte. Sie bewegte sich jedoch nicht. Seine Lippen strichen weich über die ihren. Ein Mal. Zwei Mal.

Immer noch rührte sie sich nicht.

Er wollte mehr. Seine Hand griff unter ihr Kinn, und er presste seinen Mund heftig auf ihre Lippen. Sie schnappte nach Luft, doch er ignorierte es, entschlossen, diese unselige Anziehungskraft mit einem intensiven Kuss zu beenden. Seine Neugier würde befriedigt sein, wenn er ihren Kuss gekostet und ihre zarten Lippen gespürt hatte. Ganz sicher war sein Verlangen dann gestillt.

Es lief jedoch ganz anders als geplant, wie Iain sehr schnell klar wurde. Er konnte plötzlich nicht genug von ihr bekommen. Verdammt, ihr Kuss schmeckte so gut. Sie war so weich, so warm, so biegsam in seinen Armen. Er brauchte mehr. Er zwang ihre Lippen auseinander, und bevor sie merkte, was er vorhatte, drang seine Zunge in ihren Mund ein.

Sofort versuchte sie, ihm auszuweichen, doch nur für einen sehr kurzen Augenblick. Dann schlang sie die Arme um seine Hüften und presste sich an ihn. Seine Zunge spielte mit ihrer, bis er vor Verlangen zitterte. Sie verhielt sich nicht schüchtern. Im Gegenteil, sie erwiderte seinen Kuss willig.

Ein tiefes Knurren kam aus seiner Kehle. Judith wimmerte leise. Leidenschaft überfiel die beiden so heftig, dass sie sich wieder und wieder wie ausgehungert küssten. Als er feststellte, dass er nicht zufrieden sein würde, bis sie zwischen seinen Schenkeln lag, zwang er sich aufzuhören.

Iain war wie vor den Kopf geschlagen, wütend auf sich selbst. Wie hatte er so die Beherrschung verlieren können? Judith schaute ihn nur ungläubig an, die Verwirrung stand ihr ins Gesicht geschrieben. Ihre Lippen glühten ... und er wollte sie wieder küssen!

Ungeduldig schob er ihren Kopf an seine Schulter und gab dann seinem Pferd einen leichten Klaps mit den Zügeln, um es anzutreiben. Judith war dankbar, dass er einen Moment nicht auf sie achtete. Immer noch bebte sie von den Küssen und war selbst erstaunt, wie leidenschaftlich sie diese erwidert hatte. Es war die wundervollste und erschreckendste Erfahrung ihres Lebens.

Sie wollte mehr, glaubte jedoch nicht, dass es Iain genauso ging. Denn die Art, wie er abrupt von ihr abgelassen hatte, und das Aufblitzen von Zorn in seinen Augen zeigten ihr deutlich sein Missfallen.

Plötzlich fühlte sie sich sehr unerfahren und voller Scham. Am liebsten hätte sie diesen Schuft angeschrien, weil er ihre Gefühle und ihren Stolz verwundet hatte. Ihre Augen füllten sich mit Tränen. Tief holte sie Atem, um ihre Fassung wiederzuerringen, und wenige Minuten später ließ ihr Zittern auch nach.

Gerade glaubte sie, den Kampf mit ihren verwirrten Gefühlen gewonnen zu haben, als Iain erneut ihre Selbstachtung empfindlich anknackste. Er hatte seinen Hengst neben Alex' Braunen angehalten, und bevor Judith sich versah, hatte er sie auf Alex' Schoß gehoben.

Also gut. Wenn er nichts mehr mit ihr zu tun haben wollte, würde sie es ihm eben mit gleicher Münze heimzahlen. Sie wollte ihn noch nicht mal mehr ansehen. Sorgfältig ordnete sie ihre Röcke, hielt ihren Kopf gesenkt und betete zu ihrem Schöpfer, dass Iain ihre Röte nicht bemerkte. Ihr Gesicht fühlte sich an, als ob es glühte.

Iain übernahm die Führung. Gowrie lenkte sein Pferd hinter ihn, und sie und Alex schlossen sich an. Brodick bildete wieder die Nachhut.

»Friert Ihr, Frau?«

Alex hatte ihr die Frage direkt ins Ohr geflüstert, und sein Mitgefühl war deutlich.

»Nein«, antwortete sie.

»Warum zittert Ihr dann?«

»Weil mir kalt ist.«

Im gleichen Moment wurde sie sich des Widerspruchs bewusst, und sie seufzte leise. Wenn Alex sich keinen Reim darauf machen konnte, so war er jedenfalls freundlich genug, dies nicht zu erwähnen. Den ganzen langen Nachmittag sprachen sie nicht mehr miteinander.

Judith konnte in Alex' Armen keine bequeme Position finden. Da sie sich nicht an ihn lehnen wollte, stießen sie auf dem Ritt mehrmals unsanft aneinander. Als die Nacht hereinbrach, war Judith so erschöpft, dass sie kaum die Augen offen halten konnte.

Sie hielten an einer hübschen strohbedeckten Steinhütte, die sich an einen Berghang schmiegte. Die Südseite des Häuschens war mit Efeu bewachsen, und ein kleiner steinerner Pfad führte vom Stall zur Eingangstür der Hütte.

Ein grauhaariger, bärtiger Mann mit breiten Schultern stand auf der Schwelle, lächelte zur Begrüßung und kam dann herausgeeilt. Judith sah die Frau, die sich ins Innere zurückzog, als ihr Mann die Schwelle verließ. Sie hatte wohl hinter ihm gestanden, aber nun verschwand sie im Dunkel des Wohnraums.

»Wir verbringen die Nacht hier«, erklärte Alex. Er stieg ab und reichte ihr die Hand, um ihr herunterzuhelfen. »Ihr werdet ein Dach über dem Kopf haben und Euch richtig ausruhen können.«

Sie nickte und fand Alex wirklich mitfühlend. Er hatte ihr beim Absteigen geholfen, ließ sie aber noch nicht los, weil er merkte, dass sie sonst gestrauchelt wäre. Dennoch erwähnte er mit keinem Wort ihren Zustand, sondern stützte sie, bis ihre Beine wieder Kraft gefunden hatten.

Seine Hände lagen an ihrer Taille, und sie wusste, dass er ihr Zittern spüren konnte.

»Nimm deine Finger von ihr, Alex!«

Iains schneidende Stimme erklang direkt hinter Judith. Augenblicklich ließ Alex sie los, und ihre Knie knickten ein. Iain packte sie von hinten, bevor sie stürzen konnte. Sein linker Arm hielt sie fest um die Taille, dann zog er sie alles andere als sanft an seine Seite und bedachte Alex mit einem seiner Blicke. Der Krieger wich zurück, drehte sich um und ging auf das Haus zu.

Einige Minuten lang standen die beiden so dort. Ihre Schultern ruhten an seiner Brust. Sie hielt den Kopf gesenkt und war so müde, dass sie nur noch die Augen schließen und sich von ihm hineintragen lassen wollte. Was natürlich nicht schicklich gewesen wäre.

Wie konnte ein Mann nach einem so langen Ritt noch so wundervoll duften? Iain roch nach frischer Luft und … männlich! Er strahlte eine Wärme aus, die sie anzog, und als sie sich darüber klar wurde, wusste sie, dass sie sich von ihm lösen sollte.

Er war so weit fort von ihr wie die Stürme im Süden. Judith war sich sicher, dass er sie nur festhielt, weil er wusste, wie sehr sie eine Stützte brauchte. Er fühlte sich für sie verantwortlich und tat seine Pflicht. Mehr nicht.

»Dank für Eure Hilfe«, sagte sie. »Ihr könnt mich jetzt loslassen. Es geht schon wieder!«

Sie versuchte, seinen Arm wegzuschieben, aber er hatte andere Absichten. Er drehte sie zu sich um und hob ihr Kinn an. Sein Lächeln verwirrte sie vollkommen. Eben noch hatte er sich brummig wie ein Bär verhalten, obwohl

Judith zugeben musste, dass das Ziel seines Zorns Alex gewesen war.

»Ich lasse Euch los, wenn *ich* es will«, flüsterte er rau. »Nicht, wenn Ihr mir die Erlaubnis gebt!«

Sie hasste seine Arroganz. »Und wann denkt Ihr, wird das sein? Oder darf ich vielleicht nicht fragen?«

Er hob die Augenbrauen über den zornigen Tonfall. Dann schüttelte er den Kopf. »Ihr seid wütend auf mich«, stellte er fest. »Sagt mir, warum.«

Sie versuchte, seine Hand von ihrem Kinn zu schieben, gab jedoch auf, als er fester zupackte.

»Ich lasse Euch nicht los, bevor Ihr mir nicht gesagt habt, was Euch so zornig macht«, sagte er.

»Ihr habt mich geküsst.«

»Ihr mich auch.«

»Ja, stimmt«, gab sie zu. »Und das bereue ich auch nicht. Was sagt Ihr nun *dazu*?«

In ihren Augen, in ihrer Stimme lag die Herausforderung. Ein Gedanke kam Iain glasklar zu Bewusstsein: Ein Mann konnte alles vergessen, wenn er es zuließ, sich von ihrer Schönheit gefangen nehmen zu lassen. »Ich bereue es auch nicht«, sagte er.

Sie warf ihm einen grimmigen Blick zu. »Vielleicht nicht, als es geschah. Aber jetzt tut Ihr es, nicht wahr?« Er hob die Schultern, und sie hätte ihm am liebsten einen Tritt versetzt. »Ihr sollt mich nie wieder berühren, Iain.«

»Ihr habt mir keine Befehle zu geben, Weib!«

Seine Stimme hatte einen harten Klang angenommen, doch sie ignorierte das.

»Wenn es darum geht, wen ich küsse, kann ich alle Befehle geben, die mir passen. Ich gehöre Euch nicht«, setzte sie hinzu, wobei ihre Stimme weicher wurde.

Er sah aus, als wollte er sie erwürgen. Sie fürchtete, zu hochmütig gewesen zu sein.

»Ich wollte nicht unhöflich werden«, begann sie darum. »Ihr seid gewohnt, dass alles nach Eurem Willen geht, da Ihr der Clansherr seid. Dennoch habe ich als Außenstehende nicht die Pflicht, Euren Befehlen zu gehorchen«, versuchte sie ihren Standpunkt ihm in vernünftigem Tonfall zu erklären. »Ich meine, als Euer Gast ...«

Sie hielt inne, als er den Kopf schüttelte. »Judith, würdet Ihr mir zustimmen, dass Ihr unter meines Bruders Schutz steht, solange Ihr Euch in seinem Haus aufhaltet?«

»Ja.«

Er nickte. Ein Lächeln erschien auf seinem Gesicht. Er tat ganz so, als hätte er gerade ein wichtiges Argument angeführt, und sie hatte keine Ahnung, was er ihr eigentlich damit sagen wollte.

Abrupt drehte er sich um und ging weg. Judith rannte ihm nach. Als sie ihn eingeholt hatte, nahm sie seine Hand. Augenblicklich blieb er stehen.

»Ja?«, fragte er.

»Warum lächelt Ihr?«

»Weil Ihr mir eben zugestimmt habt!«

»Ich? Wieso?«

Zuerst dachte er, sie wollte ihn absichtlich ärgern, aber ihr verständnisloser Blick belehrte ihn eines anderen. »Bis Ihr wieder nach England zurückkehrt, bin ich für Euch verantwortlich. Ihr werdet also meinen Befehlen gehorchen«, fügte er mit einem Nicken hinzu. »Und Ihr habt mir zugestimmt!«

Sie schüttelte den Kopf. War der Mann verrückt? Wie in Gottes Namen hatte ihn ihre Erklärung, dass er sie nicht mehr küssen durfte, zu dieser unsinnigen Schlussfolgerung gebracht?

»Ich habe nichts dergleichen getan«, sagte sie.

Noch immer hielt sie seine Hand, und er bezweifelte, dass sie sich darüber klar war. Er hätte sie wegziehen können, aber er tat es nicht.

»Ihr gabt zu, dass ich unter Patricks Schutz stehe«, erinnerte sie ihn. »Das heißt, *er* ist für mich verantwortlich, nicht Ihr!«

»Stimmt«, sagte er. »Aber ich bin Clansherr, und Patrick dient daher mir. Versteht Ihr nun?«

Sie zog ihre Hand weg. »Ich verstehe, dass Ihr glaubt, sowohl Patrick als auch Ihr könntet mir Befehle geben,« antwortete sie. »*Das* ist es, wie ich es verstehe.«

Er grinste und nickte. Judith lachte laut auf, doch Iain begriff nicht, warum sie so reagierte.

Doch er musste nicht lange darüber nachdenken.

»Ihr glaubt also, dass sowohl Ihr als auch Patrick für alles, was ich tue, verantwortlich seid?«

Er nickte wieder.

»Meine Vergehen sind demnach Eure?«

Iain verschränkte die Hände auf dem Rücken. »Wollt Ihr irgendeinen Unsinn anstellen?«

»O nein, natürlich nicht«, antwortete sie hastig. »Ich bin wirklich sehr dankbar, dass ich in Eurem Heim verweilen darf und möchte bestimmt keine Probleme bereiten.«

»Euer Lächeln lässt mich an Eurer Ernsthaftigkeit zweifeln«, bemerkte er.

»Ich lächle aus anderen Gründen«, erklärte sie. »Ich habe soeben begriffen, was für ein widersprüchlicher Mann Ihr seid.«

Er sah sie ungläubig an, doch sie nickte zur Bekräftigung ihrer Worte.

»Ich bin nicht im Mindesten widersprüchlich«, schnappte er.

Sie hatte nicht bemerkt, dass sie ihn schon wieder beleidigt hatte. »Oh, doch, das seid Ihr«, entgegnete sie. »Es sei denn, Ihr könnt mir verraten, wie Ihr durch meinen Wunsch, mich nicht von Euch küssen zu lassen, auf diese seltsame Unterhaltung gekommen seid.«

»Das Thema, ob ich Euch küsse oder nicht, ist nicht bedeutend genug für eine Unterhaltung«, gab er zurück. »Es ist unwichtig.«

Er hätte sie ebenso gut ins Gesicht schlagen können; seine bedenkenlos hingesagten Worte waren genauso brutal. Doch sie wollte ihm nicht zeigen, wie verletzt sie war. Stattdessen nickte sie, drehte sich um und ging.

Er stand dort und sah ihr hinterher. Schließlich stieß er einen Seufzer aus. Judith konnte es nicht wissen, aber sie bereitete ihm bereits Probleme. Seine Männer konnten ihre Blicke nicht von ihr abwenden. Und verdammt, er schon gar nicht.

Sie war eine schöne Frau. Kein Mann konnte das übersehen. Ja, das ergab Sinn. Nur so war es. Doch sein leidenschaftlicher Wunsch, sie für sich zu haben, war dummerweise eine ganz andere Sache. Das ergab überhaupt keinen Sinn.

Er hatte ihr gesagt, dass letztlich er für sie verantwortlich war … bis sie wieder nach England zurückginge. Hölle, er wäre fast an seinen Worten erstickt. Der Gedanke daran, sie zurückzubringen, gefiel ihm überhaupt nicht. Was zum Donner stimmte nicht mit ihm?

Wie sollte er sie jemals wieder gehen lassen?

Kapitel 4

Judith brannte darauf, ihn endlich los zu sein. Sie konnte nicht mehr vernünftig denken. Die lange Reise hatte sie so ausgezehrt, dass ihr Geist zu nichts mehr taugte, und sie gestand sich ein, dass sie auf Iains Worte überreagiert hatte. Es war ihr unmöglich, ihre Gedanken zu ordnen, weil ihre Gefühle ihr ständig im Weg standen. Wahrscheinlich liegt es an seiner Zurückweisung, sagte sie sich.

»Judith, kommt und begrüßt Cameron«, rief Alex. Alle hatten sich umgewandt und sahen sie an, sodass sie sich beeilte, zu ihrem Gastgeber zu kommen. Sie knickste und zwang sich zu einem Lächeln. Was ihr nicht leicht fiel, da Cameron sie anblickte, als hätte sie sich in einen Dämon verwandelt … oder sogar in etwas Schlimmeres. Sein Gesichtsausdruck ließ keinen Zweifel an seinen Gedanken: Er war alles andere als begeistert, dass sie überhaupt da war.

Oh, Himmel, sie hatte wirklich keine Energie mehr, diesen Unsinn weiterhin zu ertragen. Sie stieß einen leisen Seufzer aus und sagte dann: »Einen guten Abend, Sir.«

»Sie ist Engländerin!«

Cameron presste diese Feststellung mit so viel Kraftaufwand hervor, dass die Adern an seinen Schläfen hervortraten. Judith hatte in einwandfreiem Gälisch gesprochen, doch ihr englischer Akzent war offensichtlich. Ihre Kleider wiesen ebenfalls auf ihre Herkunft hin. Und obwohl sie die Feindseligkeit zwischen Schotten und Engländern sehr wohl verstand, schien ihr Camerons Ablehnung doch so unbegreiflich und so voller Abscheu, dass Angst sie packte. Unwillkürlich trat sie einen Schritt zurück, um vor seinem Zorn sicher zu sein.

Sie stieß gegen Iain, der hinter ihr stand, und wollte zur Seite treten, doch er legte ihr die Hände auf die Schultern und presste sie an sich.

Lange Zeit sagte Iain kein Wort. Plötzlich bewegte sich Alex und stellte sich an die eine Seite seines Clansherrn. Gowrie schlenderte auf die andere Seite. Dann fehlte nur noch Brodick. Er sah zu Iain hin und wartete auf seine Erlaubnis, bis dieser endlich seinen Blick von Cameron nahm, um seinem Krieger zuzunicken. Brodick kam heran und stellte sich direkt vor Judith.

Judith stand buchstäblich eingekeilt zwischen den Kriegern. Als sie versuchte, an Brodicks Rücken vorbei auf ihren Gastgeber zu schielen, packte Iain nur fester zu, sodass sie sich gar nicht mehr bewegen konnte.

»Wir haben auch schon festgestellt, dass sie Engländerin ist, Cameron«, begann Brodick mit leiser Stimme, die sich immer mehr steigerte. »Ich möchte, dass dir klar wird, dass Lady Judith unter unserem Schutz steht und wir sie mit nach Hause nehmen.«

Der ältere Mann schien sich aus seiner Starre mit einem Schütteln befreien zu wollen. »Ja, natürlich«, stammelte er. »Ich war nur überrascht, wisst Ihr, als ich ... ihre Stimme hörte.« Cameron mochte den Ausdruck in den Augen des Clansherrn nicht. Er beschloss, sein Verhalten so schnell wie möglich wiedergutzumachen, und trat einen Schritt zur Seite, um die Engländerin ansehen zu können, wenn er seine Entschuldigung vorbrachte. Doch Brodick blockierte ihm die Sicht, indem er ebenfalls zur Seite trat.

»Sind wir *alle* willkommen?«

»Gewiss seid ihr das«, erwiderte Cameron. Nervös fuhren seine Finger durch sein dichtes weißes Haar, und er hoffte inständig, dass der Clansherr nicht merkte, wie seine Hände zitterten. Er hatte die Begrüßung gründlich verdorben, das wusste er. Das wäre das Letzte, einen solch mächtigen, unbarmherzigen Mann zu beleidigen ..., weil es wahrscheinlich wirklich das Letzte wäre, was er auf dieser süßen Erde vollbringen würde.

Cameron widerstand dem fast übermächtigen Wunsch, ein Kreuz zu schlagen. Da er Iains gnadenlosen Blick nicht mehr ertragen konnte, wandte er sich zu Brodick, räusperte sich und sagte dann: »Seit dem Tag, an dem dein Bruder meine einzige Tochter geheiratet hat, bist du und jeder Maitland hier willkommen. Dies gilt natürlich auch für die Frau des Clansherrn«, fügte er hastig hinzu, wandte sich halb um und bellte: »Margaret, stellt das Essen für unsere Gäste auf den Tisch.«

Judith hatte sich gewundert, warum Iain die ganze Zeit über schwieg. Doch nun, da sie hörte, dass Brodicks Bruder mit Camerons Tochter verheiratet war, verstand sie, warum er Brodick die Aufgabe überlassen hatte, die Situation zu entschärfen. Cameron bat seine Gäste hinein. Judith streckte die Hand aus und griff nach Brodicks Plaid. Er drehte sich augenblicklich zu ihr um. »Danke, dass Ihr für mich gesprochen habt«, flüsterte sie.

»Ihr braucht mir nicht zu danken«, sagte er mit vor Verlegenheit schroffer Stimme.

»Doch, das muss ich«, widersprach sie. »Brodick, könnt Ihr Eurem Verwandten bitte erklären, dass ich nicht Iains Frau bin? Er hat da wohl etwas missverstanden.«

Brodick sah sie schweigend an, dann blickte er zu Iain.

Warum zögerte er denn? »Ich bitte Euch nur, den Mann aufzuklären«, sagte sie.

»Nein.«

»Nein?«, fragte sie. »Warum in Gottes Namen nicht?«

Brodick lächelte nicht gerade, aber seine Augen blitzten.

»Weil Ihr Iains Frau seid«, sagte er gedehnt.

Sie schüttelte den Kopf. »Woher habt Ihr denn diesen Unsinn? Ich bin nur ein Gast, der ...«

Doch Brodick wartete ihre Erklärung nicht ab, sondern drehte sich um und ging ins Haus. Sie sah ihm hinterher. Alex und Gowrie folgten, wobei sie offen grinsten.

Judith blieb stehen, wo sie war. Iain ließ endlich ihre Schultern los und gab ihr einen kleinen Schubs, doch sie bewegte sich nicht. Er trat an ihre Seite, neigte seinen Kopf zu ihr herunter und sagte: »Ihr könnt jetzt hineingehen.«

»Warum habt Ihr nichts gesagt, als Cameron mich Eure Frau nannte?«

Er hob die Schultern. »Ich hatte keine Lust.«

Das war nicht ganz die Wahrheit. Sicher, Cameron hatte sich geirrt, sie war nicht seine Frau. Doch es hatte sich für ihn so gut angehört, dass er es nicht richtig stellen *wollte*. Oh, Herr, er war dieser verrückten Gedanken wirklich müde. »Kommt mit hinein«, befahl er, wobei seine Stimme barscher klang, als er gewollt hatte.

Wieder schüttelte sie den Kopf und blickte zu Boden.

»Was ist?«, verlangte er zu wissen. Er nahm ihr Kinn und zwang ihren Kopf hoch.

»Ich will nicht hineingehen.«

Ihre Stimme klang so kläglich, dass er sich zusammenreißen musste, um nicht zu lächeln. »Warum nicht?«

Sie zuckte die Schultern. Er drückte leicht ihr Kinn, und sie wusste, dass er nicht nachlassen würde, bis sie ihm eine zufrieden stellende Antwort gegeben hatte. »Ich will einfach nicht dort sein, wo ich nicht erwünscht bin«, flüsterte sie. Sein

Lächeln war voller Zärtlichkeit, und sie hatte plötzlich das Bedürfnis zu weinen. Schon stiegen ihr Tränen in die Augen, und sie entschuldigte sich: »Ich bin wohl vollkommen übermüdet.«

»Aber das ist nicht der Grund, warum Ihr hier draußen bleiben wollt, nicht wahr?«

»Ich habe doch schon gesagt ... ich war gedemütigt!«, platzte sie heraus. »Ich weiß, ich sollte seinen Hass nicht persönlich nehmen. Alle Highlander hassen uns Engländer, und die meisten Engländer hassen die Schotten, sogar die an der Grenze ... und *ich* hasse diesen ganzen unsinnigen Hass. Er ist ... so dumm, Iain.«

Er nickte zustimmend. Ein Teil ihres Zorns verrauchte. Es war schwer, empört zu bleiben, wenn er nicht mir ihr stritt.

»Er hat Euch Angst gemacht?«

»Sein Zorn hat mir Angst gemacht«, gab sie zu. »Oder bin ich wieder zu empfindlich? Ich weiß nicht mehr, ich bin zu müde.«

Sie war sogar völlig erschöpft. Er hatte wohl nicht genug auf sie geachtet, sonst wären ihm die dunklen Schatten unter ihren Augen schon vorher aufgefallen. Sie hatte seine Hand bei ihrem Ausbruch ergriffen und noch nicht wieder losgelassen.

Ja, Judith sah müde, besiegt und einfach wunderschön aus.

Plötzlich richtete sie sich kerzengerade auf. »Ihr müsst jetzt hineingehen. Ich werde gerne hier draußen auf Euch warten.«

Er lächelte sie an und zog seine Hand aus der ihren. »*Ich* wäre aber glücklicher, wenn Ihr mit hineingehen würdet«, sagte er und schaute sie bittend an.

Dann ließ er keine weiteren Diskussionen mehr zu, legte

ihr den Arm um die Schultern, drückte sie leicht und schob sie in Richtung Tür.

»Ihr sagtet ja schon, dass Ihr vielleicht wieder einmal zu empfindlich reagiert«, sagte er, während er sie zum Haus führte, wobei er ignorierte, dass sie sich in seinem Arm steif wie ein Brett machte. Diese Frau hatte wirklich einen sturen Charakter – eine Schwäche, die ihn aber amüsierte. Keine Frau hatte sich ihm gegenüber je so übel gelaunt gezeigt: Judith war sehr verschieden von den Frauen, die er bisher kennen gelernt hatte. Alle paar Augenblicke warf sie ihm einen Blick zu, und er fand ihre Reaktionen erfrischend ehrlich. Sie versuchte nicht, ihn zu beeindrucken, und es lag absolut nicht in ihrer Natur, sich vor ihm demütig zu geben. Seltsam – doch ihr ungehemmtes Benehmen machte ihn frei. Er musste vor ihr nicht den Clansherrn herauskehren. Die Tatsache, dass sie eine Fremde war, schien die Ketten der Tradition, die ihm als Führer seines Clans auferlegt waren, zu sprengen.

Iain musste sich zu der Frage zwingen, die ihn beschäftigte.

»Wann habt Ihr zum ersten Mal überreagiert?«, fragte er endlich.

»Als Ihr mich geküsst habt!«, flüsterte sie, als sie die Türschwelle erreicht hatten.

»Ich verstehe nicht«, sagte er. »In welcher Hinsicht?«

Sie konnte spüren, wie ihr die Röte ins Gesicht stieg und schüttelte den Arm von ihrer Schulter. »Ihr wart offensichtlich wütend auf mich ... danach. Und das machte mich auch wütend. Es hätte mich nicht kümmern sollen«, fügte sie mit einem bekräftigenden Nicken hinzu.

Sie wartete nicht ab, bis er auf ihre ehrliche Antwort reagierte. Stattdessen eilte sie hinein, wo die ältere Frau, die sie im Schatten des Türrahmens bemerkt hatte, auf sie zukam, um sie zu begrüßen. Das Lächeln dieser Frau schien Judith aufrichtig zu sein, und als sie es erwiderte, fiel ein großer Teil der Spannung von ihr ab.

Margaret war eine hübsche Frau. Die kleinen Fältchen um ihre Augen und den Mund verminderten ihre Anziehungskraft nicht. Sie hatte wunderschöne grüne Augen, in denen goldene Sprenkel funkelten, und ihr dichtes braunes Haar, das sie im Nacken zu einem Zopf geflochten trug, war mit grauen Strähnen durchzogen. Obwohl gut einen Fuß größer als Judith, war sie alles andere als einschüchternd; sie strahlte pure Freundlichkeit aus.

»Danke, dass Ihr mich in Eurem Heim aufgenommen habt«, sagte Judith mit einem kleinen Knicks.

Margaret wischte sich die Hände an ihrer weißen Schürze ab, bevor sie den Knicks erwiderte. »Wenn Ihr am Tisch Platz nehmen mögt, werde ich das Essen fertig machen.«

Judith wollte nicht dort bei den Männern sitzen. Iain hatte sich zu ihnen gesellt, und Cameron beugte sich gerade über den Tisch, um ihm von dem goldenen Wein einzuschenken. Judiths Kehle zog sich augenblicklich zusammen. Sie atmete tief ein, um sich zu beruhigen. Ein einziger Becher Wein würde ihn doch nicht bösartig werden lassen wie Onkel Tekel ... oder? Sie sagte sich selbst, dass dieser Gedanke absolut lächerlich war. Denn Iain war vollkommen anders als der Onkel. Er würde nicht grausam werden. Er nicht.

Zufällig sah Iain auf, und entdeckte sofort, dass mit Judith irgendetwas nicht stimmte. Die Farbe war aus ihrem Gesicht gewichen, und sie sah aus, als hätte ihr etwas einen furchtbaren Schreck eingejagt. Er wollte gerade aufstehen und zu ihr gehen, als er bemerkte, dass sie auf seinen Becher starrte. Was in Gottes Namen war in sie gefahren?

»Judith? Möchtet Ihr gerne etwas von dem ...«

Sie schüttelte heftig den Kopf. »Wäre Wasser nach so einer langen Reise … nicht viel erfrischender?«, fragte sie.

Er lehnte sich zurück. Offenbar maß sie dem, was sie tranken, verflucht viel Bedeutung bei, wobei er sich nicht im Mindesten vorstellen konnte, warum. Nun, es war nicht wichtig. Wenn diese Frau wollte, dass sie Wasser tranken, dann würden sie eben Wasser trinken.

»Ja«, stimmte er zu. »Wasser wäre gewiss erfrischender.«

Erleichtert sank sie in sich zusammen.

Auch Brodick war ihr Verhalten aufgefallen. »Wir müssen früh aufstehen, Cameron«, sagte er, wobei sein Blick auf Judith geheftet blieb. »Wir trinken besser erst Wein, wenn wir zu Hause sind.«

Margaret hatte zugehört und eilte bereits mit einem Krug voll frischem Quellwasser heran. Judith brachte mehr Becher herbei. »Setzt Euch besser und ruht Euch aus«, sagte Margaret zu ihr.

»Ich würde Euch lieber helfen«, gab Judith zurück.

Margaret nickte. »Nehmt den Stuhl und setzt Euch an den Herd. Ihr könntet den Eintopf rühren, während ich das Brot schneide.«

Judith war erleichtert. Die Männer waren in ihre Unterhaltung vertieft, und aus ihren finsteren Mienen schloss sie auf ein ernstes Thema. Sie wollte nicht stören, aber noch weniger wollte sie neben Cameron sitzen, neben dem sich der einzige freie Platz bot.

Also trug sie den Stuhl an den Herd und tat, was Margaret ihr gesagt hatte. Sie bemerkte wohl, dass die Frau ihr verstohlene Blicke zuwarf. Sicher wollte sie mit ihr reden, wusste offenbar aber nicht, wie ihr Mann darauf reagierte. Immer wieder schaute sie zum Tisch herüber, um zu sehen, ob jemand auf sie achtete.

»Wir haben selten Besuch«, flüsterte sie endlich.

Judith nickte, sah, wie Margaret wieder zum Tisch hinüberschielte, um sich schließlich wieder ihr zuzuwenden.

»Ich würde gerne wissen, was Ihr bei den Maitlands zu tun habt«, flüsterte sie weiter. Judith lächelte. »Meine Freundin hat einen Maitland geheiratet und bat, dass ich bei der Geburt ihres ersten Kindes dabei wäre«, antwortete sie genauso leise, wie Margaret ihre Frage gestellt hatte.

»Wie konntet Ihr Euch denn kennen lernen?«, wollte Margaret wissen.

»Auf dem Fest an der Grenze«, antwortete Judith.

Margaret nickte. »Wir haben auch solche Feste hier in den Highlands, aber sie finden im Herbst statt, nicht im Frühling.«

»Wart Ihr jemals dabei?«

»Als Isabelle noch bei uns lebte, gingen wir hin«, sagte Margaret. »Doch seitdem hat Cameron zu viel zu tun«, fügte sie mit einem Schulterzucken hinzu. »Es war immer sehr schön.«

»Ich habe gehört, dass Isabelle mit Brodicks Bruder verheiratet ist. War die Hochzeit vor kurzem?«

»Nein, es ist schon über vier Jahre her«, sagte Margaret, und die Trauer in ihrer Stimme war nicht zu verhehlen. Judith hörte auf, in dem Eintopf zu rühren und wich ein Stück vom Feuer zurück, um der Frau ihre volle Aufmerksamkeit zu schenken. Es war seltsam, aber obwohl sie beide praktisch Fremde waren, hatte sie das starke Bedürfnis, Margaret zu trösten. Sie schien so schrecklich einsam, und Judith verstand dieses Gefühl nur zu gut.

»Habt Ihr denn noch keine Zeit gehabt, Eure Tochter zu besuchen«, fragte sie.

»Nicht, seit sie verheiratet ist«, gab Margaret zurück. »Die Maitlands bleiben unter sich. Sie wollen keine Fremden.«

Judith konnte nicht glauben, was sie da hörte. »Aber Ihr seid doch gewiss keine Fremde«, protestierte sie.

»Isabelle gehört nun Winslow. Es wäre nicht schicklich sie zu bitten, zu uns zu kommen. Es wäre auch nicht schicklich, zu ihr zu reisen.«

Judith schüttelte verständnislos den Kopf. Sie hatte noch nie so etwas Unsinniges gehört. »Schickt sie Euch denn wenigstens Briefe?«

»Wer sollte sie bringen?«

Eine lange Minute verstrich in Schweigen.

»Ich«, flüsterte Judith.

Margaret warf ihrem Mann einen raschen Blick zu, dann wandte sie sich wieder zu Judith. »Das würdet Ihr für mich tun?«

»Natürlich.«

»Aber es ist gewiss nicht schicklich«, gab Margaret zu bedenken.

»Aber doch«, antwortete Judith. »Und es wird auch nicht schwer sein, Margaret. Wenn Ihr eine Nachricht für Isabelle habt, so könnt Ihr sie mir mitgeben. Ich verspreche, ich werde Isabelle finden und ihr den Brief übergeben. Wenn ich nach England zurückkehre, bringe ich Euch ihre Botschaft. Vielleicht enthält sie eine Einladung«, fügte sie hinzu.

»Wir gehen hinaus, um nach den Pferden zu sehen, Frau«, sagte Cameron in diesem Moment mit seiner dröhnenden Stimme. »Wir brauchen nicht lange. Ist das Essen bald fertig?«

»Aye, Cameron«, sagte Margaret schnell. »Es wird auf dem Tisch stehen, wenn ihr zurückkommt.«

Die Männer gingen nach draußen, und Cameron zog die Tür hinter sich zu. »Euer Mann klingt sehr wütend«, bemerkte Judith.

»Oh, nein, das ist er nicht«, gab Margaret hastig zurück. »Aber er ist ein wenig nervös. Es ist eine große Ehre, den Maitland-Herrn bei uns zu haben. Cameron wird damit gut ein oder zwei Monate prahlen.«

Margaret stellte die Teller auf den Tisch und holte einen weiteren Krug mit frischem Wasser. Das Brot war in große Stücke geschnitten. Judith half ihr, den Eintopf in eine große Schüssel umzufüllen und sie in die Mitte des Tisches zu stellen.

»Vielleicht könnt Ihr während des Essens Brodick nach Isabelles Befinden fragen«, schlug Judith vor.

Margaret sah sie entsetzt an. »Das wäre beleidigend«, sagte sie. »Wenn ich frage, ob sie glücklich ist, würde ich damit andeuten, dass Winslow sie *nicht* glücklich macht. Versteht Ihr denn nicht, wie kompliziert das ist?«

Judith fand es nicht kompliziert, sie hielt es für lächerlich und spürte, wie sie wieder einmal wütend wurde. Die Maitlands erschienen ihr hartherzig. Hatte denn keiner von ihnen irgendein Mitgefühl für enge Verwandte wie Mutter und Vater?

Sie konnte sich nicht vorstellen, was sie täte, wenn man ihr sagte, sie dürfte Tante Millicent und Onkel Herbert nicht mehr sehen. Allein der Gedanke daran ließ ihre Augen feucht werden. »Wenn *Ihr* dagegen fragtet ...« Margaret lächelte Judith an. Judith nickte. »Brodick würde meinen, dass ich es nicht besser wüsste, weil ich Engländerin bin.«

»Genau.«

»Ich frage gern, Margaret«, versprach sie. »Sind alle Clans in den Highlands wie die Maitlands? Lassen sie nie einen Fremden an sich heran?«

»Die Dunbars und die Macleans schon«, antwortete Margaret. »Wenn sie nicht miteinander kämpfen, bleiben sie unter sich«, erklärte sie. »Das Dunbar-Land liegt zwischen den Maitlands und den Macleans, und Cameron hat gesagt, dass sie sich dauernd über Besitzrechte streiten. Keiner von ihnen ist bei den Festen dabei, alle anderen Clans aber kommen. Sind alle Engländer wie Ihr?«

Judith hatte Mühe, sich auf Margarets Frage zu konzentrieren. Vor allem wegen der Bemerkung Margarets, dass die Maitlands Feinde der Macleans waren.

»Mylady«, fragte Margaret und betrachtete sie besorgt, »fühlt Ihr Euch nicht gut?«

»Oh, doch, sehr gut«, antwortete Judith. »Ihr wolltet wissen, ob ich wie alle Engländer bin, nicht wahr?«

»Ja«, gab Margaret zurück und runzelte die Stirn über die plötzliche Blässe ihres Gastes.

»Ich weiß es nicht«, begann Judith nachdenklich. »Ich habe bisher ein recht abgeschirmtes Leben geführt. Margaret, wie in Himmels Namen können die Männer jemals Frauen finden, wenn sie immer unter sich bleiben?«

»Oh, das geht schon«, antwortete Margaret. »Winslow kam hierher, um eine gefleckte Stute einzutauschen. Er traf Isabelle, und sie gefiel ihm auf Anhieb. Ich war gegen die Verbindung, weil ich wusste, dass ich meine Tochter nie wiedersehen würde, aber Cameron hörte nicht auf mich. Außerdem verweigert man einem Maitland nichts, zumindest habe ich von niemandem gehört, der es versucht hat. Und Isabelle wollte ihn unbedingt heiraten.«

»Ähnelt Winslow Brodick?«

»Aye, das tut er. Er ist allerdings viel schweigsamer.«

Judith lachte laut auf. »Dann muss er schon tot sein«, bemerkte sie. »Brodick spricht praktisch nie ein Wort.«

Margaret kicherte. »Sie sind schon seltsam, die Maitlands, wirklich, aber zu ihrer Verteidigung muss ich sagen, dass

Cameron nur jemanden zu den Maitlands schicken müsste, wenn er einmal angegriffen oder wirklich Hilfe brauchen würde.« Sie hielt inne.

»Vor der Hochzeit verschwanden immer wieder ein paar Schafe aus der Herde«, fuhr sie fort. »Sobald bekannt wurde, dass Isabelle einen Maitland geheiratet hatte, hörten die Diebstähle auf. Cameron hat auch mehr Ansehen gewonnen. Allerdings könnte seine Reaktion auf Euch vorhin diesen Status geändert haben.«

»Meint Ihr seine Überraschung, als er merkte, dass ich Engländerin bin?«

»Aye, er war allerdings sehr überrascht.«

Die zwei Frauen sahen sich einen Moment an und brachen plötzlich in Lachen aus, gerade als die Männer hereinkamen. Iain nickte Margaret zu und bedachte Judith mit einem finsteren Blick. Wahrscheinlich hielt er ihr Verhalten für unpassend. Dieser Gedanke brachte Judith noch mehr zum Lachen.

»Geht und setzt Euch an den Tisch«, wies Margaret sie an.

»Setzt Ihr Euch nicht zu uns?«

»Ich trage zuerst auf, dann komme ich.«

Damit hatte sie Judith eine Ausrede gegeben, sich nicht neben Cameron setzen zu müssen. Judith nahm ihren Stuhl und trug ihn zur anderen Tischseite. Dann schob sie sich zwischen Iain und Brodick.

Wenn die Krieger darüber erstaunt waren, so zeigten sie es nicht. Stattdessen rückte Brodick ein Stück beiseite, sodass sie Platz hatte.

Sie aßen schweigend. Judith wartete, bis die Männer satt waren, bevor sie nach Isabelles Wohlergehen fragte. Sie wollte es geschickt machen.

»Margaret, der Eintopf war sehr gut.«

»Danke«, sagte Margaret und errötete leicht.

Judith wandte sich an Brodick. »Seht Ihr Euren Bruder oft?«

Der Krieger sah sie an und hob dann die Schultern.

»Seht Ihr manchmal seine Frau Isabelle?«, bohrte sie.

Er hob wieder die Schultern. Sie stieß ihn unterm Tisch mit dem Fuß an. Erstaunt hob er eine Braue. »Habt Ihr mich gerade getreten?«

So weit zur Geschicklichkeit, dachte Judith. »Ja, ich habe Euch getreten.«

»Warum?«

Iain hatte diese Frage gestellt. Sie wandte sich um und schenkte ihm ein Lächeln. »Ich wollte nicht, dass Brodick wieder nur die Schultern zuckte. Ich wollte, dass er mir von Isabelle erzählt.«

»Aber Ihr kennt die Frau doch nicht einmal«, erinnerte Iain sie.

»Ich möchte aber von ihr hören«, sagte Judith.

Iain sah sie an, als hätte sie den Verstand verloren. Sie seufzte und begann, mit den Fingern auf die Tischplatte zu trommeln. »Bitte erzählt mir von Isabelle«, bat sie Brodick erneut.

Er ignorierte sie.

»Brodick, würdet Ihr bitte eine Minute mit mir hinauskommen? Ich muss Euch etwas schrecklich Wichtiges unter vier Augen sagen.«

»Nein.«

Sie konnte sich nicht zurückhalten. Wieder trat sie ihn. Dann wandte sie sich zu Iain, wobei ihr Brodicks Grinsen entging.

»Iain, bitte befehlt Brodick, mit mir hinauszugehen.«

»Nein.«

Sie trommelte weiter auf der Tischplatte herum, während sie ihren nächsten Schachzug überlegte.

»Also gut«, verkündete sie. »Dann muss ich Brodick eben morgen auf unserer Weiterreise fragen. Ich reite mit Euch«, fügte sie mit einem unschuldigen Lächeln hinzu. »Wahrscheinlich werde ich von Sonnenaufgang bis Einbruch der Nacht reden, also solltet Ihr Euch heute Nacht wirklich gut ausruhen.«

Die Drohung wirkte augenblicklich. Brodick wuchtete sich vom Tisch hoch und stand auf. Sein Blick ließ alle am Tisch erkennen, wie wütend er war.

Judith war nicht wütend. Sie war fuchsteufelswild. Bei Gott, sie konnte es kaum erwarten, diesen gefühllosen Klotz nach draußen zu begleiten. Sie zwang sich zu einem Lächeln, knickste vor ihrem Gastgeber und ging dann hinaus, wobei sie die Tür fest hinter sich zuzog.

In ihrem brennenden Wunsch, sich den Krieger vorzunehmen, vergaß sie die Fenster an beiden Seiten des Hauses. Margaret und Gowrie saßen mit dem Rücken zur Tür, aber Iain und Alex hatten freie Sicht auf das grüne Land außerhalb des Hauses.

Überflüssig zu sagen, dass alle vor Neugier fast barsten. Gowrie drehte sich halb auf seinem Stuhl um, damit auch er sehen konnte, was vor sich ging.

Iain beobachtete Brodick genau. Der Krieger stand breitbeinig, mit auf dem Rücken verschränkten Händen und mit dem Gesicht zum Fenster. Er versuchte nicht, seinen Zorn vor Judith zu verhehlen. Brodick war jähzornig, und obwohl Iain wusste, dass er ihr niemals ein Haar krümmen würde, konnte er sie doch mit ein paar grausamen Bemerkungen verletzen.

Iain hielt sich bereit, einzugreifen. Das Letzte, was er heute Nacht gebrauchen konnte, war eine heulende und zeternde Frau, und Brodicks Einschüchterungstaktiken waren mindestens so gut wie die seinen.

Plötzlich erschien unwillkürlich ein Lächeln auf seinem Gesicht. Iain konnte nicht glauben, was er das sah. Alex ging es nicht besser. »Seht euch das an«, flüsterte er.

»Ich seh's«, verkündete Gowrie. »Aber ich glaub's nicht. Ist das *unser* Brodick, der da den Rückzug antritt?« Er grunzte vor Vergnügen. »So einen Gesichtsausdruck hab ich noch nie auf seinem Gesicht gesehen. Was glaubt ihr, was sie zu ihm sagt?«

Sie macht ihm die Hölle heiß, dachte Iain. Judith hatte ihre Hände in die Hüften gestemmt und bewegte sich auf den Krieger zu. Brodick wich buchstäblich vor ihr zurück. Er wirkte verblüfft.

Ihre Worte wurden vom Wind davongetragen, aber Iain war sich sicher, dass sie nicht flüsterte. Nay, sie brüllte wahrhaftig, und gelegentlich zuckte Brodick richtiggehend zusammen.

Iain warf Margaret einen Blick zu. Sie hatte die Hand auf den Mund gepresst, und als sie merkte, dass er sie beobachtete, senkte sie hastig ihren Blick. Doch sie war nicht schnell genug. Er hatte die Sorge in ihren Augen gesehen und wusste, dass sie irgendwie etwas damit zu tun hatte.

Die Tür ging auf.

Judith rang sich ein Lächeln ab und eilte zum Tisch zurück. Sie setzte sich, faltete die Hände im Schoß und stieß einen Seufzer aus. Brodick kam mit einigem Abstand nach, und als er schließlich wieder Platz genommen hatte, wandten sich die Krieger ihm zu. Judith nickte Margaret heimlich zu und machte eine Geste. Iain hatte es bemerkt, und seine Neugier wurde nur noch mehr angestachelt.

Brodick räusperte sich. »Isabelle und Winslow haben fast so eine große Hütte wie diese hier«, murmelte er.

»Nun, wie schön zu hören«, gab Cameron zurück.

Brodick nickte. Er schien sich absolut nicht in seiner Haut wohl zu fühlen. »Sie kann jetzt jeden Tag ihr Baby bekommen.«

Margaret seufzte glücklich. Ihre Augen füllten sich mit Tränen. Sie langte über den Tisch und ergriff die Hand ihres Mannes. »Wir werden ein Enkelkind haben«, flüsterte sie.

Cameron nickte. Judith bemerkte, dass auch seine Augen sich verschleierten. Verlegen sah er auf seinen Becher hinab.

Nun verstand Iain, was Judith getan hatte. Sie hatte einen Streit vom Zaun gebrochen, sich selbst gedemütigt, und alles nur, weil sie Margaret helfen wollte, Informationen über ihre Tochter zu bekommen. Judith hatte wirklich ein edles Herz. Es wäre ihm nie in den Sinn gekommen, dass die Eltern gerne etwas über ihre Tochter erfahren hätten, aber eine Fremde hatte es erkannt und war zur Hilfe geeilt.

»Gibt es irgendetwas Bestimmtes, was du über deine Tochter wissen möchtest?«, fragte Brodick.

Margaret hatte nicht nur eine Frage, sie hatte Hunderte. Auch Alex und Gowrie gaben einige Antworten.

Judith war höchst zufrieden. Ja, es machte sie wütend, dass Brodick nur erzählte, weil sie ihm gedroht hatte, mit ihm zu reiten. Offensichtlich war der Gedanke, sie berühren zu müssen, abschreckender als eine Unterhaltung über die Familie. Aber was bedeuteten schon ihre Gefühle? Das Glück in Margarets Augen war genug Entschädigung für Brodicks Abscheu.

In der Hütte war es herrlich warm. Judith versuchte, der Unterhaltung zu folgen, aber sie war zu erschöpft, um sich richtig konzentrieren zu können. Sie sah, wie Cameron Brodicks Becher neu füllen wollte, aber der Krug war leer.

Judith stellte den Stuhl, auf dem sie gesessen hatte, zurück an den Herd und brachte einen vollen Krug Wasser mit. Cameron nickte ihr als Dank zu.

Gott, sie war so müde. Die Männer hatten den Platz, den sie besetzt hatte, wieder belegt, aber ihr Rücken schmerzte sie ohnehin zu sehr, um sich dort wieder niederzulassen. Sie ging zum Hocker am Herd, setzte sich, lehnte sich gegen die kühle Mauer, schloss ihre Augen und war eine Minute später fest eingeschlafen.

Iain konnte seinen Blick einfach nicht von ihr abwenden. Sie war so schön, und ihr Gesicht wirkte wie das eines Engels. Er starrte sie lange an, bis er bemerkte, dass sie auf ihrem Hocker zusammensackte.

Er nickte Brodick zu, mit seiner Erzählung fortzufahren, stand auf und schlenderte zu Judith hinüber. Wie unabsichtlich lehnte er sich entspannt an die Wand, verschränkte die Arme vor der Brust und lauschte weiter Brodicks Bericht über Isabelle und Winslow. Margaret und Cameron hingen an seinen Lippen, und beide lächelten, als Brodick erwähnte, wie gutherzig und edelmütig ihre Tochter sei.

In diesem Moment verlor Judith das Gleichgewicht. Sie wäre nach vorne gefallen, wäre Iain nicht mit einem Schritt bei ihr gewesen. Er setzte sich auf die Ofenbank und zog ihren Kopf zu sich. Ihre Wange ruhte nun auf seinem Oberschenkel.

Eine gute Stunde verstrich, bevor Iain die Unterhaltung unterbrach. »Wir werden beim ersten Tageslicht aufbrechen, Cameron. Und wir haben noch zwei volle Tage vor uns, bis wir zu Hause sind.«

»Eure Frau kann unser Bett haben«, schlug Cameron vor. Er hatte laut gesprochen, aber als er sah, dass Judith schlief, senkte er die Stimme zu einem Flüstern.

»Sie schläft draußen bei uns«, entgegnete Iain. Um sein ›Nein‹ abzuschwächen, fügte er hinzu: »Sie würde nicht wollen, dass ihr auf euer Bett verzichtet.«

Weder Margaret und Cameron widersprachen der Entscheidung des Clansherrn. Iain beugte sich hinab, hob Judith in seine Arme und richtete sich auf.

»Das Weib schläft immer wie tot«, bemerkte Alex grinsend.

»Möchtet Ihr noch zusätzliche Decken haben? Der Wind ist eisig geworden«, warnte Margaret.

Gowrie öffnete Iain die Tür. »Wir haben alles, was wir brauchen«, sagte er.

Iain trug Judith durch die Tür und hielt draußen plötzlich inne. Er drehte sich um und sagte: »Danke für das Essen, Margaret. Es war sehr gut.«

In seinen Ohren klang das Kompliment eher kläglich, aber Margaret sah erfreut aus. Lebhafte Röte stieg ihr ins Gesicht. Auch Cameron benahm sich, als hätte das Kompliment ihm gegolten und warf sich in die Brust.

Iain ging auf die Bäume zu, die dem Stall gegenüber standen. Das Blattwerk würde sie vor dem Wind schützen. Und vor anderen Blicken! Er hielt Judith auf dem Arm, während Alex ihr einen kleinen Unterschlupf baute. Dann kniete Iain nieder und legte Judith auf das Plaid, das Gowrie unter ein Dach aus Fellen gebreitet hatte.

»Ich habe dem Weib versprochen, dass sie heute Nacht ein warmes Bett in der Hütte haben wird«, sagte Alex.

Iain schüttelte den Kopf. »Sie bleibt bei uns«, verkündete er. Niemand widersprach. Als Iain Judith mit einem zweiten Plaid zudeckte, gingen die Männer fort.

Unterdessen hatte Judith nicht einmal die Augen aufgeschlagen. Mit dem Handrücken strich er ihr über die Wange.

»Was soll ich bloß mit dir machen?«, flüsterte er.

Er hatte keine Antwort erwartet und bekam auch keine. Judith kuschelte sich in die Decken und stöhnte leise.

Er wollte sie nicht verlassen. Endlich zwang er sich aufzustehen und nahm eins von den Plaids, die Alex ihm auf seinem Weg zum nächsten Baum hinhielt. Er setzte sich nieder, lehnte sich an den Stamm und schloss die Augen.

Mitten in der Nacht weckte ihn ein seltsames Geräusch. Auch die anderen Männer waren aufgewacht. »Was in Gottes Namen ist das für ein Lärm?«, murmelte Brodick.

Es war Judith, die es verursachte. Sie war hellwach – und sie fühlte sich hundeelend. Da sie entsetzlich fror, konnte sie nicht aufhören zu zittern. Ihre Zähne klapperten heftig, und von dem Geräusch waren die Krieger geweckt worden.

»Ich wollte Euch nicht wach machen, Brodick«, rief Judith mit bebender Stimme. »Mir war nur so kalt!«

»Euch ist wirklich kalt, Weib?«, fragte Alex vollkommen erstaunt.

»Sehr, oh wie sehr«, antwortete Judith.

»Kommt her«, befahl Iain ziemlich barsch.

»Nein«, sagte sie im gleichen Tonfall.

Er lächelte in der Dunkelheit. »Dann komme ich eben zu Euch.«

»Ihr haltet Euch von mir fern, Iain Maitland«, sagte sie bestimmt. »Und wenn Ihr mir befehlen wollt, mein Zittern einzustellen, dann warne ich Euch – es wird nicht klappen!«

Er stand auf und kam zu ihr herüber. Zuerst sah sie nur die Spitzen seiner Stiefel, bis er die Felle zur Seite schob. In Sekunden hatte er ihr Zelt zerstört.

»Das hilft bestimmt«, murmelte sie. Sie setzte sich auf, um ihn anzusehen.

Iain schob sie zurück und streckte sich neben ihr aus. Er lag auf der Seite und gab ihr die Wärme seines Rückens.

Plötzlich erschien Brodick auf ihrer anderen Seite. Er legte sich auf die Seite mit dem Rücken zu ihr, und Judith rückte unwillkürlich näher zu Iain. Brodick rutschte nach, bis sein Rücken sich gegen den ihren presste.

Nun wurde ihr wirklich warm. Die Hitze, die die beiden Krieger ausstrahlten, war erstaunlich. Es fühlte sich wunderbar an. »Sie ist kalt wie ein Eisblock«, bemerkte Brodick.

Judith begann zu lachen. Und sowohl Brodick als auch Iain lächelten.

»Brodick?«

»Was ist?«

Schon hörte er sich wieder grimmig an. Aber Judith ließ sich davon nicht einschüchtern. Sie wusste ihn langsam zu nehmen und begriff, dass unter seiner zur Schau getragenen Knurrigkeit ein freundliches Herz steckte. »Danke.«

»Wofür?«

»Weil Ihr von Isabelle erzählt habt!«

Der Krieger grunzte, und sie musste wieder lachen.

»Judith?« Die Stimme des Clansherrn war etwas mürrisch.

Sie kuschelte sich enger an ihn. »Ja, Iain?«

»Hört auf zu tratschen und schlaft!«

Sie gehorchte widerspruchslos und war sofort eingeschlafen.

Einige Zeit verstrich, bevor Brodick zu flüstern begann. Er wollte sicher sein, dass Judith fest schlief und nichts mitbekam. »Jedes Mal, wenn man ihr die Wahl lässt, kommt sie zu dir.«

»Was meinst du damit?«

»Sie schmiegt sich an deinen Rücken, nicht an meinen. Außerdem reitet sie am liebsten mit dir. Hast du nicht den Ausdruck auf ihrem Gesicht gesehen, als du sie heute auf Alex' Pferd setztest? Sie sah verdammt unglücklich aus.«

Iain lächelte. »Ich hab's bemerkt«, gab er zu. »Aber das tut sie nur, weil ich Patricks Bruder bin.«

»Da steckt verflucht mehr dahinter.«

Iain erwiderte nichts.

Wieder verging einige Zeit, dann sprach Brodick erneut. »Lass es mich wissen.«

»Dich was wissen lassen?«

»Ob du sie haben willst oder nicht.«

»Und wenn nicht?«

»Dann will ich sie.«

Kapitel 5

Sie brauchten noch zwei Tage, bis sie den Maitland-Besitz erreichten. Die letzte Nacht verbrachten sie in einem wunderschönen Wald namens Glennden Falls. Die Eichen, Birken und Kiefern standen so dicht an dicht, dass die Pferde kaum durchkamen. Ein fast weißer Nebel, der streckenweise in Hüfthöhe waberte, gab der grünen fruchtbaren Gegend den magischen Hauch eines Paradieses.

Judith kam sich wie verzaubert vor. Sie lief durch den Nebel, bis er sie vollkommen einhüllte. Iain beobachtete sie, und als sie sich umwandte, fing sie seinen Blick auf. Mit leiser, ehrfurchtsvoller Stimme erklärte sie ihm, dass dies gewiss der schönste Ort auf Erden sein müsse. »So stelle ich mir den Himmel vor, Iain!«

Er schien überrascht, schaute sich um und antwortete dann in seiner arroganten Art: »Vielleicht.«

Der Krieger hatte sich offenbar noch niemals die Zeit genommen, die Schönheit, die ihn umgab, wahrzunehmen. Als sie ihm das sagte, musterte er sie mit einem durchdringenden Blick von oben bis unten, trat zu ihr und berührte sanft ihre Wange. »Ich habe es sehr wohl schon bemerkt«, sagte er.

Sie spürte, wie sie rot wurde. Er meinte sie! Fand er sie wirklich schön? Sie traute sich nicht, ihn danach zu fragen. Da brachte er sie auf andere Gedanken, indem er ihr versprach, sie könne sich nun richtig baden.

Judith war aufgeregt. Das Wasser, das die kleine Böschung

herabrauschte, war eisig, aber sie war zu glücklich, sich endlich wieder ganz und gar zu waschen, dass sie sich nicht um die Kälte scherte. Sie wusch sogar ihr Haar, das sie nun nass flechten musste, aber auch das kümmerte sie nicht.

So gut wie möglich wollte sie aussehen, wenn sie ihre Freundin wiedersah. Judith spürte eine leichte Unruhe, als sie an Frances Catherine dachte. Fast vier Jahre hatten sie sich nicht mehr gesehen. Ob Frances Catherine sich verändert hatte? Und waren sie beide im Herzen Freundinnen geblieben?

Judith gestattete sich nicht, allzu lange über ihr erstes Treffen nachzudenken. Tief innen wusste sie, dass alles gut gehen würde. Sobald sie ihre dumme Sorge verdrängt hatte, wuchs ihre Aufregung, und als sie mit dem Essen fertig waren, umkreiste sie buchstäblich das Feuer.

»Wusstet Ihr, dass Camerons Frau die ganze Nacht für uns gekocht hat?«, sagte sie zu niemandem Bestimmten gewandt.

»Sie wollte Isabelle ihre Lieblingskekse schicken, aber sie hat genug für uns mitgebacken.«

Alex, Gowrie und Brodick saßen um das Feuer herum. Iain lehnte an einer dicken Birke und beobachtete sie. Keiner erwiderte etwas auf ihre Bemerkung.

Judith ließ sich nicht beirren. Nichts konnte ihre Begeisterung dämpfen. »Warum haben wir heute denn ein Feuer?«, fragte sie. »Bisher haben wir nie eins angezündet!«

Gowrie antwortete. »Wir sind jetzt auf Maitland-Gebiet. Das waren wir vorher nicht«, erklärte er.

Sie schnappte überrascht nach Luft. »Dieses Wunderland gehört Euch?«

Alex und Gowrie grinsten. Brodick runzelte die Stirn.

»Wollt Ihr endlich aufhören, hin- und herzurennen, Frau? Wenn man Euch zusieht, bekommt man Kopfschmerzen!«

Sie warf ihm ein Lächeln zu und schlenderte dann hinter ihn.

»Dann seht nicht zu«, schlug sie ihm vor.

»Warum tut Ihr es überhaupt?«, wollte Iain wissen.

»Ich bin zu gespannt auf morgen, um still sitzen zu können. Ich habe Frances Catherine vier Jahre nicht mehr gesehen, und es gibt so viel zu erzählen. Ich wette, ich kann heute Nacht kein Auge zumachen.«

Iain wettete heimlich, dass sie es doch tat. Er gewann die Wette. Judith war fest eingeschlafen, kaum dass sie die Augen geschlossen hatte.

Der Morgen kam, und sie ließ sich nicht zur Eile drängen. Sie sagte ihnen, dass sie sich diesmal ein wenig mehr Zeit nehmen würde, und als sie zum Lager zurückkehrte, wo die Krieger bereits ungeduldig in ihren Sätteln warteten, sah sie bezaubernd aus. Sie hatte ein leuchtend blaues Kleid gewählt, das die Farbe ihrer Augen unterstrich. Das Haar trug sie offen, und dicke Locken fielen ihr von den Schultern herab, als sie sich bewegte.

Etwas zog sich in Iains Brust zusammen. Er konnte seinen Blick einfach nicht von ihr wenden, und dieser Mangel an Disziplin entsetzte ihn. Er schüttelte den Kopf über sein lächerliches Verhalten und betrachtete grimmig die Frau, die ihn so verwirrte.

Judith war auf der Lichtung angekommen und hielt inne. Iain verstand zunächst nicht, warum sie zögerte, bis er sah, dass seine Männer ihr alle die Hand hinhielten. Jeder lud sie ein.

»Sie reitet mit mir!«

Seine Stimme ließ keinen Widerspruch zu, und Judith fürchtete, dass er verärgert war, weil sie so lange gebraucht hatte, um sich zurechtzumachen.

Langsam ging sie zu ihm herüber. »Ich *habe* Euch gesagt, dass es heute etwas länger dauern würde. Ihr habt also keinen Grund, so böse zu gucken.«

Er stieß einen Seufzer aus. »Es schickt sich nicht für eine Dame, in so einem Ton mit mir zu reden«, wies er sie zurecht.

Sie riss die Augen auf. »Was für ein Ton?«

»Den Befehlston!«

»Ich habe nichts befohlen.«

»Außerdem solltet Ihr auch nicht mit mir streiten.«

Sie machte keinen Hehl aus ihrer Verzweiflung. Sie stemmte die Hände in die Hüften und sagte: »Iain, ich weiß ja, dass Ihr als Clansherr gewohnt seid, die Leute herumzukommandieren, aber ...«

Sie konnte den Satz nicht mehr zu Ende sprechen. Er beugte sich herab, packte sie um die Taille und hob sie auf seinen Schoß. Judith stieß ein Quieken aus. Er hatte ihr nicht weh getan, aber die erstaunliche Schnelligkeit seiner Bewegung hatte sie vollkommen überrumpelt.

»Ihr und ich werden irgendwie zu einer Einigung kommen müssen«, sagte er mit harter Stimme, die keinen Widerspruch zuließ.

Er wandte sich an seine Kumpanen. »Reitet vor«, befahl er. »Wir holen euch ein.«

Während er wartete, bis seine Männer sich entfernt hatten, wand sich Judith auf seinem Schoß, um ihn ansehen zu können. Er packte sie jedoch nur fester um die Taille – ein stiller Befehl, zu bleiben, wo sie war.

Sie sah zu ihm hoch. Er hatte sich heute Morgen nicht rasiert und sah etwas zerzaust und sehr, sehr männlich aus.

Plötzlich wandte er ihr seine volle Aufmerksamkeit zu. Eine

lange Minute starrten sie sich gegenseitig an. Er überlegte, wie in Gottes Namen er sie in Ruhe lassen sollte, wenn sie einmal zu Hause waren. Sie fragte sich, wie ein solcher Mann ein so fein geschnittenes, makelloses Profil haben konnte. Sie sah auf seinen Mund und hielt den Atem an. Der Himmel mochte ihr helfen, sie *wollte*, dass er sie küsste.

Und er wollte sie küssen. Tief holte er Atem, um seine Gedanken in den Griff zu bekommen. »Judith, die gegenseitige Anziehungskraft, die wir verspüren, kommt wahrscheinlich daher, dass wir nun schon über eine Woche gezwungen waren, die Gegenwart des anderen zu ertragen. Diese Nähe …«

Seine Wortwahl brachte sie auf: »Ihr findet also, Ihr wart *gezwungen*, meine Gegenwart zu *ertragen*?«

Er ignorierte die Unterbrechung. »Wenn wir den Maitland-Besitz erreichen, wird sich alles ändern. Dort gibt es eine besondere Befehlskette, und jedes Mitglied des Maitland-Clans hält sich an dieselben Regeln.«

»Warum?«

»Damit es kein heilloses Durcheinander gibt.«

Er wartete, bis sie nickte, bevor er fortfuhr, und musste sich zwingen, nicht auf ihren süßen Mund zu sehen.

»Die Regeln, denen wir alle gehorchen, wurden für diese Reise außer Kraft gesetzt, weil es nicht anders ging. Aber wenn wir erst mal unser Ziel erreicht haben, können wir nicht mehr so locker miteinander umgehen.«

Er hielt erneut inne. Sie nahm an, dass er auf ihre Zustimmung wartete, und nickte pflichtgetreu. Er wirkte erleichtert, bis sie fragte: »Und warum das?«

Er seufzte. »Weil ich der Clansherr bin.«

»Das weiß ich bereits«, gab sie zurück. »Und ich bin sicher, Ihr macht es auch gut. Dennoch begreife ich nicht, was Ihr mir sagen wollt. Ich hatte doch schon erwähnt, dass ich keines von Euren Clansmitgliedern bin.«

»Und ich hatte schon erklärt, dass Ihr als Gast auf meinem Land den Regeln zu gehorchen habt wie alle anderen auch.«

Sie tätschelte seinen Arm. »Ihr habt immer noch Angst, dass ich Unruhe stiften werde, nicht wahr?«

Am liebsten hätte er sie gewürgt.

»Ich werde mich bestimmt bemühen, mit allen gut auszukommen«, flüsterte sie. »Ich will keinen Ärger machen.«

Er lächelte. »Da bin ich nicht sicher, ob das möglich ist. Sobald die anderen begreifen, dass Ihr Engländerin seid, werden Sie gegen Euch eingenommen sein.«

»Aber das ist nicht fair!«

Er war nicht in der Stimmung, mit ihr zu diskutieren. »Fairness hat damit nichts zu tun, ich möchte Euch nur vorwarnen. Wenn die Leute ihre anfängliche Überraschung verdaut haben ...«

»Soll das heißen, keiner weiß, dass ich komme?«

»Unterbrecht mich nicht, wenn ich mit Euch rede«, befahl er.

Sie tätschelte wieder seinen Arm. »Verzeiht mir«, flüsterte sie. Sie klang nicht im Mindesten reumütig. Wieder seufzte er.

»Patrick, Frances Catherine und die Ratsmitglieder wissen von Eurem Kommen. Die anderen werden es bei Eurer Ankunft erfahren. Judith, ich will nicht, dass Ihr einen ... schwierigen Einstieg habt.«

Er schien ernsthaft besorgt um sie zu sein und dies durch seine Barschheit überspielen zu wollen. »Ihr seid ein guter Mensch«, sagte sie darum mit vor Rührung heiserer Stimme.

Er reagierte, als hätte sie ihn beleidigt. »Zur Hölle damit.«

Sie würde diesen Mann wirklich nie verstehen! Judith strich ihr Haar zurück, stieß einen Seufzer aus und fragte: »Weshalb seid Ihr nun wirklich besorgt? Glaubt Ihr, man könnte mich für minderwertig halten?«

»Anfangs vielleicht«, begann er. »Aber wenn sie erst …«

Sie unterbrach ihn wieder. »Das macht mir nichts. Meine Gefühle sind nicht so leicht zu verletzen. Ich kenne das von früher, bitte hört auf, Euch um mich Sorgen zu machen.«

Er schüttelte den Kopf. »Aye, man wird Eure Gefühle verletzen«, erwiderte er und dachte an ihren Gesichtsausdruck, als seine Männer sich am ersten Abend nicht gleich zu ihr gesellen wollten. Er hielt inne, versuchte sich zu erinnern, was er hatte sagen wollen, und platzte dann plötzlich heraus: »Wer zum Teufel glaubte denn früher, Ihr wäret minderwertig?«

»Meine Mutter«, antwortete sie, bevor sie sich's versah. »Ich möchte jetzt aber nicht über meine Familie reden«, fügte sie hinzu. »Sollten wir nicht besser losreiten?«

»Judith, ich will nur, dass Ihr eins wisst: Solltet Ihr jemals in ernsthafte Schwierigkeiten kommen, sagt es Patrick. Er wird mich finden.«

»Warum kann ich es nicht einfach Euch sagen? Warum muss ich Frances Catherines Mann vorschieben?«

»Die Befehlskette …« Ihr plötzliches Lächeln unterbrach ihn mitten im Satz. »Was ist?«

Sie hob die Schultern. »Ich freue mich, dass Ihr Euch um mein Befinden sorgt.«

»Was ich Euch gegenüber fühle, hat nichts hiermit zu tun«, sagte er scharf. Er hatte seiner Stimme absichtlich Härte verliehen, damit sie verstand, wie wichtig es war, was er ihr zu sagen hatte. Verdammt, er wollte sie schützen. Wenn Patrick

Recht hatte, waren Frauen schrecklich empfindlich, und er wollte nicht, dass Judith verletzt wurde. Er wollte, dass ihr Besuch so friedlich wie möglich verlief, und er wusste auch, dass die Ratsmitglieder ihr das Leben unerträglich machen würden, wenn sie sich nicht auf schickliche Art und Weise benahm. Jede ihrer Bewegungen würde genau beobachtet werden. Judith hatte vollkommen Recht: Eine vorgefertigte Abneigung war nicht fair. Aber wie naiv, so denken zu wollen. Iain war realistisch genug, um zu wissen, dass Fairness keine Rolle spielte. Es ging ums Überleben. Und wenn er sie einschüchtern musste, damit sie ihre delikate Position begriff, dann, bei Gott, würde er sie eben einschüchtern.

»Ihr schreckt mich wirklich nicht mit Eurem finsteren Blick, Iain. Ich habe nichts Falsches getan.«

Er schloss ergeben die Augen. Man konnte sie einfach nicht kleinkriegen. Gott, am liebsten hätte er laut gelacht. »Mit Euch zu reden ist wirklich mühsam«, bemerkte er.

»Weil ich eine Fremde bin oder weil ich eine Frau bin?«

»Beides, denke ich«, antwortete er. »Ich habe noch nicht mit so vielen Frauen gesprochen.«

Sie riss staunend die Augen auf. »Warum nicht?«

Er hob die Schultern. »Es war nicht nötig«, erklärte er.

Sie konnte nicht glauben, was er da sagte. »Ihr redet, als sei das Schwerstarbeit!«

Er grinste. »Das ist es.«

Ob das eine Beleidigung sein sollte? Aber es kümmerte sie nicht, denn ein Lächeln milderte seine Bemerkung.

»Gibt es bei Euch keine Frauen, mit denen Ihr gern redet?«

»Das ist im Moment nicht die Frage«, sagte er knapp.

Er wollte gerade wieder auf das ursprüngliche Thema zurückkommen, als sie ihm die Aufgabe abnahm. »Ich weiß, ich weiß«, murmelte sie. »Obwohl Eure Gesetze eigentlich nichts mit mir zu tun haben, verspreche ich, mich anzupassen, so lange ich bei Euch bin. So, seid Ihr nun beruhigt?«

»Judith, ich verbitte mir jede Anmaßung.«

Seine Stimme hatte sanft geklungen, ohne einen Hauch von Zorn. Er hatte nur eine Tatsache festgestellt, und sie reagierte auf die gleiche Art. »Ich war nicht anmaßend«, sagte sie. »Zumindest nicht absichtlich.«

Sie meinte es ehrlich, und er nickte zufrieden. Dann setzte er noch mal an. »Solange Ihr auf *meinem* Land seid, werdet Ihr *meinen* Anweisungen folgen, denn ich bin letztlich für Euch verantwortlich. Versteht Ihr das jetzt?«

»Ich verstehe, dass Ihr entsetzlich Besitz ergreifend seid«, gab sie zurück. »Und bei Gott, ich bin dieser Unterhaltung müde!«

Sein wilder Blick verriet ihr, dass ihn das überhaupt nicht interessierte. Sie versuchte, das Thema zu wechseln.

»Iain, Ihr habt nicht oft Besuch, nicht wahr?«

Wollte die Frau ihn absichtlich ärgern? Nein, das konnte er sich nicht vorstellen. »Sehr wenig Fremde dürfen unser Land betreten«, erwiderte er etwas schwülstig.

»Und warum?«

Ihm fiel keine Antwort darauf ein. Tatsächlich hatte er keine Ahnung, warum es so war. Er hatte niemals darüber nachgedacht. »So ist es eben schon immer gewesen«, bemerkte er lahm.

»Iain?«

»Ja?«

»Warum habt Ihr mich geküsst?«

Dieser abrupte Themenwechsel verlangte seine volle Aufmerksamkeit. »Verflucht will ich sein, wenn ich das wüsste.«

Ein Hauch Röte überzog ihre Wangen. »Wäret Ihr auch

verflucht, wenn Ihr noch mal nachdenken müsstet?« Sein verwirrter Blick sagte ihr, dass er nicht begriff. Sie unterdrückte ihr Schamgefühl. Wahrscheinlich würde dies das letzte Mal sein, dass sie allein waren, und sie war entschlossen, diesen letzten Moment auszunutzen. Sie streckte die Hand aus und berührte seine Wange. »Was tut Ihr?« Er hielt ihre Hand fest, schob sie aber nicht weg.

»Ich berühre Euch.« Sie hatte unbekümmert klingen wollen, wusste aber, dass ihr das nicht gelungen war. Sein brennender Blick ließ ihr Herz klopfen. »Ich wollte wissen, wie sich Eure Bartstoppeln anfühlen.« Sie lächelte ihn an. »Jetzt weiß ich es.« Sie nahm ihre Hand fort und legte sie in ihren Schoß. »Sie kitzeln.«

Sie fühlte sich wie eine Närrin, und Iain erwiderte nichts, was ihre Verlegenheit hätte abschwächen können. Ihre Dreistigkeit hatte ihn wohl vollkommen verblüfft. Wahrscheinlich hielt er sie nun für eine schamlose Dirne ohne Moral. Nun, so hatte sie sich auch benommen. Was war bloß in sie gefahren? Sonst war sie doch nicht so keck!

Immer wieder strich sie über seinen Oberarm, während sie über ihr eigenes Verhalten nachgrübelte. Sie bemerkte nicht einmal, dass sie ihn liebkoste. Er dagegen schon. Die zärtliche Berührung trieb ihn fast zum Wahnsinn.

Sie starrte auf sein Kinn, als sie endlich ihre Entschuldigung vorbrachte: »Normalerweise bin ich nicht so neugierig oder so forsch.«

»Kaum zu glauben.«

Sie war über diese Antwort so verdutzt, dass sie ihn direkt ansah. Seine Augen funkelten vor Vergnügen. Wollte er sich über sie lustig machen?

Iain sah, dass er sie verletzt hatte. Um das gutzumachen, strichen nun *seine* Finger über ihre Wange. Ihre Reaktion erfreute ihn. Sie lehnte sich an ihn und presste sich wie ein Kätzchen, das mehr bekommen will, sanft gegen seine liebkosende Hand.

»Ich muss immer daran denken, wie Ihr mich geküsst habt, Iain, aber ich wünschte mir, Ihr würdet es noch einmal tun. Ich weiß, das ist schamlos, aber ich habe bisher ganz zurückgezogen gelebt …«

Sein Mund erstickte ihre Erklärung. Sein Kuss war sanft, ohne zu fordern, bis sie die Arme um seinen Hals schlang. Er konnte sich nicht mehr beherrschen, und der Kuss wurde hitzig und verlangend, leidenschaftlich und wundervoll erregend. Sie schmolz in seinen Armen dahin. Alles an ihm liebte sie: seinen Geschmack, das Gefühl seiner Zunge, die sich um die ihre schlang, die Art, wie seine Lippen ihren Mund immer wieder in Besitz nahmen. Sie liebte das tiefe Grollen, das aus seiner Kehle emporstieg und die raue Zärtlichkeit seiner Umarmung.

Doch sie hasste den Blick, den er ihr nun zuwarf, als er sie von sich schob. Es war der gleiche Ausdruck wie vor einigen Tagen, als er sie zum ersten Mal geküsst hatte. Iain war wütend, dass er sie berührt hatte, vielleicht sogar angewidert.

Diese Miene wollte sie nicht an ihm sehen. Sie schloss ihre Augen und ließ sich gegen ihn fallen. Ihr Herz hämmerte, und sie konnte hören, dass auch sein Herz laut in seiner Brust klopfte. Der Kuss hatte ihn erregt, vielleicht so sehr wie sie. War er deswegen zornig? Offenbar *wollte* er kein Gefallen daran finden.

Der Gedanke machte sie traurig und verlegen. Plötzlich brauchte sie Abstand zu ihm. Sie drehte sich in seinem Schoß um, bis ihr Rücken an seiner Brust ruhte. Dann versuchte sie, hinunterzurutschen, aber er ließ es nicht zu. Er packte sie an den Hüften und zog sie wieder grob an sich. »Hör auf, dich so zu bewegen!« Seine Stimme klang harsch und wütend.

Hatte sie ihm weh getan? »Es tut mir Leid«, antwortete sie. Sie hielt ihren Blick gesenkt. »Ich hätte dich nicht bitten dürfen, mich zu küssen. Ich tu's nie wieder.«

»Nicht?«

Nun hörte er sich an, als würde er sich das Lachen verkneifen. Sie versteifte sich sofort, und Iain hatte das Gefühl, plötzlich einen Eisblock in den Armen zu halten. »Judith, sag mir, was los ist«, flüsterte er mit rauer Stimme.

Vielleicht hätte sie es ihm erklären können, wenn er sich nicht zu ihr herabgebeugt und sein Kinn über ihr Gesicht gerieben hätte. Wohlige Schauer liefen ihr den Rücken hinunter. O Himmel, sie verabscheute sich selbst. Warum konnte sie bloß ihre Gefühle nicht beherrschen?

»Antworte mir.«

»Ich weiß, dass wir keine gemeinsame Zukunft haben«, begann sie schließlich. Ihre Stimme zitterte. »Ich bin keine Vollidiotin, obwohl ich mich wie eine benehme. Meine einzige Entschuldigung ist, dass ich mich bisher aus eben diesem Grund sicher gefühlt habe.« Ihre Erklärung war unverständlich, das wusste sie. Verzweifelt rang sie die Hände.

»Erklär mir ›eben diesen Grund‹«, verlangte er.

»Eben der Grund, weil du Schotte bist und ich nicht«, antwortete sie. »Jetzt fühle ich mich nicht mehr sicher!«

»Du fühlst dich bei mir nicht sicher?« Er klang entsetzt.

»Du verstehst nicht«, flüsterte sie. Sie schaute zu Boden, sodass er ihre Verlegenheit nicht sehen konnte. »Ich glaubte, ich könnte dich ohne Sorge anziehend finden, weil du Clansherr bist und ich Engländerin. Doch nun merke ich, wie riskant es ist. Du kannst mir das Herz brechen, Iain Maitland, wenn ich es zuließe. Bitte, versprich mir, dass du dich von mir fern hältst. Es ist ... unmöglich!«

Sein Kinn ruhte auf ihrem Kopf. Tief atmete er ihren süßen Duft ein und versuchte zu vergessen, wie schön sie sich in seinen Armen anfühlte. »Nicht unmöglich«, murmelte er. »Nur verdammt kompliziert!«

Er war sich nicht über die Bedeutung dessen klar, was er sagte, bis er die Worte tatsächlich ausgesprochen hatte. Augenblicklich erkannte er die Konsequenzen. Ein Berg von Problemen türmte sich vor ihm auf. Er entschied, dass er Zeit und Distanz von Judith brauchte, um darüber nachzudenken.

»Ich glaube, es ist besser, wenn wir uns einfach ignorieren«, schlug Judith vor. »Wenn wir am Ziel sind, musst du dich wieder deinen Pflichten widmen, und ich werde damit beschäftigt sein, mich um Frances Catherine zu kümmern. Bestimmt ist es dann einfacher für uns, nicht wahr, Iain?«

Er gab keine Antwort, nahm die Zügel in die Hand und trieb sein Pferd in vollen Galopp. Mit dem Arm wehrte er die Zweige ab, als sie über den engen Pfad ritten. Er spürte ihr Zittern, und als sie die Felder am Rand des Maitland-Besitzes erreicht hatten, zog er ihren Umhang, der hinter dem Sattel befestigt war, hervor und legte ihn ihr um die Schultern.

Die nächsten Stunden sprach keiner von ihnen ein Wort. Sie ritten durch ein wunderschönes Rapsfeld, dessen leuchtendes Gelb so intensiv war, dass sie die Augen vor dieser Naturschönheit abschirmen musste. Kleine Häuser schmiegten sich an die mit stolzen Kiefern bewachsenen Hügel. Blumen in allen Farben des Regenbogens wuchsen verschwenderisch auf den Hangwiesen, umgeben von einem dicken Teppich aus smaragdgrünem, saftigem Gras.

Sie ritten über eine Brücke, die sich in einem Bogen über den klaren, sprudelnden Fluss spannte, und begannen dann einen steilen Abstieg. Die Luft war erfüllt vom Geruch des Sommers. Der Duft der Blumen mischte sich mit dem sauberer, feuchter Erde.

Schotten, männliche und weibliche, kamen aus ihren Häusern, um den Trupp vorüberreiten zu sehen. Die Clansmitglieder trugen alle die gleichen Farben, ihre Plaids waren mit Iains identisch, und Judith wusste, dass er sein Zuhause erreicht hatte.

Plötzlich war sie so gespannt auf Frances Catherine, dass sie kaum noch still sitzen konnte. Sie drehte den Kopf und lächelte Iain an, doch er starrte geradeaus, und tat, als ob er sie nicht bemerkte.

»Reiten wir geradewegs zu Frances Catherines Haus?«

»Sie werden bei der Festung oben auf dem Kamm auf uns warten«, sagte Iain.

Er hatte ihr nicht mal einen kurzen Blick zugeworfen. Da wandte sie sich wieder nach vorne. Sie wollte sich durch seine schlechte Laune nicht ihre Erregung verderben lassen. Bezaubert von der rauen Schönheit des Landes, das sie umgab, konnte sie es kaum erwarten, Frances Catherine davon vorzuschwärmen.

Kurz darauf konnte sie Iains Besitz sehen. Gott, war das hässlich! Der riesige steinerne Bau lag oben auf dem Gipfel, und noch nicht mal eine Mauer umgab das Haus. Iain schien sich keine Sorgen über mögliche Feinde zu machen. Aber wahrscheinlich brauchte ein Eindringling so lange, dort hochzuklettern, dass Iain genug Zeit zur Verteidigung hatte, überlegte sie.

Graue Nebel hingen über dem Dach des Gebäudes. Das Haupthaus war rechteckig und genauso farb- und trostlos wie der Himmel darüber.

Der Vorplatz sah nicht besser aus. Er war schmutzig und abgenutzt wie die Doppeltür, die ins Haus hineinführte.

Judith betrachtete die Menschenmenge, die sich versammelt hatte. Die Männer nickten Iain zu, doch die Frauen zeigten keine Reaktionen auf ihre Ankunft. Sie standen nur da, schweigend und wartend.

Judith suchte Frances Catherines Gesicht in der Menge.

Dann entdeckte sie ihre Freundin und sah ihren Blick … Frances Catherine schien den Tränen nah. Ihr Gesicht war totenblass, und sie hatte ganz offensichtlich Angst. Judith wusste zwar nicht, wovor, aber die Panik sprang augenblicklich auf sie über.

Iain hielt sein Pferd an, und Gowrie, Alex und Brodick taten es ihm nach. Frances Catherine wollte einen Schritt vortreten, doch der Mann an ihrer Seite packte sie am Arm, um sie zurückzuhalten.

Judith betrachtete Patrick Maitland aufmerksam. Sie hatte keinen Zweifel, dass dies Frances Catherines Mann war. Er sah Iain sehr ähnlich, und wenn er auch weniger kräftig vom Körperbau her war, so hatte sein düsterer Blick doch die gleiche Intensität wie Iains.

Auch er sah besorgt aus. Und als er seiner Frau einen Blick zuwarf, erkannte Judith, dass seine Angst Frances Catherine galt. Ihre Freundin rang die Hände, sah zu Judith hinauf und machte erneut einen zögernden Schritt nach vorne. Diesmal versuchte Patrick nicht, sie aufzuhalten.

Die Menge starrte sie an, und Judith fühlte sich entsetzlich unbehaglich. »Wovor hat Frances Catherine solche Angst?«

Sie hatte die Frage geflüstert, und Iain beugte sich hinab, um ihr mit einer Gegenfrage zu antworten: »Warum hast *du* Angst?«

Sie wollte gerade heftig verneinen, als Iain sie ablenkte, indem er ihre Hand sanft von seinem Arm löste. Himmel, sie hatte sich förmlich an ihn gekrallt.

Er drückte sie kurz, bevor er abstieg. Dann nickte er Patrick zu, drehte sich zu Judith zurück und half ihr aus dem Sattel.

Nun würdigte sie *ihn* keines Blickes. Stattdessen wandte sie sich um und schritt auf ihre Freundin zu. Wenige Fuß vor ihr blieb sie stehen.

Sie wusste nicht, was sie sagen sollte, um Frances Catherine die Angst zu nehmen – oder sich selbst zu beruhigen. Sie dachte daran, dass sie in ihrer Kindheit immer miteinander weinen konnten. Diese Erinnerung rief ihr etwas anderes ins Gedächtnis. Und plötzlich wusste sie genau, was sie ihrer lieben Freundin zur Begrüßung sagen wollte.

Ihr Blick heftete sich auf Frances Catherines hoch gewölbten Leib. Sie trat einen Schritt vor und sah ihr strahlend in die angstvollen Augen. Leise, dass nur ihre Freundin sie verstehen konnte, sagte sie: »Ich kann mich genau erinnern, dass wir uns gegenseitig versprochen haben, niemals den Kelch eines Mannes auszutrinken, in den er gespuckt hat. So wie du aussiehst, Frances Catherine, fürchte ich – du hast dein Wort gebrochen.«

Kapitel 6

Frances Catherine sog hörbar den Atem ein. Überrascht riss sie die Augen auf. Dann, plötzlich, brach sie in lautes Lachen aus und warf sich Judith in die Arme. So gut konnte sie sich noch daran erinnern, wie sicher und altklug sie geklungen hatte, als sie Judith damals erklärte, dass eine Frau nur dann schwanger werden konnte, wenn sie den Becher eines Mannes austrank! Überglücklich knuffte und umarmte sie die Freundin, als wollte sie sie erdrücken. Die beiden Frauen lachten und weinten, und für die Menge, die verdutzt um sie herumstand, mussten sie scheinbar den Verstand verloren haben.

Alle Spannung und Sorge fiel von Patricks Schultern ab. Er warf seinem Bruder einen Blick zu und nickte dann langsam. Iain erwiderte das Nicken.

Die Reise war den Ärger wert gewesen, entschied Patrick. Er verschränkte die Arme hinter dem Rücken und wartete ab, dass seine Frau sich wieder an ihre gute Erziehung erinnerte. Doch die Freude in ihren Augen machte ihre Unaufmerksamkeit ihm gegenüber mehr als wett. O Herr, wie sehr hatte er ihr Lachen vermisst. Ein Teil von ihm hätte die Engländerin am liebsten selbst in den Arm genommen, nur um ihr klar zu machen, wie sehr er ihre Treue zu schätzen wusste.

Er musste noch weitere Minuten warten, bis seine Frau sich daran erinnerte, dass er auch noch da war. Beide Frauen redeten zur gleichen Zeit, fragten und antworteten auf ihre eigenen Fragen und schufen ein heilloses, aber glückliches Durcheinander.

Iain freute sich wie Patrick über das Zusammentreffen. Außerdem war er tatsächlich überrascht: Er hatte bis zu diesem Moment nicht gewusst, dass Frauen untereinander auch echte, verlässliche Freundschaften schließen konnten. Das starke Band zwischen Judith und Frances Catherine war unverkennbar. Es faszinierte ihn. Von Judith wusste er, dass die beiden Freundschaft geschlossen hatten, als sie zu jung waren, um zu erkennen, dass sie sich eigentlich hassen sollten. Und er musste feststellen, dass er sie noch viel mehr dafür bewunderte, sich gegenseitig die Freundschaft und Treue über all die Jahre hinweg erhalten zu haben – auch nachdem sie ihre Lektionen in Misstrauen und Hass gelernt hatten.

Judith fand zuerst wieder zur Etikette zurück. »Wir haben so viel aufzuholen«, sagte sie. »Aber jetzt muss ich Iain und seinen Männern danken, dass sie mich hergebracht haben.«

Frances Catherine nahm ihre Hand. »Zuerst möchte ich dich meinem Mann vorstellen«, sagte sie, drehte sich um und lächelte Patrick an. »Das ist Judith.«

Patricks Lächeln war dasselbe wie Iains. »Das dachte ich mir schon«, sagte er zu seiner Frau. »Ich freue mich, dich kennen zu lernen, Judith.«

Sie hätte brav vor ihm geknickst, wenn Frances Catherine ihre Hand losgelassen hätte. So aber lächelte sie nur. »Und ich freue mich, hier zu sein. Danke für die Einladung.«

Ihr Blick suchte Iain. Er hatte die Zügel genommen und lenkte sein Pferd in Richtung Stallung. Sie versprach Frances Catherine, gleich zurückzukommen, und eilte hinter dem Clansherrn her. »Iain, bitte warte«, rief sie. »Ich wollte dir danken!«

Er hielt nicht an, warf jedoch einen Blick über die Schulter zurück, nickte kurz und ritt dann weiter. Judith dankte Alex, Gowrie und Brodick, als sie an ihr vorbeikamen, doch sie reagierten genauso. Distanziert, barsch.

Judith versuchte sich einzureden, dass sie nicht mehr hätte erwarten dürfen. Die vier hatten ihre Pflicht getan und waren sie endlich los. Sie behielt ihr Lächeln bei, als sie sich umdrehte und zurückging. Als sie an einer Gruppe Frauen vorbeiging, fing sie ein Flüstern auf: »Lieber Gott, man könnte meinen, sie sei Engländerin. Aber das kann doch nicht sein, oder?«

Wenn Judiths Kleider sie nicht schon verraten hätten, dann hatte es gewiss ihr Akzent getan.

Ohne innezuhalten, warf sie den Frauen ein Lächeln zu. »Aye, ich bin Engländerin.«

Der einen Frau fiel tatsächlich die Kinnlade herab. Judith hätte gerne gelacht, aber sie unterdrückte den Wunsch. Sicher wäre es furchtbar unhöflich gewesen, Belustigung über die offensichtliche Verwirrung zu zeigen.

Als sie ihre Freundin erreichte, bemerkte sie: »Jeder hier scheint meine Anwesenheit aufregend zu finden.«

Frances Catherine kicherte, aber Patrick, der ihre Feststellung für ernst gemeint hielt, reagierte genau andersherum: »Judith, ich glaube nicht, dass ›aufgeregt‹ der richtige Ausdruck ist. Tatsächlich möchte ich wetten ...«

Er sah Hilfe suchend seine Frau an. Wie konnte man die Wahrheit erträglicher klingen lassen? Frances Catherine stand ihm jedoch nicht bei: Sie lachte noch immer!

Judith schenkte Patrick ein Lächeln. »Wäre ›entsetzt‹ der richtige Ausdruck?«

»Nay«, sagte Frances Catherine. »Eher ›empört‹, ›angewidert‹, vielleicht ...«

»Genug!«, unterbrach Patrick mit einem ärgerlichen Knurren. Seine Augen funkelten zornig. »Du hast dich also gerade über mich lustig gemacht, als du sagtest ...«

Judith nickte. »Ja, das habe ich. Ich weiß, dass ich nicht willkommen bin. Iain hat mich gewarnt.«

Bevor Patrick etwas erwidern konnte, rief ihn ein älterer Krieger herüber. Er verbeugte sich vor Frances Catherine und Judith und ging dann zu der Gruppe Männer, die nahe den Stufen vor dem Gebäude standen. Frances Catherine hakte sich bei Judith ein, und sie gingen die Böschung hinunter.

»Du bleibst bei Patrick und mir«, erklärte sie. »Es wird etwas eng werden, aber ich möchte dich gerne nah bei mir haben.«

»Habt ihr mehr als einen Raum in eurer Hütte?«

»Nein. Patrick will noch eine Kammer anbauen, wenn das Baby da ist.«

In diesem Moment kam Patrick den Hügel hinunter. Der Ausdruck auf seinem Gesicht sagte Judith, dass er bereits ihre Anwesenheit hatte verteidigen müssen.

»Wirst du Schwierigkeiten bekommen, weil du mich eingeladen hast, Patrick?«

Er gab ihr keine direkte Antwort. »Sie werden sich schon daran gewöhnen.«

Dann erreichten sie die Hütte, die am Anfang einer Reihe Häuschen stand. Rote und rosa Blumen blühten vor dem kleinen Bau, dessen Steine so lange geschrubbt worden waren, bis es blendend weiß und sauber strahlte.

An beiden Seiten der Tür befand sich ein großes, rechteckiges Fenster, und das Innere war mindestens genauso einladend wie das Äußere. Ein steinerner Herd nahm die Mitte der einen Wand ein. Ein großes Bett mit einer schönen, farbenfrohen Überdecke war gegen die gegenüberliegende Wand gerückt. Ein runder Tisch mit sechs Stühlen füllte den übrigen Raum aus. Der Waschplatz befand sich bei der Tür.

»Vor Einbruch der Nacht holen wir noch ein Bett herein«, versprach Frances Catherine.

Patrick nickte zustimmend, aber er sah nicht besonders glücklich aus. Nay, er wirkte resigniert!

Die Sache war delikat, forderte aber nichtsdestoweniger sofortige Klärung. Judith trat an den Tisch und setzte sich. »Patrick, geh bitte noch nicht«, rief sie, als er sich in Richtung Tür bewegte. »Ich würde gerne über die Sache mit den Betten reden.«

Er wandte sich um, lehnte sich an die Tür, verschränkte die Arme vor der Brust und wartete. Sie wollte ihm gewiss vorschlagen, dass er woanders schlafen sollte, solange sie hier war, und er bereitete sich schon auf die Enttäuschung seiner Frau vor, denn er würde Judith ein klares ›Nein‹ geben. Mochte es ja im Moment auch nicht möglich sein, *mit* ihr zu schlafen, so liebte er es dennoch, sie nachts in seinen Armen zu halten. Und, bei Gott, das würde er bestimmt nicht aufgeben …

… bis Frances Catherine wieder in Tränen aufgelöst war, setzte er in Gedanken hinzu. Alles würde er geben, um ihren Kummer zu mildern.

Judith war bestürzt über Patricks finstere Miene. Er schien genauso übellaunig wie sein Bruder zu sein. Dennoch minderte das nicht ihre Sympathie für ihn, denn aus den Blicken, die er seiner Frau zuwarf, ging hervor, wie sehr er sie liebte.

Sie legte ihre Hände zusammen und begann: »Ich glaube nicht, dass es richtig ist, wenn ich hier bei euch bleibe. Ihr beide solltet nachts für euch sein.« Als sie sah, dass Frances Catherine etwas einwerfen wollte, fügte sie hastig hinzu: »Bitte, fühlt euch nicht angegriffen. Ich finde nur, eine Frau und ein Mann sollten Zeit für sich haben. Allein. Gibt es nichts hier in der Nähe, wo ich wohnen könnte?«

Frances Catherine schüttelte den Kopf, doch Patrick sagte: »Zwei Hütten weiter steht eine leer. Sie ist kleiner als unsere, aber ich denke, es würde gehen.«

»Patrick, sie soll bei uns bleiben!«

»Sie hat gerade gesagt, sie will nicht, Liebes. Lass sie doch.«

Judith fühlte sich unbehaglich. »Es ist nicht so, dass ich nicht bei euch ...«

»Da, siehst du? Sie will doch ...«

»Frances Catherine, diese Sache entscheide ich«, verkündete Judith und nickte ihrer Freundin bestimmt zu.

»Aber warum?«

»Weil ich an der Reihe bin«, erklärte sie. »Du kannst den nächsten Streit gewinnen.«

»Herrgott, bist du stur. Aber gut. Du kannst in Elmonts Hütte wohnen. Ich helfe dir, es dort gemütlich zu machen!«

»Das wirst du nicht«, warf Patrick ein. »Du wirst dich ausruhen, Frau. Ich kümmere mich um deine Freundin.«

Patrick sah bereits viel glücklicher aus, sehr erleichtert, dass sie woanders schlafen wollte. Er schenkte ihr sogar ein Lächeln, das sie erwiderte. »Ich nehme doch an, dass Elmont nicht mehr dort lebt und es ihm nichts ausmachen wird.«

»Er ist tot«, sagte Patrick. »Ihm macht das überhaupt nichts mehr aus.«

Frances Catherine sah ihren Mann Kopf schüttelnd an. Er winkte ihr und verließ das Haus. »Mein Mann meint es nicht so. Aber Elmont war sehr alt, als er starb, und er ist friedlich eingeschlafen. Patrick wollte sich nur ein wenig über dich lustig machen. Ich glaube, du gefällst ihm.«

»Du liebst ihn sehr, nicht wahr?«

»Oh, ja«, antwortete Frances Catherine. Sie setzte sich an den Tisch, und eine gute Stunde verging, in der sie nur über Patrick sprach. Sie erzählte Judith, wie sie sich kennen gelernt hatten, und wie hartnäckig er sie verfolgt hatte. Sie endete ihren Bericht, indem sie etwa hundert von seinen hervorragenden Fähigkeiten aufzählte. Das Einzige, was dieser Mann offenbar nicht konnte, war, übers Wasser zu gehen ... *noch* nicht!

Das bemerkte zumindest Judith gegenüber ihrer Freundin, als diese zum Luftholen innehielt. Frances Catherine lachte. »Ich bin so froh, dass du hier bist!«

»Du bist nicht verletzt, weil ich woanders schlafen möchte?«

»Oh, nein. Im Übrigen bist du nah genug, um mich rufen zu hören, wenn es nötig sein sollte. Ich muss wirklich aufpassen, dass ich Patrick nicht ausschließe. Mein Mann ist nämlich sehr schnell verletzt, wenn er glaubt, ich widme ihm nicht genug Aufmerksamkeit.«

Judith versuchte, nicht zu lachen. Patrick war für sie ein ziemlicher Rohling. Der Gedanke, man könnte seine Gefühle verletzen, war wirklich komisch ... und schrecklich süß!

»Er sieht aus wie sein Bruder!«

»Vielleicht ein bisschen«, stimmte Frances Catherine zu. »Aber Patrick sieht viel besser aus.«

Judith war der Meinung, dass genau das Gegenteil der Fall war. Iain sah um einiges besser aus. Aber Liebe verfälscht wohl das Wahrnehmungsvermögen, dachte sie.

»Patrick ist unglaublich sanft und liebevoll.«

»Iain auch«, sagte Judith, bevor sie sich bremsen konnte.

Ihre Freundin hakte natürlich sofort nach.

»Woher willst du das wissen?«

»Er hat mich geküsst.« Sie hatte geflüstert und spürte, wie sie rot wurde. Verlegen senkte sie den Blick. »Zwei Mal.«

Frances Catherine war vollkommen verblüfft. »Hast du seinen Kuss erwidert? ... Beide Male?«

»Ja.«

»Ich verstehe.«

Judith schüttelte den Kopf. »Nein, du verstehst nicht. Wir fühlten uns sehr stark zueinander hingezogen. Ich weiß nicht, warum, aber es ist jetzt vorbei. Wirklich«, fügte sie hinzu, als sie sah, dass Frances Catherine ihr nicht glaubte.

Sie schüttelte den Kopf. »Ich kann mir denken, dass er sich zu dir hingezogen fühlt«, sagte sie.

»Warum?«

Frances Catherine verdrehte die Augen zum Himmel. »Lieber Himmel, Judith, eitel bist du wahrhaftig kein bisschen. Hast du dich jemals in einem Spiegel betrachtet? Du bist wunderschön, Judith!« Sie hielt inne und stieß einen Seufzer aus. »Bisher hat sich nur noch niemand Zeit genommen, es dir zu sagen.«

»Das stimmt nicht«, widersprach Judith. »Millicent und Herbert haben mir sehr viele Komplimente gemacht. Sie zeigten mir, wie sehr sie mich liebten.«

»Ja«, gab Frances Catherine zu. »Aber die eine, von der du am meisten Anerkennung brauchtest, hat sich von dir abgewandt.«

»Fang nicht so an, Frances Catherine«, warnte Judith. »Mutter ist nun mal, wie sie ist.«

Frances Catherine schnaubte. »Ist Tekel immer noch jeden Abend betrunken?«

Judith nickte. »Er trinkt mittlerweile auch am Tag«, sagte sie.

»Was meinst du, wäre aus dir geworden, wenn Millicent

und Herbert dich nicht in den frühen Jahren, wo du so verletzlich und jung warst, beschützt hätten? Ich denke viel darüber nach, seit ich mein Baby erwarte.«

Judith wusste nicht, was sie dazu sagen sollte. Ihr Schweigen war beredt genug, dass ihre Freundin einlenkte.

»War es schwer, abzureisen?«, fragte sie. »Ich hatte mir Sorgen gemacht, denn ich dachte mir, dass du wahrscheinlich bei Tekel warst. Ich weiß ja, dass du jeweils sechs Monate dort verbringst, aber ich wusste nicht mehr genau, wann.«

»Ich *war* bei Onkel Tekel, aber die Abreise war dennoch kein Problem«, gab Judith zurück. »Mutter war schon wieder nach London an den Königshof gereist.«

»Und Tekel?«

»Er war besoffen, als ich ihm erzählte, ich würde gehen. Ich weiß noch nicht einmal, ob er sich am nächsten Morgen daran erinnern konnte. Aber Millicent und Herbert werden es ihm schon sagen, wenn nötig.«

Judith wollte nicht mehr über ihre Familie sprechen. Viel wichtiger war die Traurigkeit, die sie in Frances Catherines Augen entdeckte, und sie wollte herausfinden, was der Grund dafür war.

»Geht es dir gut? Wann soll das Baby kommen?«

»Ich fühle mich unförmig«, antwortete Frances Catherine. »Und ich schätze, ich habe noch etwa acht oder neun Wochen, bis es so weit ist.«

Judith nahm die Hand ihrer Freundin in die ihre. »Sag mir, was dich bedrückt, bitte.«

Sie musste nicht näher erklären, was sie meinte. Ihre Freundin wusste, wonach Judith fragte.

»Wenn Patrick nicht wäre, würde ich alles hier hassen!«

Die Heftigkeit in Frances Catherines Worten sagte Judith, dass sie ihr Unbehagen nicht übertrieb.

»Du vermisst deinen Vater und deine Brüder?«

»Oh, ja«, antwortete sie. »Sie fehlen mir schrecklich.«

»Dann bitte Patrick, und hole sie auf einen schönen, langen Besuch her.«

Frances Catherine schüttelte den Kopf. »Ich kann um nichts mehr bitten«, sagte sie leise. »Wir mussten schon den Rat um Erlaubnis fragen, um dich holen zu dürfen.«

Auf Judiths Drängen hin begann Frances Catherine, alles über den Rat und seine Macht zu erklären. Sie erzählte Judith, wie Iain eingegriffen hatte, als die Alten die Erlaubnis verweigern wollten, und welche Angst sie während der Anhörung ausgestanden hatte.

»Ich verstehe aber nicht, warum erst der Rat gefragt werden musste«, bemerkte Judith. »Auch wenn ich in England geboren bin, sehe ich nicht ein, warum er zuerst zustimmen muss.«

»Die meisten Mitglieder der Maitlands haben gute Gründe, die Engländer nicht zu mögen«, erklärte Frances Catherine. »Sie haben Familie und Freunde in Schlachten gegen England verloren, und sie hassen euren König John.«

Judith hob die Schultern. »Tatsächlich können die meisten englischen Barone den König auch nicht leiden.« Sie widerstand dem Bedürfnis, das Zeichen des Kreuzes zu schlagen, damit sie nicht wegen Verleumdung ihres Regenten im Fegefeuer schmoren musste. »Er ist eigennützig und hat einige schreckliche Fehler begangen. Das meint zumindest Onkel Herbert.«

»Wusstest du, dass der König eine Schottin heiraten sollte, vorher aber seine Meinung geändert hat?«

»Das wusste ich nicht, aber es wundert mich auch nicht. Frances Catherine, was meintest du damit, als du sagtest, du könntest Patrick um nichts mehr bitten? Warum kann er deinen Vater denn nicht holen?«

»Die Maitlands mögen keine Fremden«, erklärte sie. »Sie mögen nicht mal mich!« Der Satz brach aus ihr heraus wie aus einem Kind. Judith entschuldigte im Stillen ihre Gefühlsausbrüche mit dem Zustand der Schwangerschaft. »Ich bin ganz sicher, dass dich hier jeder mag.«

»Ich bilde mir das nicht nur ein«, sagte Frances Catherine heftig. »Die Frauen halten mich für schlecht und eigenwillig.«

»Woher weißt du das?«

»Eine hat es mir gesagt.« Tränen begannen, über ihre Wangen zu rinnen. Sie wischte sie mit dem Handrücken weg. »Ich habe solche Angst. Und auch um dich. Ich weiß, wie selbstsüchtig es war, dich hierher zu bitten.«

»Ich habe dir vor Jahren mein Wort gegeben«, erinnerte Judith sie. »Ich wäre sehr traurig gewesen, wenn du nicht nach mir geschickt hättest. Also rede nicht solchen Unsinn.«

»Aber das Versprechen, dass ich dir abverlangt habe ... das war, bevor ich wusste, dass ich hier landen würde«, stammelte sie. »Die Menschen hier sind so ... so kalt. Ich hatte Angst, sie würden dich angreifen.«

Judith lächelte. Typisch Frances Catherine, dass sie sich so sehr um ihr, Judiths, Wohlergehen sorgte. »Frances Catherine, hast du von Anfang an so gedacht, oder hasst du das alles hier, seit du schwanger bist?«

Ihre Freundin musste einen Augenblick lang nachdenken. »Zuerst war ich glücklich, aber bald wurde mir klar, dass ich nicht hierher passte. Ich fühlte mich wie eine Fremde. Ich bin seit über drei Jahren verheiratet, aber sie akzeptieren mich immer noch nicht als eine Maitland.«

»Und warum nicht?«

»Vielleicht, weil ich an der Grenze aufgewachsen bin«, antwortete sie. »Das ist zumindest zum Teil der Grund. Aber Patrick sollte eine andere heiraten. Er hatte nicht um sie angehalten, aber alle nahmen an, dass er es tun würde. Dann lernte er mich kennen.«

»Hast du mit Patrick über deine Gefühle gesprochen?«

»Ich habe es ein paar Mal erwähnt«, sagte sie. »Es hat uns schwer zu schaffen gemacht. Mein Mann kann die Frauen nicht ändern. Aber ich will hier nicht sterben. Ich wünschte, Patrick würde mich vor der Geburt zu Vater bringen und bei mir bleiben, bis es vorbei ist.«

»Du wirst nicht sterben!« Judith brüllte fast. »Nach all dem Ärger, den ich durchgemacht habe, wirst du dich, verdammt noch mal, hüten!«

Frances Catherine fühlte sich durch die Wut in der Stimme ihrer Freundin tatsächlich getröstet. »Erzähl mir von dem Ärger, den du durchgemacht hast«, verlangte sie neugierig.

»In den vergangenen zwei Jahren habe ich mit mindestens fünfzig Ammen gesprochen, und ich schwöre, ich habe jedes einzelne Wort von ihnen behalten. Millicent war natürlich begeistert bei der Sache, und ich schickte ihre Diener durch das ganze Land auf der Suche nach solchen Frauen. Ich weiß nicht, was ich ohne ihre Hilfe hätte tun sollen.«

»Millicent ist eine wundervolle Frau.«

»Aye, das ist sie«, stimmte Judith zu. »Sie schickt dir ihre Liebe.«

Frances Catherine nickte dankbar. »Erzähl mir, was du von all diesen Hebammen gelernt hast.«

»Um dir die Wahrheit zu sagen, hörte ich anfangs so viele widersprüchliche Meinungen, dass ich fast die Hoffnung verloren hätte. Eine erzählte mir, die Kammer müsste so heiß wie das Fegefeuer sein, die Nächste vertrat genau das Gegenteil. Es war niederschmetternd, Frances Catherine. Dann kam das Wunder! Eines Morgens nämlich stand eine Hebamme namens Maude in unserem Hof und benahm sich, als wäre sie zu Hause. Sie war alt, wirkte furchtbar gebrechlich, hatte einen ganz krummen Rücken und knotige Hände. Was für ein Anblick! Ich muss gestehen, dass ich ihren Fähigkeiten erst einmal gar nichts zutraute. Bald musste ich jedoch feststellen, wie dumm das war. Frances Catherine, sie ist wunderbar! Und voller Verständnis. Sie hat mir erklärt, dass die meisten ihrer Erkenntnisse nur auf gesundem Menschenverstand gründen. Seit Jahrzehnten ist sie Hebamme, aber ihre Methoden sind sehr modern. Sie hat sich über alle Veränderungen auf dem Laufenden gehalten und ist an den neuesten Techniken interessiert. Wenn sie nicht so alt und gebrechlich wäre, hätte ich sie mitgebracht. Aber die Reise wäre zu viel für sie gewesen.«

»Die Frauen hier würden keine Einmischung erlauben«, sagte Frances Catherine. »Du verstehst das nicht, Judith.«

»Dann hilf mir, es zu verstehen. Hast du mit der hiesigen Amme über deine Ängste gesprochen?«

»Herr im Himmel, nein«, gab Frances Catherine hastig zurück. »Wenn ich ihr so etwas gesagt hätte, würde sie alles noch schlimmer machen. Sie heißt Agnes, und ich will sie nicht bei mir haben, wenn die Zeit gekommen ist. Sie und eine andere Frau, Helen, sind die einzigen Ammen hier. Beide. Und beide halten sich für übermächtig und einzigartig. Agnes' Tochter Cecilia soll wohl Iain heiraten, wenn er irgendwann dazu kommt, um ihre Hand anzuhalten. Das ist wahrscheinlich der Grund, warum Agnes ihre Nase immer so hoch trägt. Sie sieht sich schon als zukünftige Schwiegermutter des Clansherrn.«

Judiths Herz zog sich zusammen. Sie senkte ihren Blick auf die Tischplatte, sodass ihre Freundin nicht sah, wie betroffen diese Neuigkeit sie machte.

Frances Catherine merkte gar nichts, sondern fuhr mit ihrem Geplauder fort. »Allerdings sieht kaum einer – außer Agnes – diese Verbindung als gesichert an. Patrick glaubt nicht, dass Iain die Absicht hat, um Cecilia anzuhalten.«

»Warum ist sich Agnes denn dann so sicher?«

»Ihre Tochter ist eine wunderschöne Frau. Sie ist wahrscheinlich die schönste Frau im ganzen Clan. Das mag zwar ein schwacher Grund sein, aber Agnes glaubt, dass Iain auf jeden Fall auf ihre Schönheit anspringen wird. Dabei ist Cecilia unfassbar dämlich und kann keinen Gedanken lange im Kopf behalten.«

Judith schüttelte den Kopf. »Schäm dich, so etwas über die Frau zu sagen.« Sie versuchte, ihrer Stimme einen strafenden Tonfall zu geben, machte den Effekt aber dadurch zunichte, dass sie in Lachen ausbrach. »*Dämlich*, Frances Catherine?«

Ihre Freundin nickte. Dann stimmte sie in das Lachen ein. »O Judith. Ich bin so froh, dass du da bist.«

»Ich bin auch froh!«

»Was können wir nur tun?«

Frances Catherine Stimmungswechsel kam so schnell, dass Judith sie überrascht ansah. Eben hatte sie noch gelacht, und nun sah sie aus, als wollte sie wieder in Tränen ausbrechen.

Maude hatte Judith gelehrt, dass schwangere Frauen zu Gefühlsausbrüchen neigten. Ebenso hatte sie ihr eingeschärft, dass innere Ruhe und Frieden zwingend für eine problemlose Niederkunft waren. Machte sich die zukünftige Mutter Sorgen, musste man sie augenblicklich beruhigen.

Judith folgte den Anweisungen jetzt. Sie tätschelte Frances Catherines Hand und lächelte sie an. Sie wollte ihr Zuversicht einflößen. »Was denn tun? Alles wird gut werden, Frances Catherine.«

»Agnes wird es nicht zulassen, dass du hilfst, wenn meine Wehen einsetzen. Und ich will diese bösartige Frau nicht in meiner Nähe haben.«

»Du hast gesagt, es gäbe noch eine andere Hebamme, Helen. Was ist mit ihr?«

»Agnes hat ihr alles beigebracht, was sie weiß«, antwortete Frances Catherine. »Ich glaube, ich will auch sie nicht bei mir haben.«

»Es muss doch noch mehr Ammen hier geben«, sagte Judith. »Von der Anzahl der Häuser und der Menge, die ich gesehen habe, als ich ankam, dachte ich, es würden mindestens fünfhundert Männer und Frauen hier leben.«

»Eher das Doppelte«, schätzte Frances Catherine. »Du hast nicht alle Häuser gesehen, zum Beispiel nicht die auf der anderen Seite des Berges. Nur die Krieger werden gezählt, und beim letzten Stand waren es über sechshundert.«

»Dann muss es viele Hebammen geben«, sagte Judith noch mal.

Frances Catherine schüttelte den Kopf. »Agnes regelt alles«, erklärte sie. »Und weil ich die Schwägerin des Clansherrn bin, wird sie darauf bestehen, das Baby zu holen. *Wenn* es andere Hebammen gibt, dann verhalten sie sich still, weil sie nicht Agnes' Wut auf sich ziehen wollen.«

»Aha!«

Plötzlich wurde Judith übel. Panik ergriff sie. Lieber Himmel, sie war nicht gut genug, um diese Aufgabe allein zu lösen. Ja, sie hatte Wissen über die neuesten Geburtsmethoden zusammengesammelt, aber nie bei einer tatsächlichen Geburt dabei sein dürfen. Sie fühlte sich absolut außer Stande, Frances Catherines Pflege zu übernehmen.

Judith hatte sich ausgemalt, wie sie neben ihrer Freundin sitzen, ihre Stirn trocknen und gelegentlich beruhigend »na, na«, murmeln würde, während die erfahrene Hebamme sich um die wichtigsten Dinge kümmerte.

Über Frances Catherines Gesicht rannen wieder Tränen. Judith seufzte leise. »Eins ist jedenfalls sicher«, verkündete sie. »Du wirst dieses Baby bekommen. Ich bin hier, um dir zu helfen, und wir beide gemeinsam können bestimmt jedes Problem lösen, wie schwierig es auch erscheinen mag.«

Ihr bestimmter Tonfall tröstete Frances Catherine wieder. »Ja«, stimmte sie zu.

»Ist es möglich, Agnes auf unsere Seite zu ziehen, oder geben wir sie auf?«

»Ich will sie nicht«, antwortete Frances Catherine. »Sie wird nichts anders machen wollen! Judith, sie ist so grausam! Bei jeder Gelegenheit macht sie furchtbare Bemerkungen über die Schmerzen, die ich werde ertragen müssen. Und sie erzählt ständig von schwierigen Geburten.«

»Du darfst nicht auf sie hören«, sagte Judith. Sie spürte, dass Zorn in ihr aufstieg. Niemals hatte sie so etwas Widerwärtiges gehört. Judith schüttelte den Kopf, während sie die Situation überdachte. Oh, ja, Agnes war wirklich grausam.

»Ich weiß, was du denkst«, flüsterte ihre Freundin. »Du versuchst, Agnes zu verstehen, nicht wahr? Aber das kümmert mich nicht«, fügte sie hinzu. »Selbst wenn sie sich in einen Engel verwandelte, sie soll mir nicht zu nahe kommen.«

»Nein, ich versuche nicht, sie zu verstehen. Ich weiß bereits, warum sie tut, was sie tut. Sie will Macht, Frances Catherine. Sie nutzt die Angst und die Verletzbarkeit der Frauen aus, um zu bekommen, was sie will. Sie nährt sich von ihrer Schwäche. Maude erzählte mir von Frauen, die so sind wie sie. Und nichts, was ich unternehmen könnte, würde sie ändern. Aber mach dir keine Sorgen. Ich lasse sie nicht in deine Nähe kommen. Versprochen!«

Frances Catherine nickte. »Endlich fühle ich mich nicht mehr so allein«, gestand sie. »Immer wenn ich mit Patrick über die Geburt reden will, kippt seine Stimmung. Er hat Angst um mich, und am Ende muss ich immer *ihn* trösten.«

»Er liebt dich«, sagte Judith. »Deswegen macht er sich solche Sorgen.«

»Ich verstehe schon gar nicht mehr, warum er mich liebt. Ich bin in letzter Zeit so schwierig. Dauernd fange ich an zu weinen.«

»Daran ist doch nichts Schlimmes! Das vergeht wieder.«

Frances Catherine lächelte. Judith hatte sie immer schon verteidigt, und sie konnte dankbar sein, eine solche Freundin zu haben.

»Nun habe ich lange genug über meine Probleme geredet. Lass uns über deine reden. Willst du versuchen, deinen Vater zu finden, während du hier bist?«

Judith zuckte die Schultern. »Es ist alles komplizierter geworden. Zum einen weiß ich jetzt erst, wie riesig die Highlands sind«, sagte sie. »Und zum zweiten habe ich gehört, dass die Macleans mit den Maitlands in Fehde liegen.«

»Wie hast du das herausbekommen?«

Judith erzählte von dem Gespräch, das sie mit Isabelles Mutter geführt hatte. Frances Catherine runzelte die Stirn.

»Was sie gesagt hat, stimmt. Die Macleans sind Feinde.«

»Mein Vater könnte längst tot sein.«

»Das ist er nicht.«

»Woher weißt du das?«

»Ich habe Patrick gefragt, wie der Maclean-Clan so sei. Ich tat natürlich nur mäßig interessiert, weißt du, und er sagte mir, es sei ein alter Mann, der seinen Clan seit vielen Jahren regiere.«

»Was hat er noch gesagt?«

»Nichts weiter«, antwortete Frances Catherine. »Ich wollte nicht weiter bohren, sonst hätte er mich gefragt, warum ich an den Macleans solchen Anteil nehme. Ich habe dir versprochen, niemals jemandem zu erzählen, wer dein Vater ist, und da ich mein Wort gegeben habe, bevor ich Patrick heiratete, will ich auch *ihm* nichts verraten. Außerdem würde er wohl in Ohnmacht fallen. Judith, niemand darf das erfahren, solange du hier bist. Es könnte gefährlich für dich werden.«

»Iain würde mich beschützen.«

»Er hat keine Ahnung von Maclean. Ich weiß nicht, was er täte, wenn er es herausfände.«

»Er würde mich dennoch beschützen.«

»Himmel, du scheinst dir ja sicher zu sein.«

Judith lächelte. »Ich *bin* mir sicher«, sagte sie. »Aber das ist unwichtig, denn Iain wird es nicht herausfinden. Ich weiß nicht einmal, ob ich meinen Vater treffen *will*. Obwohl ich hoffte, ich könnte ihn einmal aus der Ferne betrachten.«

»Und was brächte dir das?«

»Meine Neugier wäre befriedigt.«

»Du solltest aber mit ihm reden«, hakte Frances Catherine nach. »Du weißt doch nicht, ob er deine Mutter wirklich verbannte, nach all den Lügen, die sie die Jahre über erzählt hat. Du musst endlich die Wahrheit herausfinden.«

»Ich weiß vor allem, dass er niemals nach England gekommen ist, um uns zu holen«, warf Judith ein. Ihre Hand glitt unwillkürlich an ihren Busen. Ihres Vaters Ring ruhte an der Goldkette zwischen ihren Brüsten, verdeckt von ihrem Kleid. Sie hätte den Ring zu Hause lassen sollen, aber sie hatte es nicht übers Herz gebracht – ohne zu wissen, warum. Herr im Himmel, was für ein Durcheinander.

Sie ließ ihre Hand wieder auf den Tisch sinken. »Versprich

mir, dass du diese Sache vergisst, wenn sich nicht von selbst eine Gelegenheit ergibt. Tust du das?«

Frances Catherine gab nach, um ihre Freundin zu beruhigen. Sie wusste, wie qualvoll dies alles für Judith war. Sie beschloss, das Thema zu wechseln, und begann, in Erinnerungen an die Festspiele zu schwelgen. Im Handumdrehen erfüllte Gelächter die Hütte.

Patrick konnte das Lachen seiner Frau von draußen hören. Ihre Freundin half ihr jetzt schon, dachte er dankbar. Brodick, der neben Patrick herging, lächelte vor sich hin. »Frances Catherine scheint sich wirklich über Judith zu freuen«, bemerkte er.

»Aye, das kann man wohl sagen«, bestätigte Patrick schmunzelnd. Er lächelte immer noch, als er die Hütte betrat. Diesmal erinnerte sich Frances Catherine sofort an ihre Erziehung. Sie sprang auf und ging zu ihrem Mann. Judith stand ebenfalls auf. Sie legte die Hände zusammen und erbot den Kriegern ihren Gruß.

Brodick trug drei von ihren Gepäckstücken hinein, Patrick zwei. Die Männer ließen die Taschen auf das Bett fallen.

»Wie lange willst du bleiben?«, fragte Patrick.

»Nur ein, zwei Jahre«, sagte sie. Patrick versuchte, nicht zu erbleichen, aber Judith lachte. »Ich habe nur Spaß gemacht«, sagte sie.

»Brodick, bitte bleib zum Essen«, sagte Frances Catherine.

»Judith, mach dich nicht über Patrick lustig. Sieh nur, wie blass er geworden ist.«

Beide Frauen fanden das umwerfend komisch und lachten noch, als Alex und Gowrie in der Tür erschienen. Die Krieger blickten ein wenig schüchtern, und Frances Catherine lud sie gleich zum Essen ein.

Patrick schien überrascht, Besucher zu haben. Judith half

ihrer Freundin, das Mahl zu bereiten, das aus einem reichhaltigen Lamm-Eintopf und runden Laiben frischen, schwarzen Brotes bestand. Die Männer scharten sich um den Tisch. Judith und Frances Catherine trugen das Essen auf, bevor sie sich schließlich an Patricks beide Seiten quetschten.

Doch weder Judith noch Frances Catherine hatten großen Appetit. Sie redeten die ganze Zeit miteinander. Alex seinerseits starrte lieber Judith an, anstatt zu essen, wie Patrick feststellte. Und als er entdeckte, dass auch Gowrie kaum etwas angerührt hatte, begriff er den Grund für ihren spontanen Besuch. Judith hatte es beiden angetan. Patrick musste sich zusammenreißen, um nicht laut aufzulachen.

Unterdessen beachteten die Frauen die Männer nicht. Sie entschuldigten sich, standen auf und gingen zum Bett herüber. Dort gab Judith Frances Catherine die Geschenke, die sie mitgebracht hatte und errötete vor Glück über die Freude ihrer Freundin. Bis auf eines waren alle Geschenke für das Baby, aber Judith hatte extra für ihre Freundin ein weißes Nachtkleid gemacht, das am Halsausschnitt mit blauen und rosa Rosen bestickt war. Es hatte Judith einen ganzen Monat Arbeit gekostet, aber die Mühe war es wert gewesen, denn Frances Catherine war entzückt.

Da die Frauen die Männer nicht beachteten, hielten diese es für unnötig, ihr Interesse zu verbergen. Ihre Blicke folgten nur Judith, und Patrick stellte fest, dass sie jedes Mal lächelten, wenn Judith es auch tat. Am meisten überraschte Patrick Brodicks Verhalten, denn er kannte den Krieger als einen, der seine Gefühle gewöhnlich fest im Griff hatte.

»Worüber grinst du?«, fragte Brodick ihn plötzlich.

»Über dich«, antwortete Patrick.

Bevor Brodick etwas sagen konnte, rief Judith: »Brodick, ich habe vergessen, Isabelle die Kekse zu bringen.«

»Ich erledige das«, sagte Brodick.

Doch Judith schüttelte ihren Kopf. »Ich möchte sie gerne kennen lernen«, erklärte sie und kam zum Tisch herüber. »Ich habe Nachrichten von ihrer Mutter.«

»Ich zeige dir gerne den Weg«, bot sich Alex an.

»*Ich* gehe«, verkündete Gowrie mit erhobener Stimme.

Brodick verneinte heftig. »Isabelle ist *meine* Schwägerin«, schnappte er. »*Ich* werde Judith hinführen!«

Iain stand in der Türöffnung und lauschte dem Geplänkel. Er konnte nicht fassen, was er da hörte ... und sah! Seine Krieger benahmen sich wie liebeskranke Halbwüchsige, während sie sich darüber zankten, wer nun Judith begleiten durfte.

Judith indes begriff nichts. Das Theater, das die Männer um sie machten, verwirrte sie.

Alex stemmte die Hände auf die Tischplatte und lehnte sich zu Brodick, um ihm direkt in die Augen zu sehen. »Isabelles Haus ist in der Nähe von dem meines Onkels, und ich wollte dort sowieso vorbeigehen. Also übernehme *ich* die lästige Aufgabe, Judith den Weg zu zeigen.«

Patrick konnte sich nicht mehr halten. Er lachte auf. Im gleichen Moment entdeckten alle den Clansherrn. Für Patrick war Judiths Reaktion mehr als viel sagend, denn sie konnte die Freude in ihrem Gesichtsausdruck nicht verbergen.

Iain sah wütend aus. Er würdigte Judith kaum eines Blickes, sondern widmete seine volle Aufmerksamkeit dem Bruder. »Verstehst du jetzt meine Gründe?«

Patrick nickte.

Judith und Frances Catherine warfen sich einen schnellen Blick zu. »Was für Gründe, Clansherr Iain?«, fragte Frances Catherine.

»Clansherr Iain?«, wiederholte Judith, bevor Iain antworten konnte. »Warum nennst du ihn nicht einfach Iain?«

Frances Catherine legte ihre Hände in den Schoß. »Weil er unser Clansherr ist«, erklärte sie.

»Er ist immer noch dein Schwager«, gab Judith zurück. »Zu dem musst du wohl kaum so formell sein.«

Ihre Freundin nickte. Sie sah zu Iain auf und zwang sich zu einem Lächeln. Der Krieger machte ihr Angst, und es kostete sie eine enorme Willensanstrengung, ihm in die Augen zu blicken.

Der Mann nahm den ganzen Türrahmen ein. Er duckte sich unter dem oberen Balken, als er eintrat. Drinnen lehnte er sich an die Wand und kreuzte in lässiger Haltung die Arme vor der Brust.

»Iain«, begann Frances Catherine erneut und ärgerte sich im Stillen über das Zittern in ihrer Stimme. »Welche Gründe meinst du?«

Iain erkannte, dass seine Schwägerin echte Furcht vor ihm hatte. Diese Entdeckung erstaunte ihn, und er versuchte, seiner Stimme mehr Milde zu geben, als er ihr antwortete. »Patrick fragte mich, ob Judith in der leeren Hütte bleiben könne. Ich habe seine Bitte abgelehnt. Dein Mann weiß, warum.«

Frances Catherine nickte augenblicklich. Sie würde bestimmt nicht mit dem Clansherrn streiten. Außerdem passte ihr die Entwicklung sehr gut. Sie wollte Judith viel lieber bei sich und Patrick haben.

»Deine Gäste werden jetzt gehen«, sagte Iain seinem Bruder. Sofort setzten sich Alex, Gowrie und Brodick in Bewegung und verließen das Haus. Iain ließ sie vorbei und nahm dann wieder seine vorherige Haltung ein. Er sagte etwas zu den Kriegern, als sie ihn passierten, doch seine Stimme war so leise, dass weder Judith noch Frances Catherine etwas verstehen konnten. Patrick dagegen schon, und sein spontanes Lächeln war viel sagend.

»Iain, kann ich bitte einen Moment unter vier Augen mit dir sprechen?«, fragte Judith.

»Nein.«

Judith ließ sich nicht beirren. Schließlich gab es mehrere Wege, einen Hasen zu fangen. »Patrick?«

»Ja, Judith?«

»Ich muss mit dem Clansherren unter vier Augen sprechen. Würdest du das bitte arrangieren?«

Patrick sah sie an, als hätte sie den Verstand verloren. Judith stieß einen Seufzer aus. Sie warf ihr Haar über die Schulter zurück und sagte: »Ich folge eurer Befehlskette. Ich muss dich vorher fragen, und du musst den Clansherren fragen.«

Patrick wagte es nicht, Iain anzusehen. Er wusste, dass sein Bruder bereits kochte. Den Ausdruck in seinen Augen, als er Alex, Gowrie und Brodick um Judith streiten sah, hatte Patrick nie zuvor bei ihm gesehen. Wenn er es nicht besser gewusst hätte, hätte er schwören können, sein Bruder wäre eifersüchtig.

»Iain …«, begann er.

»Nein.« Die Absage kam wie ein Peitschenschlag.

»Herrgott, bist du schwierig«, murmelte Judith.

Frances Catherine stieß einen Laut aus, der irgendwo zwischen Schnaufen und Schreckensschrei lag. Sie saß immer noch auf dem Bett und streckte nun den Arm aus, um Judith zu berühren. »Du kannst doch nicht den Clansherrn kritisieren«, zischte sie.

»Warum denn nicht?«, flüsterte Judith zurück.

»Weil Ramsey sagt, Iain kann ein ganz gemeiner Schuft werden, wenn er verärgert ist«, erwiderte Frances Catherine.

Judith brach in Lachen aus. Sie wandte den Kopf, um Iain anzusehen, und erkannte sofort, dass er Frances Catherines Bemerkung gehört hatte. Aber er war nicht wütend. Nay, das Blitzen in seinen Augen besagte genau das Gegenteil. Patrick dagegen zeigte sein Entsetzen über die laut geflüsterte Bemerkung seiner Frau ganz offen.

»Bei der Liebe Gottes, Frances Catherine ...«, begann er.

»Das Kompliment hat Ramsey gemacht«, gab seine Frau zurück. »Außerdem war es nicht für deine Ohren bestimmt.«

»Wer ist Ramsey?«, fragte Judith.

»Ein unglaublich hübscher Jüngling«, erklärte Frances Catherine. »Patrick, runzle nicht so die Stirn. Ramsey *ist* hübsch. Du kannst ihn leicht erkennen, Judith. Er hat ständig einen Pulk junger Ladys um sich herum. Er hasst das, aber was soll er dagegen tun? Er wird dir auch gefallen.«

»Nein, wird er nicht.«

Iain hatte sehr bestimmt gesprochen und trat nun einen Schritt vor. »Du hältst dich von ihm fern, Judith. Hast du verstanden?«

Sie nickte. Sein schneidender Tonfall schüchterte sie nicht im Geringsten ein, aber sie beschloss, das jetzt nicht mit ihm zu diskutieren.

»Wie sollen wir Ramsey von *ihr* fern halten?«, wollte Patrick wissen.

Iain antwortete nicht. In diesem Moment fiel Judith wieder ein, was sie noch erledigen wollte. Sie nahm Margarets Tasche mit den Keksen vom Bett auf.

»Patrick, könntest du Iain bitten, mir den Weg zu Isabelles Haus zu zeigen? Ich möchte ihr das Geschenk und die Botschaft von ihrer Mutter überbringen.«

»Judith, der Mann steht direkt vor dir. Warum fragst du ihn nicht selbst?«, wunderte sich Frances Catherine.

»Da ist diese Sache mit der Befehlskette«, gab Judith mit einer wegwerfenden Geste zurück. »Ich muss sie befolgen.«

»Komm her, Judith.«

Seine Stimme war weich, aufregend. Sie zwang sich zu einem angemessenen Lächeln und ging zu ihm. »Ja, Iain?«

»Versuchst du, mich absichtlich zu provozieren?«

Er wartete auf ihr ›Nein‹. Und auf eine Entschuldigung. Er sollte keines von beiden bekommen.

»Ja, ich versuche, dich absichtlich zu provozieren.«

Sein erstaunter Blick verwandelte sich langsam in eine finstere Miene. Er trat einen Schritt heran, und Judith wich nicht zurück. Im Gegenteil: Sie trat ebenfalls einen Schritt auf ihn zu.

Sie standen sehr dicht voreinander. Judith musste ihren Kopf ganz zurückbiegen, um seinen Blick zu erwidern. »Um fair zu bleiben, muss ich wohl darauf hinweisen, dass du mich zuerst provoziert hast.«

Diese Frau war die Versuchung pur. Iain hatte Schwierigkeiten, ihrer Erklärung zu folgen. Er konnte sich nur auf ihren Mund konzentrieren, und sein erneuter Mangel an Disziplin machte ihn wütender als ihr freches Benehmen.

Es ging nicht. Er konnte sich nicht von ihr fern halten. Diese Frau hatte sich noch nicht mal in seines Bruders Hütte eingerichtet, und er war bereits gekommen, um nach ihr zu sehen.

Judith wünschte sich inständig, er möge etwas sagen. Seine Miene verriet nichts von dem, was er dachte. Sie spürte Nervosität in sich aufsteigen und versuchte, das mit seiner enormen Größe zu erklären, die den ganzen Raum einzunehmen schien. Seine unglaubliche Nähe trug auch nicht dazu bei, ihr Unbehagen zu vermindern.

»Ich habe dich gebeten, mir einen Moment deiner Zeit zu schenken, und deine Absage kam schroff und unhöflich. Oh, ja, du hast mich zuerst provoziert.«

Iain konnte sich nicht entscheiden, ob er diese Frau lieber erdrosseln oder küssen wollte. Dann lächelte er sie an, ein süßes, unschuldiges Lächeln, und er spürte das Bedürfnis zu lachen. Er begriff, er würde ihr niemals ein Haar krümmen, niemals die Hand gegen sie erheben können.

Und sie wusste es auch.

Dennoch: Sie wünschte, sie hätte seine Gedanken lesen können. Warum hatte sie bloß diese Kraftprobe angefangen? Man sollte niemals einen Wolf reizen, und tief im Innern hielt sie Iain – trotz seiner Zärtlichkeit – für gefährlicher als ein wildes Tier. Die Kraft, die er ausstrahlte, überwältigte sie fast.

Sie senkte ihren Blick. »Ich bin sehr dankbar für alles, was du für mich getan hast, Iain, und ich bitte dich, mir zu verzeihen, wenn du glaubst, ich hätte versucht, dich zu reizen.«

Sie dachte, sie hätte zerknirscht geklungen, doch als sie ihren Blick erneut hob, war sie überrascht über sein Lächeln.

»Du *hast* versucht, mich zu reizen, Judith.«

»Ja, stimmt«, gab sie zu. »Aber es tut mir trotzdem Leid.«

In diesem Moment bemerkte sie, dass sie die Tasche umklammerte. Bevor Iain begriff, was sie vorhatte, war sie schon hinausgelaufen.

»Sie wird an jede Tür klopfen, bis ihr jemand sagt, wo Isabelle wohnt«, warnte Frances Catherine. »Patrick, geh bitte hinterher und ...«

»Ich gehe schon«, brummte Iain.

Er wartete nicht auf Zustimmung. Sein Seufzen war fast so laut wie das Knallen der Tür, die er fest hinter sich zuzog.

Er holte Judith ein, als sie gerade den Hügel hinablaufen wollte. Er sagte kein Wort, griff aber nach ihrem Arm, um sie aufzuhalten.

»Ich habe Margaret ein Versprechen gegeben, Iain, und ich will es halten.«

Ihr Ausbruch wäre nicht nötig gewesen, denn Iain nickte zustimmend. »Du gehst in die falsche Richtung. Winslows Haus ist auf der anderen Seite der Festung.«

Er nahm ihr die Tasche ab und setzte sich in Richtung des anderen Hügels in Bewegung. Judith ging dicht neben ihm, und ihre Arme rieben sich aneinander. Keiner der beiden rückte ab.

»Iain, jetzt, wo wir alleine sind ...«

Sein Lachen stoppte sie mitten im Satz. »Was ist denn daran so lustig?«

»Wir sind nicht allein«, antwortete er. »Ich schätze, dass mindestens zwanzig Clansmitglieder uns beobachten.«

Sie schaute sich um, konnte aber niemanden entdecken.

»Bist du sicher?«

»Ja«, gab er knapp zurück.

»Und warum beobachten sie uns?«

»Neugier!«

»Iain, warum bist du böse auf mich? Ich habe mich doch schon dafür entschuldigt, dass ich dich reizen wollte.«

Sie klang wirklich geknickt, und er seufzte. Er würde ihr die Gründe für seine Wut bestimmt nicht erklären. Teufel, ihre Nähe störte, verdammt noch mal, seinen Seelenfrieden. Er wollte sie berühren, doch dies ganz sicher nicht zugeben.

»Ich bin nicht böse auf dich. Du nimmst dich selbst zu wichtig, wenn du annimmst, ich könnte etwas anderes im Sinn haben als die Pflicht meinem Bruder gegenüber, auf dich aufzupassen.«

Er hätte sie ebenso gut ohrfeigen können, so verletzt fühlte sie sich. Aber er war wohl im Recht. Sie hatte sich wirklich zu viel Bedeutung beigemessen und geglaubt, er wäre besorgt um sie. Anziehungskraft war eine Sache – Sorge eine ganz andere. Tränen verschleierten ihren Blick, aber das schwindende Tageslicht verbarg gnädig ihren unglücklichen Gesichtsausdruck vor ihm. Sie hielt den Kopf gesenkt und entfernte sich von seiner Seite, bis zwischen sie bequem zwei Pferde gepasst hätten.

Iain fühlte sich wie ein Schuft. Er verfluchte sich selbst wegen seiner harten Worte, wenn er auch wünschte, sie hätte ein weniger zart besaitetes Herz gehabt.

Gerade wollte er zu einer Entschuldigung anheben, als er die Idee schon wieder verwarf. Krieger entschuldigten sich nicht. Das war Frauensache.

»Judith ...«

Sie gab keine Antwort.

Gut, er gab auf. Er hatte sich bei noch niemanden, ob Frau oder Mann, für seine Taten entschuldigen müssen, und bei Gott, er würde jetzt nicht damit anfangen.

»Ich wollte dir nicht wehtun.«

Er konnte nicht fassen, dass *er* diese Worte gemurmelt hatte.

Kopfschüttelnd stellte er fest, dass sein Verhalten für ihn selbst unerklärlich war.

Judith ließ nicht erkennen, ob sie die Entschuldigung annahm oder nicht. Er war dankbar für diesen Takt, denn gewiss hatte sie aus seiner erstickten Stimme herausgehört, wie schwer sie ihm gefallen war.

Iain war erleichtert, als sie endlich ihr Ziel erreichten. An der Schwelle zögerte er jedoch. Aus der Hütte drang das Geräusch von Isabelles Weinen. Sie konnten auch Winslows Stimme vernehmen, und obwohl seine Worte nicht zu verstehen waren, sagte sein beruhigender Tonfall doch genug.

Judith wollte gerade vorschlagen, sie sollten am nächsten Morgen wiederkommen, als Iain schon an die Tür klopfte.

Kurz darauf öffnete Winslow. Sein wütender Blick machte deutlich, wie wenig glücklich er über die Störung war. Als er jedoch Iain erkannte, glättete seine Stirn sich sofort.

Brodicks Bruder sah diesem gar nicht ähnlich, nur die Augen hatten dieselbe intensiv blaue Farbe. Er war kleiner als Brodick und sah längst nicht so gut aus. Sein Haar war von dunklerem Blond und hatte widerspenstige Wirbel.

Nachdem Iain den Grund für ihren Besuch erklärt hatte, öffnete Winslow Schulter zuckend die Tür weiter und bat sie herein.

Die Hütte war fast so groß wie Patricks, doch hier lagen überall verstreut Kleidungsstücke herum. Auf dem Tisch stapelten sich benutzte Teller. Offenbar war Isabelle nicht die geborene Hausfrau. Das hübsche Mädchen saß im Bett, gestützt von dicken Kissen in ihrem Rücken. Ihre Augen waren geschwollen und rot vom Weinen.

Sie musste krank sein. Ihr braunes Haar hing strähnig und matt auf die Schultern, und ihr Gesicht war fahl wie der Mond.

»Ich möchte dich nicht stören«, begann Judith. Sie nahm Iain die Tasche ab und wollte sie auf den Tisch legen, als sie feststellte, dass dort kein Platz mehr war. Da die beiden Stühle ebenfalls Kleidungsstücke bedeckten, stellte sie die Tasche auf dem Boden ab. »Deine Mutter schickt dir ein Geschenk, Isabelle, und viele Neuigkeiten. Aber ich komme morgen wieder, wenn es dir besser geht.«

»Sie ist nicht krank«, bemerkte Winslow.

»Und warum liegt sie dann im Bett?«, fragte Judith.

Winslow schien über diese Frage überrascht. Hatte sie vielleicht etwas Unschickliches gesagt?

»Sie wird jeden Moment meinen Sohn bekommen«, erklärte Winslow. Judith wandte sich wieder zu Isabelle. Sie sah die Tränen in ihren Augen. »Haben die Wehen schon eingesetzt?«

Isabelle schüttelte heftig den Kopf. Judith runzelte die Stirn. »Warum bist du dann im Bett?«, fragte sie wieder, verständnislos.

Winslow begriff nicht, warum diese Engländerin so dumme Fragen stellte. Er zwang sich zu einem geduldigen Tonfall. »Sie liegt im Bett, damit sie ihre Kräfte schont.«

Maude, die Hebamme, der Judith bedingungslos vertraute, hätte darüber Herzklabastern bekommen. Sie lächelte Isabelle an, dann wandte sie sich wieder deren Mann zu.

»Dann frage ich mich, warum ein Krieger seine Kräfte nicht schont, bevor er in die Schlacht zieht.«

Winslow hob die Augenbrauen, doch Iain grinste. »Ein Krieger muss stets für den Kampf üben«, erklärte Winslow. »Er wird schwach und unnütz, wenn er seine Kräfte nicht ständig stärkt. Machen die Engländer es nicht genauso?«

Judith zuckte die Schultern. Ihre Aufmerksamkeit war von einem Gebärstuhl abgelenkt worden, den sie in der Ecke entdeckt hatte. Sie ging hinüber, um die Konstruktion in Augenschein zu nehmen.

Winslow bemerkte ihr Interesse und erinnerte sich an eine Aufgabe, die er zu erfüllen hatte. »Iain, kannst du mir helfen, das hinauszutragen? Es macht Isabelle nervös«, sagte er leise. »Ich bringe ihn morgen Agnes zurück.«

Judith war sowohl von der Gestaltung als auch von der

Kunstfertigkeit fasziniert. Der Stuhl war geformt wie ein Hufeisen. Die halbrunde Lehne war hoch und wirkte solide. Der Sitz bestand nur aus einer schmalen Leiste, auf der die Schenkel der Frau ruhen sollten. Die hölzernen Griffe und die Seiten waren mit Gold eingelegt, und der Handwerker hatte die Flanken zusätzlich mit Engeln versehen.

Sie versuchte, ihre Neugier zu unterdrücken. »Möchtest du sehen, was deine Mutter dir schickt?«, fragte sie.

»Ja, bitte.«

Judith brachte die Tasche zum Bett hinüber. Sie blieb an der Seite stehen und lächelte über Isabelles Freude.

»Deinen Eltern geht es gut«, sagte sie. »Margaret lässt dir sagen, dass deine Kusine Rebecca im Herbst einen Stuart heiraten wird.«

Isabelle rieb sich die Augenwinkel mit dem Zipfel eines Leinentuchs trocken. Sie schnitt eine Grimasse, packte die Decken mit beiden Händen und stieß dann einen Seufzer aus. Kleine Schweißperlen erschienen auf ihrer Stirn. Judith hob das Leinentuch auf, das sie hatte fallen lassen, und tupfte ihr das Gesicht ab.

»Es geht dir nicht besonders gut, nicht wahr?«, flüsterte sie.

Isabelle schüttelte den Kopf. »Ich habe zu viel von Winslows Mahlzeit gegessen«, flüsterte sie zurück. »Sie schmeckte furchtbar, aber ich hatte großen Hunger. Ich wünschte, er ließe mich aufstehen. Warum bist du hier?«

»Um dir Neuigkeiten von deinen Eltern zu berichten.«

»Nein, ich meine, warum du hier in den Highlands bist«, wollte Isabelle wissen.

»Meine Freundin, Frances Catherine, bat mich zu kommen«, erwiderte Judith. »Warum flüsterst du?«

Die hübsche Frau lächelte. Doch dann machte Winslow unabsichtlich ihre aufkommende gute Laune zunichte.

Iain hatte die Tür geöffnet, und Winslow trug den Gebärstuhl nach draußen. Isabelles Augen schwammen augenblicklich wieder in Tränen. Sie wartete, bis Iain die Tür hinter sich zugezogen hatte und fragte dann: »Frances Catherine hat auch Angst, nicht wahr?«

»Isabelle, jede Frau wird ein bisschen ängstlich, wenn die Geburt bevorsteht. Macht der Stuhl dir Sorgen?«

Isabelle nickte. »Ich benutze ihn bestimmt nicht.«

Sie erregte sich genauso, wie Frances Catherine es getan hatte, als sie von der bevorstehenden Geburt erzählte. Judith kannte Isabelle kaum, sie tat ihr aber schon innig Leid. Ihre Panik war offensichtlich.

»Der Stuhl ist kein Folterinstrument. Maude hat mir gesagt, dass gebärende Frauen sich glücklich schätzen können, es so bequem zu haben. Sei froh, dass es hier einen gibt.«

»Bequem?«

»Ja«, gab Judith zurück. »Maude sagt, der Stuhl ist so konstruiert, dass Beine und Rücken der Frauen bestens gestützt sind.«

»Wer ist Maude?«

»Eine Hebamme«, antwortete Judith.

»Was hat sie denn noch gesagt?«, fragte Isabelle und hörte auf, den Zipfel der Decke zu verdrehen.

»Maude lebte für gut sechs Wochen bei uns«, erzählte Judith. »Sie hat mir viele gute Ratschläge für Frances Catherine mitgegeben.«

Das Durcheinander in der Hütte machte Judith unruhig, und so faltete sie die Kleidungsstücke zusammen und stapelte sie am Fußende des Bettes, während sie Isabelle von Maude erzählte. »Du solltest aufstehen und dich bewegen«, sagte Judith, als sie sich der Unordnung auf dem Tisch zuwandte.

»Frische Luft und lange Spaziergänge sind mindestens genauso wichtig wie die innere Ruhe.«

»Winslow hat Angst, dass ich fallen könnte«, warf Isabelle ein.

»Dann bitte ihn doch, dich zu begleiten«, schlug Judith vor. »Die ganze Zeit in einem Haus eingepfercht zu sein, würde mich wahnsinnig machen, Isabelle.«

Der Klang von Isabelle Lachen füllte den Raum. »Es *macht* mich ja wahnsinnig«, gab sie zu. Sie schlug die Decken zurück und schwang ihre Beine aus dem Bett.

»Bist du in England eine Hebamme?«

»Herr im Himmel, nein«, wehrte Judith ab. »Ich bin nicht einmal verheiratet. Ich wollte nur so viel Wissen wie möglich von erfahrenen Hebammen sammeln, dass ich meiner Freundin Frances Catherine helfen kann.«

»Willst du damit sagen, dass in England eine unverheiratete Frau offen über *solche* Dinge reden darf?«

Isabelle klang so erstaunt, dass Judith lachen musste. »Nay, überhaupt nicht, und meine Mutter wäre entsetzt, wenn sie gewusst hätte, was ich lernte.«

»Hätte sie dich bestraft?«

»Ja, natürlich!«

»Du hast das Risiko für deine Freundin auf dich genommen?«

»Sie hätte dasselbe für mich getan«, antwortete Judith.

Isabelle starrte Judith einen langen Moment an, dann nickte sie bedächtig. »Ich kenne solche Freundschaften zwischen Frauen nicht, aber ich beneide dich darum. Du nimmst ein Risiko auf dich und sagst mir, sie täte dasselbe für dich ... Ja, ich beneide eine solche Treue wirklich.«

»Hattest du keine Freundinnen, als du klein warst?«

»Nur Verwandte«, antwortete Isabelle. »Und natürlich meine Mutter. Als ich älter war und ihr eine Hilfe sein konnte, war sie manchmal wie eine Freundin zu mir.«

Isabelle stand auf und griff nach ihrem Plaid. Sie war gut einen Kopf kleiner als Judith, aber ihre Körpermitte schien den doppelten Umfang zu haben.

»Hast du hier Freunde?«

»Winslow ist mein liebster Freund«, antwortete Isabelle. »Die Frauen sind nett zu mir, aber wir haben alle sehr viel mit unseren Pflichten zu tun, und es ist wenig Zeit, sich zu treffen und zu plaudern.«

Judith beobachtete erstaunt, wie die Frau geschickt den langen Stoffstreifen wieder und wieder um ihren Körper wand. Als sie fertig war, trug sie das Plaid vom Hals bis zu den Knöcheln, und exakte Falten öffneten sich über ihrem großen Bauch.

»Es tut gut, mit dir zu reden«, sagte Isabelle leise und schüchtern. »Frances Catherine ist sicher froh über deine Gesellschaft. Sie braucht neben Patrick jemanden zum Reden«, fügte sie hinzu. »Ich glaube, sie hat es schwer gehabt, ihren Platz hier zu finden.«

»Wie kommst du darauf?«, fragte Judith.

»Einige der älteren Frauen halten sie für hochnäsig«, sagte Isabelle.

»Und warum?«

»Sie bleibt für sich«, erklärte die junge Frau. »Ich glaube, sie hat Heimweh.«

»Und du, hast du Heimweh?«

»Manchmal, ja«, gestand Isabelle. »Aber Winslows Tanten waren sehr freundlich zu mir. Willst du mir nicht sagen, was diese Hebamme noch für Methoden hatte? Hält sie den Gebärhaken auch für unersetzlich?«

Isabelle wandte sich um, um die Laken auf dem Bett zu

glätten, doch Judith hatte bereits die Angst in ihren Augen entdeckt.

»Woher weißt du denn von *diesem* Gerät?«

»Agnes hat es mir gezeigt!«

»Lieber Gott«, rutschte es Judith heraus. Sie holte tief Atem, um ihren Zorn niederzukämpfen. Sie war nicht gekommen, um Ärger zu verursachen, und sie wusste, dass es ihr nicht zustand, die Methoden zu kritisieren, die die hiesigen Hebammen anwandten. »Maude hält davon überhaupt nichts«, sagte sie und achtete darauf, dass ihre Stimme ruhig, fast heiter klang. »Sie findet es barbarisch!«

Isabelle zeigte keine Reaktion. Stattdessen stellte sie weitere Fragen. Hin und wieder biss sie sich auf die Unterlippe, und Schweißtropfen bildeten sich über ihren Brauen. Wahrscheinlich machte ihr das Thema Angst.

Winslow und Iain waren immer noch nicht wieder hereingekommen. Als Judith das erwähnte, lachte Isabelle auf. »Mein Mann genießt wahrscheinlich die friedvolle Stille draußen. Ich war in letzter Zeit nicht gerade einfach.«

Judith lachte auch. »Das muss ein weit verbreitetes Leiden sein, Isabelle. Frances Catherine hat mir vor einer Stunde genau dasselbe gesagt.«

»Hat sie Angst vor Agnes?«

»Und du?«

»Ja.«

Judith stieß einen Seufzer aus. Bei Gott, auch sie begann langsam, diese Frau zu fürchten. Agnes schien ein wahres Ungeheuer zu sein. Fehlte ihr denn jegliches Mitgefühl?

»Wie viel Zeit hast du, bevor deine Wehen einsetzen werden?«

Isabelle sah Judith nicht an, als sie antwortete. »Ein oder zwei Wochen.«

»Morgen sprechen wir noch einmal darüber. Kannst du zu Frances Catherines Hütte kommen? Vielleicht können wir zu dritt einen Weg finden, wie wir das Problem Agnes lösen. Isabelle, ich habe überhaupt keine Erfahrung. Ich habe noch nicht mal mit eigenen Augen eine Geburt gesehen, aber ich weiß ganz sicher, dass man immer weniger Angst haben muss, je mehr man weiß. Ist es nicht so?«

»Du würdest mir helfen?«

»Natürlich«, antwortete Judith. »Warum gehen wir jetzt nicht ein bisschen nach draußen? Die frische Luft wird dir gut tun.«

Isabelle nickte. Judith trat gerade auf die Tür zu, als Winslow sie von außen öffnete. Er wandte sich gleich mit finsterem Blick an seine Frau.

»Warum bist du nicht im Bett?«

»Ich brauche etwas frische Luft«, gab sie zurück. »Hast du den Gebärstuhl schon zu Agnes zurückgebracht?«

Er verneinte kopfschüttelnd. »Ich will es morgen tun.«

»Bitte bring ihn wieder hinein«, bat sie ihn. »Es wird mich beruhigen, ihn hier drin zu haben.«

Sie lächelte Judith an, während sie mit ihrem Mann sprach.

Winslow sah sie verwirrt an. »Aber du wolltest ihn doch auf keinen Fall haben«, erinnerte er sie. »Du hast gesagt ...«

»Ich habe meine Meinung geändert«, unterbrach Isabelle ihn. »Und ich weiß auch wieder, was sich gehört. Guten Abend, Clansherr Iain«, rief sie.

Judith war bereits nach draußen gegangen und stand nun neben Iain. Sie würdigte ihn keines Blickes, verbeugte sich leicht vor Winslow und Isabelle und machte sich auf den Weg zu Frances Catherines Haus.

Iain holte sie am Hügelkamm ein. »Winslow und Isabelle

möchten dich wissen lassen, wie dankbar sie dir dafür sind, dass du Margarets Geschenk vorbeigebracht hast. Du hast auch aufgeräumt, nicht wahr?«

»Ja.«

»Warum?«

»Das Haus hatte es nötig.« Ihre Worte kamen knapp, kalt.

Iain verschränkte die Hände auf seinem Rücken und spazierte neben ihr her. »Judith, mach es nicht schwerer, als es ohnehin schon ist«, flüsterte er rau.

Ihr Schritt war so schnell, dass sie fast lief. »Ich habe nicht die Absicht, irgendetwas schwer zu machen«, gab sie zurück. »Ich halte mich von dir fern, und du hältst dich von mir fern. Ich habe diese unbedeutende, lächerliche, aufwallende Leidenschaft bereits überwunden. Ich kann mich noch nicht einmal an deinen Kuss erinnern!«

Das war eine infame Lüge.

Inzwischen waren sie fast bei Patricks Haus angelangt.

»Du hast verdammt noch mal nichts vergessen«, murmelte er.

Er packte ihre Schultern und zwang sie, sich zu ihm zu drehen. Dann nahm er ihr Kinn und hob ihren Kopf an.

»Was willst du?«

»Deine Erinnerung auffrischen.«

Sein Mund senkte sich auf ihren und erstickte jeden Protest. Und Himmel – wie er sie küsste! Sein Mund war heiß, hungrig, und seine Zunge drang mit sanfter Bestimmtheit ein. Judith bekam weiche Knie, doch sie fiel nicht, sondern lehnte sich an ihn. Er schlang die Arme um ihre Taille und zog sie zu sich hoch. Seine Lippen verschlossen die ihren wieder und wieder, und Gott mochte ihm helfen – er konnte nicht genug von ihr bekommen.

Sie erwiderte seinen Kuss mit gleicher Leidenschaft, und bevor ihr seine Begierde jegliche Fähigkeit zum Denken raubte, erkannte sie etwas mit Gewissheit: Iain war wirklich geschickt darin, ihre Wut zu besänftigen.

In diesem Moment öffnete Patrick die Tür. Bei dem Anblick, der sich ihm bot, stieß er ein Gelächter aus, das wie ein Schnauben klang. Iain ignorierte ihn völlig, und Judith war blind für alles, außer für den Mann, der sie so zärtlich in den Armen hielt.

Endlich schob er sie ein Stück von sich und sah mit arrogantem Gefallen auf die schöne Frau in seinen Armen. Ihr Mund war leicht geschwollen und rosig und ihre Augen verschleiert vor Leidenschaft. Sofort verspürte er das Bedürfnis, sie erneut zu küssen.

»Geh hinein, Judith, so lange ich mich noch genug beherrschen kann, um dich gehen zu lassen.«

Sie begriff nicht, was er damit meinte. Und sie verstand auch seinen finsteren Blick nicht. »Wenn du mich so ungern küsst, warum tust du es dann immer wieder?«

Sie sah so beleidigt aus, dass er grinsen musste.

Das machte sie erst recht wütend. »Du kannst mich jetzt loslassen«, befahl sie.

»Das habe ich schon.«

Judith bemerkte erst jetzt, dass sie es war, die ihn immer noch hielt, und wich sofort zurück. Sie strich ihr Haar über die Schulter zurück und wandte sich zur Tür. Als sie Patrick sah, der lässig am Türrahmen lehnte, stieg ihr heiße Röte ins Gesicht.

»Du musst dir nichts dabei denken, was du eben gesehen hast«, verkündete sie. »Iain und ich mögen uns noch nicht einmal.«

»Da hättet ihr mich doch fast zum Narren gehalten«, sagte Patrick gedehnt und verbiss sich das Lachen.

Sie nahm an, dass es unhöflich war, ihren Gastgeber zu treten, deswegen warf sie ihm nur einen hochfahrenden Blick zu, als sie an ihm vorbeirauschte.

Patrick hatte aber offenbar Lust, sie zu necken. »Aye, es schien mir tatsächlich, als würdet ihr beide euch sogar ziemlich mögen, Judith.«

Iain hatte sich umgedreht, um nach Hause zu gehen. Er hörte Patricks Bemerkung und wandte sich abrupt wieder um. »Lass es gut sein, Patrick.«

»Warte«, rief Patrick. »Ich muss etwas mit dir besprechen«, fügte er hinzu, als er hastig die Tür hinter sich zuzog.

Judith war dankbar, dass sie einen Moment allein war. Ihre Freundin schlief tief und fest, und Judith empfand das als einen Segen. Frances Catherine hätte sie mit Fragen bestürmt, wenn sie sie mit Iain draußen gesehen hätte, und Judith fühlte sich einfach nicht in der Lage, Antworten zu geben.

Patrick hatte hinter den Tisch in der Ecke des Raumes einen kleinen Paravent gestellt, der ein schmales Bett mit einer schönen waldgrünen Überdecke abschirmte. Ihr Gepäck war an einer Wand säuberlich gestapelt. Daneben befand sich eine kleine Truhe, auf der ein weißer Porzellankrug, eine Schüssel und eine Vase mit frischen wilden Blumen standen.

Natürlich hatte Frances Catherine bei der Einrichtung dieser improvisierten Schlafkammer ihre Hand im Spiel gehabt. Man sah es gleich. Patrick wäre gewiss nicht auf die Idee gekommen, ihr Blumen hinzustellen. Er hätte auch bestimmt nicht ihre Bürste und ihren Spiegel ausgepackt und in erreichbare Nähe auf einen Hocker an der anderen Seite des Bettes gelegt.

Judith lächelte über die Fürsorge ihrer Freundin. Erst jetzt, als sie versuchte, die Bänder ihres Kleides zu lösen, merkte sie, dass ihre Hände immer noch zitterten. Iains Kuss hatte sie regelrecht aus der Bahn geworfen, und lieber Gott, was sollte sie deswegen bloß unternehmen? Kaum anzunehmen, dass Iain sie auch nur angefasst hätte, wenn er wüsste, dass sie seines Feindes Macleans Tochter war.

Sie hatte zwar ihrer Freundin versichert, dass Iain sie beschützen würde. Aber nun verspürte sie ein verzweifeltes Bedürfnis, sich vor *ihm* zu schützen. Sie wollte ihn nicht lieben. Oh, es war ihr einfach unmöglich, ihre Gedanken zu ordnen. Am liebsten hätte sie geweint, aber Tränen würden keine Lösung bringen. Sie war zu erschöpft von dem langen Tag und der Reise, um die Situation logisch zu durchdenken. Außerdem waren Probleme im Morgenlicht immer nur noch halb so schlimm ...

Dennoch wollte der Schlaf lange Stunden nicht kommen. Als sie es geschafft hatte, ihre Sorge wegen Iain zu verdrängen, wandte sich ihr Geist augenblicklich der um ihre Freundin zu. Judith konnte auch die Angst in Isabelles Augen nicht vergessen, als sie von Agnes sprachen. Und als Judith endlich der Schlaf übermannte, war sie gefangen in einem Albtraum über Geburtshaken und Schreie.

Mitten in der Nacht wurde Judith geweckt. Als sie die Augen aufschlug, sah sie Iain, der neben ihrem Bett kniete. Sie streckte die Hand aus, berührte leicht seine Wange und schloss erneut ihre Augen. Sicher war es nur ein unglaublich realistischer Traum.

Iain hörte jedoch nicht auf, sie anzutippen. Also öffnete sie die Augen wieder, und sah diesmal, dass Patrick hinter Iain stand. Frances Catherine war an seiner Seite.

Judith wandte sich zu Iain. »Bringst du mich jetzt nach Hause?« Diese Frage ergab zwar keinen Sinn, aber seine Anwesenheit genauso wenig.

»Winslow bat mich, dich zu holen«, erklärte Iain.

Sie setzte sich langsam auf. »Warum?«, fragte sie. Dann ließ sie sich gegen ihn sinken und schloss wieder die Augen.

»Judith, wach endlich auf«, befahl Iain nun lauter.

»Sie ist erschöpft«, stellte Frances Catherine fest.

Judith schüttelte den Kopf. Sie zog ihre Decken bis unter ihr Kinn und hielt sie dort fest. »Iain, so etwas schickt sich nicht«, flüsterte sie. Dann: »Was will Winslow denn?«

Er erhob sich. »Isabelle braucht dich. Ihre Wehen haben begonnen. Aber Winslow sagt, du hast noch viel Zeit. Die Schmerzen sind noch nicht sehr stark.«

Mit einem Schlag war Judith ganz wach. »Sind die Hebammen schon da?«

Iain verneinte kopfschüttelnd. »Sie will nicht, dass sie es erfahren.«

»Sie will dich, Judith«, erklärte Frances Catherine.

»Ich bin aber doch keine Hebamme.«

Iain lächelte sie zärtlich an. »Es sieht so aus, als würdest du jetzt eine werden.«

Kapitel 7

Er befürchtete, sie würde wieder in Ohnmacht fallen. Innerhalb von Sekunden war alle Farbe aus ihrem Gesicht gewichen, und sie war so weiß wie ihr Nachtgewand geworden. Sie warf die Decken von sich, schwang sich aus dem Bett und knickte in den Knien ein. Er fing sie auf, als sie auf das Bett zurücksank.

Judith war von seiner Ankündigung so überrumpelt, dass sie ihre spärliche Bekleidung ganz vergaß. Die Decke war auf den Boden gerutscht, und sie trug nur ihr dünnes, weißes Nachtkleid. Das obere Teil war weit ausgeschnitten. Es zeigte zwar nicht zu viel, reizte ihn aber dennoch genug. Teufel, diese Frau hätte auch mit einem Mehlsack bekleidet noch anziehend auf ihn gewirkt. Er fühlte sich fast wie ein Flegel, dass er sie so ansah. Aber verdammt, er war ein Mann und sie eine schöne Frau. Die weiche Linie ihrer Brüste machte ihn konfus, und er griff nur deswegen nach der Goldkette an ihrem Hals, weil er sich von ihrem Körper ablenken musste.

Er zog die Kette hervor und starrte eine gute Minute auf den goldenen und rubinroten Ring. Irgendetwas daran war ihm vertraut, aber Iain konnte sich nicht erinnern, ob und wann er ihn schon einmal gesehen hatte. Nur eines wusste er ganz sicher: Dies war ein Männerring, und *sie* trug ihn.

»Das ist der Ring eines Kriegers«, flüsterte er.

»Was ...?« Sie konnte sich nicht auf seine Worte konzentrieren. Immer noch wirbelte seine Bemerkung in ihrem Kopf herum, sie würde die Rolle einer Hebamme übernehmen müssen. Iain war verrückt, aber sie war dennoch entschlossen, ihm ihre Grenzen klar zu machen. »Ich kann unmöglich …«

Er unterbrach sie. »Das ist der Ring eines Kriegers, Judith.«

Endlich begriff sie, dass er von dem Ring ihres Vaters sprach. Hastig nahm sie ihm das Schmuckstück aus der Hand und ließ es wieder an ihren Busen zurückgleiten.

»Bei Gott, Iain, wen interessiert jetzt der Ring? Willst du mir bitte einmal zuhören? Ich kann nicht Isabelles Hebamme werden. Ich habe überhaupt keine Erfahrung.«

Sie wollte so verzweifelt, dass er endlich begriff, und sie begann, an seinem Plaid zu zerren.

»Von wem hast du den Ring?«

Lieber Gott, er *wollte* nicht zuhören. Am liebsten hätte sie ihn durchgeschüttelt. Dann bemerkte sie, dass sie es bereits versuchte, ohne dass Iain sich im Geringsten bewegte.

Sie gab auf, ließ ihn los und trat einen Schritt zurück.

»Du hast mir erzählt, dass du in England noch keinem Mann versprochen wurdest. War das die Wahrheit?«

Er hatte erneut die Kette hervorgezogen und drehte sie nun um seinen Finger. Seine Knöchel strichen über ihre Brüste, und er machte nicht den Eindruck, als wollte er mit dieser intimen Berührung aufhören.

»Antworte mir«, befahl er.

Judith erkannte überrascht, dass der Mann wütend war. »Mein Onkel Tekel hat ihn mir gegeben«, sagte sie. »Er gehörte meinem Vater.«

Er schien ihr kein Wort zu glauben, denn seine gerunzelte Stirn glättete sich nicht.

Sie schüttelte den Kopf. »Der Ring gehört keinem jungen Mann, der mich einmal heiraten soll. Ich *habe* dich nicht belogen. Also hör auf, mich so anzustarren.«

Sie fühlte sich keinesfalls schuldig, obwohl sie ihm nicht die volle Wahrheit gesagt hatte. Aber Onkel Tekel *hatte* ihr den Ring gegeben, und Iain brauchte niemals zu erfahren, dass er gerade Macleans Familienerbstück in der Hand hielt.

»Dann darfst du ihn behalten.«

Seine Arroganz war unfassbar. »Ich brauche deine Erlaubnis nicht«, sagte sie.

»O doch.«

Er zog sie an der Kette zu sich heran, beugte sich herab und küsste sie hart, fordernd. Als er seinen Kopf wieder hob, entdeckte er ihren verwirrten Gesichtsausdruck. Das gefiel ihm.

Für Judith war das plötzliche Funkeln in seinen Augen noch unbegreiflicher als sein albernes Verhör wegen des Rings.

»Ich habe dir bereits gesagt, dass du mich nicht nach Belieben küssen kannst.«

»Doch, ich kann.«

Um seine Behauptung zu untermauern, küsste er sie erneut. Judith hatte sich von ihrer Überraschung noch nicht wieder erholt, als er sie plötzlich hinter sich schob.

»Patrick, Judith ist für Herrenbesuch nicht passend angezogen. Geh.«

»Iain, du bist zufällig in seinem Haus, nicht in deinem«, erinnerte Judith ihn.

»Ich weiß, wo ich bin«, gab er zurück, ohne die Verärgerung in seiner Stimme zu verhehlen. »Patrick, geh jetzt.«

Patrick befolgte den Befehl für Iains Geschmack nicht schnell genug. Außerdem grinste er, und das passte Iain noch weniger. Drohend trat er einen Schritt vor. »Findest du meinen Befehl vielleicht komisch?«

Judith packte sein Plaid, um ihn zurückzuhalten. Das war

natürlich ein armseliger Versuch bei einem Mann von seiner Größe. Und ein lächerliches Verhalten ihrerseits.

Iain rührte sich ohnehin nicht. Stattdessen legte Patrick den Arm um seine Frau und führte sie hinter dem Wandschirm hervor auf die andere Seite des Raumes. Frances Catherine wollte etwas sagen, aber Patrick bedeutet ihr zu schweigen.

Mit einer Kopfbewegung zum Paravent hin gab er ihr ohne Worte zu verstehen, dass er die Diskussion hinter dem Schirm mithören wollte. Frances Catherine presste die Hand auf ihren Mund, um nicht loszukichern.

»Ich will, dass du gehst«, befahl Judith. »Sofort.«

Iain wandte sich um und sah sie an. Sie riss die Decke vom Bett hoch und bedeckte sich damit. »Das ist unschicklich.«

»Judith, es ist vor allem unschicklich, in solchem Ton mit mir zu reden.«

Ihr war zum Schreien zumute, aber sie seufzte stattdessen nur.

»Ich mag deinen Tonfall auch nicht«, gab sie zurück.

Er sah sie erstaunt an. Fast hätte er gelacht, konnte sich aber noch rechtzeitig beherrschen. Diese Frau musste wirklich endlich ihren Rang begreifen. »Ich warte draußen«, sagte er barsch. »Zieh dich an!«

»Und warum?«

»Isabelle«, erinnerte er sie. »Schon vergessen?«

»O Gott, Isabelle!«, schrie sie auf. »Iain, ich kann nicht ...«

»Schon gut«, unterbrach er. »Du hast Zeit genug.«

Er ging fort, bevor sie es ihm erklären konnte. Judith knurrte ein wenig damenhaftes Schimpfwort. Sie musste sich wohl oder übel anziehen, um ihm nach draußen zu folgen und ihn zum Zuhören zu zwingen. Dieser unwissende Kerl schien offenbar zu glauben, eine Frau wäre so gut wie die andere, wenn es darum ging, ein Baby auf die Welt zu holen. Sie würde das richtig stellen, damit Isabelle erfahrene Hilfe bekommen konnte.

Frances Catherine half ihr beim Anziehen.

Danach hieß sie Judith sich hinsetzen, damit sie ihr Haar bürsten konnte.

»Bei der Liebe Gottes, Frances Catherine. Ich gehe nicht auf ein Fest, also lass mein Haar so wie es ist.«

»Du hast Iain gehört«, gab ihre Freundin zurück. »Du hast alle Zeit der Welt. Das erste Baby einer Frau kostet sie immer lange Stunden Schmerz und Mühe. Und Isabelles Wehen haben gerade erst begonnen.«

»Woher weißt du das mit den Schmerzen und den langen Stunden?«

»Agnes hat es mir erzählt.«

Judith fasste ihr Haar im Nacken zusammen und schlang ein Band darum. »Reizende Mitteilung an eine werdende Mutter«, murmelte sie.

»Das blaue Band sieht hübscher aus«, warf Frances Catherine ein und versuchte, das rosa Band um Judiths Haar zu lösen.

Judith fühlte sich wie in einem Albtraum, in dem selbst ihre beste Freundin eine Rolle übernommen hatte. »Um Himmels willen, Frances Catherine, wenn du nicht aufhörst, an mir herumzuzerren, dann schwöre ich, brauchst du dir um dein erstes Kind keine Sorgen mehr zu machen. Ich erwürge dich vorher!«

Frances Catherine ließ sich durch diese leere Drohung nicht beirren. Aber sie trat zurück und lächelte. »Soll ich wach bleiben und auf dich warten?«

»Ja … nein, ach, ich weiß nicht«, murmelte Judith, als sie auf die Tür zuging.

Patrick und Iain standen draußen, als Judith hinausgeeilt kam. Sie trat auf den Steinweg, knurrte irgendetwas und hastete wieder hinein. Sie fand ihre Schuhe unterm Bett, zog sie an und rannte wieder hinaus.

»Sie scheint ein wenig durcheinander«, bemerkte Patrick besorgt.

»Aye, das kann man sagen«, stimmte Iain zu.

»Sag Isabelle, ich bete für sie«, rief Frances Catherine ihnen hinterher.

Iain wartete, bis Judith an seiner Seite war und wandte sich dann zu seinem Bruder. »Winslow möchte nicht, dass irgendjemand davon erfährt, bis es vorbei ist.«

Patrick nickte.

Jetzt reichte es Judith. Sie wartete lächelnd, bis Patrick die Tür zugezogen hatte und Frances Catherine sie nicht mehr sehen konnte. Dann wandte sie sich zu Iain.

»Ich kann das nicht tun«, platzte sie heraus. »Ich habe überhaupt keine Erfahrung. Du musst das begreifen, Iain.«

Wieder packte sie sein Plaid und zerrte daran, als könnte sie ihre Erklärung damit unterstützen.

»Judith, wie willst du denn Frances Catherine helfen, wenn du …«

Sie ließ ihn seine Frage erst gar nicht beenden. »Ich wollte ihr die Stirn abtupfen, ihre Hand tätscheln und ›na, na‹ flüstern und …«

Sie konnte nicht fortfahren. Iain zog sie in seine Arme und hielt sie fest. Er wusste nicht, was er sagen sollte, um ihr ihre Angst zu nehmen.

»Iain?«

»Ja?«

»Ich habe solche Angst.«

Er lächelte. »Ich weiß.«

»Ich will das nicht tun.«

»Alles wird gut werden.«

Er nahm ihre Hand und führte sie den Weg zu Isabelles Haus hinunter. Es war so finster, dass sie kaum den Pfad erkennen konnten.

»Ich hatte gedacht, die Hebammen würden die Arbeit machen«, flüsterte sie, während sie sich von ihm mitziehen ließ. »Und ich wollte bloß Vorschläge machen. O Gott, wie vermessen ich war!«

Einige Minuten gingen sie schweigend weiter, dann setzte Judith erneut an. »Ich weiß nicht, was ich tun soll.«

»Isabelle wird es wissen, wenn die Zeit kommt. Sie will nur, dass du bei ihr bist.«

»Aber ich verstehe nicht, warum.«

Iain lächelte. »Ich schon. Du bist eine freundliche und mitfühlende Frau. Isabelle braucht jetzt beides. Aye, du wirst das wundervoll schaffen.«

»Was, wenn es Komplikationen gibt?«

»Ich werde direkt vor der Tür sein.«

Seltsam genug, aber sein Versprechen tröstete sie. »Und du wirst hereinkommen, wenn es nötig ist und weitermachen? Du wirst das Baby holen?«

»Hölle, nein!«

Er schien vollkommen entsetzt bei dem Gedanken. Sie würde gelacht haben, hätte sie nicht solche Angst gehabt.

Judith verstand immer noch nicht, warum Isabelle sie ausgewählt hatte. »Wenn du in die Schlacht ziehen müsstest und einen Krieger als Begleitung auswählen könntest, würdest du deinen Knappen mitnehmen?«

Er begriff den Vergleich, den sie ziehen wollte. »Ja.«

»Isabelle ist wie ein Krieger, der in die Schlacht ziehen muss, und sie braucht ... Du hast ja gesagt? Du würdest wirklich einen unerfahrenen Knappen mitnehmen?«, fragte sie ungläubig.

Er lachte. »Allerdings!«

Sie lächelte. »Du lügst mich an, um mich zu trösten. Und es wirkt. Bitte lüg mich noch einmal an. Bitte sag mir noch einmal, dass alles gut werden wird. Vielleicht glaube ich es dir dieses Mal.«

»Judith, wenn es Schwierigkeiten gibt, schicke ich sofort jemanden nach Agnes.«

»Dann möge Gott Isabelle helfen«, flüsterte Judith. »Iain, fragst du dich denn nicht, warum sie nicht längst Agnes gerufen hat?«

Er nickte. »Doch«, gab er zu.

Judith erzählte ihm nun, was sie über Agnes und ihre Gehilfin gehört hatte, und sagte ihm auch, was sie davon hielt. Als sie geendet hatte, zitterte ihre Stimme vor Zorn.

Sie hätte gerne gewusst, was Iain zu Agnes' Verhalten sagte, aber sie hatten schon den kleinen Hof von Isabelles Haus erreicht, und es war keine Zeit mehr, um ihn zu fragen.

Winslow riss die Tür auf, bevor Iain noch die Hand zum Klopfen erhoben hatte. Durch die Öffnung quoll eine Welle von Hitze, die Judith wie eine offene Flamme ins Gesicht schlug. Winslows Stirn glänzte schweißnass, und dicke Tropfen fielen von seinen Schläfen herab.

Drinnen war die Luft so unerträglich heiß, dass Judith Mühe hatte zu atmen. Sie trat ein und blieb abrupt stehen. Isabelle saß vornübergebeugt an einer Seite des Bettes und war in mehrere Decken eingehüllt. Judith konnte ihr leises Wimmern bereits an der Tür hören.

In diesem Moment erkannte sie, dass sie nicht einfach fortlaufen konnte. Sie würde bleiben und tun, was immer nötig war, um dieser Frau zu helfen. Ihre Qual zog Judith das Herz zusammen.

Iain legte ihr die Hände auf die Schulter. Erst jetzt bemerkte sie, dass er direkt hinter ihr stand.

»Winslow, Judith glaubt nicht, dass ...«

Sie unterbrach ihn. »Ich glaube nicht, dass die Hitze hier drin hilfreich ist«, sagte sie bestimmt. Sie wandte sich um und sah zu Iain hoch. »Mach dir nicht solche Sorgen«, flüsterte sie. »Es wird alles gut.«

Der plötzliche Wandel überraschte ihn. In ihrer Stimme, ihren Augen war kein Anzeichen mehr von Angst zu entdecken. Judith wirkte gelassen ... sie übernahm das Kommando!

Langsam durchquerte sie den Raum und blieb vor Isabelle stehen.

»Lieber Gott, Isabelle, hier ist es heiß wie im Fegefeuer«, sagte sie mit erzwungener Heiterkeit.

Isabelle schaute nicht auf. Judith kniete sich vor sie auf den Boden. Vorsichtig befreite sie die Frau aus dem Wust von Decken um Kopf und Schultern. Dann hob sie sanft ihren Kopf, damit sie sie ansehen konnte.

Isabelle Gesicht war tränenüberströmt. Auch ihr Haar war tropfnass und hing in unordentlichen Strähnen auf ihre Schultern herab. Judith schob es zurück und begann, ihr das Gesicht mit einer Decke abzutupfen. Als sie damit fertig war, nahm sie ihre Hand in die ihre.

Die Angst in Isabelles Augen brachte sie fast zum Weinen. Sie riss sich zusammen, denn sie wusste, dass ihre neue Freundin jetzt all ihre Kraft benötigte, und Judith war entschlossen, sie ihr zu geben. Sie konnte später weinen, wenn sie beide diese erschreckende Erfahrung durchgestanden hatten.

Sie drückte Isabelles Hand. »Hör mir bitte genau zu, was ich dir jetzt sage«, wies sie die junge Frau an. Sie wartete auf Isabelles Nicken und fuhr dann fort: »Wir werden das schon schaffen.«

»Du bleibst bei mir? Du gehst nicht weg?«

»Ich bleibe«, sagte Judith. »Versprochen.«

Isabelle nickte.

»Wie lange hast du schon diese Schmerzen?«, fragte Judith.

»Seit heute früh«, antwortete Isabelle. »Ich hab's nicht einmal Winslow gesagt.«

»Warum hast du gewartet?«

»Ich habe gehofft, es würde vorbeigehen«, sagte sie sehr leise. »Und ich hatte Angst, er würde nicht auf mich hören und Agnes holen. Ich musste ihn lange überreden, bis er Iain um Erlaubnis bat, dich rufen zu dürfen.«

Wieder rannen ihr die Tränen über das Gesicht. Sie griff nach Judiths Hand. »Vielen Dank, dass du gekommen bist.«

»Und ich freue mich, dass ich hier bin«, gab Judith zurück und hoffte, Gott würde verstehen und ihr verzeihen, dass sie keinesfalls hatte herkommen wollen. Sie spürte immer noch so viel Angst, dass ihr Magen schmerzte. Außerdem zerrte die Hitze im Haus an ihren Kräften.

»Isabelle, es ist normal, dass du ein bisschen ängstlich bist, aber du solltest auch aufgeregt und glücklich sein. Du bringst neues Leben auf diese Welt.«

»Mir wäre es lieber, wenn Winslow es täte.«

Diese Bemerkung verblüffte Judith so sehr, dass sie lachen musste. Isabelle lächelte ebenfalls.

»Wir sollten uns vorbereiten«, sagte Judith dann. »Fühlst du dich gut bei der Wärme hier drin?«

Isabelle schüttelte den Kopf. Judith stand auf und drehte sich zu den beiden Männern um, die an der Tür standen. Sie musste lächeln, als sie Iains Gesicht sah. Der arme Mann fühlte sich schrecklich unwohl. Er versuchte, das Haus zu verlassen, aber Winslow verhinderte das. Er stand direkt in der Tür und warf Judith düstere Blicke zu.

Sie strahlte ihn an. »Winslow, bitte zieht die Felle von den Fenstern. Wir brauchen frische Luft.«

Dann wandte sie sich zu Iain, der gerade hinausgehen wollte. Sie hielt ihn mit ihrer Frage zurück. »Ist der Holzbalken dort stark genug, um dein Gewicht zu tragen?«

»Ich denke schon«, antwortete er.

Wieder versuchte er zu gehen. »Warte!«, rief sie. Hastig durchwühlte sie den Stapel Leinentücher am Fußende des Bettes, konnte aber nichts finden, was für ihre Zwecke lang genug war. Dann fiel ihr das Plaid ein. Der Stoff war lang, schmal in der Breite und bestens geeignet für das, was sie vorhatte. Sie reichte es Iain. »Kannst du das bitte für mich über den Balken werfen und ausprobieren, ob du dich daranhängen kannst? Ich will nicht, dass das Holz herunterkommt und Isabelle erschlägt.«

»Du willst sie festbinden?«, platzte Winslow heraus.

Sie schüttelte den Kopf. »Sie soll etwas zum Festhalten haben, wenn sie steht«, erklärte sie. »Es macht es ihr leichter, Winslow.«

Der Krieger war keinesfalls überzeugt, bis seine Frau nickte. Also half er Iain, Judiths Anweisungen auszuführen. Kurz darauf hingen die zwei Enden des Plaids an beiden Seiten des Balkens auf gleicher Länge herab.

Als Winslow noch einen Scheit auf das Feuer werfen wollte, wehrte sie ab und komplimentierte die beiden Männer hinaus. Winslow zögerte. »Ich will draußen vor der Tür stehen bleiben, Frau. Wenn ich Agnes holen soll, ruf einfach nach mir.«

»Ich werde niemals nach ihr schicken«, antwortete Isabelle mit zorniger Stimme.

Winslow stieß einen müden Seufzer aus. Seine Sorge um seine Frau war deutlich, seine Resignation auch. Er strich sich mit den Fingern durchs Haar, ging einen Schritt auf Isabelle zu und hielt dann wieder inne. Judith erkannte, dass er einen Moment mit ihr allein sein wollte. Hastig drehte sie ihnen den Rücken zu und tat so, als wäre sie mit dem Schürhaken an der Feuerstelle beschäftigt.

Sie hörte das Flüstern hinter sich, und einen Moment später wurde die Tür zugezogen. Da ging sie zu Isabelle zurück, um sie langsam auf die Geburt vorzubereiten. Sie versuchte, die Decken wegzuziehen, aber Isabelle hielt sie fest. Sie versuchte sich sogar unter dem Berg von Tuch zu verstecken.

»Isabelle, hast du wieder Schmerzen?«

»Nein.«

»Was ist es dann?«

Isabelle brauchte eine ganze Zeit, bis sie genug Mut gesammelt hatte, Judith zu sagen, was los war. Endlich gestand sie flüsternd, dass sie ihr Wasser nicht mehr hatte halten können und nun die Laken ruiniert hätte. Sie klang furchtbar beschämt und gedemütigt. Nachdem sie es endlich ausgesprochen hatte, brach sie in Tränen aus.

»Bitte sieh mich an«, bat Judith mit sanfter Stimme. Sie wartete, bis Isabelle ihren Blick hob, und zwang sich dann zu einem Lehrmeister-Tonfall. »Ein Baby zur Welt zu bringen, Isabelle, ist ein Wunder, aber es ist auch unsauber. Du wirst also dein Schamgefühl ablegen und dies als gegeben hinnehmen. Morgen kannst du darüber erröten, so viel du willst. Einverstanden?«

Isabelle nickte. »Es macht dich nicht verlegen?«, wollte sie wissen.

»Nein«, antwortete Judith, »überhaupt nicht. Es gehört alles dazu.«

Isabelle sah erleichtert aus. Ihr Gesicht leuchtete rot, aber Judith war sich nicht sicher, ob Scham oder die furchtbare Hitze in dem Zimmer daran schuld war.

Die nächste Stunde verstrich mit den nötigen Vorbereitungen. Judith plauderte unentwegt, während sie das Bett neu bezog, Isabelle von Kopf bis Fuß badete, ihr Haar wusch und trocknete und ihr in ein frisches Nachtkleid half. Dazwischen bekam Isabelle immer wieder Wehen.

Maude hatte Judith erzählt, dass sie in all den Jahren gelernt hatte, den werdenden Müttern so viel Anweisungen wie möglich zu geben. Sie hatte sich sogar welche ausgedacht, nur um die Frauen zu beschäftigen. Sie erklärte, dass Frauen, die viel zu tun hätten, eher glaubten, sie hätten die Lage und die Schmerzen unter Kontrolle. Judith folgte diesem Rat jetzt, und es schien Isabelle tatsächlich zu helfen.

Die Wehen waren jetzt stärker und kamen in kürzeren Abständen. Isabelle merkte schnell, dass sie sich besser fühlte, wenn sie während der aufwallenden Schmerzen stand. Sie schlang sich die Enden des herabhängenden Plaids um die Taille und hielt sich fest. Ihr Wimmern war zu einem tiefen Stöhnen geworden, das einem die Eingeweide zusammenzog. Judith fühlte sich während der Wehen vollkommen hilflos. Sie versuchte, die Frau mit Lobesworten zu trösten, und als Isabelle sie darum bat, massierte sie ihr den unteren Rücken, um den Schmerz zu lindern.

Die letzte Stunde war die zermürbendste. Isabelle wurde herrisch. Sie wollte ihr Haar geflochten bekommen, und sie wollte es *jetzt*. Judith dachte nicht einmal daran, mit ihr zu streiten. Die sanftmütige Frau war zu einer Furie geworden, und wenn sie nicht gerade Befehle bellte, schimpfte sie auf Winslow, den sie für ihre Schmerzen verantwortlich machte.

Doch der Anfall dauerte nicht lange. Und Judiths Gebete wurden erhört – die Geburt war nicht schwierig. Isabelle entschied sich, den Gebärstuhl zu benutzen. Sie stieß einen markerschütternden Schrei aus, dann noch einen und noch einen, und das Baby kam. Judith kniete vor ihr, und wenn Isabelle sich nicht an den lederbezogenen Griffen an den Stuhlseiten festklammerte, dann packte sie Judiths Hals. Sie hätte Judith erwürgen können, ohne es überhaupt zu bemerken, denn – Herr im Himmel – sie war eine kräftige Frau! Es kostete Judith all ihre Kraft, Isabelles Finger zu lösen, sodass sie weiteratmen konnte.

Minuten später war ein hübscher kleiner Junge geboren. Plötzlich hätte sich Judith fünf weitere Paar Hände gewünscht. Sie versuchte, Winslow zur Hilfe zu rufen, aber Isabelle weigerte sich energisch. Zwischen Lachen und Weinen erklärte sie Judith, sie wolle nicht, dass ihr Mann sie so sah.

Judith widersprach ihr nicht. Isabelle war zwar schwach, aber sie strahlte. Sie hielt ihren Sohn im Arm, während Judith sich um die anderen notwendigen Dinge kümmerte.

Das Baby schien gesund zu sein. Sein Geschrei war jedenfalls kraftvoll genug. Begeistert betrachtete Judith den Winzling. Er war so klein und doch in jeder Hinsicht so perfekt! Sie zählte nach, ob auch alle Finger und Zehen da waren. Sie waren es, und Judith fühlte sich durch dieses Wunder fast überwältigt.

Viel Zeit, dieses Gefühl auszukosten, blieb ihr jedoch nicht, denn es war noch einiges zu tun. Es bedurfte noch einer vollen Stunde, Isabelle und ihren Sohn zu baden und ins Bett zu bringen. Der Kleine wurde in ein weiches, weißes Tuch gewickelt und mit dem wollenen Plaid seines Vaters bedeckt. Als Judith ihn schließlich versorgt hatte, schlief das Baby tief und fest. Sie legte es in die Armbeuge seiner Mutter.

»Bevor ich Winslow hole, musst du mir noch etwas versprechen«, sagte Judith. »Du darfst nicht zulassen, dass morgen irgendjemand etwas ... mit dir macht. Wenn Agnes oder Helen dir etwas hineintun wollen, musst du dich wehren.«

Isabelle verstand nicht, und Judith beschloss, deutlicher zu werden. »Einige von den Hebammen, mit denen ich in England gesprochen habe, schworen darauf, den Geburtskanal mit Asche und Gräsern zu stopfen. Einige benutzten sogar Dreck, um daraus eine Paste zu machen. Maude hat mich davon überzeugt, dass so eine Packung mehr Schaden als Heil verursacht, aber dieses Ritual ist von der Kirche auferlegt. Also kannst du Ärger bekommen mit dem, um das ich dich bitte ...«

»Ich werde mich von niemandem anfassen lassen«, flüsterte Isabelle. »Wenn jemand fragt, könnte ich ja sagen, dass ich mich darum schon gekümmert hätte.«

Judith stieß einen Seufzer der Erleichterung aus. »Ja«, sagte sie. »Wir tun so, als hätte ich dies schon getan.« Dabei zog sie die Decken auf dem Bett zurecht.

Sie ließ ihren Blick durch den Raum schweifen, um sicherzugehen, dass alles aufgeräumt war, nickte schließlich zufrieden und lief dann, um Isabelles Mann zu holen.

Winslow wartete draußen vor der Tür. Der arme Mann sah entsetzlich krank aus. »Geht es ihr gut?«

»Ja«, antwortete Judith. »Sie möchte Euch sehen.«

Winslow bewegte sich nicht. »Warum weinst du? Stimmt etwas nicht?«

Judith hatte gar nicht bemerkt, dass ihr die Tränen herabliefen, bis er sie darauf angesprochen hatte. »Es ist alles in Ordnung, Winslow. Komm jetzt herein.«

Plötzlich hatte es Winslow schrecklich eilig, zu seiner Familie zu kommen, und Judith konnte eben noch beiseite treten, als er hineinstürmte. Das erste Zusammentreffen von Vater und Sohn sollte eine private Angelegenheit sein, und Judith wollte nicht lauschen. Also zog sie die Tür von außen zu und lehnte sich dagegen.

Plötzlich fühlte sie sich vollkommen ausgelaugt. Die emotionalen Prüfungen der vergangenen Stunden hatten an ihren Kräften und ihrer Gemütsverfassung gezehrt. Sie zitterte wie ein Blatt im Sturm.

»Bist du hier fertig?«

Iain stand am Ende des schmalen Pfades zum Haus und lehnte an der kleinen Mauer. Seine Arme waren lässig vor der Brust verschränkt. Er sah sehr ausgeruht aus.

Sie sah wahrscheinlich verheerend aus. »Ich bin fürs Erste hier fertig«, antwortete sie und ging auf ihn zu. Die nächtliche Brise tat ihrem Gesicht gut, aber sie steigerte ihr Zittern noch. Ihre Beine bebten so sehr, dass sie sich kaum aufrecht halten konnte.

Judith fühlte sich, als würde sie innerlich auseinander fallen, und atmete tief ein, um sich wieder in den Griff zu bekommen. Sie empfand es als rettende Gnade, dass Iain niemals erfahren würde, wie nah sie dem Zusammenbruch war. Eine derartige Schwäche würde ihn sicherlich selbst bei einer Frau abstoßen. Außerdem wäre es demütigend, in seiner Gegenwart zu weinen. Schließlich hatte sie immer noch ihren Stolz. Sie hatte es noch nie nötig gehabt, sich an jemanden zu lehnen, und sie würde es auch jetzt nicht tun.

Noch einmal holte sie tief Atem. Aber es half nichts. Das Zittern wurde immer stärker. Sie befahl sich im Stillen, sich zusammenzureißen. Sie würde sich nicht entwürdigen. Sie hatte ein starkes Erlebnis hinter sich, ja, aber sie hatte es überstanden, und sie würde nun in ihr Bett gehen, bevor sie zu schluchzen, zu stammeln und weiß der Himmel was anfing.

Für Judith hörte sich der Plan sehr vernünftig an, doch ihr Herz sagte etwas anderes. Sie wollte allein sein, aber gleichzeitig sehnte sie sich nach Iains Trost, nach seiner Kraft, seinen Armen. Sie selbst fühlte sich ausgelaugt. Der Himmel mochte ihr helfen, aber sie brauchte ihn.

Eine erschreckende Erkenntnis. Sie zögerte einen Sekundenbruchteil. Und dann öffnete Iain seine Arme. In diesem Moment verlor sie die Schlacht. Sie begann auf ihn zuzurennen, warf sich an seine Brust, schlang ihre Arme um seine Hüften und brach in unkontrolliertes Schluchzen aus.

Er sagte kein Wort – es war nicht nötig. Seine Berührung war alles, was sie nötig hatte. Iain lehnte immer noch an dem Mäuerchen, und Judith stand zwischen seinen Beinen, den Kopf in seiner Halsgrube und weinte hemmungslos, bis sein Umhang nass war. Zwischen ihren Schluchzern stammelte sie unzusammenhängende Sätze, und er konnte sich keinen Reim darauf machen, was sie ihm zu sagen versuchte.

Er dachte schon, der Sturm hätte sich gelegt, als sie einen Schluckauf bekam. »Atme ein paar Mal tief ein«, wies er sie an.

»Bitte lass mich allein.«

Es war ein lächerlicher Befehl, gemessen daran, wie sie sich an ihn festklammerte. Iain legte sein Kinn auf ihren Kopf und hielt sie noch ein wenig fester.

»Nein«, flüsterte er. »Ich werde dich niemals allein lassen.«

Seltsam genug, aber sein Widerspruch tröstete sie. Sie trocknete ihr Gesicht mit seinem Plaid und sank dann wieder gegen seine Brust.

»Es ist alles gut gegangen, nicht wahr?« Iain wusste die Antwort auf die Frage schon. Ihr strahlendes Lächeln, mit dem sie Winslow die Tür geöffnet hatte, war Antwort genug gewesen. Aber er dachte, dass sie sich schneller beruhigen würde, wenn er sie an den glücklichen Ausgang der Ereignisse erinnerte. Vielleicht würde sie dann ruhiger.

Judith dachte allerdings nicht daran, vernünftig zu reagieren. »Gott sei mein Zeuge, Iain – ich werde so etwas nicht noch einmal machen. Hast du mich verstanden?«

»Scht«, machte er. »Du weckst England auf.«

Sie konnte seinen Scherz nicht würdigen, senkte jedoch trotzdem ihre Stimme, als sie zum zweiten Mal schwor. »Ich werde niemals ein Baby bekommen. *Niemals.*«

»Niemals ist eine lange Zeit«, argumentierte er. »Vielleicht wird sich dein Mann einen Sohn wünschen.«

Sie entzog sich ihm. »Es wird keinen Mann geben«, verkündete sie. »Ich werde niemals heiraten. Bei Gott, dazu kann sie mich nicht zwingen!«

Er zog sie zurück in seine Arme und drückte ihren Kopf an seine Schulter. Er war entschlossen, sie zu trösten, ob sie nun wollte oder nicht. »Wen meinst du? Wer kann dich nicht zwingen?«

»Meine Mutter.«

»Was ist mit deinem Vater? Hat er bei deiner Hochzeit nicht ein Wort mitzureden?«

»Nein«, antwortete sie. »Er ist tot.«

»Aber sein Grab ist leer. Hast du vergessen?«

»Was weißt du über sein Grab?«

Er seufzte. »Du hast es mir erzählt!«

In diesem Moment erinnerte sie sich wieder. Sie hatte den Grabstein niedergerissen und war dumm genug gewesen, damit vor den Schotten zu prahlen.

»In meinem Herzen ist der Mann so gut wie tot.«

»Dann muss ich mir um diese neue Verwicklung keine Sorgen machen?«

Sie gab keine Antwort, denn sie hatte nicht die leiseste Ahnung, wovon er sprach. Außerdem war sie viel zu erschöpft, vernünftig nachzudenken.

»Judith?«

»Ja?«

»Sag mir, was wirklich los ist!«

Seine Stimme war sanft, einschmeichelnd. Sie begann wieder zu weinen. »Ich hätte Isabelle umbringen können. Wenn Probleme aufgetaucht wären, hätte ich nicht gewusst, was ich hätte tun sollen. Sie hatte so furchtbare Schmerzen. Keine Frau sollte das durchmachen müssen. Und, Iain, das ganze Blut!« Ihre Worte überschlugen sich. »Da war so viel Blut! Lieber Gott, ich hatte solche Angst!«

Iain wusste nicht, was er darauf erwidern sollte. Sie alle hatten ihr eine unglaubliche Menge abverlangt. Und sie war so unglaublich unschuldig! Hölle, sie war nicht einmal verheiratet, und dennoch hatte man von ihr verlangt, dass sie einem Baby auf die Welt verhalf. Er war nicht einmal sicher, ob Judith überhaupt wusste, wie Isabelle das Kind empfangen hatte ... Wie auch immer, Judith hatte sich der Aufgabe, die man ihr aufgezwungen hatte, gestellt. Sie hatte Mitgefühl, Stärke und Klugheit bewiesen. Die Tatsache, dass sie so verängstigt war, machte für Iain ihren Sieg noch weitaus erstaunlicher.

Ihr Weinen bekümmerte ihn, und er empfand es als seine Pflicht, ihr zu helfen und sie zu trösten.

Er versuchte es zunächst mit Lob. »Du solltest stolz auf das sein, was du heute Nacht geschafft hast!«

Sie schnaubte undamenhaft.

Nun versuchte er es mit Logik. »Natürlich hattest du Angst. Ich denke, das ist ganz normal bei jemandem, der so unerfahren wie du ist. Du *wirst* darüber hinwegkommen.«

»Nein, das werde ich nicht.«

Als letztes Mittel versuchte er es mit Einschüchterung. »Verdammt, Judith, du wirst darüber hinwegkommen, und du wirst eines Tages Söhne haben.«

Erneut schob sie ihn von sich. »Wie typisch für einen Mann, nicht von Töchtern zu reden.«

Bevor er eine Antwort auf ihre Bemerkung geben konnte, piekte sie ihm ihren Zeigefinger in die Brust. »Töchter sind wohl nicht wichtig, was?«

»Ich würde auch für Töchter etwas übrig haben.«

»Würdest du deine Tochter so sehr wie deinen Sohn lieben?«, fragte sie.

»Natürlich.«

Er hatte sehr schnell geantwortet, ohne darüber nachdenken zu müssen, und Judith wusste, dass er es ernst meinte. Ihr Zorn legte sich langsam wieder. »Wie schön, das zu hören«, sagte sie. »Die meisten Väter denken nicht so.«

»Und deiner?«

Sie wandte sich um und schlug den Weg zu Frances Catherines Haus ein. »Was mich betrifft, ist mein Vater tot.«

Er holte sie ein, nahm ihre Hand und übernahm wieder die Führung. Sie sah zu ihm hoch, bemerkte seine gerunzelte Stirn und fragte: »Worüber bist du böse?«

»Ich bin nicht böse!«

»Aber du machst ein wütendes Gesicht.«

»Verdammt, Judith, ich will, dass du sagst, du wirst heiraten.«

»Warum denn das?«, fragte sie. »Meine Zukunft muss dich doch nicht kümmern. Außerdem, Iain Maitland, steht mein Entschluss fest!«

Er hielt abrupt inne und drehte sich zu ihr, packte sanft ihr Kinn, beugte sich hinunter und flüsterte: »Meiner auch.« Sein Mund verschloss den ihren. Sie klammerte sich an ihm fest, damit sie nicht hintenüber fiel. Ihr Mund öffnete sich für ihn, und er grollte tief unten in der Kehle und vertiefte den Kuss. Seine Zunge vereinte sich mit ihrer. Er wollte ihre Zartheit verschlingen.

Und er wollte es nicht bei dem einen Kuss belassen! Als er sich dessen bewusst war, löste er sich augenblicklich von ihr. Judith war zu unschuldig, um die Gefahr zu erkennen. Nun, er würde das Vertrauen, das sie in ihn hatte, nicht missbrauchen. Doch diese Wahrheit hielt ihn nicht davon ab, sich die Situation vorzustellen.

Er schüttelte den Kopf, um seine Gedanken von den erotischen Fantasien zu befreien, nahm dann wieder Judiths Hand und zog sie hinter sich her.

Sie musste laufen, um mit seinen ausgreifenden Schritten mithalten zu können. Iain sagte kein Wort mehr, bis sie das Haus seines Bruders erreichten. Sie hatte ihre Hand bereits auf der Klinke liegen, als er diese mit dem Arm blockierte.

»Egal wie entsetzlich diese Geburt war – mit der Zeit wirst du darüber hinwegkommen.« Sie blickte ihn mit äußerstem Erstaunen an, und er nickte, um ihr zu bedeuten, dass er meinte, was er gesagt hatte. »Das ist ein Befehl, Judith, und du wirst gehorchen.«

Er nickte noch einmal, während er ihr die Tür öffnete. Sie bewegte sich nicht. Ihr verwirrter Blick war weiterhin auf ihn gerichtet. »Entsetzlich? Ich habe niemals gesagt, dass es entsetzlich war.«

Nun war er an der Reihe, aus allen Wolken zu fallen. »Wie zum Teufel war es *dann*?«

»O Iain – ganz, ganz wundervoll!«

Ihr Gesicht strahlte vor Freude. Iain schüttelte verständnislos den Kopf. Er würde sie niemals begreifen!

Langsam kehrte er nach Hause zurück. Seine Gedanken waren ausschließlich bei Judith. Was sollte er bloß mit ihr machen? Er hatte die Türen zu seinem Anwesen erreicht, als ihm das Bild des Rings wieder durch den Kopf schoss. Wo zum Teufel hatte er den schon einmal gesehen?

Kapitel 8

Ihre Einmischung brachte großen Ärger mit sich.

Am folgenden Nachmittag stand der Priester auf Frances Catherines Schwelle und verlangte, sofort die Engländerin zu sprechen.

Sowohl der ernste Tonfall in Vater Laggans Stimme als auch sein Gesichtsausdruck kündeten davon, dass sich ein Unwetter zusammenbraute. Während er auf ihre Antwort wartete, trat er einen Schritt zur Seite, sodass Frances Catherine Agnes hinter ihm entdecken konnte. Sofort begriff sie, worum es ging.

Agnes sah höchst selbstzufrieden aus, und Frances Catherines Sorge vervielfältigte sich augenblicklich. Sie musste Zeit gewinnen, um ihren Mann zu finden. Patrick würde sich für Judith einsetzen, und Agnes' Miene sagte ihr, dass Judith dringend Unterstützung brauchen konnte.

»Meine Freundin war fast die ganze Nacht auf, Vater, und schläft noch. Ich will sie gern wecken, aber sie wird noch ein paar Minuten brauchen, bis sie angezogen ist.«

Vater Laggan nickte. »Wenn du sie bitten würdest, mich in Isabelles Haus zu treffen, werde ich nun dorthin gehen.«

»Ja, Vater«, flüsterte Frances Catherine. Sie knickste hastig, bevor sie ihm die Tür vor der Nase zuschlug. Dann versuchte sie, Judith wachzurütteln.

»Wir bekommen Ärger«, verkündete sie. »Los, Judith, komm schon und mach die Augen auf. Der Priester war eben hier . . . mit Agnes!« Ihre Worte überschlugen sich, als sie fortfuhr: »Du musst dich anziehen. Sie warten bei Isabelle auf dich.«

Judith stöhnte auf und wälzte sich endlich auf den Rücken. Sie schob sich die Haare aus dem Gesicht und setzte sich auf. »Ist Isabelle krank? Blutet sie wieder?«

»Nein, nein«, sagte Frances Catherine hastig. »Ich denke, es geht ihr gut. Sie ... Judith! Du hörst dich ja furchtbar an. Was ist mit deiner Stimme los? Du wirst doch nichts ausbrüten, oder?«

Judith schüttelte den Kopf. »Ich bin in Ordnung.«

»Du hörst dich an, als hättest du einen Frosch verschluckt.«

»Hab ich aber nicht«, erwiderte Judith. »Jetzt hör auf, dir um mich Sorgen zu machen«, fügte sie mit einem Gähnen hinzu.

Frances Catherine nickte. »Du musst dich sofort anziehen. Man erwartet dich bei Isabelle.«

»Das sagtest du bereits«, gab Judith zurück. »Ich würde nur gern wissen, warum. Wenn Isabelle nicht krank ist, warum werde ich dann erwartet?«

»Agnes«, verkündete Frances Catherine. »Sie will dir Ärger machen. Steht jetzt auf. Ich muss Patrick finden. Wir brauchen seine Hilfe.«

Judith packte ihre Freundin, als diese schon die Tür öffnen wollte. »Du kannst in deinem Zustand nicht hinter Patrick herrennen. Du könntest fallen und dir den Hals brechen.«

»Wie kannst du bloß so ruhig bleiben?«

Judith zuckte die Schultern. Sie öffnete den Mund, um erneut zu gähnen, und spürte einen Schmerz im Hals. Verwirrt und noch im Halbschlaf ging sie durch den Raum und nahm Frances Catherines Spiegel zu Hand. Erstaunt weiteten sich ihre Augen, als sie die blauschwarzen Druckstellen an ihrem Hals entdeckte. Kein Wunder, das es schmerzte. Die Haut war geschwollen und fühlte sich heiß an.

»Was tust du?«

Hastig bedeckte Judith die verräterischen Flecke mit ihrem Haar. Frances Catherine brauchte nicht zu erfahren, dass Isabelle dafür verantwortlich war. Sie würde dann Einzelheiten wissen wollen, und Judith müsste ihr von den Schmerzen erzählen, die die Frau die ganze Zeit über erdulden musste. Nein, es war am besten, die Druckstellen zu verstecken, bis sie von selbst verschwanden.

Sie legte den Spiegel nieder und lächelte Frances Catherine an. »Sobald ich mich angezogen habe, suche ich Iain«, erklärte sie.

»Machst du dir denn überhaupt keine Sorgen?«

»Vielleicht ein bisschen«, gab Judith zu. »Aber ich bin eine Fremde, nicht wahr? Also was sollen sie mit mir schon anstellen? Außerdem habe ich nichts Unrechtes getan.«

»Das zählt vielleicht nicht. Agnes hat ein Talent, die Tatsachen zu verdrehen. Und da sie den Priester mit hineingezogen hat, fürchte ich, Isabelle wird auch Ärger bekommen.«

»Wieso denn?«

»Weil Isabelle nach dir gerufen hat«, erklärte Frances Catherine. »Agnes wird sich für diese Beleidigung rächen wollen.« Sie begann, vor der Feuerstelle unruhig auf und ab zu gehen. »Ich sage dir, was sie tun können. Sie können zum Rat gehen und verlangen, dass man dich nach Hause schickt. Wenn sie das tun und der Rat zustimmt, dann, bei Gott, gehe ich mit dir. Ich schwöre es.«

»Iain wird nicht zulassen, dass ich nach Hause geschickt werde, bevor du dein Baby hast«, antwortete Judith. Sie war sich dessen sehr sicher, denn er würde sein Wort seinem Bruder gegenüber brechen, wenn er sie nun nach Hause brachte.

»Mach dir keine Sorgen, Frances Catherine, das ist nicht gut für das Baby. Jetzt setz dich einen Moment hin, bis ich mich angezogen habe.«

»Ich gehe mit dir!«

»Nach England oder auf die Suche nach Iain?«, rief Judith hinter ihrem Wandschirm aus.

Frances Catherine lächelte. Die Ruhe ihrer Freundin tröstete sie. Sie setzte sich auf das Bett und faltete die Hände über ihrem Bauch. »Wir sind immer schon in Ärger hineingeraten, wenn wir zusammen waren«, rief sie Judith zu. »Ich sollte langsam daran gewöhnt sein.«

»Nein«, erwiderte Judith. »Nicht wir sind in Ärger hineingeraten. *Du* hast mich immer hineingezogen. *Ich* war immer diejenige, der der Hintern versohlt wurde, weißt du noch?«

Frances Catherine lachte. »Deine Erinnerung ist vollkommen verzerrt. *Ich* war die arme Geprügelte, nicht du.«

Judith zog ihr blassgoldenes Kleid an, dessen Halsausschnitt höher war als der ihrer anderen mitgebrachten Kleider. Dennoch waren die Flecken zu sehen.

»Hast du einen Schal oder einen leichten Umhang, den du mir leihen kannst?«

Frances Catherine gab Judith eine hübsche schwarze Stola, mit der sie die Male versteckte. Als sie endlich zum Ausgehen fertig war, begleitete ihre Freundin sie hinaus.

»Versuch, dir nicht zu viele Sorgen zu machen«, wies Judith sie an. »Ich werde nicht lange weg sein. Nachher erzähle ich dir alles lang und breit.«

»Ich gehe mit dir.«

»Nein, das tust du nicht.«

»Und was, wenn du weder Patrick noch Iain finden kannst?«

»Dann gehe ich eben allein zu Isabelle. Ich brauche keinen Mann, der für mich spricht.«

»Hier schon«, gab Frances Catherine zurück.

Die Diskussion wurde unterbrochen, als Frances Catherine Brodick den Hügel heraufkommen sah. Sie winkte dem Krieger, und als er sie offenbar nicht bemerkte, steckte sie zwei Finger in den Mund und stieß einen ohrenbetäubenden Pfiff aus. Brodick drehte sein Pferd sofort in ihre Richtung.

»Patrick kann es nicht ausstehen, wenn ich pfeife«, gestand Frances Catherine. »Er meint, es sei nicht damenhaft.«

»Ist es auch nicht«, stimmte Judith ihr zu. »Aber es wirkt.« Sie lächelte.

»Weißt *du* noch, wie es geht? Meine Brüder wären bestimmt enttäuscht, wenn du ihre wichtigen Lektionen vergessen hättest.«

Judith lachte auf. »Keine Sorge, ich weiß noch, wie man's macht«, sagte sie.

»Brodick sieht gut aus, nicht wahr?«, bemerkte sie dann, und die Überraschung in ihrer Stimme verriet, dass sie es gerade erst festgestellt hatte.

»Du warst fast zehn Tage mit diesen Männern zusammen und merkst erst jetzt, dass Brodick gut aussieht?«

»Iain war ja dabei«, erinnerte Judith ihre Freundin. »Und er neigt dazu, jeden anderen in seiner Nähe verblassen zu lassen.«

»Aye, das stimmt allerdings.«

»Was für ein fantastisches Pferd«, sagte Judith und hoffte, das Thema damit von Iain ablenken zu können. Sie war noch nicht bereit, Frances Catherine Fragen über ihre Beziehung zu dem Clansherrn über sich ergehen zu lassen. Und tatsächlich verstand sie selbst ihre Gefühle immer noch nicht gut genug, um Antworten geben zu können.

»Das Pferd gehört Iain, aber er überlässt es ab und zu Brodick zum Reiten. Der Hengst ist unberechenbar, und deswegen mögen sie ihn wahrscheinlich besonders. Geh nicht zu nah ran, Judith«, rief sie, als ihre Freundin loslief, um Brodick zu begrüßen. »Das bösartige Tier tritt nach dir, sobald es die Chance dazu hat.«

»Brodick wird schon aufpassen«, rief Judith zurück. Sie trat an seine Seite und lächelte zu ihm hoch. »Wisst Ihr, wo Iain ist?«

»Er ist oben in der Festung.«

»Könnt Ihr mich hinbringen?«

»Nein.«

Sie tat, als hätte sie seine Weigerung nicht gehört. Sie legte ihre Hand auf die seine und hielt ihr Lächeln um Frances Catherines willen aufrecht, während sie leise zu ihm sprach. »Ich bin in Schwierigkeiten, Brodick. Ich muss mit ihm reden!«

Sie hatte die Worte noch nicht einmal zu Ende gesprochen, als sie sich schon auf seinem Schoß wiederfand. Er trieb den Hengst in vollen Galopp, und Minuten später half er ihr auf dem trostlosen Platz vor der riesigen Festung zu Boden.

»Iain ist beim Rat«, sagte Brodick. »Wartet hier. Ich hole ihn.«

Er drückte ihr die Zügel seines Pferdes in die Hand und ging hinein.

Der Hengst war tatsächlich von schwierigem Charakter. Es war ein wahrer Kampf, ihn zu halten, doch Judith ließ sich von seinem wilden Schnauben nicht einschüchtern. Von Kind an hatte man ihr beigebracht, mit Pferden umzugehen.

Judith wartete eine ganze Weile auf Brodick und Iain, bis ihre Geduld schließlich ein Ende hatte. In einem verborgenen Winkel ihres Kopfes meldete sich die Sorge, dass der Priester schon gegen sie eingenommen war, weil sie nicht sofort zu ihm kam. Sie wollte auch nicht, dass Isabelle sich im Stich gelassen fühlte. Vielleicht glaubte sie inzwischen, Judith wolle sie das Verhör allein durchstehen lassen.

Sie beschloss, keine Zeit mehr zu verlieren. Mit honigsüßen Worten besänftigte sie das Pferd, während sie aufstieg und es im Trab den Hügel hinablenkte. Einmal bog sie falsch ab, musste zurückreiten und erreichte Minuten später Isabelles Hütte. Vor dem Haus hatte sich eine Menschenmenge angesammelt. Winslow stand auf der Schwelle und sah wütend aus ... bis er sie entdeckte. Sofort wandelte sich seine Miene zu höchster Verblüffung.

Hatte er nicht geglaubt, dass sie kommen würde? Offenbar nicht, was sie ein wenig in ihrem Stolz verletzte. Eine alberne Reaktion, schimpfte sie sich, denn schließlich kannte Winslow sie ja nicht genug, um sich irgendeine Meinung über sie bilden zu können.

Dem Hengst gefiel die Menge genauso wenig wie ihr. Er versuchte zu steigen und gleichzeitig seitlich auszubrechen, und Judith konzentrierte sich darauf, das sture Tier zu beruhigen und wieder in den Griff zu bekommen.

Winslow kam ihr zu Hilfe. Er packte die Zügel und zwang den Hengst, sich gesittet zu benehmen.

»Iain hat dir wirklich erlaubt, dieses Pferd zu reiten?«, fragte er ungläubig.

»Nein«, antwortete sie. Sie zog den Schal um ihren Hals zurecht und stieg ab. »Brodick hatte es geritten.«

»Wo ist mein Bruder?«

»Er ist beim Rat, um Iain zu holen. Ich *habe* ja gewartet, Winslow, aber keiner von beiden kam heraus.«

»Nur Iain und Brodick haben es bisher geschafft, dieses

Pferd des Teufels zu reiten«, sagte er. »Mach dich auf das Schlimmste gefasst, wenn sie dich erwischen.«

Sie konnte nicht einschätzen, ob er scherzte oder ihr Angst einjagen wollte. »Ich habe das Pferd nicht gestohlen, sondern nur geliehen«, verteidigte sie sich. »Muss ich mich *jetzt* auch auf das Schlimmste gefasst machen?« Die letzte Frage hatte sie ihm leise zugeflüstert.

»Irgendeiner wird das wohl müssen«, antwortete er. »Komm herein. Isabelle wird sich nicht beruhigen, bis das hier vorbei ist.«

Der Krieger nahm sie am Ellenbogen und geleitete sie durch die schweigende Menge. Die Leute starrten sie an, aber sie schienen nicht feindlich, nur neugierig. Sie versuchte so gelassen wie möglich zu wirken. Es gelang ihr sogar, ein Lächeln auf ihr Gesicht zu zaubern.

Als der Priester auf der Schwelle erschien, hatte sie jedoch Schwierigkeiten, den heiteren Schein zu bewahren. Sein Blick war finster, und sie hoffte inständig, dass ihr Zuspätkommen daran schuld war und nicht die Tatsache, dass er sich bereits entschlossen hatte, gegen sie vorzugehen.

Vater Laggan hatte dickes, silbriges Haar, eine Hakennase und ein wettergegerbtes Gesicht, dessen Haut von tiefen Falten durchzogen war. Er hatte Winslows Größe, war dabei aber dünn wie ein Brett. Eine schwarze Soutane und ein schmales Plaid über einer Schulter, das mit einer Kordel um seine Taille gehalten wurde, hing an ihm herunter. Die Farben des Stoffs waren andere als die Maitland-Farben, was bedeutete, dass der Priester aus einem anderen Clan stammte. Hatten die Maitlands denn keinen eigenen Priester? Sie beschloss, später Frances Catherine danach zu fragen.

Sobald der Priester sich in der Türöffnung zeigte, ließ Winslow ihren Arm los. Sie eilte vorwärts und hielt an der Schwelle an, senkte demütig den Kopf und machte einen Knicks. »Verzeiht mir, dass ich so lange brauchte, um zu Euch zu kommen, Vater. Ich weiß, wie kostbar Eure Zeit ist, doch ich hatte mich im Weg geirrt. Am Hügel stehen so viele hübsche Häuschen, und ich bin einmal falsch abgebogen.«

Der Priester nickte und schien zufrieden mit ihrer Entschuldigung. Er lächelte zwar nicht, aber seine Miene hellte sich auf. Judith nahm es als gutes Zeichen.

»Winslow, vielleicht ist es besser, wenn du draußen wartest, bis wir fertig sind«, sagte der Priester mit einer Stimme, die das Alter hatte heiser werden lassen.

»Nay, Vater«, erwiderte Winslow. »Mein Platz ist bei meiner Frau.«

Der Priester nickte langsam. »Du wirst dich aber nicht einmischen«, befahl er.

Dann wandte er sich wieder Judith zu. »Bitte kommt mit mir ins Haus. Ich möchte Euch ein paar Fragen stellen, was gestern Nacht betrifft.«

»Natürlich, Vater«, antwortete sie, hob den Saum ihres Kleides und folgte ihm ins Haus.

Überrascht sah sie die vielen Leute in dem kleinen Raum. Zwei Männer und drei Frauen mittleren Alters saßen am Tisch, und zwei weitere Frauen standen vor der Feuerstelle.

Isabelle saß auf einem Stuhl neben dem Bett und hielt ihren Sohn in den Armen. Judith hatte sich bisher über diese Befragung keine großen Sorgen gemacht, doch als sie Isabelles Gesicht sah, durchfuhr sie ein Schreck: Die junge Mutter sah vollkommen verängstigt und entsetzt aus.

Judith eilte zu ihr. »Isabelle, warum bist du nicht im Bett? Du musst dich ausruhen, nach allem, was du gestern Nacht durchgemacht hast.« Winslow hatte sich neben Judith eingefunden. Sie nahm Isabelle das Baby ab und trat dann einen Schritt zurück. »Bitte helft ihr, sich wieder ins Bett zu legen, Winslow.«

»Isabelle hat also gestern Nacht Schlimmes durchgemacht?«, fragte Vater Laggan.

Judith war über die Frage so bestürzt, dass sie mit ihrer Antwort nicht zurückhielt. »Das kann man verdammt noch mal sagen, Vater!«

Er hob die Augenbrauen über ihren heftigen Tonfall. Dann senkte er den Kopf, doch Judith hatte die Erleichterung in seiner Miene bereits gesehen.

Sie wusste nicht, was sie davon halten sollte. War der Priester auf Isabelles Seite? Himmel, sie hoffte es. Judith warf einen kurzen Blick auf das wunderschöne Kind in ihren Armen, um zu sehen, ob sie es nicht vielleicht geweckt hatte. Dann wandte sie sich wieder zu Vater Laggan und sagte mit viel weicherer Stimme: »Ich wollte damit nur sagen, Vater, dass Isabelle wirklich Ruhe braucht.«

Der Priester nickte. Er stellte ihr kurz Winslows Verwandte am Tisch vor, wies dann auf die beiden Frauen, die nebeneinander vor dem Herd standen.

»Die Frau, die links steht, ist Agnes«, sagte er. »Neben ihr steht Helen. Sie sind Eure Anklägerinnen, Lady Judith.«

»Meine Anklägerinnen?«

Sie hatte nicht nur ungläubig geklungen, sie *war* es auch. Ein dumpfer Zorn machte sich in ihr breit, doch sie ließ ihn sich nicht anmerken.

Stattdessen bedachte sie die beiden Unruhestifterinnen mit einem langen Blick. Helen trat einen Schritt vor und nickte Judith kurz zu. Sie war keine besonders hübsche Frau. Vor allen Dingen schien sie nervös, wie ihre geballten Fäuste bewiesen, und sie konnte Judiths Blick nicht lange standhalten.

Agnes' Äußeres war eine echte Überraschung. Von dem, was Judith über sie gehört hatte, war sie auf eine Xanthippe, mindestens aber auf eine alte Hexe mit einer Warze auf der Nase gefasst gewesen. Agnes jedoch hatte das Gesicht eines Engels und die schönsten grünen Augen, die Judith je sah. Das Alter hatte sie gnädig behandelt. Nur wenige leichte Falten zeichneten ihr Gesicht. Frances Catherine hatte Judith erzählt, dass Agnes Tochter Iain zu heiraten gedachte – das hieß, Agnes war so alt wie Judiths Mutter, doch sie hatte es geschafft, ihre jugendliche Haut und Statur zu erhalten. Die Hebamme war um ihre Mitte nicht einmal dicker geworden, wie es sonst den meisten älteren Frauen passierte.

Aus dem Augenwinkel beobachtete Judith, wie Isabelle Winslows Hand ergriff. Ihr Zorn wurde stärker. Eine junge Mutter sollte nicht mit derartigem Aufruhr belastet werden.

Judith trug das Baby zu Winslow, legte es in seine Arme, machte dann kehrt und stellt sich in die Mitte des Raumes. Sie wandte sich zu dem Priester und drehte den Hebammen absichtlich den Rücken zu.

»Was ist es, war Ihr mich fragen wollt, Vater?«

»Wir haben keine Schreie gehört.«

Agnes war mit dieser Feststellung herausgeplatzt, doch Judith weigerte sich, sie zur Kenntnis zu nehmen. Sie hielt ihren Blick auf den Priester gerichtet und wartete offenbar auf seine Erklärung.

»Gestern Nacht«, begann Vater Laggan, »haben sowohl Agnes als auch Helen kein Schreien gehört, obwohl sie in der Nähe wohnen, Lady Judith. Sie meinen, sie hätten etwas hören müssen.«

Er räusperte sich, bevor er fortfuhr. »Beide Hebammen suchten mich daher auf, um mir ihre Sorgen anzutragen. Nun, wie ihr sicherlich wisst, gemäß der Lehre unserer Kirche – und Eurer Kirche desgleichen, da Euer König John immerhin die Gesetze befolgt, die unsere heiligen Väter aufgestellt haben ...«

Er hielt plötzlich inne, schien den Faden verloren zu haben, und einige Minuten verstrichen in Schweigen, währenddessen die Anwesenden darauf warteten, dass er fortfuhr. Schließlich trat Agnes einen Schritt vorwärts. »Die Sünden Evas«, erinnerte sie den Priester.

»Ja, ja, die Sünden Evas«, stimmte Vater Laggan zu. »Da habt Ihr's, Lady Judith.«

Judith hatte nicht die leiseste Ahnung, wovon er sprach, die Verwirrung in ihrem Blick sprach Bände.

Der Priester nickte. »Die Kirche sagt, dass der Schmerz, den eine Frau während der Geburt zu erleiden hat, eine notwendige und angemessene Buße für die Sünden Evas ist. Die Frauen werden durch die Qual und den Schmerz errettet. Wenn entschieden werden muss, dass Isabelle nicht genug Schmerzen erlitten hat, nun, dann ...«

Er sprach nicht weiter. Sein gepeinigter Blick verriet ihr, dass er sich über diesen Punkt der kirchlichen Rechtsprechung nicht weiter auslassen wollte.

»Nun, dann *was*?«, fragte Judith, entschlossen, ihn zu einer Antwort zu zwingen.

»Dann wird Isabelle von der Kirche verdammt«, flüsterte Vater Laggan. »Und das Baby auch.«

Judith empfand solche Übelkeit über das, was sie gerade gehört hatte, dass sie kaum noch vernünftig denken konnte. Himmel, war sie zornig! Nun verstand sie alles. Die Hebammen wollten nicht über *sie* herfallen – sie wollten Isabelle bestrafen und benutzten die Kirche dazu, ihr Ziel zu erreichen. Es handelte sich auch nicht einfach um eine Frage des verletzten Stolzes. Nay, weit schlimmer. Die Machtposition der beiden Frauen im Clan war erschüttert worden, und die Maßnahme der Kirche sollte zur Drohung für andere werdende Mütter dienen.

Ihre Rachsucht widerte Judith so an, dass sie die beiden am liebsten niedergeboxt hätte. Doch das würde Isabelle kaum helfen, also verhielt sie sich ruhig.

»Ihr seid vertraut mit den kirchlichen Bestimmungen, die die Sünden Evas betreffen, nicht wahr, Lady Judith?«, fragte der Priester.

»Ja, natürlich«, antwortete sie. Das war eine glatte Lüge, aber darum konnte sie sich jetzt keine Gedanken machen.

Der Priester sah erleichtert aus. »Ich frage Euch also, Lady Judith, ob Ihr gestern Nacht irgendetwas getan habt, um Isabelles Schmerzen zu lindern.«

»Nein, Vater, das habe ich nicht.«

»Dann muss Isabelle etwas getan haben«, rief Agnes. »Oder der Teufel hatte seine Hand dabei im Spiel.«

Einer der Männer, die am Tisch saßen, erhob sich. Der zornige Ausdruck auf seinem ledrigen Gesicht war beängstigend. Winslow trat im gleichen Augenblick einen Schritt vorwärts. »Ich dulde solche Reden in meinem Haus nicht«, bellte er.

Der ältere Mann am Tisch nickte, offenbar zufrieden mit Winslows Einspruch, und ließ sich dann wieder auf dem Stuhl nieder.

Das Kind stieß einen schrillen Schrei des Jammers aus. Winslow war so wütend, dass er nicht zu bemerken schien, wie Isabelle versuchte, ihm das Baby abzunehmen. Er trat noch einen Schritt auf die Hebammen zu.

»Verschwindet endlich aus meinem Haus«, befahl er wütend und machte mit dem Kopf eine entsprechende Bewegung.

»Mir gefällt das ebenso wenig wie dir, Winslow«, sagte Vater Laggan voller Kummer. »Aber diese Sache muss aufgeklärt werden.«

Winslow schüttelte den Kopf. Judith trat zu ihm und legte ihm die Hand auf den Arm. »Winslow, wenn Ihr mir erlaubt, es ihnen zu erklären, kann ich diesen Unsinn bestimmt schnell richtig stellen.«

»*Unsinn*? Du bezeichnest diese ernste Angelegenheit als Unsinn?«, fauchte Agnes. Aber Judith weigerte sich immer noch, sie zur Kenntnis zu nehmen. Sie wartete, bis Winslow zustimmend nickte, dann wandte sie sich wieder dem Priester zu. Winslow ging zum Bett hinüber und legte Isabelle seinen Sohn in den Arm. Der Kleine hörte auf zu schreien, als Isabelle ihn sanft wiegte.

Judith stand nun direkt vor dem Priester. »Isabelle hatte furchtbare Schmerzen«, erklärte sie mit harter Stimme.

»Wir haben aber nichts gehört«, rief Agnes aus.

Judith ignorierte sie nach wie vor. »Vater, wollt Ihr Isabelle verdammen, weil sie versucht hat, tapfer zu sein? Sie hat geschrien, sogar mehrmals, aber nicht bei jeder Wehe, denn sie wollte Ihrem Mann nicht so viele Sorgen bereiten. Er wartete direkt vor der Tür, und sie wusste, dass er sie hören konnte. Selbst in ihrer Qual hat sie an ihn gedacht.«

»Haben wir das Wort einer Engländerin darauf?«, forderte Agnes sie offen heraus.

Judith drehte sich zu den Verwandten um, die am Tisch saßen, ohne die Hebamme zu beachten. »Ich habe Isabelle gestern zum ersten Mal gesehen, und gebe daher zu, dass ich sie nicht besonders gut kenne. Doch ich halte sie für eine ausgesprochen sanftmütige Frau. Würdet Ihr sagen, dass ich sie richtig einschätze?«

»Aye, das tut Ihr«, stimmte eine dunkelhaarige Frau zu. Dann warf sie den Hebammen einen Blick zu und fuhr fort: »Sie ist freundlich und gutherzig. Wir sind glücklich, sie in unserer Familie zu haben. Auch ist sie gottesfürchtig. Sie würde niemals versuchen, ihren Schmerz absichtlich zu schmälern.«

»Ich kann ebenfalls bestätigen, dass Isabelle eine sanftmütige Frau ist«, warf der Priester ein.

»Das hat nichts mit dieser Frage zu tun«, schnappte Agnes. »Der Teufel …«

Judith unterbrach sie absichtlich, indem sie sich wieder der Gruppe am Tisch zuwandte. »Wäre es auch richtig anzunehmen, dass Isabelle niemandem bewusst wehtun würde? Dass ihre Gutherzigkeit ein solches Benehmen nicht dulden könnte?«

Alle nickten. Judith drehte sich wieder zu Vater Laggan um. Sie nahm den Schal ab, der um ihren Hals lag. »Jetzt frage ich Euch, Vater, ob Ihr glaubt, Isabelle habe genug gelitten!« Sie schob ihr Haar von den Schultern und neigte den Kopf zu einer Seite, damit der Priester die Male auf ihrer Haut sehen konnte.

Er riss die Augen erstaunt auf. »Heilige Mutter Gottes, hat unsere süße Isabelle Euch das angetan?«

»Ja«, sagte Judith. Und Gott sei gepriesen, dass sie es getan hat, fügte sie in Gedanken hinzu. »Isabelle hatte gestern Nacht solche Schmerzen, dass sie sich an mir festkrallte und nicht mehr losließ. Ich musste ihr die Finger aufbiegen, Vater, und sie dazu bringen, die Handgriffe an dem Gebärstuhl zu packen.«

Der Priester sah Judith einen langen Augenblick an. Die

Erleichterung in seinem Blick wärmte ihr Herz. Er glaubte ihr!

»Isabelle hat genug für die Kirche gelitten«, verkündete der Priester. »Wir können dieses Gespräch beenden.«

Agnes gab sich nicht so leicht geschlagen. Sie hastete mit einem weißen Leinentuch herbei, das sie aus ihrem Kleid gezogen hatte. »Das kann eine Täuschung sein«, rief sie. Sie packte Judith am Arm, und versuchte, ihr die Male vom Hals zu wischen.

Judith zuckte vor Schmerz zusammen. Sie versuchte jedoch nicht, der Frau Einhalt zu gebieten. Denn bestimmt würde Agnes dann das Gerücht verbreiten, Judith hätte sich die Flecken mit farbigen Ölen angemalt.

»Nimm deine dreckigen Hände von ihr!«

Iains Grollen schien die ganze Hütte auszufüllen. Agnes sprang ein Stück zurück und stieß gegen den Priester – auch er hatte einen Satz gemacht.

Judith war so glücklich, Iain zu sehen, dass sich ihre Augen mit Tränen füllten. Der Drang, zu ihm zu laufen, überwältigte sie fast.

Er richtete seinen Blick auf sie, während er sich unter dem Türbalken duckte und eintrat. Brodick kam direkt hinter ihm, und beide Krieger sahen unglaublich zornig aus. Iain hielt nur ein oder zwei Schritte vor ihr an und musterte sie von Kopf bis Fuß, um sicherzugehen, dass sie nicht verletzt war.

Sie war äußerst dankbar dafür, dass sie ihre Fassung bewahrt hatte. Iain brauchte niemals zu erfahren, wie erschreckend dieses Verhör gewesen war. Judith hatte sich bereits gestern Nacht gründlich erniedrigt, als sie den Mann mit ihren Tränen durchnässt hatte, und allein sein Anblick im hellen Tageslicht war ihr peinlich genug. Sie würde kein zweites Mal solche Verletzlichkeit zeigen.

Iain fürchtete, sie würde gleich in Tränen ausbrechen. Ihre Augen waren feucht, und es schien ihm offensichtlich, dass sie versuchte, ihre Würde zu bewahren. Judith war wohl nicht körperlich verletzt worden, aber man hatte bestimmt auf ihren Gefühlen herumgetrampelt.

»Winslow?« Iains Stimme war barsch, wütend.

Isabelles Mann trat hervor. Er wusste, was sein Clansherr von ihm wollte, und gab augenblicklich eine knappe Zusammenfassung der Ereignisse. Aber auch er hatte seinen Zorn noch nicht verdaut, und seine Stimme zitterte, während er sprach.

Iain legte Judith die Hand auf die Schulter. Er konnte ihr Beben spüren, was ihn noch wütender machte. »Judith ist Gast im Haus meines Bruders.«

Er wartete, bis diese Feststellung zu jedem im Raum durchgedrungen war, und fügte dann hinzu: »Aber sie steht ebenso unter *meinem* Schutz. Wenn es Ärger gibt, wendet Ihr Euch an mich. Ist das deutlich?«

Die kräftigen Männer in dem Zimmer duckten sich vor dem Zorn in seiner Stimme. Judith hatte Iain noch nie so aufgebracht erlebt. Sie fand es überwältigend ... und auch beängstigend. Sie versuchte sich einzureden, dass er schließlich nicht auf sie wütend war, doch Logik half ihr nicht viel. Sein brennender Blick ließ sie erbeben.

»Clansherr Iain, wisst Ihr, was Ihr da sagt?«, flüsterte Vater Laggan. Iain starrte Judith an, als seine knappe Antwort kam. »Ja.«

»Hölle«, murmelte Brodick.

Iain wirbelte herum, um seinen Freund anzusehen. »Willst du mich herausfordern?«

Brodick musste einige Zeit über diese Frage nachdenken, bevor er antwortete. »Nein. Du hast meine Unterstützung. Gott weiß, du wirst sie brauchen.«

»Du hast meine auch!«, rief Winslow.

Iain nickte. Seine Kinnmuskeln entspannten sich wieder, und Judith überlegte, dass der Loyalitätsbeweis seiner Freunde seinen Ärger wohl besänftigt hatte.

Warum sie ihm extra Unterstützung zusicherten, war ihr allerdings rätselhaft. In England dehnte sich Gastfreundschaft auf alle Familienmitglieder aus, hier war es offenbar anders.

»Der Rat?«, fragte Winslow.

»Bald«, gab Iain zurück.

Hinter Judith sog jemand scharf die Luft ein. Sie wandte sich zu den Hebammen um. Überrascht sah sie, dass Helen über den Ausgang des Verhörs erleichtert zu sein schien. Sie hatte Mühe, ein Lächeln zu unterdrücken. Judith verstand nun überhaupt nichts mehr.

Agnes' Miene ließ jedoch keinen Zweifel an ihrer Laune. Ihre Augen blitzten vor Zorn, und Judith wandte sich ab. Sie bemerkte, dass Vater Laggan sie gespannt musterte.

»Vater, gibt es noch Fragen, die Ihr mir stellen wollt?«

Er schüttelte den Kopf und lächelte. Da niemand sie beide zu beachten schien, trat Judith zu ihm. Winslow, sein Bruder Brodick und Iain hatten eine Unterhaltung begonnen, und die Verwandten am Tisch begannen alle auf einmal zu reden.

»Vater, darf ich Euch etwas fragen?«, flüsterte sie.

»Natürlich.«

»Wenn ich keine blauen Flecken am Hals gehabt hätte, wären Isabelle und ihr Baby wirklich von Euch verdammt worden?« Sie legte sich wieder den Schal um die Schultern, während sie auf seine Antwort wartete.

»Nein«, antwortete er.

Nun fühlte sie sich besser. Sie hatte nicht glauben wollen, dass ein Mann der Kirche wirklich so hart sein könnte. »Ihr hättet also mein Wort allein als Beweis genommen, obwohl ich eine Fremde bin?«

»Ich hätte auch einen Weg gefunden, Eure Behauptungen zu unterstützen. Vielleicht wären all ihre Verwandten von mir aufgefordert worden, zu Ihren Gunsten zu sprechen.« Er ergriff Judiths Hand und tätschelte sie. »Die Druckstellen machten meine Aufgabe sehr viel einfacher.«

»Ja, das stimmt wohl«, sagte sie. »Wenn Ihr mich jetzt entschuldigen würdet, möchte ich gern gehen.«

Sie eilte nach draußen, sobald er ihr die Erlaubnis gegeben hatte. Wahrscheinlich war es sehr unhöflich, ohne ein Abschiedswort zu verschwinden, aber Judith konnte den Gedanken nicht mehr ertragen, noch eine Minute länger mit Agnes im selben Raum zu sein.

Mittlerweile hatte sich die Menge vor dem Haus mehr als verdoppelt, aber Judith war nicht in der Stimmung, deren Neugier zu befriedigen. Mit hoch erhobenem Kopf trat sie hindurch und auf den Baum zu, wo sie das Pferd zurückgelassen hatte.

Ebenso wenig war sie bereit, dem Hengst seine Launen durchgehen zu lassen. Sie versetzte ihm einen kräftigen Klaps auf die Flanke, der ihn lange genug ruhig hielt, dass sie sich in den Sattel schwingen konnte.

Noch war sie zu aufgewühlt durch die Befragung, die sie über sich ergehen lassen musste, um direkt zu Frances Catherine zu reiten. Sie musste erst zur Ruhe kommen. Ohne ein bestimmtes Ziel lenkte sie den Hengst auf den Pfad, der zum Kamm führte. Sie wollte reiten, bis sich ihr Ärger gelegt hatte, und es war ihr egal, wie lange das dauern würde.

Vater Laggan trat eine knappe Minute nach Judith aus der Hütte. Er hob die Arme, um die Menge zum Schweigen zu bringen. Dann lächelte er breit. »Alles hat sich zu meiner

Zufriedenheit gelöst«, rief er aus. »Lady Judith hat die Angelegenheit in kürzester Zeit aufgeklärt.«

Laute Hochrufe erklangen. Der Priester trat einen Schritt zur Seite, um Brodick vorbeizulassen. Iain und Winslow folgten. Die Menschen wichen vor Brodick zurück, der festen Schritts auf die Bäume zuging, wo Judith sein Pferd angebunden hatte. Er hatte sie fast erreicht, als er bemerkte, dass der Hengst fort war.

Brodicks Blick war ungläubig, als er zu den anderen herumwirbelte. »Bei Gott, sie hat es schon wieder getan!«, grollte er. Es war ihm unbegreiflich, warum Judith ihn so beleidigte. Sie hatte sein Pferd genommen! Die Tatsache, dass es eigentlich Iain gehörte, änderte daran nichts.

»Lady Judith hat dein Pferd nicht gestohlen«, rief Winslow hinter ihm. »Sie hat es sich nur ausgeborgt. Das hat sie jedenfalls gesagt, als sie hier ankam, und ich kann mir vorstellen, dass sie immer noch glaubt ...« Er konnte nicht fortfahren, weil er in lautes Lachen ausbrechen musste.

Iain hatte mehr Disziplin. Er lächelte nicht einmal, sondern stieg auf sein Pferd und reichte Brodick die Hand. Dieser wollte sich gerade hinter seinen Clansführer auf den Rücken des Tiers schwingen, als Bryan, ein älterer Mann mit gebeugten Schultern und feuerrotem Haar, einen Schritt vortrat. »Die Frau hat Euer Pferd nicht gestohlen, und Ihr solltet das auch nicht glauben, Brodick.«

Brodick wandte den Kopf, um den Mann anzusehen. Plötzlich schob sich ein anderer Krieger durch die Menge. Er stellte sich neben Bryan. »Aye, Lady Judith war wahrscheinlich schrecklich in Eile«, sagte er.

Dann kam der Nächste, noch einer und noch einer, um Gründe anzubringen, warum Judith das Pferd genommen haben könnte. Iain hätte nicht zufriedener sein können.

Natürlich ging es nicht um das Pferd. Was die Männer sagen wollten, war, dass Judith ihren Beistand gewonnen hatte … und ihre Herzen. Sie hatte sich für Isabelle eingesetzt, nun setzten sie sich für sie ein.

»Sie hätte unserer Isabelle gestern Nacht nicht helfen müssen. Und sie hätte heute nicht zurückkommen müssen, um Vater Laggans Fragen zu beantworten«, stellte Bryan fest. »Du wirst nicht schlecht über Lady Judith sprechen, Brodick, oder du bekommst es mit mir zu tun!«

Eine kräftige Brise konnte Bryan umwehen, so schwach wie er war. Dennoch forderte er mutig und offen Brodick heraus.

»Hölle«, murmelte Brodick wieder einmal, und seine Verblüffung war deutlich.

Nun lächelte auch Iain. Er nickte Judiths Fürsprecher zu, wartete, bis Brodick endlich aufgesessen war und trieb sein Pferd dann an. Iain nahm an, dass Judith direkt zum Haus seines Bruders geritten war, doch das Pferd stand nicht davor. Wo konnte sie nur sein?

Iain hielt sein Pferd an, damit Brodick sich zu Boden gleiten lassen konnte. »Sie ist wahrscheinlich zur Festung geritten«, sagte er. »Ich werde dort zuerst nachschauen.«

Brodick nickte. »Ich suche weiter unten«, sagte er, marschierte los, blieb dann aber plötzlich stehen und wandte sich noch einmal um. »Ich gebe dir eine faire Warnung, Iain. Wenn ich sie finde, mache *ich* ihr die Hölle heiß.«

»Du hast meine Erlaubnis.«

Brodick versteckte sein Grinsen. Er wartete auf den Haken bei der Sache. Er kannte Iain gut genug, um zu wissen, wie seine Gedanken abliefen. »Und?«, bohrte er nach, als sein Clansherr die Erlaubnis nicht von selbst einschränkte.

»Du kannst ihr die Hölle heiß machen, aber du wirst dabei deine Stimme nicht erheben.«

»Und warum nicht?«

»Du könntest sie erschrecken«, erklärte Iain mit einem Schulterzucken. »Das kann ich nicht zulassen.«

Brodick öffnete den Mund, um etwas zu erwidern, besann sich dann aber eines Anderen. Iain hatte ihm gerade allen Wind aus den Segeln genommen. Wenn er die Frau nicht anschreien durfte, warum sollte er sie dann überhaupt maßregeln?

Er wandte sich um und ging den Hügel hinab, wobei er Unverständliches vor sich hin murmelte.

Iains Lachen folgte ihm.

Judith erwartete ihn nicht an der Festung. Also ritt er zurück und nahm den Weg, der nach Westen zur Hügelkette führte. Er fand sie auf dem Friedhof. Sie ging schnellen Schritts den Pfad entlang, der zwischen Bäumen und dem geheiligten Boden lag.

Sie hatte geglaubt, dass ein zügiger Ritt sie von dem Ärger befreien konnte, den sie immer noch über die Ereignisse des Nachmittags spürte, und war zufällig am Friedhof angelangt. Neugierig hatte sie angehalten, um sich umzuschauen.

Die letzte Ruhestätte war ein hübscher, friedlicher Ort. Ein weißer, frisch getünchter Lattenzaun begrenzte den Platz an drei Seiten. Verzierte Grabsteine, manche abgerundet, manche eckig, standen in ordentlichen Reihen innerhalb der Umzäunung. Frische Blumen bedeckten fast jedes übrige Fleckchen. Wer immer die Aufgabe hatte, sich um diesen Ort des Friedens für die Toten zu kümmern, hatte seine Arbeit gut gemacht. Die liebevolle Pflege war nicht zu verhehlen.

Judith schlug das Zeichen des Kreuzes, als sie über den Pfad schritt. Sie verließ den Friedhof, wie es sich schickte, und erklomm dann den schmalen Steig hinter den Bäumen, die

die Sicht auf das Tal dahinter versperrten. Der Wind pfiff durch die Zweige und erzeugte einen traurigen Laut.

Der Platz für die Verdammten war direkt vor ihr. Sie hielt abrupt inne, als sie den Rand des kargen Geländes erreicht hatte. Hier gab es keine hübschen, weiß getünchten Zäune oder verzierte Grabsteine. Hier ragten nur verwitterte Holzkreuze auf. Judith wusste, wer hier begraben lag. Es waren die armen Seelen, über die die Kirche entschieden hatte, dass sie in die Hölle gehörten. Aye, hier lagen Räuber und Mörder, Frauenschänder, Diebe und Verräter ... und all die Frauen, die während der Geburt ihres Kindes gestorben waren!

Die Wut, die sie loszuwerden gehofft hatte, schwoll erneut an. Gab es denn auch nach dem Tod keine Gerechtigkeit?

»Judith?«

Schnell sah sie sich um und entdeckte Iain, nur ein paar Schritte von ihr entfernt. Sie hatte ihn nicht kommen hören.

»Glaubst du, sie sind alle in der Hölle?«

Er hob eine Augenbraue über die Erregung in ihrer Stimme. »Von wem sprichst du?«

»Die Frauen, die hier begraben sind«, erklärte sie mit einer vagen Geste. Sie wartete jedoch keine Antwort ab. »Ich glaube nicht, dass sie in der Hölle sind. Sie sind in Erfüllung ihrer heiligen Pflicht gestorben, verdammt noch mal. Sie haben qualvolle Wehen erlitten und starben, weil sie das taten, was ihre Männer und die Priester von ihnen erwarteten. Und wofür, Iain? Um für ewig in der Hölle zu schmoren, nur weil die Kirche sie für den Himmel nicht rein genug hält? So ein Schwachsinn!«

Ihre Stimme war zu einem harschen Flüstern geworden. »Alles Wahnideen! Und wenn mich das zur Gotteslästerin macht, ist mir das egal. Ich kann einfach nicht glauben, dass Gott so grausam sein soll.«

Iain fiel keine Erwiderung ein. Sein Verstand sagte ihm, dass sie Recht hatte – es *war* schwachsinnig. Tatsächlich hatte er sich niemals die Zeit genommen, über solche Dinge nachzudenken.

»Die Pflicht einer Frau ist es, ihrem Mann Erben zu schenken, ist das richtig?«

»Ja«, stimmte er zu.

»Dann frage ich mich, warum sie keine Kirche mehr betreten darf, sobald sie weiß, dass sie schwanger ist. Sie wird als unrein angesehen, nicht wahr?«

Er wollte gerade antworten, als sie die nächste Frage stellte. »Hältst du Frances Catherine für unrein? Nein, natürlich nicht«, antwortete sie sich selbst. »Aber die Kirche tut es. Und wenn sie Patrick einen Sohn schenkt, braucht sie nur dreiunddreißig Tage zu warten, bevor sie sich dem Reinigungsritual unterzieht und wieder in die Kirche gehen kann. Wenn es allerdings eine Tochter wird, muss sie doppelt so lange warten ... und wenn sie zufällig *dabei* stirbt oder irgendwann *vor* diesem Ritual, dann bekommt sie noch nicht einmal diesen Segen. Sie endet hier oben! Wie passend für Frances Catherine, neben einem Mörder begraben zu werden oder ...«

Endlich hörte sie auf. Sie senkte den Kopf und stieß einen müden Seufzer aus. »Es tut mir Leid. Ich hätte dich nicht so anbrüllen dürfen. Wenn ich mich bloß dazu zwingen könnte, nicht über solche Dinge nachzudenken, würde ich nicht dauernd so wütend werden.«

»Es liegt in deiner Natur, dich um andere zu kümmern.«

»Woher willst du wissen, was in meiner Natur liegt?«

»Die Art, wie du Isabelle geholfen hast, ist ein Beispiel«, antwortete er. »Und ich weiß noch viele andere Beispiele.«

Seine Stimme war voller Zärtlichkeit, und es war für sie wie eine Liebkosung. Sie wünschte sich plötzlich, sich an ihn zu lehnen, ihre Arme um ihn zu schlingen und ihn festzuhalten. Iain war so wunderbar stark, und sie fühlte sich im Augenblick entsetzlich verletzbar.

Bis zu diesem Moment hatte sie nicht erkannt, wie sehr sie ihn bewunderte. Er war stets seiner Sache sicher, ja, seiner selbst sicher. Eine Aura ruhiger Autorität umgab ihn. Er verlangte von seinen Gefolgsleuten keinen Respekt. Nein, er hatte sich ihre Loyalität und ihr Vertrauen *verdient*. Nur selten erhob er seine Stimme jemand anderem gegenüber. Sie musste lächeln, als ihr einfiel, dass er *ihr* gegenüber schon mehrmals die Stimme erhoben hatte. Er schien in ihrer Gegenwart nicht ganz so diszipliniert zu sein, und sie überlegte, wie das zu deuten war.

»Wenn dir etwas nicht gefällt, ist es dann nicht deine Pflicht, es zu ändern?«, fragte er.

Sie hätte über seine Frage fast gelacht, bis sein Blick ihr sagte, dass er es ernst gemeint hatte. Das verblüffte sie vollends. »Du glaubst, ich könnte es mit der Kirche aufnehmen?«

Er schüttelte den Kopf. »Ein Flüstern, Judith, zusammen mit tausend anderen, wächst zu einem Gebrüll heran, das selbst die Kirche nicht ignorieren kann. Fang mit Vater Laggan an. Stell ihm deine Fragen. Er ist ein gerechter Mann, er wird dir zuhören.«

Er lächelte bei dem Wort ›gerecht‹, und sie erwiderte es. Sie wusste, dass er sich nicht über sie lustig machen wollte. Nay, er wollte ihr helfen. »Ich bin nicht wichtig genug, um Veränderungen zu bewirken. Ich bin bloß eine Frau, die …«

»Solange du solchen Unsinn glaubst, wirst du wirklich nichts erreichen. Dann hemmst du dich selbst.«

»Aber, Iain«, warf sie ein. »Was kann ich denn tun? Ich werde verdammt, wenn ich offen die Lehren der Kirche kritisiere. Und was würde das helfen?«

»Du sollst sie nicht direkt angreifen«, erklärte er. »Du besprichst die Widersprüche in der Regel mit den Leuten. Eine Person wird begreifen, dann noch eine und noch eine ...«

Er brauchte nicht fortzufahren. Sie nickte. »Ich muss darüber nachdenken«, sagte sie. »Ich kann mir nicht vorstellen, wie ich irgendjemanden von meinen Ansichten überzeugen soll. Besonders hier nicht.«

Er lächelte wieder. »Das hast du doch schon, Judith. Du hast mich die Widersprüche erkennen lassen. Warum bist du hierher gekommen?«, fragte er dann.

»Nicht absichtlich«, antwortete sie. »Ich wollte ein bisschen spazieren gehen, bis meine Wut sich gelegt hat. Du hast es wahrscheinlich nicht gemerkt, aber ich war sehr aufgewühlt, als ich Isabelles Haus verließ. Ich hätte am liebsten geschrien. Es war so ungerecht, was sie ihr angetan haben.«

»Wenn du hier schreist, wird dich niemand hören.« Das Funkeln in seinen Augen unterstrich seinen Vorschlag.

»Du würdest es hören«, sagte sie.

»Das macht mir nichts.«

»Aber mir macht es was. Das ist nicht schicklich!«

»Nicht?«

Sie schüttelte den Kopf. »Und nicht sehr damenhaft«, fügte sie bedauernd hinzu.

Sie sah so ernsthaft aus, dass er nicht widerstehen konnte. Er beugte sich nieder und küsste sie. Sein Mund strich gerade lang genug über den ihren, um ihre Zartheit zu spüren. Fast augenblicklich zog er sich wieder zurück.

»Warum hast du das getan?«

»Damit du mich nicht mehr so böse ansiehst.«

Er ließ ihr keine Zeit, in irgendeiner Weise zu reagieren. Er nahm ihre Hand. »Komm, Judith, wir gehen spazieren, bis deine Wut endgültig vorüber ist.«

Sie musste laufen, um mit ihm Schritt zu halten. »Iain, wir machen kein Wettrennen. Können wir nicht langsamer gehen?«

Er tat es, und sie gingen ein paar Minuten schweigend nebeneinanderher, jeder in seine eigenen Gedanken versunken.

»Judith, tust du immer nur das, was sich schickt?«

Sie fand die Frage reichlich seltsam. »Ja und nein«, antwortete sie. »Ich benehme mich stets in den sechs Monaten im Jahr anständig, in denen ich gezwungen bin, mit Mutter und Onkel Tekel zu leben.«

Der Ausdruck »gezwungen« machte ihn hellhörig, aber er beschloss, sie jetzt nicht auszufragen. Sie war nicht auf der Hut gewesen, und er wollte so viel wie möglich über ihre Familie erfahren, bevor sie sich wieder vor ihm verschloss.

»Und die anderen sechs Monate im Jahr?«, fragte er wie beiläufig.

»Benehme ich mich überhaupt nicht schicklich«, antwortete sie. »Onkel Herbert und Tante Millicent lassen mir ziemlich viel Freiheit. Sie schränken mich nicht ein.«

»Gib mir ein Beispiel dafür«, verlangte er, »damit ich dich verstehe.«

Sie nickte. »Ich wollte so viel wie möglich über die Geburt herausfinden, und Tante Millicent ließ mich nicht nur tun, was ich wollte, sie half mir sogar, so gut sie konnte.«

Die nächsten Minuten erzählte sie ihm von Millicent und Herbert. Die Liebe, die sie für die beiden empfand, sprach deutlich aus jedem Wort. Iain fragte nur sehr wenig und arbeitete sich auf Umwegen an das Thema Mutter heran.

»Dieser Onkel, den du erwähnt hat, Tekel«, begann er. »Ist er der Bruder deines Vaters oder deiner Mutter?«

»Er ist der ältere Bruder meiner Mutter.«

Er wartete, dass sie ihm mehr erzählte, doch sie sagte kein Wort mehr. Sie kehrten zu den Pferden zurück, und erst als sie den Friedhof überquert hatten, sprach sie wieder.

»Glaubst du, dass ich anders bin als andere Frauen?«

»Ja.«

Sie sackte in sich zusammen und sah sehr bestürzt aus.

Er unterdrückte ein Lachen. »Das heißt nicht ›schlechter‹, nur ›anders‹. Du lebst bewusster als andere Frauen. Du nimmst nicht einfach alles hin.«

»Das wird mich eines Tages in Schwierigkeiten bringen, nicht wahr?«

»Ich beschütze dich.«

Es war ein süßes Versprechen, aber auch ein arrogantes. Sie glaubte nicht, dass er es wirklich ernst meinte. Sie lachte und schüttelte den Kopf.

Sie waren bei den Pferden angelangt, und er hob sie in den Sattel. Sie warf ihr Haar zurück und strich sanft über die blauen Flecken an ihrem Hals.

»Tut es weh?«

»Ein bisschen«, gab sie zu.

Dann entdeckte er wieder die Kette. Er zog sie hervor und betrachtete den Ring, der daran baumelte.

Sofort entriss sie ihm das Schmuckstück und verbarg es in ihrer Faust. Und es war die Faust, die ihm schließlich seine Erinnerung zurückbrachte. Er trat einen Schritt zurück, weg von ihr.

»Iain? Was ist denn los? Du bist ja ganz grau geworden!«

Er antwortete nicht.

Es dauerte einige Zeit, bis Judith Frances Catherine in allen Einzelheiten von dem Verhör erzählte. Außerdem unterbrach Frances Catherine sie ständig mit ihren Fragen.

»Ich finde, du solltest mit mir zu Isabelle gehen, um ihr Baby anzuschauen«, schlug Judith vor.

»Ich würde ihr gerne helfen«, antwortete Frances Catherine.

»Und *ich* würde es gern sehen, wenn du dich mit ihr anfreundest. Du musst lernen, diesen Leuten dein Herz zu öffnen. Bestimmt sind einige so nett wie Isabelle. Ich weiß, dass du sie mögen wirst. Sie erinnert mich an dich, Frances Catherine.«

»Ich werd's versuchen«, versprach die Freundin. »O Gott, ich werde so einsam sein, wenn du wieder fort bist. Patrick sehe ich doch nur abends, und meistens bin ich dann so schläfrig, dass ich mich kaum darauf konzentrieren kann, was er sagt.«

»Ich werde dich auch sehr vermissen«, gab Judith zurück. »Ich wünschte, du würdest in meiner Nähe leben. Vielleicht könntest du dann hin und wieder zu uns kommen. Onkel Herbert und Tante Millicent würden sich bestimmt freuen, dich wiederzusehen.«

»Patrick würde mich niemals nach England gehen lassen«, sagte sie. »Er glaubt, es wäre zu gefährlich. Kannst du mein Haar flechten, während wir warten?«

»Natürlich«, sagte Judith. »Worauf warten wir denn?«

»Patrick hat mir das Versprechen abgenommen, zu Hause zu bleiben, bis er eine wichtige Sache erledigt hat. Er wird sicher gern mit zu Isabelle kommen.«

Sie reichte Judith ihre Bürste, setzte sich auf einen Stuhl und fragte die Freundin wieder über die gestrigen Ereignisse aus.

Die Zeit verging im Eiltempo, und erst eine gute Stunde später bemerkten sie, dass Patrick immer noch nicht zurückgekehrt war. Da es Zeit fürs Abendessen wurde, beschlossen sie, den Besuch auf den nächsten Morgen zu verschieben.

Sie waren gerade dabei, die Mahlzeit zu bereiten, als Iain an die Tür klopfte. Frances Catherine hatte irgendetwas Lustiges gesagt, und Judith lachte immer noch, als sie die Tür öffnete.

»Oh, Himmel ... Iain, du willst mir doch wohl nicht sagen, dass Vater Laggan sich noch ein paar Fragen ausgedacht hat, die er mir unbedingt stellen muss?«

Sie war sich sicher gewesen, dass Iain auf ihren Scherz mit einem Grinsen antworten würde. Stattdessen vernahm sie nur sein knappes »Nein«.

Er trat ein, nickte Frances Catherine kurz zu, verschränkte die Hände hinter dem Rücken und wandte sich zu Judith.

Sie konnte nicht glauben, dass dies derselbe Mann sein sollte, der noch vor zwei Stunden so zärtlich und gut zu ihr gewesen war. Jetzt benahm er sich kalt und distanziert wie ein Fremder.

»Es wird keine Fragen mehr seitens des Priesters geben«, kündigte er an.

»Ich weiß«, erwiderte sie. »Ich wollte auch nur einen Scherz machen.«

Er schüttelte den Kopf. »Jetzt ist nicht die Zeit für Scherze. Ich habe wichtigere Dinge im Kopf.«

»Was ist denn so dringend?«

Er gab ihr keine Antwort, sondern sprach Frances Catherine an. »Wo ist mein Bruder?«

Seine Schroffheit beunruhigte sie. Sie setzte sich an den Tisch, faltete die Hände im Schoß und versuchte, ruhig zu wirken. »Ich weiß es nicht. Er wird jeden Moment zurück sein.«

»Was willst du denn von Patrick?«, fragte Judith, denn sie wusste, dass ihre Freundin sich nicht traute.

Iain wandte sich um und ging zur Tür. »Ich will mit ihm sprechen, bevor ich gehe.«

Judith hastete hinter ihm her, lief um ihn herum und verstellte ihm den Weg, bevor er die Tür erreicht hatte. Er war so verblüfft über diese Dreistigkeit, dass er tatsächlich stehen blieb. Dann erschien ein Lächeln auf seinem Gesicht. Sie hatte den Kopf zurückgebogen, sodass sie zu ihm aufschauen konnte. Sie wollte, dass er ihren missbilligenden Gesichtsausdruck bemerkte.

Bevor sie begriff, was er beabsichtigte, hatte er sie bereits aus seinem Weg gehoben. Sie sah zu Frances Catherine herüber. Ihre Freundin gestikulierte hinter Iain her, und sie nickte und rannte hinaus.

»Wohin gehst du? Wirst du lange weg sein?«

Er drehte sich nicht um, als er ihr antwortete. »Ich weiß nicht, wie lange ich weg sein werde.«

»Warum willst du mit Patrick sprechen? Soll er mit dir gehen?«

Er hielt plötzlich an und wandte sich endlich zu ihr. »Nein, er soll nicht mitgehen. Judith, warum fragst du mich das alles?«

»Warum tust du so eiskalt?«, platzte sie heraus und wurde augenblicklich rot. »Ich wollte sagen«, begann sie, »du warst vorhin in viel besserer Stimmung. Habe ich etwas getan, was dich verärgert hat?«

Er schüttelte den Kopf. »Vorhin waren wir allein«, sagte er. »Jetzt nicht.«

Wieder wollte er weitergehen. Wieder versperrte sie ihm den Weg, indem sie eilig vor ihn trat. »Du wolltest fortgehen, ohne dich zu verabschieden, stimmt's?«

Sie stieß die Frage wie eine Anklage hervor, ließ ihm aber keine Zeit zu antworten. Sie drehte sich um und ging zum Haus zurück.

Er stand da und sah ihr nach. Undeutlich hörte er sie etwas von ›verdammt unhöflich‹ murmeln und nahm an, dass sie ihn damit meinte. Er seufzte über ihre Frechheit.

Patrick kam den Hügel hinab und lenkte Iain von diesen Gedanken ab. Er teilte seinem Bruder mit, dass er mit Ramsey und Erin in der Festung der MacDonalds den Clansführer der Dunbars treffen wollte. Die Konferenz würde zwar auf neutralem Boden stattfinden, aber Iain traf trotzdem gewisse nötige Vorbereitungen, denn wenn den Macleans etwas davon zu Ohren kam, würden sie sofort zuschlagen.

Iain brauchte Patrick nicht viel zu erzählen – sein Bruder verstand die Bedeutung dieses Treffens nur zu gut.

»Der Rat hat seine Zustimmung dazu nicht gegeben, habe ich Recht?«, fragte Patrick.

»Er weiß nichts davon.«

Patrick nickte. »Das bringt Ärger.«

»Ja.«

»Willst du, dass ich mitgehe?«

»Ich möchte, dass du dich um Judith kümmerst, während ich fort bin«, sagte Iain. »Pass auf, dass sie nicht in Schwierigkeiten gerät.«

Patrick nickte. »Was glauben die Alten, wohin du gehst?«

»Zu den MacDonalds«, antwortete Iain. »Ich habe nur nicht erwähnt, dass die Dunbars auch da sein werden.« Er stieß einen lauten Seufzer aus. »Gott, wie ich diese Heimlichtuerei hasse.«

Er erwartete keine Antwort auf seine Bemerkung, drehte sich um und ging zu seinem Hengst hinüber. Plötzlich hielt er inne, drückte Patrick die Zügel in die Hand und lief zurück zum Haus.

Diesmal klopfte er gar nicht erst an die Tür. Judith stand an der Feuerstelle. Sie wirbelte herum, als die Tür gegen die Steinmauer krachte, und riss die Augen auf. Frances Catherine saß am Tisch und hatte Brot geschnitten. Sie wollte gerade aufstehen, setzte sich jedoch wieder hin, als Iain an ihr vorbeilief.

Er sagte kein Wort. Stattdessen packte er Judith an den Schultern und zog sie heftig zu sich heran. Sein Mund verschloss den ihren, und als sie zunächst vor Verblüffung nicht reagierte, zwang er ihre Lippen auseinander. Seine Zunge drang mit wilder Entschlossenheit in ihren Mund. Der Kuss war besitzergreifend, leidenschaftlich – und gerade, als sie ihn erwidern wollte, schob er sie von sich. Sie sackte gegen die Kante des Herdes. Iain drehte sich um, nickte Frances Catherine zu und verließ das Haus.

Judith war zu verdutzt, um etwas zu sagen. Frances Catherine warf ihrer Freundin einen Blick zu und biss sich auf die Unterlippe, um nicht loszulachen.

»Hast du mir nicht gesagt, die Leidenschaft sei vorbei?«

Judith fiel darauf keine Erwiderung ein. Den Rest des Abends seufzte sie oft und vernehmlich. Nach dem Essen gingen die beiden Frauen mit Patrick zu Isabelle, wo Judith noch mehr Verwandte von Winslows Seite kennen lernte. Eine hübsche, kleine Frau stellte sich als Willa vor. Sie war hochschwanger, und nachdem sie erklärt hatte, dass sie Winslows dritte Kusine zweiten Grades war, bat sie Judith, mit ihr ein paar Minuten nach draußen zu gehen. Sie habe mit ihr eine wichtige Sache zu besprechen. Judith fürchtete sich vor dem, was kommen musste: Die Frau wollte sie sicher bitten, ihr bei ihrer Niederkunft beizustehen.

Natürlich konnte sie der flehenden Frau keine Absage erteilen, aber sie machte ihr klar, wie unerfahren sie war. Willas ältere Tante Louise war ihnen nach draußen gefolgt. Sie, die selbst keine Kinder gehabt und auch noch keiner Geburt beigewohnt hatte, versprach nun, dass auch *sie* gerne helfen wollte.

Drei volle Wochen war Iain fort. Judith vermisste ihn schrecklich. Sie hatte allerdings wenig Zeit, sich selbst zu bemitleiden, denn in seiner Abwesenheit half sie Willas Tochter zur Welt, dann Carolines und Winifreds Söhnen.

Jedes Mal war sie aufs Neue schockiert. Es schien überhaupt nicht einfacher zu werden. Patrick hatte alle Hände voll zu tun, ihr ihre Ängste wenigstens teilweise zu nehmen.

Judith hatte schon eine Art Ritual entwickelt, dass Iains Bruder durch und durch verwirrte. Bei allen drei Frauen setzten die Wehen mitten in der Nacht ein, und jedes Mal reagierte Judith gleich: Zunächst war sie vollkommen entsetzt und stammelte und jammerte alle Gründe hervor, warum sie unmöglich diese schwere Aufgabe erledigen konnte. Auch während Patrick sie zu dem jeweiligen Haus begleitete, ging die Litanei weiter, wobei sie ihm gewöhnlich fast das Plaid von der Brust gerissen hatte, als sie ihr Ziel endlich erreichten. Ihre Selbstquälerei war augenblicklich vergessen, wenn sie die Schwelle des Hauses überschritt. Von diesem Moment an war Judith ruhig, tatkräftig und entschlossen, der werdenden Mutter die Geburt so gut wie möglich zu erleichtern. Dieser Zustand hielt an, bis das Kind auf der Welt war und sicher in den Armen der Mutter ruhte.

Nachdem sie ihre Aufgabe erfüllt hatte, brach sie in Tränen aus und weinte den ganzen Nachhauseweg über. Es machte überhaupt nichts aus, wer sie zurückbegleitete. Sie durchnässte mit ihren Tränen Patricks Kleidung, ein anderes Mal Brodicks, und das dritte Mal hatte Vater Laggan das Pech, zufällig vorbeizukommen, und so war am Ende auch *seine* Soutane völlig durchweicht.

Patrick wusste nicht, wie er Judith helfen sollte, zumal sie wild entschlossen war, diese Prüfungen durchzustehen. Er war ungemein erleichtert, als Iain endlich wieder heimkehrte.

Die Sonne war bereits untergegangen, als sein Bruder, flankiert von Ramsey und Erin, den Hang hinaufritt. Patrick pfiff ihm zu, und Iain bedeutete seinem Bruder, ihnen zu folgen.

Patrick kehrte ins Haus zurück, um seine Frau wissen zu lassen, dass er zur Festung müsse, doch Frances Catherine schlief bereits fest. Er warf einen Blick hinter den Wandschirm und sah, dass auch Judith in süßen Träumen schwelgte.

Brodick und Alex warteten auf dem Vorplatz auf Patrick und gingen nun gemeinsam hinein.

Iain stand vor der Feuerstelle. Er wirkte erschöpft. »Patrick?«, rief er sofort, als er seinen Bruder entdeckte.

»Es geht ihr gut«, rief Patrick zurück. Er kannte seinen Bruder und wusste, was dieser zuerst hatte wissen wollen. Er ging zu ihm herüber und stellte sich vor ihn. »Sie hat drei Babys auf die Welt gebracht, während du weg warst«, fügte er hinzu. Dann, mit einem Lächeln: »Sie hasst es.«

Iain nickte. Er schickte Alex nach Winslow und Gowrie und wandte sich wieder zu seinem Bruder.

Patrick bedeutete ihm alles, er war seine Familie. So lange sie beide denken konnten, hatten sie füreinander gesorgt und aufeinander aufgepasst. Iain brauchte nun die Unterstützung seines Bruders für das, was er vorhatte. Und Patrick schwieg, bis Iain ihm die ganze Reihe von Konsequenzen aufgezählt hatte, die sein Plan vielleicht haben könnte. Dann nickte er nur. Und mehr brauchte Iain nicht.

»Du hast jetzt eine Familie, Patrick. Denk daran ...«

Sein Bruder unterbrach ihn. »Wir halten zusammen, Iain.«

»Sie sind da, Iain!«, rief Brodick in diesem Moment.

Iain klopfte seinem Bruder als Zeichen seiner Zuneigung auf die Schulter und richtete dann seine Aufmerksamkeit auf seine treuen Männer. Er hatte den Rat nicht hinzugerufen, und das war keinem entgangen.

Nun fasste er kurz zusammen, was das Treffen ergeben hatte: Der Dunbar-Anführer war alt und müde und begierig, eine Allianz einzugehen. Und wenn die Maitlands kein Interesse hätten, würde er sich eben an die Macleans wenden.

»Der Rat wird dem nicht zustimmen«, gab Brodick zu bedenken, nachdem sein Clansherr seinen Bericht geendet hatte. »Ihre uralte Abneigung gegen diesen Clan wird jede Art von Einigung unmöglich machen.«

»Die Dunbars befinden sich in der heiklen Lage direkt zwischen uns und den Macleans. Wenn sie mit unseren Feinden eine Allianz eingehen, haben sie mindestens zehn Mal so viele Krieger wie wir. Dieses Zahlenspiel schmeckt mir gar nicht«, rief Alex unmutig.

Iain nickte. »Ich werde den Rat morgen zusammenrufen«, kündigte er an. »Und zwar aus zwei verschiedenen Gründen. Zum einen wird es um das Bündnis gehen.«

Er schwieg. »Und zum anderen?«, fragte Brodick.

Iain lächelte. »Um Judith.«

Patrick und Brodick waren die Einzigen, die sofort begriffen.

»Vater Laggan will morgen früh abreisen«, sagte Brodick.

»Dann haltet ihn auf.«

»Wozu denn das?«, fragte Alex.

»Wegen der Hochzeit«, antwortete Iain.

Patrick lachte. Brodick stimmte ein. Nur Alex sah immer noch verwirrt aus. »Was ist mit Judith?«, fragte er. »Wird sie ja sagen?«

Iain gab keine Antwort.

Kapitel 9

Patrick sagte weder Frances Catherine noch Judith etwas von Iains Rückkehr. Früh am nächsten Morgen verließ er das Haus und ging zur Festung. Judith half ihrer Freundin, das Haus gründlich auf Vordermann zu bringen.

Es war kurz nach Mittag, als Iain an die Tür klopfte und Judith öffnete. Ihr Gesicht war fleckig und voller Schmutz und ihr Haar strähnig und zerzaust. Sie sah aus, als hätte sie gerade den Kamin geschrubbt.

Iain war so verdammt glücklich, sie wiederzusehen, dass er die Stirn runzelte. Unterdessen versuchte sie hektisch, alles an sich glatt zu streichen und zu ordnen. Gott, wie sie aussehen musste!

»Du bist wieder da«, flüsterte sie.

Er war kein Mann von vielen Begrüßungsworten. »Ja. Judith, komm in etwa einer Stunde hinauf zur Festung.«

Mit diesen Worten drehte er sich um und ging. Judith war schockiert über sein eisiges Verhalten. Sie hastete hinter ihm her.

»Warum soll ich zur Festung kommen?«, fragte sie.

»Weil ich es wünsche«, antwortete er.

»Aber vielleicht habe ich heute Nachmittag schon etwas anderes vor.«

»Sag es ab.«

»Du bist so stur wie ein Ziegenbock«, brummte sie.

So wie Frances Catherine auf der Türschwelle nach Luft schnappte, nahm Judith an, dass sie die Bemerkung sehr wohl gehört hatte. Judith war dennoch nicht schuldbewusst, denn schließlich stimmte es doch. Iain *war* stur!

Sie drehte ihm den Rücken zu. »Ich habe dich überhaupt nicht vermisst!«

Er ergriff ihre Hand und zog sie wieder zu sich herum. »Wie lange war ich eigentlich weg?«

»Drei Wochen und zwei Tage«, antwortete sie. »Warum?«

Er grinste. »Aber du hast mich überhaupt nicht vermisst, richtig?«

Erst jetzt merkte sie, dass sie sich hatte hereinlegen lassen.

»Du bist zu schlau für mich, Iain«, muckte sie auf.

»Stimmt, das bin ich wohl«, stimmte er ihr zu und grinste noch breiter.

Himmel, wie würde sie die bissigen Wortgeplänkel mit ihm vermissen. Und, lieber Gott, sie würde vor allem *ihn* vermissen.

»Wenn ich zur Festung kommen soll«, begann sie, »wäre es schicklich, wenn du die Bitte zuerst an Patrick richtest, sodass der Befehlskette auch wirklich Folge geleistet wird. Lass mich doch wissen, was er gesagt hat.«

Sie versuchte ganz offen, ihn zu provozieren. Aber er lachte nur laut.

»Iain?«, rief Frances Catherine vom Haus. »Ist der Rat versammelt?«

Er nickte. Als Judith die Reaktion ihrer Freundin sah, entzog sie ihm sofort die Hand.

»Jetzt hast du's geschafft«, flüsterte sie ihm zu.

»Was geschafft?«

»Du hast ihr einen Schreck eingejagt. Sieh dir Frances Catherine doch an. Sie macht sich Sorgen, und daran bist du schuld.«

»Was hab ich denn getan?«, fragte er vollkommen verwirrt.

Frances Catherine sah wirklich verängstigt aus, aber er konnte sich einfach nicht vorstellen, warum.

»Du hast ihr gesagt, dass der Rat in der Festung versammelt ist«, erklärte Judith. »Und nun glaubt sie, dass ich etwas angestellt habe, wofür sie mich nach Hause schicken werden, bevor ihr Baby da ist.«

»Das hast du alles aus ihrer Miene herausgelesen?«

»Natürlich«, antwortete sie ungeduldig. Sie verschränkte die Arme vor der Brust und sah ihn finster an. »Nun?«

»Nun was?«

»Bieg es wieder hin.«

»Was hinbiegen?«

»Du brauchst nicht laut zu werden«, befahl sie. »Du hast sie erschreckt, also beruhige sie wieder. Sag ihr, du würdest es nicht zulassen, dass der Rat mich schon nach Hause schickt. Das ist das Mindeste, was du tun kannst. Sie ist immerhin deine Schwägerin, und du wirst sicher nicht wollen, dass sie unglücklich ist.«

Er stieß einen heftigen Seufzer aus. Dann drehte er sich zu Frances Catherine um und brüllte: »Judith geht nirgendwo hin!« Dann sah er wieder Judith an. »War das zu deiner Zufriedenheit?«

Frances Catherine lächelte jetzt, und Judith nickte. »Ja. Danke.«

Er setzte sich wieder in Bewegung. Noch einmal hastete Judith hinter ihm her und packte ihn an der Hand.

»Iain?«

»Was ist?«

Sein barscher Ton kümmerte sie nicht. »Hast *du* mich vermisst?«

»Vielleicht.«

Seine Antwort ärgerte sie. Sie ließ seine Hand los und wollte fortgehen, doch er packte sie von hinten und schlang die Arme um ihre Taille. Dann beugte er sich zu ihr herab und flüsterte: »Du solltest wirklich versuchen, dein Temperament zu beherrschen, Weib.«

Dann küsste er sie auf den Hals. Judith lief ein Wonneschauer den Rücken herunter.

Dass er ihre Frage nicht beantwortet hatte, bemerkte sie erst, als er schon fortgeritten war.

Dieser Mann störte ihre Denkfähigkeit schon, wenn er sie nur berührte! Aber bevor Judith darüber nachgrübeln konnte, erinnerte Frances Catherine sie energisch an ihre Anwesenheit. Sie schob Judith durch die Tür und schloss sie dann heftig hinter sich.

»Iain liebt dich«, sagte Frances Catherine aufgeregt.

Judith schüttelte nur den Kopf. »Über Liebe will ich erst gar nicht nachdenken«, sagte sie.

Ihre Freundin lachte. »Kann sein, dass du darüber nicht nachdenken willst, Judith, aber du bist doch auch verliebt, nicht wahr? Ich habe lange genug meinen Mund gehalten. Er wird es niemals erfahren müssen.«

Ihre letzte Bemerkung alarmierte Judith. »Was erfahren?«

»Das über deinen Vater. Niemand muss es je erfahren. Lass dich einfach ...«

»Nein.«

»Denk doch nur mal über meinen Vorschlag nach«, bat Frances Catherine sie.

Judith ließ sich auf einen Stuhl sinken. »Ich wünschte, du würdest dein Baby bekommen, damit ich endlich nach Hause kann. Jeden Tag wird es schwieriger. Lieber Gott, was soll bloß werden, *wenn* ich mich in ihn verliebe? Wie soll ich es verhindern?«

Frances Catherine stellte sich hinter ihren Stuhl und legte ihr die Hände auf die Schultern. »Würde es dir helfen, wenn du über all seine schlechten Eigenschaften nachdenkst?«

Frances Catherine hatte einen Scherz machen wollen, aber Judith nahm ihren Vorschlag ernst und versuchte, möglichst viele Charakterschwächen aufzuzählen. Leider fielen ihr nur wenige ein. Der Mann war fast perfekt. Frances Catherine war der Meinung, dass das durchaus ebenfalls als schlechte Eigenschaft gerechnet werden könnte, und Judith stimmte ihr zu.

Die beiden Freundinnen waren so vertieft in ihre Unterhaltung, dass sie Patrick gar nicht bemerkten. Er hatte die Tür aus Rücksicht auf seine Frau sehr leise geöffnet. Sie machte oft am Nachmittag ein Nickerchen, und er wollte sie in ihrem Zustand nicht unnötig stören. Nun stand er im Eingang und stellte interessiert fest, dass Judith sich gerade über Iain ausließ. Er musste lächeln. Diese Frau kannte seinen Bruder fast so gut wie er, und als sie erwähnte, wie sturköpfig er war, stimmte er unwillkürlich nickend zu.

»Aber du fühlst dich dennoch zu ihm hingezogen, nicht wahr?«

Judith seufzte. »Ja, Frances Catherine. Was soll ich bloß tun? Mich packt die nackte Angst, wenn ich merke, was mit mir geschieht. Ich *kann* ihn nicht lieben.«

»Und er kann unmöglich *dich* lieben, ja, ja«, sagte Frances Catherine. »Judith, du belügst dich selbst, wenn du das glaubst. Der Mann will dich. Warum kannst du das nicht einfach hinnehmen?«

Judith schüttelte den Kopf. »Was denkst du denn, wie er reagiert, wenn er jemals herausfindet, dass mein Vater der

Maclean-Clansherr ist? Glaubst du denn ernsthaft, er würde mich immer noch wollen?«

Nur die in Jahren antrainierte Selbstbeherrschung hielt Patrick auf seinen Füßen. Herr im Himmel, er fühlte sich, als hätte man ihm einen mächtigen Schlag in die Magengrube versetzt. Er stolperte nach draußen und zog die Tür leise und fest hinter sich zu. Dann hastete er zur Großen Halle, wo er Iain fand.

»Wir müssen uns unterhalten«, kündigte er an. »Ich habe gerade etwas erfahren, was du unbedingt wissen musst.« Patricks Gesichtsausdruck zeigte Iain deutlich, dass etwas Schlimmes geschehen sein musste.

»Lass uns draußen spazieren gehen«, schlug Iain vor. »Ich würde das lieber in aller Ruhe hören.«

Keiner der Brüder sagte ein Wort, bis sie ein ganzes Stück von der Festung entfernt waren. Schließlich wiederholte Patrick, was er gehört hatte. Iain war nicht überrascht. »Eine verdammte Bescherung«, murmelte Patrick.

Iain stimmte ihm zu. Es *war* in der Tat eine verdammte Bescherung.

Judith brauchte fast eine Stunde, um sich umzuziehen. Immer wieder kam das Gespräch auf Iain. Frances Catherine war entschlossen, Judith das Geständnis abzuringen, dass sie längst in den Clansherr verliebt war, und Judith war genauso entschlossen, nichts dergleichen zuzugeben.

»Du solltest mir lieber helfen, über die ganze Sache hinwegzukommen«, schimpfte Judith. »Weißt du, wie schlimm es sein wird, wenn ich nach England zurückkehre? Und ich *muss* zurück, Frances Catherine, ob ich will oder nicht. Jetzt möchte ich aber nicht mehr darüber reden. Das macht alles nur noch schlimmer.«

Frances Catherine hielt augenblicklich den Mund. Sie sah,

dass ihre Freundin den Tränen nahe war. Sanft tätschelte sie Judiths Schulter. »In Ordnung«, sagte sie mit leiser, beruhigender Stimme. »Wir reden nicht mehr darüber. Komm, ich helfe dir mit deinem Kleid. Ich gehe gleich mit dir zur Festung. Wer weiß, was der Rat wieder will. Irgendwas scheint sich zusammenzubrauen.«

Judith stand auf. »Du bleibst hier. Ich gehe allein. Aber ich verspreche dir, dass ich dir nachher jede Einzelheit erzähle.«

Frances Catherine ließ sich nicht beirren. Sie würde ihrer Freundin zur Seite stehen, falls es Ärger geben sollte. Judith war jedoch ebenso entschlossen, Frances Catherine *nicht* mitzunehmen, und so kam Patrick dazu, als beide mitten in einem ausgewachsenen Streit waren.

Er versuchte, mit einem Gruß die Aufmerksamkeit auf sich zu ziehen, und als das nichts fruchtete, hob er herrisch die Hand.

Sie ignorierten ihn. »Du warst schon immer so stur wie ein Esel«, schimpfte Frances Catherine.

Patrick war entsetzt. »Du kannst doch nicht so mit einem Gast reden«, rief er.

»Warum nicht. *Sie* hat mich noch ganz anders genannt!«

Judith grinste. »Stimmt, das habe ich«, gab sie zu.

»Du hältst dich da raus, Patrick«, sagte seine Frau. »Ich hole langsam auf, und ich werde gewinnen. Ich bin an der Reihe!«

Judith schüttelte den Kopf. »Nein, du wirst nicht gewinnen«, entgegnete sie. »Patrick, bitte halt sie hier fest. Ich muss hinauf zur Festung. Aber ich bleibe nicht lange fort.« Sie eilte aus dem Haus, bevor ihre Freundin etwas dagegen tun konnte. Jetzt war es an Patrick, sie zurückzuhalten.

Judith wusste, dass sie wahrscheinlich zu spät kommen würde, und Iain war gewiss verärgert. Auf ihrem Weg dachte sie über diese erstaunliche Tatsache nach. Iain war ein so großer und grimmiger Krieger, und allein diese Tatsache sollte ihr schon die Haare zu Berge stehen lassen. Sie erinnerte sich, wie sie ein wenig unruhig geworden war, als sie ihn das erste Mal auf der Zugbrücke von Onkel Tekels Besitz gesehen hatte. Aber das Gefühl war sehr bald verschwunden, und sie hatte sich niemals hilflos oder verloren gefühlt, wenn sie bei ihm war. Iain benahm sich so brummig wie ein Bär, doch wenn er sie berührte – war es der Himmel!

Onkel Tekel war derjenige, der ihr Angst machte! Diese Erkenntnis tauchte plötzlich in ihrem Geist auf. Sie konnte jedoch nicht verstehen, warum es so war, denn Onkel Tekel war ein Invalide, der in einer Sänfte von Ort zu Ort getragen werden musste. Solange sie sich aus seiner Reichweite fern hielt, konnte er ihr nicht wehtun. Dennoch – immer wenn sie gezwungen war, neben ihm zu sitzen, stieg die Angst in ihr auf. Sie musste sich eingestehen, dass seine grausamen Worte immer genug Kraft hatten, sie zu verwunden. Wenn sie nur lernen könnte, ihre Gefühle abzuschirmen, wenn sie es schaffen könnte, Herz und Verstand voneinander zu trennen ... es wäre ihr auch gleichgültig, ob sie Iain jemals wiedersah ... wenn sie stärker wäre!

Oh, was machte es schon? Sie musste nach Hause – und Iain würde irgendjemanden heiraten. Und er wäre wahrscheinlich sogar glücklich – so lange er seine Frau für den Rest seines Lebens herumkommandieren könnte.

Sie stöhnte voller Widerwillen auf. Das Bild von Iain, der eine andere Frau küsste, verursachte ihr ein hässliches Ziehen im Herzen. Lieber Gott, hilf mir, ich benehme mich wie eine verliebte Gans, dachte sie. Dann schüttelte sie den Kopf. Sie war viel zu klug, um sich das Herz brechen zu lassen. So naiv konnte sie doch nicht sein, oder?

Plötzlich brach sie in Tränen aus. Herzzerreißende Schluchzer schüttelten sie, und sie konnte nicht mehr aufhören. Es war Frances Catherines Schuld. Sie hatte so lange gebohrt und gestichelt, bis Judith nichts mehr anderes übrig geblieben war, als vor sich selbst die Wahrheit einzugestehen!

Judith verließ den Pfad aus Angst, jemand könnte vorbeikommen und ihre elende Verfassung sehen. Hinter einer mächtigen Kiefer wollte sie Schutz suchen.

»Gütiger Himmel, Judith! Was ist passiert?«

Patricks Stimme ließ sie aufstöhnen. Sie wich einen Schritt zurück, doch er folgte ihr. »Hast du dich verletzt?«, fragte er mit echter Sorge in der Stimme.

Sie schüttelte den Kopf. »Du hättest mich nicht sehen sollen«, flüsterte sie. Sie wischte sich das Gesicht mit dem Handrücken ab und atmete ein paar Mal tief ein, um sich zu beruhigen.

»Ich habe dich nicht gesehen«, erklärte Patrick. »Ich habe dich gehört!«

»Es tut mir Leid«, wisperte sie.

»Was tut dir Leid?«

»Dass ich so laut war«, antwortete sie. »Ich wollte nur einen Moment allein sein, aber das ist hier wohl unmöglich, nicht wahr?«

Sie klang so entsetzlich elend! Er musste sie trösten. Sie war die beste Freundin seiner Frau, und er empfand es als Pflicht, sie wieder aufzubauen. Und so legte er ihr den Arm um die Schulter und führte sie auf den Weg zurück.

»Sag mir, was los ist, Judith. Egal, wie schlimm dein Problem ist, ich kann es bestimmt irgendwie hinbiegen.«

Es war reichlich vermessen von ihm, aber Judith entschuldigte das mit der Tatsache, dass er Iains Bruder war. Wahrscheinlich färbte dessen Arroganz ab.

»Das kannst du nicht«, sagte sie. »Trotzdem danke für das Angebot.«

»Du weißt nicht, was ich bewirken kann, bevor du mir nicht erzählt hast, um was es geht.«

»Also gut«, seufzte sie. »Ich habe gerade eben festgestellt, wie naiv ich bin. Kannst du das wieder hinbiegen?«

Sein Lächeln war sehr weich. »Du bist nicht naiv, Judith.«

»O doch, und wie«, schrie sie plötzlich. »Ich hätte mich besser schützen müssen!« Sie unterbrach sich.

»Judith?«

»Lass es gut sein. Ich möchte nicht darüber reden.«

»Du solltest wirklich nicht weinen. Nicht ausgerechnet heute«, sagte Patrick.

Sie tupfte wieder Tränen aus den Augenwinkeln. »Ja, es ist ein wunderschöner Tag, und ich sollte nicht weinen.« Sie holte erneut tief Atem. »Du kannst mich jetzt loslassen. Ich habe mich wieder erholt!«

Er nahm seinen Arm von ihrer Schulter und ging an ihrer Seite den Hügel hinauf und schließlich über den Vorplatz. Patrick hatte noch etwas zu erledigen, bevor er eintrat, und so verbeugte er sich kurz vor Judith und wandte sich dann ab.

»Seh ich sehr verheult aus?«, fragte sie ihn besorgt.

»Nein«, log er.

Sie lächelte. »Danke, dass du mir geholfen hast, das durchzustehen.«

»Aber ich hab doch nicht ...«

Er sparte sich jedes weitere Wort, als sie sich umwandte und die Stufen zur Festung hinaufrannte. Seufzend schüttelte er den Kopf und machte sich wieder an den Abstieg.

Judith klopfte nicht an. Sie holte tief Atem, dann schob sie die schwere Tür auf und trat schnell ein.

Das Innere der Festung sah so scheußlich aus wie das

Äußere. Der Eingang war mit grauen Steinen gepflastert, und zu ihrer Rechten an der Mauer entlang befand sich eine mächtige Treppe. Die Große Halle lag zu ihrer Linken. Sie hatte enorme Ausmaße und war zugig wie ein offener Platz. Eine steinerne Feuerstelle nahm einen guten Teil der vom Eingang gegenüberliegenden Mauer ein. Ein Feuer brannte, doch es wärmte nicht, sondern verbreitete mehr Rauch als Hitze.

Es gab keinerlei Gerüche, die an ein Heim erinnerten, wie der Duft von gebackenem Brot oder von brutzelndem Fleisch. Es gab auch nichts, was nach persönlichen Besitztümern aussah, die darauf schließen ließen, dass hier jemand lebte. Der Saal war so karg wie ein Kloster.

Fünf Stufen führten in den Saal hinunter. Judith wartete oben darauf, dass Iain sie bemerkte. Er saß mit dem Rücken zu ihr am Kopf eines langen, schmalen Tisches. Fünf ältere Männer, von denen Judith annahm, dass sie zum Rat gehörten, drängelten sich am anderen Ende zusammen.

Knisternde Spannung lag in der Luft. Irgendetwas Schreckliches schien geschehen zu sein – der Blick der Ratsmitglieder sprach Bände. Judith entschied, dass sie besser nicht in diese schlechte Stimmung hineinplatzen sollte. Sie würde besser später wiederkommen, wenn die Männer sich von den offenbar furchtbaren Neuigkeiten erholt hatten. Sie wich einen Schritt zurück, wandte sich um und wollte gehen.

Alex und Gowrie versperrten ihr den Weg. Sie war so überrascht, sie zu sehen, dass sie ihre Augen weit aufriss. Die beiden Krieger waren lautlos hereingekommen. Judith wollte gerade um sie herumgehen, als die Tür aufflog und Brodick hereinstolzierte. Patrick kam direkt hinter ihm und hielt den einen Türflügel fest, bevor er ihn lautstark zuknallen konnte.

Dann winkte er dem Priester einzutreten. Vater Laggan sah alles andere als glücklich aus, dennoch warf er Judith ein gezwungenes Lächeln zu und eilte die Stufen in die Halle hinab.

Sie sah ihm nach, bis er an Iains Seite stand. Ja, es musste wirklich etwas Furchtbares passiert sein. Warum sonst wurde der Priester benötigt? Sie sprach ein stilles Gebet für die Person, die es brauchen würde – wer immer es auch sein mochte –, und versuchte erneut, die Halle zu verlassen.

Die Krieger hatten sich hinter ihr in einer Reihe aufgestellt.

Alex, Gowrie, Brodick und Patrick versperrten ihr den Weg ... absichtlich. Patrick befand sich der Tür am nächsten. Sie trat zu ihm. »Ist jemand gestorben?«, flüsterte sie.

Brodick fand die Frage offenbar sehr lustig, aber die anderen behielten ihren finsteren Blick bei. Keiner der vier machte Anstalten, sie durchzulassen. Keiner beantwortete ihre Frage. Sie wollte den groben Kerlen gerade die Meinung sagen, als Winslow eintrat.

Isabelles Mann wirkte entschlossen, sich in die Schlacht zu stürzen. Er nickte Judith nur kurz zu und nahm dann seinen Platz in der Reihe ein.

»Judith, komm her.«

Iain bellte diesen Befehl in einem Tonfall, der sie zusammenfahren ließ. Sie wandte den Kopf, um ihm einen verärgerten Blick zuzuwerfen, doch er sah nicht einmal in ihre Richtung.

Sie konnte sich nicht entscheiden, ob sie dieser Frechheit gehorchen sollte oder nicht. Aber Brodick nahm ihr die Entscheidung ab, indem er ihr einen Schubs gab, der nicht gerade sanft war. Sie wandte den Kopf, um sich zu beschweren, doch er zwinkerte ihr nur zu.

Alex bedeutete ihr mit einer Geste, dem Befehl des Clansherrn Folge zu leisten. Auch ihn bedachte sie mit einem finsteren Blick. Es wurde wirklich Zeit, dass irgendjemand diesen Kriegern die einfachsten Regeln der Höflichkeit beibrachte. Jetzt war jedoch nicht der richtige Zeitpunkt dazu. Judith hob den Saum ihres Kleides, nahm die Schultern zurück und schritt die Stufen hinab.

Der Priester war hochgradig nervös. Er ging vor der Feuerstelle auf und ab, und sie zwang sich für ihn zu einem heiteren Gesichtsausdruck, als sie die Halle durchquerte. Als sie bei Iain ankam, legte sie ihm die Hand auf die Schulter, um auf sich aufmerksam zu machen, und beugte sich dann herab. »Wenn du mich noch einmal anschreist, kannst du darauf wetten, dass ich dich erwürge!«

Nach dieser leeren Drohung richtete sie sich wieder auf. Iain sah verblüfft aus. Sie nickte ihm bekräftigend zu: Sie meinte, was sie gesagt hatte!

Er lächelte, um ihr zu bedeuten, wie albern er sie fand. Graham betrachtete die beiden und stellte fest, dass Lady Judith ihn faszinierte. Es war leicht zu begreifen, warum ein Mann sich zu ihr hingezogen fühlte, warum er sogar vergaß, dass sie schließlich nur eine Engländerin war. Aye, sie war schön anzusehen mit ihrem hübschen goldenen Haar und ihren großen blauen Augen. Dennoch war es nicht ihre äußere Erscheinung, die ihn letztendlich interessierte. Es war das, was er über ihr Wesen erfahren hatte, das machte ihn neugierig, sie näher kennen zu lernen.

Winslow hatte ihm berichtet, wie Lady Judith geholfen hatte, seinen Sohn auf die Welt zu bringen. Kurz danach hatte Vater Laggan ihr Verhalten am folgenden Tag gepriesen. Judith hatte die Aufgabe nicht übernehmen wollen. Sie war furchtbar verängstigt, wie Winslow erzählt hatte. Dennoch hatte sie getan, was nötig war. Während Iain fort war, hatte sie drei weitere Babys auf die Welt geholt, jedes Mal außer sich vor Angst und Sorge um die werdenden Mütter.

Graham wusste nicht, was er davon halten sollte. Natürlich entsprachen die Berichte der Wahrheit, doch solche Freundlichkeit und solchen Mut bei einer Engländerin zu finden, verwirrte ihn. Das war ein Widerspruch in sich.

Später würde noch Zeit genug sein, über diese Gegensätze nachzugrübeln. Er konnte aus Judiths Gesichtsausdruck lesen, dass sie noch nichts von dem Entschluss wusste, den Iain soeben dem Rat mitgeteilt hatte. Graham sah seine Gefährten an, die die Nachricht noch zu verdauen hatten. Duncan machte ein Gesicht, als hätte er einen Krug Essig getrunken. Vincent, Gelfrid und Owen standen dem jedoch in nichts nach.

Es schien, als wäre er der Einzige, der nicht mehr mit der unerhörten Ankündigung rang. Nun, natürlich hatte Iain ihn schon vor dem Treffen beiseite genommen und seine Absicht vorgetragen. Patrick hatte seinem Bruder zur Seite gestanden. Und spätestens da war Graham klar, dass es sich um etwas ungemein Wichtiges handeln musste – noch bevor Iain überhaupt ein Wort gesagt hatte. Die zwei Brüder hielten immer zusammen, wenn es brenzlig wurde. Doch obwohl er es gewusst hatte, verschlug es ihm schließlich die Sprache.

Graham stand mit gemischten Gefühlen auf. Als Anführer des Rates war seine erste Pflicht, Iain Vernunft beizubringen. Und wenn das nichts nützte, wenn das dessen Entschluss nicht ändern konnte, ihn durch Abstimmung zu zwingen.

Und doch empfand Graham noch eine andere Pflicht, nämlich Iain in seiner Entscheidung zu unterstützen. Der Grund dafür war simpel und schlicht: Er wollte, dass Iain glücklich war. Gott allein wusste, dass der Clansherr es verdiente, endlich Liebe und Geborgenheit zu finden.

Er fühlte eine starke Verantwortung für Iain. In all den Jahren, die sie zusammen gedient hatten, war Graham für Iain wie ein Vater geworden. Er lehrte ihn, der Beste zu sein. Und Iain hatte ihn nicht enttäuscht. Er erfüllte jede Erwartung, übertraf jedes Ziel, dass Graham ihm gesteckt hatte, und selbst als junger Bursche ließen seine Entschlossenheit und seine Stärke die Erfolge Gleichaltriger und sogar älterer Jungen weit hinter sich.

Im zarten Alter von zwölf war Iain für seinen damals fünfjährigen Bruder Patrick zu Vater- und Muttterersatz zugleich geworden. Iains Leben hatte schon immer aus Verantwortung bestanden, und es schien, als könne man noch so viel auf seine Schultern laden – er würde die Last mit Leichtigkeit tragen. Wenn es nötig war, arbeitete er von Tagesanbruch bis in die Dunkelheit. Seine Unermüdlichkeit hatte ihm eine hohe Ehre eingebracht: Er war der jüngste Krieger, der je zum Clansführer ernannt wurde.

Doch es hatte auch seinen Preis. In all den Jahren der harten Arbeit und des ständigen Kampfes war Iain niemals Zeit für Lachen, Freude oder Glück geblieben.

Graham verschränkte die Hände auf dem Rücken und räusperte sich. Er beschloss, zunächst die Argumente *gegen* Iains Wunsch durchzugehen. Wenn er die Ratsmitglieder mit seiner Pflichterfüllung als ihr Anführer zufrieden gestellt hatte, würde er öffentlich seinen Beistand für Iain verkünden.

»Iain, noch ist Zeit, von deinem Entschluss abzugehen«, begann er mit harter Stimme. Die anderen Ratsmänner nickten augenblicklich. Iain stand so schnell auf, dass sein Stuhl nach hinten umkippte. Judith wiederum war so überrumpelt, dass sie zurückwich und gegen Brodick stieß. Das verblüffte sie nur noch mehr. Sie wandte sich um und sah, dass die Krieger sich wieder hinter ihr aufgestellt hatten.

»Warum verfolgt ihr mich?«, fragte sie verzweifelt.

Iain drehte sich um. Ihre lächerlich klingende Frage nahm ihm die Spitze seines Zorns. »Sie verfolgen dich nicht, Judith. Sie zeigen mir ihre Loyalität.«

Seine Erklärung befriedigte sie nicht. »Dann lass sie die doch bitte von da hinten zeigen«, bat sie ihn mit einer vagen Geste. »Sie versperren mir dauernd den Weg, und ich möchte gerne gehen.«

»Aber ich will, dass du bleibst«, sagte er.

»Iain, ich gehöre hier nicht hin.«

»Aye, das ist richtig!«

Gelfrids Ruf ließ ihn herumfahren.

Dann brach plötzlich die Hölle los. Judith glaubte, mitten in einem Gewittersturm zu stehen. Das Gebrüll verursachte ihr Kopfschmerzen. Zwar erhob Iain kein einziges Mal seine Stimme, doch die älteren Männer dafür umso mehr.

Der Streit schien sich um eine Art von Bündnis zu drehen. Zumindest war dies das Wort, das immer wieder aufkam und den Rat immer mehr reizte. Iain stimmte für dieses Bündnis, und die Ratsmitglieder wehrten sich heftig dagegen.

Einer der Älteren hatte sich im Handumdrehen so in Rage geredet, dass er nach einem laut gebrüllten Argument einen Hustenanfall bekam. Der arme Kerl würgte und schnappte wild nach Luft. Judith schien die Einzige in diesem Raum zu sein, die die Not des Mannes bemerkt hatte. Sie stellte den Stuhl wieder auf, den Iain umgestoßen hatte und eilte zu dem Gestell hinüber, auf dem der Wasserkrug stand, wo sie einen der Becher füllte. Niemand versuchte, sie aufzuhalten – der Streit hatte seinen Höhepunkt erreicht. Judith kehrte zum Tisch zurück und gab dem Mann den Becher, und nachdem er einen großen Schluck genommen hatte, begann sie, ihm auf den Rücken zu klopfen.

Er wedelte mit der Hand, um ihr zu bedeuten, dass sie ihre Behandlung nicht fortzuführen brauchte, dann drehte er den Kopf, um seinen Dank auszusprechen. Er hatte bereits die ersten Worte gesprochen, als er plötzlich innehielt. Ungläubig riss er seine wässrigen Augen auf, und Judith begriff, dass er erst jetzt bemerkte, wer ihm geholfen hatte. Er keuchte auf und begann dann erneut zu husten.

»Ihr solltet Euch wirklich nicht so verausgaben«, mahnte sie ihn, als sie ihm wieder auf den Rücken klopfte.

»Ihr solltet mich übrigens auch nicht einfach so verachten«, bemerkte sie nebenbei. »Es ist eine Sünde zu hassen, Ihr braucht nur Vater Laggan zu fragen, wenn Ihr mir nicht glaubt. Außerdem habe ich Euch nichts getan.«

Sie war so damit beschäftigt, dem Älteren ihre gut gemeinten Ratschläge zu verabreichen, dass sie die plötzliche Stille um sich herum gar nicht bemerkte.

»Judith, hör auf, Gelfrid zu schlagen.«

Iains Befehl ließ Judith aufschauen. Überrascht sah sie, dass er lächelte.

»Hör auf, mir Befehle zu geben«, erwiderte sie. »Ich helfe ihm nur. Nehmt noch einen Schluck Wasser«, wies sie Gelfrid an. »Ich bin sicher, es wird Euch gut tun.«

»Lasst Ihr mich zufrieden, wenn ich es tue?«

»Ihr braucht nicht in solchem Tonfall mit mir zu reden«, sagte sie. »Ich lasse Euch gerne zufrieden.«

Sie drehte sich um und kehrte an Iains Seite zurück. Leise fragte sie: »Warum muss ich denn hier bleiben?«

»Das Weib hat ein Recht darauf, es zu erfahren«, rief Vater Laggan. »Sie muss schließlich zustimmen, Iain.«

»Das wird sie«, erwiderte Iain.

»Dann solltet Ihr nun endlich beginnen«, sagte der Priester.

»Ich muss noch vor Einbruch der Nacht zu den Dunbars gelangen. Merlin hält sich nicht mehr lange. Natürlich kann ich danach zurückkommen, wenn Ihr noch mehr Zeit braucht, sie zu überzeugen ...«

»Nicht nötig.«

»Ich soll bei irgendetwas zustimmen?«, fragte Judith.

Er antwortete ihr nicht sofort, sondern wandte sich zu seinen Kriegern und bedeutete ihnen mit einem Stirnrunzeln zurückzutreten. Sie ignorierten jedoch alle diesen stillen Befehl.

Als er ihr hämisches Grinsen sah, wurde ihm klar, dass sie sein Unbehagen voll auskosten wollten.

»Graham?«

»Ich unterstütze deinen Entschluss!«

Iain nickte: »Gelfrid?«

»Nay.«

»Duncan?«

»Nay.«

»Owen?«

»Nay.«

»Vincent?«

Der alte Mann gab keine Antwort. »Jemand soll ihn aufwecken«, befahl Graham.

»Ich bin wach. Ich habe meine Entscheidung nur noch nicht getroffen.«

Alle warteten geduldig. Gute fünf Minuten verstrichen in Schweigen. Die Spannung im Saal steigerte sich ins Unerträgliche. Judith rückte näher an Iain heran, bis ihr Arm den seinen berührte. Sie spürte seinen Zorn und wollte ihm bedeuten, dass sie ihm beistand. Fast musste sie über ihr

Benehmen lächeln. Sie wusste nicht einmal, worum es hier ging, doch sie war ohne Einschränkung bereit, zu ihm zu halten.

Sie mochte es nicht, wenn er unglücklich aussah. Sie ergriff seine Hand. Und obwohl er sie nicht ansah, drückte er doch leicht ihre Finger.

Alle Anwesenden starrten immer noch auf Vincent. Es war schwer zu sagen, ob er nicht doch eingeschlafen war, denn seine Augen waren durch buschige Augenbrauen verdeckt, und er hatte den Kopf über die Tischplatte gebeugt.

Endlich sah er auf. »Du hast meine Unterstützung, Iain.«

»Ich zähle also drei dagegen, und mit unserem Clansherrn drei dafür«, verkündete Graham.

»Was zum Donner sollen wir tun?«, rief Owen aus.

»In so einer Lage waren wir noch nie«, warf Gelfrid ein. »Aber unentschieden ist unentschieden!«

»Die Entscheidung über *dieses* Bündnis wird also vertagt«, bestimmte Graham. Dann wandte er sich an Iain.

»Du kannst ebenso gut fortfahren, Sohn.«

Iain drehte sich augenblicklich zu Judith um. Und plötzlich fühlte er sich schrecklich unwohl.

Nichts war so gelaufen, wie er es geplant hatte. Er hatte erwartet, dass alle außer Graham gegen seinen ersten Antrag stimmen würden: Der Streit hätte nicht so lange dauern sollen, und er hatte gehofft, mindestens fünf Minuten mit Judith allein sein zu können, bevor der Priester eintraf. Sicher hätte es nicht länger gedauert, ihr zu sagen, was er von ihr erwartete.

Er hasste das Gefühl, dass ihm alle zusahen. Und schon platzte Brodick seinem ungeduldigen Wesen gemäß heraus: »Judith, du wirst nicht nach England zurückkehren. Nicht jetzt. Nicht irgendwann. Iain wird dich nach Hause bringen.«

Der Krieger hörte sich an, als wäre er glücklich darüber. Sie richtete ihren Blick auf ihn. »Nicht? Wer bringt mich dann nach England?«

»Keiner«, gab Brodick zurück.

Iain ergriff ihre beiden Hände und drückte sie leicht. Dann holte er tief Atem. Auch wenn die Männer ihn beobachteten, wollte er doch den richtigen Tonfall treffen und ihr seine Erklärung unvergessen machen. Es war ein verdammt schwieriges Unterfangen, sich liebevolle Worte einfallen zu lassen, und er hatte wirklich keinerlei Erfahrung auf diesem Gebiet. Aber er wollte es auf keinen Fall verpatzen. Alles sollte perfekt für sie sein.

»Judith«, begann er.

»Ja, Iain?«

»Ich behalte dich.«

Kapitel 10

Du kannst mich nicht einfach … behalten.«

»Oh, doch, er kann, Frau«, erwiderte Alex fröhlich.

»Er ist der Clansherr«, erinnerte Graham sie. »Er kann alles tun, was er möchte.«

»Es ist unwichtig, ob er Clansherr ist oder nicht«, warf Brodick ein. »Franklen hat sich Marrian genommen, und er ist kein Clansführer. Robert nahm Meagan«, fügte er mit einem Schulterzucken hinzu.

»Ich habe Isabelle genommen«, sagte Winslow.

»So ist es bei uns, Weib«, erklärte Gowrie.

»Du hast Isabelle nicht einfach genommen«, sagte Brodick zu seinem Bruder. »Du hast um sie angehalten. Und das ist ein Unterschied.«

»Ich hätte sie aber genommen, wenn ihr Vater Schwierigkeiten gemacht hätte«, argumentierte Winslow.

Judith konnte nicht glauben, was sie da hörte. Die waren doch wohl alle verrückt! Sie zog ihre Hände aus Iains Griff und wich vor diesem Wahnsinn zurück. Dabei trat sie auf Grahams Fuß. Sie wandte sich um.

»Verzeiht, Graham, ich wollte nicht … Er kann mich doch nicht einfach behalten, nicht wahr?«

Graham nickte. »Gowrie hat Recht. So ist das bei uns nun mal«, erklärte er. »Natürlich müsst Ihr zustimmen.«

Seine Stimme war voller Sympathie. Iain hatte der hübschen Frau ziemlich zugesetzt. Sie schien etwas überwältigt, aber ganz sicher höchst aufgeregt über seine Ankündigung. Es war die größte Ehre, vom Clansherrn erwählt zu werden. Aye, sie schien so glücklich zu sein, dass sie kein einziges Wort des Dankes zustande brachte. Glaubte Graham jedenfalls.

Doch er glaubte falsch. Innerhalb von ein oder zwei Minuten hatte sich Judith erholt. Dann schüttelte sie den Kopf. Vielleicht hätte sie ihren Zorn hinunterschlucken können, wenn Iains Gefolgsleute nicht sofort alle wieder genickt hätten. Herr im Himmel, am liebsten hätte sie alle nacheinander getreten. Sie atmete tief ein, um ihre Beherrschung wiederzufinden, und sagte dann mit heiserer Stimme: »Iain, können wir einen Moment unter vier Augen reden?«

»Es ist jetzt wirklich keine Zeit für Geplänkel, Weib«, rief Vater Laggan. »Merlin wird sich nicht halten.«

»Merlin?«, fragte sie verwirrt.

»Ein Dunbar«, erklärte Graham. Dann setzte er mit einem Lächeln hinzu: »Er braucht einen Priester.«

Judith sah Vater Laggan an. »Dann müsst Ihr zu ihm«, sagte sie. »Stirbt er?«

Der Priester schüttelte den Kopf. »Er *ist* tot, Judith. Ich soll ihn begraben. Die Hitze, versteht Ihr? Er wird sich nicht mehr lange halten.«

»Aye, er wird ihn schon unter die Erde bringen«, warf Brodick ein. »Aber erst verheiratet er Euch. Die Maitlands kommen vor den Dunbars.«

»Merlin hält sich nicht?«, wiederholte Judith und presste sich die Hand auf die Stirn.

»Die Hitze«, erinnerte Brodick sie.

Sie begann plötzlich zu zittern. Iain hatte Mitleid mit ihr. Er hatte tagelang grübeln müssen, bevor er zu dem Entschluss gekommen war, dass er sie unmöglich heimkehren lassen konnte. Nun wurde ihm klar, dass er auch ihr mehr Zeit hätte geben müssen, um über seinen Antrag nachzudenken.

Unglücklicherweise *blieb* keine Zeit mehr. Nachdem Patricks Bericht seine eigenen Befürchtungen bestätigt hatte, wurde ihm klar, dass er Judith so schnell wie möglich heiraten musste. Er wollte kein Risiko eingehen, dass irgendjemand von ihrem Vater erfuhr. Nein, er musste sie jetzt heiraten. Nur so konnte er sie vor diesem Bastard Maclean schützen.

Er nahm sie an die Hand, und sie stolperte hinter ihm her, als er sie in eine Ecke der Halle führte. Dort schob er sie mit dem Rücken an die Mauer und stellte sich direkt vor sie, sodass ihr die Sicht auf den Rest des Saales versperrt war.

Dann hob er ihr Kinn, bis sie ihn ansehen musste. »Ich möchte, dass du mich heiratest.«

»Nein.«

»Ja.«

»Ich kann nicht.«

»Doch, du kannst.«

»Iain, sei bitte vernünftig. Ich kann dich nicht heiraten. Selbst, wenn ich wollte – es geht nicht!«

»Du *willst* mich heiraten«, entgegnete er. »Oder etwa nicht?«

Die Möglichkeit, dass sie ihn nicht wollen könnte, brachte ihn plötzlich aus der Fassung. »Du willst es doch, verdammt noch mal.«

»Ach ja? Und warum sollte ich?«

»Du traust mir.«

Ihre Wut sank in sich zusammen. Von allen Gründen, die er hätte anbringen können, hatte er den genannt, dem sie wirklich nicht widersprechen konnte. Ja, sie traute ihm, mit ganzem Herzen!

»Du fühlst dich bei mir sicher.«

Auch dagegen konnte sie nichts sagen. »Du weißt, dass ich

dich beschützen werde«, fügte er mit einem zärtlichen Nicken hinzu.

Tränen schossen ihr in die Augen. Lieber Gott, wie sehr wünschte sie sich, dass es möglich wäre! »Liebst du mich, Iain?«, fragte sie.

Er beugte sich herab und küsste sie. »Ich wollte noch nie eine Frau *so* und so sehr wie dich«, sagte er. »Und du willst mich auch. Bestreite es nicht.«

Ihre Schultern sanken herab. »Ich bestreite es nicht«, flüsterte sie. »Aber wollen und lieben sind zwei verschiedene Dinge. Vielleicht liebe ich dich ja nicht«, fügte sie hinzu.

Sobald die Worte ausgesprochen waren, wusste sie, dass das eine Lüge war.

Er wusste es auch.

»Aye, du liebst mich.«

Eine Träne kullerte ihr die Wange hinunter. »Du machst mir unmögliche Hoffnungen«, sagte sie sehr leise.

Er wischte ihr sanft die Träne fort. »Nichts ist unmöglich, Judith. Heirate mich. Lass mich dich beschützen.«

Nun musste sie ihm die Wahrheit erzählen. Nur dann würde er seine Ansicht und seinen Entschluss ändern. »Da ist etwas, was du nicht weißt«, begann sie. »Mein Vater ...«

Sein Mund schloss den ihren und unterbrach ihr Geständnis. Der Kuss war lang und leidenschaftlich, und als er von ihr abließ, konnte sie kaum noch einen klaren Gedanken fassen.

Sie versuchte es erneut. Er unterbrach sie noch einmal mit einem Kuss.

»Judith, ich will nichts mehr über deine Familie hören«, befahl er schließlich. »Es ist mir egal, ob dein Vater der König von England ist. Du wirst kein Wort mehr darüber fallen lassen, hast du verstanden?«

»Aber Iain . . .«

»Das, was war, ist unwichtig«, sagte er. Er packte sie an den Schultern und drückte sie. »Vergiss es, Judith. Du sollst zu mir gehören. Ich will deine Familie sein. Ich will für dich sorgen.«

Es hörte sich so verlockend an. Judith wusste nicht mehr, was sie tun sollte. »Ich muss darüber nachdenken«, entschied sie. »In ein paar Tagen . . .«

»Gütiger Herr!«, rief Vater Laggan aus. »Wir können Merlin nicht so lange warten lassen, Weib. Denkt nur an die Hitze!«

»Warum warten?«, sagte Patrick laut.

»Aye, er hat gesagt, dass er dich will. Nun vollzieht schon die Hochzeit.«

Erst in diesem Moment wurde Judith klar, dass alle mitgehört hatten. Am liebsten hätte sie geschrien. Und dann tat sie es.

»Ich werde mich nicht drängen lassen«, fauchte sie entschlossen. Dann fügte sie mit sanfterer Stimme hinzu: »Es gibt viele Gründe, warum ich Euren Clansherr nicht heiraten sollte. Ich brauche Zeit nachzudenken . . .«

»Was sind das für Gründe?«, fragte Graham.

Iain wandte sich zum Sprecher des Rates um. »Bist du für oder gegen uns?«, fragte er.

»Ich bin nicht gerade besonders glücklich, aber du weißt, dass ich zu dir stehe. Meine Stimme hast du. Gelfrid, was ist mit dir?«

Gelfrid warf Judith einen finsteren Blick zu und sagte: »Ich bin deiner Meinung.«

Die anderen Ratsmitglieder gaben einer nach dem anderen ihre Zustimmung. Judith hatte genug gehört. »Wie könnt Ihr zustimmen und mich gleichzeitig so wütend ansehen?«, wollte sie wissen. Sie drehte sich wieder zu Iain um und piekste ihm den Zeigefinger auf die Brust. »Ich will hier nicht leben. Ich habe längst beschlossen, bei meiner Tante Millicent und Onkel Herbert zu wohnen. Und weißt du auch, warum?« Sie ließ ihm keine Zeit zu antworten. »Weil sie mich nicht für jemand Minderwertiges halten. Deshalb. Nun?«, fragte sie herausfordernd.

»Nun was?«, fragte Iain. Ihre Entrüstung amüsierte ihn, doch er versuchte, sich sein Lächeln zu verkneifen. Die Frau war sehr reizbar, wenn sie in Rage geriet.

»Sie mögen mich«, stammelte sie.

»Wir mögen Euch auch, Judith«, sagte Alex.

»Wir alle mögen dich«, fügte Patrick mit einem Nicken hinzu. Sie konnte diesen Unsinn nicht glauben. Brodick auch nicht. Er warf Patrick einen Blick zu, der deutlich machte, dass er ihn für vollkommen verrückt hielt.

»Aber *ich* mag euch Grobiane nicht besonders«, verkündete sie. »Der Gedanke, hier zu leben, ist mir einfach unerträglich. Ich will keine Kinder in solch ... O Gott, Iain, ich werde ja gar keine haben. Du weißt doch ...«

»Judith, beruhige dich«, befahl Iain. Er zog sie zu sich hoch und drückte sie fest.

»Sie will keine Kinder?«, fragte Graham entsetzt. »Iain, du darfst solche Reden nicht erlauben. Du brauchst einen Erben!«

»Ist sie unfruchtbar?«, rief Gelfrid.

»Das hat sie nicht gesagt«, murmelte Vincent.

»Das ist meine Schuld«, warf Winslow ein.

»*Du* bist schuld, dass die Frau unfruchtbar ist?«, fragte Gelfrid verständnislos. »Wie kann denn das sein, Winslow?«

Patrick lachte laut auf. Brodick stieß ihm den Ellenbogen in die Seite, damit er aufhörte. »Sie musste Isabelle bei der

Geburt ihres Kindes helfen«, erklärte Brodick dem Ratsmitglied. »Das hat sie verängstigt. Und mehr steckt da nicht hinter. Judith ist *nicht* unfruchtbar.«

Graham grunzte vor Erleichterung. Iain schenkte Judith nun seine volle Aufmerksamkeit. Er beugte sich herab und flüsterte: »Du hast Recht, du brauchst mehr Zeit zum Nachdenken. Nimm dir so viel, wie du brauchst.«

Da war etwas in seiner Stimme, dass sie misstrauisch machte. Sie bemerkte auch fast augenblicklich, was es war. Iain war vollkommen vergnügt. »Wie lange habe ich wirklich Zeit?«

»Nun, du schläfst heute Nacht in meinem Bett. Ich dachte, du wärest vielleicht vorher gern verheiratet.«

Sie schob sich aus seinen Armen und sah zu ihm auf. Er lächelte. Gott, ja, sie liebte ihn! Und in diesem Augenblick war es ihr absolut rätselhaft, warum.

Diese Leute hatten sie ganz aus der Fassung gebracht. »Warum in Gottes Namen liebe ich dich?«

Erst als Patrick laut lachte, bemerkte sie, dass sie die Frage herausgeschrien hatte.

»Nun, das war's. Sie hat zugestimmt«, rief Vater Laggan. Er eilte quer durch die Halle. »Lasst es uns hinter uns bringen. Patrick, Ihr steht zu Iains Rechten, und Graham, Ihr stellt Euch neben Judith. Ihr könnt als Brautführer dienen. Im Namen des Vaters, des Sohnes ...«

»Wir führen die Braut gemeinsam«, verkündete Gelfrid, ängstlich darauf bedacht, bei dieser wichtigen Zeremonie nicht außen vor zu bleiben.

»Aye, genau«, murmelte Duncan.

Das Geschiebe und Geschurre der Stühle störte den Priester gewaltig, also wartete er, bis sich die Ratsmitglieder alle um Judith drängelten, dann begann er von neuem. »Im Namen des Vaters ...«

»Du willst mich ja nur heiraten, damit du mich herumkommandieren kannst«, sagte Judith.

»Es *hat* seine Vorteile«, sagte Iain gedehnt.

»Ich dachte, die Dunbars sind eure Feinde«, sagte sie dann. »Aber euer Priester ...«

»Rate mal, wie Merlin gestorben ist«, sagte Brodick.

»Wirklich, Sohn, diesen Tod kannst du nicht als euren Verdienst betrachten«, mahnte Graham. »Es war der Sturz von der Klippe, der ihm den Garaus machte.«

»Winslow, hast *du* ihm nicht den Stoß versetzt, als er mit dem Messer auf dich zukam?«, fragte Brodick.

Sein Bruder schüttelte den Kopf. »Er ist ausgerutscht, bevor ich ihn zu fassen kriegte.«

Judith war entsetzt. Patrick beschloss, ihre anfängliche Frage zu beantworten, da niemand anderer diese Aufgabe übernehmen zu wollen schien. »Hier gibt es nicht genug Geistliche«, sagte er. »Vater Laggan darf daher kommen und gehen, wie es ihm gefällt!«

»Er bedient ein großes Gebiet«, warf Alex ein, »und alle Clans, mit denen wir verfeindet sind. Also die Dunbars, die Macphersons, die Macleans und natürlich die anderen.«

Sie war überrascht über die Anzahl ihrer Feinde und sprach Graham darauf an. Sie wollte so viel wie möglich über die Maitlands erfahren, aber sie hatte auch noch einen anderen Grund. Sie brauchte Zeit, um sich zu sammeln, denn sie fühlte sich wie benebelt und zitterte wie ein Kind, das man gerade in kaltem Wasser gebadet hat.

»Alex hat nur einen Teil aufgezählt«, erklärte Graham ihr.

»Mögt ihr denn gar niemanden?«, fragte sie ungläubig.

Graham zuckte die Schultern.

»Können wir jetzt vielleicht weitermachen?«, brüllte Vater Laggan. »Im Namen des Vaters ...«

»Ich werde Tante Millicent und Onkel Herbert hierher einladen, und ich denke nicht daran, den Rat um Erlaubnis zu fragen.«

»... und des Sohnes ...«, brüllte der Priester noch lauter.

»Als Nächstes will sie König John einladen«, warnte Duncan.

»Das können wir nicht zulassen, Weib«, murmelte Owen.

»Bitte nehmt Euch jetzt an der Hand und konzentriert euch auf diese Zeremonie«, schrie Vater Laggan.

»Ich will König John nicht einladen«, warf Judith ein. Sie bedachte Duncan mit einem finsteren Blick für seine empörende Bemerkung. »Ich will meine Tante und meinen Onkel. Und ich kriege sie.« Sie musste sich vorbeugen, um an Graham vorbei zu Iain hochschauen zu können. »Ja oder nein, Iain!«

»Wir werden sehen. Graham, *ich* heirate Judith, nicht du. Also lass ihre Hand los. Judith, komm hier herüber.«

Vater Laggan gab es auf, eine gewisse Ordnung aufrechtzuhalten. Er fuhr einfach mit dem Ritual fort. Iain war nun einigermaßen aufmerksam und gab sein Jawort.

Sie war keinesfalls so bereitwillig. Iain tat die hübsche Frau ein wenig Leid. Sie sah so entsetzlich verwirrt aus.

»Judith, wollt Ihr Iain zu Eurem Mann nehmen?«

Sie sah zu ihm hoch, bevor sie ihre Antwort gab. »Mal sehen.«

»Das reicht nicht, Weib. Du musst ›Ich will‹ sagen«, ermahnte er sie.

»Ach ja?«

Er lächelte. »Deine Tante und dein Onkel werden willkommen sein.«

Sie erwiderte sein Lächeln. »Danke.«

»Ihr habt mir noch nicht geantwortet«, erinnerte Vater Laggan sie.

»Wird er versprechen, mich zu lieben und zu ehren?«, fragte Judith.

»Lieber Gott, das hat er gerade«, rief Brodick ungeduldig aus.

»Iain, wenn ich hier bleibe, will ich einige Dinge verändert haben.«

»Nun, Judith, wir mögen die Dinge so, wie sie sind«, sagte Graham.

»Ich aber nicht«, sagte Judith. »Iain, bevor wir anfangen, musst du mir noch eins versprechen«, platzte sie heraus.

»Bevor wir anfangen? Wir sind mitten drin ...«, versuchte der Priester zu erklären.

»Was für ein Versprechen?«, fragte Graham. »Der Rat wird es erwägen müssen ...«

»Ihr werdet *nichts* erwägen«, warf sie ein. »Das ist eine persönliche Sache. Iain?«

»Ja, Judith?«

O Gott, wie sie sein Lächeln liebte. Sie stieß einen kleinen Seufzer aus, während sie ihn näher zu sich heranwinkte. Graham musste einen Schritt zurücktreten, um ihr Platz zu machen. Sobald Iain sich hinunterbeugte, beugten sich alle anderen neugierig vor, um möglichst alles mitzubekommen.

Sie mussten sich jedoch auf Vermutungen beschränken. Fest stand jedenfalls, dass ihre Bitte, was immer es gewesen war, den Clansherr seinem Gesichtsausdruck zufolge im höchsten Maße erstaunt hatte. Und das machte alle anderen nur noch neugieriger.

»Ist das so wichtig für dich?«

»Ja.«

»Gut«, antwortete er. »Ich verspreche es.«

Judith hatte die Luft angehalten, bis er ihr das Versprechen gab. Jetzt stieß sie einen lauten Seufzer aus.

Tränen stiegen ihr in die Augen. Dieser Mann war so wunderbar. Er hatte nicht gelacht oder sich beleidigt gefühlt. Er hatte nicht einmal nach einer Erklärung gefragt. Er hatte nur wissen wollen, ob es ihr wichtig war, und hatte dann einfach zugestimmt!

»Hast du zufällig irgendetwas davon mitbekommen, Graham?«, flüsterte Alex so laut, dass es jeder hörte.

»Irgendetwas über Trinken«, flüsterte Graham zurück.

»Sie will etwas trinken?«, bellte Gelfrid.

»Nay, ich habe etwas von ›betrunken‹ aufgeschnappt«, verkündete Owen.

»Warum will sie sich betrinken?«, wollte Vincent wissen.

Judith verbiss sich ihr Lachen. Sie wandte sich wieder Vater Laggan zu. »Ich werde jetzt mein Ja-Wort geben«, sagte sie. »Sollten wir nicht anfangen?«

»Das Weib hat Probleme mit dem Zuhören«, knurrte Vincent.

Vater Laggan gab seinen Segen, während Judith mit dem Ratsmitglied über seine grobe Bemerkung stritt. Heftig bestand sie darauf, dass sie sehr wohl und sehr genau zuhörte. Sie quetschte aus Vincent eine Entschuldigung heraus, bevor sie sich wieder dem Priester zuwandte. »Patrick, würdest du bitte Frances Catherine holen? Ich hätte sie während der Zeremonie gern an meiner Seite.«

»Ihr könnt die Braut nun küssen«, verkündete Vater Laggan.

Frances Catherine ging in ihrem Haus unruhig auf und ab, als Judith endlich die Tür öffnete.

»Gott sei Dank, da bist du. Judith, was hat denn so lang gedauert? Ich habe mir solche Sorgen gemacht! Oh, Judith, du bist schrecklich blass! Sie haben dir etwas angetan, nicht wahr?« Sie hielt inne und unterdrückte einen kleinen Schrei. »Sie haben doch nicht gewagt, dich nach England zurückzuschicken?«

Judith setzte sich an den Tisch. »Sie sind weggegangen«, flüsterte sie.

»Wer ist weggegangen?«

»Alle. Sie gingen ... einfach fort. Sogar Iain. Er hat mich geküsst und ist dann gegangen. Ich weiß nicht, wohin sie alle sind.«

Frances Catherine hatte ihre Freundin noch niemals so erlebt. Judith schien in einer Art Trance zu sein. »Judith, du machst mir Angst. Bitte sag mir, was geschehen ist.«

»Ich habe geheiratet.«

Frances Catherine sank auf einen Stuhl. »Du hast geheiratet?«

Judith nickte. Sie starrte weiterhin ins Leere, während ihre Gedanken um die seltsame Hochzeitszeremonie kreisten.

Frances Catherine war so verblüfft, dass sie einige Minuten kein Wort hervorbrachte. Sie saß Judith gegenüber und starrte sie einfach an.

»Hast du Iain geheiratet?«

»Ich glaube ja.«

»Was meinst du damit, du *glaubst*?«

»Graham stand zwischen uns. Vielleicht habe ich ihn geheiratet ... Nein, ich bin sicher, es war Iain. Er hat mich danach geküsst. Graham nicht.«

Frances Catherine hatte keine Ahnung, was sie davon halten sollte. Zwar freute sie sich, weil ihre Freundin nun nicht mehr nach England zurückkehren würde, aber sie war auch wütend.

»Warum denn so Hals über Kopf? Es gab sicher keine Blumen, oder? Du kannst auch in keiner Kapelle geheiratet haben ... hier gibt es keine. Judith, du hättest bei Iain darauf bestehen müssen.«

»Ich weiß nicht, warum es so schrecklich schnell gehen musste«, gab Judith zu. »Aber Iain wird sicher seine Gründe haben. Bitte reg dich nicht darüber auf.«

»Ich hätte dabei sein sollen«, jammerte Frances Catherine.

»Aye, das hättest du wirklich«, stimmte Judith zu.

Eine weitere Minute verstrich in Schweigen. Dann sagte Frances Catherine: »Sind wir glücklich über diese Hochzeit?«

Judith hob die Schultern. »Ich nehme an, wir sind es.«

Tränen füllte Frances Catherines Augen. »Du hast verdient, dass dein Traum wahr wird.«

Judith wusste, wovon Frances Catherine sprach. Sie schüttelte den Kopf und sprach tröstend auf ihre Freundin ein. »Träume sind etwas für kleine Mädchen, die sich gemeinsam etwas ausmalen. Sie werden nie wirklich wahr. Ich bin eine erwachsene Frau, Frances Catherine. Ich denke mir keine unmöglichen Fantastereien mehr aus.«

Ihre Freundin ließ sich nicht beirren. »Du vergisst, mit wem du sprichst, Judith. Ich kenne dich besser als jeder andere Mensch auf dieser Welt. Ich weiß alles über dein schreckliches Leben mit dieser Hexe von deiner Mutter und deinem ständig betrunkenen Onkel. Ich weiß von deinem Schmerz, deiner Einsamkeit. Deine Träume sind dein Schutzschild geworden. Du kannst ruhig behaupten, es wäre nun alles unwichtig, du hättest bloß eine lebhafte Fantasie gehabt. Aber ich weiß es besser.« Ihre Stimme brach mit einem Schluchzen. Sie holte tief Atem, um dann fortzufahren. »Deine Träume haben dir geholfen, nicht zu verzweifeln. Tu doch nicht so, als wären sie dir nun egal. Ich glaube dir kein Wort!«

»Frances Catherine, bitte sei vernünftig«, sagte Judith händeringend. »Es war ja nicht immer schrecklich. Millicent und Herbert haben viel ausgeglichen. Außerdem war ich sehr jung, als ich mir diese schönen Dinge ausdachte. Ich habe mir ja nur *überlegt*, wie ich einmal heiraten wollte. Mein Vater war immer dabei, weißt du noch? Ich dachte, er wäre tot, aber ich stellte mir immer vor, dass er an meiner Seite stehen würde. Mein Ehemann sollte unglaublich glücklich sein, fast schon den Tränen nahe … Und nun frage ich dich: Kannst du dir vorstellen, dass Iain bei meinem Anblick zu weinen anfängt?«

Frances Catherine konnte nicht anders, sie musste lächeln.

»Mein Mann hätte auch in Würde Tränen vergießen sollen. Er tat es allerdings nicht. Er grinste.«

»Ich werde meine Mutter nie mehr sehen müssen.«

Judith hatte diesen Gedanken leise ausgesprochen. Frances Catherine nickte. »Außerdem wirst du *mich* nicht mehr verlassen müssen.«

»Ich will, dass du dich über die ganze Sache freust.«

»Also gut. Ich freu mich. Und jetzt erzähl mir ganz genau, was passiert ist. Ich will alles wissen.«

Judith tat, worum ihre Freundin sie gebeten hatte. Als sie endlich fertig war, musste Frances Catherine lachen. Judith hatte Schwierigkeiten gehabt, sich zu erinnern, und sie entschuldigte sich immer wieder damit, dass alles furchtbar verwirrend gewesen sei.

»Ich fragte Iain, ob er mich liebt«, erzählte sie. »Er gab mir keine Antwort, aber das habe ich erst gemerkt, als alles vorbei war und er mich küsste. Er hatte mir nur versichert, er wollte mich. Ich versuchte auch, ihm von meinem Vater zu erzählen, aber er ließ mich nicht. Er meinte, dass es keinen Unterschied mache. Ich musste es aufgeben. Wirklich, er hat so reagiert. Ich *habe* es versucht, aber vielleicht hätte ich mir noch mehr Mühe geben sollen.«

Frances Catherine schnaubte undamenhaft. »Hör auf, dir über deinen Vater Gedanken zu machen. Wir werden ihn nicht mehr erwähnen. Niemand wird es je erfahren.«

Judith nickte. »Ich habe Iain zwei Versprechen abverlangt: Millicent und Herbert dürfen mich besuchen kommen.«

»Und das andere?«

»Iain wird sich in meiner Gegenwart nicht betrinken.«

Tränen schossen Frances Catherine in die Augen. Sie hätte Patrick niemals um so etwas gebeten, aber sie konnte gut verstehen, warum Judith darauf bestanden hatte. »So lange, wie ich hier lebe, habe ich Iain noch nicht betrunken gesehen.«

»Er wird sein Wort halten«, flüsterte Judith. Dann seufzte sie.

»Ich bin gespannt, wo ich heute Nacht schlafen werde.«

»Iain wird kommen und dich holen.«

»Was habe ich mir damit bloß angetan?«

»Du liebst ihn.«

»Ja.«

»Und er muss *dich* lieben.«

»Ich hoffe es«, sagte Judith. »Er hat schließlich keinen anderen Nutzen aus der Hochzeit. Er muss mich wohl wirklich lieben.«

»Machst du dir Sorgen wegen heute Nacht?«

»Ein bisschen. Hattest *du* Angst?«

»Ich habe geheult.«

Aus unerfindlichen Gründen fanden die beiden Frauen das Geständnis ungemein lustig. Und als Patrick und Iain eintraten, mussten sie unwillkürlich über Frances Catherines und Judiths Gelächter grinsen.

Patrick wollte wissen, was die beiden denn so komisch fanden, doch diese Frage reizte sie nur noch mehr zum Lachen. Er gab es schnell auf. Frauen waren seiner Meinung nach unergründlich.

Iains Blick konzentrierte sich auf Judith. »Warum bist du hier?«, fragte er.

»Ich wollte Frances Catherine erzählen, was passiert ist. Wir haben doch geheiratet, oder?«

»Sie dachte, sie hätte vielleicht Graham geheiratet«, erklärte Frances Catherine ihrem Mann.

Iain schüttelte den Kopf. Er ging zu seiner Braut und zog sie auf die Füße. Sie hatte ihn noch nicht angesehen, seit er hereingekommen war, und das machte ihn betroffen. »Es ist Zeit, nach Hause zu gehen.«

Judith war plötzlich furchtbar verzagt. »Ich hole nur ein paar von meinen Sachen«, sagte sie. Mit gesenktem Kopf ging sie auf den Wandschirm zu. »Wo ist zu Hause?«, fragte sie plötzlich.

»Da, wo du geheiratet hast«, sagte Patrick.

Sie schnitt eine Grimasse, denn hinter dem Schirm konnte sie niemand sehen. Sie würde also in der hässlichen Festung wohnen müssen. Aber was machte es aus. Iain lebte auch da, und das war das Einzige, was zählte.

Judith konnte hören, wie die beiden Brüder sich unterhielten, während sie ihr Nachtgewand, den Hausmantel und andere Dinge einpackte. Den Rest würde sie morgen holen. Ihre Hände zitterten, als sie ihr Nachtkleid zusammenfaltete.

Endlich war sie fertig, blieb aber noch in ihrem provisorischen Kämmerlein. Und endlich drang die Bedeutung der Ereignisse zu ihr durch.

Sie setzte sich aufs Bett und schloss die Augen. Plötzlich

begann ihr Herz heftig zu schlagen, und sie konnte kaum Atem holen: Sie war eine verheiratete Frau! Ihr wurde klar, dass Panik sie zu überwältigen drohte, und sie versuchte, sich wieder zu beruhigen.

Guter Gott, wenn sie nun einen Fehler gemacht hatte? Es war alles so schnell gegangen. Iain liebte sie doch, oder? Und es war nicht wichtig, ob er die Worte ausgesprochen hatte. Er hatte sie heiraten wollen und keinen Profit davon, nur eine Ehefrau. Welchen anderen Grund außer Liebe sollte es dafür also geben?

Was würde daraus, wenn sie sich hier nicht einfügen konnte? Wenn die Leute sie nicht akzeptierten? Und schließlich drängte sich ihr eine Hauptsorge auf: Was machte sie bloß, wenn sie keine gute Ehefrau sein konnte? Sie hatte keine Ahnung, wie man einem Mann im Bett Vergnügen bereitete. Aber Iain wusste ja, wie unerfahren sie war. Es war seine Pflicht, sie dies alles zu lehren. Und wenn sie es nicht lernte?

Sie wollte nicht, dass er sie für unfähig hielt. Lieber sterben!

»Judith?«

Seine Stimme war kaum lauter als ein Flüstern. Dennoch zuckte sie zusammen. Er merkte es, merkte auch, wie nahe sie einer Ohnmacht war. Und er glaubte zu wissen, warum.

»Wir können jetzt gehen«, sagte sie mit bebender Stimme. Aber sie bewegte sich nicht. Sie hatte ihre Tasche im Schoß liegen und schien sich am Griff festklammern zu wollen. Iain verbarg sein Lächeln. Er kam zu dem Bett hinüber und setzte sich neben sie.

»Warum sitzt du denn hier?«, fragte er.

»Ich habe nur nachgedacht.«

»Worüber?«

Sie gab ihm keine Antwort und sah ihn auch nicht an. Ihr Blick war auf ihren Schoß geheftet.

Iain wollte sie nicht drängen. Er beschloss, so zu tun, als hätten sie alle Zeit der Welt. So saßen sie einige Minuten lang schweigend nebeneinander auf dem Bett. Judith konnte hören, wie Frances Catherine mit ihrem Mann flüsterte. Das Wort ›Blumen‹ fiel, und sie nahm an, ihre Freundin beschwerte sich gerade bei Patrick über die Hochzeitszeremonie.

»Kann ich heute Abend ein Bad nehmen?«

»Ja.«

Sie nickte. »Sollten wir nicht gehen?«

»Hast du genug nachgedacht?«

»Ja, danke.«

Er stand auf. Sie reichte ihm ihre Tasche. Dann nahm er ihre Hand und führte sie zur Tür.

Frances Catherine versperrte ihnen den Weg. Sie wollte, dass die beiden zum Essen blieben. Da bereits alles fertig war, nahm Iain an. Judith war viel zu nervös, um zu essen, doch Iain hatte solche Probleme nicht. Er und Patrick aßen beide wie Männer, die gerade die vierzigtägige Fastenzeit überstanden hatten.

Nach dem Essen wollte er jedoch keine Zeit mehr verlieren und Judith genauso wenig. So gingen sie Hand in Hand zur Festung.

Drinnen war es finster, und Iain brachte sie in den zweiten Stock hinauf. Seine Schlafkammer lag links von der Treppe, die erste von drei Türen in einem langen Flur.

Das Zimmer glühte vor Licht und Wärme. Ein helles Feuer brannte und verbreitete eine wohlige Hitze. Iains Bett nahm einen großen Teil der Wand links von der Tür ein. Eine Überdecke in den Clansfarben war darüber gebreitet, und daneben befand sich eine kleine Truhe mit zwei Kerzen darauf.

Es gab nur einen Stuhl in der Nähe des Kamins. Eine viel größere Truhe war an die gegenüberliegende Wand geschoben worden. Auf ihrem Deckel stand ein viereckiges, verziertes und goldgefasstes Kästchen.

Iain schien nichts für Tand übrig zu haben. Der Raum war zweckmäßig und nüchtern, ganz wie der Mann, der in ihm schlief. Vor die Feuerstelle hatte man eine riesige Holzwanne gestellt, und Dampf stieg vom Wasser hoch. Iain hatte sie also schon geordert, bevor sie darum bat.

Er warf ihre Tasche aufs Bett. »Brauchst du noch irgendetwas?« Sie brauchte etwas, das ihr die Angst nahm, aber sie sprach diesen Gedanken nicht aus. »Nein, vielen Dank.« Mit gefalteten Händen stand sie in der Mitte des Raumes und wartete und betete, dass er gehen möge, damit sie allein ihr Bad nehmen konnte.

Iain dagegen wunderte sich, warum sie noch zögerte. »Brauchst du Hilfe beim Auskleiden?«, fragte er.

»Nein«, platzte sie entsetzt heraus. »Ich weiß, wie es geht«, fügte sie etwas sanfter hinzu.

Er nickte und winkte sie dann mit gekrümmtem Finger zu sich heran. Diesmal zögerte sie nicht. Einen Schritt vor ihm blieb sie stehen.

Er war zufrieden, dass sie nicht zurückwich, als er seine Hand nach ihr ausstrecke. Sanft strich er ihr das Haar über die Schultern zurück und schob seine Finger dann in den Ausschnitt ihres Kleides, um die Kette hervorzuziehen.

Er sagte kein Wort, bis er ihr die Kette und den Ring abgenommen hatte.

»Erinnerst du dich an das Versprechen, das du mir heute abverlangt hast?«

Sie nickte. Lieber Gott, er wollte ihr doch jetzt nicht sagen, dass er seine Meinung geändert hatte?

Er sah die Angst auf ihrem Gesicht und schüttelte den Kopf.

»Ich habe noch nie mein Wort gebrochen, Judith, und ich werde es auch jetzt nicht tun.« Sie entspannte sich sofort wieder, und er wusste, dass er ins Schwarze getroffen hatte. »Wenn du mich besser kennen würdest, hättest du dir darüber keine Sorgen zu machen brauchen.«

»Aber ich kenne dich nicht besser«, flüsterte sie als Entschuldigung.

»Es gibt etwas, das *du* mir versprechen sollst«, erklärte er ihr. Er ließ Kette und Ring in ihre Hand fallen. »Trage dies niemals im Bett.«

In ihren Ohren klang das nicht wie eine Bitte, sondern wie ein Befehl. Judith wollte fragen, warum ihm das so wichtig war, besann sich dann aber anders. Er hatte von ihr auch keine Erklärung verlangt, als er sein Versprechen gab, und nun verdiente er es, dass sie genauso rücksichtsvoll war.

»Einverstanden.«

Er nickte und wirkte zufrieden.

»Willst du, dass ich sie wegwerfe?«

»Nein«, antwortete er. »Leg sie dort hinein!« Er zeigte auf das Kästchen auf der Truhe. »Niemand wird darin herumstöbern.«

Sie beeilte sich, seinen Anweisungen zu folgen: »Kann ich die Brosche von Tante Millicent auch hineinlegen?«, fragte sie. »Ich will sie nicht verlieren.«

Er gab ihr keine Antwort. Sie drehte sich um und stellte fest, dass er das Zimmer verlassen hatte, ohne dass sie es hörte.

Judith schüttelte den Kopf. So klammheimlich zu verschwinden ... sie musste ihn wirklich mal auf diese schlechte Angewohnheit ansprechen!

Judith hatte keine Ahnung, wie lange er wohl wegbleiben würde, also beeilte sie sich, in die Wanne zu kommen. Schließlich begann sie auch noch, ihr Haar zu waschen.

Iain kam herein, als sie gerade dabei war, die nach Rosen duftende Seife aus ihren Haaren zu spülen. Er erhaschte einen Blick auf goldene Haut, bevor er kehrtmachte und die Tür wieder fest hinter sich zuzog. Draußen lehnte er sich an die Wand und wartete, dass Judith das Bad beendete. Er wollte sie nicht in Verlegenheit bringen. Aber diese Frau brauchte ja ewig! Er ging die weite Strecke zum Wasserbecken, wusch sich und kehrte dann zurück.

Er gab ihr noch weitere fünfzehn Minuten, dann trat er ein. Judith saß auf einer Decke vor dem Kamin und trocknete sorgfältig ihr Haar. Sie trug ein braves weißes Nachtkleid und einen Hausmantel darüber.

Unglaublich schön sah sie aus. Ihr Gesicht war rosig geschrubbt, und ihr Haar hatte die Farbe von blassem Gold.

Iain lehnte sich an den Türrahmen und starrte sie lange Zeit einfach nur an. Etwas zog sich in seiner Brust zusammen. Sie war seine Frau! Aye, sie gehörte jetzt zu ihm. Das Glücksgefühl, das ihn bei dem Gedanken überkam, überraschte ihn im höchsten Maß. Alles schien so unvermeidlich gewesen zu sein. Warum hatte er sich nur damit gequält, von ihr fern zu bleiben? Von dem Augenblick an, als er sie zum ersten Mal küsste, hätte er die Wahrheit akzeptieren sollen. Sein Herz wusste schon immer, dass er sie unmöglich einem anderen Mann überlassen konnte. Warum hatte sein Kopf so lange gebraucht, um das zuzugeben?

Ja, Herzensangelegenheiten waren verdammt verwirrend. Er erinnerte sich daran, wie er zu Patrick gesagt hatte, eine Frau wäre so gut wie die andere. Jetzt verstand er, wie falsch diese hochtrabenden Worte waren. Es gab nur eine Judith!

Iain versuchte, diese albernen Gedanken abzuschütteln. Er war ein Krieger, sollte sich also gar nicht erst mit solchen unproduktiven Dingen befassen.

Er machte kehrt, ging zurück in die Halle und stieß einen schrillen Pfiff aus, der in der Treppenflucht widerhallte. Dann betrat er erneut seine Schlafkammer, spazierte zur Feuerstelle, lehnte sich gegen den Kamin und zog seine Stiefel aus.

Judith wollte ihn gerade fragen, warum er die Tür offen gelassen hatte, als drei Männer hereingehastet kamen. Sie nickten ihrem Clansherrn zu, bemühten sich, Judith nicht anzusehen, und trugen die schwere Wanne aus dem Zimmer. Iain folgte ihnen und wollte die Tür gerade schließen, als er seinen Namen rufen hörte. Er seufzte vernehmlich und verließ erneut den Raum.

Fast eine Stunde blieb er fort. Die Wärme des Feuers machte Judith schläfrig. Ihr Haar war nur noch ein wenig feucht, also stand sie auf, legte die Bürste auf den Kaminsims und trat an das Bett heran. Sie zog gerade ihren Hausmantel aus, als Iain wiederkam.

Er schloss die Tür, verriegelte sie und streifte dann sein Plaid ab. Er trug nichts darunter.

Judith fürchtete, sie würde vor Verlegenheit sterben. Verstohlen warf sie ihm einen Blick zu, bevor sie die Augen zur Decke richtete. Kein Wunder, dass Frances Catherine in ihrer Hochzeitsnacht geweint hatte. Wenn Patrick ähnlich ausgestattet war wie Iain – und das nahm sie an –, konnte sie die Tränen nachempfinden. Guter Gott, ihre Augen verschleierten sich ja schon. Himmel, auf so etwas war sie wirklich nicht vorbereitet. Sie hatte also *doch* einen Fehler begangen. Nein, sie war wirklich noch nicht bereit für derartige Intimitäten. Sie kannte ihn doch gar nicht gut genug! Sie hätte niemals ...

»Es wird alles gut, Judith.«

Er stand direkt vor ihr, aber sie konnte ihn nicht ansehen. Er legte ihr die Hände auf die Schultern und drückte sie zärtlich an sich. »Glaub mir, es wird wirklich alles gut. Du vertraust mir doch, oder?«

Seine Stimme war so weich, so zärtlich. Aber es half nichts. Sie atmete ein paar Mal tief ein, um sich wieder zu beruhigen. Aber auch das half nichts.

Und dann zog er sie in seine Arme und hielt sie fest. Sie stieß einen kleinen Seufzer aus und entspannte sich. Ja, es würde alles gut werden. Iain würde ihr nicht wehtun. Er liebte sie. Ein wenig beugte sie sich zurück, sodass sie ihm in die Augen sehen konnte. Was sie dort sah, war Wärme und auch ein wenig Belustigung.

»Hab keine Angst«, sagte er mit leiser, beruhigender Stimme.

»Woher weißt du, dass ich Angst habe?«

Er lächelte. ›Angst haben‹ war vielleicht nicht der richtige Ausdruck. ›Entsetzt‹ wäre treffender gewesen. »Du siehst mich genauso an wie in der Nacht, als ich dir mitteilte, Isabelle wollte dich bei sich haben, um ihr Baby zur Welt zu bringen.«

Sie senkte ihre Augen zu seiner Brust. »Ich wollte nicht helfen, weil ich Angst hatte, ich könnte nicht in der Lage sein, es ... Iain, ich glaube nicht, dass ich dies hier tun will. Ich weiß, dass alles gut werden wird, aber ich würde lieber nicht ...« Judith unterbrach sich selbst. Sie lehnte sich wieder an seine Brust, in seine Arme.

Iain freute sich, dass sie ehrlich zu ihm war, aber er war auch deprimiert. Er hatte noch nie mit einer Jungfrau geschlafen, und es war ihm bisher nicht klar gewesen, wie wichtig es war, es für sie so leicht wie möglich zu machen. Es würde ihn Zeit, Geduld und jede Menge Zurückhaltung kosten.

»Wovor hast du denn besonders Angst?«, fragte er.

Sie antwortete ihm nicht. Sie hatte zu zittern begonnen, und er wusste, dass nicht die Kälte daran schuld war.

»Sicher, es wird vielleicht wehtun, aber wenn ich …«

»Ich habe keine Angst vor Schmerz«, platzte sie heraus.

Nun war er wirklich verwirrt. »Aber was ist es dann?« Er streichelte ihren Nacken, während er auf eine Antwort wartete.

»Ein Mann kann immer … du weißt, was ich meine«, stotterte sie. »Aber manche Frauen können nicht, und wenn sich herausstellt, dass ich so eine Frau bin, dann bist du enttäuscht.«

»Du wirst mich nicht enttäuschen.«

»Doch, das werde ich bestimmt«, wisperte sie unglücklich. »Ich glaube, ich bin wirklich eine von diesen Frauen, die *nicht* können, Iain.«

»Du kannst«, sagte er bestimmt. Er war sich zwar ganz und gar nicht sicher, worüber sie überhaupt sprach, aber er spürte, dass es wichtig für sie war. Sie brauchte sein Vertrauen. Er war schließlich der Erfahrene und wusste, dass sie alles glaubte, was er ihr sagte.

Immer noch streichelte er ihren Nacken. Judith schloss die Augen und genoss seine Berührung. Er war bestimmt der rücksichtsvollste Mann auf der Welt, und wenn er so zärtlich zu ihr war, konnte sie ihn einfach nur noch lieben.

Sie brauchte nicht lange, um ihre Angst zu bekämpfen. Sicher, sie war noch ein wenig nervös, aber sie nahm an, dass das vollkommen normal war. Tief holte sie Atem und entzog sich ihm dann. Sie wagte nicht, ihn anzusehen, und wusste, dass ihr die Röte ins Gesicht stieg, aber das hinderte sie nicht. Langsam hob sie ihr Kleid und zog es über den Kopf, ließ ihm aber keine Zeit, sie zu betrachten, sondern flüchtete in seine Arme.

Er schauderte spürbar. »Du fühlst dich so gut an«, flüsterte er heiser.

Für sie fühlte es sich noch viel besser als gut an. Einfach wunderbar. Mit schüchterner, verzagter Stimme sagte sie ihm das.

Er ließ sein Kinn auf ihren Kopf sinken. »Du machst mich glücklich, Judith.«

»Ich habe doch gar nichts getan«, gab sie zurück.

»Du brauchst auch nichts zu tun«, erklärte er ihr.

Sie konnte das Lachen in seiner Stimme hören und reagierte ihrerseits mit einem Lächeln. Weil er sie nicht drängte, fiel es ihr leichter, die Verlegenheit zu überwinden. Sie wusste, dass er genau das bezweckte, aber es machte ihr nichts aus. Überwältigt von seiner Rücksicht auf ihre Gefühle wurde sie nicht einmal rot.

Die Hitze seines Geschlechts, dass sich gegen ihren Unterleib presste, machte ihr zwar immer noch Sorgen, aber er verlangte nichts, war nur zärtlich, unsagbar zärtlich, und es dauerte nicht lange, da schien ihr auch diese Angst nicht mehr wichtig.

Sie wollte ihn berühren, nahm die Arme von seinen Hüften, die sie bisher umklammert hielt und begann zaghaft, über seine breiten Schultern, seinen Rücken und schließlich über sein Gesäß zu streicheln. Unter ihren Fingerspitzen fühlte sich seine Haut wie glühender Stahl an. Sein Körperbau, seine Muskeln, seine Haut – all das war so vollkommen anders und neu, dass sie nicht aufhören konnte, dieses Wunder zu bestaunen. Sehnen wie knotige Seile traten an seinen Oberarmen hervor, und Judith fühlte sich plötzlich noch winziger und zerbrechlicher.

»Du bist so stark, Iain, und ich bin so schwach. Es kommt mir unmöglich vor, dir Vergnügen bereiten zu können.«

Er lachte. »Du bist nicht schwach. Du bist weich und biegsam und sehr, sehr aufregend.«

Vor Freude schoss ihr die Röte ins Gesicht. Sie rieb ihr Gesicht an seiner Brust und lächelte über das Kitzeln seiner harten Härchen an ihrer Nase. Dann beugte sie den Kopf etwas zurück und küsste ihn am Halsansatz, wo das Blut pulsierte.

»Ich berühre dich so gerne«, gestand sie leise.

Sie schien selbst überrascht über ihre Bemerkung. Iain dagegen wusste, dass sie ihn gerne berührte, und er genoss es. Einer ihrer anziehendsten Wesenszüge war das Bedürfnis zu berühren, zu streicheln, ihn festzuhalten, wann immer es möglich war. Er erinnerte sich an die vielen Male, als sie unwillkürlich nach seiner Hand gegriffen oder seinen Arm gestreichelt hatte, während sie ihm die Hölle wegen einer seiner Bemerkungen heiß gemacht hatte.

Aye, es war ihm aufgefallen, wie reserviert sie mit seinen Kriegern auf der langen Reise hierher umgegangen war. Natürlich war sie freundlich gewesen, aber sie hatte es stets vermeiden wollen, einen der Männer zu berühren. Kein einziges Mal hatte sie sich entspannt, wenn sie mit Alex reiten musste, doch in seinen eigenen Armen war sie sogar eingeschlafen. Sie vertraute ihm ganz und gar, und dies war für ihn mindestens so wichtig wie ihre Liebe zu ihm.

Und – guter Gott – sie liebte ihn wirklich.

»Judith?«

»Ja?«

»Kannst du jetzt aufhören, dich vor mir zu verstecken?«

Sie hätte fast gelacht. Ja, sie hatte sich vor ihm verstecken wollen, und er hatte diese Absicht erkannt. Also ließ sie ihn los und trat einen Schritt zurück. Dann hob sie den Kopf, sah ihm in die Augen und nickte langsam.

Er hatte das wundervollste Lächeln der Welt, dachte sie, während sie ihn ansah.

Sie hat den wundervollsten Körper der Welt, dachte er, während er sie musterte. Sie hatte vom Kopf bis zu den Füßen perfekte Formen, und Himmel, wenn er sie nicht bald in seinen Armen liegen hatte, würde er seinen Verstand verlieren.

Im gleichen Moment kamen beide aufeinander zu. Sie legte ihm die Arme um den Hals, während er sie an sich zog. Da beugte er sich herab und küsste sie tief und verschlingend – ein Kuss, der ihnen beiden den Atem nahm. Seine Zunge bewegte sich tief in ihrer Mundhöhle, um ihre Süße zu kosten. Ein tiefes Knurren der Befriedigung entrang sich seiner Kehle, als Judith sein Liebesspiel nachahmte und mit ihrer Zunge die seine liebkoste.

Sie sank gegen seine Brust, und Iain hielt sie mit einem Arm fest, während er sich umdrehte und die Decke auf dem Bett zurückschlug. Sie wollte auf seine Küsse nicht verzichten, also zupfte sie ihm an den Härchen in seinem Nacken, und als er nicht schnell genug reagierte, beugte sie den Kopf zurück und presste ihre Lippen auf seinen Mund.

Er liebte ihre Kühnheit, und er liebte ihr leises Stöhnen. Iain hob sie hoch und legte sie auf das Bett. Er ließ ihr keine Zeit, in Panik zu geraten, sondern beugte sich über sie und teilte ihre Schenkel mit einem Knie. Er verlagerte sein Gewicht auf die Ellenbogen und deckte ihren Körper mit dem seinen zu. Und, lieber Gott, er hatte noch nie so etwas Wunderbares gespürt.

Ihre Hingabe überwältigte seine Absicht, sich Zeit zu nehmen, langsam vorzugehen. Er wollte sich darauf konzentrieren, sie auf das, was kommen sollte, vorzubereiten, sie geschickt und gezielt streicheln und liebkosen, bis sie ihren

Kopf verlor und nur noch Lust verspürte. Aber Judith machte seinen rücksichtsvollen Plan zunichte. Sie bewegte sich unablässig unter ihm und machte ihn halb wahnsinnig. Er küsste sie heiß und feucht und spürte, wie ihre Erwiderung ihn wild machte. Endlich zog er sich von ihren Lippen zurück und bewegte sich abwärts, um das zarte Tal zwischen ihren Brüsten zu liebkosen. Seine Hände streichelten, rieben und neckten sie, und schließlich konnte er keine Sekunde mehr warten. Er umschloss eine Brustwarze mit seinen Lippen und begann zu saugen.

Judith fiel fast aus dem Bett. Schauer purer Lust ließen ihren Körper erbeben, und sie glaubte schon, sie könnte unmöglich noch mehr von dieser süßen Qual ertragen. Sie klammerte sich an seine Schultern, schloss die Augen und ergab sich der Ekstase, die seine Berührung in ihr aufkommen ließ.

Iain zitterte vor Begierde, sie zu nehmen. Er spürte, wie ihm die Beherrschung entglitt. Sein heißer Wunsch, sie überall zu kosen, überlagerte jeden anderen Gedanken. Seine Hand strich ihren flachen Bauch hinab, dann noch tiefer, bis er das Innere ihrer Schenkel liebkoste und sie sanft auseinander drückte.

Er beugte sich hinunter und küsste das weiche, lockige Dreieck, das ihre Jungfräulichkeit bewahrte.

»Iain, nicht ...«

»Doch.«

Sie versuchte, ihn fortzuschieben, doch da senkte sich sein Mund in ihre feuchte Hitze herab, und seine Zunge, lieber Himmel, seine Zunge begann sie liebkosend zu lecken, bis glühend heiße Lust jeden Protest erstickte.

Unwillkürlich hob sie die Hüften, um seiner Berührung entgegenzukommen. Ihre Nägel bohrten sich in seine Schulterblätter. Sie hatte noch nie einen Mann gekannt und nicht gewusst, dass man eine Frau auf so eine Art lieben konnte, aber sie war weder abgestoßen noch spürte sie Scham. Sie wollte ihm die gleichen Zärtlichkeiten geben, wollte auch ihn schmecken. Aber als sie versuchte, ihm auszuweichen, hielt er sie nur noch fester.

Iain rutschte zur Seite und begann vorsichtig, mit einem Finger in ihre enge Höhle einzudringen. Sein Daumen strich sanft über den zarten Knopf, der hinter ihren Schamlippen verborgen war, und Judiths Reaktionen raubte ihm fast die eigene Beherrschung. Er hatte noch nie eine Frau gehabt, die sich so aufrichtig hingab. Ihr Vertrauen in ihn war so vollkommen, dass sie frei von allen Hemmungen war. Sie gab ihm willig und begierig ihren Körper, und er würde lieber sterben, bevor er *ihr* nicht Befriedigung verschafft hatte. Sie sollte vor seinen eigenen Bedürfnissen Erfüllung finden … und wenn ihn das umbrachte.

Judiths letzter zusammenhängender Gedanke war die Gewissheit, dass ihn zu lieben ihren Tod bedeutete. Sie schrie es heraus, aber sie versuchte so verzweifelt, sich an den Überresten ihrer Selbstbeherrschung festzuhalten, dass sie nicht mehr wusste, was sie sagte oder tat.

Sie hatte das Gefühl, sich aufzulösen. Sie stammelte seinen Namen, und Iain verlor nun seinerseits die Beherrschung. Er spürte ihre bebenden Schauer und spreizte ihre Schenkel. Dann kniete er sich zwischen ihre Beine. »Leg deine Arme um mich, Geliebte«, flüsterte er heiser, streckte sich auf ihr aus, verschloss ihre Lippen mit seinem Mund und hielt sie an den Hüften fest.

Noch ein oder zwei Sekunden zögerte er, dann drang er langsam in sie ein, bis er die Sperre ihrer Jungfräulichkeit spürte. Er tat ihr weh, doch Judith empfand den Schmerz kaum. Seine Küsse machten alles andere unwichtig. Der Schmerz in ihrem Inneren wurde stärker, und sie begann sich unwillkürlich zu bewegen, um die süße Qual ein wenig zu lindern.

Iain biss die Zähne zusammen. Er spürte bereits jetzt die unglaubliche Lust, die ihn überkam, wusste jedoch, dass er ihr wehtun musste. Dann drang er mit einem einzigen kraftvollen Stoß vollkommen in sie ein.

Sie schrie auf vor Überraschung und Schmerz. Es war, als hätte er sie auseinander gerissen, und ihre Leidenschaft schwand. Sie begann zu weinen und flehte ihn an, von ihr abzulassen.

»Ich will das nicht«, flüsterte sie schluchzend.

»Still, Süße«, sagte er leise, beruhigend. »Es wird alles gut. Beweg dich nicht. Der Schmerz geht vorüber. O Gott, Judith, bitte beweg dich nicht.«

Er klang wütend und zärtlich zugleich, und sie war außer Stande zu verstehen, was er sagte. Da war der überwältigende Schmerz, doch plötzlich vermischte er sich mit einem anderen Gefühl, einem Empfinden, das mit nichts, was sie jemals gespürt hatte, vergleichbar war, und ihre Verwirrung wurde immer größer.

Sein Gewicht drückte sie auf das Bett. Er holte tief Atem und versuchte verzweifelt, sich zurückzuhalten. Sie war so verdammt wunderbar heiß und eng, und alles, was er wollte, war, immer und immer wieder in sie hineinzustoßen, bis er seine eigene Erfüllung erreicht hatte.

Iain stützte sich auf die Ellenbogen und küsste sie wieder. Er wollte ihr unbedingt mehr Zeit geben, ihn einzuholen, und er fühlte sich wie ein niederes Tier, als er ihre Tränen sah. »O Gott, Judith, es tut mir so Leid. Ich musste dir wehtun, aber ich ...«

Die Sorge in seinem Gesicht tröstete sie weit mehr als seine halb gestammelte Entschuldigung. Sie streckte die Hand aus und streichelte seine Wange. »Es wird alles gut«, flüsterte sie ihm seine eigenen Worte zu. »Der Schmerz ist vorbei.«

Er wusste, dass sie nicht die Wahrheit sagte. Er küsste ihre Augenbraue, dann ihren Nasenrücken und drang schließlich lang und leidenschaftlich mit seiner Zunge in ihren Mund. Seine Hand strich zwischen ihren Körpern herab und liebkoste erneut ihre glühende Hitze.

Es dauerte nicht lange, bis er ihre Leidenschaft wiedererweckt hatte. Er begann sich zu bewegen, erst langsam, bis er ihr wohliges Stöhnen hörte. Noch konnte er seine Selbstbeherrschung aufrechterhalten, die ihm bei all den anderen Frauen niemals Schwierigkeiten bereitet hatte, doch nun machte Judith sie mit einem einzigen Satz zunichte.

»Ich liebe dich, Iain!«

Die Leidenschaft übernahm den Befehl über seinen Körper und Geist. Er stieß zu, wieder und wieder, und sie hob ihre Hüften, um seiner Bewegung entgegenzukommen. Sie wollte keine Zärtlichkeiten mehr, nay, sie grub ihre Fingernägel in seine Schultern und verlangte immer mehr von seinen unglaublichen Stößen.

Er verbarg sein Gesicht in ihrer Halsgrube und versuchte verzweifelt, die verzehrende Lust in seinem Inneren aufzuhalten.

Der Druck in Judiths Körper wurde langsam unerträglich. Gerade als sie glaubte, ihre Sinne würden schwinden, spürte sie, wie die Intensität der Gefühle sie noch fordernder, noch kraftvoller machten.

Sie versuchte zu begreifen, was mit ihr geschah, aber Iain ließ es nicht zu. Sie bekam plötzlich Angst – als hätte sich ihr Geist von ihrem Körper getrennt.

»Iain, ich kann nicht …«

»Still, Liebes«, flüsterte er. »Halt mich nur fest. Ich passe auf dich auf.«

Ihr Verstand akzeptierte nun, was ihr Körper schon immer gewusst hatte. Sie ergab sich. Es war die wunderbarste Erfahrung ihres Lebens. Ein Glücksgefühl, wie sie es noch nie verspürt hatte, erfüllte sie. Sie bog ihren Rücken, klammerte sich an ihren Mann und ließ sich von der Ekstase überrollen.

Sobald er ihre Entspannung spürte, fand er seine eigene. Mit einem tiefen Stöhnen ergoss er seinen Samen in sie. Sein ganzer Körper zitterte, als er sich hingab.

Dann ließ er sich mit einem Grunzen der Befriedigung auf sie fallen. Der Duft ihres Liebesspiels hing noch zwischen ihnen und erinnerte an das Vergnügen, das sie eben geteilt hatten. Iains Herz hämmerte wie ein Trommelfeuer, und er war so erstaunt über seine vollkommene Hingabe zu ihr, dass er sich eine ganze Weile nicht rühren konnte. Für immer wollte er in ihr bleiben. Sie streichelte seinen Rücken und seufzte hin und wieder, und er wünschte, dass dies niemals aufhörte.

Guter Gott, er war so zufrieden.

Judith brauchte weitaus länger, um sich von diesem Erlebnis zu erholen. Sie konnte nicht aufhören, ihn zu berühren, und wollte ihm mindestens hundert Fragen stellen. Die erste und wichtigste von allen war, ob sie es gut gemacht habe. Sie tippte ihm auf die Schulter. Er glaubte, sie wollte ihm bedeuten, dass er zu schwer für sie war. Sofort rollte er sich auf die Seite, und sie rollte sich mit ihm herüber. Seine Augen waren geschlossen. »Iain, hat es dir Spaß gemacht?«

Er grinste.

Das war nicht genug. Sie wollte, dass er es aussprach.

Er öffnete die Augen und sah, dass sie ihn anstarrte. Ängstlich musterte sie ihn. »Wie kannst du nur daran zweifeln?«, fragte er und ließ ihr keine Zeit, etwas zu sagen. Er schlang die Arme um sie und hob sie auf seinen Körper. Dann küsste er sie zärtlich.

»Wenn du noch mehr getan hättest, hättest du mich umgebracht. Zufrieden?«

Sie schloss die Augen und legte den Kopf auf seine Brust. Aye, sie *war* zufrieden.

Kapitel 11

In dieser Nacht bekam Judith nicht viel Schlaf, Iain weckte sie immer wieder auf. Es war nicht seine Absicht, aber jedes Mal, wenn er sich umdrehte, wurde sie aus ihrem Schlaf gerissen. Sie rückte ein Stück von ihm ab, und er nahm sofort den Platz ein, bis er sich schließlich auf dem ganzen Bett breit gemacht hatte und Judith buchstäblich hinaushing.

Kurz vor der Dämmerung sank sie endlich in einen unruhigen Schlummer. Ein paar Minuten später berührte Iain ihren Arm. Sie richtete sich ruckartig auf und stieß eine entsetzten Schrei aus. Iain war alarmiert. Im Handumdrehen hatte er sein Schwert in der Hand und sprang aus dem Bett, um sie zu verteidigen, bis er schließlich bemerkte, dass kein Eindringling im Zimmer war.

Vor irgendetwas hatte Judith schreckliche Angst, und endlich drang die Erkenntnis zu ihm durch, dass er der Grund war. Ihre Augen blickten wild, und als er das Schwert niederlegte und die Hand nach ihr ausstreckte, wich sie zurück.

Aber er ließ sich nicht abweisen. Er packte sie um die Taille, legte sich auf den Rücken und zog sie auf seinen Körper. Seine Beine umklammerten ihre, und er begann, ihren Rücken beruhigend zu streicheln.

Sie entspannte sich augenblicklich. Er gähnte laut und fragte dann: »Hast du schlecht geträumt?«

Ihre Stimme war noch heiser vom Schlaf. Es tat ihr schrecklich Leid, dass sie ihn so aufgestört hatte. »Nein«, flüsterte sie leise. »Schlaf wieder ein. Du brauchst deine Ruhe.«

»Sag mir, was passiert ist. Warum hast du geschrien?«

»Ich habe es vergessen«, erklärte sie. Sie rieb ihre Wange an seiner warmen Brust und schloss die Augen.

»Du hast vergessen, warum du geschrien hast?«

»Nein«, gab sie zurück. »Ich habe vergessen, dass ich verheiratet bin. Bis eben … Als du mich zufällig berührt hast, war ich einfach … verschreckt. Ich bin es nicht gewohnt, mit einem Mann in einem Bett zu schlafen.«

Er lächelte in die Dunkelheit. »Das hatte ich mir fast gedacht«, sagte er. »Jetzt hast du doch keine Angst mehr, oder?«

»Nein, bestimmt nicht«, flüsterte sie. »Danke, dass du dich so um mich kümmerst.«

Himmel, sie hatte so höflich gesprochen. Er war ihr Mann, und doch behandelte sie ihn wie einen Fremden. Judith fühlte sich unbehaglich … und furchtbar verletzlich. Sie sagte sich, dass sie absolut übermüdet sein musste. Viel geschlafen hatte sie nicht, seit sie in die Highlands gekommen war, und all die Aufregungen machten es nicht besser.

Sie hatte nicht die Absicht zu weinen, und die Tränen überraschten sie selbst. Natürlich war sie sich darüber klar, dass sie sich wie ein kleines Kind benahm, aber sie konnte es nicht verhindern.

»Judith?« Sein Daumen wischte ihr eine Träne von der Wange. »Warum weinst du denn?«

»Es waren keine Blumen da, Iain. Es hätten doch Blumen da sein müssen.«

Sie hatte so leise gesprochen, dass er nicht sicher war, ob er sie richtig verstanden hatte. »Blumen?«, fragte er. »Wo waren keine Blumen?«

Er wartete auf ihre Antwort, aber sie schien sturköpfig. Er drückte sie leicht.

»In der Kapelle.«

»Welche Kapelle?«

»Die, die ihr nicht habt«, antwortete sie. Sie wusste, dass sie sich kläglich anhörte. Und dass er sie unmöglich verstehen konnte. »Ich bin erschöpft«, entschuldigte sie ihre verwirrenden Reden. »Bitte werde nicht böse.«

»Ich bin nicht böse«, antwortete er. Er streichelte weiter ihren Rücken, während er über ihre seltsame Bemerkung nachdachte. Was meinte sie mit Blumen in der Kapelle, die sie nicht hatten? Er begriff kein Wort, entschied aber, bis morgen zu warten, um herauszufinden, was ihr wirklich Kummer bereitete.

Ihr süßer, warmer Körper brachte ihn sehr bald auf andere Gedanken. Aber er durfte sie nicht noch einmal anfassen, nicht heute Nacht. Es würde ihr zu viel werden, sie brauchte Zeit, das Geschehene zu verarbeiten und sich zu erholen.

Dennoch konnte er seine Gedanken nicht zurückhalten, und in kürzester Zeit war er wieder hart und bereit. Aber das zählte nicht. Er wollte ihr auf keinen Fall noch einmal wehtun. Iain zog seine zarte Frau an sich und schloss die Augen. Patrick hatte ihm versichert, dass er für Frances Catherine durch die Hölle gehen würde, und er hatte damals nur darüber gelacht.

Sein Bruder hatte jede Abwehr seiner Frau gegenüber aufgegeben. Er war verletzbar geworden, und Iain hatte ihn damals für einen Narren gehalten. Es war in Ordnung, sich um sein Weib zu kümmern, aber sich als Krieger maßregeln zu lassen, der Frau stets alles recht zu machen, so wie Patrick es tat, war für Iain immer noch nicht annehmbar. Keine Frau sollte ihm je auf der Nase herumtanzen. Er durfte sich einfach nicht erlauben, gefühlsmäßig derart eingebunden zu sein. Oh, er empfand viel für Judith, mehr als er jemals beabsichtigt hatte. Und nun, da sie seine Frau war, würde er sich erlauben, zufrieden zu sein. Aber er sollte verdammt sein, wenn er sich verletzbar zeigte.

Natürlich war er sehr glücklich darüber, dass sie ihn liebte. Das würde ihr die Anpassung an das Leben hier erleichtern. Iain schlief noch lange nicht ein. Er überlegte sich weitere logische Gründe, die ihn alle daran hindern würden, sich in einen liebeskranken Schwächling wie sein Bruder Patrick zu verwandeln, und als er schließlich in Schlaf fiel, hatte er sich selbst davon überzeugt, dass er Herz und Verstand trennen konnte.

Dann träumte er die ganze restliche Nacht von ihr.

Judith hatte fast den ganzen Morgen verschlafen. Iain war schon längst fort, als sie sich endlich streckte und reckte. Sie fühlte sich steif und zerschlagen und stieß ein undamenhaftes Stöhnen aus, bevor sie aus dem Bett stieg.

Sie hatte keine Ahnung, was von ihr als Frau des Clansherren erwartet wurde. Also beschloss sie, sich erst einmal anzuziehen und dann ihren Mann zu suchen, um ihn zu fragen. Sie hatte frische Unterwäsche und das blassrosa Kleid in ihre kleine Tasche gepackt. Zum Anziehen nahm sie sich Zeit, und als sie schließlich fertig war, machte sie das Bett und faltete das zusätzliche Plaid, das Iain auf der Überdecke zurückgelassen hatte.

Die große Halle war leer. In der Mitte des Tisches stand eine Schüssel mit Äpfeln. Ein Laib Schwarzbrot lag daneben. Judith goss sich einen Becher voll Wasser und aß einen Apfel. Sie erwartete, dass jeden Moment ein Diener hereinkommen würde, aber als auch nach einer Weile niemand kam, nahm sie an, dass alle draußen anderen Pflichten nachgingen.

Dann entdeckte sie Graham, der oben auf dem Treppenabsatz erschien. Sie wollte ihm gerade zurufen, als sie es sich anders überlegte. Der Sprecher des Rates merkte nicht, dass er beobachtet wurde. Er sah schrecklich traurig und müde aus, warf einen Blick über seine Schulter, schüttelte den Kopf und betrat dann die Stufen. Judiths Herz flog dem älteren Mann zu, obwohl sie keine Ahnung hatte, was ihn so unglücklich machte. Sie war sich nicht einmal sicher, ob sie ihn stören sollte oder nicht. Graham trug ein kleines Kästchen auf dem Arm. Als er halb unten war, hielt er wieder an, um seine Last zu verlagern, und sah sie dann unten stehen.

Sie lächelte augenblicklich. »Guten Morgen, Graham«, rief sie ihm zu.

Er nickte, aber sein Lächeln kam ihr gezwungen vor. Sie eilte zu ihm herüber und deutete auf das Kästchen.

»Soll ich das für Euch tragen?«

»Nein, Frau«, antwortete er. »Ich mache das schon. Brodick und Alex holen den Rest meiner und Gelfrids Sachen. Wir sind Euch im Handumdrehen aus dem Weg.«

»Ich verstehe nicht«, sagte sie. »Ihr seid mir nicht im Weg. Was meint Ihr denn damit?«

»Wir ziehen hier aus«, erklärte Graham. »Nun, da Iain eine Frau hat, ziehen wir in die Häuser unten am Weg.«

»Warum?«

Graham hielt an, als er die letzte Stufe erreicht hatte. »Weil Iain jetzt verheiratet ist«, erklärte er geduldig.

Judith trat einen Schritt heran und stand nun direkt vor ihm. »Ihr zieht aus, weil Iain mich geheiratet hat?«

»Ich glaube, das sagte ich gerade, nicht wahr? Ihr werdet Eure Ruhe haben wollen, Judith!«

»Graham, bevor Iain und ich geheiratet haben, habt Ihr –

daran kann ich mich noch genau erinnern – ihm Eure Unterstützung zugesagt.«

Graham nickte. »Das stimmt.«

»Dann könnt Ihr nicht gehen.«

Er hob erstaunt die Augenbrauen. »Was hat das eine mit dem anderen zu tun?«

»Wenn Ihr geht, zeigt Ihr mir, dass Ihr diese Heirat nicht wirklich akzeptiert! Doch wenn Ihr bleibt ...«

»Aber, Judith, darum geht es wirklich nicht. Ihr seid frisch verheiratet, und Ihr habt ein Recht auf Zweisamkeit. Wir zwei alten Männer würden dabei nur stören.«

»Dann geht Ihr nicht, weil Ihr ungern mit einer Engländerin unter einem Dach wohnen wollt?«

Ihr Blick zeigte ihm, wie ernst es ihr war. Er schüttelte heftig den Kopf. »Wenn es so wäre, würde ich es sagen!«

Sie glaubte ihm, stieß einen erleichterten Seufzer aus und sagte dann: »Wo leben denn Vincent, Owen und Duncan?«

»Bei ihren Frauen.«

Er wollte an ihr vorbeigehen, doch sie versperrte ihm den Weg. Das Problem war natürlich sein Stolz. Also musste sie einen Weg finden, beides zu vereinbaren.

»Wie lange habt Ihr hier gelebt?«, begann sie in der Absicht, ihn hier zu halten, bis ihr etwas Vernünftiges einfiel.

»Fast zehn Jahre jetzt. Als ich Clansherr wurde, zog ich mit meiner Annie ein. Sie ist vor fünf Jahren gestorben. Vor sechs Monaten übertrug ich Iain das Amt. Ich hätte zu dem Zeitpunkt gehen müssen, aber ich habe es stets hinausgezögert. Ich weiß aber, dass es nun an der Zeit ist.«

»Und Gelfrid?«, fragte sie, als er wieder versuchte, an ihr vorbeizukommen. »Wie lange hat er hier gelebt?«

Er sah sie verwirrt an. »Drei Jahre«, gab er zur Antwort. »Er kam hierher, als seine Frau starb. Judith, die Kiste wird langsam schwer. Lasst mich vorbei.«

Er setzte sich in Bewegung, und sie hastete hinter ihm her. Sie überholte ihn, erreichte die Tür vor ihm und presste sich mit dem Rücken dagegen, die Arme weit ausgebreitet. »Ich lasse Euch nicht gehen, Graham.«

Er war erstaunt über ihre Dreistigkeit. »Warum nicht?«, verlangte er zu wissen.

Er klang verärgert, aber sie glaubte nicht, dass er es wirklich war. »Warum?«, fragte sie.

»Ja, warum?«, wiederholte er.

Gott mochte ihr helfen, aber ihr fiel einfach kein einziges logisches Argument ein. Also mussten es unlogische tun.

»Weil Ihr dann meine Gefühle verletzt.« Judith spürte, wie sie rot wurde. Sie fühlte sich wie eine Närrin. »Aye, das werdet Ihr«, bekräftigte sie mit einem Nicken.

»Was in Gottes Namen tut Ihr da, Judith?«, rief Brodick vom Treppenabsatz herab. Judith bewegte sich nicht von der Tür weg, als sie hochschaute. Gelfrid und Brodick standen nebeneinander und starrten auf sie herunter.

»Ich lasse Gelfrid und Graham nicht gehen«, rief sie zurück. »Iain hat mich behalten, und ich behalte sie.«

Es war eine anmaßende und großspurige Behauptung, und der Effekt war sofort zerstört, als Iain die Türen von außen öffnete. Judith fiel nach hintenüber, und Iain konnte sie gerade noch auffangen. Gleichzeitig ließ Graham das Kästchen fallen und griff ebenfalls nach ihr. Plötzlich fand sie sich eingekeilt zwischen den beiden Männern wieder und wurde über ihre eigene Ungeschicktheit feuerrot.

»Judith, was machst du?«, fragte Iain.

Lächerlich machte sie sich, aber das würde sie ihm natürlich nicht sagen. Im Übrigen war sie ziemlich sicher, dass es ihm bereits aufgefallen war.

»Ich versuche Graham zu überreden«, erklärte sie. »Er und Gelfrid wollen ausziehen.«

»Sie lässt sie nicht«, rief Brodick.

Iain drückte Judiths Hand. »Wenn sie gehen möchten, solltest du nicht eingreifen«, sagte er.

»Willst *du* denn, dass sie gehen?«, fragte sie.

Sie wandte den Kopf, um ihn anzusehen, und wartete auf seine Antwort. Er schüttelte den Kopf.

Judith lächelte. Dann drehte sie sich wieder zu Graham um.

»Ihr wart sehr grob, Graham.«

Er lächelte, aber Iain war entsetzt. »Du kannst nicht so mit einem Ratsmitglied sprechen«, schimpfte er.

»Und ich sollte ihre Gefühle nicht verletzen«, warf Graham mit einem Nicken ein. »Wenn es wichtig für Euch ist, Frau, dann werden Gelfrid und ich wohl bleiben.«

»Danke.«

Gelfrid war die Treppen hinuntergeeilt. Er wirkte ungemein erleichtert, versuchte aber dennoch, ihr einen finsteren Blick zuzuwerfen. Dabei versagte er jämmerlich, weil es ihm nicht gelingen wollte.

»Wir werden uns bestimmt streiten«, verkündete er.

Judith nickte. »Ja«, antwortete sie einfach.

»Ihr werdet nicht jedes Mal auf meinem Rücken herumklopfen, wenn mich etwas im Hals kitzelt?«

»Nein.«

Er grunzte. »So sei es. Brodick, bring meine Sachen zurück. Ich bleibe.«

Gelfrid eilte wieder die Treppen hinauf. »Pass auf, was du tust, Junge. Ich will nicht, dass etwas fällt und kaputtgeht wie das da.« Er wies auf Grahams Kästchen, das auf dem Boden lag.

Iain wollte gerade die kleine Truhe des Älteren aufheben, als Graham seine Hand wegschob. »Ich bin noch nicht zu alt, um so etwas selbst zu erledigen«, erklärte er. Dann wurde seine Stimme weicher. »Sohn, deine Frau ist ein wenig aufbrausend. Sie hat sich gegen die Türen geworfen und solch einen Aufstand gemacht, dass Gelfrid und ich einlenken mussten.«

Endlich verstand Iain, was genau passiert war. »Ich schätze eure Bereitschaft einzulenken«, sagte er ernsthaft. »Judiths Anpassung an unser Leben wird sicher seine Zeit brauchen, und ich bin froh, wenn mich jemand dabei unterstützt.«

Graham nickte. »Sie ist herrschsüchtig.«

»Aye, das ist sie.«

»Gelfrid und ich können daran arbeiten.«

»Und ich auch«, sagte Iain.

Graham ging wieder auf die Treppen zu. »Ich weiß allerdings nicht, was du gegen ihre zarten Gefühle tun kannst. Ich glaube nicht, dass irgendeiner von uns daran arbeiten könnte.«

Judith stand neben Iain und sah Graham nach, bis dieser um die Ecke verschwunden war. Sie wusste, dass ihr Mann sie beobachtete. Nun war es wohl angebracht, ihm eine Erklärung für ihr seltsames Verhalten zu liefern.

Sie ergriff seine Hand und sah zu ihm hoch. »Es ist genauso ihr Zuhause wie unseres. Ich glaube nicht, dass sie wirklich gehen *wollten*, und deswegen habe ich ...«

»Du hast was?«, fragte er, als sie plötzlich schwieg.

Sie stieß einen Seufzer aus und sah auf den Boden. »Deswegen habe ich mich gründlich lächerlich gemacht. Ich wollte, dass sie bleiben. Und mir ist nichts anderes eingefallen, um ihren Stolz nicht anzuknacksen.« Sie ließ seine Hand los und setzte sich in Bewegung. »Wahrscheinlich werden sie noch Wochen darüber lachen.«

Als sie die Mitte der Großen Halle erreicht hatte, schnappte er sie, legte ihr die Hände auf die Schultern und drehte sie zu sich herum.

»Du bist weitaus scharfsinniger als ich«, bemerkte er.

»Bin ich das?«

Er nickte. »Ich wäre niemals auf den Gedanken gekommen, dass Gelfrid und Graham lieber bleiben wollten.«

»Aber hier ist doch so viel Platz.«

»Warum wirst du denn rot?«

»Tu ich das?«

»Geht es dir heute besser?«

Sie starrte ihn an und dachte einen Moment über seine Frage nach. »Ich fühlte mich auch gestern Nacht nicht krank.«

»Ich habe dir aber wehgetan.«

»Ja.« Sie spürte, wie ihr Gesicht vor Verlegenheit glühte und konzentrierte ihren Blick auf sein Kinn. »Es geht mir heute viel besser. Danke, dass du nachgefragt hast.«

Er musste sich heftig zusammenreißen, um nicht laut zu lachen.

Wann immer Judith verlegen war, flüchtete sie sich in ausgesuchte Höflichkeit. Ihm war diese Angewohnheit schon auf der Hinreise aufgefallen, und er fand sie sehr liebenswert. Nach der leidenschaftlichen Nacht empfand er es vor allem als sehr komisch.

»Gern geschehen«, sagte er gedehnt.

Er hob ihr Kinn an und beugte sich zu ihr. Sein Mund berührte ihren sanft, dann noch einmal, dann wollte er mehr. Er zog sie an sich und küsste sie tief und innig.

Judith vergaß ihre Verlegenheit und erwiderte seinen Kuss. Als er sich schließlich von ihr löste, sank sie gegen ihn.

»Judith, ich habe ein Plaid auf dem Bett liegen lassen. Du sollst es tragen.«

»Ja, Iain.«

Er küsste sie wieder, weil sie ihm so rasch zugestimmt hatte.

»Iain!«, brüllte Brodick in diesem Moment. Vergnügt beobachtete er ihre Reaktionen: Judith hüpfte, und Iain warf ihm einen tödlichen Blick zu.

»Erin wartet darauf, seinen Bericht abliefern zu können«, verkündete der Krieger direkt hinter ihnen. »Wenn du vielleicht deine Frau zu Ende traktiert hast, sag ich ihm, er könnte jetzt hereinkommen.«

»Ich gehe«, sagte Judith.

Iain schüttelte den Kopf. »Du sagst mir nicht, was du vorhast, Judith. Du fragst um meine Erlaubnis.«

Es hörte sich an, als wollte er ein Kind erziehen. Judith spürte Wut im Bauch, unterdrückte sie aber, weil Brodick zusah. »Ich verstehe«, flüsterte sie.

»Und wohin wolltest du gehen?«

»Zu Frances Catherine, meine restlichen Sachen holen.«

Sie beschloss, ihm keine Zeit für eine Erlaubnis zu geben. Darum streckte sie sich, küsste ihn und eilte dann auf die Türen zu.

»Ich werde nicht lange fort sein.«

»Aye, ganz sicher nicht. Du wirst in zehn Minuten zurück sein, Judith. Ich muss mit dir über ein paar wichtige Dinge reden.«

»Ja, Iain.«

Er sah ihr hinterher, und sobald die Tür wieder zugefallen war, fing Brodick an zu lachen.

»Was zur Hölle ist so lustig?«

»Ich würdige das Feuer in den Augen deiner Frau, als du ihr eben sagtest, sie brauche deine Erlaubnis.«

Iain grinste. Er wusste ihre Reaktion ebenfalls zu schätzen. Ja, in dieser Frau steckte wahrhaftig ein ungezähmtes Temperament.

Dann kam Erin in die Halle und lenkte Iains Aufmerksamkeit auf wesentlichere Dinge. Er schickte Brodick nach Graham, damit dieser ebenfalls hören konnte, was Erin zu berichten hatte.

Unterdessen lief Judith eilig den Hügel hinab, bis sie in einiger Entfernung ihren Schritt wieder verlangsamte. Es war ein wunderschöner Tag. Die Sonne strahlte vom Himmel, und es wehte ein leichter, warmer Wind. Sie versuchte, sich auf die Schönheit um sich herum zu konzentrieren, statt über Iains hochmütigen Befehl nachzugrübeln, sie müsse ihn um Erlaubnis bitten für alles, was immer sie tun wollte. Glaubte er wirklich, sie würde erst seine Zustimmung einholen, bevor sie ihre Freundin besuchte? Ja, wahrscheinlich glaubte er es wirklich.

Judith wusste, dass sie mit ihrem Ehemann auskommen musste. Sie sollte ihm gehorchen, so wie sie es während der Hochzeitszeremonie versprochen hatte. Dazu kam natürlich noch die Tatsache, dass ihr Gatte zufällig der Clansherr war. Die Ehe verlangte offenbar von ihr, dass sie einige ihrer Sichtweisen korrigierte.

Sie hielt auf halber Strecke an und lehnte sich gegen einen dicken Baum, um über ihre neue Stellung nachzudenken. Sie liebte Iain und traute ihm vollkommen. Es wäre nicht richtig, sich ihm offen zu widersetzen. Sie würde also geduldig warten, bis er es nicht mehr für nötig hielt, sie ständig im Auge zu behalten.

Vielleicht wusste Frances Catherine Rat. Judith wollte Iain zwar glücklich machen, aber sie wollte sich selbst nicht zur Sklavin degradieren lassen. Ihre Freundin war seit langer Zeit verheiratet und hatte bestimmt anfängliche Probleme mit Patrick gehabt. Wie hatte sie es wohl geschafft, Patrick dazu zu bringen, sich ihre Meinungen anzuhören?

Judith stieß sich vom Baumstamm ab und setzte ihren Weg fort.

Der erste Stein traf genau ihre Wirbelsäule. Sie fiel vornüber und landete hart auf den Knien. Sie war so überrascht, dass sie sich unwillkürlich umdrehte, um nach ihrem Angreifer zu sehen.

Sie entdeckte den Jungen – Sekunden, bevor sie der zweite Stein traf. Das schartige Felsstück bohrte sich in das zarte Fleisch unter ihrem rechten Auge. Sie spürte das Blut ihre Wange herunterlaufen.

Es blieb keine Zeit zu schreien. Der dritte Stein traf sie an der linken Schläfe. Judith brach auf dem Boden zusammen. Ob noch andere Steine folgten, konnte sie nicht mehr sagen, weil sie in Ohnmacht fiel.

Iain wurde wütend, als Judith nicht pünktlich zur Festung zurückkehrte. Er lauschte Erins Bericht über die Möglichkeit einer Allianz zwischen den Dunbars und den Macleans, war aber nicht wirklich bei der Sache. Erin sagte ihm nur, was er schon wusste, und der Bericht wurde ausschließlich für Graham wiederholt. Der Sprecher des Rates hatte nicht an ein eventuelles Zustandekommen eines solchen Bündnisses geglaubt, denn er hielt die Führer beider Clans für zu alt und zu verbohrt, ihre Macht zu Gunsten einer anderen Familie auch nur einzuschränken. Nun aber, als er hörte, was Erin auf dem Treffen beobachtet hatte, musste er seine Meinung ändern.

Und immer noch war Judith nicht zurückgekehrt. In seinen Eingeweiden spürte Iain instinktiv, dass etwas nicht stimmte. Dann sagte er sich wieder, dass sie einfach die Zeit verplaudert hatte. Wahrscheinlich saß sie bei Frances Catherine am Tisch, tief versunken in das eine oder andere Thema, und bemerkte gar nicht, wie viel Zeit verstrichen war. Doch auch diese logische Erklärung ließ seine Sorge nicht geringer werden.

Schließlich konnte er nicht mehr still herumsitzen. Er verkündete nicht, dass er gehen wollte, sondern stand einfach auf und setzte sich in Bewegung.

»Wohin willst du, Iain?«, rief Graham hinter ihm her. »Wir müssen einen Plan entwerfen.«

»Ich bleibe nicht lange weg«, antwortete Iain. »Ich möchte Judith suchen. Sie hätte längst wieder hier sein müssen.«

»Wahrscheinlich hat sie die Zeit vergessen«, vermutete Brodick.

»Nein.«

»Vielleicht stellt sie dich auf die Probe?«, fragte der Krieger und grinste. »Die Frau ist stur, Iain. Sie war ganz schön wütend über deinen Befehl.«

Iain schüttelte heftig den Kopf. »Sie würde sich mir nicht widersetzen.«

Brodick stand abrupt auf. Er verbeugte sich vor Graham und eilte dann seinem Clansherren hinterher. Iain nahm den Weg, der zu seines Bruders Haus hinabführte. Brodick bestieg sein Pferd und ritt den längeren Weg um die Bäume herum ab.

Iain war es, der sie fand. Sie lag zusammengekrümmt auf

der Seite, und das, was er von ihrem Gesicht sehen konnte, war blutüberströmt.

Er konnte nicht entdecken, ob sie tot oder lebendig war. Und nacktes Entsetzen erfüllte ihn, als er mit Riesenschritten an ihre Seite stürzte. Nur ein einziger Gedanke raste durch seinen Kopf: Er durfte sie nicht verlieren. Nicht jetzt, wo sie gerade erst in sein ödes Leben getreten war.

Sein panischer Schrei hallte die Hügel hinunter. Männer kamen mit gezückten Schwertern herbeigerannt. Patrick war eben mit seiner Frau aus dem Haus getreten, als das markerschütternde Gebrüll erklang. Er schob Frances Catherine wieder ins Haus, befahl ihr, die Tür zu verriegeln und lief so schnell er konnte den Hügel hinauf.

Iain war sich nicht bewusst, dass er geschrien hatte. Er kniete neben Judith nieder und drehte sie vorsichtig um, bis sie auf dem Rücken lag. Sie wimmerte leise, und für Iain war es der schönste Laut, den er je gehört hatte: Sie war nicht von ihm gegangen! Er begann wieder zu atmen.

Seine Männer bildeten einen Halbkreis um ihn herum und beobachteten schweigend, wie ihr Clansherr Judith nach einem gebrochenen Knochen untersuchte.

Brodick brach als Erster die Stille. »Was zum Teufel ist mit ihr passiert?«

»Warum macht sie denn nicht die Augen auf?«, fragte Gowrie gleichzeitig.

Patrick schob sich rücksichtslos durch die Menge und kniete sich neben seinen Bruder. »Wird sie wieder auf die Beine kommen?«

Iain nickte nur. Er traute seiner Stimme noch nicht. Sein Blick fiel auf die dicke Schwellung an ihrer Schläfe. Zärtlich strich er ihr die Haare aus dem Gesicht, um die Verletzung genauer betrachten zu können.

»Herr im Himmel«, flüsterte Patrick. »Der Sturz hätte sie töten können.«

»Sie ist nicht gestürzt«, sagte Iain. Seine Stimme zitterte vor Zorn.

Patrick war verblüfft. Wenn sie nicht gefallen war, was war dann passiert?

Brodick beantwortete die Frage, bevor Patrick sie überhaupt laut stellte. »Irgendjemand hat sie absichtlich verletzt.« Er hockte sich auf Judiths andere Seite und wischte ihr sanft das Blut mit einem Zipfel seines Plaids aus dem Gesicht. »Sieh dir die Steine an, Patrick. An einem ist Blut. Das war kein Unfall.«

Es kostete Iain seine ganze Selbstbeherrschung, um den Zorn nicht überhand nehmen zu lassen. Judith kam zuerst, Rache konnte warten. Er tastete sie noch einmal ab, um sicherzugehen, dass alle Knochen heil waren, dann hob er sie in seine Arme. Patrick half ihm dabei.

Gleichzeitig standen die beiden Brüder auf. Iains Blick richtete sich auf Brodick. Die Qual, die der Krieger in den Augen seines Clansherrn sah, sagte mehr als Worte.

Iain wollte Judith nicht nur in seinem Bett haben. Er liebte sie!

Zusammengekrümmt lag sie an seiner Brust. Iain begann, den Hügel hinaufzusteigen, hielt aber plötzlich wieder an. Er drehte sich zu Brodick um.

»Finde den Bastard.« Er wartete nicht auf Zustimmung, sondern wandte sich an seinen Bruder. »Patrick, geh und hole Frances Catherine. Judith wird froh sein, sie bei sich zu haben, wenn sie aufwacht.«

Das Beben in seiner Stimme holte sie aus ihrer Bewusstlosigkeit zurück. Sie öffnete die Augen und versuchte zu begreifen, wo sie war. Alles drehte sich um sie herum, ihr wurde übel, und ihr Herz pochte wild. Sie schloss ihre Augen wieder und überließ sich Iain.

Erst als Iain sie auf dem großen Bett niedergelegt hatte, kam sie wieder zu sich. Sie versuchte sich aufzusetzen, aber sofort begann das Zimmer sich zu drehen. Sie griff nach Iains Arm und hielt sich fest, bis die Dinge langsam wieder in ihre normale Position zurückkehrten.

Alles tat ihr weh, ihr Rücken brannte wie Feuer. Iain ließ sie sitzen, als sie ihn darum bat. Kurz darauf kam Graham mit einer Schüssel Wasser hereingeeilt, die so voll war, dass sie bei jedem seiner Schritte überschwappte. Gelfrid folgte ihm mit einem Stapel Leinentücher.

»Mach Platz, Iain. Lass mich mal ran«, befahl Graham.

»Das arme Kind ist heftig gestürzt, was?«, bemerkte Gelfrid. »Ist sie immer so ungeschickt?«

»Nein, ist sie nicht«, gab Judith zurück.

Gelfrid lächelte.

Iain wollte seine Frau nicht anderen Händen überlassen. »Ich kümmere mich schon um sie«, sagte er zu Graham. »Sie gehört zu mir, verdammt noch mal.«

»Natürlich tut sie das«, stimmte Graham sofort zu, um Iain zu besänftigen.

Judith sah ihren Mann an. Er sah so zornig aus, und sein Griff tat ihr weh.

»Meine Verletzungen sind nicht so schlimm«, verkündete sie und hoffte inständig, dass das stimmte. »Iain, bitte lass meinen Arm los. Ich hab schon genug blaue Flecken.«

Er ließ sie augenblicklich los. Graham stellte die Schüssel auf die Truhe und Gelfrid tauchte eines der Leinentücher in das Wasser, um es Iain zu reichen.

Er schwieg, während er ihr sanft das Blut aus dem Gesicht wischte. Die Wunde war tief, aber Iain glaubte nicht, dass sie genäht werden musste. Judith war sehr erleichtert, als sie das hörte. Der Gedanke daran, dass ihr jemand – selbst wenn es Iain war – eine Nadel in die Haut piekste, war nicht verlockend.

Iain schien sich zu beruhigen. Doch dann stachelte Gelfrid unbedachterweise seine Wut wieder an. »Es ist ein Wunder, da sie nicht blind ist. Sie hätte sich ihr Auge glatt ausstoßen können!«

»Hab ich aber nicht«, sagte Judith hastig, als sie sah, dass der glühende Zorn wieder in Iains Augen aufflammte. Sie tätschelte den Arm ihres Mannes. »Ist schon gut«, sagte sie besänftigend. »Mir geht es schon viel besser jetzt.«

Sie versuchte, *ihn* zu trösten; Iain konnte es einfach nicht fassen. »Du wirst dich besser fühlen, wenn ich Salbe auf die Verletzungen gestrichen habe. Zieh deine Kleider aus. Ich will mir deinen Rücken ansehen.«

Im gleichen Moment beugte Graham sich vor und drückte ihr einen kalten, feuchten Lappen auf die Schläfe. »Haltet das fest, Judith, es lindert den Schmerz.«

»Danke, Graham. Iain, ich werde meine Kleider *nicht* ausziehen.«

»Dieser Schlag auf den Kopf hätte ihr wirklich den Garaus machen können«, bemerkte Gelfrid. »Aye, sie hat Glück gehabt, dass sie noch lebt.«

»Doch, du ziehst dein Kleid jetzt aus«, verlangte Iain.

»Würdet Ihr bitte aufhören, Iain aufzuregen, Gelfrid? Ich weiß, dass Ihr das nicht absichtlich tut, aber was alles hätte geschehen *können*, ist jetzt nicht wichtig. Mir geht es gut, wirklich.«

»Natürlich geht es Euch gut«, stimmte Gelfrid ihr zu. »Wir müssen sie genau beobachten, Graham. Sie ist wahrscheinlich für ein oder zwei Tage furchtbar durcheinander.«

»Gelfrid, *bitte*«, stöhnte Judith. »Und ich werde mein Kleid ganz bestimmt nicht ausziehen«, erklärte sie noch einmal.

»Doch! Du wirst!«

Sie winkte ihn näher heran.

»Iain, wir haben ... Gesellschaft.«

Endlich lächelte er wieder. Ihre Sittsamkeit war erfrischend, und ihr finsterer Blick reizte ihn zum Lachen. Sie würde nicht so bissig reagieren, wenn ihre Verletzungen ernsthaft wären.

»Wir sind keine Gesellschaft«, warf Graham empört ein. »Wir leben hier, erinnert Ihr Euch?«

»Ja, natürlich, aber ...«

»Seht Ihr alle Dinge mehr als einmal, Judith?«, fragte Gelfrid.

»Weißt du noch, Graham, wie es bei Lewis war? Er sah alles zweimal, kurz bevor er zu Boden ging.«

»Bei der Liebe ...«, begann Judith.

»Komm schon, Gelfrid. Das Weib stirbt gleich vor Verlegenheit. Sie wird ihr Kleid nicht ausziehen, bis wir weg sind.«

Judith wartete, bis die beiden Männer die Tür von außen geschlossen hatten, dann wandte sie sich wieder zu Iain.

»Du kannst doch nicht ernsthaft erwarten, dass ich mich vor Gelfrid und Graham ausziehe. He, was machst du?«

»Ich ziehe deine Kleider aus«, erklärte er geduldig.

Ihr Ärger löste sich bei seinem Grinsen auf. Sie brauchte einige Zeit, um herauszufinden, auf welche Art sein Lächeln ihn noch besser aussehen ließ, und als sie es herausgefunden hatte, war es zu spät für Proteste. Er hatte sie bis aufs Hemd ausgezogen und beugte sich nun über ihren Rücken, um die blauen Flecken zu untersuchen.

»Dein Rücken ist in Ordnung«, sagte er. »Die Haut ist nicht verletzt worden.«

Seine Finger strichen ihre Wirbelsäule entlang. Er musste über ihren Wonneschauer lächeln. »Du bist überall weich und glatt!« Er senkte den Kopf und küsste sie auf die Schulter.

»Frances Catherine wartet wahrscheinlich schon unten. Ich habe Patrick gebeten, sie herzuholen.«

»Iain, ich bin wirklich wieder vollkommen in Ordnung. Ich brauche keine ...«

»Widersprich mir nicht!«

Sein Tonfall und die zusammengepressten Kiefer sagten ihr, dass ein Streit nutzlos war. Weil er darauf bestand, zog sie ihr Nachtkleid an. Sie fand es lächerlich, da es heller Tag war, aber Iain musste besänftigt werden. Er sah immer noch furchtbar besorgt aus.

Frances Catherine kam wenige Minuten später herein. Patrick hatte sie die vielen Stufen hinaufgetragen und stöhnte nun laut über ihr Gewicht, sodass Frances Catherine ihn mit einem feurigen Blick des Zimmers verwies.

Gelfrid und Graham servierten das Essen. Judith, die es nicht gewohnt war, umsorgt zu werden, genoss die Aufmerksamkeit, die man ihr zollte. Dann kam Isabelle, um nach ihr zu sehen, und als Iain schließlich zurückkehrte, war Judith von den vielen Besuchern vollkommen erschöpft.

Er bat sie alle heraus. Judith erhob halbherzigen Protest und fiel Minuten später in tiefen Schlaf.

Sie erwachte wenige Minuten vor Sonnenaufgang. Iain lag auf dem Bauch. So leise wie möglich versuchte sie, aus dem Bett zu klettern. Erst schwang sie ein Bein auf den Boden.

»Tut dir dein Kopf noch weh?«

Sie drehte sich zu ihm um. Iain hatte sich auf einen Ellenbogen gestützt und sah sie mit halb geschlossenen Augen an. Sein Haar war zerzaust, und er sah zum Anbeißen aus.

Sie kam ins Bett zurück und drückte ihn wieder auf die Kissen. Sie beugte sich über ihn, küsste seine gerunzelte Stirn und knabberte dann an seinem Ohr.

Iain war überhaupt nicht nach Neckereien. Er knurrte tief, schlang die Arme um sie und küsste sie. Ihre Erwiderung machte ihn wild. Der Kuss wurde heiß, nass und verlangte nach mehr. Seine Zunge stieß immer wieder in ihren Mund, und als sie ihr Liebesspiel endlich beendet hatten, sank sie an seiner Brust zusammen.

»Liebling, antworte mir. Tut dir dein Kopf noch weh?«

Seine Stimme klang ehrlich besorgt, und es schmerzte auch noch ein wenig, aber sie wollte nicht, dass er aufhörte.

»Die Küsse tun mir wirklich gut«, flüsterte sie.

Er lächelte. Sicher, ihre Antwort war unsinnig, aber es gefiel ihm. Er richtete sich halb auf und rieb seine Nase an ihrem Hals. »Mich macht es heiß«, sagte er.

Sie stieß einen wohligen Seufzer aus.

»Willst du mich, Judith?«

Sie wusste nicht, ob sie scheu oder forsch reagieren sollte. Was mochten Ehemänner lieber? Dann beschloss sie, sich darum keine Gedanken zu machen. Sie hatte schon forsch begonnen, und Iain schien sich nicht daran gestört zu haben.

»Ich will dich ... ein bisschen.«

Mehr brauchte er nicht zu hören. Er entzog sich ihr, stand auf und hob sie hoch. Dabei sah er ihr in die Augen und sagte: »Ich bringe dich dazu, mich so sehr zu begehren, wie ich dich begehre!«

»Das willst du? Iain, du willst mich schon ... jetzt?«

Sie verstand nicht. Gott, sie war wirklich noch unschuldig. Sie hätte ihn nur betrachten müssen, um festzustellen, wie sehr er sie begehrte. Natürlich tat sie es nicht. Ihr Schamgefühl ließ das nicht zu. Also beschloss er, es ihr zu zeigen. Er nahm ihre Hand und legte sie auf sein hartes Geschlecht.

Judith reagierte, als hätte sie sich verbrannt: Blitzschnell zog sie ihre Hand weg und wurde dunkelrot. Iain stieß einen Seufzer aus. Seine zarte Frau war noch nicht so weit, ihre Hemmungen fallen zu lassen. Und er würde nicht darauf bestehen. Iain konnte geduldig sein, er konnte warten. Zart drückte er ihr einen Kuss auf das Haar und half ihr, ihr Nachtkleid auszuziehen. Sie hielt den Kopf gesenkt, bis er sie wieder in seine Arme zog.

Dann begann er die angenehme Aufgabe, sie von ihrer Schüchternheit zu befreien. Zunächst streichelte er ihre Schultern, Arme, ihren Rücken, doch sie reagierte nicht so, wie er es sich gewünscht hatte. Erst als er ihren süßen Po liebkoste, sagte ihm ihr wohliges Seufzen, wie sehr sie seine Berührung mochte.

Endlich begann sie, *seinen* Körper mit ihren Fingerspitzen zu erforschen. Sie nahm sich viel Zeit, um sich vorzuarbeiten, und Iain biss vor lauter Erwartung die Zähne zusammen.

Doch sein Ausharren wurde belohnt. Endlich hatte sie seinen Unterbauch erreicht. Sie zögerte, ließ dann ihre Hand tiefer gleiten, bis sie schließlich sein Glied berührte.

Seine Reaktion machte sie unternehmungslustiger. Er stöhnte tief auf und packte ihre Schultern fester. Sie küsste ihn auf die Brust und rutschte langsam tiefer zu seinem harten, muskulösen Bauch. Er spannte sich, als sie seinen Nabel küsste, und sie musste es einfach noch einmal tun – nur um ihn wild zu machen.

Iain ließ sie gewähren, bis sie seine Leistengegend erreicht hatte. Er zog sie zu sich herauf und küsste ihren Mund lange, hart und leidenschaftlich. Doch sie ließ sich nicht ablenken.

»Iain, ich will …«

»Nein.«

Seine Stimme klang barsch, doch er konnte es nicht verhindern. Allein der Gedanke, was sie tun wollte, machte seine Begierde fast unerträglich. Er wollte aber auf gar keinen Fall zuerst zum Höhepunkt kommen, was ganz sicher passieren würde, wenn sie ihn in den Mund nahm.

»Doch«, flüsterte sie.

»Judith, du begreifst nicht«, begann er.

Ihr Blick war verschleiert vor Leidenschaft, und er erbebte. Erregte sie es, ihn zu berühren? Sie ließ ihm keine Zeit, darüber nachzugrübeln. »Ich begreife, dass ich jetzt dran bin«, sagte sie leise. Sie kam zu ihm und küsste ihn, um ihn zum Schweigen zu bringen. Ihre Zunge drang in seinen Mund ein, bevor er etwas erwidern konnte. »Lass mich«, bat sie.

Sie bekam ihren Willen. Iain ballte die Hände an den Seiten, atmete tief ein und vergaß, wieder auszuatmen. Judith war so wunderbar unbeholfen und so begierig zu geben, dass er sich im siebten Himmel fühlte.

Er konnte diese süße Qual nicht lange aushalten. Er hatte keine Ahnung, wie sie aufs Bett gekommen war, vielleicht hatte er sie dahin geworfen. Er konnte keinen einzigen vernünftigen Gedanken fassen, er wollte sie nur noch erregen, bis sie bereit für ihn war.

Seine Finger tauchten in ihre Enge, und als er spürte, wie feucht und heiß sie sich dort anfühlte, war es um ihn geschehen. Er rutschte zwischen ihre Schenkel und stieß ein tiefes Knurren purer Begierde aus.

Und doch – bevor er in sie eindrang, zögerte er.

»Liebling?«

Er bat um Erlaubnis! Judith schossen die Tränen in die Augen. Gott, wie sie diesen Mann liebte. »Oh, ja!«, schrie sie. Sie würde sterben, wenn er jetzt nicht zu ihr kam.

Iain versuchte sanft zu sein, doch sie wollte es nicht. Sie hob fordernd ihre Hüften, um ihm entgegenzukommen, zog ihn an den Hüften zu sich heran und bohrte ihre Nägel in seine Haut.

Sein Mund blieb auf dem ihren, während ihr Liebesspiel immer heftiger wurde. Das Bett quietschte unter seinen kraftvollen Stößen, und sein tiefes Stöhnen vermischte sich mit ihrem lustvollen Wimmern. Keiner hätte mehr einen vernünftigen Gedanken fassen können, und als Iain merkte, dass er kurz vor seinem Höhepunkt stand, glitt seine Hand zwischen ihren Körpern nach unten, um ihr zuerst die Erfüllung zu schenken. Das Feuer der Leidenschaft verzehrte ihn. Er kam und fühlte sich schwach und unbesiegbar zugleich. Dann brach er auf ihr zusammen und stöhnte laut auf vor Befriedigung.

Oh, er liebte ihren Duft. Er atmete ihr leichtes weibliches Parfum tief ein und fühlte sich wie im Paradies. Sein Herz hämmerte, als ob es platzen wollte, aber auch das hätte ihn nicht gekümmert. Er war viel zu glücklich, um sich Gedanken zu machen.

Judith hatte sich auch noch nicht erholt, und diese Erkenntnis freute ihn. Er hatte es geschafft, dass sie ihre Hemmungen und auch die Kontrolle über sich verloren hatte, und das machte ihn stolz. Er küsste sie auf den Halsansatz, wo ihr Herz heftig schlug, und lächelte, als seine Liebkosung ihr den Atem verschlug.

Schließlich versuchte er, die Kraft zu finden, von ihr hinabzugleiten. Er hatte Angst, sie zu erdrücken, aber verdammt, am liebsten hätte er sich nie wieder bewegt. Mit keiner anderen Frau hatte er jemals solche Befriedigung erreicht. Ja, bisher war er immer in der Lage gewesen, einen Teil von sich zurückzuhalten. Doch gegen Judith konnte er sich nicht schützen. Diese Feststellung erschütterte ihn – plötzlich fühlte er sich unglaublich verletzbar.

Er grinste. »Manchmal.«

Lachend stürzte sie sich auf ihn und warf sich in seine Arme. Er hob sie vom Boden und küsste sie.

»Wegen dir vergesse ich noch meine Pflichten.«

Es war ihr egal. Sie genoss es, dass ihre Küsse ihm seine Beherrschung nehmen konnten. Schließlich machte sie sich von ihm los und setzte sich aufs Bett, um ihm beim Ankleiden zuzusehen. Es schien ihr, als ob der Mann mit jedem Kleidungsstück, das er anzog, immer mehr zum Führer des Clans und immer weniger der zärtliche Liebhaber wurde, dem sie eben noch ergeben war. Als er abschließend den Gürtel um seine Taille befestigte, war er von Kopf bis Fuß Clansherr und behandelte sie wie sein Eigentum.

Ihre Pflichten, so erklärte er ihr, bestanden darin, den Dienern ihre Aufgaben zuzuteilen. Es gab keinen ständigen Koch in der Festung, und die Frauen des Clans wechselten damit ab, sich um die Verpflegung zu kümmern. Wenn sie diese Aufgabe übernehmen wollte, so konnte sie dies tun.

Ebenso war sie verantwortlich dafür, dass die Inneneinrichtung der Gebäude in Stand gehalten wurde. Und da Gelfrid und Graham nun bei ihnen wohnen blieben, sollte sie sich auch um deren Bedürfnisse kümmern.

Judith machte sich keine Sorgen. Seit frühester Kindheit hat sie auf dem Besitz ihres Onkel Tekel die Dienerschaft befehligt. Es würde sicher keine Probleme geben, mit denen sie nicht umgehen konnte.

Iain dagegen machte sich Sorgen. Sie war so jung und bekam nun solche Pflichten aufgeladen. Er wies sie an, sofort zu ihm zu kommen, sobald es Schwierigkeiten geben würde.

Judith war nicht beleidigt, dass er anscheinend so wenig Vertrauen in ihre Fähigkeiten hatte. Er konnte ja nicht wissen, was sie schon früher geleistet hatte. Sie würde ihm beweisen, dass sie die Pflichten als Frau des Clansherrn sehr wohl bewältigen konnte und seine Sorge unbegründet war.

Begierig darauf, etwas zu tun, verkündete sie: »Ich gehe hinunter und fange gleich an.«

Er schüttelte den Kopf. »Du bist noch nicht wiederhergestellt. Du brauchst Ruhe.«

Bevor sie widersprechen konnte, zog er sie auf die Füße, küsste sie auf die Stirn und ging zur Tür.

»Zieh das Plaid an, Frau.«

Sie vergaß ihre Nacktheit und lief zu ihm. »Ich möchte dich um etwas bitten.«

»Was denn?«

»Kannst du bitte alle Frauen und Kinder zusammenrufen? Ich möchte mich um deinetwillen bei ihnen vorstellen.«

»Warum?«

Sie gab ihm keine Erklärung. »Bitte!«

Er seufzte. »Wann soll es sein?«

»Heute Nachmittag ist früh genug.«

»Ich hatte vor, meine Krieger zu versammeln und ihnen die Neuigkeit unserer Heirat mitzuteilen. Sie werden es dann ihren Frauen sagen, aber wenn du unbedingt willst ...«

»Oh, ja, bitte.«

»Also gut«, gab er nach.

Schließlich ließ sie ihn gehen. Sie zog sich nicht gleich an. Das Liebesspiel hatte sie erschöpft. Sie kroch zurück ins Bett und kuschelte sich auf seiner Seite in die Decken, um näher bei ihm zu sein. Dann schloss sie die Augen.

Ihr Nickerchen dauerte drei Stunden. Erst am frühen Nachmittag war sie so weit fertig, dass sie das Zimmer verlassen konnte. Sie fühlte sich schuldig, so viel Zeit zu verschwenden, mochte sich aber trotzdem nicht beeilen. Zuerst zog sie dasselbe weiße Unterkleid an, da sie ihre Sachen noch nicht von Frances Catherine abgeholt hatte. Dann versuchte sie, das Plaid zu legen, aber es gelang ihr nicht. Schließlich ging sie hinaus, um einen der beiden älteren Männer zu finden, damit er ihr helfen konnte.

Gelfrid erledigte es schließlich. Dann geleitete er sie die Treppen hinunter.

Iain wartete mit Graham in der Großen Halle. Beide lächelten, als sie sie sahen.

Dann kam Brodick in den Saal geschlendert, und sie wandte sich lächelnd zu ihm.

Er verbeugte sich vor ihr. »Alle warten auf dich, Iain«, rief er. »Judith, Ihr hättet Euer Auge verlieren können. Ihr habt verdammtes Glück gehabt.«

»Aye, das hat sie«, warf Gelfrid ein. Dann fügte er hinzu: »Ich habe keine Ahnung, warum unser Clansherr zu den Frauen sprechen will.«

Es war deutlich, dass er auf eine Erklärung wartete, aber Judith dachte nicht daran, ihm eine zu geben. Sie schenkte dem älteren Mann ein Lächeln und wandte sich ihrem Mann zu. Er nahm sie bei der Hand und führte sie zur Tür.

»Iain, du vertraust mir doch, nicht wahr?«, fragte sie.

Ihre Frage bestürzte ihn. »Sicher«, antwortete er. »Judith, was soll diese Frage?«

»Weil es da eine besondere ... Sache zu regeln gibt, und ich möchte sichergehen, dass du mir genug vertraust, um dich nicht einzumischen.«

»Wir besprechen das heute Abend«, sagte er.

»Oh, bis dahin wird es wohl schon erledigt sein.«

Er hielt ihr die Tür auf und folgte ihr nach draußen. Als sie die Treppe hinuntergehen wollte, legte er den Arm um ihre Schulter und zog sie an seine Seite.

Dann wandte er sich an die versammelte Menge. Die Frauen, zu viele, als dass sie sie hätte zählen können, nahmen mit ihren Kindern den gesamten Vorplatz und einen guten Teil der Hügel ein.

Judith achtete kaum darauf, was Iain der Menge sagte. Sie hatte wenig Hoffnung, den Jungen in einer solchen Menschenmasse zu finden, aber sie wollte es wenigstens versuchen. Frances Catherine entdeckte sie dagegen bald und war zufrieden, ihre Freundin neben Isabelle zu sehen.

Iain hörte auf. »Rede weiter«, flüsterte sie.

»Ich bin fertig.«

»Iain, bitte! Ich habe ihn noch nicht gefunden. Und sieh mich nicht so an. Sie müssen ja denken, du hältst mich für verrückt.«

»Ich *halte* dich auch für verrückt«, brummte er.

Sie stieß ihn in die Seiten, und er setzte seine Rede fort. Judith war schon drauf und dran aufzugeben, als ihr Blick auf eine der Hebammen, Helen, fiel. Die Hebamme sah aus, als fühlte sie sich unwohl. Und als hätte sie Angst! Judith beobachtete sie ein wenig länger als nötig, während sie überlegte, warum die Kunde der Hochzeit sie so sichtbar betroffen machte. Indessen drehte sich Helen halb um, um hinter sich zu schauen. Da sah Judith den Jungen. Er versuchte hartnäckig, sich in den Röcken seiner Mutter zu verstecken.

Sie stieß Iain wieder in die Seite. »Du kannst jetzt aufhören.« Iain tat dies sofort. Der Clan brauchte eine volle Minute, bis er feststellte, dass ihr Anführer seine Rede geendet hatte. Dann wurde seine Verkündung mit Hochrufen bedacht. Krieger, die an der Seite der Festung gestanden hatten, traten vor, um ihrem Clansherrn zu gratulieren. »Das war die längste Rede, die ich je aus Eurem Mund gehört habe«, bemerkte einer.

»Das war die *einzige* Rede, die du je von ihm gehört hast«, warf Patrick ein.

Judith achtete nicht auf die Männer. Sie wollte sich den Jungen schnappen, bevor seine Mutter ihn wegbringen konnte.

»Bitte entschuldigt mich«, sagte sie.

Sie war fort, bevor Iain etwas sagen konnte. Judith winkte Frances Catherine im Vorübergehen zu und eilte durch die Menge. Einige Frauen hielten sie auf, um ihr zu gratulieren, und sie schienen es ernst zu meinen. Judith dankte mit der Einladung zu einem Besuch in der Festung.

Inzwischen hatte Helen ihren Sohn an der Hand genommen. Je näher Judith kam, umso erschreckter blickte sie.

Offenbar hatte der Junge seiner Mutter die Tat gestanden. Judith drängte sich weiter durch die Frauen, bis sie schließlich vor Helen stand.

»Guten Tag, Helen«, begann sie.

»Wir waren gerade auf dem Weg zum Clansherrn«, platzte die Hebamme heraus. »Dann kam der Aufruf, uns auf dem Vorplatz zu versammeln, und ich ...«

Helen schluchzte auf. Schon sahen einige Frauen herüber, und Judith wollte nicht, dass sie etwas mitbekamen. »Helen«, begann sie leise. »Ich habe etwas Wichtiges mit deinem Sohn zu besprechen. Kann ich ihn bitte für einen Augenblick mitnehmen?«

Tränen verschleierten Helens Blick. »Andrew und ich wollten dem Clansherrn wirklich ...«

Judith unterbrach sie mit einem Kopfschütteln. »Diese Sache geht nur deinen Sohn und mich etwas an«, sagte sie. »Euer Clansherr braucht davon nichts zu erfahren. Mein Mann ist sehr beschäftigt, Helen. Wenn das, was du mit ihm besprechen wolltest, das Werfen von Steinen betrifft, denke ich, wir sollten es unter uns dreien ausmachen.«

Endlich verstand Helen. Ihre Erleichterung war so groß, dass sie aussah, als wollte sie zusammenbrechen. Sie nickte heftig. »Soll ich hier warten?«

»Warum gehst du nicht nach Hause zurück? Ich schicke Andrew zu dir, sobald wir unser kleines Gespräch beendet haben.«

Helen blinzelte durch ihre Tränen hindurch. »Danke«, flüsterte sie.

Iain hatte Judith nicht aus den Augen gelassen und fragte sich, worüber sie wohl mit Helen sprechen mochte. Helen sah elend aus, Judiths Gesicht war jedoch von ihm abgewandt, und er konnte nicht sehen, ob sie verärgert war oder nicht. Er beobachtete, wie sie nach dem Jungen hinter Helen griff. Das Kind wehrte sich, doch Judith ließ sich nicht beirren. Sie zog ihn hinter seiner Mutter hervor, drehte sich dann um und ging den Hügel hinab, wobei sie das jammernde Kind hinter sich her zerrte.

»Wohin geht Judith denn?«, fragte Patrick.

Iain antwortete nicht schnell genug für Brodick. »Soll ich ihr folgen? Sie sollte nicht alleine herumlaufen, bis wir den Angreifer gefunden haben. Solange ist sie nicht sicher.«

Jetzt plötzlich verstand Iain, was vor sich ging.

»Mein Bruder kann sehr gut auf seine Frau aufpassen, Brodick. Du brauchst dich wegen ihr nicht so aufzuregen«, sagte Patrick.

Iain wandte sich seinem Bruder und Brodick zu. »Es ist nicht nötig, Judith zu folgen. Ich weiß, wer die Steine geworfen hat. Sie ist nicht in Gefahr.«

»Wer zum Teufel war es?«, fragte Brodick.

»Helens Sohn.«

Beide Krieger waren verblüfft. »Aber sie hatte ihn doch an der Hand«, bemerkte er.

Patrick nickte. »Sie muss ihn gestern gesehen haben. Habt ihr beobachtet, wie sie ihn hinter sich her zerrte? Oh, sie weiß es sehr gut. Sie macht ihm wahrscheinlich gerade die Hölle heiß.«

Iain hatte Recht. Genau das tat Judith in diesem Moment. Ihre Standpauke dauerte jedoch nicht lange. Der Junge war so zerknirscht und hatte solche Angst vor ihr, dass sie ihn schließlich trösten musste. Er war gerade erst sieben Jahre alt geworden. Auch wenn er groß und kräftig für sein Alter war, so blieb er dennoch nur ein kleiner Junge.

Der Junge durchnässte mittlerweile ihr ganzes Plaid mit seinen Tränen und flehte um Verzeihung. Er hatte sie nicht verletzen wollen. Nay, er wollte sie doch bloß erschrecken, dass sie wieder zurück nach England gehen würde.

Judith war schon halb bereit, ihn um Vergebung zu bitten, dass sie die Highlands nicht verlassen würde, so herzzerreißend klang sein Schluchzen in ihren Ohren.

»Wegen dir hat meine Mama geweint.«

Judith konnte sich nicht vorstellen, warum Helen wegen ihr geweint haben sollte, und der Junge brachte keine vernünftige Erklärung heraus. Sie beschloss, mit Helen darüber zu reden, und die Sache zu klären.

Sie setzte sich mit dem weinenden Jungen auf dem Schoß auf einen flachen Stein. Sie war froh, dass der Junge ehrlich bereute, was er getan hatte. Da er bereits alles seiner Mutter gestanden hatte, war es nicht nötig, den Clansherrn damit zu behelligen, sagte sie ihm.

»Was denkt denn dein Vater von deinem Verhalten?«, fragte Judith.

»Papa ist letzten Sommer gestorben«, antwortete Andrew. »Ich sorge jetzt für Mama.«

Judiths Herz flog dem Jungen zu. »Andrew, du gibst mir

jetzt dein Wort, dass du keinen Unsinn mehr machst, und ich werde dir glauben. Die Sache ist damit erledigt.«

»Aber ich muss doch dem Clansherrn sagen, dass es mir Leid tut.«

Sie fand das sehr edel und tapfer von dem Jungen. »Hast du Angst davor, mit dem Clansherrn zu sprechen?«

Andrew nickte.

»Soll ich es denn für dich tun?«, fragte sie.

Er verbarg sein Gesicht an Judiths Schulter. »Kannst du es ihm jetzt sagen?«, flüsterte er.

»Einverstanden«, sagte Judith. »Wir gehen zurück und ...«

»Er ist hier«, wisperte der Junge mit vor Angst zitternder Stimme.

Judith drehte sich um und entdeckte ihren Mann direkt hinter sich. Er lehnte mit vor der Brust verschränkten Armen an einem Baum.

Kein Wunder, dass Andrew versuchte, sich unter ihrem Plaid zu verstecken. Sie spürte, wie er zitterte.

Judith beschloss, den Jungen nicht länger zu quälen. Sie zog ihn von sich und brachte ihn zum Aufstehen. Dann nahm sie seine Hand und führte ihn zu Iain.

Andrew hielt den Kopf gesenkt. Iain musste ihm wie ein Riese vorkommen. Sie lächelte zu ihrem Mann hoch und drückte Andrews Hand.

»Dein Clansherr wartet. Sag ihm, was du zu sagen hast«, wies sie ihn an.

Andrew linste hoch. Sein Blick war entsetzt, und seine Sommersprossen waren eher weiß als braun. Seine Augen schwammen in Tränen.

»Ich hab die Steine geworfen«, platzte er plötzlich heraus. »Ich wollte Eurer Lady nichts tun, ich wollte ihr bloß Angst machen, damit sie nach Hause geht. Dann muss Mama nicht mehr weinen.« Sofort senkte er wieder den Kopf, bis sein Kinn sich in seine Brust bohrte. »Es tut mir Leid«, murmelte er.

Iain schwieg eine ganze Weile. Judith konnte es nicht ertragen, das Kind so leiden zu sehen. Sie wollte den Jungen gerade verteidigen, als er die Hand hob und den Kopf schüttelte.

Sie sollte sich nicht einmischen. Langsam bewegte er sich von dem Baum weg, an dem er gelehnt hatte, und bedeutete Judith, still zu bleiben.

Dann stand er direkt vor Andrew. »Du sollst dich nicht bei deinen Füßen entschuldigen«, sagte er. »Du wirst dich bei *mir* entschuldigen.«

Judith war damit überhaupt nicht einverstanden. Sie war diejenige, die verletzt worden war, und der Junge hatte sich doch schon bei ihr entschuldigt. Warum muss er es nun auch noch bei seinem Clansherrn tun?

Sie hielt es allerdings nicht für sinnvoll, jetzt mit Iain zu streiten. Er könnte glauben, sie wolle seine Autorität untergraben.

Andrew sah wieder hoch. Er packte Judiths Hand fester. Sah Iain denn nicht, wie verängstigt das Kind war?

»Es tut mir Leid, dass ich Eurer Lady weh getan habe.«

Iain nickte. Er verschränkte die Hände hinter seinem Rücken und starrte Andrew eine lange Minute an. Er schien seine Qual absichtlich ausdehnen zu wollen.

»Du wirst mit mir kommen«, befahl er. »Judith, du wartest hier.«

Er ließ ihr keine Zeit zu widersprechen, sondern ging den Pfad hinunter. Andrew ließ ihre Hand los und rannte hinter ihm her.

Sie blieben lange weg. Als sie schließlich wiederkamen, hatte Iain immer noch seine Hände hinter dem Rücken verschränkt. Andrew ging neben ihm und tat dasselbe. Judith musste darüber lächeln, wie der Junge versuchte, seinen Clansherren nachzuahmen. Seine Haltung war so hochmütig wie Iains geworden. Er plapperte auf den Mann ein, und hin und wieder nickte Iain.

Andrew wirkte, als wäre ihm eine schwere Last von den Schultern genommen worden. Iain entließ ihn, wartete, bis er außer Hörweite war und sagte dann: »Ich habe dich gefragt, ob du jemanden gesehen hast. Würdest du mir bitte erklären, warum du mir nicht die Wahrheit gesagt hast?«

»Tatsächlich hast du mich gefragt, ob ich einen Mann oder eine Frau gesehen habe«, erinnerte sie ihn. »Ich habe nicht gelogen. Ich sah ein Kind!«

»Hör auf mit deiner spitzfindigen Logik«, erwiderte er. »Du wusstest, was ich wissen wollte. Und jetzt sag mir, warum du es mir nicht gesagt hast?«

Sie seufzte. »Weil die Sache nur das Kind und mich anging«, erklärte sie. »Ich wollte dich damit nicht behelligen.«

»Ich bin dein Ehemann«, sagte er. »Was zum Teufel soll das heißen, du wolltest mich damit nicht behelligen?«

»Iain, ich war sicher, ich würde das allein regeln können.«

»Das hast du nicht zu entscheiden.«

Er war nicht verärgert, sondern wollte Judith nur erklären, wie man hier mit Problemen umging.

Sie versuchte, sich nicht darüber aufzuregen, aber sie scheiterte kläglich. Darum verschränkte sie die Arme vor der Brust und sah ihn wütend an: »Hab ich *überhaupt* etwas zu entscheiden?«

»Es ist meine Pflicht, mich um dich zu kümmern.«

»Und das schließt auch meine Probleme ein?«

»Natürlich.«

»Das heißt, du behandelst mich wie ein Kind. Himmelherrgott, ich glaube nicht, dass mir die Ehe gefällt. Ich hatte in England mehr Freiheiten.«

Er stieß einen Seufzer aus. Sie sagte die unschicklichsten Dinge und tat so, als wäre ihr erst jetzt aufgegangen, welches Los eine Frau in diesem Leben hatte. »Judith, niemand ist ganz und gar frei.«

»Du schon.«

Er schüttelte den Kopf. »Als Clansherr sind mir mehr Beschränkungen als jedem anderen Krieger auferlegt worden. Jede meiner Handlungen ist vom Rat abzusegnen. Jeder hier hat seinen Platz und auch Verantwortung zu tragen. Und, Frau, ich mag es gar nicht, wenn du sagst, du bist nicht gerne mit mir verheiratet.«

»Ich sagte nicht, ich bin nicht gerne *mit dir* verheiratet. Ich sagte, mir gefällt die Ehe nicht sehr. Das ist ein Unterschied.«

Sein Gesichtsausdruck sagte ihr, dass er nicht zustimmte. Dennoch zog er sie an sich und küsste sie. »Du wirst gerne mit mir verheiratet sein. Ich befehle es dir.«

Das war lächerlich. Sie schob sich von ihm und sah ihm in die Augen, um dort ein Lächeln zu finden. Sie war sicher, dass er scherzte.

Iain scherzte keinesfalls. Himmel, er sah ... besorgt aus. Und unglaublich verletzbar. Judith war überrascht und sehr, sehr glücklich. Sie kam in seine Arme zurück. »Ich liebe dich«, flüsterte sie. »Natürlich bin ich gerne mit dir verheiratet.«

Er drückte sie fest an sich. »Und du wirst mir daher auch gern deine Probleme überlassen«, folgerte er.

»Manchmal bestimmt«, sagte sie. Sie dachte nicht daran, ihm ganz zuzustimmen. »Und manchmal werde ich sie selbst regeln.«

»Judith …«

Sie unterbrach ihn. »Frances Catherine hat mir erzählt, dass du für Patrick immer mehr Vater als Bruder gewesen bist. Du hast schon als Kind seine Probleme gelöst, nicht wahr?«

»Vielleicht als wir jünger waren«, gab er zu. »Heute, da wir erwachsen sind, entscheiden wir gemeinsam, was zu tun ist. Er verlässt sich genauso auf mich, wie ich mich auf ihn. Aber was hat mein Bruder mit uns zu tun? Du willst doch, dass ich für dich sorge, oder?«

»Ja, natürlich«, antwortete sie. »Ich will dir nur keine Last sein. Meine Probleme möchte ich mit dir teilen, nicht sie an dich abgeben. Verstehst du? Ich will zu dir gehören, möchte wichtig genug für dich sein, dass du auch *deine* Sorgen mit *mir* teilst. Kannst du nicht lernen, mich genauso ernst zu nehmen wie Patrick?«

Iain wusste darauf keine Antwort. »Ich will darüber nachdenken«, sagte er schließlich.

Sie lehnte sich gegen ihn, sodass er ihr Lächeln nicht sehen konnte. »Das ist alles, worum ich dich bitte.«

»Ich versuche, offen für neue Ideen zu sein, Judith.«

»Ja, natürlich tust du das.«

Sie berührte sein Kinn mit ihren Lippen. Er beugte sich nieder und küsste sie lang und innig und bedauerte sehr, sie wieder loslassen zu müssen, aber schließlich schob er sie von sich weg.

Judith entdeckte Andrew, der in einiger Entfernung wartete.

Ohne sich umzudrehen, rief Iain: »Bist du bereit, Andrew?«

»Ja, Clansherr«, rief er zurück.

»Woher wusstest du, dass er dahinten steht?«, wunderte Judith sich.

»Ich habe ihn gehört.«

»Ich nicht.«

Er lächelte. »Das brauchtest du ja auch nicht.«

Seine Bemerkung ergab in ihren Augen keinen Sinn, hörte sich nur ziemlich arrogant an.

»Wohin bringst du ihn?«, fragte sie so leise, dass der Junge sie nicht verstand.

»Zu den Ställen«, antwortete Iain. »Er wird dem Stallmeister helfen.«

»Ist das seine Strafe? Iain, glaubst du nicht …?«

»Wir reden heute Abend darüber«, unterbrach er sie.

Sie nickte, glücklich darüber, dass er ihr nicht befohlen hatte, sich ganz aus dieser Sache herauszuhalten. »Wie du möchtest«, sagte sie deshalb gefügig.

»Ich möchte, dass du zur Festung zurückkehrst.«

Sie nickte, verbeugte sich kurz vor ihm und ging dann den Hügel hinauf.

»Ruh dich diesen Nachmittag aus«, rief er hinter ihr her.

»Ja, Iain.«

»Ich meine, was ich gesagt habe, Judith.«

Sie begriff, dass er Widerspruch erwartet hatte, und als er keinen bekam, schien er angenommen zu haben, sie würde ihm ohnehin nicht gehorchen. Judith verbiss sich das Lachen. Ihr Mann begann sie zu verstehen.

Sie hielt ihr Versprechen. Frances Catherine kam sie besuchen, und als Patrick schließlich seine Frau wieder nach Hause geleitete, ging sie hinauf in ihr Zimmer. Ihre Gedanken kreisten um Frances Catherines bevorstehende Geburt, die ihr noch Sorgen machte, aber Judith war eine mögliche Lösung eingefallen. Sie hielt sich nicht für erfahren genug, zu wissen, was zu tun war, falls es Komplikationen gäbe. Aber sollte Helen das Problem nicht lösen können? Judith hoffte zumindest, dass Andrews Mutter sich ihr gegenüber nun freundlicher verhalten würde. Und wenn sie es geschickt anpackte, konnte sie die Hebamme vielleicht zur Mitarbeit überreden, ohne Agnes hineinziehen zu müssen.

Frances Catherine würde garantiert einen Anfall bekommen. Judith wollte ihre ganze Überzeugungskraft mobilisieren, um ihre Freundin davon zu überzeugen, dass Helen eine Hilfe und kein Hindernis sein würde.

Inständig hoffend, dass sie damit Recht hatte, übermannte sie schließlich der Schlaf.

Kapitel 12

Judith schlief diesmal die ganze Nacht durch. Als sie aufwachte, hatte Iain das Zimmer schon verlassen. Dann fiel ihr ein, dass sie sich beeilen musste, es gab eine Menge zu tun.

In einer Ecke entdeckte sie ihre Taschen, die jemand sorgfältig gestapelt hatte. Sie nahm an, dass es Iain gewesen war. Nachdem sie die Sachen in die kleine Truhe geräumt und das Zimmer in Ordnung gebracht hatte, ging sie hinunter.

Gelfrid und Duncan saßen am Tisch und nahmen ihr Morgenmahl ein. Als sie hinunterkam, machten beide Anstalten, sich zu erheben, doch Judith bedeutete ihnen, sitzen zu bleiben.

»Wollt Ihr uns nicht Gesellschaft leisten, Frau?«, fragte Gelfrid.

»Ich nehme nur einen Apfel mit, danke. Ich habe etwas Wichtiges zu tun.«

»Ihr seht nett aus in unserem Plaid«, murmelte Duncan und blickte sie dabei so finster an, als hätte ihn dieses Lob einiges gekostet.

Sie musste lächeln. Duncan war Gelfrid doch sehr ähnlich: nach außen hin rau und grimmig, doch im Inneren voll zarter Gefühle.

»Ihr Gesicht sieht aber immer noch entsetzlich aus«, bemerkte Gelfrid. »Sie hätte das Auge glatt verlieren können, Duncan!«

»Aye, das hätte sie wirklich«, fand auch Duncan.

Judith verbarg ihre Belustigung. »Gelfrid, gibt es irgendetwas, das ich für Euch tun kann, bevor ich gehe?«

Er schüttelte den Kopf.

»Habt Ihr Graham heute Morgen schon gesehen?«, fragte sie. »Vielleicht hat er eine Aufgabe für mich. Ich möchte mir meinen Tag im Kopf schon einmal durchorganisieren, bevor ich anfange.«

»Graham ist mit Patrick und einigen anderen Kriegern zur Jagd geritten. Er wird zum Mittagsmahl wieder da sein, denn sie sind schon bei Tagesanbruch aufgebrochen«, erklärte Gelfrid.

»Ist Iain mit dabei?«

Duncan schaltete sich ein. »Er und seine Männer sind in die entgegengesetzte Richtung geritten, um ein, zwei Dinge mit den Macphersons zu besprechen. Ihr Gebiet stößt an unsere westliche Grenze.«

Judith hatte das Zögern in seiner Stimme wohl bemerkt. »Ich glaube nicht an ›ein, zwei Dinge besprechen‹, Duncan. Wir sind mit den Macphersons verfeindet, nicht wahr?«

Der Alte nickte. »Macht Euch bloß keine Sorgen. Es ist nur eine halbherzige Fehde. Der Macpherson-Clansherr ist so unfähig, dass er keinen anständigen Kampf wert ist. Es wird kein Blutvergießen geben.«

»Seid Ihr Euch da sicher, Duncan?«

»Ja«, antwortete er. »Sie werden nicht kämpfen.«

»Aye, Iain wird sich eher langweilen als amüsieren«, sagte Gelfrid, und Duncan fügte hinzu: »Aber vor Einbruch der Nacht wird er nicht zurück sein.«

»Danke für die Auskunft«, sagte Judith, machte einen Knicks und eilte dann aus der Halle.

Judith war schon halb den Hügel hinabgelaufen, bevor ihr einfiel, dass sie ja gar nicht wusste, wo Helen lebte. Ganz sicher wollte sie nicht Frances Catherine danach fragen, denn ihre Freundin würde sofort eine Erklärung verlangen, was Judith mit der Hebamme vorhabe. Und Judith hatte beschlossen, erst mit Andrews Mutter zu reden, bevor sie mit Frances Catherine das Thema besprach.

Sie schlug den Weg zu Isabelles Haus ein. Sie könnte ihr sicher den Weg sagen, denn hatte nicht Agnes während des schrecklichen Verhörs behauptet, sie und Helen hätten keine Schreie gehört? Sie mussten also irgendwo in der Nähe von Isabelles Haus wohnen.

In diesem Moment sah sie Vater Laggan den Abhang hinaufkommen. Erleichtert winkte sie ihm zu und lief zu ihm hin.

»Habt Ihr Merlin gut unter die Erde gebracht?«, fragte sie.

Er lächelte. »Ja«, antwortete er. »Und jetzt bin ich gekommen, um Isabelles Sohn meinen Segen zu geben.«

»Seid Ihr immer so beschäftigt, Vater?«

»Allerdings«, erwiderte er. Dann umschloss er ihre Hand mit der seinen und sagte: »Ihr macht einen glücklichen Eindruck. Also behandelt Iain Euch gut?«

»Ja, Vater«, gab sie zurück. »Wollt Ihr nicht heute Abend zum Essen zu uns kommen?«

»Das würde ich gerne«, sagte er. »Und wollt *Ihr* nicht auf einen Sprung zu Isabelle mitkommen?«

»Natürlich«, antwortete Judith. »Aber zuerst möchte ich mit einer der beiden Hebammen plaudern. Wisst Ihr zufällig, wo Helen wohnt?«

Der Priester nickte und brachte sie sogar hin. Dann klopfte er für sie an der Tür. Helen war überrascht, den Priester und Judith gemeinsam auf ihrer Schwelle vorzufinden. Unwillkürlich presste sie die Hand auf ihren Busen.

Als Judith ihren unglücklichen Gesichtsausdruck sah, versuchte sie gleich, die Hebamme zu beruhigen.

»Guten Tag, Helen«, begann sie. »Vater Laggan war so freundlich, mir den Weg zu deinem Haus zu zeigen. Er möchte zu Isabelle und ihren Sohn segnen.« Dann setzte sie hinzu: »Und ich wollte mit dir über etwas Persönliches sprechen ... wenn du Zeit hast. Ich kann aber auch gerne später wiederkommen.«

Helen trat von der Tür zurück und bedeutete ihren Gästen mit einer Geste, bei ihr einzutreten.

Im Haus hing der Duft von frisch gebackenem Brot. Vater Laggan ließ Judith den Vortritt und folgte ihr dann.

Das kleine Haus war blitzsauber und der Holzboden so heftig geschrubbt worden, dass die Dielen glänzten.

Judith setzte sich an den Tisch, doch der Priester ging zur Feuerstelle hinüber und schaute neugierig in den eisernen Kessel, der an einer Kette über der Glut hing.

»Was haben wir denn da?«, fragte er.

»Hammeleintopf«, sagte Helen fast unhörbar leise. Sie hielt ihre Schürze so fest gepackt, dass ihre Fingerknöchel weiß hervortraten.

»Darf man es schon probieren?«, fragte Vater Laggan.

Der Wink war überdeutlich, und es beruhigte Helen etwas, den Priester abfüttern zu können. Sie schob ihn zum Tisch hinüber und gab ihm dann eine riesige Portion vom Fleisch. Judith war überrascht von seinem Appetit – der Priester war klapperdürr, aß aber für zwei ausgewachsene Männer.

Helen sah schon nicht mehr so ängstlich aus, und es war offensichtlich, wie sehr die Komplimente des Priesters sie freuten. Judith aß frisches Brot, dick mit Marmelade bestrichen, und lobte auch dieses in höchsten Tönen.

Trotzdem fand Helen keine Ruhe, sich zu setzen. Nachdem

Vater Laggan sein Mahl beendet hatte, dankte er der Hebamme für ihre Gastfreundlichkeit und ging dann schließlich. Judith blieb sitzen und wartete, bis Vater Laggan die Tür hinter sich zugezogen hatte. Dann bat sie Helen, sich zu ihr zu setzen.

»Ich möchte Euch noch mal danken, dass ...«, begann Helen sofort.

Judith unterbrach sie. »Ich bin nicht gekommen, um noch mehr Entschuldigungen zu hören. Diese Sache ist erledigt, und Andrew hat seine Lektion gelernt.«

»Als sein Vater starb, ist der Junge sehr ... anhänglich geworden. Er glaubt, er müsse ständig bei mir sein und mich beschützen.«

»Wahrscheinlich fürchtet er sich tief im Innern, dass auch du noch sterben könntest und er dann ganz allein ist«, sagte Judith mitleidig.

Helen nickte. »Ja, wir haben nur noch uns beide. Das ist sehr schwer für ihn.«

»Gibt es Onkel oder Vettern, die ...«

Sie hielt inne, als Helen den Kopf schüttelte. »Wir sind wirklich allein, Lady Judith.«

»Nein, seid ihr nicht«, widersprach Judith. »Ihr gehört zu diesem Clan. Dein Sohn wird einmal ein Maitland-Krieger sein. Wenn kein Onkel oder Vetter seine Erziehung übernehmen kann, dann muss Iain davon erfahren. Helen, du weißt, dass ein Kind das Gefühl braucht, wichtig zu sein.« Sie lächelte und setzte dann hinzu: »Und eine Frau braucht das auch, nicht wahr?«

»Aye, Ihr habt Recht«, stimmte Helen zu. »Es ist nicht leicht, hier zu leben. Ich komme aus der MacDougall-Familie. Ich habe acht Schwestern und zwei Brüder.« Sie nickte und fuhr dann fort: »Da war natürlich immer jemand zum

Reden da. Und auch immer Zeit für einen kurzen Besuch. Hier ist es ganz anders. Die Frauen arbeiten von morgens bis abends und sonntags auch noch. Trotzdem ... ich beneide sie. Sie können sich um ihre Männer kümmern.«

Judith stellte interessierte Fragen, und schon bald plauderte Helen bereitwillig über ihr Leben. Sie hatte erst spät geheiratet und war ihrem Mann, Harold, so dankbar, dass er sie davor bewahrt hatte, als alte Jungfer zu enden, dass sie jede freie Minute damit verbrachte, ihr Heim so perfekt wie möglich in Ordnung zu halten.

Sie musste zwar zugeben, dass sie nach seinem Tod froh war, den Boden nicht mehr jeden Tag zu schrubben, erklärte aber, dass die Langeweile bald schlimmer wurde. Dann lachte sie und gestand, dass sie mittlerweile fast genauso oft putzte wie früher.

Judith hörte überrascht, dass Helen es vermisste, für ihren Mann etwas Besonderes zu kochen. Sie liebte es, neue Gerichte zu erfinden, und schwor, mindestens hundert verschiedene Zubereitungsarten für Hammel zu kennen.

»Bist du gerne Hebamme?«, fragte Judith dann.

»Nein.«

Ihre Antwort kam schnell und heftig. »Ich war schon bei etwa zwanzig Geburten dabei gewesen, bevor ich hierher kam«, erklärte sie. »Nach Harolds Tod glaubte ich, meine Erfahrung würde mir helfen ... mich einzufügen. Aber jetzt will ich nicht mehr. Nach dieser Sache wegen Isabelle habe ich mich entschieden, etwas anderes ...«

Judith ließ sie nicht weiterreden. »Helen, glaubst du, dass eine Frau besonders schrecklich leiden muss, nur um Gott zu gefallen?«

»Die Kirche ...«

»Ich will wissen, was *du* glaubst«, unterbrach Judith.

»Jede Geburt ist schmerzhaft«, erwiderte Helen. »Aber ich kann mir nicht vorstellen, dass Gott wirklich jede Frau für Evas Sünden bestrafen will.«

Sie hatte dieses Zugeständnis sehr leise gemacht und sah bedrückt aus. Judith beeilte sich, sie zu beruhigen. »Ich werde Vater Laggan schon nichts sagen. Ich glaube nämlich auch, dass Gott viel gnädiger ist, als uns die Kirche glauben machen will. Ich möchte zwar nicht die Weisheit unserer Herrscher anzweifeln, Helen, aber ich finde manche Gesetze und Regeln einfach verwirrend und unsinnig.«

»Ihr habt Recht«, stimmte Helen zu. »Wir können aber nichts dagegen tun oder werden sofort exkommuniziert.«

»Nun, ich bin ganz von meinem eigentlichen Problem abgekommen«, sagte Judith endlich. »Ich wollte mit dir über meine Freundin Frances Catherine sprechen und dich um deine Hilfe bitten.«

»Was soll ich denn tun?«

Judith begann zu erklären. »Ich weiß, dass du mir gerade gesagt hast, du wolltest bei Geburten nicht mehr dabei sein, Helen, aber ich weiß nicht, an wen ich mich sonst wenden soll. Ich mache mir große Sorgen um meine Freundin. Wenn es bei ihrer Niederkunft Komplikationen gibt, weiß ich nicht, was zu tun ist.«

Helen konnte ihr diese Bitte schlecht abschlagen. Nicht, nachdem Judith die Sache mit Andrew so geschickt in die Hand genommen hatte.

»Frances Catherine hat Angst vor dir«, sagte Judith. »Wir müssen sie also davon überzeugen, dass du ihr nicht wehtun willst. Und wir müssen es für uns behalten. Ich dulde nicht, dass Agnes sich einmischt.«

»Sie wird es bestimmt versuchen«, warnte Helen. »Und Ihr würdet nichts bewirken, wenn Ihr mit ihr redet. Agnes weicht nicht von ihren Ansichten ab. Außerdem ist sie wütend auf Euch, weil Ihr ihrer Tochter den Mann weggeschnappt habt.«

Judith schüttelte den Kopf. »Iain war schließlich nicht mit Cecilia verheiratet«, bemerkte sie. »Und Frances Catherine meinte, Iain hatte auch keinerlei Absichten, um sie anzuhalten.«

Helen zuckte die Schultern. »Agnes verbreitet Gerüchte«, flüsterte sie. »Sie erzählt herum, er hätte Euch heiraten müssen, um Eure Ehre zu bewahren.«

Judith riss die Augen auf. »Du meinst, sie behauptet, dass Iain und ich ... dass wir ...?!«

Sie konnte den Satz nicht zu Ende bringen. Helen nickte. »Oh, ja, genau das behauptet sie. Sie deutet an, dass Ihr schwanger seid. Gott mag ihr helfen, wenn unser Clansherr von diesen Klatschgeschichten erfährt.«

»Ich hoffe, das passiert nicht«, erwiderte Judith. »Er würde sich Sorgen machen.«

Helen stimmte ihr zu.

Judith wollte nun gehen, aber Helen erzählte ihr schüchtern, dass sie die Erste seit über drei Monaten sei, die ihr Gesellschaft leiste. Da blieb Judith noch eine ganze Stunde, bevor sie sich schließlich erhob.

»Es war schön, mit dir zu reden, Helen«, sagte sie. »Ich spreche heute Abend mit Frances Catherine, und es wäre nett von dir, wenn du morgen zu ihr gehen könntest. Gemeinsam müssten wir es eigentlich schaffen, ihr die Angst zu nehmen.«

Judith war schon fast an der Tür, als sie sich plötzlich noch einmal zu Helen umwandte. »Wusstest du, dass sich die Frauen damit abwechseln, das Essen für Iain und die zwei Ratsmitglieder, die dort leben, zuzubereiten?«

»Sicher«, sagte Helen. »So ist es hier schon immer gehandhabt worden. Ich wollte freiwillig helfen, aber gerade da wurde Harold krank, und ich hatte keine Zeit mehr.«

»Ist das eine Belastung für die Frauen?«

»Oh, ja, allerdings«, rief Helen aus. »Besonders in den Wintermonaten. Es sind sieben Frauen, wisst Ihr, eine für jeden Tag der Woche, und da sie ja auch noch ihre eigenen Familien versorgen müssen, haben sie sehr viel Arbeit.«

»Aber *du* kochst sehr gerne.«

»Ja, gerne und gut!«

»Woher bekommst du denn die Lebensmittel dafür?«

»Die Krieger versorgen mich«, antwortete sie. »Und manchmal geben mir die Frauen die Reste.«

Judith runzelte die Stirn. Für sie hörte es sich wie Almosen an. »Ich kann leider überhaupt nicht kochen«, gestand sie.

»Ihr seid die Frau des Clansherrn. Ihr braucht so etwas nicht zu können.«

»Andrew sollte genauso von einem Mann wie von einer Frau erzogen werden, nicht wahr?«

»Ja, das ist richtig«, sagte Helen, verwirrt darüber, wie Judith von einem Thema zum anderen sprang.

»Und du kochst gerne! ... Ja, das ist die Lösung! Dann ist es abgemacht – natürlich nur, wenn du willst, Helen«, schloss Judith. Dann setzte sie hinzu: »Das ist kein Gefallen, um den ich dich bitte, und du solltest lange und gründlich darüber nachdenken, bevor du dich entscheidest. Wenn du meinen Vorschlag *nicht* annehmen willst, kann ich auch das verstehen.«

»War für einen Vorschlag, Mylady?«

»Meine Haushälterin zu werden«, erklärte Judith. »Du kannst die Dienstmädchen überwachen und die Mahlzeiten kochen. Natürlich bekommst du alle Hilfe, die du brauchst, aber du hast den Oberbefehl. Ja, ich denke, das ist ein guter Plan. Du und Andrew könnt in der Festung essen, und dein Sohn wird viel Zeit mit Gelfrid, Graham und natürlich auch mit Iain verbringen. Die Ratsmitglieder brauchen jemanden, der sie versorgt, und ich habe das Gefühl, *du* brauchst manchmal noch jemand anderen als Andrew, den du versorgen kannst.«

»Das würdet Ihr für mich tun?«

»Du verstehst das falsch«, widersprach Judith. »Wir brauchen dich viel mehr als ihr beide uns. Übrigens könntet ihr bestimmt auch in der Festung bleiben. Es wäre einfacher, als wenn ihr hier wohnt. Aber ich will dich damit nicht drängen. Andrew soll sich erst einmal an den Gedanken gewöhnen, dass seine Mutter den ganzen Tag in der Festung ist, dann kann man immer noch über das Thema Umziehen sprechen. Hinter der Speisekammer steht ein schöner, großer Raum mit einem Fenster leer.«

Judith bemerkte, dass sie bereits alles verplante und unterbrach sich selbst. »Willst du darüber nachdenken?«

»Ich wäre geehrt, wenn ich diese Aufgabe übernehmen dürfte«, platzte Helen heraus.

»Also – abgemacht!« Judith verließ das Haus in Hochstimmung. Sie hatte eine wichtige Veränderung bewirkt, und eine positive dazu, wovon sowohl Helen und ihr Sohn wie auch Judiths gesamter Haushalt profitieren könnten.

Beim Abendessen berichtete sie von ihren Plänen und erwartete, dass Gelfrid erst einmal brummig reagieren würde, denn sie hatte bereits herausgefunden, dass er von allen Ratsmitgliedern Veränderungen am wenigsten schätzte. Aber Gelfrid hatte überhaupt keine Einwände.

Mitten in ihrem Gespräch kam Iain in die Halle. Er nahm am Kopfende des Tisches Platz, nickte Gelfrid und Graham zu und zog Judith dann kurz an sich, um sie zu küssen.

Graham klärte Iain über Judiths Entscheidung auf, und als er fertig war, nickte Iain nur, ohne ein Wort zu sagen.

»Was hältst du davon?«, hakte Judith nach.

Er nahm den Becher, den Judith vor ihn hingestellt hatte, und trank einen Schluck von dem frischen, kalten Wasser. »Von mir aus gern«, bemerkte er.

»Ich denke, dass ist eine gute Veränderung«, verkündete Graham. »Dann müssen wir uns nicht mehr durch Millies Essen quälen. Gott, wie ich mittlerweile diesen Mittwoch hasse!«

»Ist Helen eine gute Köchin?«, fragte Gelfrid.

»Außergewöhnlich gut«, antwortete Judith. Dann wandte sie sich zu Graham. »Was die Veränderungen betrifft … da gibt es noch etwas, aber ich brauche Eure Unterstützung. Und Iains natürlich auch.«

Graham runzelte die Stirn. »Ist es eine Sache für den Rat?«

»Nein«, sagte sie. Dann drehte sie sich ihrem Mann zu. »Ich bin sicher, dass der Rat für diese Winzigkeit nicht extra hinzugezogen werden muss.«

»Um was geht es?«, fragte Gelfrid.

Sie holte tief Atem. »Ich möchte Sonntage«, platzte sie heraus.

In diesem Moment betrat Patrick die Halle, der ihre letzten Worte mitgehört hatte. »Die kannst du ihr doch geben, Iain«, rief er schon von weitem.

»Was meint das Weib damit, sie will Sonntage?«, fragte Gelfrid zu Graham gewandt.

»Ich glaube, wir haben sie nicht richtig verstanden«, antwortete Graham. »Sie wird wohl kaum …«

Gelfrid unterbrach den anderen. »Wenn das Weib lernen würde, ihre Worte vernünftig und rollend auszusprechen, so wie wir es tun, könnten wir sie auch besser verstehen.«

Nun kam Duncan in die Halle geschlendert, Vincent und Owen folgten ihm. Judith beugte sich näher zu Iain. »Findet hier gleich eine Versammlung statt?«

Er nickte. »Wir fangen allerdings erst an, nachdem du uns deine merkwürdige Bitte wegen der Sonntage erklärt hast«, sagte er dann.

Judith schüttelte den Kopf. Er hob die Augenbrauen, und so lehnte sie sich noch weiter zu ihm herüber, bis sie schief auf ihrem Stuhl hing. »Ich will die Sache nicht vor dem ganzen Rat besprechen«, erklärte sie leise.

»Und warum nicht?«, fragte er. Er streckte den Arm aus und strich ihr eine Locke aus dem Gesicht.

Sie legte ihre Hand auf seine. »Weil es etwas Persönliches ist, und ich möchte, dass du mir zuerst deine Unterstützung zusicherst.«

»Graham und Gelfrid haben aber gehört, was du ...«

Sie unterbrach ihn. »Die beiden gehören sozusagen zu unserer Familie, Iain. Sie müssen natürlich auch gefragt werden.«

»Hast du das gehört, Graham?«, bellte Gelfrid. »Sie nennt uns ihre Familie!«

Judith drehte sich um und warf ihm einen grimmigen Blick zu, weil er ihre geflüsterte Unterhaltung belauscht hatte. Er grinste jedoch nur.

Dann sah sie wieder Iain an. »Ich werde es dir gerne in unserem Zimmer erklären, wenn du ein paar Minuten Zeit hast.«

Iain hätte am liebsten laut gelacht, wagte es jedoch nicht, weil er damit bestimmt Judiths Gefühle verletzt hätte. Sie sah unruhig und besorgt aus. Außerdem überzog eine zarte Röte ihre Wangen. War diese Sache, die sie unbedingt mit ihm allein besprechen wollte, denn irgendetwas Peinliches? Er stieß einen Seufzer aus. Natürlich wusste er genau, was geschehen würde, wenn er mit seiner Frau hinaufginge. *Reden* würden sie nicht. Stattdessen würde er mit ihr schlafen wollen und garantiert die Versammlung sausen lassen. Da er nun aber den Rat zusammengerufen hatte, um noch einmal die Möglichkeit eines Bündnisses zu besprechen, konnte er jetzt keinesfalls gehen.

Die Ratsmitglieder setzten sich auf die freien Plätze am Tisch. Ein junger Krieger, den Judith noch nicht gesehen hatte, kam herbei und füllte die Becher der Älteren mit Wein. Iain wehrte mit einer Geste ab, als der Knappe mit dem Krug zu ihm kam. Judith bemerkte erst, dass sie den Atem angehalten hatte, als sie erleichtert aufseufzte.

Owen hatte Iains Weigerung gesehen. »Was ist? Du musst doch auf deine eigene Hochzeit anstoßen, Sohn«, verkündete er. »Das ist unser erstes Treffen, bei dem du uns als verheirateter Mann berätst.«

»Warum berät *er Euch*?«

Judith hatte nicht bemerkt, dass ihr der Gedanke laut herausgerutscht war, doch nun war es zu spät. Alle starrten sie mit verdutzten Gesichtern an.

»Was ist denn das für eine Frage?«, wollte Owen wissen.

»Er ist unser Clansherr«, erinnerte Vincent sie. »Es ist seine Pflicht, uns zu beraten.«

»Hier ist wirklich alles vollkommen anders«, sagte Judith und nickte bekräftigend.

»Erklärt Euch bitte, Frau«, verlangte Graham.

Sie wünschte, sie hätte gar nicht erst damit angefangen. Wie sie es hasste, im Mittelpunkt zu stehen. Sie spürte, dass ihr Gesicht feuerrot wurde. Aber nun musste sie Farbe bekennen. »Euer Clansherr ist jung und kann nicht so weise sein wie Ihr. Ich fände es viel angebrachter, wenn Ihr, die

Alten, die Ratgeber seid. Das ist alles, was ich damit meinte.«

»Aber so wie jetzt ist es schon immer gewesen«, entgegnete Gelfrid.

Die anderen nickten zustimmend. Judith sah, dass der Knappe auf Owens Drängen hin vorgetreten war und nun Iains Kelch mit dem dunklen, roten Wein füllte. Ihre Gedanken kreisten jedoch noch um eine andere Frage, und so zwang sie sich, nicht überzureagieren, nur weil ihr Mann sich ein oder zwei Gläser Wein genehmigte.

»Gelfrid, bitte haltet mich nicht für unverschämt, wenn ich Euch noch eine bestimmte Frage stelle«, begann sie. »Aber wie ist es bloß gekommen, dass Ihr so eingefahren denkt, und noch nicht einmal Veränderungen in Betracht zieht, wenn es dem ganzen Clan Nutzen bringt.«

Sie wusste, dass diese Frage mehr als dreist war, und fürchtete sich vor seiner Reaktion. Gelfrid rieb sich das Kinn, während er offenbar nachdachte. Dann zuckte er die Schultern.

»Ich lebe mit einer Engländerin in einem Haushalt«, sagte er. »Und ich denke, das ist durchaus eine Veränderung. Ich kann nicht allzu eingefahren sein, Judith.«

Iain bemerkte, dass sie den Druck auf seine Hand löste. Sie schien sich zu freuen.

»Lasst uns nun den Toast aussprechen, und dann kann Iains Frau uns erklären, warum sie Sonntage will«, kündigte Graham an.

»Hast du das gehört, Owen? Unser Weib will Sonntage«, flüsterte Gelfrid seinem Freund lautstark zu.

»Das geht doch nicht, oder?«, fragte Vincent. »Man kann doch keinen Tag für sich allein haben. Er gehört allen.«

»Es ist absonderlich«, murmelte Duncan.

»Sie ist Engländerin«, erinnerte Vincent rücksichtsvoll seine Gefährten.

»Willst du damit sagen, sie ist unterentwickelt?«, fragte Owen.

»Sie ist *nicht* unterentwickelt«, griff Gelfrid hitzig ein.

Die Diskussion geriet außer Kontrolle. Iain versuchte, sein Lächeln zu unterdrücken, und Judith versuchte, nicht wütend zu werden. Sie schenkte Gelfrid für seine Verteidigung ein Lächeln – glücklich, dass wenigstens *er* sie nicht für schwachsinnig hielt.

Gelfrid machte das aber schnell wieder zunichte, indem er bemerkte: »Sie ist nur unlogisch. Sie kann wahrscheinlich nichts dafür. Was meinst du, Owen?«

Judith warf Iain einen Blick zu, um ihm zu bedeuten, er sollte sie nun aber wirklich verteidigen. Er zwinkerte ihr zu.

»Aber, aber!«, schimpfte Graham, um jedermanns Aufmerksamkeit auf sich zu ziehen. Er stand auf, hob seinen Kelch hoch und setzte zu einem weitschweifigen Toast auf die Braut und ihren Gatten an.

Alle, Iain eingeschlossen, leerten den Inhalt ihres Bechers auf einen Zug. Augenblicklich huschte der Knappe herum und füllte jedem nach.

Judith schob ihren Stuhl vom Tisch weg. Es war eine Reaktion, die von einer jahrelangen Angewohnheit herrührte, und sie war sich derer nicht bewusst.

Iain merkte es jedoch. Er merkte auch, dass sie mit jedem Schluck, den er trank, immer weiter abrückte. Indes konzentrierte sie sich auf Graham. Der Sprecher des Rates hieß sie nun offiziell im Clan willkommen.

Dann kam Frances Catherine in die Halle, gestützt von Alex' starkem Arm. Patrick wirkte gleichzeitig überrascht und verärgert, seine Frau hier zu sehen.

Sie winkte ab, bevor er ihr eine Standpauke halten konnte. »Ich brauchte frische Luft und wollte meine Freundin besuchen. Sie lebt schließlich auch hier, Patrick, also sieh mich nicht so finster an. Alex hat schon gut auf mich aufgepasst.«

»Ich wollte sie auf meinem Pferd mitnehmen, aber ...«

»Er wusste nicht, wie er mich hochhieven sollte«, erklärte Frances Catherine. Sie tätschelte ihren prallen Bauch und lächelte ihren Mann an.

»Komm her zu uns«, rief Judith ihr zu. »Graham hat eben gerade einen wunderschönen Trinkspruch gehalten, um mich in der Familie willkommen zu heißen.«

Ihre Freundin nickte und sah zu Alex hoch. »Siehst du? Ich sagte doch, dass hier keine Versammlung stattfinden würde. Sonst wäre Judith doch nicht hier!«

»Wieso das denn nicht?«, fragte Judith.

Frances Catherine kam zum Tisch herüber und setzte sich neben ihren Mann, nahm seine Hand, um ihn zu besänftigen, und lächelte Judith zu, während sie ihn kniff.

Patrick wusste, sie wollte ihm bedeuten, sich zu benehmen. Er musste über ihr freches Verhalten grinsen. Sobald sie allein waren, würde er ihr mitteilen, dass er *seine* Befehle befolgt sehen wollte. Sie durfte sich nicht einfach darüber hinwegsetzen. Er konnte sich sehr gut daran erinnern, dass er ihr befohlen hatte, heute Abend zu Hause zu bleiben. Der Gedanke daran, dass seine Geliebte stürzen könnte, entsetzte ihn. Er hatte nur noch ihre Sicherheit im Kopf – wenn ihr irgendetwas geschehen würde, wäre er verloren.

Allein diese finstere Überlegung machte ihn ganz krank. Dann lenkte Frances Catherine ihn davon ab: Sie drückte seine Hand und lehnte sich gegen ihn. Patrick seufzte. Es war ihm egal, ob es hier angebracht war oder nicht, und so legte er den Arm um ihre Schulter und zog sie noch näher an sich.

Frances Catherine bat Graham schüchtern, seinen Trinkspruch noch einmal zu wiederholen, damit sie ihn auch kennen lerne. Der Alte tat das gern. Und wieder leerten alle auf einen Zug ihre Kelche.

Judith rückte noch ein Stück ab. Schon spürte sie wieder das vertraute Engerwerden der Kehle. Iain hatte ihr versprochen, sich niemals in ihrer Gegenwart zu betrinken. Aber was, wenn er – nur ganz zufällig – ein bisschen angeheitert wurde? Würde er so grausam und aufbrausend werden wie Onkel Tekel? Sie zwang sich zur Ruhe. Außerdem verlangte nun Gelfrid ihre ganze Aufmerksamkeit. »Sagt uns, warum Ihr Sonntage wollt«, wies er sie an.

»Was in Gottes Namen tut Ihr da in der Ecke, Judith?«, fragte Graham, der gerade bemerkt hatte, wie sie sich zurückzog.

»Sie ist selbst dahin gerückt«, erklärte Owen.

Judith konnte nicht verhindern, dass sie rot wurde. Sie holte tief Atem und stand auf. »Der Sonntag soll ein Tag der Ruhe sein«, verkündete sie. »So will es die Kirche. In England befolgen wir dieses Gesetz.«

»Das tun wir auch«, sagte Graham. »Wir ruhen uns aus, nicht wahr, Gelfrid?«

»Aye, tun wir«, stimmte sein Freund zu.

»Alle Männer hier ruhen dann«, bemerkte Frances Catherine plötzlich. Sie sah ihre Freundin aufmerksam an. »Das ist es, was du meinst, nicht wahr?«

Judith nickte. »Ich habe festgestellt, dass die Frauen hier nicht einen Tag der Ruhe haben«, erklärte sie. »Sonntag ist also für sie ein Tag wie jeder andere.«

»Wollt Ihr damit etwa unsere Frauen kritisieren?«, fragte Duncan.

»Nein«, antwortete Judith. »Ich kritisiere die Männer.«

Iain lehnte sich in seinem Stuhl zurück und lächelte. Judith hatte ihn gewarnt, dass sie einige Veränderungen durchzuführen gedachte, und er nahm an, dies war eine davon. Hölle, *er* hatte ihr schließlich vorgeschlagen, all das umzustellen, was ihr nicht gefiel. Er rief sich ihre Unterhaltung zurück, die sie auf dem Friedhof geführt hatten. Oh, ja. Er war es gewesen.

»Ihr wollt, dass wir den Frauen befehlen, am Sonntag nicht zu arbeiten?«, fragte Graham.

»Nein, natürlich nicht. Wenn Ihr es befehlt, ist es nur eine weitere Pflicht.«

»Glaubt Ihr etwa, wir würden unsere Frauen schlecht behandeln?«, fragte Duncan.

Judith schüttelte den Kopf. »Oh, nein«, sagte sie. »Als anständige Krieger sorgt Ihr gut für Eure Frauen. Ihr hegt und pflegt und beschützt sie. Dafür machen sie Euch Eure Heime wohnlich und kümmern sich um Eure Bedürfnisse.«

»Und das ist der ganze Sinn der Ehe«, verkündete Graham.

»Klagt sie denn dann die Ehe an?«, fragte Owen, der zu verstehen versuchte.

Gelfrid wiegte den Kopf hin und her. »Daran sind die Steine schuld. Sie haben ihren Verstand verwirrt«, entschied er. »Einer hat ihr fast das Auge ausgerissen.«

Am liebsten hätte Judith geschrien. Sie tat es natürlich nicht, sondern versuchte es erneut mit Logik und wandte sich an Iain. »Wann haben die Frauen einmal Zeit für Vergnügungen?«, fragte sie ihn. »Euer Clan ist niemals bei den Spielen dabei, nicht wahr? Hast du jemals gesehen, dass eine Frau ihr Mittagsmahl draußen eingenommen hat, sodass sie die Sonne genießen konnte, während sie mit anderen plaudert? Ich nicht!« Sie bekräftigte ihre Aussage mit einem Nicken.

Als Nächstes wandte sie sich zu Graham. »Hat irgendeine von Euren Frauen ein Pferd? Sind schon mal für sie Reiterspiele veranstaltet worden?« Sie ließ ihm keine Zeit zu antworten. »Ich wollte ja nur vorschlagen, dass der Sonntag vielleicht für Vergnügen frei gehalten wird. Das ist alles.«

Judith setzte sich wieder. Sie war entschlossen, ihren Mund jetzt zu halten. Sie würde ihnen Zeit geben, darüber nachzudenken und sie dann später noch einmal darauf ansprechen.

»Wir schätzen jedes Mitglied dieses Clans hoch«, verkündete Gelfrid etwas zu salbungsvoll.

»Ich finde, wir sollten jetzt mit der Versammlung beginnen«, warf Duncan ein. »Wenn die Frauen bitte gehen wollen, können wir anfangen.«

Judith sprang erneut von ihrem Stuhl auf. »Die Frauen sind offenbar kein Teil Eures Clans. Sonst wäre es ihnen erlaubt, ihre Probleme vor den Rat zu bringen.«

»Also, Judith, das stimmt aber nicht«, widersprach Owen. »Vor wenigen Monaten noch haben wir Frances Catherine zu uns gebeten.«

»Ja, das ist wahr«, sagte Frances Catherine. »Sie wollten mit mir über deinen Besuch hier sprechen.«

»Lasst uns noch einen Toast ausbringen und dieses Gerede vergessen«, schlug Vincent vor. »Iain, du solltest wirklich deine Frau wegen dieser närrischen Gedanken ins Gebet nehmen. Wenn wir ihr ihren Willen lassen, müssen wir bald unseren Frauen gehorchen.«

Judith sackte in sich zusammen. Also würde der Rat ihr keine Unterstützung bieten.

Nun mischte sich Iain ein. Er sah Vincent an und schüttelte den Kopf. »Ich kann meiner Frau keine Standpauke halten«, sagte er. »Denn ich denke, sie hat Recht!«

Judith war so dankbar, dass sie zu ihm hinlaufen wollte. Doch er hob den Becher und trank. Sie setzte sich sofort wieder.

»Was sagst du da, Iain?«, fragte Graham.

»Judith war eine Fremde, als sie zu uns kam«, begann Iain. »Alles hier war neu für sie, und dadurch konnte sie Dinge entdecken, die wir längst nicht mehr sehen ... oder akzeptiert haben, weil sie eben schon seit Jahren so sind. Ich sehe keinen Grund, warum unsere Frauen nicht sonntags ruhen sollten.«

Die Alten nickten. Graham war jedoch noch nicht zufrieden. »Du rätst uns also, durch Befehl diesen Tag zum freien Tag zu machen?«

»Nein«, erwiderte Iain. »Wie Judith schon sagte: Ein Befehl erzeugt nur weitere Pflichten. Wir machen den Vorschlag, Graham, und können sie ermutigen. Verstehst du den Unterschied?«

Graham lächelte. »Seht Ihr jetzt, warum er unser Clansherr ist? Er ist ein guter Ratgeber, Judith!«

In ihrem Kopf ging zwar immer noch alles drunter und drüber, aber Judith war zu glücklich über Iains Einmischung, um Einwände zu erheben.

»Und Ihr versteht jetzt vielleicht, warum ich ihn geheiratet habe. Ich hätte niemals einen unvernünftigen Mann genommen«, antwortete sie.

»Sie rückt mit dem Stuhl noch bis in die Speisekammer«, flüsterte Gelfrid laut. »Und *das* verstehe ich überhaupt nicht.«

»Judith«, rief Iain. »Ich habe Brodick und Gowrie befohlen, draußen zu warten, bis die Versammlung beginnt. Könntest du sie bitte hereinholen!«

Seine Bitte war seltsam in Anbetracht der Tatsache, dass sein Knappe direkt neben ihm stand. Der junge Krieger wollte offenbar Iain gerade darauf hinweisen, doch dieser hob abwehrend die Hand.

»Ich gehe gerne, Iain«, sagte Judith. Sie freute sich so sehr über die Art, wie Iain seinen Befehl verpackt hatte, dass sie ihr Lächeln nicht unterdrücken konnte.

Iain wartete, bis sie draußen war. Dann wandte er sich zu Frances Catherine. »Es war nur ein Vorwand, Judith hinauszuschicken«, vertraute er ihr leise an. »Ich wollte dich etwas fragen.«

»Ja?«, fragte Frances Catherine und unterdrückte die Panik, die seine gerunzelte Stirn in ihr bewirkte.

Iain wies mit der Hand auf Judiths Stuhl in der Ecke. Dann fragte er: »Warum?«

Frances Catherine begriff. Er wollte wissen, warum Judith während der Unterhaltung immer mehr Abstand zwischen sich und den Männern geschaffen hatte. »Der Wein«, flüsterte sie ebenso leise zurück.

Er schüttelte den Kopf, weil er sich dabei nichts vorstellen konnte.

Frances Catherine holte tief Atem. »Das hat sie schon immer so gemacht, seit sie klein war ... sie will sich selbst schützen. Mein Vater wurde darüber ganz nervös, bis er aufhörte, in ihrer Gegenwart zu trinken. Bitte ... seid nicht böse. Ich glaube nicht, dass sie es überhaupt noch merkt.«

»Ich möchte es gerne verstehen«, sagte Iain, »und ich werde bestimmt nicht böse. Aber erzähl mir doch, warum sie es tut. Warum rückt sie ab, sobald ich einen Schluck trinke? Warum hat sie sich so etwas angewöhnt?«

»Judith versucht, sich ...« Iain wartete geduldig, während Frances Catherine ihren Blick verlegen auf die Tischplatte senkte.

»... versucht, sich außer Schlagweite zu bringen!«

Das hatte Iain nicht erwartet. Er lehnte sich in seinem Stuhl zurück und dachte einen Moment nach. Dann fragte er: »Gab es denn Zeiten, in denen sie nicht rechtzeitig wegkam?«

»Oh, ja«, antwortete Frances Catherine. »Das kam sehr, sehr oft vor.«

Die anderen hatten natürlich jedes Wort mitgehört. Gelfrid stieß einen lauten Seufzer aus. Graham schüttelte den Kopf.

»Warum sollte sie befürchten, dass du sie schlägst?«, fragte Owen.

Iain war bisher noch nicht aufgefallen, wie sehr er den Mangel an Privatleben in seinem Alltag hasste. »Das ist eine Familienangelegenheit«, sagte er knapp.

Er wollte diese Unterhaltung beenden, bevor sie ausgeweitet wurde. Frances Catherine hatte den Wink jedoch nicht verstanden und wandte sich zu Owen, um seine Frage zu beantworten. »Sie fürchtet nicht, dass Iain sie schlägt«, erklärte sie. »Sie hätte ihn nicht geheiratet, wenn sie Angst vor ihm gehabt hätte.«

»Aber dann ...«, begann Owen.

»Wenn Judith möchte, dass du über ihr Vorleben Bescheid weißt, wird sie dich schon aufklären«, sagte Iain mit harter, keinen Widerspruch duldender Stimme. Er stand auf. »Die Versammlung findet morgen statt«, entschied er.

Er ließ ihnen keine Zeit für Proteste, sondern drehte sich um und verließ die Halle.

Judith stand auf dem Vorplatz und wandte sich um, als sie die Tür hinter sich gehen hörte. Sie schenkte ihrem Gatten ein etwas gezwungenes Lächeln.

»Sie sind noch nicht hier, Iain«, rief sie. »Ich schicke sie bestimmt sofort herein, wenn sie ankommen.«

Er ging die Stufen hinunter und machte ein paar Schritte auf sie zu. Sie wich zurück, obwohl sie bemerkte, dass ihr Mann keinesfalls betrunken wirkte. Aber sie hatte gezählt, und es waren drei volle Becher gewesen ... oder hatte er nur daran genippt? Nein, benebelt sah er nicht aus. Doch sie wollte lieber kein Risiko eingehen. Erneut trat sie einen Schritt zurück.

Er hielt an. Auch Judith blieb stehen.

»Judith?«

»Ja?«

»Als ich fünfzehn Jahre alt war, habe ich mich einmal entsetzlich betrunken. Ich weiß es noch, als ob es gestern war.«

Ihre Augen weiteten sich, und er kam noch einen Schritt näher.

»Es war eine qualvolle Erfahrung«, setzte er mit einem weiteren Schritt hinzu. »Ich werde niemals vergessen, wie ich mich am nächsten Tag gefühlt habe.«

»War dir schlecht?«

Er lachte. »Und ob!« Er war jetzt nur noch wenige Zentimeter von ihr entfernt. Er hätte nach ihr greifen können, aber er tat es nicht. Er wollte, dass sie freiwillig zu ihm kam. Und so faltete er die Hände hinter dem Rücken und sah sie an. »*Graham* hatte mich so abgefüllt und kümmerte sich am nächsten Tag um mich. Er hatte mich eine wichtige Lektion lehren wollen, doch ich war damals zu hochmütig, um es zu merken.«

Ihre Neugier wurde nun stärker als ihre Angst. Sie wich nicht mehr zurück, als er noch einen Schritt näher herantrat. »Und was war das für eine Lektion?«, fragte sie.

»Ein Krieger, der seine Selbstbeherrschung für ein paar Becher aufs Spiel setzt, ist ein Narr. Der Wein macht ihn verletzlich und für andere sogar gefährlich.«

Sie nickte heftig. »Das ist allerdings wahr«, sagte sie. »Manche Männer tun oft Dinge, an die sie sich am nächsten Tag nicht mehr erinnern können. Sie können jemandem wehtun und es einfach vergessen. Ständig müssen andere um sie herum auf der Hut sein. Nein, Betrunkenen kann man nicht trauen!«

Was sie ihm sagte, machte sein Herz schwer. Aber er achtete sorgsam darauf, sich nichts anmerken zu lassen. »Und wer hat *dich* diese Lektion gelehrt?«, fragte er mit weicher, beruhigender Stimme.

»Onkel Tekel«, antwortete sie. Nervös rieb sie ihre Arme, während sie ihm von des Onkels Verletzungen erzählte und davon, wie er den Schmerz mit Wein betäubte. Sie zitterte, als sie die Bilder ihrer Vergangenheit beschwor. »Nach einiger Zeit ... hatte der Wein ihm seinen Verstand zerstört. Man konnte ihm nicht mehr trauen.«

»Traust du denn mir?«

»Oh, ja.«

»Dann komm zu mir.«

Er breitete seine Arme aus. Sie zögerte nur einen kurzen Moment, dann stürzte sie auf ihn zu. Er schlang die Arme um sie und hielt sie fest.

»Ich habe dir versprochen, niemals in deiner Gegenwart betrunken zu werden, und du beleidigst mich, wenn du annimmst, ich würde mein Wort nicht halten.«

»Ich wollte dich nicht beleidigen«, flüsterte sie an seiner Brust. »Ich weiß, dass du es nicht absichtlich tun würdest. Aber es gibt Gelegenheiten wie heute Abend, wo du mit anderen trinken musst, und wenn gefeiert wird ...«

»Das wäre keine Entschuldigung«, unterbrach er sie. Er rieb sein Kinn über ihren Kopf und genoss das Gefühl ihres seidigen Haares auf seiner Haut. Er atmete ihren sanften, femininen Duft ein und lächelte vor Wohlgefallen.

»Liebster Gatte, du verpasst deine wichtige Versammlung«, flüsterte sie.

»Ja«, stimmte er zu und ließ sie los. Er wartete, bis sie zu ihm hochsah, und beugte sich dann herab, um sie zu küssen.

Schließlich nahm er sie an die Hand und führte sie ins Haus zurück. Drinnen zog er sie die Treppen herauf.

»Wohin gehen wir denn?«, fragte sie ihn leise.

»In unser Zimmer.«

»Aber deine Versammlung ...«

»*Wir* haben eine Versammlung.«

Sie begriff nicht. Er öffnete die Tür zur Schlafkammer, zwinkerte seiner Frau zu und schob sie dann sanft hinein.

»Und um was geht es bei unserer Versammlung?«

Er schloss die Tür, verriegelte sie und wandte sich dann Judith zu. »Befriedigung«, sagte er. »Zieh deine Kleider aus, und ich erkläre dir ganz genau, was ich meine.«

Ihre plötzliche Röte sagte ihm, dass sie endlich verstanden hatte. Sie lachte hell auf, und sein Herzschlag beschleunigte sich. Er lehnte sich gegen die Tür und beobachtete, wie sie mit ihrer Verlegenheit kämpfte.

Noch nicht einmal berührt hatte er sie und fühlte sich doch schon unglaublich zufrieden. Bevor sie in sein Leben getreten war, hatte er gar nicht gewusst, wie leer und kalt es gewesen war. Es kam ihm vor, als wäre er bisher in einem Labyrinth von Pflicht und Verantwortung herumgeirrt, ohne sich jemals die Frage zu gestatten, ob er etwas vermisste.

Judith hatte sein Leben verändert. Er war schon glücklich, nur bei ihr zu sein, und nahm sich nun auch Zeit für Unsinn – zum Beispiel, wenn er sie neckte, nur um ihre stets erfrischende Reaktion zu provozieren. Und er liebte es, sie zu berühren. O Himmel, wie er es liebte, ihren weichen Körper an sich gedrückt zu spüren. Er liebte es, wenn sie über die albernsten

Dinge rot wurde und schüchtern versuchte, ihm Befehle zu erteilen.

Sie war für ihn eine wunderbare ständige Verwirrung. Er wusste, wie schwer es für sie gewesen sein musste, für die Frauen aus dem Clan einzutreten. Und doch hatte sie ihre Schüchternheit überwunden, um für bessere Bedingungen zu bitten.

Judith war willensstark, mutig und außergewöhnlich zartfühlend.

Und er liebte sie.

Jetzt mochte ihm Gott helfen, dachte er sich. Sie hatte sein Herz erobert. Er wusste nicht, ob er lieber lachen oder schreien sollte. Judith, die gerade dabei war, ihre Sachen abzulegen, hielt inne, um ihn anzusehen. Sie trug nur noch ihr weißes Hemd und langte gerade nach der Goldkette, die um ihren Hals hing, als sie seinen finsteren Ausdruck bemerkte.

»Stimmt etwas nicht?«, fragte sie.

»Ich bat dich, diesen Ring nicht mehr zu tragen«, erinnerte er sie.

»Du hast mich gebeten, ihn nicht im Bett zu tragen«, erwiderte sie. »Und das habe ich nicht, oder?«

Sein Gesicht wurde noch düsterer. »Warum trägst du ihn denn am Tag? Hat das Ding für dich eine besondere Bedeutung?«

»Nein.«

»Dann – warum zur Hölle trägst du ihn?«

Judith verstand nicht, was ihn plötzlich so ärgerlich machte.

»Weil Janet und Bridget jetzt immer in unserem Zimmer sauber machen, und ich nicht will, dass sie ihn finden und sich Gedanken machen.« Sie hob die Schultern. »Der Ring wird langsam wirklich lästig. Ich würde ihn gerne loswerden.«

Jetzt war der richtige Zeitpunkt gekommen, ihm zu gestehen, wem der Ring gehörte und warum sie befürchtete, jemand könnte es zufällig herausfinden.

Sie legte Kette und Ring zurück in das Kästchen und schloss den Deckel. Dann wandte sie sich zu ihm um. Ja! Sie musste es ihm nun endlich sagen. »Erinnerst du dich daran, was du kurz vor unserer Hochzeit gesagt hast? Dass die Vergangenheit für dich nicht zählt?«

Er nickte. »Ich kann mich erinnern«, sagte er.

»Hast du es auch so gemeint?«

»Ich meine immer, was ich sage.«

»Du brauchst mich nicht anzufauchen«, flüsterte sie. Sie begann unwillkürlich die Hände zu ringen. Wenn Iain sie liebte, würde die Wahrheit, die sie ihm zu sagen gedachte, doch nicht alles kaputtmachen ... oder doch?

»Liebst du mich?«

Er stieß sich von der Tür ab. Sein Gesichtsausdruck war fast bedrohlich geworden. »Du wirst mich nicht herumkommandieren, Judith.«

Judith war vollkommen entsetzt. »Natürlich nicht«, sagte sie schnell. »Ich frage doch nur, weil ...«

»Ich lasse mich nicht zu einem Jammerlappen machen. Und ich will, dass du das hier und jetzt verstehst.«

»Das weiß ich«, sagte sie. »Und ich will dich überhaupt nicht ändern.«

Aber auch das besänftigte ihn nicht. »Ich werde nicht wie ein Schwächling herumlaufen.«

Die Unterhaltung hatte eine groteske Wende genommen. Iains Laune war vollkommen umgeschlagen. In ihrem Herzen wusste sie, dass er sie liebte, aber die Reaktion auf ihre simple Frage verwirrte sie so sehr, dass sie begann, sich Sorgen zu machen.

»Hat meine Frage dich so aus der Fassung gebracht?«, fragte sie, und allein die Möglichkeit versetzte ihr einen Stich.

»Krieger geraten nicht aus der Fassung. Nur Frauen tun das.«

Sie nahm die Schultern zurück. »Ich nicht.«

»Oh, doch«, entgegnete er. »Du ringst deine Hände.«

Sie zwang sich sofort zur Ruhe. »Aber du bist derjenige, der angefangen hat«, sagte sie.

Er zuckte die Schultern. »Ich habe ... nachgedacht.«

»Worüber?«

»Über die Hölle.«

Sie musste sich setzen. Jetzt verstand sie gar nichts mehr.

»Was meinst du damit?«, fragte sie.

»Patrick sagte mir einmal, er würde durch die Hölle gehen, wenn er seiner Frau damit einen Gefallen tun könnte.«

Sie ging zum Bett und setzte sich auf die Kante. »Und?«, hakte sie nach, als er schwieg.

Er streifte seine Kleider ab und kam zu ihr herüber. Dann zog er sie auf die Füße und sah ihr in die Augen.

»Und mir ist gerade aufgefallen, dass ich dasselbe für dich tun würde.«

Kapitel 13

Zwei volle Wochen lief Judith durch einen Nebel des Glücks. Iain liebte sie. Oh, er hatte nicht genau diese Worte gebraucht, aber das, *was* er gesagt hatte, war gewiss Beweis genug, dass er sie wirklich liebte.

Sie konnte ihr Lächeln nicht unterdrücken. Iain dagegen runzelte nur noch die Stirn. Es war deutlich, dass er Schwierigkeiten hatte, seine Gefühle für sie zu akzeptieren. Sie zu lieben machte ihm Sorgen. Sie konnte es verstehen. Krieger waren dazu erzogen, zu kämpfen und zu schützen. Sie härteten viele Jahre Körper und Geist dazu ab, unbesiegbar zu sein, und hatten keine Zeit für zarte Empfindungen. Sie nahm an, dass Iain sich nun wie eingefangen fühlte. Aber mit der Zeit würde er lernen, seiner Liebe zu vertrauen und dieselbe Freude zu verspüren wie sie.

Immer wieder ertappte sie ihren Mann, wenn er sie heimlich beobachtete. Er wirkte wie ständig in Gedanken versunken. Sie wollte ihn nicht bedrängen, über seine unsinnige Verletzlichkeit hinwegzukommen, denn wahrscheinlich würde er schon aus der Fassung geraten, wenn sie nur dieses Wort benutzte. Also fasste sie sich in Geduld und dachte sich ihren Teil.

Gelfrid fand heraus, dass sie gut mit Nadel und Faden umgehen konnte, und schleppte umgehend einen ganzen Korb mit Kleidung an, die ausgebessert werden musste. Graham wollte da nicht nachstehen und gab ihr die seine auch.

Judith hatte drei Stühle mit hohen Lehnen und weicher

Polsterung in die Halle getragen und sie im Halbkreis vor den Kamin gestellt. Die Polster waren natürlich mit den Maitland-Farben bezogen.

Nach dem Essen setzte sie sich gewöhnlich auf einen der Stühle und holt ihr Nähzeug hervor, während sie der Unterhaltung am Tisch folgte. Oft fragte Graham sie nach ihrer Meinung und nickte meistens zustimmend, wenn sie ihre Ansichten dargelegt hatte. Wenn eine offizielle Versammlung stattfand, verließ sie jedes Mal den Saal, weil ihr klar war, dass Iain es zu schätzen wusste, sie nicht erst darum bitten zu müssen.

Judith stellte fest, dass sie den beiden alten Männern Graham und Gelfrid so gut tat, dass sie sich ihrerseits Mühe gaben, ihr Gefallen zu erweisen. Eines Morgens sprach sie darüber, wie schön sie es fände, wenn die kargen Steinwände mit farbigen Bannern geschmückt wären. Sofort gingen Graham und Gelfrid in ihre Zimmer und kamen mit wunderschönen Seidenbannern zurück, die einst in ihren Häusern gehangen hatten.

Helen half, die Tücher aufzuhängen. Sie war schon jetzt ein willkommener Zuwachs im Haushalt. Mit Judiths Hilfe und Beistand regelte sie den Küchenbetrieb und verwandelte die Festung in ein anheimelndes Zuhause für alle. Der Duft der Gewürze, gemischt mit dem Geruch frisch gebackenen Brotes zog nun täglich durchs Haus und entlockte Graham und Gelfrid zufriedene Seufzer.

Der erste Sonntag, der als Ruhetag deklariert war, brachte nicht das, was Judith sich vorgestellt hatte. Die meisten Frauen kümmerten sich nicht um den Vorschlag, ihre Arbeit beiseite zu legen. Judith ließ sich dennoch nicht beirren. Sie wusste, wenn sie die Kinder nach draußen locken konnte, würden auch die Frauen kommen. Also dachte sie sich Spiele für die Kleinen aus und schickte Andrew durchs Dorf, um an jeder Tür zu verkünden, dass am nächsten Sonntag ein Fest für die Maitland-Kinder gefeiert würde.

Es war ein voller Erfolg. Die Mütter ließen alles stehen und liegen, nur um ihren Kindern bei den Spielen zusehen zu können. Judith hatte das erwartet. Was sie nicht erwartet hatte, war die Anwesenheit der Männer. Manche kamen aus bloßer Neugier, andere wollten ihren Sprössling begutachten. Helen übernahm die Verpflegung, und andere Mütter halfen ihr bereitwillig. Tische wurden nach draußen getragen und bogen sich bald unter Obstkuchen, Brot und Marmelade und deftigeren Leckereien wie gesalzenem Lachs, geräuchertem Lamm und Geflügel.

Es gab nur einen unangenehmen Augenblick an diesem Tag. Ein elfjähriges Mädchen namens Elizabeth gewann den Wettbewerb im Bogenschießen. Sie schlug alle, sogar dreizehnjährige Jungen. Niemand wusste, was zu tun war. Wenn man dem Mädchen zujubelte, wäre das doch eine Demütigung für die älteren Jungen. Judith war sich nicht sicher, wie sie mit dieser delikaten Situation umgehen sollte. Glücklicherweise kam Iain gerade dazu, als der Wettbewerb zu Ende war. Judith ging zu ihm, gab ihm eines der hübschen, kleinen Banner, die sie für die Sieger gemacht hatte, und bat ihn, den Preis zu überreichen. Sie sagte ihm nicht, wer gewonnen hatte.

Ihr Mann wusste nichts, bis er auf die Zielscheiben sah. Ihm war es jedoch egal. Er lobte Elizabeths Geschicklichkeit, während er ihr das Fähnchen an ihr Plaid heftete. Die Eltern des Mädchens kamen heran. Und der Vater erzählte lautstark, dass er dem Kind das Bogenschießen beigebracht hatte und sie schon von klein auf dafür besonders begabt war.

Judith verbrachte den größten Teil des Tages damit, so viele

Clansmitglieder wie möglich kennen zu lernen. Sie sah Agnes zwei Mal, aber immer, wenn sie Anstalten machte, die Frau zu begrüßen, wandte ihr die Hebamme demonstrativ den Rücken zu und ging in die andere Richtung. Nach dem dritten vergeblichen Versuch gab Judith es auf.

Frances Catherine saß auf einer Decke auf dem Hügel und sah den Spielen zu. Judith kam zur Mittagsmahlzeit zu ihr. Andrew lief ihr hinterher, und erst als sie sich zu ihrer Freundin gesetzt hatte, entdeckte sie, dass alle anderen Kinder folgten.

Die Kleinen waren schrecklich neugierig auf sie. Auch wenn sie die Frau des Clansherrn war, so war sie doch auch immerhin noch Engländerin, und sie hatten ihr eine Menge Fragen zu stellen. Sie beantwortete jede einzelne, wobei sie sorgsam darauf bedacht war, sich nicht von einigen hahnebüchenen Vorurteilen über ihr Volk beleidigen zu lassen.

Frances Catherine erzählte ihnen die Geschichte, wie sie und Judith sich kennen gelernt hatten. Die Kinder wollten dann mehr über die Spiele an der Grenze wissen, und Judith berichtete von dem jährlichen Festival. Die Kinder hingen an ihren Lippen und manche auch an ihr selbst. Ein kleiner Junge von höchstens drei Jahren stand die ganze Zeit geduldig neben ihr. Sie konnte sich nicht vorstellen, was er wollte, bis sie die übrig gebliebenen Preisfähnchen von ihren Röcken zupfte. Augenblicklich kam der Kleine heran, drehte sich um und ließ sich auf ihren Schoß fallen. Judith fuhr mit ihren Geschichten fort, und kurz darauf schlief der Junge tief und fest.

Die Kinder konnten nicht genug bekommen. Sie wollten immer wieder noch eine Geschichte hören. Judith versprach schließlich, dass sie morgen Nachmittag mit ihrem Nähzeug auf den Hügel käme, und dann würde sie noch mehr Geschichten erzählen.

Alles in allem entwickelten sich die Dinge gut. Frances Catherines bevorstehende Geburt belastete Judith allerdings noch sehr, und bis das Baby gesund zur Welt gekommen und ihre Freundin wieder ganz bei Kräften war, würde sie nicht aufatmen können. Frances Catherine hatte es zuerst rundweg abgelehnt, Helen zu vertrauen, aber wenn Judith meinte, Helen könnte eine Hilfe sein, dann vielleicht ... doch nur, wenn diese Anweisungen von Judith bekam!

Falls die Schätzungen stimmten, stand Frances Catherines Niederkunft in einer Woche bevor. Sie fand, dass ihre Freundin Umfang genug hatte, um drei Babys in die Welt zu setzen, und machte den Fehler, dies Patrick gegenüber zu erwähnen. Er wurde bemerkenswert bleich, und sie beeilte sich, ihm zu versichern, dass sie bloß einen Scherz hatte machen wollen. Er befahl ihr, solche Scherze in Zukunft zu unterlassen.

Iain hielt sich in den nächsten Tagen von Judith fern. Nachts dagegen war er allerdings ganz, ganz anders. Er liebte sie fast jede Nacht leidenschaftlich, und sie schliefen dicht aneinander gekuschelt ein.

Iain hatte ihr gegenüber niemals vollkommen seine Selbstbeherrschung oder seinen Hochmut verloren. Bis zu jenem Abend, als sie Ramsey kennen lernte!

Frances Catherine war soeben in die Halle gekommen, um ein oder zwei Stündchen mit ihrer Freundin zu plaudern. Patrick half ihr, sich auf einem Stuhl an der Feuerstelle niederzulassen, befahl ihr, dort zu bleiben, bis er etwas Wichtiges erledigt hatte, und durchquerte den Saal, um sich zu Iain und Brodick zu gesellen.

»Mein Mann entwickelt sich zu einem Nervenbündel«, flüsterte Frances Catherine.

Judith lachte. Frances Catherine sah zu Iain hinüber und entdeckte sein Lächeln. Ein paar Minuten später sagte sie etwas anderes, was Judith urkomisch fand, und Frances Catherine bemerkte, dass Iain sich stets mitfreute, wenn seine Frau lachte. Sie fand das unglaublich süß und verriet es ihrer Freundin.

In diesem Moment kamen Ramsey und zwei andere Krieger in die Halle.

Judith bemerkte die Männer nicht, Frances Catherine aber umso mehr. »Erinnerst du dich, wie ich dir von Ramsey erzählt habe? Und wie gut er aussieht?«

Judith verneinte. »Sieh nur«, wisperte Frances Catherine. »Dann weißt du, was ich gemeint habe.«

Natürlich war Judiths Neugier sofort geweckt. Sie linste um ihren Stuhl herum, um einen Blick auf die Männer zu erhaschen. Dann sog sie scharf die Luft ein. Fast fiel ihr die Kinnlade herunter. Oh, lieber Himmel, war der schön! Und das war das einzige Wort, das seinem Aussehen gerecht wurde, fand Judith. Man konnte ihn unmöglich jemandem beschreiben, der ihn nicht gesehen hatte. Er war einfach makellos! Schwarzbraunes Haar, braune Augen und ein Lächeln, das allen Frauen Herzflattern verursachte. Und er lächelte jetzt.

»Hast du das Grübchen gesehen?«, flüsterte Frances Catherine. »Gott, Judith, ist er nicht einfach ein Wunder?«

Wie hätte man das Grübchen nicht bemerken sollen? Es war unwiderstehlich. Das wollte sie jedoch keinesfalls ihrer Freundin zugeben. Sie beschloss, Frances Catherine ein wenig zu necken. »Welcher von denen ist denn nun Ramsey?«, fragte sie unschuldig.

Frances Catherine brach in Lachen aus, und die Männer wurden auf die beiden aufmerksam. Ramsey lächelte Patricks Frau zu und wandte sich dann zu Judith.

Sie starrten einander einen langen Augenblick an, während

sie überlegte, wie man nur so gut aussehen konnte, und er sich wahrscheinlich fragte, wer zum Teufel sie sei.

Dann bemerkte sie, dass Iain aufstand. Er sah nicht gerade überglücklich aus und blickte sie unverwandt an.

Sie fragte sich, was sie getan hatte, um ihn zu verärgern. Sie würde sich bemühen, es herauszufinden, sobald es ihr gelang, ihren Blick von diesem Krieger abzuwenden. Dachte sie.

Iain war nicht bereit, darauf zu warten. »Judith, komm her!«, befahl er knapp und barsch.

Sie runzelte die Stirn, um ihm zu bedeuten, wie wenig sie seine Herumkommandiererei schätzte, doch er kümmerte sich nicht darum. Er winkte sie gebieterisch zu sich.

Sie ließ sich Zeit, ihm zu gehorchen. Erst faltete sie sorgfältig die Strümpfe, die Gelfrid ihr zum Stopfen gegeben hatte, legte sie dann in den Korb und stand schließlich langsam auf.

»Ich glaube, dein Mann ist ein wenig eifersüchtig«, flüsterte Frances Catherine.

»Das ist doch lächerlich«, flüsterte Judith zurück.

Ihre Freundin schnaubte. Judith zwang sich, nicht wieder zu lachen und durchquerte den Raum, wobei sie darauf achtete, direkt an den drei Gästen vorbeizugehen. Schließlich hielt sie vor ihrem finster blickenden Ehemann an.

»Möchtest du etwas?«, fragte sie.

Er nickte. Dann packte er ihre Hand. Judith konnte sich nicht vorstellen, was plötzlich über ihn gekommen war, denn nun zog er sie an seine Seite und legte den Arm fest und fordernd um ihre Schulter.

Er benahm sich ungemein besitzergreifend. Judith musste sich auf die Unterlippe beißen, um nicht zu lachen. Frances Catherine hatte Recht gehabt. Iain war eifersüchtig. Sie wusste nicht, ob sie darüber glücklich oder beleidigt sein sollte.

Er stellte sie den Neuankömmlingen vor. Judith war sorgsam bedacht, jedem Krieger die gleiche Aufmerksamkeit zu widmen. Sie hätte am liebsten Ramsey angestarrt, aber sie wagte es nicht. Iain würde es merken.

Sobald die Formalitäten erledigt waren, wollte Judith zu ihrer Freundin zurück, doch Iain ließ sie nicht gehen. Sie wandte sich um und sah ihn an. Seine Stirn blieb immer noch gerunzelt.

»Kann ich mal unter vier Augen mit dir sprechen?«, bat sie.

Statt einer Antwort zog er sie in die Speisekammer.

»Was willst du mir sagen?«

»Ramsey sieht unglaublich gut aus!«

Ihre Bemerkung passte ihm überhaupt nicht. Judith musste lächeln.

»Aber du tust das auch, mein geliebter Mann. Ich würde für ihn übrigens nicht durch die Hölle gehen, egal wie treu er dir ergeben ist. Ich liebe ihn nicht, ich liebe *dich*. Ich dachte, du würdest das gerne von mir hören. Ja, ich würde für dich durch die Hölle gehen ... und *nur* für dich!«

Er ließ ihre Hand los. »Hab ich mich so eindeutig benommen?«

Sie nickte, und er grinste. Dann beugte er sich hinunter und küsste sie. Es war ein zärtlicher Kuss, der zwar nichts verlangte, ihnen beiden aber Lust auf mehr machte.

»Ich bin ein sehr besitzergreifender Mann, Judith. Das solltest du zur Kenntnis nehmen.«

Ihr Lächeln machte ihn glücklich. »Das habe ich schon bemerkt«, sagte sie leise. »Und ich liebe dich auch dafür!«

Er lachte. »Meine Männer warten«, sagte er dann. »Gibt es noch etwas, das du mir sagen wolltest?«

Seine Arroganz war wiederhergestellt. Sie schüttelte den Kopf. »Nay, Ehemann!«

Und sie brach in Lachen aus, als Frances Catherine und sie nach draußen gegangen waren und die schwere Tür hinter sich schlossen.

Judith hatte keine leeren Phrasen gemacht. Sie würde durch die Hölle gehen, um Iain zu schützen, doch sie hatte niemals wirklich geglaubt, es einmal tun zu müssen.

Die Hölle sollte Maclean-Land sein.

Schon am nächsten Nachmittag wurde Judith auf die Probe gestellt. Iain war mit Ramsey und Brodick fortgeritten, um wieder einmal einen Disput mit den schwierigen Macphersons nahe der Westgrenze zu bereinigen, und Patrick und Graham machten sich für die Jagd bereit. Graham erzählte ihr, sie wollten vielleicht auch fischen.

»Wenn genug Zeit ist, versteht sich«, erklärte der Alte. »Patrick will seine Frau wegen ihres Zustandes nicht länger als vier Stunden allein lassen.« Er hielt inne und kicherte. »Der Bursche erzählt mir ständig, dass seine Frau überängstlich reagiert, sobald er außer Sichtweite ist, und ein paar Minuten später nimmt sie mich beiseite und verlangt, dass ich ihren Gatten einen vollen Tag mit der Jagd beschäftige, sodass sie endlich mal Ruhe und Frieden finden kann.«

»Er macht sie noch verrückt«, bestätigte Judith. »Er beobachtet sie unablässig. Frances Catherine schwört, dass er sogar nachts wach liegt und sie anstarrt.«

Graham schüttelte den Kopf. »Er macht uns alle verrückt«, gab er zu. »Aber er ist keiner Vernunft zugänglich. Wir wollen wirklich froh sein, wenn Frances Catherines Baby endlich da ist.«

Judith konnte nur zustimmen. Dann wechselten sie das Thema. »Geht Ihr bei den Wasserfällen jagen?«

»Ja«, sagte er. »Dort kann man am besten fischen.«

»Frances Catherine hat gesagt, dort wäre es wunderschön.«

Die Sehnsucht in ihrer Stimme entging dem Ratsmitglied nicht.

»Warum kommt Ihr nicht einfach mit? Dann könnt Ihr es selbst beurteilen!«

Aufgeregt lief Judith zu Helen und fragte sie. »Wenn du natürlich heute Hilfe brauchst, bleibe ich gern zu Hause.«

Helen freute sich, dass ihre Herrin so viel Rücksicht nahm.

»Nun, da Janet und Bridget die gröbsten Arbeiten machen, habe ich außerhalb der Küche nicht viel zu tun, Mylady«, sagte Helen.

»Dann ist es also abgemacht«, verkündete Graham. »Lauft und macht Euch fertig, Judith. Helen, vielleicht bekommst du heute frischen Fisch zum Abendessen.«

Judith rannte die Treppe hinauf, zog ihre Reitkleider an, band ihr Haar im Nacken zusammen und lief dann eilig wieder hinunter.

Patrick war nicht glücklich über ihre Begleitung. Sie konnte ihn verstehen und war nicht verletzt.

»Frances Catherine kann nichts geschehen, wenn wir weg sind«, versprach sie. »Helen wird nachher bei ihr vorbeigehen, nicht wahr?« Die Haushälterin nickte schnell. Patrick war jedoch immer noch nicht beruhigt. Graham musste ihn mehrmals kräftig schubsen, damit er sich in Richtung Ställe bewegte.

Es war ein strahlender Morgen. Judith hatte ihren dicken Umhang mitgenommen, aber es würde ganz sicher nicht nötig sein, ihn anzulegen. Der Wind wehte mild, die Sonne schien hell, und die Gegend war genauso atemberaubend farbenfroh, wie Frances Catherine sie geschildert hatte.

Bis zu den Wasserfällen kamen sie jedoch nicht. Die Dunbars griffen sie vorher an.

Die Attacke kam ohne Vorwarnung. Graham ritt als Erster durch den dichten, diesigen grünen Wald. Judith kam direkt hinter ihm, und Patrick schloss sich an. Ihre Wachsamkeit war nicht besonders groß, da sie sich noch auf Maitland-Gebiet befanden.

Plötzlich waren sie von mindestens zwanzig Kriegern umzingelt, die ihre Schwerter gezogen hatten. Sie trugen keine Maitland-Farben, aber Judith war viel zu überrascht, um Angst zu bekommen.

»Ihr seid auf unserem Land«, bellte Graham mit einem Zorn, den Judith an ihm noch nicht kennen gelernt hatte. »Verschwindet von hier, Dunbars, bevor ihr den Waffenstillstand verletzt!«

Die Krieger reagierten nicht. Sie standen da wie Statuen und schienen noch nicht einmal zu blinzeln.

Einige der Krieger starrten Judith an. Sie hob das Kinn und starrte zurück. Der Feind würde sie nicht einschüchtern. Und sie würde ihnen gewiss nicht zeigen, dass Panik in ihr hochstieg.

Man hörte das Hufgetrappel herannahender Pferde, gerade als Patrick sich an ihre rechte Seite schob. Er rückte so dicht zu ihr auf, dass sein Bein an ihrem Schenkel rieb.

Sie wusste, dass er sein Leben für ihres geben würde, und Judith schickte ein kurzes Gebet an ihren Schöpfer, dass dies unnötig sein würde.

Niemand bewegte sich, bis das Geräusch der Pferde, die durch das Dickicht brachen, direkt von vorne kam. Da drehten sich einige Dunbars erwartungsvoll um.

Fünf weitere Männer erschienen. Sie trugen ebenfalls Plaids, aber die Farben waren nicht die der Dunbars. Judith konnte sich nicht vorstellen, was das zu bedeuten hatte. Patrick dagegen schon. Er stieß einen unterdrückten Fluch aus.

Sie sah ihn an. »Wer sind sie?«, flüsterte sie.

»Maclean-Soldaten.«

Judiths Augen weiteten sich. Judith sah wieder auf die Männer. Ihr Anführer trieb sein Pferd nun näher, und Judith betrachtete ihn genauer. Es war etwas Vertrautes an ihm, obwohl sie nicht wusste, was es sein konnte. Er war groß, breitschultrig und hatte dunkelblondes Haar und Augen von intensivem Blau.

Graham brach das Schweigen. »Ihr habt Euch also mit den Dunbars verbündet.«

Das war eine Feststellung, keine Frage, doch der Maclean-Krieger gab dennoch eine Antwort.

»Euer Clansherr hat versucht, die Allianz zu verhindern. Er hätte Erfolg gehabt, wenn er nicht Euch und die anderen, die den Clan regieren, hätte bekämpfen müssen, alter Mann. Wer ist diese Frau?«

Weder Patrick noch Graham gaben eine Antwort.

Der Maclean-Krieger gab seinen Männern ein Zeichen. Selbst wenn Graham und Patrick unvorsichtig genug gewesen wären, es zu versuchen, hätten sie keine Zeit mehr gehabt, nach ihren Schwertern zu greifen. Die Klingen der Dunbars zeigten nun auf ihre Kehlen, während die Krieger auf den nächsten Befehl ihres Anführers warteten.

»Ich frage Euch noch mal«, sagte er zu Graham. »Wer ist diese Frau? Sie kommt mir bekannt vor.«

Graham schüttelte den Kopf.

Judiths Herz begann wild zu hämmern. »Ich kann für mich selbst sprechen«, rief sie aus.

Patrick legte ihr die Hand aufs Knie und drückte. Er wollte ihr klar machen, dass sie nichts erzählen durfte.

Der Anführer brachte sein Pferd nah an ihre linke Seite. Er starrte Patrick lange an, dann wandte er sich zu Judith. »Dann sprecht!«, befahl er hochmütig.

»Sagt mir, wer Ihr seid, und ich beantworte Eure Frage«, gab sie den Befehl ebenso hochmütig zurück.

Der Druck von Patricks Hand wurde schmerzhaft.

»Mein Name ist Douglas Maclean«, antwortete der Mann.

»Seid Ihr der Anführer dieser Männer oder nur der Vorlauteste?«

Er ignorierte ihre direkte Beleidigung. »Ich bin der Sohn des Clansherrn«, sagte er. »Nun sag mir endlich, wer ...«

Er hielt inne, als er die heftige Reaktion in der Miene der wunderschönen Frau entdeckte. Die Farbe war aus ihrem Gesicht gewichen, und sie fiel fast vom Pferd, ohne es überhaupt zu merken. Er streckte schnell die Hand aus und hielt sie am Arm fest.

Sie wagte es, ihn kopfschüttelnd anzusehen. »Ihr könnt nicht sein Sohn sein.«

Die Heftigkeit in ihrer Stimme verwirrte ihn. »Und ob ich das kann«, antwortete er.

Sie weigerte sich, ihm zu glauben, bis ihr blitzartig ein Gedanke kam. Ihr Vater musste schon einmal verheiratet gewesen sein. Ja, das musste es sein. Douglas war wohl ein paar Jahre älter als sie ... »Wer war Eure Mutter?«, verlangte sie zu wissen.

»Was soll diese Frage?«

»Antwortet mir!«

Ihr offensichtlicher Zorn überraschte ihn. »Und wenn ich es tue, verratet Ihr mir dann endlich, wer Ihr seid?«

»Ja«, versprach sie.

Er nickte. »Also gut«, sagte er dann weitaus weicher. »Meine Mutter war eine englische Dirne. Sie sprach ähnlich wie Ihr, soweit ich mich erinnere. Nun sagt mir, wer Ihr seid«, verlangte er wieder.

Judith versuchte verzweifelt, ihre Fassung zu wahren. »Wie alt seid Ihr?«

Er sagte es ihr und drückte ihr dann schmerzhaft den Arm.

Judith glaubte, ihr müsse übel werden. Douglas war fünf Jahre älter als sie, und seine Augen, lieber Gott, seine Augen hatten dieselbe Farbe wie ihre. Und sein Haar? Nein, nein, sagte sie sich. Ihres war viel heller.

Judith musste tief Atem holen, um ihr Zittern zu unterdrücken. Sie sackte seitlich in ihrem Sattel zusammen.

Lieber Himmel, es stimmte! Douglas war ihr Bruder!

Patrick versuchte, den Arm um sie zu legen, doch Douglas schoss hervor, hob sie aus dem Sattel und setzte sie auf seinen Schoß.

»Was zur Hölle hat sie?«, fragte er.

Keiner antwortete ihm. Douglas knurrte vor Ärger. Er wusste immer noch nicht, wer sie war, Patrick hingegen war ihm zur Genüge bekannt.

»Der Clansherr der Maitlands wird seinen Bruder suchen«, sagte er zu seinen Männern. »Wir werden ihn angemessen begrüßen. Bringt sie zu Vaters Festung!« Er nickte in Grahams und Patricks Richtung.

Der lange Weg zum Maclean-Besitz wurde erheblich abgekürzt, da sie quer über das Dunbar-Land reiten konnten. Patrick prägte sich jede Einzelheit für den späteren Gebrauch genau ein. Judith achtete nicht darauf, wo sie entlangritten. Sie hielt die Augen fest geschlossen, während sie über diese furchtbare Situation nachdachte.

Sie hätte am liebsten aus Scham über den Verrat ihrer Mutter geweint. Wie hatte sie nur ihr Kind im Stich lassen können? Judith war so übel, dass sie sich auf kaum etwas anderes konzentrieren konnte, als ihren Mageninhalt bei sich zu behalten.

Und sie überlegte, wie Douglas wohl reagieren würde, wenn sie ihm die Wahrheit an den Kopf warf.

Schließlich öffnete sie ihre Augen wieder. Er bemerkte es.

»Entsetzt Euch der Name Maclean so sehr, dass Ihr darüber in Ohnmacht fallen müsst?«

»Ich bin nicht ohnmächtig geworden«, schnappte sie. »Ich will auf meinem eigenen Pferd reiten.«

»*Ich* will, dass Ihr mit mir reitet«, gab er zurück. »Ihr seid sehr schön«, setzte er hinzu. »Ich könnte mich dazu entschließen, Euch mein Bett wärmen zu lassen.«

»Das ist widerlich!«

Sie hatte nicht vorgehabt, so herauszuplatzen, aber sie konnte es nicht verhindern. Douglas war über ihren angeekelten Gesichtsausdruck verärgert. Er nahm ihr Kinn in die Hand und zwang ihren Kopf hoch.

Grundgütiger, wollte er sie etwa küssen? »Mir wird schlecht«, stammelte sie. Hastig ließ er sie los.

Sie atmete ein paar Mal tief ein, um ihn zu überzeugen, dass es ihr wirklich nicht gut ging, und entspannte sich dann wieder.

»Es ist schon wieder besser«, log sie.

»Alle Engländer sind schwach«, sagte er. »Das ist ein Grund, warum wir sie verachten.«

»Männer wie Frauen?«, fragte sie.

»Aye«, antwortete er.

»Ich bin Engländerin«, sagte sie. »Und Ihr widersprecht

Euch. Wenn Ihr uns alle hasst, warum deutet Ihr dann an, dass Ihr mich in Eurem Bett haben wollt?«

Er gab ihr keine Antwort. Ein paar Minuten verstrichen, bevor er wieder sprach. »Sagt mir Euren Namen.«

»Judith«, antwortete sie.

»Warum tragt Ihr die Maitland-Farben?«

»Meine Freundin hat es mir gegeben. Ich bin hier zu Besuch und kehre nach England zurück, sobald sie ihr Baby hat.«

Er schüttelte den Kopf. »Die Maitlands werden Euch nicht gehen lassen. Ihr lügt, Judith!«

»Warum sollten sie mich nicht gehen lassen?«

»Ihr seid zu schön, um ...«

»Ich bin Engländerin«, unterbrach sie ihn. »Sie mögen mich nicht.«

»Lügt mich nicht an«, befahl er. »Zu wem gehört Ihr?«

»Sie sagt die Wahrheit«, rief Patrick. »Sie ist ein Gast, nichts weiter.«

Douglas lachte. Er glaubte kein Wort. Der Griff um ihre Taille wurde fester und tat ihr weh. Sie versuchte, seine Finger aufzubiegen und entdeckte den Ring an seinem Finger. Sie unterdrückte einen Schrei und griff unwillkürlich an ihren Busen, wo der gleiche Ring verborgen war.

»Woher habt Ihr dieses hässliche Schmuckstück?«, fragte sie.

»Er gehörte meinem Onkel«, antwortete er. »Findet Ihr nicht, dass Ihr ziemlich dreiste Fragen stellt?«

»Ich war nur neugierig«, gab sie zurück.

Mit sehr leiser Stimme flüsterte er: »Ihr gehört zu Iain, nicht wahr?«

»Ich unterhalte mich nicht mit Schweinen.«

Er lachte wieder. Er schien offenbar gar nicht zu bemerken, dass er beleidigt worden war. Sie wies ihn darauf hin.

»Der Tag ist zu erfolgreich, um beleidigt oder etwas in der Art zu sein«, verkündete er. »Ich habe Graham für meinen Vater gefangen und Euch für mich selbst. Aye, wirklich ein guter Tag.«

Gott mochte ihr helfen! Sie war tatsächlich mit diesem Barbaren *verwandt*! Für gut eine Stunde hüllte sie sich in Schweigen, doch ihre Neugier siegte über die Absicht, ihn gar nicht zur Kenntnis zu nehmen. Da sie inzwischen ein ganzes Stück vor Graham und Patrick ritten und nicht belauscht werden konnten, beschloss sie, mehr über ihren Vater herauszufinden.

»Wie ist der Maclean-Clansherr denn so?«

»Bösartig.«

Sie hörte die Belustigung aus seiner Stimme heraus. »Und?«

»Und was?«

»Schon gut.«

»Warum seid Ihr so interessiert daran?«

»Man sollte so viel wie möglich über seinen Feind wissen«, erklärte sie. »Wird sich Euer Vater freuen, wenn er Graham sieht?«

»Er hat etwas mit ihm zu klären«, antwortete Douglas. »Der Hass dauert schon viele Jahre an. Ja, er wird sich freuen, Graham wiederzusehen.«

Dann schwiegen sie, bis sie das Maclean-Gebiet erreichten. Judith durfte sich einen Moment zurückziehen. Als sie aus dem Schutz der Bäume zurückkehrte, ignorierte sie Douglas' ausgestreckte Hand und schwang sich auf ihr eigenes Pferd, bevor er es verhindern konnte.

Patrick versuchte immer wieder, nah genug an sie heranzukommen, um mit ihr zu reden, aber die Dunbars wussten es zu verhindern. Die Krieger verließen die Truppe, als weitere Maclean-Soldaten erschienen, und Judith nahm an, dass sie nun zu ihrer eigenen Festung zurückkehren würden.

Judith wusste, was Patrick ihr sagen wollte: Sie sollte schweigen. Die Macleans durften nicht wissen, dass sie die Frau des Clansherrn gefangen hatten – sie würden sie sonst als Köder für Iain benutzen. Douglas hatte bloß aufs Geratewohl gefragt, ob sie zu Iain gehörte. Er konnte nicht sicher sein, bis es ihm jemand bestätigte.

Aber nichts davon zählte. Iain würde ohnehin kommen, und Patrick musste sich darüber klar sein. Die zwei Brüder hatten sich noch nie im Stich gelassen, und Iain würde Patrick zur Hilfe kommen, selbst wenn sie nicht unter den Gefangenen wäre. Judith dachte über die Situation nach.

Es würde ein Blutbad geben. Iain würde nach Vergeltung schreien, und der Gedanke an das, was dann passieren konnte, ließ Judith erneut übel werden. Sie wollte niemanden sterben sehen. Sie wusste nicht, was sie tun konnte, um einen Krieg zu verhindern, aber sie war wild entschlossen, alles zu versuchen.

Vielleicht konnte sie ihren Vater allein sprechen und ihm sagen, wer sie war. Dann konnte sie um Gnade bitten. Wenn er nur ein bisschen mitleidig war, würde er vielleicht Graham und Patrick ziehen lassen, bevor Iain eintraf.

Judith hatte noch niemals um etwas gefleht, und in ihrem Herzen bezweifelte sie, dass es funktionierte. Sie konnte sich nicht vorstellen, dass ihr Vater sie willkommen hieß. Er hatte sich nicht die Mühe gemacht, sie oder ihre Mutter zu suchen … warum sollte er nun seine Einstellung geändert haben?

Und wenn sie ihm verriet, wer sie war? Iain würde ihr niemals verzeihen. Das konnte sie ihm nicht verübeln. Sie hätte ihm einfach die Wahrheit sagen müssen, hätte darauf bestehen müssen, dass er ihr zuhörte.

Sie dachte an all die warmen, dunklen Nächte, wenn sie sich in den Armen gehalten und sich ihre Gedanken zugeflüstert hatten ... oh, ja, sie hätte es ihm schon viele Male sagen können.

Aber da war diese Angst gewesen, dass er sie nicht mehr lieben würde, wenn er die Wahrheit erführe ...

Versunken in ihre Sorgen, hatte Judith gar nicht bemerkt, dass sie in den Hof der Maclean-Festung eingeritten waren. Sie blickte hoch, sah die dicken, gewaltigen Mauern aufragen und errang augenblicklich ihre Haltung zurück ... und ihre Entschlossenheit.

Sie gab der Maclean-Festung einen Namen: Hölle.

Douglas versuchte ihr vom Pferd zu helfen, aber sie trat seine Hand weg. Dann wollte er ihren Arm packen, als sie auf dem Boden angelangt war, doch sie schob ihn nur zur Seite und betrat die Stufen.

Ihr Verhalten war einer Königin ebenbürtig. Graham folgte ihr, und er war so stolz auf sie, dass er lächeln musste. Patrick tat es ihm nach, und die Krieger blieben rätselnd zurück, warum die Maitlands so gut gelaunt waren. Verwundert und kopfschüttelnd eilten sie ihnen nach, um zu sehen, wie ihr Clansherr auf ihre »Geschenke« reagieren würde.

Der Clansherr der Macleans ließ sie drei volle Stunden warten. Judith wurde in eine Ecke der riesigen Halle gebracht, und Patrick und Graham mussten in der gegenüberliegenden ausharren. Beiden hatte man die Hände auf dem Rücken gefesselt.

Judith konnte nicht still sitzen. Sie schritt nervös vor dem langen Tisch auf und ab. Je länger sie warten musste, desto ängstlicher wurde sie. Die meisten Sorgen machte sie sich über Frances Catherine. Vielleicht setzten bei ihr die Wehen ein, wenn sie von Patricks Gefangennahme erfuhr. Und – o Himmel – sie war nicht da, um ihr beizustehen!

Ihr Herz flog Patrick zu. Gewiss hatte er die gleichen bedrückenden Gedanken.

Die Maclean-Krieger schienen von ihrem unruhigen Auf- und Abgehen langsam verrückt zu werden. Plötzlich griff einer nach ihr, und Judith war zu überrascht, um zu reagieren, als er sie in seinen Arm zog.

Patrick stieß vor Zorn ein Knurren aus und kam durch die Halle auf sie zugestürzt. Douglas hastete vom Eingang herbei. Bevor einer der Männer sie noch erreichen konnte, reagierte Judith. Sie rammte dem Krieger ihr Knie zwischen die Beine. Der Mann heulte auf – vor Entsetzen und vor Schmerz, wie sie erfreut feststellte. Dann klappte er zusammen und fiel zu Boden.

Judith war durch und durch zufrieden. In diesem Moment griff Douglas nach ihr, um sie von dem sich windenden Soldaten am Boden wegzuzerren. Doch auch Patrick war mittlerweile angelangt und kümmerte sich nicht um seine gefesselten Hände. Mit der Schulter krachte er gegen Douglas, um ihn von Judith wegzustoßen.

Douglas prallte an die steinerne Wand, und Judith flog mit ihm. Sie wäre mit dem Hinterkopf gegen die Mauer geschlagen, doch Douglas' Hand fuhr blitzschnell dazwischen, um sie zu schützen.

Wieder versuchte Patrick, den Maclean zu rammen, doch Judith stand ihm im Weg. Douglas schob sie aus der Gefahrenzone und wollte sich auf Patrick stürzen.

»Wagt es nicht, ihn zu schlagen!«, schrie Judith. »Er ist gefesselt! Wenn Ihr unbedingt zuhauen müsst, dann nehmt mich!«

»Halt dich da raus, Judith«, grollte ihr Schwager.

»Genug!«

Der scharfe Befehl kam vom Eingang. Jeder in der Halle wandte sich um.

Der Clansherr der Macleans stand auf der Türschwelle. Judith erstarrte beim Anblick des riesigen Mannes.

Der Clansherr hatte seine Hände in die Hüften gestemmt und sah sie bösartig an. »Bringt den Soldaten raus«, befahl er.

Douglas nickte. Er half dem Mann, den Judith niedergestreckt hatte, auf die Füße und gab ihm einen Stoß in Richtung Tür.

Der Clansherr nickte zufrieden und kam dann in die Halle hinunter. Er ging an Judith vorbei, ohne sie eines Blickes zu würdigen, umrundete den Tisch und setzte sich auf einen Stuhl in dessen Mitte nieder.

Eine Frau kam hereingeeilt, die etwa zehn Jahre älter als Judith zu sein schien. Sie hatte dunkles Haar, war stämmig und machte einen selbstgefälligen Eindruck. Sie hielt kurz an, um Judith zu mustern, und lief dann weiter zum Tisch. Judith beschloss, sie zu hassen.

Dann richtete sie ihre Aufmerksamkeit auf ihren Vater. Sie wollte nicht, dass er gut aussah, und doch war es so. Er ähnelte Douglas ... und ihr, wie sie mit sinkendem Mut annahm. Seine Haut sah natürlich ledriger aus als die seines Sohnes, und um Augen und Mund hatten sich tiefe Falten eingegraben. Sein braunes Haar war mit grauen Strähnen durchzogen, die ihm ein würdevolles Aussehen verliehen.

Es war deutlich, dass er nicht wusste, wer sie war. Aber als sein Blick auf Graham fiel, erschien ein böses, hässliches Lachen auf seinem Gesicht.

Douglas trat vor. Sie versuchte, ihm ein Bein zu stellen, als er an ihr vorbeikam, doch er packte sie nur am Arm und zog sie an seine Seite.

»Ich habe ein Hochzeitsgeschenk für dich, Vater«, rief Douglas, »denn ich habe das dumpfe Gefühl, diese Bestie gehört zu Iain Maitland.«

Sie rächte sich für die ›Bestie‹, indem sie nach ihm trat. Dann plötzlich drang die volle Bedeutung seiner Worte in ihren Verstand.

Ein Hochzeitsgeschenk für ihren Vater ... nein, das konnte nicht sein! Sie musste sich verhört haben. »Euer Vater will doch nicht etwa heiraten, oder?«

Ihre Stimme klang, als würde sie an etwas ersticken. Douglas sah sie an. »Aye, er wird heiraten, und bei Gott, für eine Gefangene stellt Ihr wahrhaftig seltsame Fragen.«

Ihre Knie wurden weich, und Douglas musste sie stützen. Lieber Himmel, langsam reichten diese Überraschungen ihr. Zuerst musste sie feststellen, dass sie einen Bruder hatte, und dann fand sie heraus, dass ihr Vater zum Bigamist wurde.

»Er gedenkt, diese Frau da zu heiraten?«, fragte sie mit einer Handbewegung zum Tisch.

Douglas nickte. Die Zukünftige des Clansherrn fühlte sich angegriffen. »Bringt sie nach draußen!«, schrie sie. »Sie hat mich beleidigt!«

Judith trat einen Schritt auf die Frau zu. Douglas drückte ihren Arm, und sie befürchtete schon, er wollte ihr die Knochen brechen. Unwillkürlich stieß sie einen Schmerzensschrei aus und riss sich los. Der Ärmel ihres Kleides riss.

Douglas sah sie entsetzt an. »Bitte bleibt stehen«, flüsterte er ihr zu. »Ich wollte Euch nicht wehtun. Aber ein Kampf würde Euch nicht bekommen.«

Der Clansherr stieß einen lauten Seufzer aus. »Du gehst«,

befahl er der Frau an seiner Seite. »Ich brauche deine Einmischung nicht.«

Sie gehorchte widerwillig. Im Vorbeigehen warf sie Judith einen zornigen Blick zu, doch Judith ignorierte sie.

»Der Maitland-Clansherr kommt den Pfad herauf«, rief ein Krieger von der Tür aus.

Judiths Herz schien auszusetzen. Iain war hier!

»Wie viele Männer sind bei ihm?«, rief der Maclean-Herr zurück.

»Er ist allein«, berichtete der Soldat. »Er reitet süß und unschuldig den Hügel herauf!«

Der Clansherr lachte auf. »Der Junge hat Mut, das muss man ihm lassen«, bemerkte er. »Er hat auch keine Waffen bei sich, nehme ich an.«

»Nay«, antwortete der Soldat.

Judith wünschte sich verzweifelt, ihrem Mann entgegenzueilen. Sie versuchte es, aber Douglas fing sie ein, hielt sie an ihrem schon malträtierten Arm fest und zog sie an sich.

»Du wirst keine Frau misshandeln, Douglas, egal wie sehr sie dich reizt. Ich will Iain, nicht die Frau.«

»Bei der Liebe Gottes, ich bitte Euch, hört auf Eure Vernunft, Clansherr Maclean. Sonst gibt es ein Blutbad!«

Vater Laggan war im Eingang erschienen, und sein Ruf erklang laut durch die Halle. Judith wandte sich um und sah den Priester die Treppe hinuntereilen. Er hielt vor Judith an. »Seid Ihr gesund, Kind?«

Sie nickte. »Vater, kamt Ihr, um diesem Clansherrn den Hochzeitssegen zu geben?«

»Aye, Judith«, antwortete der Priester müde. »Und um diesen Männern hoffentlich etwas Vernunft einzureden, bevor es zu spät ist!«

Judith schüttelte den Kopf und flüsterte: »Es wird keine Hochzeit geben, das kann ich Euch versprechen.«

»Lasst sie los, Douglas«, befahl Vater Laggan. »Seht nur, was Ihr mit ihrem Arm gemacht habt. Er ist schon ganz rot und geschwollen. Ihr tut ihr ja weh!«

Douglas beeilte sich zu gehorchen. Sofort nutzte Judith ihre Freiheit aus und stürzte auf die Tür zu. Douglas fing sie und packte sie um die Taille, gerade als Iain hereintrat.

Er zögerte nicht einmal, um die Situation richtig zu erfassen oder die Anzahl der Männer im Raum abzuschätzen. Er hielt einfach auf sie zu. Judith sah seinen Gesichtsausdruck und schloss die Augen. Iain würde jemanden umbringen. Und Douglas konnte durchaus derjenige sein.

»Lasst mich los«, flüsterte sie. »Er bringt Euch sonst um.«

Ihr Bruder war klug genug, dies sofort zu tun. Da rannte Judith los, warf sich in Iains Arme und barg ihr Gesicht an seiner Brust.

»Bist du in Ordnung?«, fragte er. »Haben sie dir wehgetan?«

Sie spürte sein Zittern, und als sie aufsah, bemerkte sie, dass nicht Angst es erzeugte . . . sondern purer Zorn!

»Niemand hat mir etwas getan«, sagte sie. »Sie haben mich gut behandelt, wirklich!«

Er nickte. Dann drückte er sie leicht und schob sie hinter seinen Rücken.

Schließlich ging er voran, um dem Feind entgegenzutreten. Judith folgte direkt hinter ihm. Patrick und Graham wurden die Fesseln gelöst, und sie stellten sich an Judiths rechte und linke Seite.

Die zwei Clansführer starrten sich eine lange Weile an und schätzten jeweils den Gegner ab. Maclean brach als Erster das

Schweigen. »Es scheint, als hättet Ihr Euch in eine miserable Lage gebracht, Iain Maitland. Ich habe Eure Frau gefangen, und ich bin mir noch überhaupt nicht sicher, was ich mit ihr anstellen soll. Ihr habt versucht, mit den Dunbars ein Bündnis zu schließen und mir gleichzeitig mit einer Botschaft den gleichen Vorschlag gemacht. Habt Ihr geglaubt, Ihr könntet einen gegen den anderen ausspielen?«

»Ihr seid ein Narr, alter Mann«, entgegnete Iain mit zornbebender Stimme. »Die Dunbars haben sich das Spiel ausgedacht!«

Macleans Faust krachte auf die Tischplatte. »Ich *habe* ein Bündnis mit den Dunbars geschlossen. Wollt Ihr mich *nun* einen Narren nennen?«

Iain zögerte nicht. »Ja.«

Maclean atmete tief ein, um seine aufkommende Wut zu unterdrücken. Er neigte den Kopf zu einer Seite und schüttelte ihn dann. »Ihr wollt mich absichtlich reizen«, bemerkte er. »Ich frage mich, warum. Jeder weiß, wie viel Wert ich auf Familienbeziehungen lege. Aye, mein Bündnis mit den Dunbars ist höchst sinnvoll. Auch Ihr werdet wissen, dass die zweite Cousine des Dunbar-Clansherrn, Eunice, mit meinem Bruder verheiratet ist. Ein Familienbund, Iain Maitland, und die Familie kommt vor allen anderen Überlegungen. Ihr nennt mich einen Narren, weil ich loyal bin? Nein, Ihr seid zu klug, als dass Ihr das Risiko auf Euch nehmt, ich könnte Euch töten lassen. Ihr habt zu viel zu verlieren. Welches Spiel ist also das Eure?«

Iain antwortete nicht schnell genug, um den Clansherrn daran zu hindern, noch eine Frage zu stellen. »Ist dies Eure Frau?«

»Ihr Verhältnis zu mir geht Euch nichts an!«

Maclean grinste. »Vielleicht behalte ich sie und schenke sie einem meiner Männer«, sagte er in dem Versuch, Iain dazu zu bringen, seine Beherrschung zu verlieren. »Douglas? Willst du sie fürs Bett?«

»Gerne«, rief Douglas.

Das war zu viel. Die beiden Clansführer wollten aufeinander losgehen wie wilde Stiere, die ihre Schädel gegeneinander rammen.

Judith trat an die Seite ihres Mannes. »Ihr werdet mich *nicht* behalten«, rief sie aus.

Die Augen ihres Vaters verengten sich zu Schlitzen. »Eure Frechheit gefällt mir nicht«, knurrte er.

»Danke«, gab sie zurück.

Iain konnte sein Lächeln gerade noch unterdrücken. Er spürte Judiths Zittern, und die Tatsache, dass Maclean nicht ahnen konnte, wie viel Angst sie hatte, vergnügte ihn ungemein.

»Ihr klingt wie eine Engländerin«, stellte Maclean fest. »Und Ihr seid genau so dumm wie Euer Mann.« Er blickte Judith starr an. »Seid Ihr Euch nicht darüber klar, in welcher Gefahr Ihr schwebt? Oder gefällt Euch etwa der Gedanke an den Tod Eures Gatten?«

Weder Iain noch Judith gaben ihm eine Antwort. Macleans Geduld war am Ende. Er begann, Iain anzubrüllen, doch dieser zeigte keinerlei Reaktion auf die Drohungen seines Feindes. Sein Gesichtsausdruck war so beherrscht, dass er wie aus Stein gemeißelt schien. Tatsächlich sah er unglaublich gelangweilt aus.

Maclean dagegen hatte einen hochroten Kopf bekommen und schnappte nach Luft, als er endlich seinen Schwall Beleidigungen losgeworden war. »Aye, Ihr steckt in einer unangenehmen Lage«, murmelte er. »Denn *niemand* bezeichnet mich als Narren. *Niemand!*« Er lehnte sich in seinem Stuhl zurück, als hätte er einen Entschluss gefasst. »Ich bringe Euch um, Iain, allein für diese Bemerkung.«

»Nein!« Judith schrie auf und machte einen Satz nach vorne.

Iain griff nach ihrer Hand und zwang sie, stehen zu bleiben.

Judith wandte sich um und sah ihn an. »Ich muss mit ihm reden«, flüsterte sie. »Bitte versteh das.«

Iain ließ sie los. Sie nahm die Kette von ihrem Hals und verbarg den Ring in ihrer Faust. Dann tat sie ein paar Schritte nach vorn, um ihrem Vater entgegenzutreten.

In der Halle wurde es still. Jeder wartete darauf, was sie ihm zu sagen hatte.

»Ihr *habt* Iains Frau gefangen«, begann sie.

Maclean schnaubte. Judith öffnete ihre Faust und ließ den Ring vor ihm auf den Tisch fallen.

Der Clansherr starrte das Schmuckstück eine lange Zeit an, bevor er es schließlich in die Hand nahm. Seine Überraschung war unverkennbar. Dann sah er zu Judith hoch, immer noch ohne zu verstehen.

Judith atmete tief ein. »Aye, Ihr habt Iain gefasst«, sagte sie. »Aber er hat Eure Tochter geheiratet.«

Kapitel 14

Ihr Vater reagierte, als hätte man ihm ein Messer in die Brust gestoßen. Er schwankte nach vorne, erhob sich halb aus seinem Stuhl und sank dann wieder in die Polster. Er schüttelte den Kopf voller Unglauben. Judith nickte langsam.

»Woher hast du den Ring?«

»Meine Mutter gab ihn mir. Sie hat ihn dir gestohlen!«

»Sag mir, wie deine Mutter heißt«, befahl er mit erstickter Stimme.

Judith zeigte keinerlei Gefühlsregung, als sie ihm antwortete.

Douglas kam herangestürzt und erschien an ihrer Seite. Ihr Vater sah von einem zum anderen und musterte sie nacheinander. Die Ähnlichkeiten waren überdeutlich. Endlich begriff er, dass es möglich sein konnte. »Mein Gott ...«

»Vater, wird dir schlecht?«

Der Clansherr gab seinem Sohn keine Antwort. Iain kam heran und stellte sich an Judiths Linke. Sein Arm berührte den ihren.

Sie wusste nicht, ob er sie ansah oder nicht, aber sie wagte es nicht, sich ihm zuzuwenden, denn sie wusste, wie zornig er auf sie sein musste.

»Was in Gottes Namen ist los mit dir, Vater?«, fragte Douglas. »Du machst ein Gesicht, als wäre dir gerade der Teufel begegnet.«

Jetzt wurde ihr klar, dass Douglas von ihrem geflüsterten

Geständnis nichts mitbekommen hatte. Da Iain die ganze Zeit schwieg, hatte er vielleicht auch nichts gehört!

Judith war entschlossen, mit ihrem Vater einen Handel abzuschließen. Sie würde über seine erste Frau schweigen, wenn er im Austausch dafür Iain und die anderen freiließ. Wenn er noch einmal heiraten wollte, so sollte er es tun. Sie würde nicht eingreifen ...

»Warum wolltest du mich nicht?«

Judith zuckte innerlich zusammen, als ihr diese Frage entfuhr. Was kümmerte es sie, ob er sie gewollt hatte oder nicht? Und, lieber Gott, sie musste sich wie ein kleines, einsames Kind angehört haben!

»Ich wusste es nicht«, antwortete er. Erregt strich er sich mit den Fingern durchs Haar. »Ich schwor, niemals nach England zurückzukehren, und sie wusste, dass ich mein Wort nicht brechen würde. Nachdem sie gestorben war, habe ich nie mehr einen Gedanken an sie verschwendet. Ich ließ die Vergangenheit ruhen.«

Judith kam näher, bis sie den Tisch berührte. Sie beugte sich noch dichter zu ihm und flüsterte: »Sie ist nicht tot.«

»Lieber Gott ...«

»Wenn du wieder heiraten willst, werde ich Vater Laggan nicht sagen, dass du bereits eine Frau hast. Mich kümmert es nicht«, fügte sie mit einem Nicken hinzu. »Aber du musst die Maitlands gehen lassen.«

Sie wartete nicht auf sein Versprechen, sondern wich sofort wieder zurück.

Maclean war überzeugt, dass er keine weiteren Überraschungen mehr ertragen konnte. Das, was er eben gehört hatte, war noch längst nicht verdaut.

»Vater, was geht hier vor?«

Der Clansherr versuchte sich aus seiner Starre zu lösen und

sah dann seinen Sohn an. »Du hast eine Schwester«, sagte er mit heiserer Stimme.

»Tatsächlich?«

»Aye.«

»Wo ist sie?«

»Sie steht neben dir.«

Douglas drehte sich zu Judith um und starrte sie an. Sie gab den Blick zurück.

Ihr Bruder brauchte lange, um die Wahrheit zu akzeptieren. Er sah nicht gerade glücklich über die Neuigkeit aus, nein, tatsächlich wirkte er sogar entsetzt. »Ich will dich nicht in meinem Bett haben«, stammelte er dann. Plötzlich gelang ihm sogar ein Lächeln. »Kein Wunder, dass du so angewidert warst, als ich versuchte …«

Er unterbrach sich, denn jetzt bemerkte er, dass Iains Blick auf ihn geheftet war. Iains Stimme war tödlich sanft, als er fragte: »Was genau habt Ihr denn versucht, Douglas?«

Das Lächeln verschwand aus ihres Bruders Gesicht. »Ich wusste nicht, dass sie Eure Frau ist, Maitland«, entschuldigte er sich. »Und ich wusste ganz bestimmt noch weniger, dass sie meine Schwester ist, als ich sie zu küssen versuchte.«

Iain interessierte sich nicht für Douglas' Entschuldigungen. Er griff um Judiths Schulter herum, packte Douglas am Genick und schleuderte ihn mit einer kurzen Drehung seines Handgelenks fort.

Judiths Vater zeigte keinerlei Reaktion, als sein Sohn vor seinen Augen zu Boden ging. Sein Blick blieb auf Judith gerichtet. »Ich bin froh, dass du nicht aussiehst wie sie.«

Judith erwiderte nichts darauf.

Ihr Vater seufzte auf. »Sie hat also dein Herz gegen mich aufgehetzt?«

Jetzt war sie überrascht von seiner Frage. Sie schüttelte den

Kopf. »Mir wurde gesagt, mein Vater starb, als er England von Ungetreuen befreien wollte. Angeblich war er ein Baron!«

»Du bist also bei ihr aufgewachsen?«

»Nein«, antwortete sie. »Die ersten vier Jahre lebte ich bei Tante Millicent und Onkel Herbert, Millicent ist die Schwester meiner Mutter«, setzte sie hinzu.

»Und warum warst du nicht bei deiner Mutter?«

»Sie konnte meinen Anblick nicht ertragen. Eine lange Zeit glaubte ich, es war so, weil ich sie an den Mann erinnerte, den sie so liebte. Als ich elf Jahre alt war, fand ich die Wahrheit heraus. Sie hasste mich, weil ich ein Teil von dir war.«

»Und als du es herausgefunden hast?«

»Da sagte man mir, du habest meine Mutter verbannt, obwohl du wusstest, dass sie mit mir schwanger war, und dass du weder sie noch mich bei dir haben wolltest.«

»Lügen«, flüsterte er mit einem Kopfschütteln. »Ich wusste nichts von dir. Gott sei mein Zeuge, ich wusste es nicht.«

Judith verharrte regungslos bei seiner leidenschaftlichen Beschwörung. »Wenn du uns nur nach Hause gehen lässt«, sagte sie wieder, »dann sage ich dem Priester nichts von Mutter.«

Ihr Vater schüttelte den Kopf. »Nay, ich werde nicht noch einmal heiraten. Ich bin zu alt, um Gott solch eine Sünde ins Gesicht zu werfen. Ich will die Dinge so belassen, wie sie sind.«

Er wandte sich Iain zu. »Wusstest Ihr, dass ich Judiths Vater bin, als Ihr sie geheiratet habt?«

»Ja.«

Judith unterdrückte einen Schrei. Doch sie erholte sich schnell von ihrer Überraschung. Natürlich belog er den Maclean-Clansherrn, und sie würde später den Grund herauszufinden versuchen. Wenn er noch jemals mit ihr sprechen würde, hieß das. Immer noch wagte sie nicht, ihn anzusehen. Am liebsten hätte sie vor Scham geweint, dass ihr Vertrauen zu ihm nicht ausgereicht hatte, ihm alles rechtzeitig zu gestehen.

»Warum habt Ihr dann ein Bündnis mit den Dunbars angestrebt?«, fragte Maclean. »Oder haben die Bastarde uns angelogen?«

»Die Dunbars sind zuerst auf uns zugekommen«, erklärte Iain. »Ich traf ihren Clansherrn auf neutralem Boden, um die Möglichkeit einer Allianz zu besprechen, aber das war, bevor ich wusste, dass sie Eure Tochter ist.«

»Und wann wusstet Ihr es?«

Iain hob die Schultern. »Zu jener Zeit begriff ich, was die Dunbars für ein falsches Spiel spielten. Also schickte ich meinen Boten, Ramsey, zu Euch.«

»Ihr habt sie geheiratet, weil sie meine Tochter ist?«

»Ja.«

Der Clansherr nickte, zufrieden über Iains Ehrlichkeit. »Behandelt Ihr sie gut?«

Iain schwieg. Judith nahm an, dass man von ihr eine Antwort erwartete. »Er behandelt mich wunderbar. Sonst würde ich nicht bei ihm bleiben.«

Ihr Vater lächelte. »Du hast Temperament. Das gefällt mir.«

Judith bedankte sich nicht für das Kompliment. Keine fünf Minuten zuvor hatte er ihr gesagt, wie sehr ihm ihre Frechheit missfiel. Er widersprach sich, und nicht einmal ein ernst gemeintes Kompliment konnte ihren Schmerz lindern.

Dann bemerkte sie, dass seine Augen sich verschleierten. Sie konnte sich nicht vorstellen, warum.

»Seit wann weißt du von *mir*?«, fragte Douglas. »Hast du mit elf Jahren erfahren, dass du einen älteren Bruder hast?«

In diesem Moment war es um Judiths Fassung fast geschehen. Denn plötzlich begriff sie das ganze Ausmaß des mütterlichen Verrats.

»Ich wusste gar nichts von dir ... bis heute«, flüsterte sie. »Sie hat es nie jemandem erzählt.«

Douglas zuckte die Schultern und tat so, als wäre es ihm vollkommen egal, aber Judith sah, wie verletzt er war. Sie berührte seinen Arm in einem Versuch, ihn zu trösten. »Sei froh, dass sie dich hier zurückgelassen hat, Douglas. Hier warst du besser dran.«

Douglas war gerührt, dass sie sich um seine Gefühle kümmerte. Er räusperte sich, um den Kloß aus der Kehle loszuwerden, und sagte dann: »Ich hätte auf dich aufgepasst, wie ältere Brüder es tun sollten. Das hätte ich bestimmt, Judith.«

Sie nickte und wollte ihm versichern, dass sie ihm glaubte, als ihr Vater ihre Aufmerksamkeit forderte.

»Ich möchte, dass du eine Weile hier bei mir und Douglas bleibst«, sagte er.

»Nein!« Iains Weigerung kam scharf und laut. »Judith, geh raus und warte dort auf mich. Ich muss etwas mit deinem Vater besprechen.«

Judith zögerte keine Sekunde. Sie drehte sich um und ging. Maclean sah ihr einen Augenblick nach und stand dann hastig auf. Sein Blick war auf ihren Rücken geheftet.

»Ich hätte niemals meinen Schwur gebrochen, nie mehr nach England zurückzukehren«, rief er aus. »Ganz sicher wäre ich nicht wegen meiner Frau gekommen«, fügte er noch lauter hinzu.

Judith ging weiter. Sie zitterte so sehr, dass sie befürchtete, ihre Beine könnten jeden Moment nachgeben. Wenn sie es nur bis nach draußen schaffte ...

»Ich würde nicht für Land, nicht für Ehre und nicht für alles Gold, das England zu bieten hat, zurückkehren.«

Sie hatte die halbe Strecke hinter sich gebracht, als er brüllte: »Judith Maitland!«

Sie blieb stehen und drehte sich langsam um. Tränen strömten ihre Wangen hinunter, aber sie beachtete sie nicht. Sie hatte die Hände fest verschränkt, sodass niemand sehen konnte, wie sehr sie zitterten.

»Ich hätte meinen Schwur für meine Tochter gebrochen«, rief ihr Vater. »Oh, ja, *für dich* wäre ich zurückgekommen!«

Sie holte tief Atem und nickte dann. Sie wünschte sich verzweifelt, ihm glauben zu können, aber sie brauchte Zeit dafür und Abstand, um Lügen von der Wahrheit trennen zu können.

Graham stand an der Treppe, die zum Eingang hinaufführte. Zwei Wachen befanden sich direkt hinter ihm. Ihr Blick traf den des alten Mannes, und sein Gesichtsausdruck verschlug ihr den Atem. Sein Zorn und seine Verachtung für sie waren so deutlich, dass er sie auch hätte anspucken können.

Sie war überzeugt, dass ihr schlecht werden würde. Sie eilte hinaus, überquerte den Hof und rannte in die Abgeschiedenheit der Bäume hinein. Sie lief, bis sie keine Luft mehr bekam. Dann ließ sie sich fallen und brach in herzzerreißendes Schluchzen aus.

Verwirrung übermannte sie. Hatte ihr Vater die Wahrheit gesagt? Wenn er von ihr gewusst hätte, wäre er dann wirklich gekommen? Hätte er sie *lieben* können?

O Gott, all diese verlorenen Jahre, diese Lügen, die Einsamkeit! Und nun war es zu spät. Sie hatte gestanden, wer sie war, und Graham hatte sie mit einem einzigen hasserfüllten Blick wissen lassen, dass sie alles verspielt hatte. Sie war wieder einmal eine Fremde.

»Iain«, schluchzte sie.

Hatte sie auch ihn verloren?

Iain wusste, wie sehr Judith ihn jetzt brauchte. Er nahm an, dass er sie mit seiner Bemerkung, er habe sie nur ihrer Herkunft wegen geheiratet, verletzt hatte. Am liebsten wäre er sofort hinter ihr hergelaufen, aber zuerst musste er mit ihrem Vater verhandeln. Sicherheiten waren zurzeit wichtiger als ihre Gefühle.

»Ihr habt meine Tochter benutzt, um mich zu kriegen, richtig?«, bemerkte Maclean. Er versuchte, wütend zu klingen, aber er scheiterte kläglich. Dann seufzte er. »Ich hätte wahrscheinlich dasselbe getan, wenn ich in Eurer Lage wäre.«

Iains Selbstkontrolle löste sich in nichts auf. Er langte über den Tisch, packte den Mann bei den Schultern und hob ihn halb aus dem Stuhl. Douglas kam seinem Vater zu Hilfe geeilt, doch Iain schickte ihn mit einem Schlag mit dem Handrücken erneut zu Boden.

»Ich habe Judith geheiratet, um sie vor Euch zu beschützen, Bastard«, knurrte er. Er ließ Judiths Vater wieder in den Stuhl zurückfallen. »Und nun werden Ihr und ich zu irgendeiner Übereinkunft kommen, oder ich schwöre bei Gott, dass ich Euch umbringe!«

Der Maclean-Clansherr hob die Hand, um seine Männer davon abzuhalten, Iain anzugreifen. »Raus! Alle!«, brüllte er. »Diese Sache geht nur Maitland und mich etwas an. Douglas, du kannst bleiben.«

»Patrick bleibt auch«, bestimmte Iain.

»Ich werde auch nicht gehen«, rief Graham.

»Wie Ihr wünscht«, stimmte Maclean mit jetzt müder Stimme zu. Er wartete, bis seine Soldaten die Halle verlassen hatten, dann stand er auf. »Warum glaubt Ihr, Ihr musstet sie vor mir schützen? Ich bin ihr Vater!«

»Ihr wisst verdammt gut, warum«, gab Iain zurück. »Ihr hättet sie mit einem Dunbar verheiratet. Das konnte ich nicht zulassen.«

Der alte Clansherr widersprach Iain nicht, denn er wusste, dass er Recht hatte. Er hätte sie wahrscheinlich wirklich mit einem Dunbar verheiratet, um die Allianz zu verstärken. »Ich hätte sie aber erst gefragt«, murmelte er und lehnte sich in seinem Stuhl zurück. »Lieber Gott, das ist schwer zu begreifen. Ich habe eine Tochter!«

»Und eine Frau«, erinnerte Iain ihn.

Macleans Gesicht verfinsterte sich. »Ja, eine Frau«, stimmte er zu. »Die Frau hat mich verlassen«, erklärte er. »Oh, es geschah unter dem Vorwand, ihren kranken Bruder zu besuchen, aber ich wusste, sie hatte keine Absichten, wieder zurückzukommen. Ich war froh, sie los zu sein. Als ich erfuhr, dass sie tot war, hätte ich am liebsten gefeiert, und wenn das eine Sünde ist, dann soll es das sein. Eine Frau wie sie war mir vorher noch nie begegnet«, fuhr er fort. »Nicht vorher und nicht danach. Sie hatte kein Gewissen. Sie lebte nur für ihr Vergnügen, sonst zählte nichts. Sie war ihrem Sohn gegenüber so grausam, dass ich ihn ständig vor seiner Mutter beschützen musste.«

»Judith hatte niemanden, der sie beschützte.«

»Das sehe ich nun auch«, antwortete Maclean. Er wirkte plötzlich sehr alt. »Sie sagte, sie habe die ersten vier Jahr bei ihrer Tante gelebt. Was geschah dann? Ging sie zu ihrer Mutter?«

»Ja.«

»Was ist mit dem Bruder meiner Frau? Der Säufer?«, fragte Maclean.

»Sie lebte bei ihm und ihrer Mutter. Die Tante und der Onkel versuchten, sich um sie zu kümmern. Judith lebte sechs

Monate im Jahr bei ihnen. Die anderen sechs Monate verbrachte sie in der Hölle.«

»Ein seltsames Abkommen«, sagte Maclean kopfschüttelnd. »Ich werde niemals aus ihr schlau werden. Ich werde nie ...« Seine Stimme brach. Er gab vor, husten zu müssen und sagte dann: »Ihr sollt Euer Bündnis bekommen, Iain, wenn Ihr es noch wollt. Die Dunbars werden sich zwar auflehnen, aber wir können sie zwischen unseren beiden Ländern unter Kontrolle halten. Ich habe nur eine Bitte.«

»Was für eine?«

»Ich möchte Judith für eine kurze Zeit hier behalten. Ich möchte sie kennen lernen.«

Iain schüttelte schon den Kopf, bevor Maclean den Satz noch zu Ende gesprochen hatte. »Meine Frau bleibt bei mir.«

»Werdet Ihr ihr erlauben, gelegentlich hierher zu kommen?«

»Das kann nur Judith entscheiden«, entgegnete Iain. »Ich werde sie nicht zwingen.«

»Aber Ihr würdet sie auch nicht davon abhalten?«

»Nein«, lenkte Iain ein. »Wenn sie Euch wiederzusehen wünscht, werde ich sie Euch bringen.«

»Iain Maitland, du bist nicht befugt, solche Versprechungen zu machen«, verkündete Graham laut und scharf. »Der Rat entscheidet über Bündnisse aller Art, nicht du!«

Iain drehte sich zu Graham um. »Wir besprechen das später«, sagte er entschieden.

»Ihr solltet dankbar sein, dass meine Tochter für Euch eingetreten ist«, brüllte Maclean. Er stand auf, stützte sich auf der Tischplatte ab und beugte sich vor. »Sie hat Eure erbärmliche Haut gerettet, Graham. Ich sehne mich seit Jahren danach, Euch in Stücke zu reißen. Und ich tu es vielleicht wirklich, wenn ich höre, dass Ihr Judith nicht gebührend behandelt.«

Er hielt inne und starrte seinen Feind an. »Oh, ich habe Euren Gesichtsausdruck gesehen, als Ihr erfahren habt, dass sie eine Maclean ist. Das passt nicht in Eure Welt, was? Es muss Euch ungemein ärgern, dass Euer Clansherr mit meiner Tochter verheiratet ist.« Maclean stieß ein Knurren aus und fuhr fort: »Krümmt Judith ein Haar, und bei Gott, ich bringe Euch mit meinen eigenen Händen um.«

»Vater, was, wenn Judith bei uns bleiben will?«, fragte Douglas. »Vielleicht will sie gar nicht mit Iain heimkehren. Du solltest sie fragen.«

Iain ließ sich durch Douglas' brüderliche Sorge nicht beeindrucken. »Sie geht mit mir.«

Aber Douglas wollte nicht aufgeben. »Lässt du zu, dass er sie mitnimmt, wenn sie nicht gehen will?«

»Es zulassen?« Maclean fand sein Lächeln wieder. »Mir scheint, Iain tut, was immer er verdammt noch mal tun will.«

Er wandte sich wieder Iain zu. »Vielleicht habt Ihr ja anfangs einen klugen Plan zu verwirklichen gedacht, aber irgendwann habt Ihr begonnen, sie zu lieben, nicht wahr?«

Iain gab ihm keine Antwort. Douglas dachte nicht daran, es dabei zu belassen. »Liebt Ihr Judith?«

Iain seufzte. Judiths Bruder entwickelte sich zu einer echten Plage. »Glaubt Ihr ernsthaft, ich würde eine Maclean heiraten, wenn ich sie *nicht* liebte?«

Der Maclean-Clansherr stieß einen schnaubenden Laut aus. »Willkommen in der Familie, Sohn.«

Iain fand Judith an einen Baum gelehnt, ein gutes Stück von der Festung entfernt. Das Mondlicht schien hell genug, dass er ihre Blässe erkennen konnte.

»Judith, es ist Zeit, nach Hause zu gehen.«

»Ja, natürlich.«

Sie rührte sich nicht. Er kam näher heran, und als sie ihn ansah, entdeckte er, dass sie geweint hatte.

»Ist alles in Ordnung?«, fragte er mit deutlicher Besorgnis in der Stimme. »Ich weiß, dass es schwer für dich war.«

Neue Tränen füllten ihre Augen. »Hat er mich angelogen, oder hat er die Wahrheit gesagt? In meiner Vergangenheit hat es so viele Lügen gegeben, dass ich die Wahrheit nicht mehr erkennen kann. Aber es macht auch keinen Unterschied mehr, nicht wahr? Auch das Wissen, dass mein Vater mich vielleicht geholt hätte, wiegt die verlorenen Jahre nicht mehr auf.«

»Ich denke, es macht schon einen Unterschied für dich«, entgegnete Iain. »Und ich glaube, er hat die Wahrheit gesagt. Wenn er es gewusst hätte, wäre er nach England gekommen.«

Sie stieß sich vom Baum ab und nahm die Schultern zurück.

»Und nun bist du zornig auf mich. Ich hätte dir sagen müssen, wer mein Vater ist.«

»Judith ...«

Sie unterbrach ihn. »Ich hatte solche Angst, dass du mich vielleicht nicht mehr wolltest, wenn du die Wahrheit wüsstest.«

Plötzlich dämmerte ihr, dass Iain gar nicht wütend war. »Aber warum bist du nicht aufgebracht? Du *musst* doch fassungslos sein. Und warum hast du meinen Vater angelogen?«

»Wann habe ich ihn angelogen?«

»Als du ihm sagtest, du wüsstest, dass ich seine Tochter bin.«

»Ich habe nicht gelogen. Ich wusste es vor unserer Hochzeit.«

»Das kannst du nicht gewusst haben«, schrie sie.

»Wir reden später darüber«, kündigte er an. »Wenn wir zu Hause sind.«

Sie schüttelte den Kopf. Sie wollte jetzt darüber sprechen. Sie fühlte sich, als wäre ihre ganze bisherige Welt zusammengebrochen. »Wenn du es gewusst hast ... warum hast du mich dann geheiratet?«

Er griff nach ihr, doch sie wich zurück. »Judith, ich will jetzt nicht darüber sprechen.«

Gott, er hörte sich so ruhig, so unfassbar vernünftig an. »Du hast mich benutzt!«

»Ich wollte dich beschützen.«

»Du wolltest das Bündnis. Das ist der Grund, warum du mich geheiratet hast. Ich habe gedacht – o Gott, ich dachte, da du mit mir nichts zu gewinnen hättest, dass du mich *wirklich* wolltest, dass du ...« Ihre Stimme erstickte in einem Schluchzen. Ihr war so schlecht von dieser Wahrheit, dass sie fast zusammengeklappt wäre. Sie trat noch einen Schritt zurück. »Ich war so unglaublich dumm«, schrie sie auf. »Ich habe wirklich geglaubt, ich könnte hier zu Hause sein. Ich dachte, ich wäre hier erwünscht und es würde dich nicht kümmern, wer mein Vater oder meine Mutter sind ...«

Sie holte tief Atem, um ihre Selbstbeherrschung wiederzuerlangen. Dann sagte sie: »Ich kann niemandem außer mir selbst die Schuld geben, dass ich diesen Unsinn für wahr gehalten habe. Ich werde hier niemals erwünscht sein, Iain. Ich werde auch nicht mit dir gehen. Nicht jetzt, niemals.«

»Sprich nicht in solchem Ton mit mir«, befahl er mit gefährlich sanfter Stimme. »Und du kommst mit mir. Jetzt.«

Er bewegte sich blitzartig. Sie hatte keine Zeit mehr zum Davonlaufen. Er hatte ihre beiden Hände mit einer gepackt und zerrte sie schon den Pfad hinunter, bevor sie sich überhaupt noch wehren konnte.

Dann fiel ihr Frances Catherine ein. Ihre Freundin brauchte sie. Iain hielt am Rande der Lichtung. »Wage es nicht zu weinen«, befahl er.

»Du hast mir mein Herz gebrochen.«

»Ich bringe das später wieder in Ordnung.«

In diesem Moment wäre Judith fast erneut in Tränen ausgebrochen. Doch beim Anblick der Soldaten, die sich im Hof versammelt hatten, besann sie sich schnell eines Anderen. Sie riss sich zusammen und eilte voran, um an der Seite ihres Mannes zu gehen. Sie würde sich vor den Macleans keine Blöße geben.

Graham und Patrick saßen bereits auf ihren Pferden und warteten. Iain wollte Judith nicht selbst reiten lassen. Er reichte seinem Bruder die Zügel ihres Pferdes und hob sie dann auf den Rücken seines Hengstes. Schließlich saß er hinter ihr auf, setzte sie auf seinen Schoß und übernahm die Führung.

Als sie an Graham vorbeikamen und ihr Blick den seinen traf, wandte er sich ab. Judith sah schnell auf ihren Schoß. Sie faltete die Hände und versuchte verzweifelt, sich keinerlei Gefühle anmerken zu lassen. Niemand von ihnen brauchte zu wissen, wie verletzt sie innerlich war.

Iain war nicht entgangen, wie sehr Graham seine Frau beleidigt hatte. Er wurde augenblicklich so wütend, dass er sich kaum zusammenreißen konnte. Judith lag wie erstarrt in seinen Armen. Er zog sie näher an sich und beugte sich zu ihr herab. Leise flüsterte er ihr ins Ohr: »Du und ich, wir gehören zusammen. Vergiss das nie!«

Erst als er diese Worte laut ausgesprochen hatte, erkannte er, wie viel sie bedeuteten. Das bedrückende Gefühl in seiner Brust löste sich. Judiths Liebe schien ihn unbesiegbar zu machen. Es gab kein Problem, das sie nicht lösen konnten, so lange sie einander liebten. Er dachte daran, wie sie von ihrer Hoffnung sprach, alle Sorgen miteinander zu teilen. Himmel, wie er über diesen Gedanken gespottet hatte. Dachte er doch, er, und er ganz allein, müsste jedes Problem lösen, jede Entscheidung treffen, jeden Befehl geben. Er war der Ansicht gewesen, *sie* müsse ihm all ihre Sorgen mitteilen, und er würde sich dann darum kümmern.

Er konnte sich nicht vorstellen, warum sie ihn liebte. Das war wirklich ein Wunder. Er fühlte sich verdammt noch mal ihrer Liebe nicht würdig. Fast hätte er gelächelt, denn ob würdig oder nicht – ihr Herz gehörte ihm ... und er würde sie nie mehr gehen lassen. Niemals!

Es war, als ob er seine Gedanken laut ausgesprochen hätte, denn in diesem Moment hob Judith den Kopf und sah ihn an. »Ich will nicht mit einem Mann leben, der mich nicht liebt«, flüsterte sie.

Sie erwartete Ärger und hoffte im Stillen auf tröstende Einwände, sollte jedoch nichts davon bekommen. »In Ordnung«, stimmte er zu.

Sie wand sich aus seinen Armen, und Iain wusste, dass sie nun für nichts, was er ihr jetzt auch sagte, zugänglich war. Morgen würde er ihr alles erklären.

»Mach die Augen zu und ruh dich aus«, befahl er. »Du bist erschöpft.«

Sie wollte ihm gerade gehorchen, als sie eine Bewegung in der Dunkelheit bemerkte, sich versteifte und seinen Arm ergriff. Die Bäume um sie herum schienen plötzlich zum Leben zu erwachen, und Schatten tauchten im hellen Mondlicht auf.

Es waren Maitland-Krieger, zu viele, um sie zu zählen. Alle trugen Kriegstracht. Ramsey, der die Männer anführte, trieb sein Pferd vor und wartete auf Iains Bericht.

Iain war also doch nicht allein gekommen. Offenbar hatten seine Männer nur auf den Befehl zum Angriff gewartet. Judith war auf einmal sehr dankbar, dass sie einen Krieg hatte verhindern können und fragte sich, wie viele Menschenleben wohl ausgelöscht worden wären, hätte sie die Wahrheit für sich behalten.

Bis sie die Maitland-Festung erreicht hatten, schwieg sie. Dort angekommen, sagte sie Iain, dass sie sein Bett nicht mit ihm teilen wollte, doch er hob sie nur auf und trug sie in ihre Schlafkammer. Judith war zu müde, um zu protestieren. Sie war eingeschlafen, bevor er ihr die Kleider ausgezogen hatte. Er konnte sie nicht allein lassen, hielt sie in seinen Armen, streichelte, liebkoste sie, küsste sie – und in den frühen Stunden vor der Dämmerung schlief er mit ihr.

Zuerst war sie zu verschlafen, um sich zu wehren, später zu mitgerissen von seiner Leidenschaft, als dass sie aufhören wollte. Sein Mund war so wundervoll heiß auf ihrem. Seine Hand streichelte die Innenseiten ihrer Schenkel und zwang sie sanft auseinander. Seine Finger stießen in ihre feuchte Hitze, während seine Zunge ihre Mundhöhle erschloss. Sein Liebesspiel ließ sie vor Wonne wimmern, und rastlos bewegte sie sich unter ihm. Das war die Einladung, die er brauchte. Er glitt zwischen ihre Schenkel und drang tief in sie ein. Judith krümmte sich ihm entgegen, und ihre Arme schlangen sich um seinen Nacken, um ihn noch näher an sich zu ziehen. Seine Stöße waren langsam, berechnend, kontrolliert. Diese süße Qual machte sie wild. Sie umklammerte ihn mit ihren Beinen, hob ihre Hüften fordernder, damit er seine Bewegungen beschleunigte.

Sie erreichten gemeinsam den Höhepunkt. Ein tiefes Stöhnen kam aus seiner Brust, und er fiel erschöpft über sie. Sie hielt ihn umklammert, als die Wellen der Ekstase sie übermannten, und brach dann in Tränen aus.

Ihr Weinen wollte kein Ende nehmen. Sanft rollte er sich auf die Seite und zog sie mit. Dann flüsterte er ihr liebkosende, beruhigende Worte zu, bis sie sich endlich wieder entspannte und er bemerkte, dass sie eingeschlafen war. Da erst schloss er die Augen und versank ebenfalls in Schlaf.

Am folgenden Morgen verließ Iain das Zimmer eine gute Stunde, bevor Judith erwachte. Helen kam die Treppe herauf, klopfte vorsichtig an die Tür und rief ihren Namen.

Judith war gerade mit dem Anziehen fertig. Sie trug ihr blassrosa Kleid. Auf ihre Aufforderung hin kam Helen ins Zimmer geeilt und hielt dann abrupt an. »Ihr tragt ja gar nicht Euer Plaid«, platzte sie heraus.

»Nein.« Judith gab ihr keine weitere Erklärung. »Was gibt es?«

»Der Rat ...«

»Ja?«, fragte Judith, als Helen schwieg.

»Sie warten alle auf Euch in der Halle. Ist es denn wahr? Ist Euer Vater ...«

Helen schien den Namen nicht über die Lippen zu bekommen. Judith hatte Erbarmen mit ihr. »Clansherr Maclean ist mein Vater.«

»Geht nicht runter«, schrie Helen händeringend. »Ihr seht schrecklich blass aus. Ihr müsst sofort ins Bett, sofort. Ich sage ihnen, dass Ihr krank seid.«

Judith schüttelte den Kopf. »Ich kann mich hier oben nicht verstecken«, sagte sie. Sie bewegte sich auf die Tür zu, hielt dann aber noch einmal an. »Bricht der Rat nicht eines seiner heiligen Gesetze, wenn er in offizieller Angelegenheit direkt mit mir spricht?«

Helen nickte. »Sie sind wahrscheinlich zu wütend, um sich um ihre eigenen Regeln zu kümmern. Übrigens haben sie schon einmal eine Frau vorgelassen. Eure Frances Catherine. Das war *das* Gesprächsthema hier für Wochen.«

Judith lächelte. »Frances Catherine hat mir erzählt, sie wollten sie von ihrem Vorhaben abbringen, mich holen zu lassen. Wahrscheinlich würden sie ihr jetzt am liebsten den Hals umdrehen bei dem Ärger, den ich verursacht habe.«

Helen schüttelte den Kopf. »Ihr habt keinen Ärger verursacht.«

Judith tätschelte dankbar ihren Arm. »Wartet mein Mann auch unten?«

Helen schüttelte wieder den Kopf. Sie hatte Mühe, ihre Gefühle unter Kontrolle zu halten, und ihre Stimme zitterte, als sie ihrer Herrin antwortete. »Er ist bei seinem Bruder gewesen, aber Graham hat einen Boten nach ihm geschickt. Sie werden Euch doch nicht fortschicken, oder?«

»Mein Vater ist ihr Feind«, erinnerte Judith sie. »Ich kann mir nicht vorstellen, warum sie mich hier behalten wollten.«

»Aber Euer Mann ist der Clansherr«, flüsterte Helen. »Er ...«

Judith mochte nicht über Iain sprechen. Im Übrigen verlor Helen nun wirklich ihre Fassung. Tränen liefen ihr die Wangen hinunter. Judith hatte Mitleid, wusste aber nicht, wie sie die Frau beruhigen sollte. Sie konnte Helen nicht sagen, dass alles wieder in beste Ordnung kommen würde. Es wäre eine alberne Lüge gewesen.

»Ich werde das schon überleben«, sagte sie. »Und du auch.«

Sie zwang sich zu einem Lächeln, kniff sich in die Wange, um etwas Farbe ins Gesicht zu bekommen und verließ das Zimmer. Iain kam an, als sie gerade die Treppen hinunterging. Er wirkte erleichtert, sie zu sehen, und sie wusste nicht, was sie davon halten sollte.

»Ich würde gerne mit dir reden, Iain«, rief sie. »Ich muss dir etwas sagen.«

»Nicht jetzt, Judith«, sagte er. »Dazu ist keine Zeit.«

»Dann nimm dir bitte die Zeit«, beharrte sie.

»Frances Catherine braucht dich, Frau.«

Ihre Haltung veränderte sich schlagartig. Sie rannte die restlichen Stufen hinunter. »Das Baby?«, fragte sie.

Er nickte. »Helen!«, rief Judith.

»Ich habe es gehört, Mylady. Ich sammle nur ein paar Dinge zusammen und komme sofort nach.«

Judith hatte Iains Hand ergriffen. Als sie bemerkte, was sie tat, versuchte sie, ihn loszulassen. Aber er hielt sie fest, drehte sich um, riss die Tür auf und zog sie hinter sich her.

Die Ratsmitglieder standen alle in einer Gruppe vor dem Kamin. Iain hatte sich verhalten, als wären sie gar nicht da gewesen.

»Wann haben die Wehen eingesetzt?«, fragte Judith.

»Das hat Patrick nicht gesagt. Er ist so durcheinander, dass er keinen einzigen zusammenhängenden Satz herausbekommt.«

Iain hatte nicht übertrieben. Frances Catherines Mann stand auf der Türschwelle. »Sie sagt, ich soll den Priester holen«, brüllte er ihnen zu, sobald sie in Sichtweite waren. »Guter Gott, es ist alles meine Schuld.«

Judith wusste darauf keine Antwort. Iain schüttelte nur den Kopf.

»Reiß dich zusammen, Patrick«, befahl er. »Du tust ihr keinen Gefallen, wenn du zusammenbrichst.«

»Ich sag dir, es ist alles nur meine Schuld«, wiederholte Patrick mit einem ängstlichen Flüstern.

»Hölle«, murmelte Iain. »Natürlich ist es das. Du hast sie mit in dein Bett genommen ...«

»Das meine ich nicht«, unterbrach Patrick.

»Was denn?«, fragte Iain, als sein Bruder keine weitere Erklärung abgab.

»Ich habe ihre Wehen in Gang gesetzt. Wir haben über Judiths Vater gesprochen, und sie sagte mir, dass sie es seit Jahren gewusst hatte. Ich wurde ein bisschen ärgerlich, weil sie es mir nicht früher gesagt hat, und ich glaube, ich bin auch etwas laut geworden.«

Ohne sich dessen bewusst zu sein, hatte Patrick den Eingang zum Haus blockiert, während er seinem Bruder seine Tat gestand. Da er nicht zur Seite ging, schob Judith ihn kurzerhand aus dem Weg und rannte hinein.

Wie angenagelt blieb sie stehen, als sie Frances Catherine entdeckte. Ihr Freundin saß am Tisch, bürstete ihr Haar und wirkte unglaublich gelassen. Sie summte sogar vor sich hin. Sie sah Judith an, lächelte ihr zu und bedeutet ihr dann mit einer Geste, die Tür zu schließen.

»Gib mir doch bitte das Band da«, sagte Frances Catherine. »Das rosa Band, was auf dem Bett liegt, sei so nett.«

Judith tat, worum sie gebeten hatte. Sie bemerkte, dass ihre Hände zitterten, und flüsterte voller Sorge: »Wie fühlst du dich, Frances Catherine?«

»Ganz gut, danke.«

Judith starrte ihre Freundin eine Weile an. »Haben deine Wehen nun eingesetzt, oder hast du nur so getan?«

»Wenn nicht, dann bestimmt«, antwortete Frances Catherine.

Judith kam zum Tisch herüber und ließ sich in einen Stuhl ihrer Freundin gegenüber fallen. Sie holte tief Atem, um ihr hämmerndes Herz zu beruhigen, und fragte dann, was in Gottes Namen Frances Catherine mit dieser verqueren Antwort meinte.

Frances Catherine erklärte ihr es gern. »Ich *habe* Schmerzen«, sagte sie. »Aber auch wenn es nicht so wäre, hätte ich so getan, nur um Patrick zu ärgern. Ich verlasse ihn, Judith. Kein Mann darf mich anbrüllen, auch nicht mein Ehemann. Du kannst mir helfen, meine Habseligkeiten zusammenzupacken.«

Judith brach in Lachen aus. »Möchtest du jetzt gehen oder erst, nachdem das Baby geboren ist?«

Ihre Freundin lächelte. »Danach«, sagte sie. »Ich habe auch überhaupt keine Angst«, fügte sie flüsternd hinzu. »Ist das nicht seltsam? Ich habe monatelang nichts als Angst gehabt, und nun fürchte ich mich überhaupt nicht mehr.«

»Warum hast du dann nach dem Priester geschickt?«

»Um Patrick zu besänftigen.«

Judith konnte das alles nicht glauben. »Du wolltest Patrick Angst einjagen, nicht wahr?«

»Das auch«, gab Frances Catherine zu.

»Du kannst wirklich ziemlich gemein sein, Frances Catherine«, sagte Judith, »und hast deinen Mann absichtlich in Panik versetzt. Jetzt ruf ihn rein und bitte ihn um Verzeihung.«

»Also gut«, versprach ihre Freundin. »War es schlimm für dich?«

Sie hatte so schnell das Thema gewechselt, dass Judith

einen Moment nachdenken musste, um zu begreifen. »Mein Vater ist ein gut aussehender Mann«, bemerkte sie.

»Hast du ihn angespuckt?«

»Nein.«

»Erzähl schon, was passiert ist«, verlangte ihre Freundin.

Judith lächelte. »Ich erzähle dir kein Wort, bis du nicht mit deinem Mann gesprochen hast. Hörst du nicht, wie er sich draußen Vorwürfe macht? Schäm dich, Frances Catherine.«

Ein plötzlicher Schmerz überfiel ihre Freundin. Sie ließ ihre Bürste fallen und griff nach Judiths Hand. Als die Wehen abflauten, keuchte sie ein wenig. Judith zählte im Kopf die Sekunden, die der Schmerz anhielt.

»Diese hier war etwas stärker als die vorherigen«, flüsterte Frances Catherine. »Aber die Abstände sind noch sehr groß. Tupf mir die Stirn ab, Judith, dann hol meinen Mann herein. Ich bin jetzt bereit, mir seine Entschuldigung anzuhören.«

Judith beeilte sich, ihrer Freundin zu gehorchen. Sie wartete draußen, sodass die beiden allein sein konnten, und entdeckte Iain, der auf der Mauer saß und sie beobachtete.

»Ich habe meinen Bruder noch nie so aus der Fassung gesehen«, bemerkte er.

»Er liebt seine Frau«, gab sie zurück. »Er hat Angst um sie.«

Iain zuckte die Schultern. »Ich liebe *dich*, aber ich werde mich ganz sicher nicht wie Patrick aufführen, wenn du mir einen Sohn oder eine Tochter schenkst.«

Er hatte die Worte so beiläufig gesagt, dass sie glaubte, sich verhört zu haben. »Was hast du gerade gesagt?«

Er ließ sie seine Verärgerung spüren. »Ich sagte, ich werde nicht wie Patrick meine ganze Beherrschung aufgeben, wenn ...«

»Davor«, unterbrach sie ihn. »Du hast gesagt, du liebst mich. Und du hast so getan, als meintest du es.«

»Ich meine immer, was ich sage«, gab er zurück. »Du weißt das. Judith, was glaubst du, wie lange diese Niederkunft dauern wird?«

Sie ging nicht auf seine Frage ein. »Du liebst mich nicht«, behauptete sie in leidenschaftlichem Tonfall. »Das war nur das Opfer, das du für dieses Bündnis bringen musstest.« Sie ließ ihm keine Zeit, etwas darauf zu erwidern. »Der Ring hat mich verraten, nicht wahr? Es ist der gleiche, wie ihn Douglas trägt, und du hast ihn erkannt!«

»Der Ring kam mir bekannt vor, aber ich habe lange gebraucht, um darauf zu kommen, wo ich ihn schon gesehen hatte.«

»Und wann genau bist du darauf gekommen?«

»Als wir auf dem Friedhof waren«, erklärte er. »Dann hörte Patrick dich seine Frau fragen, was ich wohl täte, wenn ich erfahren würde, dass Maclean dein Vater ist. Er sagte mir natürlich sofort Bescheid, aber ich wusste es schon.«

Judith schüttelte den Kopf. »Das verstehe ich nicht«, gestand sie. »Warum ist er denn dann auf Frances Catherine so wütend geworden?«

»Weil sie sich ihm nicht anvertraut hat.«

»Und sobald du herausgefunden hast, wer mein Vater ist, hast du mich geheiratet.«

»Verdammt richtig«, stimmte er zu. Er stand auf und zog sie in seine Arme. »Ohne Blumen«, flüsterte er. »Es tut mir so Leid. Aber deine Sicherheit war wichtiger. Ich hatte nicht die Zeit, alles richtig zu machen.«

Lieber Gott, wie sehr sie ihm glauben wollte. »Du brauchtest mich nicht zu heiraten, nur um mich zu beschützen.«

»O doch«, antwortete er. »Es war nur eine Frage der Zeit, bis einer der Ratsmitglieder diesen verdammten Ring entdeckte. Sie hätten ihn gleich erkannt.«

»Ich wollte ihn ja schon wegwerfen«, behauptete sie stolz.

Er stieß einen Seufzer aus. »Du hättest es nicht getan«, sagte er. »Du hast ein viel zu weiches Herz, um die einzige Verbindung zu vernichten, die du zu deinem Erzeuger hattest.«

Sie hielt es für besser, nicht mit ihm darüber zu streiten.

»Du magst ihn nicht, oder?«

»Deinen Vater?«

»Ja.«

»Hölle, nein, ich mag ihn nicht«, antwortete er. »Er ist ein echter Bastard«, fügte er dann hinzu. »Aber er ist auch dein Vater, und da ich dich auf jeden Fall bei mir behalten wollte, schickte ich Ramsey zu ihm, um über ein Bündnis zu sprechen. Es wäre günstiger gewesen, sich mit den Dunbars zu einigen, denn ihr Land grenzt schließlich an unseres, aber der Maclean-Clansherr war wichtiger, da du das Recht haben solltest, dich zu erkennen zu geben ... wenn du es gewollt hättest, Judith.«

»Aber du traust den Macleans nicht, stimmt's?«

»Nein«, antwortete er. »Aber was das angeht – ich traue den Dunbars auch nicht.«

»Magst du Douglas?«

»Nicht besonders.«

Sie fand seine Ehrlichkeit erfrischend. »Du magst eigentlich niemanden, nicht wahr?«

Sein Lächeln war voller Zärtlichkeit. »Doch. Dich.«

Es verschlug ihr stets den Atem, wenn er sie auf diese Weise ansah. Judith musste sich zwingen, sich auf das zu konzentrieren, was sie zu sagen hatte. Sie senkte den Blick auf seine Brust. »Warum war denn ein Bündnis überhaupt nötig? In der Vergangenheit habt ihr euch doch immer von allen zurückgezogen.«

»Der Clansherr der Dunbars ist alt und müde, aber er wollte sein Amt keinem jüngeren Krieger übertragen. Als ich hörte, dass er mit den Macleans verhandelte, versuchte ich einzugreifen, bevor eine Einigung zustande kam. Die Dunbars und die Macleans gemeinsam wären uns weit überlegen gewesen. Das war ein verdammt schwieriges Problem.«

»Warum hast du mir das nicht erklärt?«

»Das habe ich doch gerade.«

Er wich ihr aus, und sie wussten es beide. »Warum hast du es nicht vorher erklärt?«, hakte sie nach.

»Es war sehr schwer für mich«, gab er schließlich zu. »Ich habe meine Sorgen noch nie mit jemandem außer Patrick besprochen.«

»Nicht einmal mit Graham?«

»Nein.«

Sie rückte ein Stück von ihm ab und sah ihm in die Augen. »Und was hat dich deine Meinung ändern lassen?«

»Du«, gab er zurück. »Und Frances Catherine.«

»Das verstehe ich nicht.«

Er nahm ihre Hand, drückte sie auf die Mauer nieder und setzte sich neben sie. »Am Anfang habe ich dieses starke Band zwischen Euch nicht begreifen können. Ihr scheint einander vollkommen zu vertrauen.«

»Wir *vertrauen* einander vollkommen«, präzisierte sie.

Er nickte. »Sie hat niemals jemandem von deinem Vater erzählt, und du hattest niemals Sorge, dass sie es täte.«

Iain versuchte offenbar, sich selbst etwas zu verdeutlichen. Er sprach langsam, zögernd. »Du hast ihr praktisch eine Waffe gegeben, die sie gegen dich hätte einsetzen können. Ein Mann würde so etwas niemals tun.«

»Manche schon.«

»Ich nicht«, gab er zu. »Und bis ich dich traf, hatte ich auch nicht geglaubt, dass es solch ein Vertrauen geben kann.«

Plötzlich stand er auf. Er faltete die Hände auf seinem Rücken und drehte sich zu ihr. »Du hast mir gezeigt, dass du deiner Freundin volles Vertrauen schenkst. Ich will dasselbe, Judith. Du hast mir gesagt, du vertraust mir. Aber wenn du es wirklich tätest – mit ganzem Herzen, vollkommen –, dann würdest du ohne Frage akzeptieren, dass ich dich liebe, wenn ich es dir sage. Erst dann werden deine Unsicherheit, deine Ängste, deine Wunden verschwinden.«

Judiths Kopf hing herab. Sie erkannte, dass er die Wahrheit sagte. »Ich habe dir nicht genug vertraut, um dir zu sagen, wessen Tochter ich bin«, flüsterte sie. »Aber ich hätte es bestimmt noch getan ... eines Tages. Ich hatte solche Angst, dass du mich dann nicht mehr wolltest.«

»Wenn du mir genug vertraut hättest ...«

Sie nickte. »Ich hab's ja versucht, kurz vor der Hochzeitszeremonie ... Warum hast du mich denn nicht gelassen?«

»Ich wollte dich unbedingt beschützen, und der einzige Weg, der mir einfiel, war, dich zu meiner Frau zu machen. Der Rat kümmerte sich so nicht großartig darum. Hätten sie aber gewusst, dass du von Maclean abstammst, hätten sie dich benutzt, um ihn zu vernichten.«

»Wenn ich den Ring nur in England gelassen hätte. Dann wäre nichts davon ...«

Er ließ sie nicht ausreden. »Geheimnisse haben die Eigenart, ans Tageslicht zu kommen«, sagte er. »Zu viele Leute wussten von der Wahrheit. Deine Verwandten in England hätten zu Maclean gehen können, um dich durch seine Unterstützung zurückzubekommen.« Er zuckte die Schultern. »Vielleicht tun sie es noch.« Doch er schien nicht besonders beunruhigt von diesem Gedanken zu sein.

»Iain, ich glaube nicht, dass ich hier bleiben kann. So wie Graham mich angesehen hat, als er es erfuhr ... Er wird mich niemals als eine Maitland akzeptieren. Ich werde nur wieder eine Außenseiterin sein. Nein, ich kann nicht bleiben.«

»Also gut.«

Seine augenblickliche Zustimmung verwirrte sie. Sie hatte geglaubt, er würde sie zumindest bitten, es zu versuchen. Dann hätte sie gnädig einlenken können. Aber wie konnte er behaupten, sie zu lieben und sie gleichzeitig ohne weiteres gehen lassen?

Judith blieb keine Zeit mehr, eine Erklärung von ihm zu verlangen. Denn in diesem Moment riss Patrick die Tür auf und rief nach ihr.

Sie ging ins Haus zurück und fand Frances Catherine strahlend vor Freude vor. Judith nahm an, dass Patrick ausgiebig bereut hatte.

Die Schmerzen, die Frances Catherine im unteren Rücken verspürte, waren geringer, wenn sie sich bewegte, und so ging sie langsam vor der Feuerstelle auf und ab, während Judith die nötigen Vorbereitungen traf.

Ihre Freundin stellte ihr Hunderte von Fragen über die Macleans, wovon Judith keine einzige beantworten konnte. Als es ihr endlich möglich war, einen ganzen Satz ohne Unterbrechung auszusprechen, erzählte sie ihrer Freundin von Douglas.

»Ich habe einen Bruder. Und er ist genau fünf Jahre älter als ich«, sagte Judith. »Meine Mutter hat ihn im Stich gelassen und niemals zu jemandem ein Wort darüber verloren.«

Frances Catherine wäre fast gestürzt. Dann packte sie die Wut.

»Dieses verdammte Miststück«, rief sie aus.

Sie wollte gerade noch eine ähnlich finstere Meinung über Judiths Mutter loswerden, als sie hörte, wie sich ihr Mann draußen vor dem Fenster für sie entschuldigte. Sie schlug die Hand vor den Mund und unterdrückte das aufkommende Lachen.

»Deine Mutter ist ein Ungeheuer«, flüsterte sie. »Wenn es Gerechtigkeit auf der Welt gibt, dann bekommt sie sicher, was ihr zusteht.«

Judith glaubte zwar nicht daran, aber sie wollte jetzt nicht mit ihrer Freundin darüber diskutieren. »Vielleicht«, lenkte sie ein.

»Agnes hat auch bekommen, was sie verdient hat«, verkündete Frances Catherine mit einem bekräftigenden Nicken.

»Wieso? Was ist denn passiert?«, fragte Judith.

Frances Catherine schien sie nicht gehört zu haben. »Aye, allerdings. Sie war so dumm zu glauben, sie könnte gemeine Gerüchte über dich verbreiten, ohne dass unser Clansherr es mitbekommt.«

»Iain hat etwas darüber gehört?«, fragte Judith.

»Und ob«, sagte Frances Catherine. Sie schwieg, um sich auf den Schmerz zu konzentrieren, der sie überfiel, und klammerte sich an den Kaminsims, bis er vorbei war. Dann wischte sie sich die Stirn mit einem Leinentuch ab. »Herr im Himmel, die Wehen werden immer stärker.«

»Und sie dauern auch länger«, sagte Judith.

Frances Catherine nickte. »Also, wo war ich? Ach ja. Agnes.«

»Was hat denn Iain genau gehört?«

»Dass du schwanger warst, bevor ihr geheiratet habt.«

»Lieber Gott, muss er zornig gewesen sein ...«

»Oh, das kann man wohl sagen«, bestätigte Frances Catherine. »Du, Patrick und Graham wart zum Fischen ausgeritten, und Iain kehrte etwa zwei Stunden später zurück. Er kam bei mir vorbei, um sich zu vergewissern, dass es mir an nichts fehlte. War das nicht rücksichtsvoll von ihm? Iain ist bemerkenswert aufgetaut, seitdem ihr verheiratet seid, Judith. Er hat nie zuvor ...«

»Frances Catherine, weich nicht aus«, unterbrach Judith sie. »Was hat er mit Agnes gemacht?«

»Ich wollte noch darauf kommen«, sagte ihre Freundin. »Iain war also auf dem Weg zur Festung. Jemand muss ihn angehalten haben, um es ihm zu sagen. Oder vielleicht hat einer von ...«

»Mich interessiert nicht, *wie* er es gehört hat«, unterbrach Judith erneut. »Ich will wissen, *was* er getan hat. Du machst mich wahnsinnig, Frances Catherine, wenn du noch länger um den heißen Brei herumredest.«

Frances Catherine lächelte. »Es hat dich aber von der Geburt abgelenkt, oder?«

Judith nickte und bat dann ihre Freundin, ihre Erklärung zu beenden.

Frances Catherine gehorchte gerne. »Er ging also direkt zu Agnes' Haus, wie mir Brodick erzählte. Er schaute ebenfalls kurz bei mir vorbei, um zu sehen, ob alles in Ordnung war, und ich nehme an, Patrick hat ihn dazu überredet. Jedenfalls verstrich etwa eine Stunde, als ich draußen etwas frische Luft schnappen wollte. Da sah ich, wie Agnes und ihre Tochter Cecilia mit Sack und Pack den Hügel hinuntergingen. Brodick sagte mir, dass sie das Maitland-Gebiet verlassen müssen. Sie kommen auch nicht mehr wieder, Judith!«

»Wohin können sie denn gehen?«

»Zu ihren Verwandten«, erklärte Frances Catherine. »Sie hatten eine Eskorte dabei.«

»Iain hat mir kein Wort davon gesagt.« Judith grübelte ein paar Minuten über diese Tatsache nach, während Frances Catherine wieder rastlos auf und ab schritt.

Dann klopfte Helen an die Tür und unterbrach damit ihre Unterhaltung. »Wir sprechen später weiter«, flüsterte Frances Catherine.

Judith nickte. Sie half Helen, einen gewaltigen Stapel Leinentücher hereinzutragen und legte sie zu den anderen auf den Tisch. Winslow folgte der Haushälterin und schleppte den Gebärstuhl hinein. Frances Catherine lud den Krieger spontan zum Mittagsmahl ein, und Winslow war viel zu überrascht darüber, als mit mehr als einem Kopfschütteln zu reagieren.

Patrick war nicht zu gebrauchen, und so übernahm Winslow die Aufgabe, das Plaid über den Türbalken zu hängen. Frances Catherine versuchte, ihm danach etwas zu trinken anzubieten. Aber Winslow lehnte den Wein ab und floh zur Tür. Plötzlich hielt er wieder an und sagte: »Meine Frau wartet draußen. Sie möchte helfen. Wenn Ihr sie aber nicht wollt . . .«

»Bitte schickt sie herein«, sagte Judith. »Wir freuen uns über ihre Gesellschaft, nicht wahr, Frances Catherine?«

Frances Catherines Gesicht hellte sich auf. »Oh, ja. Sie kann mit uns zu Mittag essen.«

Helen unterbrach ihre Arbeit und sah auf. »Habt ihr wirklich Hunger, Liebes? Ich könnte etwas von der Suppe holen, die ich gestern gekocht habe. Sie ist bestimmt gut durchgezogen.«

»Ja, vielen Dank«, antwortete Frances Catherine. »Obwohl ich überhaupt keinen Hunger habe.«

»Aber warum …«, begann Judith.

»Wenn Essenszeit ist, werden wir essen«, beharrte Frances Catherine. »Alles soll sein wie … wie immer. Nicht wahr, Judith?«

»Ja, sicher«, gab Judith zurück.

In diesem Moment kam Isabelle ins Haus geeilt. Sie schlug die Tür hinter sich zu und hastete zu Frances Catherine, ergriff ihre Hand und wiederholte all die Worte des Zuspruchs, die Judith ihr damals sagte, als ihre Wehen eingesetzt hatten. Sie sprach über das Wunder, das sich ereignen würde, gab zu, dass es auch mal unsauber, aber dennoch so wundervoll sein würde, und dass Frances Catherine niemals ihr Glück vergessen sollte, dieser Welt neues Leben schenken zu dürfen.

Ein warmes Gefühl der Zufriedenheit stieg in Judith auf. Sie hatte das Leben eines Menschen bereichert. Sie wusste, dass sie fortgehen würde, und wahrscheinlich schon bald, wenn der Rat seinen Willen bekam, aber in der Zeit, die sie hier verbracht hatte, war es ihr gelungen, einen bleibenden Eindruck zu hinterlassen. So würde sich wenigstens noch eine Frau außer Frances Catherine an sie erinnern.

Helen lief aus dem Haus, um von der Suppe zu holen. Isabelle hatte ihr Baby in der Obhut von Winslows Tante gelassen und ging nun, um dieser zu sagen, dass sie bis nach der Geburt bei Frances Catherine bleiben würde.

Frances Catherine wartete, bis die Tür hinter den beiden Frauen geschlossen war und fragte dann: »Machst du dir Sorgen um mich?«

»Vielleicht ein bisschen«, gab Judith zu.

»Du hattest eben so einen besonderen Ausdruck im Gesicht. Worüber hast du nachgedacht, während Isabelle auf mich einredete?«

Judith lächelte. Ihrer Freundin entging wirklich nur selten etwas. »Mir ist klar geworden, dass ich Isabelles Leben ein bisschen beeinflusst habe. Ich habe ihr geholfen, ihren Sohn zur Welt zu bringen. Sie wird sich an mich erinnern. Die anderen werden mich vergessen, sie nicht.«

»Nein, bestimmt nicht«, stimmte Frances Catherine zu. Dann wechselte sie das Thema. »Patrick sagt, Iain will nicht verraten, was er vorhat. Mein Mann ist überzeugt, dass der Rat Euch beide bestrafen wird, aber als er das seinem Bruder gegenüber erwähnt hat, muss Iain nur gelächelt und den Kopf geschüttelt haben.«

Judith zuckte die Schultern. »Ich werde nicht bleiben, egal was passiert. Du verstehst das doch, nicht wahr? Ich will nicht schon wieder eine Fremde sein.«

»Judith, alle Frauen hier scheinen sich wie Fremde zu fühlen«, hielt Frances Catherine dagegen.

In diesem Moment flog die Tür auf. »Und?«, brüllte Patrick vom Eingang aus.

»Und *was*, Liebster?«

»Frances Catherine, warum dauert das denn so lange?«

»Patrick, du musst dich wirklich zusammenreißen«, schimpfte Judith. »Ein Kind zur Welt bringen geht einfach nicht schneller, Himmel noch mal!«

Frances Catherine lief zu ihrem Mann hinüber. »Es tut mir so Leid, dass es dich aufregt, aber es passiert einfach noch nichts. Und bei Babys darf man nicht drängeln.«

»Judith, kannst du denn nichts tun?«, verlangte Patrick, als hätte er ihr eben gar nicht zugehört.

»Deine Frau muss sich jetzt ausruhen«, sagte Judith. »Du wirst Geduld haben müssen.«

Patrick runzelte die Stirn. »Winslow meint, du bist doppelt so dick wie seine Frau war.«

Frances Catherine nahm ihm seine Bemerkung nicht übel. Sie wusste, dass ihr Mann etwas suchte, über das er sich aufregen konnte. »Ich hab doppelt so viel gegessen«, sagte sie. »Wo ist Iain geblieben?«

Patrick fand sein Lächeln wieder. »Er konnte mich nicht mehr ertragen. Er übt mit seinen Männern.«

»Schließ dich ihm doch an«, schlug Frances Catherine vor. »Ich schicke jemanden nach dir, sobald die Zeit gekommen ist.«

Patrick ging widerstrebend, kam aber immer wieder, und gegen Abend hatte er sich auf der Türschwelle niedergelassen.

Isabelles Tante kam zwei Mal an diesem langen Tag, um ihre Nichte zum Stillen ihres Sohnes zu holen, und Helen verließ einmal das Haus, um sich zu vergewissern, dass die beiden Alten ein vernünftiges Mahl bekamen und für Andrew gesorgt wurde.

Frances Catherines Wehen waren bis in den späten Nachmittag hinein unregelmäßig. Dann kamen sie mit aller Gewalt, aber Frances Catherine war mittlerweile nur zu bereit, den Schmerz zu ertragen, damit es vorwärts ging.

Gegen Mitternacht schrie sie vor Pein. Sie saß auf dem Gebärstuhl und presste mit all ihrer Kraft bei jeder der langen, qualvollen Kontraktionen. Helen versuchte, mit ihrer Handfläche den Bauch nach unten zu drücken, aber ihre Bemühungen verstärkten die Schmerzen nur. Das Baby wollte nicht mitmachen.

Da stimmte etwas nicht, und jeder wusste es. Die Wehen folgten ohne Pause aufeinander, und nun hätte das Baby kommen müssen. Aber irgendetwas verhinderte die Niederkunft. Helen kniete sich vor Frances Catherine auf den Boden, um erneut nach Fortschritten zu sehen, und als sie ihre Untersuchung beendet hatte, setzte sie sich auf ihre Fersen und sah Judith an.

Die Angst in ihren Augen drehte Judith den Magen um. Helen bedeutete sie mit einer Geste in die andere Zimmerecke.

»Nicht flüstern«, schrie Frances Catherine. »Ich will wissen, was nicht stimmt!«

Judith nickte zustimmend. »Ja, sag es uns beiden«, befahl sie.

»Das Baby liegt nicht richtig. Ich konnte einen Fuß ertasten.«

Die nächste Wehe überfiel Frances Catherine. Judith befahl ihr zu pressen, aber ihre Freundin schrie ihre Weigerung heraus. Sie klappte vornüber zusammen und brach in unkontrolliertes Schluchzen aus.

»O Gott, Judith, ich halt das nicht mehr aus. Ich will sterben. Es tut so weh ...«

»Wag es ja nicht aufzugeben«, unterbrach Judith scharf.

»Ich bekomme meine Hand nicht hinein«, wisperte Helen. »Wir brauchen den Haken!«

»Nein!«

Frances Catherine gequälter Schrei vernichtete Judiths Selbstbeherrschung. Sie war so voller Panik, dass sie kaum noch wusste, was sie tat. Sie riss ihre Hand aus der Umklammerung ihrer Freundin und hastete zu der Wasserschüssel. Sie schrubbte sich die Hände, während Maudes Anweisungen in ihrem Kopf widerhallten. Sie hatte keine Ahnung, ob das, was die Hebamme ihr beigebracht hatte, möglicherweise ebenso unsinnig war wie andere Methoden, aber es kümmerte sie jetzt auch nicht. Sie würde tun, was die Hebamme sie gelehrt hatte und darauf vertrauen, dass es das Richtige war.

Helen stand auf, als Judith sich vor ihre Freundin kniete. Frances Catherine war heiser geworden. In einem herzzerreißenden Flüstern bat sie: »Sag Patrick, dass es mir Leid tut!«

»Red verdammt noch mal keinen Unsinn«, brüllte Judith. Sie konnte auf Frances Catherines Schmerzen keine Rücksicht mehr nehmen. »Wenn man dich nicht antreibt, tust du doch alles nur widerwillig.«

»Wollt Ihr das Kleine etwa drehen?«, fragte Helen. »Ihr zerreißt sie, wenn Ihr das versucht!«

Judith schüttelte den Kopf und konzentrierte sich auf Frances Catherine. »Sag mir, wenn die nächste Wehe einsetzt«, befahl sie.

Helen versuchte, Judith den Topf mit Schweinefett in die Hand zu drücken. »Schmiert Euch mit dem Fett ein«, schlug sie vor. »Dann kommt das Neugeborene einfacher durch die Öffnung.«

»Nein«, gab Judith zurück. Sie hatte sich nicht die Hände sauber geschrubbt, um sie jetzt mit dem Schmalz einzureiben.

Isabelle legte die Hände auf Frances Catherines Bauch. Eine knappe Minute später rief sie aus. »Die Schmerzen setzen ein. Ich spüre, wie es hart wird.«

Judith begann zu beten. Frances Catherine begann zu schreien. Helen und Isabelle hielten sie fest, während Judith arbeitete.

Judiths Herz setzte fast aus, als sie den kleinen Fuß spürte, der durch die Öffnung drängte. Sie betete laut, während sie ihn nach unten schob und nach dem zweiten tastete.

Da – Gott hatte ihre Gebete erhört! Sie musste nicht lange suchen, bis sie den zweiten Fuß gefunden hatte. Langsam drückte sie ihn in die Öffnung neben den ersten.

Frances Catherine tat das Übrige. Sie hätte auch nicht aufhören können zu pressen. Das Baby wäre auf seinen Füßchen gelandet, wenn Judith es nicht aufgefangen hätte.

Das wunderschöne Kind, das sie alle so in Angst und Schrecken versetzt hatte, war winzig, pausbäckig und hatte ein Büschel feuerroten Haares auf dem Kopf. Die Kleine war unglaublich niedlich ... und brüllte einheitlich mit ihrer Mutter.

Sie war vollkommen!

Frances Catherine weinte vor Freude und Erleichterung, dass sie es endlich überstanden hatte. Helen ging nach draußen, um die Nachgeburt zu begraben, wie der Brauch der Kirche es verlangte, damit keine Dämonen Mutter und Kind in ihrem verletzlichen Zustand angreifen konnten, und Isabelle war damit beschäftigt, das Baby zu baden und es zu liebkosen. Judith wusch gerade ihre Freundin, als diese plötzlich wieder zu pressen begann. Judith befahl ihr, damit aufzuhören, weil sie einen Blutsturz befürchtete.

Doch Frances Catherine *konnte* nicht aufhören. Nur Minuten später wurde ihre zweite Tochter geboren. Sie war freundlich genug, mit dem Kopf zuerst zur Welt zu kommen.

Die beiden Mädchen sahen vollkommen identisch aus. Weder Helen noch Isabelle konnten sie auseinander halten. Sie waren so vorausschauend, die beiden Kleinen in verschiedenfarbene Tücher – die Erste in Weiß, die Zweite in Rosa – zu wickeln, bevor sie das Maitland-Plaid darüber deckten.

Frances Catherine hatte nicht übermäßig viel Blut verloren, aber Judiths Ängste waren noch nicht vorbei. Sie würde dafür sorgen, dass ihre Freundin noch mindestens zwei Wochen liegen blieb, damit auch wirklich keine Komplikationen eintreten konnten.

Schließlich lag Frances Catherine unter ihre Decken gekuschelt im Bett. Sie trug das hübsche Nachtkleid, das Judith ihr gemacht hatte. Ihr Haar war gebürstet und mit dem rosa Band im Nacken zusammengebunden. Selbst in ihrer Erschöpfung hatte sie ein strahlendes Aussehen, aber Judith wusste, dass sie mit dem Schlaf kämpfte.

Patrick war über den Zustand seiner Frau auf dem Laufenden gehalten worden. Er wusste, dass es ihr gut ging. Helen wollte ihm aber nicht verraten, ob er einen Sohn oder eine Tochter hatte. Dies war die kostbare Aufgabe seiner Frau.

Sie legten Frances Catherine die Babys links und rechts in den Arm. Judith strich die Kissen um die drei herum glatt und wollte dann gehen, um den frisch gebackenen Vater hereinzuholen.

»Warte«, flüsterte Frances Catherine, um ihre Töchter nicht zu wecken. Beide schliefen tief und fest.

»Ja?«, flüsterte Judith zurück.

»Wir ... wir haben es geschafft, nicht wahr, Judith?«

»Ja, das haben wir«, sagte sie.

»Ich wollte dir sagen ...«

»Du musst gar nichts sagen«, sagte Judith. »Ich verstehe schon.«

Frances Catherine lächelte. »Jetzt bist du dran, Judith. Gib meinen Töchtern eine Freundin, mit denen sie ihre Geheimnisse teilen können.«

»Wir werden sehen«, gab Judith zurück. Sie winkte Helen und Isabelle, ihr nach draußen zu folgen. Patrick stieß sie fast um, als er an ihr vorbeistürzte. Judith musste über seine Hast, zu seiner Familie zu kommen, lächeln.

Die frische Luft war wunderbar. Judith fühlte sich erschlagen und schwach vor Erleichterung, dass es endlich vorbei war. Sie ging hinüber zu der Steinmauer und setzte sich darauf. Isabelle folgte ihr.

»Es war schrecklich, nicht wahr?«, flüsterte Isabelle. »Ich hatte solche Angst um Frances Catherine.«

»Ich auch«, gab Judith zu.

»Sie wird noch weiter Hilfe brauchen«, mahnte Helen. »Sie hat viel hinter sich und braucht jetzt Ruhe. Sie kann sich nicht allein um zwei Babys kümmern.«

»Winslows Tanten helfen bestimmt und ich auch«, sagte Isabelle. »Wir könnten morgens da sein.«

»Ich könnte nach dem Abendessen und die Nächte dableiben«, schlug Helen vor.

Beide Frauen sahen Judith an in der Erwartung, sie würde die Nachmittage übernehmen. Sie schüttelte den Kopf. »Wir müssen jemanden finden, der dazwischen kommt«, sagte sie. »Ich kann es nicht sein, denn ich weiß nicht, wie lange ich noch hier bin.«

»Was in Gottes Namen redest du da?«, fragte Isabelle, die kein Wort verstand.

»Ich erkläre es morgen«, versprach Judith. »Jetzt möchte ich lieber über Frances Catherine reden. Ich will, dass ihr beide versprecht, euch um sie zu kümmern. Sie darf die nächste Zeit nicht aufstehen. Noch ist sie nicht außer Gefahr!«

Judith merkte selbst, wie verzweifelt sie sich anhörte, aber sie konnte es nicht verhindern. Sie nahm an, dass die Erschöpfung daran schuld war.

Weder Isabelle noch Helen wollten ihr widersprechen, und Judith war dankbar für ihr Schweigen. Helen stieß einen müden Seufzer aus. Die Traurigkeit, die sie auf dem Gesicht ihrer Herrin entdeckte, lastete schwer auf ihrem Herzen.

Sie beschloss, der Unterhaltung eine angenehmere Wendung zu geben. »Wart Ihr auch so überrascht, als Frances Catherine noch mal zu pressen anfing?«

Isabelle und Judith lächelten beide.

»Ihr beide seht aus, als wolltet Ihr vor Müdigkeit umfallen«, sagte Helen dann. »Geht nach Hause und ruht Euch aus. Ich bleibe die Nacht über hier.«

Aber keine von beiden hatte die Kraft oder den Wunsch, sich zu bewegen. Es war so friedlich, so still und so angenehm, einfach dort zu sitzen und in die Dunkelheit zu starren.

Judith hörte ein Geräusch hinter sich und wandte den Kopf. Iain und Winslow kamen den Hügel hinunter. Sie drehte sich hastig wieder um, nahm ihre Schultern zurück und versuchte, Haltung anzunehmen. Hastig strich sie ihr Haar zurück, kniff sich in die Wangen, um Farbe zu bekommen und versuchte, die Falten in ihrem Kleid glatt zu streichen.

Isabelle beobachtete sie. »Du siehst trotzdem furchtbar aus«, flüsterte sie kichernd.

Judith war verblüfft. Isabelle war so eine zarte, gutmütige Frau, dass sie von ihr keine Neckerei erwartet hätte. Sie brach in Lachen aus. »Du auch«, flüsterte sie zurück.

Sie standen gleichzeitig auf, um ihre Männer zu erwarten, und lehnten sich dann gegeneinander, um sich beim anderen zu stützen.

»Es kümmert mich nicht, wie ich aussehe«, gestand Isabelle. »Winslow will ... will unbedingt ... du weißt schon, und ich glaube nicht, dass ich schon sollte. Es ist ja erst sieben Wochen her, und ich finde, wir sollten noch sieben weitere warten ... Aber manche Nächte möchte ich ja auch ...«

Judith war nicht sicher, was Isabelle mit ihrem Gestammel sagen wollte, aber als sie sah, wie die junge Frau errötete, begriff sie endlich. »Maude hat mir gesagt, dass man etwa sechs Wochen warten sollte, bevor man ... mit seinem Mann schläft!«

Isabelle versuchte augenblicklich, ihr Erscheinungsbild zu

verbessern, und Judith brach in Gelächter aus. Isabelle stimmte in ihr Lachen ein.

Helen schüttelte nur den Kopf über den traurigen Zustand der jungen Frauen, während Winslow und Iain überzeugt waren, die beiden hätten den Verstand verloren. Schließlich klärte Helen sie über die guten Neuigkeiten auf. Beide Krieger freuten sich zwar, ließen sich aber nicht von ihren undisziplinierten Frauen anstecken.

»Isabelle, reiß dich zusammen«, befahl Winslow. »Du benimmst dich, als wärst du betrunken.«

Sie biss sich auf die Unterlippe, um ihr Gelächter einzudämmen. »Was tust du hier um die Nachtzeit?«, fragte sie. »Warum bist du nicht bei unserem Sohn zu Hause?«

»Meine Tante ist da«, antwortete er.

»Wird sie die ganze Nacht bleiben?«

Winslow fand die Frage an sich schon merkwürdig. »Natürlich«, gab er zurück. »Ich schlafe in der Festung.«

Isabelle sah ihren Mann finster an, und er hob erstaunt die Augenbrauen. »Isabelle, was in Gottes Namen ist los mit dir?«, fragte er verärgert.

Isabelle gab keine Antwort. Judith ging zu ihrem Mann herüber.

»Warum bist *du* nicht im Bett?«

»Ich habe auf dich gewartet.«

Sein Eingeständnis überwältigte sie, und ihre Augen füllten sich augenblicklich mit Tränen. Iain legte ihr den Arm um die Schultern und wandte sich zum Gehen. Helen wünschte allen eine gute Nacht und ging ins Haus zurück.

Isabelle war vor ihren Mann getreten und hatte, ohne es zu bemerken, den Eingang zum Hof versperrt. Sie war sich nicht bewusst, dass Judith und Iain direkt hinter ihr warteten, als sie mit ihrer Klage herausplatzte: »Ich will nicht mit deiner Tante schlafen. Ich will mit *dir* schlafen! Judith hat gesagt, wir hätten bloß sechs Wochen warten müssen, und nun sind schon sieben vergangen!«

Winslow zog sie in seine Arme, damit Judith und Iain vorbeigehen konnten, und beugte sich dann herab, um seiner Frau etwas ins Ohr zu flüstern.

Judith wurde von Alex, Gowrie und Ramsey abgelenkt, die den Hügel hinunterkamen. Als sie nah genug waren, dass sie ihre Mienen ausmachen konnten, verschlug es ihr fast den Atem. Die Krieger sahen unglaublich zornig aus.

Judith rückte näher an Iain heran. »Und warum sind *sie* noch auf?«, flüsterte sie.

»Sie waren bei einer Versammlung«, antwortete er. »Und es hat länger als erwartet gedauert!«

Iain schien keine Lust zu haben, Näheres zu erklären, und sie war zu erschöpft und auch zu ängstlich, ihn danach zu fragen. Und nachdem sie sich noch lange in ihrem Bett herumgewälzt hatte, fiel sie endlich in einen unruhigen Schlaf.

Kapitel 15

»Judith, wach auf. Es ist Zeit, zu gehen.«

Iain schüttelte sie sanft wach. Sie öffnete die Augen und sah ihren Mann, der neben ihr auf der Bettkante saß. Ein Blick auf seine düstere Miene reichte, um den Schlaf aus ihrem Kopf vollständig zu verscheuchen.

Sie setzte sich auf und zog die Decken zu sich heran.

»Gehen?«, flüsterte sie verständnislos. »Ich muss *jetzt* gehen?«

»Ja.« Seine Stimme klang hart, und sein Gesichtsausdruck war entschlossen.

Warum tat er nur so kalt? Judith ergriff seinen Arm, als er aufstehen wollte. »So bald schon, Iain?«

»Ja«, antwortete er. »Wenn möglich innerhalb der nächsten Stunde.« Er entzog sich ihrer Hand, beugte sich zu ihr, um ihr auf die Stirn zu küssen, dann stand er auf und ging zur Tür.

Sie rief hinter ihm her. »Ich möchte Frances Catherine Lebewohl sagen!«

»Dazu ist keine Zeit«, sagte er. »Pack nur eine Tasche und bring sie zu den Ställen. Ich treffe dich dort.«

Die Tür schloss sich hinter ihm, und Judith brach augenblicklich in Tränen aus. Sie wusste, dass sie sich jämmerlich angehört haben musste, aber es kümmerte sie nicht. Sie konnte ohnehin nicht klar denken. Schließlich hatte sie Iain gesagt, dass sie nicht hier bleiben wollte. Er gab ihr nun bloß, wonach sie verlangt hatte.

Verdammt, wie konnte er sie nur gehen lassen? Hatte er noch nicht begriffen, wie sehr sie ihn liebte?

Judith wusch sich und zog dann ihr dunkelblaues Kleid an. Sie bürstete ihr Haar, packte die Tasche, und als sie endlich zum Gehen bereit war, sah sie sich noch ein letztes Mal in der Schlafkammer um.

Ihr Plaid hing an einem Haken nahe der Tür. Sie wollte es nicht zurücklassen, und so faltete sie es und steckte es in ihr Gepäck.

Schließlich hörte sie auf zu weinen. Ihr Selbstmitleid war auf einmal wie weggeblasen. Herr im Himmel, sie war wütend! Ein Mann, der seine Frau wirklich liebte, würde sie nicht einfach so gehen lassen. Sie musste Iain das sagen. Er liebte sie doch. Daran hatte sie keine Zweifel. Es zählte auch nicht, dass sein Verhalten sie stets aufs Neue verwirrte. Sie musste ihn dazu bringen, ihr zu erklären, warum er so etwas tat!

Ein Leben ohne ihn konnte sie sich nicht vorstellen. Judith rannte zur Tür hinaus und die Treppen herunter. Die Tasche hatte sie fest an ihre Brust gepresst.

Graham stand im Eingang und hielt die Tür für sie auf. Judith konnte hinter ihm eine riesige Menschenmenge sehen, die sich auf dem Vorplatz versammelt hatte.

Sie versuchte, an dem alten Mann vorbeizukommen, ohne ihn anzusehen. Doch er berührte ihre Schulter, um auf sich aufmerksam zu machen. Judith hielt an, hielt aber den Kopf weiterhin gesenkt.

»Warum wollt Ihr mich nicht ansehen, Frau?«, fragte Graham.

Nun sah sie ihm in die Augen. »Ich wollte Eure Verachtung für mich nicht sehen, Graham. Ihr habt mir sehr deutlich gezeigt, was Ihr über mich denkt!«

»O Judith, es tut mir so Leid. Ich wollte Euch nicht verletzen. Es kam einfach alles so ... überraschend, und ich war zornig, weil man uns gefangen genommen hatte. Ich dachte, Ihr hättet uns verraten. Judith, ich schäme mich. Könnt Ihr tief in Eurem Inneren einem alten Narren noch einmal verzeihen?«

Ihre Augen füllten sich mit Tränen. Sie nickte langsam. »Ich verzeihe Euch. Aber ich muss jetzt zu Iain. Er wartet auf mich.«

»Sprecht mit ihm, Judith. Lasst nicht zu, dass er das tut. Wir wollen, dass er bleibt.«

Die Verzweiflung in seiner Stimme traf sie ins Herz. »Er bringt mich nur nach England«, erklärte sie. »Dann wird er zurückkommen.«

Er schüttelte den Kopf. »Nay, mein Kind. Er kommt nicht wieder.«

»Graham, er *muss*! Er ist Euer Clansherr!«

»Nicht mehr.«

Judith war zu verblüfft, um ihre Reaktion im Griff zu haben. Sie ließ die Tasche fallen und starrte Graham an. Er hob das Gepäck für sie auf, aber als sie es ihm wegnehmen wollte, schüttelte er nur den Kopf.

»Habt Ihr für oder gegen diese Entscheidung gestimmt?«

Sie wartete gar nicht auf eine Antwort. Stattdessen straffte sie sich und lief nach draußen. Die Menge teilte sich, als sie die unterste Stufe erreicht hatte und den Weg zu den Ställen einschlug.

Graham folgte ihr. Die anderen Ratsmitglieder stellten sich oben auf der Treppe in einer Reihe auf, um die Abreise zu beobachten.

Die Menge war jetzt hinter Judith. Die Stalltüren wurden aufgestoßen, und Iain kam mit seinem Hengst am Zügel heraus. Patrick ging neben ihm und redete auf ihn ein, schien aber kaum Antwort zu erhalten. Iains Gesicht war ausdruckslos. Judith hatte nicht bemerkt, dass sie stehen geblieben war, bis ihr Mann sie entdeckte und sie zu sich heranwinkte.

Sie regte sich nicht. Die Bedeutung dessen, was sie im Begriff war zu tun, traf sie mit aller Macht. Lieber Gott, sie wollte nicht fort. Sie hatte das Maitland-Plaid eingesteckt, um eine Erinnerung an ihr vergangenes Glück zu haben. Sie hätte sich wahrscheinlich während der kommenden kalten Winternächte in den weichen Stoff gewickelt, um Trost in den Gedanken an schönere Zeiten zu finden. Was für ein Unsinn, schimpfte sie mit sich selbst. Sie würde sich damit ohne Iain und die anderen Freunde, die sie hier kennen gelernt hatte, nicht weniger elend fühlen.

Plötzlich schien ihre Angst, immer eine Fremde zu sein, nicht mehr wichtig. Sie war eine Maitland, und sie gehörte hierher. Aye, sie hatte ihr Zuhause gefunden, und niemand, nicht einmal ihr Mann, würde sie zum Fortgehen bewegen.

Plötzlich hatte sie es furchtbar eilig, zu Iain zu kommen, um ihm ihren Sinneswandel zu erklären. Und sie betete zum Himmel, dass er sie verstehen möge.

Eilig raffte sie ihre Röcke und begann zu laufen. Isabelle hielt sie jedoch mit einem Ruf zurück.

»Judith, wird es mir wohl in England gefallen?«

Judith wirbelte herum. Sie musste ihre Freundin missverstanden haben. »Was hast du mich gerade gefragt?«

Isabelle trat aus der Menge hervor und kam an ihre Seite. Sie hielt ihr Kind in den Armen. Winslows Tanten folgten, und Judith erkannte die beiden grauhaarigen Damen, die während des Verhörs des Priesters am Tisch gesessen hatten.

»Wird es uns in England gefallen?«, fragte Isabelle wieder.

Judith schüttelte den Kopf. »Ihr könnt nicht mit mir gehen. Ihr würdet es dort schrecklich finden. Selbst ich mag England nicht. Nicht mehr«, setzte sie stammelnd hinzu. »Und ich *bin* Engländerin.«

»Wir werden schon zurechtkommen!«, verkündete Helen laut. Sie hastete voran, um sich zu ihnen zu gesellen. Andrew folgte seiner Mutter mit einer Tasche in der Hand.

Judith wusste nicht, was sie davon halten sollte. »Aber ihr könnt doch nicht alle einfach ...«

Noch eine Frau trat vor. Judith wusste zwar, wer sie war, konnte sich aber nicht mehr ihres Namens entsinnen. Ihre Tochter war es gewesen, die den Bogenschützenwettbewerb auf dem Kinderfest gewonnen hatte. Sie erinnerte sich, wie ihre Mutter vor Glück strahlte, als Iain ihr den Preis verliehen hatte.

»Wir werden auch mitgehen«, verkündete die Mutter.

Und dann kam eine nach der anderen vor, um sich ihnen anzuschließen. Judith wandte sich Hilfe suchend nach Iain um, und ihr stockte der Atem. Hinter ihm hatte sich eine Menge von Kriegern versammelt.

Wollten sie auch mit ihnen gehen?

Judith begriff nichts von dem, was um sie herum vorging. Sie war mittlerweile umringt von Kindern, deren Mütter mit ihrem Gepäck im Arm hinter ihnen standen.

»In England können wir jeden Sonntag ausruhen, nicht wahr?«

Judith wusste nicht, wer diese Frage gestellt hatte. So nickte sie nur langsam und ging zu ihrem Mann hinüber. Sie wusste, dass ihre Verblüffung offensichtlich war. Iain würde den Leuten hoffentlich Vernunft einreden.

Ihr Mann hielt den Blick auf sie geheftet. Sein Arm ruhte auf dem Rücken seines Hengstes. Er wirkte beherrscht, doch als sie nah genug herangetreten war, sah sie in seinen Augen, dass auch er überrascht war.

Sie hielt nur wenige Zentimeter vor ihm an, nicht wissend, was sie sagen sollte, bis die Worte aus ihrem Mund hervorsprudelten.

»Du weißt, dass ich dich liebe, nicht wahr, Iain?«

Sie hatte ihm diese Frage fast brüllend gestellt. Es kümmerte ihn nicht. »Aye, Judith«, sagte er. »Ich weiß, dass du mich liebst.«

Sie stieß einen kleinen Seufzer aus. Es schien ihm, als hätte sie endlich in ihrem Kopf Ordnung geschaffen ... und in ihrem Herzen. Sie sah verdammt selbstzufrieden aus.

Nun lächelte sie ihn an, während ihre Augen sich mit Tränen füllten. »Und du liebst mich«, sagte sie. Ihre Stimme hatte einen zärtlichen Klang angenommen. »Ich habe dir einmal gesagt, dass ich nicht mit einem Mann leben würde, der mich nicht liebt. Du hast mir augenblicklich zugestimmt. Du hast mich so verwirrt, weil ich nicht erkannte, wie sehr du mich liebst. Ich wünschte, du hättest es mir eher gesagt. Da hättest du mir eine Menge Sorgen ersparen können.«

»Du sorgst dich doch gerne«, sagte er.

Sie weigerte sich, mit ihm darüber zu sprechen. »Was hast du nun vor? Mich nach England zu bringen? Keiner von uns beiden gehört dorthin, Iain. Unser Zuhause ist hier.«

Er schüttelte den Kopf. »So einfach ist das nicht, Frau. Ich kann nicht bleiben und dem Rat erlauben, Entscheidungen auf Grund von Emotionen zu fällen.«

»Du meinst, weil sie jemand anderen zum Clansherrn gewählt haben?«

»Wir haben nicht gewählt«, warf Graham ein. Er ließ Judiths Tasche fallen und kam zu ihnen. »Euer Gatte hat sein Amt niedergelegt, als der Rat dem Bündnis mit den Macleans nicht zustimmen wollte.«

Judith wandte sich um und sah zur Festung. Die vier Ratsmitglieder hatten die Köpfe zusammengesteckt und diskutierten offenbar eifrig. Gelfrid fuchtelte aufgeregt mit den Armen herum.

»Wir gehen nicht nach England, Judith. Wir gehen nach Norden. Es wird Zeit«, fügte Iain schließlich, mit einem Nicken in Grahams Richtung, hinzu.

Judith holte tief Atem. Dann trat sie einen Schritt von ihrem Mann zurück.

Ihr kühnes Verhalten brachte ihr seine Aufmerksamkeit zurück.

»Ich liebe dich mit ganzem Herzen, Iain Maitland, aber ich werde mich dir trotzdem widersetzen müssen.«

Auf seinen erstaunten Blick hin verschränkte sie die Arme vor der Brust und nickte, um ihm zu bedeuten, dass sie meinte, was sie gesagt hatte.

Die Frauen reihten sich hinter ihr auf und stimmten augenblicklich ihrerseits mit einem Kopfnicken zu.

»Ich kann keinen Widerspruch dulden, Judith.«

Die Krieger, die hinter ihm standen, stimmten augenblicklich mit einem Kopfnicken zu.

Sie trat einen weiteren Schritt zurück. »Du hättest mir wirklich die Gelegenheit geben müssen, vor deinem Rücktritt meine Meinung zu äußern«, kündete sie an. »Ich bin deine Frau, und ich sollte bei Dingen, die auch mich betreffen, ein Wort mitzureden haben. Auch unsere Zukunft geht mich etwas an.«

Iain versuchte, sein Lächeln zu unterdrücken. Bei jedem von Judiths entschiedenen Worten nickten die Frauen hinter ihr eifrig.

Judith hatte sich immer wie eine Fremde gefühlt. Doch was jetzt geschah, musste man gesehen haben, dachte Iain. Sie war umgeben von ihren Maitlandschwestern, ihrer Familie. Sie hatte ihre Herzen gewonnen, so wie sie seins gewonnen hatte.

Iain begriff, dass er und seine Frau unmöglich irgendwo allein hingehen konnten. Himmel, der gesamte Clan schien entschlossen, sich ihnen anzuschließen. Patrick hatte bereits seine Absicht verkündet, mit Frances Catherine und den Babys nachzukommen, sobald sie wieder reisefähig war. Iain hatte das schon erwartet. Nicht allerdings, dass die Krieger *alle* zu ihm halten würden. Es war beschämend, dass seine Gefolgsmänner ihm so treu ergeben waren. Und es brachte ihn in eine unmögliche Lage. Er war als Clansherr zurückgetreten, und niemand akzeptierte seine Entscheidung.

Nicht einmal seine Frau.

Er sah Graham an. Er wusste, was der alte Mann nun durchmachen musste. Seine Männer ließen ihn im Stich. Sie kehrten den überkommenen Pfaden den Rücken zu.

Iain suchte in seinem Kopf eine Möglichkeit, den Stolz des Alten zu retten. Es wäre eine ungeheure Demütigung für Graham, wenn er mit dem Clan ziehen würde. Und Graham war ihm stets wie ein Vater gewesen. Er konnte ihm diese Schande nicht antun.

Klein beigeben konnte er jedoch auch nicht. Dazu war diese Sache zu wichtig.

»Judith, ich kann nicht ändern, was beschlossen worden ist«, sagte er schließlich.

»Das stimmt nicht. Du hast mir einmal etwas anderes gesagt«, widersprach sie.

Er schüttelte den Kopf. Offenbar erinnerte er sich nicht an ihre Unterhaltung, die sie damals auf dem Friedhof führten. Nun, sie würde ihn daran erinnern.

»Einmal jammerte ich über all die Ungerechtigkeiten in dieser Welt, und ich kann mich noch ganz genau an deine Worte erinnern. Du hast gesagt, wenn mir etwas nicht gefallen würde, sollte ich versuchen, es zu ändern. Ein Flüstern, zusammen mit tausend anderen, wächst zu einem Gebrüll heran ... weißt du noch? Ja«, fügte sie hinzu. »Das waren genau deine Worte. Hast du es dir etwa anders überlegt?«

»Judith, es ist ... komplizierter«, sagte Iain.

»Nay, ist es nicht«, murmelte Graham. »Es ist das Spiel Jung gegen Alt. Und mehr nicht.«

Judiths Herz flog dem Alten zu. Er sah besiegt und müde aus.

»Nein«, widersprach sie ihm. »Darum geht es überhaupt nicht.«

»Judith ...«

Sie ignorierte Iains warnenden Tonfall. Sie rückte näher an Graham heran und ergriff seinen Arm. Sie beabsichtigte, ihm zu zeigen, dass sie zu ihm stand, denn ihrer Meinung nach brauchte Iains Stolz ihren Zuspruch nicht. Die Männer standen jetzt alle auf seiner Seite. Grahams Stolz war eine ganz andere Angelegenheit. Und sie war wild entschlossen, einen Weg zu finden, bei dem er einlenken konnte, ohne seine Ehre oder seine Würde zu verlieren.

»Ich denke, dass Weisheit und Erfahrung die Jugend und die Kraft führen sollten«, sagte sie zu dem Ratsmitglied. »Ihr seid gewiss meiner Meinung, Graham.«

»Da ist etwas Wahres dran«, gab er zu.

Judith holte tief Atem und platzte dann heraus: »Bitte lasst mich direkt zum Rat sprechen!«

Zustimmendes Gemurmel wurde hinter ihr laut. Graham machte ein Gesicht, als hätte sie ihm gerade gedroht, ihm die Kehle durchzuschneiden. Er war schlichtweg sprachlos.

»Und was willst du mit dem Rat besprechen?«, fragte Iain.

Sie wandte ihren Blick nicht von Graham, als sie Iain antwortete.

»Zuerst würde ich ihnen sagen, wie nachlässig sie bisher in ihren Pflichten den wichtigsten Clansmitgliedern gegenüber gehandelt haben. Sie haben Frauen und Kinder einfach übergangen. Ja, so würde ich beginnen.«

Graham wartete, bis die Hochrufe der Frauen, die sich hinter Judith befanden, verklangen. Dann sagte er: »Wieso haben wir sie übergangen?«

»Ihr erlaubt keiner von uns Frauen, uns Rat suchend an Euch zu wenden«, antwortete Judith. »Dabei sollten unsere Probleme genauso ernst genommen werden wie die von euch Kriegern. Und es wäre nur gerecht, wenn wir in wichtigen Fragen auch eine Meinung äußern dürften.«

»Judith, jede Frau hier wird ernst genommen.«

»Dann frage ich mich, warum wir nicht vor den Rat treten dürfen!«

Graham war noch nie zuvor auf solch eine Art herausgefordert worden. Er rieb sich das Kinn, während er über seine Antwort nachdachte. »Wenn eine von euch ein Problem hat, kann sie zu ihrem Mann gehen und darüber sprechen«, sagte er schließlich. Er schien höchst zufrieden zu sein, dass ihm diese Lösung eingefallen war und brachte sogar ein Lächeln zustande.

»Das ist ja alles schön und gut«, entgegnete Judith. »Ehepaare sollten ohnehin immer ihre Sorgen und Nöte miteinander besprechen. Aber was ist mit den Frauen, die keine Männer haben? An wen können sie sich wenden? Oder sind sie nicht wichtig? Wenn Helen Sorgen wegen ihres Sohnes hat, sollte sie zu euch oder Gelfrid oder einem anderen Ratsmitglied gehen können, um sich helfen zu lassen. Bisher durfte sie dies aber nicht. Als ihr Mann starb, ist sie zur Außenseiterin geworden.«

»Ich hätte mit Freuden ihre Probleme für sie gelöst«, gab Graham zurück.

Judith versuchte, ihre aufkommende Verzweiflung zu verbergen.

»Helen braucht niemanden, der ihre Probleme für sie löst«, erklärte sie. »Das ist unnötig. Wir wollen doch bloß unsere Angelegenheiten mit euch besprechen, eine andere Meinung dazu hören ... wir wollen einfach in den Clan einbezogen werden, Graham. Helen hat genug Menschenverstand. Sie kann sich selbst helfen. Versteht Ihr nun?«

»Denkt an Dorothy«, erinnerte Helen ihre Herrin. »Ihr solltet sie auch erwähnen, wenn Ihr ihm erklärt, wie unser Leben hier abläuft.«

»Ja, Dorothy«, stimmte Judith zu. Helen hatte ihr erst vor kurzem über die werdende Mutter erzählt. »Dorothy wird in etwa einem Monat ihr Baby bekommen. Ihr Mann ist bei der Treibjagd, nur wenige Wochen nach ihrer Hochzeit, umgekommen. Der Rat sollte jetzt eigentlich ihre Familie sein. Sie ist sonst ganz allein! Und bestimmt wird der Rat nun einige Veränderungen bewirken wollen ... um der Frauen und Kinder willen!«

Graham konnte nicht anders, als vor ihren Argumenten zu kapitulieren. Sie hatten die Frauen bisher ignoriert. »Ja, wir waren nachlässig«, gab er zu.

Er war jedoch nicht bereit, mehr zuzugestehen. Dies müsste fürs Erste genügen. Judith wandte sich wieder zu Iain. Nun konnte auch er ruhig ein paar Zugeständnisse machen. »Meine Mutter ist Engländerin, mein Vater Clansherr Maclean, und das kann ich nicht ändern. Du bist hier der Clansherr, Iain, und ich glaube nicht, dass du *das* ändern kannst.«

Iain furchte die Stirn. »Judith, ich habe nicht auf einem Bündnis bestanden, weil Maclean dein Vater ist. Meine Männer können es leicht mit einem ganzen Heer Maclean-Krieger aufnehmen, denn sie sind besser ausgebildet als jede andere schottische Truppe. Dennoch«, fuhr er mit einem bedeutungsvollen Blick auf Graham fort, »die Dunbars, vereint mit den Macleans, können uns allein von ihrer Anzahl her überwältigen. Als Clansherr ist es meine Pflicht, jedes Mitglied hier zu schützen. Das kann ich aber nicht in der Funktion des Beraters. Das Amt ist sinnlos ohne Macht. Und das, Frau, ist für mich nicht länger annehmbar.«

»So wie es jetzt ist«, schränkte sie ein.

»So wie es immer gewesen ist«, berichtigte er.

»Bis du es änderst!«

Iain setzte sich plötzlich in Bewegung. Vor Graham blieb er stehen. »Ich will kein Berater bleiben. Ich will die Macht zu handeln.«

Lange Zeit verstrich, während Graham über Iains Forderung nachdachte. Er wandte den Kopf, um den anderen Ratsmitgliedern einen Blick zuzuwerfen, und drehte sich dann wieder zu Iain um. Und er zögerte immer noch. »Absolute Macht ...«

Judith wollte gerade unterbrechen, als sie sich doch lieber zusammenriss. Mit Männern musste man weitaus vorsichtiger umgehen als mit Frauen. Ihr kostbarer Stolz machte auch die einfachsten Lösungen schwierig.

»Du musst für das, was du tust, verantwortlich gemacht werden können, Sohn«, sagte Graham müde. Judith befürchtete, dass er sich bereits dagegen entschieden hatte und nun damit kämpfte, das Unvermeidliche als gegeben zu akzeptieren.

Dann wusste sie es plötzlich! »Was für eine gute Idee, Graham«, schrie sie begeistert. Sie lächelte dem Alten zu, nickte eifrig, als sie seine Verwirrung erkannte, und lief dann zu Iain herüber. Sie knuffte ihn in die Seite und sagte: »Ist das nicht eine fantastische Idee, liebster Mann?«

Er hatte keine Ahnung, was sie meinte. »Judith, wenn jede meiner Entscheidungen infrage gestellt wird …«

»Aber doch höchstens einmal im Jahr«, unterbrach sie ihn. »Oder sieht Euer Plan öfter Vertrauenswahlen für Euren Clansherrn vor?«, fragte sie Graham.

Grahams Überraschung war überdeutlich. Endlich begriff er, was sie vorschlug. Er nickte schnell, und ein Lächeln erschien auf seinem Gesicht. »Nein, einmal im Jahr wird reichen. Dann wirst du dich rechtfertigen müssen, bei Gott. Und du könntest abgewählt werden, Iain.«

Er ließ diese leere Drohung in der Luft hängen. Jeder wusste, dass dies niemals geschehen würde. Der Clansherr hatte gerade Macht bekommen, und er würde sie behalten.

»Wir werden ein starkes Gegengewicht bilden«, kündigte Graham mit nun kraftvoller, entschlossener Stimme an. »Der Rat wird einmal im Monat zusammentreffen, um sich Klagen und Ersuche der Mitglieder anzuhören. Wir werden dir auch ebenso unseren Rat mitteilen, Iain, wann immer wir es für nötig halten.«

»Wird der Rat sich die Ersuchen *aller* Mitglieder anhören? Auch die der Frauen?«, drängte Judith.

Graham nickte. »Aye, Kind«, sagte er. »Besonders von den Frauen. Sie mussten lange genug schweigen. Nun wird es Zeit, dass sie ihre Stimmen erheben.«

»Nichts ist entschieden, bevor die anderen Ratsmitglieder nicht zugestimmt haben«, ermahnte Iain den Alten.

»Ich werde ihnen den Vorschlag unterbreiten«, sagte Graham. »Du wirst innerhalb einer Stunde das Ergebnis für oder wider haben.«

Es dauerte nur eine halbe Stunde, bis die Ratsmitglieder wieder nach draußen traten und ihr einstimmiges ›Ja‹ zu Grahams grundlegend neuem Plan verkündeten.

Laute Jubelrufe hallten von den Hügeln wider. Iain war umringt von seinen Anhängern, und jeder wollte ihm auf die Schulter klopfen. Ein Weinfass wurde herausgeschleppt, und bald schon wurden die Kelche erhoben und Trinksprüche ausgetauscht.

Die Ratsmitglieder zogen sich nicht etwa zurück, sondern schlenderten durch die Menge und feierten und zechten eifrig mit den fröhlichen Menschen.

Iain konnte sich endlich von den Gratulanten losmachen und versuchte, seine Frau zu finden. Er wollte sie an irgendeinen stillen Platz führen, wo sie gemeinsam – und nur sie beide – die Ereignisse feiern konnten.

Er entdeckte sie auf einem Pfad, der den Hügel hinabführte. Als er ihr gerade folgen wollte, hinderten Owen und Vincent ihn daran. Sie wollten mit ihm über Grahams kluge Idee sprechen, und taten dies ausgiebig und weitschweifig. Als Iain endlich weiterlaufen konnte, waren gut zwanzig Minuten vergangen.

In diesem Moment fingen ihn Ramsey und Brodick ab.

»Habt ihr Judith gesehen?«

»Sie ist bei Frances Catherine und Patrick«, antwortete Ramsey. »Iain, du bist nicht mehr verärgert, weil ich das Amt des Clansherrn an deiner statt abgelehnt habe?«

»Nein«, sagte Iain.

»Wir müssen etwas mit dir besprechen«, warf Brodick ein. »Es wird nicht länger als eine Minute dauern.«

Brodicks Minute entwickelte sich zu einer vollen Stunde. Ihre seltsame Bitte brachte Iain kräftig zum Lachen, aber schließlich willigte er ein, und wünschte ihnen sogar noch viel Glück.

Als es Iain endlich gelungen war, Patricks Haus zu erreichen, war Judith längst wieder fort. Frances Catherine und die Zwillinge schliefen fest, und Patrick sah aus, als hätte auch er ein Nickerchen dringend nötig. Er gähnte, als er in die Richtung wies, die Judith eingeschlagen hatte.

Er fand sie ein paar Minuten später in einem kleinen Wäldchen in der Nähe des Bachs.

Sie sah entspannt aus, hatte ihre Schuhe ausgezogen und saß auf dem Boden an einen Baum gelehnt. Ihre Augen waren geschlossen und ihre Hände im Schoß gefaltet.

Iain setzte sich neben sie. »Hast du das Fest verlassen, weil plötzlich getrunken wurde?«

Sie schlug die Augen nicht auf, lächelte aber. »Nein. Ich wollte nur ein paar Minuten bei Frances Catherine verbringen und dann ein stilles Plätzchen finden. Ich brauchte Ruhe ... und Zeit zum Nachdenken. Es ist ziemlich schwer, hier mal allein zu sein, findest du nicht?«

»Allerdings«, stimmte er mit einem Lachen zu. »Aber du wolltest ja unbedingt hier bleiben!«

»Ja, will ich auch«, sagte sie. »Deswegen ist es aber trotzdem manchmal ärgerlich, sich nicht zurückziehen zu können.«

»Du könntest in die Kapelle gehen, wenn du Einsamkeit brauchst!«

Nun öffnete sie die Augen. »Iain, wir haben keine Kapelle«, erinnerte sie ihn.

»Wir werden aber eine haben«, erklärte er. »Spätestens im Sommer. Sie muss bis zu unserem ersten Hochzeitstag fertig sein.«

»Warum?«

»Damit wir unsere Ehe mit einer anständigen Messe feiern können«, erklärte er. Er lächelte über ihren verblüfften

Gesichtsausdruck und schob sie sanft vom Baumstamm. Er nahm ihren Platz ein und hob sie auf seinen Schoß. Dann beugte er sich herab und küsste ihre Stirn. »Mit Blumen«, flüsterte er heiser. »Die Kapelle wird vor Blumen überquellen. Versprochen.«

Sie lächelte ihn strahlend an. »Ich bin mit einem sehr liebevollen Mann verheiratet. Ich brauche keine Blumen. Ich habe alles, was ich mir nur wünschen kann.«

»Du kriegst sie trotzdem«, brummte er und freute sich über ihre leidenschaftlichen Worte.

»Warum feierst du nicht mit den anderen?«, fragte sie.

»Ich wollte mit dir allein sein.«

»Und warum?«

Er strich über ihre Wange und beugte sich vor. Seine Lippen berührten die ihren. Der Kuss war süß, ohne zu fordern, und voller Liebe.

Als er sich endlich wieder aufrichtete, sank Judith an seine Brust. Sie war noch nie so zufrieden, so unglaublich glücklich gewesen.

Lange Zeit schwiegen beide. »Iain?«

»Ja?«

»Was machen wir mit meinem Vater?«

»Mit ihm auskommen, denke ich.«

Sie sprachen noch eine Weile über ihre Familie. Judith wollte ihren Vater und Bruder wirklich wiedersehen, und Iain versprach, mit ihr am folgenden Nachmittag hinzureiten.

Dann wandte sie sich den Ereignissen des Tages zu. Doch es war eine träge Unterhaltung, denn Judith hatte die Augen geschlossen und achtete kaum auf das, was Iain ihr erzählte. Bis er erwähnte, dass Brodick und Ramsey auf Jagd gehen wollten.

Sein amüsierter Tonfall machte sie neugierig. »Was findest du denn daran so lustig?«, fragte sie.